आधा गाँव

[उपन्यास]

आधा गाँव

राही मासूम रज़ा

राजकमल प्रकाशन

ISBN : 978-81-267-0672-3

मूल्य : ₹ 1195

पहला संस्करण : 1966
इक्कीसवाँ संस्करण : 2024

प्रकाशक : राजकमल प्रकाशन प्रा.लि.
1-बी, नेताजी सुभाष मार्ग, दरियागंज
नई दिल्ली-110 002
शाखाएँ : अशोक राजपथ, साइंस कॉलेज के सामने, पटना-800 006
पहली मंजिल, दरबारी बिल्डिंग, महात्मा गांधी मार्ग, प्रयागराज-211 001
1, अनमोल सोराबजी सन्तुक लेन, धोबी तलाव, मरीन लाइंस, मुम्बई-400 002
वेबसाइट : www.rajkamalprakashan.com
ई-मेल : info@rajkamalprakashan.com

मुद्रक : बी.के ऑफसेट
नवीन शाहदरा, दिल्ली-110 032

AADHA GAON
Novel by Rahi Masoom Raza

यह 'आधा गाँव' अपने पूरे दोस्त
कुँवरपाल सिंह को
भेंट करता हूँ
क्योंकि अगर उनका साथ न होता
तो शायद मैं यह कहानी लिख ही
न पाता

आधा गाँव

ऊँघता शहर

ग़ाज़ीपुर के पुराने क़िले में अब एक स्कूल है जहाँ गंगा की लहरों की आवाज़ तो आती है, लेकिन इतिहास के गुनगुनाने या ठंडी साँसें लेने की आवाज़ नहीं आती। क़िले की दीवारों पर अब कोई पहरेदार नहीं घूमता, न ही उन तक कोई विद्यार्थी ही आता है, जो डूबते हुए सूरज की रोशनी में चमचमाती हुई गंगा से कुछ कहे या सुने।

गँदले पानी की इस महान् धारा को न जाने कितनी कहानियाँ याद होंगी। परन्तु माँएँ तो जिनों, परियों, भूतों और डाकुओं की कहानियों में मगन हैं और गंगा के किनारे न जाने कब से मेल्हते हुए इस शहर को इसका ख़याल भी नहीं आता कि गंगा के पाठशाले में बैठकर अपने पुरखों की कहानियाँ सुने।

यह असंभव नहीं कि अगर अब भी इस क़िले की पुरानी दीवार पर कोई आ बैठे और अपनी आँखें बंद कर ले तो उस पार के गाँव और मैदान और खेत घने जंगलों में बदल जायँ और तपोवन में ऋषियों की कुटियाँ दिखायी देने लगें। और वह देखे कि अयोध्या के दो राजकुमार कंधे से कमानें लटकाये तपोवन के पवित्र सन्नाटे की रक्षा कर रहे हैं।

लेकिन इन दीवारों पर कोई बैठता ही नहीं। क्योंकि जब इन पर बैठने की उम्र आती है तो गज़भर की छातियोंवाले बेरोज़गारी के कोल्हू में जोत दिये जाते हैं कि वे अपने सपनों का तेल निकालें और उस ज़हर को पीकर चुपचाप मर जायँ।

लगा झूलनी का धक्का
बलम कलकत्ता चले गये।

कलकत्ता की चटकलों में इस शहर के सपने सन के ताने-बाने में बुनकर दिसावर भेज दिये जाते हैं और फिर सिर्फ़ ख़ाली आँखें रह जाती हैं और वीरान दिल रह जाते हैं और थके हुए बदन रह जाते हैं, जो किसी अँधेरी-सी कोठरी में पड़े रहते हैं और पगडंडियों, कच्चे-पक्के तालाबों, धान, जौ और मटर के खेतों

को याद करते रहते हैं।

कलकत्ता!

कलकत्ता किसी शहर का नाम नहीं है। ग़ाज़ीपुर के बेटे-बेटियों के लिए यह भी विरह का एक नाम है। यह शब्द विरह की एक पूरी कहानी है, जिसमें न मालूम कितनी आँखों का काजल बहकर सूख चुका है। हर साल हज़ारों-हज़ार परदेस जानेवाले मेघदूत द्वारा हज़ारों-हज़ार संदेश भेजते हैं। शायद इसीलिए ग़ाज़ीपुर में टूटकर पानी बरसता है और बरसात में नयी-पुरानी दीवारों, मस्जिदों और मन्दिरों की छतों और स्कूलों की खिड़कियों के दरवाज़ों की दरार में विरह के अँखुए फूट आते हैं, और जुदाई का दर्द जाग उठता है और गाने लगते हैं :

बरसतः में कोऊ घर से ना निकसे
तुमहि अनूक बिदेस जवैया...

कलकत्ता, बंबई, कानपुर और ढाका—इस शहर की हदें हैं। दूर तक फैली हुई हदें...यहाँ के रहनेवाले यहाँ से जाकर भी यहीं के रहते हैं। ग़ुब्बारे आकाश में चाहे कितनी दूर निकल जायँ परंतु अपने केन्द्र से उनका संबंध नहीं टूटता, जहाँ किसी बच्चे के हाथ में निर्बल धागे का एक सिरा होता है।

इधर कुछ दिनों से ऐसा हो गया है कि बहुत-से बच्चों के हाथों से यह डोर टूट गयी है।

यह कहानी, सच पूछिये तो, उन्हीं ग़ुब्बारों की है या शायद उन बच्चों की है जिनके हाथों में मरी हुई डोर का एक सिरा है और जो अपने ग़ुब्बारों की तलाश कर रहे हैं और जिन्हें यह नहीं मालूम कि डोर टूट जाने पर उन ग़ुब्बारों का अंजाम क्या हुआ।

गंगा इस नगर के सिर पर और गालों पर हाथ फेरती रहती है, जैसे कोई माँ अपने बीमार बच्चे को प्यार कर रही हो, परंतु जब इस प्यार की कोई प्रतिक्रिया नहीं होती, तो गंगा बिलख-बिलखकर रोने लगती है और यह नगर उसके आँसुओं में डूब जाता है। लोग कहते हैं कि बाढ़ आ गयी। मुसलमान अज़ान देने लगते हैं। हिंदू गंगा पर चढ़ावे चढ़ाने लगते हैं कि रूठी हुई गंगा मैया मान जाय। अपने प्यार की इस हतक पर गंगा झल्ला जाती है और क़िले की दीवार से अपना सिर टकराने लगती है और उसके उजले-सफ़ेद बाल उलझकर दूर-दूर तक फैल जाते हैं। हम उन्हें झाग कहते हैं। गंगा जब यह देखती है कि उसके दुःख को कोई नहीं समझता, तो वह अपने आँसू पोंछ डालती है; तब हम यह कहते हैं कि पानी उतर गया। मुसलमान कहते हैं कि अज़ान का वार कभी खाली नहीं जाता, हिंदू कहते हैं कि गंगा ने उनकी भेंट स्वीकार कर ली। और कोई यह नहीं कहता कि माँ के आँसुओं ने ज़मीन को और भी उपजाऊ बना

दिया है··· दूर-दूर तक ज़मीन पर नर्म मिट्टी का एक ग़िलाफ़-सा चढ़ जाता है। परन्तु गंगा भी क्या करे, डाँगर-बैलों में हल का बोझ उठाने की ताक़त ही नहीं है।

यह शहर इतिहास से बेख़बर है, इसे इतनी फ़ुरसत ही नहीं मिलती कि कभी बरगद की ठंडी छाँव में लेटकर अपने इतिहास के विषय में सोचे, जो रामायण से आगे तक फैला हुआ है। रहा भविष्य, तो उसके विषय में सोचने का इसे साहस ही नहीं है। समय के घड़े में एक पतला-सा छेद है जिससे क्षण-क्षण समय टपकता रहता है। यह शहर क्षण-क्षण जीता है, क्षण-क्षण मरता है और फिर जी उठता है।

कौन जाने, इसकी यह घोर तपस्या कब ख़त्म हो! ग़ाज़ीपुर ज़िंदगी के क़ाफ़िलों के रास्ते पर नहीं है। कभी हवा इधर से होकर गुज़रती है तो क़ाफ़िलों की धूल आ जाती है और यह बस्ती उस धूल को इत्र की तरह अपने कपड़ों में और अपने बदन पर मलकर ख़ुश हो लेती है।

यह मेरा शहर है। मैं जब भी अपने शहर की गलियों से गुज़रता हूँ, यह मेरे कंधे पर हाथ रख देता है। मेरी छोटी-बड़ी कहानियों के रास्ते पर मुझे जगह-जगह मिलता है। परन्तु इसकी संपूर्ण वास्तविकता अब तक मेरे क़ाबू में नहीं आयी है, इसीलिए मैं इसे एक बार फिर देखना चाहता हूँ।

यह उपन्यास वास्तव में मेरा एक सफ़र है। मैं ग़ाज़ीपुर की तलाश में निकला हूँ, लेकिन पहले मैं अपनी गंगौली में ठहरूँगा। अगर गंगौली की हक़ीक़त पकड़ में आ गयी तो मैं ग़ाज़ीपुर का 'एपिक' लिखने का साहस करूँगा। यह उपन्यास वास्तव में उस एपिक (महाकाव्य) की भूमिका है।

परन्तु एक बात सुन लीजिये। यह कहानी न कुछ लोगों की है और न कुछ परिवारों की। यह उस गाँव की कहानी भी नहीं है जिसमें इस कहानी के भले-बुरे पात्र अपने-आपको पूर्ण बनाने का प्रयत्न कर रहे हैं। यह कहानी न धार्मिक है, न राजनीतिक, क्योंकि समय न धार्मिक होता है, न राजनीतिक··· और यह कहानी है समय ही की। यह गंगौली में गुज़रनेवाले समय की कहानी है। कई बूढ़े मर गये, कई जवान बूढ़े हो गये, कई बच्चे जवान हो गये और कई बच्चे पैदा हो गये। यह उम्रों के इस हेर-फेर में फँसे हुए सपनों और हौसलों की कहानी है। यह कहानी है उन खँडहरों की, जहाँ कभी मकान थे और यह कहानी है उन मकानों की जो खँडहरों पर बनाये गये हैं।

और यह कहानी जितनी सच्ची है उतनी ही झूठी भी!

मुझे झूठ में सच और सच में झूठ की मिलावट की कला आती है। इस कहानी में जगह-जगह 'मैं' इसलिए इस्तेमाल कर रहा हूँ कि यह कहानी मुझसे दूर न जा सके कि मैं जब चाहूँ इसे छू लूँ। अपने-आपको ढाढ़स देने के लिए कि जो कहानी मैं सुना रहा हूँ, वह आपको और अपने-आपको यह विश्वास दिलाने

के लिए कि इसी कहानी की तरह मैं ख़ुद भी हूँ। इसलिए यह आपबीती भी है और जगबीती भी।

युग एक बिना जिल्द की किताब की तरह एक खुले मैदान में पड़ा हुआ है। हवा की हल्की-सी लहर भी इसके पन्ने उलटती-पलटती रहती है। पढ़नेवाले के सामने पन्नों में फरसब घटते-बढ़ते रहते हैं, कभी वह दस पृष्ठ आगे निकल जाता है और कभी दस पृष्ठ पीछे रह जाता है। इसलिए मैं प्रथम पुरुष का बेखटके प्रयोग कर रहा हूँ कि पन्ने स्वयं न उलट सकें, ताकि क्रम शेष रहे और मैं यह देख सकूँ कि क्या था, क्या है और क्या होनेवाला है।

कहते हैं कि आषाढ़ की एक काली रात में तुग़लक़ के एक सरदार सय्यद मसऊद ग़ाज़ी ने बाढ़ पर आयी गंगा को पार करके गादिपुरी पर हमला किया। चुनाँचे यह शहर गादिपुरी से ग़ाज़ीपुर हो गया। रास्ते वही रहे, गलियाँ भी वही रहीं, मकान भी वही रहे, नाम बदल गया—नाम शायद एक ऊपरी खोल होता है जिसे बदला जा सकता है। नाम का व्यक्तित्व से कोई अटूट रिश्ता नहीं होता शायद, क्योंकि यदि ऐसा होता तो ग़ाज़ीपुर बनकर गादिपुरी को भी बदल जाना चाहिए था, या फिर कम-से-कम इतना होता कि हारनेवाले ठाकुर, ब्राह्मण, कायस्थ, अहीर, भर और चमार अपने को गादिपुरी कहते और जीतनेवाले सय्यद, शेख और पठान अपने को ग़ाज़ीपुरी। परन्तु ऐसा नहीं हुआ। सब ग़ाज़ीपुरी हैं और अगर शहर का नाम न बदला होता तो सब गादिपुरी होते। ये नये नाम हैं बड़े दिलचस्प। अरबी का 'फ़तह' हिंदी के 'गढ़' में घुलकर एक इकाई बन जाता है। इसीलिए तो पाकिस्तान बन जाने के बाद भी पाकिस्तान की हक़ीक़त मेरी समझ में नहीं आती। अगर 'अली' को 'गढ़' से, 'ग़ाज़ी' को 'पुर' से और 'दिलदार' को 'नगर' से अलग कर दिया जायगा तो बस्तियाँ वीरान और बेनाम हो जायँगी और अगर 'इमाम' को 'बाड़े' से निकाल दिया गया तो मोहर्रम कैसे होगा!

गंगा इस ग़ाज़ीपुर को भी उसी तरह सीने से लगाये हुए है जिस तरह वह गादिपुरी को लगाये हुए थी। इसीलिए नाम गादिपुर हो या ग़ाज़ीपुर, कोई फ़र्क नहीं पड़ता, क्योंकि मसऊद ग़ाज़ी के बाल-बच्चों ने दूर-पास के देहातों पर ज़रूर क़ब्ज़ा जमाया होता। और यूँ दिल्ली से आनेवाला खानदान कई ज़मींदार-परिवारों में ज़रूर बँटता और मैं यह कहानी फिर भी लिखता।

मसऊद ग़ाज़ी के एक लड़के, नूरुद्दीन शहीद ने (यह शहीद कैसे और क्यों हुए, यह मुझे नहीं मालूम और शायद किसी को नहीं मालूम) दो नदियाँ पार करके, ग़ाज़ीपुर से कोई बारह-चौदह मील दूर, गंगौली को फतह किया। कहते हैं कि इस गाँव के राजा का नाम गंग था और उसी के नाम पर इस गाँव का नाम गंगौली पड़ा। लेकिन इस सय्यद-खानदान के पाँव जमने के बाद भी इस गाँव का नाम नूरपुर या नूरुद्दीन नगर नहीं हुआ—मेरी गंगौली का नाम मेरे ग़ाज़ीपुर

से बुरा नहीं। लेकिन मज़े की बात यह है कि नूरुद्दीन शहीद की समाधि, जो गंगौली से नयी है, गंगौली से पुरानी मालूम होती है···ईंटों की इस छोटी-सी इमारत पर कभी एक छत ज़रूर रही होगी। परन्तु मैं तो लगभग छत्तीस-सैंतीस साल से इसे खँडहर ही देख रहा हूँ। बस, दस मोहर्रम को जब दोनों पट्टियों के जुलूस यहाँ आते हैं तो मजमा-सा लग जाता है और समाधि से ज़रा हटकर लकड़ी के अखाड़ेवाले अपना मजमा लगाकर गदके, बनैठी, बाँक और तलवार के हाथ निकालने लगते हैं और फिर एकदम से कोई आदमी नारा लगाता है—'बोल मुहमदी!' और सारा गाँव जवाब देता है—'या हुसैन!!'

इधर कुछ दिनों से गंगौली में गंगौलीवालों की संख्या कम होती जा रही है और सुन्नियों, शीओं और हिंदुओं की संख्या बढ़ती जा रही है। शायद इसीलिए नूरुद्दीन शहीद की समाधि पर अब उतना बड़ा मजमा नहीं लगता और गंगौली का वातावरण 'बोल मुहमदी—या हुसैन' की आवाज़ से उस तरह नहीं गूँजता, जिस तरह कभी गूँज उठा करता था। शायद यही कारण है कि समाधि आज उदास-उदास नज़र आती है और अपनी अंधी आँखों से इधर-उधर देखती रहती है और सोचती रहती है—मेरी गंगौली कहाँ गयी! लेकिन इस समाधि की जड़ें गंगौली की ज़मीन में हैं। इसीलिए वह जहाँ-की-तहाँ खड़ी है, अकेली!

विशाल वृक्ष अपनी जगह से नहीं हटते, जब तक कि उन्हें काट न डाला जाय या जब तक कि उनकी जड़ें खोखली न हो जाएँ। अबुल क़ासिम चा, बद्दन भाई, तन्नू भाई, तस्सन, क़ैसर, अख़्तर और गिग्गे पाकिस्तान में हैं। परन्तु नूरुद्दीन शहीद की समाधि अब भी गंगौली में है और उसे कस्टोडियन ने भी नहीं हथियाया है क्योंकि कस्टोडियन को मालूम था कि यह नूरुद्दीन शहीद की समाधि गंगौली के सय्यदों की नहीं है, बल्कि गंगौली की है। बरगद के पेड़ों की उम्र ज़रा लंबी होती है और फिर इस समाधि को कई नस्लों ने अपनी-अपनी हड्डियों की खाद दी है।

इस समाधि के अतिरिक्त गंगौली के सय्यदों ने एक 'कर्बला'[1] भी बनवाया। यह कर्बला समाधि के दक्षिण में है और खुद समाधि गंगौली के पूरब में है। इन लोगों ने एक तालाब भी खुदवाया जो गाँव के पश्चिमी सिरे पर है। यह तालाब नूरुद्दीन शहीद के उत्तराधिकारियों ने ही बनवाया होगा, क्योंकि इसके आसपास किसी मंदिर का निशान नहीं है। तालाब से निकली हुई मिट्टी के टीलों पर आम और जामुन के पेड़ हैं और गाँव के मीर साहिबान दस मोहर्रम को, इन्हीं टीलों पर नमाज़ पढ़ने आते हैं। इस तालाब के पश्चिम में चूने का बना हुआ तीन दरोंवाला नील का एक वीरान कारखाना है जिसे हम लोग, न मालूम

1. इमाम हुसैन की समाधि की नक़ल—जहाँ ताज़िये दफ़नाये जाते हैं।

क्यों गोदाम कहते हैं। यह जॉन गिलक्राइस्ट की यादगार है यानी एक और ही युग की निशानी है। अब यह या तो चरवाहों के काम आता है जो उसपर बैठकर ईख खाते हैं या प्रेमियों के काम आता है। यहाँ चाहे हीर को राँझा न मिलता हो, परन्तु बदन को बदन अवश्य मिल जाता है।

एक टूटी-फूटी समाधि और एक उजड़े हुए कारख़ाने के बीच में यह गाँव आबाद है। गंगौली के दो कोनों पर सय्यद लोगों के मकान हैं। कुल मिलाकर दस घर होंगे। दक्खिनवाले घर दक्खिन-पट्टी कहलाते हैं और उत्तरवाले उत्तर-पट्टी। बीच में जुलाहों के घर हैं। सिब्तू-दा के घर से राक़ियों की आबादी शुरू हो जाती है और फिर गंदी, कच्ची गली गंगौली के बाज़ार में दाखिल हो जाती है और नीची दुकानों और खुजली के मारे हुए कुत्तों से दबकर गुज़रती हुई नूरुद्दीन शहीद की समाधि के खुले हुए वातावरण में आकर इत्मीनान की साँसें लेती है।

गाँव के आस-पास झोंपड़ों के कई 'पुरे' आबाद हैं। किसी में चमार रहते हैं, किसी में भर और किसी में अहीर। गंगौली में तीन बड़े दरवाज़े हैं। एक उत्तर-पट्टी में है और पक्कड़-तले कहा जाता है। यह लकड़ी का एक बड़ा-सा फाटक है। सामने ही पक्कड़ का एक पेड़ है। चौखट से उतरते ही दाहिनी तरफ़ कई इमाम-चौक हैं जिनपर नौ मोहर्रम को लकड़ी के ख़ूबसूरत ताज़िये रक्खे जाते हैं और फिर एक बड़ा आँगन है। ज़मींदारों में इन बड़े आँगनों का एक बड़ा सामाजिक महत्त्व है। बिरादरी की बारातें यहीं उतरती हैं। मरने-जीने का खाना यहीं होता है। आसामियों को सज़ा यहीं दी जाती है। पट्टीदारी के मामले यहीं उलझाये और सुलझाये जाते हैं और यहीं थानेदारों, डिप्टियों और कलक्टरों का नाच-रंग होता है—ये आँगन न हों तो ज़मींदारियाँ ही न चलें।

तो एक बड़ा फाटक उत्तर-पट्टी में भी है और दो दक्षिण-पट्टी में। एक ज़हीर-चा के पुरखों का, यानी दद्दा के मायकेवालों का। इस फाटक का नाम 'बड़का' फाटक है। और बड़ा दरवाज़ा अब्बू-दा के बुज़ुर्गों का है जो 'अब्बू मियाँ का फाटक' कहा जाता है।

हमें इन्हीं तीनों फाटकों और इनके चारों तरफ़ रहनेवाले सय्यद-परिवारों में जाना है।

हाँ, एक बात और! यह गंगौली कोई काल्पनिक गाँव नहीं है और इस गाँव में जो घर नज़र आयेंगे, वे भी काल्पनिक नहीं हैं। मैंने तो केवल इतना किया है कि इन मकानों को मकानवालों से ख़ाली करवाकर इस उपन्यास के पात्रों को बसा दिया है। ये पात्र ऐसे हैं कि इस वातावरण में अजनबी नहीं मालूम होंगे, और शायद आप भी अनुभव करें कि फुन्नन मियाँ, अब्बू मियाँ, झंगटिया-बो, मौलवी बेद्दार, कोमिला, बबरमुआ, बलराम चमार, हकीम अली कबीर, गया अहीर और अनवारुल हसन राक़ी और दूसरे तमाम लोग भी गंगौली के

रहनेवाले हैं, लेकिन मैंने इन काल्पनिक पात्रों में कुछ असल पात्रों को भी फेंट दिया है। ये असली पात्र मेरे घरवाले हैं जिनसे मैंने यथार्थ की पृष्ठभूमि बनायी है और जिनके कारण इस कहानी के काल्पनिक पात्र भी मुझसे बेतकल्लुफ़ हो गये हैं।

आइये, अब चलें!

मेरा गाँव, मेरे लोग

मैं गोरी दादी के आँगन से भागता हुआ दक्खिनवाले तीन-दरे में घुस गया। ठोकर लगी, गिर पड़ा। भाई साहब मेरे पीछे-पीछे भागे आ रहे थे। बात यह हुई थी कि बाजी ने धनया बनाकर बक्स में छुपा रक्खी थी। हमने देख लिया। धनया ख़त्म हो गयी। बाजी ने अम्माँ से शिकायत की। अम्माँ ने हमें दौड़ा लिया—इसलिए हम भाग रहे थे।

भाई साहब ने लपककर मुझे उठाया ही था कि अम्माँ का हाथ सिर पर दिखायी दिया। मैं तो गिरई मछली की तरह तड़पकर उनके हाथों से निकल गया। लेकिन भाई साहब के बाल अम्माँ के हाथों में आ गये। मैं चुपचाप वहाँ से सरक लिया। सामने ही नईमा दादी की ख़लवत का छोटा-सा दरवाज़ा था, मैं ख़लवत में घुस गया।

ख़लवत के छोटे-से आँगन में अमरूद के एक पेड़ के बाद कुछ बचता ही नहीं था, मुश्किल से दो खटोले पड़ जाते थे, उनमें से एक खटोले पर नईमा दादी लेटी हुई तसबीह फेर रही थीं; और उनके सिर के पास से गुज़रनेवाली अलगनी पर दो काले कुरते, दो काले आड़े पाजामे और दो काले दुपट्टे पड़े हुए सूख रहे थे। एक दुपट्टे के कोनों से काला रंग बूँद-बूँद टपक रहा था और खटोले की सुतली को भिगो रहा था।

मुझे नहीं मालूम कि मँझले दादा के अब्बा को इन नईमा दादी में ऐसी कौन-सी बात नज़र आयी थी कि उन्होंने एक अच्छी-खासी गोरी-चिट्टी दादी को छोड़कर करइल मिट्टी की इस पुतली को निकाह में ले लिया और फिर इनके लिए उन्होंने यह ख़लवत बनवायी। नईमा दादी बहरहाल जुलाहिन थीं और सैदानियों के साथ नहीं रह सकती थीं। पुराने ज़माने के लोग इसका बड़ा ख़याल रखा करते थे कि कौन कहाँ बैठ सकता है और कहाँ नहीं। मेरी समझ में ये बातें नहीं आतीं, लेकिन मेरी समझ में तो और बहुत-सी बातें भी नहीं आतीं। मेरी समझ में तो यह भी नहीं आता कि मँझले-दा के इकलौते बेटे गुज्जन मियाँ, उर्फ़ सैयद ग़ज़नफ़र हुसैन ज़ैदी, यानी छोटे-दा ने एक अच्छी-ख़ासी गोरी-चिट्टी, गोल-मटोल, चिकनी-चुपड़ी हुस्सन दादी को छोड़कर ज़मुर्रुद नामी एक रंडी

को क्यों रख लिया ? मैंने ज़मुर्रुद को नहीं देखा है, लेकिन हुस्सन दादी को मैंने अपनी आँख खोलने से लेकर उनकी आँख बंद हो जाने तक देखा है। वह बड़ी कंजूस थीं, मगर बड़ी ख़ूबसूरत थीं। ज़मुर्रुद को गंगौली की किसी औरत ने नहीं देखा था, मगर सभी का यह ख़याल था कि उसने गुज्जन मियाँ पर कोई टोना-टोटका कर दिया है; इसीलिए गंगौली की तमाम औरतों को पक्का यक़ीन था कि वह बंगालिन है, हालाँकि वह बाराबंकी की थी।

लेकिन गंगौली की औरतों को गुज्जन मियाँ से यह शिकायत नहीं थी कि उन्होंने कोई रंडी डाल ली है। रंडी डाल लेने में कोई बुराई नहीं, लेकिन हुस्सन-जैसी ख़ूबसूरत बीवी को छोड़ना अलबत्ता गुनाह है। आख़िर अतहर मियाँ ने कानी दुल्हन यानी राबिया बीबी से निभायी कि नहीं ! जबकि अतहर मियाँ की गिनती ख़ूबसूरतों में होती थी। मगर उन्हें ख़ुदा करवट-करवट जन्नत दे, उन्होंने कभी कानी दुल्हन का दिल न मैला होने दिया, जबकि उन्हीं दिनों उस ख़ाहुनपीटी जिनती नाइन की जवानी ऐसी फटी पड़ रही थी कि मियाँ लोग पागल हुए जा रहे थे, और हर ब्याहता को इसका धड़का लगा रहता था कि कब उसके आँगन में एक ख़लवत बन जायगी। लेकिन अतहर मियाँ ने उसकी तरफ़ न देखा कि दुल्हन का दिल मैला होगा—और वह मुई जिनती चुई जा रही थी उन पर···

मगर जिस तरह मेरी समझ में नईमा दादी और ज़मुर्रुद की कहानी नहीं आती, उसी तरह मेरी समझ में यह भी नहीं आता कि जब रब्बन-बी कानी थीं, और अतहर मियाँ बिलकुल चंदे-आफ़ताब और चंदे-माहताब थे, और जिनती नाइन उन पर चुई भी जा रही थी, तो आख़िर उन्होंने दामन क्यों नहीं फैलाया ?

दूसरा ब्याह कर लेना या किसी ऐरी-ग़ैरी औरत को घर में डाल लेना बुरा नहीं समझा जाता था, शायद ही मियाँ लोगों का कोई ऐसा ख़ानदान हो, जिसमें क़लमी लड़के और लड़कियाँ न हों। जिनके घर में खाने को भी नहीं होता, वे भी किसी-न-किसी तरह क़लमी आमों और क़लमी परिवार का शौक़ पूरा कर ही लेते हैं !

बस, एक मीर अतहर हुसैन ज़ैदी ने ऐसा नहीं किया। वह पूरा साल अफ़ीम खा-खाकर मोहर्रम की तैयारियों में सर्फ़ कर दिया करते थे। उन्होंने अपनी सारी ज़िंदगी ही मोहर्रम की तैयारियों में गुज़ार दी।

सच तो यह है कि उन दिनों सारा साल मोहर्रम के इंतज़ार ही में कट जाता था। ईद की ख़ुशी अपनी जगह, मगर मोहर्रम की ख़ुशी भी कुछ कम नहीं हुआ करती थी। बक़रीद के बाद ही से मोहर्रम की तैयारी शुरू हो जाती। दद्दा मरसिये गुनगुनाना शुरू कर देने, अम्माँ हम सबके लिए काले कपड़े सीने में लग जातीं; और बाजी नौहों की बयाज़ें निकालकर नयी-नयी धुनों की मश्क़ करने लगतीं। उन दिनों नौहों की धुनों पर फ़िल्मी म्युज़िक का क़ब्ज़ा नहीं हुआ था

नौहों की धुनें देहातों, क़स्बों और छोटे-मोटे शहरों की लोक-धुनों की तरह सादा और साथ-ही-साथ गंभीर हुआ करती थीं, और जब बाजी, अम्माँ या कोई और ख़ाला या फूफी काले कपड़े पहनकर नौहा पढ़ने खड़ी होतीं :

'सोते-सोते सकीना यह कहती उठी,

शह का सीना नहीं तो सकीना नहीं···' तो बयाज़ सँभालनेवाली कलाइयाँ एकदम से बदल जातीं । सुननेवालों को ऐसा मालूम होता जैसे नौहे की आवाज़ ख़ास दमिश्क के बंदीघर से आ रही है, और देखनेवाली आँखें देख लेतीं कि एक ज़मींदोज़ क़ैदख़ाने में हुसैन की बहन ज़ैनब, हुसैन की चहेती बेटी सकीना को बहलाने की कोशिश कर रही है···

लेकिन सादगी दुकानों पर तो मिलती नहीं ।

लखनऊ के बारे में तो मैं जानता नहीं—ग़ाज़ीपुर के बारे में भी नहीं जानता—लेकिन यह ज़रूर जानता हूँ कि गंगौली के सय्यद-ख़ानदानों में मोहर्रम एक रूहानी ईद से कम नहीं हुआ करता था । नौहों की धुनें इस एहतियात से बनायी जाती थीं कि ईद की सिवैयाँ शरमा जायँ । भाई साहब एक महीना पहले ही से मातम की प्रैक्टिस शुरू कर देते । मुझे दोनों हाथों से मातम करना नहीं आता । भाई साहब मातम के कलाकार हैं । उन्होंने बहुत ज़ोर मारा कि मैं सीख लूँ किसी तरह, लेकिन मैंने दोनों हाथों से मातम करने की कला सीखकर न दी । मगर हम दक्खिन-पट्टीवालों के लिए मातम कोई मसला नहीं था । उत्तर-पट्टीवाले हमारे मुक़ाबले में मातम नहीं कर सकते थे । हमारी पट्टी में लड़कों और जवानों की तादाद ज़्यादा थी । नवीं मोहर्रम के आते-आते तो अम्मू (चाचा), चच्चा बच्चा, शब्बर-दा, अग्गू-दा, हम्माद-दा, फुन्नन-दा, अब्बू-दा, सिब्तू-दा, हामिद-दा और हद तो यह है कि गौरे-दा और गुज्जन-दा भी बढ़-बढ़कर मातम के हाथ लगाने लगते थे, और मातम इतना ज़ोरदार हो जाता था कि हाँडियों और कँवलों और फ़ानूसों की बिल्लूरी क़लमें मातम की गमक से काँप उठा करती थीं । और शहनशीन में लगे हुए पटकों में ज़री के फूल पिघलकर आँसू की बूँद बन जाते थे । बस, सवाल रह जाता था बेहोश होने का—उत्तर-पट्टी में मश्शू भाई को मातम करते-करते बेहोश हो जाने की कला आती थी । वह आठवीं और 'शामे-ग़रीबाँ' की मजलिस में हर-साल बेहोश हो जाते थे । हमारी पट्टी में कोई बेहोश होनेवाला नहीं था, इसीलिए जब हकीम अली, कबीर या रशीद मियाँ या उत्तर-पट्टी का कोई बुज़ुर्ग बेहोश मश्शू भाई के मुँह पर केवड़ा छिड़कता तो दक्खिन-पट्टी के लड़कों और जवानों पर घड़ों पानी पड़ जाता । सब सोचते कि लानत है हम पर !—यानी हम अपनी पट्टी की मजलिस में बेहोश तक नहीं हो सकते, इसलिए बक़रीद के बाद से ही मैं बेहोश होने की मश्क़ करने लगता । मगर जब बेहोश होकर गिरता तो बड़ी चोट लगती और मैं भाई साहब के साथ सिर जोड़कर बेहोश होकर गिरने की

तरकीब निकालने में जुट जाता, जिसमें चोट न आये। दक्खिन-पट्टी के लड़कों की एक पूरी टीम यह तरकीब सोचने में साल-भर लगी रहा करती थी। मेरे और भाई साहब के सिवा तन्नू भाई, गिग्गे, अद्दन, फुन्नन-दा का लड़का मुंताज, हामिद-दा का लड़का छम्मू, उनके भतीजे फुट्टू और हसन्वा, वाजिद-दा का लड़का फिट्टू—सभी लड़के रिहर्सल में लगे रहते थे। मगर हर साल होता यही कि मश्शू भाई बेहोश हो जाते और हम लोग मुँह देखते रह जाते।

''अच्छा, अगर हम लोग मश्शू भाई को बेहोश न होने दें तो ?'' मैंने भाई साहब से कहा।

''गुनाह हुइहै !'' भाई साहब बोले।

इस बात का मेरे पास कोई जवाब नहीं था, इसलिए मैंने फ़ैसला किया कि चोट लगे तो ठेंगे से लगे, मगर अब के मैं नौ की सुबहवाली मजलिस में बेहोश ज़रूर हूँगा—पट्टी की आबरू तो रह जाएगी।

यह फ़ैसला करके मैं बहुत ख़ुश हुआ, और तेज़ी से उस दिन की राह देखने लगा जिस दिन लॉरी आकर फाटक पर खड़ी होगी और बशीर-मंज़िल का क़ाफ़िला गंगौली के लिए रवाना होगा।

ख़ुदा-ख़ुदा करके वह तारीख़ आ गयी।

जब सामान लद चुका और सवारियाँ बैठ चुकीं तो चची ने अम्माँ को एक गिलौरी देते हुए कहा, ''इस साल तो अग्गू मामू के-हाँ से भी लारी ही जानेवाली है।''

इस बड़े घरेलू क़िस्म के सादे-से जुमले में गहरा तंज था। उस वक़्त मैं उसे समझ नहीं पाया था, लेकिन अम्माँ समझ गयीं और मुस्कराने लगीं। बात यह थी कि उत्तर और दक्खिन-पट्टी के मामले में तो हम लोग एक थे, लेकिन ख़ुद दक्खिन-पट्टी में सब ख़ैरियत नहीं थी, आपस में बड़ी पट्टीदारी चला करती थी।

कहते हैं कि अब्बू-दा के हाथ किसी जागीरदारनी के मरने के बाद बड़ी दौलत आयी। यह मेरे पैदा होने से बहुत पहले की बात है। लेकिन मैंने दद्दा और कामूँपुरवाली छुटकी दद्दा और मुसलिम-दा और फुन्नन-दा से यह सुना है कि जब रानी साहिबा मरीं तो अब्बू-दा ने एक भंगिन को पट्टी पढ़ायी, उसे शादी के सब्ज़बाग़ दिखाये—चुनाँचे उसके टोकरे से ख़जाना काटा गया। सोने की ईंटें और अशर्फ़ियाँ पाख़ाने में छुपाकर महल से निकाली गयीं। वह भंगिन भी दौलत के ढेर के साथ गंगौली आयी। ज़ाहिर है कि किसी सय्यदानी ने उसे मुँह नहीं लगाया; बस, बात फूट निकली। पुलिस ने इधर-उधर सूँघना शुरू किया। अब्बू-दा ने सारा माल अपने रिश्तेदारों के घरों में छुपा दिया। जब मामला दबा तो रिश्तेदारों ने रक़म भी दबा ली। दादा बेचारे कुछ कर भी न

सके, लेकिन दादा बिलकुल कंगाल नहीं हो गये थे, उनके पास फिर भी काफ़ी माल बच रहा था। चुनाँचे उन्हें इक्के पर तकलीफ़ होने लगी और उन्होंने एक लॉरी खरीद ली। फुन्नन-दा उसके कंडक्टर बनाये गये। थोड़े ही दिनों के बाद लॉरी ख़राब होकर जो खड़ी हुई तो फिर नहीं चली।

चची ने जो लॉरीवाली बात कही थी, उसमें इस लॉरी की तरफ़ इशारा छुपा हुआ था, इसलिए अम्माँ मुस्करा दी थीं।

हमारे घर और अग्गू-दा के घर में यूँ भी कुछ चला करती थी। हमारे यहाँ कुछ बनता तो उनके यहाँ भी वह चीज़ फ़ौरन तैयार हो जाती। वहाँ कोई काम शुरू होता तो हमारे यहाँ भी हाथ लग जाता। इसलिए जब हम लोगों ने लॉरी पर गंगौली जाना शुरू किया तो उनके घरवाले कैसे न जाते! कई बरस तो वे लोग केवल इसलिए लॉरी से न जा सके कि जो लॉरी उन्हें मिलती थी वह हमारी वाली लॉरी से ख़राब होती थी, इसलिए चौपालों, डोलियों और इक्कों से काम चलता रहा, फिर एक नयी लॉरी मिल ही गयी।

बात यह है कि वे लोग हमें छोटा समझते थे, क्योंकि अब्बा को पीरपुर की रियासत से पढ़ने के लिए पाँच रुपये माहवार का वज़ीफ़ा मिला करता था। इस वज़ीफ़े के बल पर उन्होंने अपनी पढ़ाई खत्म की थी और अग्गू-दा को अब्बू-दा ने पढ़ाया था और वह हीवेट होस्टल में बड़ी शान से रहा करते थे। अग्गू-दा की बीवी मौक़ा निकालकर उस वज़ीफ़े की बात ज़रूर शुरू करती थीं।

इसलिए इन दोनों घरों के मर्दों के संबंध तो अच्छे थे, या कम-से-कम अच्छे लगते थे, मगर औरतों में यह तनाव साफ़-साफ़ दिखाई देता था।

अग्गू-दा की बीवी तो फिर भी ज़रा सीधी थीं, मगर अब्बू-दा की बीवी आफ़त की परकाला थीं। वह तो ख़ैरियत थी कि दद्दा ख़ानदान में सबसे बड़ी थीं, अम्माँ बिलकुल बेज़बान पर बहुत ही सटीक थीं, इसलिए बात कभी हदों से न बढ़ सकी। ख़ुद अम्माँ और चची में नहीं बनती थी, मगर क्या मजाल जो किसी को पता चल जाय। अम्माँ रोज़ एक बार अम्मू के घर जाती थीं, और चची एक बार हमारे यहाँ आती थीं, और दोनों इस क़दर घुल-मिलकर बातें करती थीं कि सगी बहनें क्या करेंगी। यह बात तो मुझे अम्माँ और चची के मरने के बरसों-बाद मालूम हुई। दूसरी चची और बाजी में तक़रार हो गयी। चची ने अम्मू से शिकायत की। तब अम्मू ने नसीहत के तौर पर चची को यह बात बतायी। मैं मौजूद था, इसलिए यह बात मुझे मालूम हो गयी। मेरे ख़याल में मेरे दूसरे भाई-बहनों को यह बात शायद आज भी न मालूम हो—मुन्नी और सुरैया को तो शायद पहली चची भी याद न होंगी, क्योंकि उनके मरने के वक्त ये दोनों बहुत छोटी थीं।

चची बड़ी छोटी-सी थीं और बेहद खड़ी उर्दू बोलती थीं। हम लोग उर्दू नहीं बोलते। अब्बा ने चूँकि फ़ैजाबाद और लखनऊ में पढ़ा है, इसलिए वह तो

उर्दू बोलते हैं, बाजी शादी के बाद लखनऊ की हो गयीं, इसलिए कभी-कभार वह भी उर्दू बोल लेती हैं, मगर हम लोग आज भी वही ज़बान बोलते हैं जो ज़बान अम्माँ बोला करती थीं, और जो ज़बान नसीबा बुआ बोला करती थीं, और जो ज़बान मत्तो बुआ, ईदू और रऊफ़ की थी, और जो ज़बान गंगौली के मीर साहेबान की है—यानी भोजपुरी उर्दू। मेरी छोटी बहन अफ़सरी बारह-पंद्रह बरस से दिल्ली में रह रही है मगर अब तक उसे उर्दू बोलना नहीं आ सका है। वह आज भी वही अम्माँ के दूध के साथ पी हुई भोजपुरी उर्दू बोलती है।

लेकिन मुझे चची की बोली बहुत अच्छी लगा करती थी। मैं उनकी बातें सुनने के लिए घंटों उनके पास बैठा रहा करता था। वह जब तक ज़िंदा रहीं, अपनी खड़ी बोली की वजह से हमारे घर के वातावरण में अजनबी रहीं। चची के अलावा खड़ी उर्दू सुनने का मौक़ा टामी बाई से मिला करता था। टामी अपने जमाने की मशहूर वेश्या थीं। रिटायर होने के बाद शिव-भक्त हो गयीं और शहर के बाहर एक बाग़ में रहने लगीं, जो उनकी जवानी के जमाने में उन्हें उनके एक रईस ने दिया था। उनके लड़के ने उनपर पतिता होने का इलज़ाम लगाया और मुक़दमा क़ायम कर दिया। टामी ने अब्बा को वकील किया। चुनाँचे वह मुक़दमे की मिसिल लेकर अकसर आया करती थीं। उनके साथ चाँदी का एक ख़ूबसूरत ख़ासदान हुआ करता था जिसमें सफ़ेद पान की नन्हीं-नन्हीं गिलौरियाँ हुआ करती थीं। ख़ुद गिलौरी खाने से पहले वह ख़ासदान अब्बा के सामने बढ़ातीं। अब्बा इन्कार कर देते, तब वह मुँह में गिलौरी रखने के बाद मुक़दमे की बात शुरू करतीं। और मैं अब्बा की घूमनेवाली कुर्सी का पुश्ता पकड़कर खड़ा हो जाता। वे बातें मेरी समझ में नहीं आती थीं। लेकिन टामी बाई की आवाज़ इतनी अच्छी थी, और उनकी बातों में इतना रस हुआ करता था कि मुझ पर जैसे जादू हो जाता था। मुझको यह बात टामी की बातें सुनकर मालूम हुई कि शब्द की कोई हैसियत नहीं होती⋯शब्दों से परिचित हुए बिना भी बातें सुनी और समझी जा सकती हैं।

एक दिन मैं उनके पास जा बैठा।

उन्होंने मेरे सिर पर हाथ फेरा और कहा, "जीते रहिये!"

मैंने घबराकर उन्हें सलाम किया। वह हँस पड़ीं। उस वक़्त वह अपने मुँह में रखने के लिए गिलौरी निकाल चुकी थीं, बोलीं, "खायेगा?"

मैं तो कब से उन गिलौरियों पर जान दिये हुए था, फिर भी मैंने इन्कार कर दिया। मगर जिसकी ज़िंदगी नौजवानों और बूढ़ों के इन्कार से इक़रार निकाल लेने में गुज़री हो, उसके सामने छः-सात साल के एक बच्चे के इन्कार की हैसियत ही क्या हो सकती थी!

उन्होंने मुझे गिलौरी खिला दी। वह गिलौरी अजीब थी—मुँह में आते ही

बिलकुल पिघल गयी। लेकिन टामी बहरहाल रंडी थीं, इसलिए मुझे यह ख़याल सताने लगा कि शायद मैंने उनकी गिलौरी खाकर कोई भूल की है, इसलिए मैं वहाँ से भाग खड़ा हुआ।

भाई साहब हिसाब-तिजारत में उलझे हुए थे। मैं उनके पास बैठ गया।

''का है?'' उन्होंने पूछा।

''हम टामी का पान खा लिया है।'' मैंने बिसूरकर कहा, ''ऊ रंडी है न!''

''फ़ातमा दादी से पूछो।''

मैं चोरों की तरह अपने आँगन से रेंगकर फुफ्फू के छोटे-से घर में चला गया।

फुफ्फू निहायत मोटी थीं। एक पलँग पर पड़ी रहा करती थीं। उस वक़्त भी एक पलँग पर पड़ी हुई थीं और दमड़ी-बो उनके पाँव दाब रही थी। रफ़ी फूफा भी बग़लवाले पलँग पर लेटे हुक्क़ा पी रहे थे।

''ज़रा दो मुक्किएँ तो लगा दो।''

फूफा का हिसाब बड़े ग़ज़ब का हुआ करता था। उनके यहाँ दो का मतलब दो सौ भी हो सकता था और दो हज़ार भी। लेकिन उनका हुक्म टालना आसान नहीं था। वह बड़े ग़ुस्सेवर थे।

फूफा यूँ तो गोहना मोहम्मदाबाद के एक मामूली ज़मींदार थे, लेकिन उन्हें फूफी की बहुत बड़ी जायदाद मिल गयी, तो वह नवाब साहब कहे जाने लगे—और फिर वह नवाब साहब हो भी गये। उनके छोटे भाई नजमुल मियाँ कभी-कभी आते थे, तो फूफा के घर की ग़रीबी का ठीक पता चल जाता था।

नजमुल मियाँ को अफ़ीम खाने का शौक़ था। लेकिन अफ़ीम के लिए पैसा उनके पास कभी नहीं हुआ करता था, इसलिए वह फ़सल पर पोस्ते के खोल ख़रीद लिया करते थे और साल-भर उन्हीं को उबाल-उबालकर पिया करते थे। जब उसके लिए भी पैसे न होते तो वह अफ़ीम की कोठी से पैकिंग के टाट ख़रीद लाते, फिर वे टाट उबाले जाते और उस उबलते हुए पानी में चाय की पत्ती डाली जाती और वह सारा-सारा दिन वही चाय पिया करते, और बाहर की ड्योढ़ी में फूफा के नौकर करीम के पास एक बँसखट पर पड़े रहा करते।

नजमुल मियाँ नवाब साहब से ज़्यादा करीम के भाई मालूम होते थे। मैंने तो उन्हें कभी दस्तरख़्वान पर देखा नहीं। जब हुद्दन फुफ्फू खाना निकालने बैठतीं तो पहले फूफा की सेनी तैयार होती। चीनी के नफ़ीस बरतनों में कई तरह के सालन निकलते, छोटी-छोटी प्यालियों में कई तरह की चटनियाँ निकलतीं, अचार और मुरब्बा निकलता। एक प्याले में ओटा हुआ गाढ़ा गुलाबी दूध होता, जिसपर कोई तीन अंगुल मोटी मलाई होती।

फूफा के खाने के बाद दमड़ी और उसकी बीवी का खाना निकलता। दमड़ी इसी घर में पला था। फिर करीम और नजमुल मियाँ का—तामचीनी या ताँबे

की प्लेट में भात निकाल दिया जाता। फिर उसी भात पर तह करके चपातियों की दो जोड़ियाँ रख दी जातीं, यानी आठ चपातियाँ। एक प्याले में दाल और एक में बड़े का क़लिया। दमड़ी-बो एक हाथ में करीम का खाना उठाती और दूसरे में नजमुल मियाँ का। वह खाना लेकर दरवाज़े तक जाती, आवाज़ देती; नजमुल मियाँ हाथ बढ़ाकर अपना खाना ले लेते और क़रीम अपना। इसके बाद दमड़ी-बो बावर्चीख़ाने में लौट आती और दमड़ी के खाने की सेनी लेकर अपनी ख़लवत में चली जाती।

दमड़ी को चूँकि फुफ्फू की अम्माँ यानी हमारी छुटकी दद्दा ने पाला था, इसलिए हम लोग उसे दमड़ी-चा कहा करते थे। और वह अब्बा और अम्मू को भय्या कहा करता था। छुटकी-दा ने उसे किताबों की एक दुकान रखवा दी थी। एक दिन उस पर एक बोर्ड लगा—नादिर अली ताज़िर कुतुब! यह दमड़ी आदमी बड़े रख-रखाव का था। चूड़ीदार पाजामे पर लंबी अचकन पहना करता था और उसने ईरानी टोपी को छोड़कर ज़िंदगी-भर कोई और टोपी नहीं पहनी, इसलिए वह थोड़े ही दिनों के बाद नादिर अली से एस. नादिर अली बना और फिर सय्यद नादिर अली ताजिर कुतुब हो गया…

लेकिन दमड़ी-बो जिस तरह बेनाम आयी थी, उसी तरह बेनाम रह गयी। बेनाम होना तो बहुओं की तक़दीर है। फ़र्क़ बस इतना हो जाता है कि वह अच्छे घरानों में 'बो' की ज़िल्लत से बच जाती हैं, वह या तो बहू कही जाती हैं या दुल्हन या दुलहिन। बहू अगर मालदार हुई तो उसे ख़िताब दिये जाते हैं—अज़ीज़ दुल्हंन (चाहे ससुराल में उसे कोई मुँह न लगाता हो) और नफ़ीस दुल्हन (चाहे वह निहायत फूहड़ हो) वग़ैरह-वग़ैरह… गरज़ कि हमारे समाज में या तो यह होता है कि मैकेवाले जहेज़ देकर बेटी से अपना दिया हुआ नाम छीन लेते हैं या फिर यह कहिये कि ससुरालवाले इसे गवारा नहीं करते कि उनके यहाँ किसी और घर का दिया हुआ नाम चले। बात जो हो, नतीजा यही निकलता है कि मसलन नौ साल या सत्रह साल तक रान्या ख़ातून उर्फ़ रब्बन या कनीज़ फ़ातमा उर्फ़ कुट्टन रहनेवाली लड़कियाँ एकदम से फुलाँ-बो या बहू या दुल्हन या सुलतान दुल्हन बनकर रह जाती हैं—भाभी, चची, ममानी और कभी-कभी ब्याह होते ही दादी और नानी भी बन जाती हैं। मगर नहीं रह जातीं तो रान्या ख़ातून या कनीज़ फ़ातमा। बेनाम रहना शायद जमींदारों और उनके हवालियों-मवालियों की बेटियों की तक़दीर है, इसलिए ये बेनाम लड़कियाँ कंदूरी के फ़र्श पर बैठने और बिरादरी के दूसरे मामलों में शरीक होने या न होने की होकर रह जाती हैं। बस, यही एक ऐसी इज़्ज़त है जो किसी रखनी को नहीं मिलती, और शायद इसीलिए ये शरीफ़ लड़कियाँ अपनी बेनामी को झेल जाती हैं।

कभी-कभी यह बेनामी उन लड़कियों से ऐसी चिपक जाती है कि

मरते-मरते पिंड नहीं छोड़ती । दमड़ी-बो के साथ यही हुआ । दमड़ी के मरने के बाद भी वह निहायत काली और बदसूरत दमड़ी-बो ही रही । हद तो यह कि उसने दूसरी और फिर तीसरी शादी की, मगर वह आज भी हमारे यहाँ कभी याद की जाती है, तो दमड़ी-बो ही के नाम से । यानी अगर उसके तीनों ससुरालवाले कहीं इकट्ठा होकर उसी की बातें करें, तो उन्हें यह नहीं मालूम हो सकता कि वह एक ही औरत के बारे में बातें कर रहे हैं—पता नहीं, दमड़ी-बो को ख़ुद भी अपना नाम याद होगा कि नहीं !

तमाम औरतों के बारे में तो मैं नहीं कह सकता, लेकिन दमड़ी-बो तो सिर्फ़ दमड़ी-बो थी, क्योंकि उसका कोई मैका ही नहीं था, कि वह कभी वहाँ जाती तो कोई उसे उसके नाम से पुकारता । मसलन, अब्बा और अम्माँ की शादी हुई तो अम्माँ के नाम की रियायत से मेरी ननिहाल में अब्बा नफ़ीस दुल्हा हो गये और ददिहाल में अम्माँ दुल्हन । मगर जब मामू मियाँ या मामू साहब आ जाते या बगुही से कोई बेगारिन कोई चीज़ लेकर आ जाती या वहाँ की कोई चमाइन, भरिन या अहिरिन गंगा नहाने आ जाती तो अम्माँ थोड़ी देर के लिए फिर नफ़ीसा बन जातीं, और बेनामी के सहरा में दिन गुज़ारने के लिए ताज़ा-दम हो जातीं । मेरी अम्मा यूँ भी ज़रा ख़ुशनसीब थीं क्योंकि उनके साथ उनकी खिलाई, यानी हमारी माई, भी ग़ाज़ीपुर आ गई थी और वह ज़िंदगीभर अम्माँ को 'नफ़ीसा' और अब्बा को 'नफ़ीस दुल्हा' कहती रही । शायद दद्दा माई से इसीलिए ख़फ़ा रहती हों कि उसने अम्माँ के मैके की हदें बढ़ा दी थीं और शायद इसीलिए वह बेचैनी से मोहर्रम की राह देखा करती थीं और कि गंगौली में तो इस मुई कलूटी ज़मुर्रुद की आवाज़ दब जायगी ··· चुनाँचे लॉरी में बैठते ही दद्दा ने इत्मीनान की एक साँस ली, और सबकी आँख बचाकर लॉरी के एक कोने में पिच-से थूकने के बाद अपनी बड़ी-बड़ी मख़रूती उँगलियों से होंठ साफ़ करके उँगलियों को अपने छोटे-छोटे निहायत सफेद रेशमी बालों में पोंछने लगीं ।

अफ़सरी अम्माँ की गोद से फिसलकर ठीक उसी जगह लद से गिरी जहाँ दद्दा की पीक थी । अम्माँ ने उसे बेख़याली में उठाकर फिर अपनी गोद में रख लिया । बात यह है कि उस समय वह मद्दू की पिटाई करने में लगी हुई थीं—मगर उन्होंने जो अपनी बे-कॉलर वाली केले की हरी क़मीज़ पर पीक का लाल धब्बा देखा तो उन्होंने अफ़सरी की पीठ पर एक धबक्का दिया—हालाँकि उन्हें यह मालूम था कि अफ़सरी का कोई दोष नहीं है, मगर जाहिर है कि वह दद्दा को डाँट तो नहीं सकती थीं ना ! मगर अफ़सरी को इस नज़ाक़त का पता नहीं था । इसीलिए वह भोयँ-भोयँ रोने लगी । उधर बा' जी ने मद्दू को एक थप्पड़ जड़ दिया क्योंकि उसने उन्हें दाँत काट लिया था ।

''सारी कमीज़ नास हो गयी !'' चची ने कहा । यह कहकर वह बड़ी बा' जी की तरफ़ देखने लगीं, जो 'इसमत'[1] में चेहरे की जिल्द को नर्म और चमकदार

बनाने की कोई तरकीब पढ़ रही थीं।

चची की बात ने अम्माँ को फिर यह याद दिला दिया कि उनकी कमीज में पीक का धब्बा पड़ गया है, मगर ठीक उसी वक़्त लॉरी चल पड़ी, और मरदाने तक अफ़सरी के रोने की आवाज़ न जा सकी, या गयी तो लोगों ने उसे लॉरी के ही किसी पुरज़े की चीख़-पुकार समझकर सब्र कर लिया। वह लॉरी एक साथ कई रागों के अलाप ले रही थी।

हवा जो लगी तो जाड़े को टालने के लिए अब्बा, मौलवी मुनव्वर को क़ुआन का कोई बारीक नुक्ता समझाने लगे। अम्मू अपने दूसरे बेटे क़ैसर को प्यार करने लगे, जो पिछली सीट से हाथ निकाल-निकालकर उनकी मोटी-सी सुर्ख़ गरदन को छू रहा था; और मैं अम्मू की गोद में बैठा मौलवी मुनव्वर को घूर रहा था कि कम-से-कम चौदह रोज़ इस लँगड़े मौलवी से छुटकारा मिला रहेगा।

हमारे मौलवी मुनव्वर को पढ़ाने से ज़्यादा पिटाई करने में मज़ा आता था। वह हमारे 'डेली-अलाउंस' की इकन्नी भी हमसे ले लिया करते थे, इसलिए हम लोगों का बचपन बड़ी ग़रीबी में गुज़रा। और शायद यही वजह है कि ख़रीद-फ़रोख़्त की कला न मुझे आती है और न भाई साहब को। हमलोग झट-से पैसा ख़र्च कर देने के आदी हैं, ऐसा शायद इसलिए है कि मौलवी मुनव्वर का डर हमारे दिलों से अभी तक नहीं निकला है, शायद हम डरते हैं कि अगर पैसा ख़र्च न कर दिया गया तो मौलवी साहब झपट लेंगे। शहला (मेरी भाभी) को यही नहीं मालूम, इसलिए कभी-कभार फ़िज़ूलख़र्ची पर भाई साहब को डाँटती रहती हैं।

लेकिन हम लोग मौलवी साहब की आँख बचाकर साल-भर में आठ आने तक ज़रूर बचा लिया करते थे ताकि मोहर्रम की मजलिस्रों में जब यतीम का हिस्सा नीलाम हो, तो कम-से-कम एक बार ज़रूर ख़रीद सकें।

हर मजलिस के आख़िर में 'अंजुमने-हुसैनिया' का कोई आदमी रूमाल में मजलिस का हिस्सा (प्रसाद) लेकर नीलाम करता।

''यतीम का हिस्सा! यतीम का हिस्सा!''

लोग बोली बोलते। तबर्रुक (प्रसाद) अच्छा होता तो मौलवी बेदार और दिलदार दोनों ही बोली बढ़ाते। किसी मामूली तबर्रुक पर मैंने कभी इन लोगों को बोली लगाते नहीं देखा।

हर साल ग्यारह मोहर्रम को 'अंजुमने-हुसैनिया' के जलसे में ऐलान किया जाता कि इस मोहर्रम में यतीमों के लिए कितना पैसा इकट्ठा हुआ, फिर वह रक़म शीया यतीमख़ाना लखनऊ को भेज दी जाती।

चुनाँचे मैंने जेब में हाथ डालकर उस अठन्नी को टटोला, और जब मुझे

---

1. उन दिनों की एक मासिक उर्दू पत्रिका।

इत्मीनान हो गया कि अठन्नी मौजूद है तो लॉरी के पुरज़ों और उसके बॉडी की घड़घड़ाहट लोरी गाने लगी और खिड़कियों से आनेवाली तेज़ हवा ने जैसे बिस्तर लगा दिया और मैं अम्मू की छोटी-सी नर्म तोंद का तकिया लगाकर सो गया।

मेरी आँख खुली तो लॉरी बौरी के पुल को पार कर रही थी। नदी के किनारे खड़ा हुआ एक बोसीदा-सा मंदिर, जो जगह-जगह से मसक चुका था, इधर-उधर के खेतों की खुशहाली को देखकर ख़ुश हो रहा था। पुल के पास ही बचे-खुचे पुल के मसाले के दो-तीन तूदे-से थे। बच्चों के दाँत निकलने के दिनों में आस-पास की माँएँ उन्हें यही मसाला चटाती हैं, इसलिए धीरे-धीरे ये तूदे ख़त्म होते जा रहे हैं। यह मसाला मुग़लों के ज़माने से माँओं का हाथ बँटाता आ रहा है, और कुछ लोग कहते हैं कि मुग़लों ने हिन्दुस्तान के लिए कुछ किया ही नहीं। मुमकिन है कि ओक साहब का यह ख़याल ठीक हो कि सीकरी और ताजमहल बनाने का सेहरा मुग़लों के सिर नहीं बाँधा जा सकता, मैं तो यह भी मान लेता हूँ कि लाल क़िला भी किसी और ने बनवाया है लेकिन ग़ाज़ीपुर की माँओं की कई पीढ़ियाँ जानती हैं कि बौरी के पुल के पास मुग़लों ने मसाले के कई तूदे ज़रूर छोड़े हैं, जो दाँत निकलने में बच्चों की मदद करते हैं।

लॉरी के हॉर्न की आवाज सुनकर आठ सवारियाँ लादे हुए इक्के का मरियल घोड़ा चौंककर हट गया, और सड़क के एक किनारे की तरफ़ भागने लगा। मगर आदमियों के बोझ की वजह से उससे भागा नहीं जा रहा था, इसलिए इक्केवान को मौक़ा मिल गया। उसने इक्के से कूदकर किसी-न-किसी तरह घोड़े को सँभाल लिया, और उधर से इत्मीनान कर लेने के बाद वह मुड़कर ड्राइवर को गालियाँ देने लगा। यह सिर्फ मेरा ख़याल है कि वह गालियाँ देने लगा, क्योंकि वह हाथ उसी अंदाज़ से नचा रहा था। ड्राइवर ने उसकी आवाज़ नहीं सुनी, क्योंकि उस वक़्त वह खुद नंगी टाँगोंवाले कुछ बच्चों को गालियाँ देने में लगा हुआ था जो अपने लँगोट खोले उसे दिखा-दिखाकर आगे-पीछे झूल रहे थे।

"ई सभन के पास पइजामा ना है का ?" मैंने अम्मू से पूछा।

"ई हरमज़ादे हैं।" अम्मू ने कहा।

"हरमज़ादा का होत है ?" मैंने दूसरा सवाल जड़ दिया।

"भाउज से पूछ लिहो।" यह कहकर अम्मू मेरे बालों से खेलने लगे।

"नहीं, आप बताइये !" मैंने ज़िद की।

"हे मासुम ''हउ देखो—बकुला !" पीछे से भाई साहब ने नारा मारा।

मैंने देखा—धान के खेत में बकुलों का एक पूरा लश्कर उतरा हुआ था, और एक नन्ही-सी चरवाहिन एक भैंस की पीठ पर बैठी खेतों के बीच से गुज़रनेवाली पगडंडी पर चली जा रही थी।

उन दिनों मैं जब भी किसी लड़की या लड़के को भैंस की पीठ पर बैठा देखा करता था तो ललचा जाता था और सोचने लगता था कि आख़िर अब्बा घोड़े की जगह एक भैंस क्यों नहीं ले लेते !

मुझे अपने घोड़े मोती या उसके साईस मथुरा से कोई शिकायत नहीं थी, क्योंकि अकसर जब मैं कमर में झाड़ की सींक की तलवार खोंसकर राजकुमार बनना चाहता, मथुरा मुझे तड़-से मोती की पीठ पर बिठला देता और मोती कभी ऐतराज़ न करता। लेकिन घर में कोई दूसरा घोड़ा नहीं था, इसलिए भाई साहब जवाबी राजकुमार न बन पाते; चुनाँचे मैं उतर आता और हम लोग दो पैदल राजकुमार बनकर तलवार के हाथ निकालने लगते। लेकिन अस्तबल में लीद और मोती के पेशाब की नमी की वजह से ज़ख़्मी होकर गिरने की आसानियाँ नहीं थीं, इसलिए हम लोग फिर या तो आँगन में आ जाते या पीली कोठी में चले जाते जहाँ अकेली गोरी दादी रहा करती थीं। दोपहर में तो कोई पीली कोठी का रुख ही नहीं करता था, क्योंकि मशहूर था कि गोरी दादी पर किसी जोगी का साया है। अम्माँ और लतीफ़न बुआ ने तो इत्तफ़ाक़ से उस जोगी को देख भी लिया था। वह अधेड़ उम्र का एक दाढ़ी वाला था जो गोरी दादी की पट्टी पर कुहनियाँ टिकाये ज़मीन पर उकडूँ बैठा हुआ था। लेकिन हम लोगों ने उसे कभी नहीं देखा।

एक बार ऐसा हुआ कि ज़ख़्मी होकर मर जाने की बारी मेरी थी। मैं गिरकर मरा ही था कि बा'जी आ गयीं, बोलीं, "ऐ मासूम, तनी लपक के एक पइसे की हरी बुकनी लिआ दो—ऊह बुड्ढा का जनी कहाँ जाके मर गया है।"

मैं चुप लेटा रहा। मैं कैसे बोलता, मैं तो मरा हुआ था!

"ई मर गया है।" भाई साहब ने बा'जी को ख़बर दी।

"का... !" बा'जी घबराकर अम्माँ की तरफ़ भागीं। हम दोनों भाई चुपचाप बाहर सरक गये। बाद में पता चला कि बा'जी के साथ अम्माँ, मत्तो बुआ, माई, चची, दद्दा, छुटकी दद्दा और ईदू-बौ नाइन, जो उस वक़्त अम्मा के नाख़ून काट रही थी और मदारन-बौ कुँजड़न, जो लीचियाँ बेचने आयी थी और लतीफ़न मनहारिन—गरज़ कि घबरायी हुई औरतों का एक गोल पीली कोठी में घुस आया। गोरी दादी अपने कमरे में लेटी हुई थीं। गर्मी की खड़ी दोपहर थी, और वह बाँस के दस्ती चरख़ीदार पंखे पर पानी छिड़के और पलँग को तर किये बेहाल पड़ी थीं। उनके मलमल के कुरते का दामन गरदन पर पड़ा हुआ था और किसी गीले तौलिये की तरह फूलती हुई दो लुजलुजी छातियाँ उनके पेट से चिमटी हुई थीं। इतने लोगों को घर आता देखकर वह घबरा गयीं और उठ बैठीं।

मगर न तो वहाँ भाई साहब थे और न मेरी लाश। इसलिए बा'जी पर पहली बार डाँट पड़ी, चूँकि वह इतनी चहेती थीं कि भाई साहब के हिस्से का

प्यार भी उन्हीं ने हड़प लिया था, इसीलिए भाई साहब उन्हें यूँ भी बहुत परेशान किया करते थे। हर वक़्त मौक़े की ताक में रहा करते थे। बा'जी उठते-बैठते उनकी शिकायत किया करती थीं और अम्माँ उठते-बैठते उन्हें पीटा करती थीं, लेकिन उन्होंने बा'जी को परेशान करना न छोड़ा। उन्हें बा'जी को परेशान करने से जो रूहानी लज़्ज़त मिला करती थी, वह शायद पिटने की तकलीफ़ पर भारी हुआ करती थी, इसीलिए बा'जी भरसक उनसे दूर बैठा करती थीं।

लॉरी में भी उन्होंने उनसे दूर जगह बनायी थी, मगर भाई साहब पास सरक आये थे और लगातार उनका मुँह चिढ़ा रहे थे। मगर वह उनकी शरारतों और लॉरी के हिचकोलों से बेख़बर आँखें बंद किये हौले-हौले मातम करती जा रही थीं और कोई नौहा गुनगुनाती जा रही थीं। लेकिन शायद मातम की ताल ठीक नहीं आ रही थी, इसलिए वह बार-बार मातम के नये टुकड़े लगाने की कोशिश कर रही थीं।

भाई साहब ने उनकी नन्हीं-सी चोटी को लॉरी की खिड़की की सलाख़ से बाँध दिया—और फिर जो लॉरी ने एक झटका दिया तो बा'जी अपनी चोटी के सहारे लटक गयीं और ज़ोर से चीख़ पड़ीं। अब घरेलू ज़िंदगी में जमहूरियत तो होती नहीं कि राय-शुमारी हो या छानबीन की जाय और मुलज़िम को सफ़ाई का मौक़ा दिया जाय, इसलिए अम्माँ पूछ-गछ किये बिना बस शुरू हो गयीं और भाई साहब गरदन झुकाकर बैठ गये। गरदन झुकाकर मार खा लेने का फ़न उन्हें बहुत अच्छी तरह आ गया था।

"तेरे हाथ टूटें, मट्टीमिले झाड़ूमारे... !" बा'जी ने कलपना शुरू किया।

"अच्छा, बस चुप रहो।" माई ने बा'जी को डाँटा।

बस, एक यही माई थी जो बार-बार भाई साहब की मदद पर आ जाया करती थी। भाई साहब भी उसे बहुत चाहते थे—और चूँकि भाई साहब उसे बहुत चाहते थे, इसलिए मैं भी उसे बहुत चाहता था। शहला के सिवा मैं भाई साहब की हर मुहब्बत में बराबर का शरीक हूँ।

"ओको न कहिथ्यो कुछ!" बा'जी चमकीं।

"ओको का कहें!" माई बोली, "ज़रा-सी बात भई ना कि तोरा टेंटुआ खुला ना... बस पें-पें शुरू कर देथ्यु। ई नफ़ीसा तुहों कउनो काम जोग ना छोड़िहें। आ, बेटा, हमरे पास आ।" उसने भाई साहब को चुमकारा। वह उसके पास चले गये। वह अपने छोटे-छोटे निहायत काले और बूढ़े हाथ उनके सिर पर फेरने लगी—भाई साहब को नींद आ गयी।

एक जगह लॉरी रुकी तो मैं बाहर से अंदर चला गया। दद्दा ने मुझे अपनी गोद में बिठा लिया। दद्दा का रंग इतना सफ़ेद था कि उनकी गोद में बैठने से डर लगता था कि कहीं वह मैली न हो जाय। सुना है कि दादा बड़े बदसूरत थे।

दुश्मन के दिल की सियाही तो किसी ने देखी नहीं मगर दादा के सख़्त पक्के रंग को देखनेवाले अभी ज़िंदा हैं—मुझे नहीं मालूम कि इतनी ख़ूबसूरत दद्दा की शादी इतने बदसूरत दादा से कैसे हो गयी। वह कोई ऐसे अमीर भी नहीं थे और दद्दा राजा मुनीर हसन की बहन थीं। दद्दा कुँवारी थीं और दादा दुहेजू। अच्छी हड्डी के सिवा शायद दादा के पास कुछ नहीं था। वह ग़ाज़ीपुर की कचहरी में कोई फटीचर-सी नौकरी किया करते थे। दद्दा शादी के बाद बस एक बार सुसराल गयीं और जो वहाँ से लौटकर आयीं, तो फिर उस ख़ुदा की बंदी ने ससुराल जाने का नाम न लिया। उनका कहना था कि उनकी ससुराल बदसूरती का एक घना जंगल है, चुनाँचे हम लोग अपनी ददिहालवालों को बिलकुल नहीं जानते, और इसीलिए हम लोग अपने-आपको ग़ाज़ीपुर का कहते हैं, आज़मगढ़ का नहीं कहते; और गंगौली के नाम पर जान देते हैं ... और ठेकमा बिजौली का नाम सुनकर हमारे दिलों में कोई गुदगुदी नहीं होती। हम लोग दद्दा के पोते हैं और दद्दा को बिजौली के लोग कभी अच्छे नहीं लगे। मगर जब दादा पागल हो गये और जंजीरों में जकड़कर इमाम बाड़े से पूरब वाले कमरे में बंद कर दिये गये, तो सुना है कि छुई-मुई-सी अकबरी बीबी ने उनकी बड़ी सेवा की। दद्दा रोज़ एक बार उनके कमरे में जातीं—दादा के बदन की गंदगी साफ़ करतीं, कमरे को धोतीं। दादा को उजले कपड़े पहनातीं। दादा बड़ी ख़ामोशी से उन्हें ये सब काम करने दिया करते थे; मगर वह जैसे ही कमरे से निकलतीं, दादा कपड़ों को तार-तार कर डालते—फिर बरसात की एक काली रात में वह न मालूम कैसे निकल भागे और पोखरे के पास एक गड्ढे में डूबकर मर गये। दद्दा बहुत रोयीं। हालाँकि दादा से उन्हें कुछ लड़कों और लड़कियों के सिवाय कभी कुछ नहीं मिला था—वाह, कुछ मिला कैसे नहीं था! एक तो सुहाग ही मिला था।

मुसलिम-दा, फुन्नन-दा, कल्लू कक्का और गया अहीर के सिवा दादा किसी से डरते ही नहीं थे। जब वह जँगले में खड़े होकर गली से गुज़रनेवाली औरतों को अपना बदन दिखाते और गालियाँ बकते, तो बेचारी औरतें शरमा कर गुज़र जातीं। अब गाँव के दामाद—बड़े फाटक के पागल दामाद को कोई क्या कह सकता था। मगर जैसे ही कोई मुसलिम-दा, फुन्नन-दा, कल्लू कक्का और गया अहीर का नाम लेता, दादा को जैसे साँप सूँघ जाता। अपनी सालियों का तो उन्होंने नाक में दम कर रखा था। वे झल्लाकर कहतीं, "अकबरी बू को कुछ ना कहत्यो।" इस जुमले में फुन्नन-दा, कक्का और गया के नामों से ज़्यादा बल था। यह जुमला सुनकर दादा घंटों के लिए चुप हो जाते थे, इसीलिए तो गंगौली में मशहूर था कि पागल भी अकबरी बूबू का आदर करते हैं—दद्दा को भी अपनी इस ताक़त का पूरा अहसास था—वह गंगौली के सय्यदबाड़े में सबसे बड़ी थीं। गंगौली में उनका सिक्का चलता था, और वह अम्माँ को बार-बार इसका अहसास दिलाती थीं। चुनाँचे उन्होंने जो यह देखा कि अम्माँ

उनकी बातें ग़ौर से नहीं सुन रही हैं, तो बिगड़ गयीं, बोलीं, "हइ ल्यो, मैं कहिथ्युँ दुलहिन..."

"ऐ अम्माँ ! हरमज़ादा का होत है ?" मैंने दद्दा की बात काटकर अम्माँ से सवाल किया।

अम्माँ इस कदर सिटपिटायीं कि डाँटना भी भूल गयीं।

"चुप झाड़ूमारे !" दद्दा ने मेरी पीठ पर पंखा मारा, "ई अम्माँ से पूछै की बात है..."

"अम्मू तो कहिन रहा कि अम्मा से पूछ ल्यो।" मैंने बिसूरकर कहा।

ठीक उसी वक्त लॉरी गंगौली की तरफ़ मुड़ी और यह बात ख़त्म हो गयी। मैं अपना सवाल भूल गया, दद्दा अपना जवाब भूल गयीं।

नील के गोदाम से कटकर पोखरे से बचती हुई एक निहायत कच्ची सड़क गाँव की तरफ़ रेंग रही थी। उस चीज़ को सड़क कहना कहाँ तक ठीक है, यह मैं आज तक तय नहीं कर सका हूँ। उस सड़क का तो हाल यह था कि एक गड्ढा खत्म होता ही था कि दूसरा शुरू हो जाता था। ड्राइवर गड्ढों से बचने की पूरी कोशिश कर रहा था। लॉरी कभी दाहनी तरफ़ झुक जाती थी और कभी बाईं तरफ़। दद्दा 'या अली' कहने में लग गयीं, और 'या अलियों' के बीच में वह बड़बड़ाती जाती थीं, "नऊज, ऐही को बशीर मार कहते रहे की बड़े आराम से पहुँचय्हे ! ई हे ग़ारतपीटी लॉरी है...या अली..."

अभी गंगौली कोई दो फ़र्लांग दूर रही होगी कि लड़कों के शोर करते हुए एक गोल ने लॉरी के आगे-पीछे भागना शुरू किया। लॉरी की रफ़्तार इतनी सुस्त थी कि लड़के भागते-भागते उससे आगे निकल जाते थे। भाई साहब के साथ मैं भी शोर करके लड़कों के शोर का जवाब देने की कोशिश करने लगा।

फुस्सू-चा के घर के सामने से लॉरी बाईं तरफ़ मुड़ी। सामने ही हामिद-दा और वाजिद-दा अपनी उजली दाढ़ियों पर हाथ फेर रहे थे।

"वाजिद-दा, आदाब !" भाई साहब ने नारा मारा।

"वाजिद-दा, आदाब !" भाई साहब की बाजग़श्त बनकर मैंने भी नारा मारा।

वाजिद-दा ने यक़ीनन दुआ दी होगी, लेकिन हमने वह दुआ नहीं सुनी, क्योंकि शोर करते हुए नंग-धड़ंग और कच्चे-पक्के लड़कों और लड़कियों के जुलूस के साथ लॉरी आगे बढ़ चुकी थी।

बँसवाड़ी की जड़ से पूरब की तरफ़ जानेवाली गली के दोनों तरफ़ जुलाहों के घर हैं। जुलाहे खटिया डाले हुक्का पी रहे थे। एक तरफ़ दस-बारह साल का लड़का फ्रेम में मुख़्तलिफ़ रंग के धागों की बड़ी-बड़ी रीलें लगाये, ज़मीन पर थोड़े-थोड़े फ़ासले से बाँस की सलाख़ें गाड़े, रील के धागों को उनके गिर्द लपेट रहा था। लॉरी को देखकर वह रुक गया। हुक्का पीनेवाले बँसखटों से उठ खड़े

हुए। उन्होंने झुककर लॉरी को सलाम किया। गढ़ई पर बैठी कपड़े धोने वाली एक नौजवान लड़की ने जल्दी से साड़ी नीची करके अपनी गंदुमी पिंडलियाँ छुपा लीं—लॉरी इन तमाम बातों से बेख़बर बड़े फाटक की तरफ़ रेंग गयी।

लॉरी के रुकते ही मैं कूदकर फुन्नन-दा के घर की तरफ़ भागा।

''ऐ मियाँ, ओहर मत जाब!'' गया ने कहा।

''काहे न जायँ?'' मैंने पूछा।

''ओ घरे माई न आइल बाड़ीं!''

''केकी माई?''

मैंने गया के जवाब की राह नहीं देखी, क्योंकि फुन्नन-दा के घर अगर खुद गया की माई भी आयी हुई है तो क्या हुआ! एक तो यह कि वह बुढ़िया परदा नहीं करती होगी; और अगर परदा करती भी होगी तो क्या फ़र्क पड़ता है, क्योंकि वह मुझसे तो परदा कर नहीं सकती।

मैं दादा के घर में घुस गया। दादा घर में नहीं थे। दादी आँगन में बैठी साग काट रही थीं। उनकी दो बड़ी बेटियाँ दालान में लेटी कोई नौहा मश्क़ कर रही थीं। दादी मुझे देखकर मुस्करा दीं। उनकी बड़ी-बड़ी काजल-भरी सियाह तराशी हुई नुकीली आँखें भी मुस्करा दीं और पल-भर के लिए उनके चेहरे से बुरे हालात की धूल झड़ गयी, और उनका चेहरा निखर आया। उनकी बेहद साँवली और बेहद नमकीन शख़्सियत पल-भर के लिए धुली हुई चाँदनी की तरह आँगन में छिटक गयी।

''आदाब, दादी!'' मैंने कहा।

''जीयो! कब आयो?''

''अबहियें त आये हैं।''

''बबुओ आयी हैं कि नाहीं?''

''आयी हैं।''

''ऐ रुक़य्ये!'' उन्होंने बड़ी लड़की को आवाज़ दी। उसने अपनी बड़ी-बड़ी सियाह आँखें नौहे की बयाज़ से हटायीं, ''तनी तरकरिया काट लयो, मैं जा राहूय बूबू से मिले।''

''मुम्ताज कहाँ है?'' मैंने पूछा। बात यह थी कि मैं मुम्ताज को यह बताने के लिए बेचैन था कि इस साल मैं बेहोश होने की मश्क़ करके आया हूँ, और पाँच की मजलिस में ऐसा बेहोश हूँगा कि मश्शू भाई भी देखते रह जाएँगे। मेरा ख़याल था कि लॉरी की आवाज़ सुनते ही मुम्ताज़ घर के बाहर आ जाएगा और मैं उसे एक तरफ ले जाकर फ़ौरन यह बात बता दूँगा। मगर वह तो घर में भी नहीं था शायद।

''माता निकल आयी हैं, बेटा।'' दादी ने कहा।

''कहाँ से निकल आयी हैं?'' मैंने पूछा, ''गैवा की माई को न कह रहीं

आप ?''

दादी हँस पड़ी, ''ऐ भाई, ई मासूम त एकदम्मे से पागले जना रहें... चेचक निकल आयी है मुम्ताज के।''

''चार दिन से तरकारी खाते-खाते नाक में दम आ गवा है।'' रुक़य्ये ने कहा।

मैं कोठरी की तरफ़ चला तो दादी ने मुझे मना किया, मगर मैं नहीं माना। झाँककर देखा—मुम्ताज लेटा हुआ था और फुन्नन-दा नीम की एक टहनी से मक्खियाँ उड़ा रहे थे।

''भीतर मत अय्हो!'' दादा ने कहा।

मगर मैं अंदर चला गया। कैसे न जाता! मुझे मुम्ताज को इत्ती बड़ी ख़बर जो सुनानी थी। मैंने मुम्ताज के कान में वह बात बता दी। मुम्ताज मुस्करा दिया और बोला, ''फुट्टूओ मश्क़ किहिन है...''

''नह!'' मैंने कहा, ''बेहोश हम होंगे।''

''बाकी...''

''नह!'' मैंने गरदन झटककर कहा, ''हम फुट्टू के पेट में चक्कू घोंप देंगे!'' मैं कमरे से निकल गया।

मैं बहुत ग़ुस्से में था कि यह तो कोई बात न हुई—मश्क़ करने में चोट खाऊँ मैं और बेहोश हों फुट्टू! अरे, वाह! मैं सीधा हामिद-दा के घर गया। दुलहिनया आँगन में बैठी रोटी बेल रही थी, और हसीना दादी एक बँसखट पर लेटी कोई मरसिया गुनगुना रही थीं।

दुलहिनया हामिद-दा के बच्चों की माँ है, लेकिन हम लोग उसे दादी नहीं कहते। पूरा सय्यद बाड़ा उसे दुलहिनया कहता है। हालाँकि मुसलिम-दा और फुन्नन-दा के बच्चों की माँ को हम लोग दादी कहते हैं। दुलहिनया को हम लोग 'आदाब' नहीं करते, 'सलाम' करते हैं।

''सलाम!'' मैंने कहा।

उसने बेशुमार दुआएँ दे डालीं और इसी बीच में मैंने हसीना दादी को आदाब कर लिया।

''जीते रहो!''

''फुट्टू कहाँ है?''

''पोखरे पर गये हैं...'' उन्होंने कहा, ''बय्यठो!''

मगर मैं नहीं बैठा। मैं पोखरे की तरफ़ भागा। वहाँ जाकर देखा कि वह अपनी बकरी को नहला रहा है। वह मुझे देखकर खुश हो गया।

''पाँच की मजलिस में हम बेहोश होंगे।'' मैंने कहा।

''तूँहू हो लिहो!'' फुट्टू ने कहा।

''नह...'' मैंने गरदन झटकी, ''एह साल खाली हम बेहोश होंगे, तूँ परसाल

होलिहो !"

"अब एमाम हुसैन कउनो बशीर भाई के नौंकर त हैं ना…" फुट्टू उखड़ गया ।

मेरे हाथ में एक पत्थर था । मैंने खींच मारा । फुट्टू चीख़कर बैठ गया । मैं भाग खड़ा हुआ, मेरा ख़याल था कि मैंने फुट्टू को मार डाला है, इसीलिए अब पुलिस मुझे गिरफ़्तार कर लेगी । ख़ैर, देखा जाएगा, मैंने सोचा कि अम्मू बहुत क़ातिलों को बचाते रहते हैं, तो क्या वह मुझे नहीं बचायेंगे ? और क्या शब्बर-दा और अग्गू-दा मेरी वकालत नहीं करेंगे ? इसलिए अगर फुट्टू मर गया तो मेरे ठेंगे से ! फिर भी घर जाने के ख़याल से दिल काँप रहा था, इसलिए मैंने सोचा कि नील के गोदाम में छुप लिया जाय ।

मैंने रास्ता बदल दिया ।

गोदाम के पहले हिस्से को मैंने चुप तय किया, लेकिन दूसरे दर्जे पर चढ़ने का इरादा ही किया था कि एक लड़के के कराहने की आवाज़ आयी । मुझे काठ मार गया—भूतों की वे तमाम कहानियाँ याद आ गयीं जो गोदाम के बारे में मशहूर थीं। मैंने इधर-उधर देखा, दूर-दूर कोई नहीं था। और बहुत दूर—आम के बाग़ों से भी उधर पच्छिम में सूरज डूब रहा था । सहमे हुए बच्चों की तरह मेरे रोंगटे खड़े हो गये, और मेरा दिल डाकगाड़ी के इंजिन की तरह धक-धक करता हुआ भागने लगा ।

फिर एक भारी आवाज़ आयी । मैं बात न सुन सका । लेकिन मैंने आवाज़ पहचान ली । भला मैं तक़्क़न-चा की आवाज़ कैसे न पहचानता ! तक़्क़न-चा हर हफ़्ते कोई-न-कोई मुक़दमा लेकर अम्मू के पास ज़रूर आते थे । इसीलिए उनकी आवाज़ मुझे 'ज़बानी' याद थी ।

"हे तक़्क़न-चा !" मैंने डरते-डरते आवाज़ दी, क्योंकि हो तो यह भी सकता था कि भूत ने मुझे धोका देने के लिए तक़्क़न-चा की आवाज़ बना ली हो । इसलिए उन्हें आवाज़ देकर मैं गोदाम से नीचे उतर आया था कि अगर तक़्क़न-चा की जगह किसी भूत ने सिर निकाला तो मैं भाग खड़ा हूँगा; मगर न भूत ने सिर निकाला और न तक़्क़न-चा ने—गोदाम में एकदम से सन्नाटा हो गया ।

मैंने सोचा कि भाग ही जाना चाहिए, इसलिए मैं भाग खड़ा हुआ और घबराहट में मैं यह भी भूल गया कि मैंने फुट्टू को क़त्ल कर दिया है । लेकिन जब मैंने बड़े दरवाज़े में झाँका और यह देखा कि हाते में पलँग और कपड़े की लंबी आरामदेह कुर्सियाँ पड़ी हैं और गाँवभर के मीर साहेबान इकट्ठा हैं और गोरे दा सदर बने बैठे हैं, तो मुझे एकदम से याद आ गया कि मैंने फुट्टू को क़त्ल कर दिया है । मैंने घबराकर इधर-उधर देखा, भाई साहब इमाम बाड़े के तीन-दरे में बैठे हुए थे । मुझे देखकर वह मेरे पास आ गये । मैं उन्हें लेकर बाहर

निकल गया।

"हमने फुट्टू को क़तल कर दिया है।" मैंने कहा।

"का कर दिया है?"

"क़तल!"

"कब?"

"थोड़ी देर भइ..."

"बाक़ी फुट्टू त हसीना दादी के साथ घर में बइठे हैं।" भाई साहब ने कहा, "दादी मार अम्माँ से शिकायत करती रहीं कि फुट्टू अपना सिर न झुका लिहिन होता त ख़ुदा-न-ख़्वास्ता फुट्टू को जरूर कुछ हो जाता।" भाई साहब ने हसीना दादी की नक़्ल की।

मेरी जान-में-जान आ गयी, "त का ऊ ज़िंदा है?"

"हाँ।"

"त... अब पुलिस हम्में ना पकड़िहे ना?"

"न।"

यह सुनकर मैं इस क़दर ख़ुश हुआ कि थोड़ी दूर पर कबड्डी खेलते हुए जुलाहों के लड़कों के पास जाकर खड़ा हो गया।

"खेल्येगा?" एक लड़के ने पूछा।

"हाँ!" मैंने कहा।

मैं एक गोल में खड़ा हो गया।

'कबड्डी... कबड्डी... कबड्डी...' मैं कबड्डी खेलता हुआ पाले के उधर गया। मैं कनखियों से लगातार अपने दुश्मनों को देख रहा था, लेकिन कभी-कभी मेरी आँख भटककर उन जुलाहों की तरफ़ भी चली जाती थी, जो मीर साहेब के लड़के को कबड्डी खेलता देखकर इकट्ठा हो गये थे—जैसे कि मीर साहेब के लड़के का कबड्डी खेलना कोई अनोखी बात थी—मगर थी तो अनोखी ही बात; क्योंकि उस दिन मैं पहली और आख़िरी बार जुलाहों के लड़कों के साथ कबड्डी खेला था।

'कबड्डी... कबड्डी...' मैं बोलता रहा। लड़कों ने अपना घेरा तंग करना शुरू किया। फिर एक लौंडे ने झुककर मेरी टाँग पकड़ ली। मैं गिर पड़ा। तमाम लड़के मुझ पर टूट पड़े। किसी के हाथ में मेरी टाँगें थीं, किसी के हाथ में मेरे हाथ। मैं कबड्डी बोलता हुआ पाले की तरफ घिसट रहा था, मेरी कुहनियाँ छिल गयी थीं। घुटनों की खाल उतर गयी थी। सफ़ेद मलमल का कुरता तार-तार हो चुका था, मगर मैं कबड्डी बोल रहा था और लगातार पाले की तरफ खिसकता ही जा रहा था।

फिर एकदम से दो बड़े-बड़े खुरदरे हाथों ने लड़कों को इधर-उधर फेंक दिया—"अब तुँह लोगन अइसन लाट साहेब होगइल बाड़ा की मीर साहेब के

लइकन से कबड्डी खेलबा ?'' यह आवाज़ गया अहीर की थी। लड़के डरकर भाग गये। मैं मुजरिमों की तरह गरदन झुकाकर खड़ा हो गया। गया ने मेरे कपड़े झाड़े और बदन के रिसते हुए ज़ख्मों में मिट्टी भरकर उसने मुझे गोद में उठा लिया।

''आप मियाँ हुईं, आपके ई ना चाही।'' उसने मुझे समझाया।

जब गया मुझे लेकर फाटक में दाखिल हुआ तो आँगन में खलबली पड़ गयी। स्प्रिट से मेरे ज़ख्म धोये गये। अली कबीर-चा ने फ़ौरन एक नुस्ख़ा लिखा। उब्बाद-चा उस नुस्खे को लेकर अपने दवाख़ाने की तरफ़ लपक गये। फुन्नन दादा जुलाहों के घर तक लपक गये और लाठी बजा-बजाकर उन्हें गाली देने लगे। गोरे-दा ने मुझे अपने पास बुला लिया।

''ये तुम लॉरी से उतरकर कहाँ गायब हो गये थे ?'' उन्होंने पूछा।

गोरे-दा की आवाज़ बहुत अच्छी थी—इतनी रसीली जैसे मिठुआ आम। वह गोरी दादी ही की तरह गोरे थे, लेकिन उनसे ज्यादा खूबसूरत थे। खूब निकलता हुआ क़द, चौड़ी हड्डियाँ, मुस्कराती हुई बड़ी-बड़ी काली आँखें। उन्हें गाने का इतना शौक़ था कि जवानी में कलकत्ता भाग गये थे। और सुना है कि वहाँ जाकर न्यू थिएटर्स में भरती हो गये थे। घरवालों को जो मालूम हुआ कि वह थिएटर में भरती हो गये हैं, तो घर में कुहराम मच गया। लोग गये और बड़ी मुश्किल से बहला-फुसलाकर वापस लाये। राजा सय्यद मुनीर हसन का भाई और थिएटर में काम करे! चुनाँचे सरकार ने उन्हें तहसीलदार बना दिया, और उन्हें यह तहसीलदारी ऐसी भायी कि फिर उन्होंने तरक़्क़ी के बारे में सोचा ही नहीं। वह ज़िंदगीभर तहसीलदारी ही करते रह गये। वह बड़े अच्छे शायर थे। तरन्नुम से अपनी ग़ज़लें सुनाते तो समाँ बँध जाता। एक-दो साल के नागे से मोहर्रम करने गंगौली आ जाते थे। जिस साल वह आते, उस साल गाँव के और तमाम लोग गहना जाते। सबका दाम गिर जाता था और सिर्फ़ उन्हीं का दरबार लगा करता था...

इसीलिए जब उन्होंने मुझे अपने पास बुलाया तो मैं फूल गया। लेकिन उनके सवाल का जवाब कैसे दे सकता था! मैं उन्हें बेहोशी के राज़ में शरीक करना नहीं चाहता था। मैंने तो सोच रक्खा था कि जब मैं तड़-से बेहोश हो जाऊँगा, तो दक्खिन पट्टी के तमाम लोग ख़ुश हो जायँगे कि चलो, अपनी पट्टी में भी एक ऐसा लड़का निकल ही आया जो मियाँ मश्शू की बेहोशी का जवाब दे सकता है।

''हम पोखरे पर गये रहे।'' मैंने कहा।

''नहीं!'' गोरे-दा बोले, ''कहो कि मैं पोखरे तक गया था।''

''मैं पोखरे तक गया था।'' मैंने कहने को कह दिया, मगर ये तमाम अलफ़ाज़ मुझे अजनबी और सख़्त बुरे मालूम हुए।

''अगर आज चाँद हो जाये तो शाम को मजलिस में तुम एक सलाम पढ़ना।'' उन्होंने कहा।

''जि''' अच्छा!'' मैंने कहा।

''उर्दू पढ़ लेते हो ना?''

''जि हाँ।''

''किस दर्जे में पढ़ते हो।''

''फ़ोर्थ में।'' मैंने सीना तानकर कहा।

''मुन्ने से मुक़ाबला करोगे?''

मैंने अली महदी-चा के लड़के मुन्ने की तरफ़ देखा। वह मेरी तरफ़ देखकर हिक़ारत से मुस्करा दिया। वह बहुत ही सूखा हुआ था।

''करोगे मुक़ाबला?'' अली महदी-चा ने पूछा।

''कुश्ती में?'' मैंने सवाल किया।

''नहीं, अंग्रेज़ी में...'' अली महदी-चा बोले।

मैंने फिर मुन्ने की तरफ़ देखा, मगर चेहरे-मोहरे से मुझे ज़रा अंदाज़ा न हो सका कि वह मुझसे कम अंग्रेज़ी जानता है या ज़्यादा। मैंने मौलवी मुनव्वर साहब की तरफ़ देखा, मगर उनका चेहरा तो बिलकुल ही ख़ाली था। वह तो मुझसे भी कम अंग्रेज़ी जानते थे।

''ऐ मामू, ई अली ज़हीर साहब अउर एक़बाल सुहैल के एलेकशनवा में का किया जाये साहेब?'' हम्माद-दा के कंधे के पीछे से सिर निकालकर फुस्सू-चा ने सवाल किया। मेरी जान में जान आ गयी कि चलो, मुक़ाबला टल गया। वरना मरता क्या न करता! जान पर खेलकर मुक़ाबला तो कर ही डालता। आख़िर उत्तर और दक्खिन पट्टियों का मामला था।

''भई एक़बाल सुहैल तो अहले-बैत[1] के सख़्त दुश्मन हैं।'' गोरे-दा ने कहा, ''मगर मेरे ख़याल में मुसलिम लीग को वोट देने से भी कोई फ़ायदा नहीं...''

मैं वहाँ से चुपचाप सरक गया कि कहीं इस बहस के बाद फिर मुक़ाबले वाली बात न उठ खड़ी हो।

मैं वहाँ से उठकर सीधा अंदर चला गया। वहाँ गाँव-भर की बीवियाँ दद्दा से मिलने के लिए आयी हुई थीं। बा'जी लड़कियों के एक गोल में बैठी उन्हें 'फ़रेबी दुनिया' फ़िल्म की कहानी सुना रही थीं। लड़कियों ने तमाम बातें तो मान लीं, लेकिन उन्होंने यह मानने से साफ़ इन्कार कर दिया कि तस्वीरें चलती-फिरती और बोलती-चालती हैं। गाने गाने का तो ख़ैर कोई सवाल ही पैदा नहीं होता। मगर बा'जी कहाँ माननेवाली थीं, तड़-से बोलीं,

---

1. अहले-बैत=घरवाले। शीआ मुसलमानों में मुसलमानों के पैग़ंबर की औलाद को कहते हैं।

'अल्ला-क़सम, बब्बो बा'जी ! हम अपनी आँख से देखा है ।"

अब बब्बो बा'जी या सल्लन फुफ्फू या अलबू फू के पास इस 'अल्ला-क़सम' का क्या जवाब हो सकता था ? अभी वे लड़कियाँ चकरा ही रही थीं कि बा'जी ने मुझे देख लिया । मैं सबूत का गवाह बना दिया गया ।

"मासूम से पूछ लिजिये ।"

मासूम से पूछा गया ।

और मैंने उन्हें जब यह बताया कि बा'जी ठीक कहती हैं, तो वे बेचारियाँ बिलकुल बेहोश हो गयीं ।

"ई सब क़यामत के असार हैं ।"

लेकिन यह बहस यहीं रोक दी गयी, क्योंकि चाँद देखने का शोर होने लगा । फुट्टू ने चाँद देख लिया था और हसीना दादी बिना चाँद देखे फुट्टू की हाँ-में-हाँ मिलाये जा रही थीं । मुझसे किसी ने कुछ कहा तो था नहीं, इसलिए चाँद देखते ही मैं फुट्टू की तरफ़ सरक गया ।

"हम बेहोश होंगे !" मैंने चुपके से कहा, "उधर अगर तू भयो बेहोश त हम तोरे पेट में चक्कू घोंप देंगे ।"

फुट्टू सहमकर हसीना दादी की तरफ़ सरक गया ।

तमाम औरतें ज़नाना इमाम बाड़े की तरफ़ बढ़ीं ।

इस इमाम बाड़े के बारे में अजीब-अजीब बातें मशहूर थीं । मशहूर था कि हर जुमे (शुक्रवार) की रात को इसमें जिन्नात मजलिस करते हैं । इसलिए शाम के बाद कोई इधर से गुज़रता ही नहीं था । लेकिन मोहर्रम के चाँद के मानी यह होते हैं कि इमाम हुसैन कर्बला से हिंदुस्तान आ गये हैं और इमाम बाड़ा जिन्नात के हाथ से निकलकर आदमियों के क़ब्ज़े में आ गया है । फिर भी मैंने सोचा कि चाँद तो अभी-अभी हुआ है । क्या पता, कोई भूला-भटका जिन्न रह ही गया हो, या जिन्नात जल्दी में जाते-जाते अपनी कोई चीज़ भूल गये हों और उसे लेने के लिए कोई रास्ते ही से लौट आया हो, इसलिए मैं दद्दा और अम्माँ के बीच में चलने लगा ।

इमाम बाड़े में रोशनी हो चुकी थी । बड़े अब्बा साहब पंजों[1] और तुरबतों[2] पर सेहरा[3] चढ़ा रहे थे और छोटी-सी सईदा तन्नू भाई के पेट पर चढ़ी बैठी उन्हें कोई नौहा सुना रही थी । तन्नू भाई इमाम बाड़े के फ़र्श पर लेटे हुए थे । बड़े

---

1. बाँस के छड़ों में सोने-चाँदी के पंजे और क़ीमती पटके लगाकर इमाम बाड़े सजाये जाते हैं । यह राजाओं के साथ चलनेवाले झंडों की अहमियत रखता है ।
2. क़ब्र को कहते हैं । इमाम बाड़ों में लकड़ी की क़ब्रें भी रखी जाती हैं, जो इमाम हुसैन की क़ब्र की नक़ल समझकर तक़रीबन पूजी जाती हैं ।
3. फूलों की उस माला को कहते हैं जो पंजों और ताज़ियों पर चढ़ायी जाती है ।

अब्बा तन्नू भाई और सईदा से बेख़बर अपने काम में मशग़ूल थे।

कहते हैं कि बड़े अब्बा एम. ए. ओ. कॉलेज के शौक़ीनों में हुआ करते थे। लेकिन मैंने तो सिर्फ उनकी दरवेशी देखी है। वह कानपुर में रहा करते थे। यह बात किसी को नहीं मालूम कि वह करते क्या थे। बस, मोहर्रम में वह गंगौली आ जाते थे। उन्हें पाक-साफ़ रहने का इतना ख़याल रहा करता था कि बच्चों को प्यार करने से भी कतराया करते थे। कभी मुहब्बत बहुत बेचैन करती तो वह अपने मुँह से अजीब-अजीब आवाज़ें निकालने लगते और दो उँगलियों की नोक से उस बच्चे की नाक की नोक को छू लिया करते थे। उनके ख़याल में उनकी अपनी जानमाज़[1] के सिवाय दुनिया की कोई चीज पाक थी ही नहीं। वह जाड़ों में भी एक सूती शेरवानी ही पहने रहा करते थे। जब मजलिस पढ़ने के लिए मिंबर[2] पर बैठते तो जाड़े की वजह से नज़ले की एक बुलाक उनके नथुने में झूला करती थी। और मैं यह सोचने लग जाता था कि देखें, नज़ले की यह बुलाक कब गिरती है। मगर वह बुलाक कभी नहीं गिरी। वह जब तक ज़िंदा रहे, अलमों और ताज़ियों और तुरबतों पर सेहरा चढ़ाने का शरफ़ किसी और को नहीं मिला।

चूँकि औरतें सब ख़ानदान ही की थीं, इसलिए परदे का कोई सवाल नहीं था। वह चुपचाप अपने काम में लगे रहे।

चाँदी के कोई पचीस अलम ज़रदोज़ी के पटकों समेत दीवार से टिके हुए थे। उन पर एक रेशमी दुपट्टा पड़ा हुआ था। अलमों के नीचे एक तुरबत थी। उसपर संगी[3] का ग़िलाफ़ था। तुरबत के इधर-उधर कुछ तसबीहें और सिजदागाहें (मिट्टी की टिकियाँ , जिन पर शीया मुसलमान सिजदा करते हैं) रखी हुई थीं। फिर इमाम बाड़े की चौड़ाई-भर का एक काला परदा था, जो शहनशीन को बाक़ी कमरे से अलग करता था।

इमाम बाड़े की दीवारों पर इमाम हुसैन के पड़ावों, फ़रात नदी और ज़ख़्मी ज़ुलजनाह (इमाम हुसैन के घोड़े) की ख़याली तसवीरों के अलावा क़ुर्आन की आयतें और मीर अनीस की रुबाइयाँ फ़्रेमों में जड़ी हुई लटक रही थीं। छत से लटकी हुई शीशे की ख़ूबसूरत हाँडियाँ झूल रही थीं; उनमें मोमबत्तियाँ नहीं थीं क्योंकि हमारे इमाम बाड़ों तक पेट्रामैक्स का युग आ चुका था। इन हाँडियों के इधर-उधर शीशे के बड़े-बड़े रंगीन कुमकुमे टँगे हुए थे। इन कुमकुमों में कमरे के लोगों की परछाइयाँ नाचा करती थीं।

बड़े अब्बा साहब सेहरे चढ़ाने और शरबत नज्र करने के बाद चले गये।

---

1. वह कपड़ा या चटाई, जिसपर नमाज़ पढ़ी जाती है।
2. तीन सीढ़ियों का एक प्लेटफार्म, जिसपर ग़िलाफ़ चढ़ा रहता है। एक आदमी इसी पर बैठकर कर्बला की कथा सुनता है।
3. एक विशेष कपड़ा।

बीबियों ने चूड़ियाँ चढ़ायीं[1]—काली, गोरी और साँवली; अधेड़, बूढ़ी और जवान कलाइयाँ नंगी हो गयीं। बा'जी ने अपनी नाक से नीम का तिनका निकालकर टूटी हुई चूड़ियों के ढेर पर रख दिया।

फिर बा'जी बयाज़ लेकर खड़ी हो गयीं। उनकी हमजोलियाँ और दूसरी कई और औरतें मातम से ताल देने लगीं। दद्दा शहनशीन के तख़्त से टिककर बैठ गयीं। तमाम औरतों ने दुपट्टों से मुँह ढँक लिये। बा'जी ने नौहा पढ़ना शुरू किया। निहायत पतली और ख़राब आवाज़ है मेरी बा'जी की, फिर ग़ज़ब यह हो गया कि यह ग़ाज़ीपुर से जिस धुन की मश्क़ करके आयी थीं, उसे भूल गयीं। दो शेरों के बाद उस जौनपुरी धुन पर गंगौली ने अपना ठप्पा लगा दिया। बा'जी ने बहुत कोशिश की कि वह उस जौनपुरी धुन पर क़ायम रहे, मगर फिर उन्हीं को हार मान लेनी पड़ी।

दद्दा, छुटकी दद्दा, रब्बन-दा, नईमा दादी और दूसरी अधेड़ और बूढ़ी औरतें मक्र नहीं कर रही थीं, वे रो रही थीं। ज़ारोक़तार रो रही थीं और अपनी नाकों को गार-गार कर अपनी उँगलियों को इमाम बाड़े की दीवारों पर रगड़ रही थीं। रोते-रोते रब्बन दादी का हलक़ सूख गया, तो उन्होंने बटुए से छालियाँ, तम्बाकू खाया, और एक-एक उँगली कत्था-चूना चाटकर उन्होंने फिर रोना शुरू कर दिया, "अरे मोरे मौला··· मोरी बीबी के लाल···"

रब्बन दादी की एक आँख चेचक में चली गयी थी, इसलिए वह एक ही आँख से रोया करती थीं। उन्हें इसका बड़ा दुख था कि सब दो आँखों से रोते हैं और वह एक ही आँख से रोने पर मजबूर हैं, चुनाँचे वह हुसैन और उनके घरवालों पर रोते-रोते अपने दुखों के बैन के टुकड़े भी लगा दिया करती थीं।

'अरे एक्के ठो अँखिया से कइसे रोयें, हे मौला···'

सैदानियाँ मुँह ढाँपे अपनी बीबी (सय्यदा रसूल की बेटी) को पुरसा दे रही थीं। कोई ज़ैनब (हुसैन की बहन) को पुरसा दे रही थी। किसी ने सकीना (हुसैन की चार साल की बेटी) को सीने से लगा रखा था, और कोई कर्बला के बीमार सय्यदे-सज्जाद (हुसैन के बड़े बेटे) की ज़ंजीरें उठाये उनके साथ-साथ चल रही थी, न मालूम क्या बात है कि यह सैदानियाँ हुसैन की बीवियों को कभी पुरसा नहीं देतीं।

मैंने जो रब्बन दादी की इकलौती आँख से बहते हुए आँसुओं को देखा तो मुझे हँसी आने लगी। अम्माँ ने रोते ही रोते मेरी पीठ पर एक धपक्का मारा. "मट्टीमिले! निचले बइठ!" इतना कहकर वह फिर रोने लगीं।

मैं मुँह सीधा करके बैठने पर मजबूर हो गया। बा'जी ने अंतरा उठाया उनकी आवाज़ की डोर बीच ही में टूट गयी। अफ़ज़लुन को हँसी आ गयी

---

1. मोहर्रम की चाँद-रात को तमाम शीया सुहागिने चूड़ियाँ बढ़ा देती हैं।

सल्लन ने अपने मुस्कराते हुए काले होंठों पर दुपट्टा रख लिया। इसी बीच में बा'जी ने आवाज़ की टूटी हुई डोर की मरम्मत करके अंतरे को सँभाल लिया।

'उम्मे लैला पुकारीं ये रोकर!
शाम होती है, घर आओ, असग़र...'

मैंने चौंककर चची की तरफ़ देखा। घर में उन्हीं का नाम उम्मे लैला था। मगर यह अली अकबर कौन हो सकता है जिसके लिए वह इस क़दर परेशान हो सकती हैं? इमाम हुसैन के बेटे अली अकबर को तो मैं जानता था, मगर चची उन्हें क्यों बुलायेंगी भला, इसलिए मैंने सोचा कि इस बात का पता चला ही लेना चाहिए।

"ई अली असग़र कउन हैं, चच्ची?" मैंने पूछा।

चची ने कोई जवाब नहीं दिया। वह चुपचाप रोती ही रहीं, तो मुझे घबराहट होने लगी। मैंने सोचा कि बाहर चलकर अम्मू से पूछा जाय, इसलिए मैं वहाँ से खिसक लिया और गोरी दादी के मकान में दाख़िल हो गया।

"छोड़िये...कोई आ जाई!" यह आवाज़ मेहरुनिया नाइन की थी।

"कोई ना अइय्हे...मजलिस हो रही!" यह आवाज़ सुलैमान-चा की थी।

मैं झोंक में था, बिलकुल उनके पास पहुँच गया। मैंने मेहरुनिया को सुलैमान-चा की बाँहों में लहराते देखा। सुलैमान-चा की आँखों में भी चिराग़-से जल रहे थे। मुझे देखते ही उन्होंने मेहरुनिया को छोड़ दिया। वह भाग गयी।

सुलैमान-चा अम्मू के दूध-शरीकी भाई थे। गंगौली ही में रहा करते थे। इन दिनों इनकी उम्र छत्तीस-सैंतीस साल रही होगी। भरा हुआ कसरती बदन था, लंबा क़द, हल्का साँवला रंग, बड़ी-बड़ी गहरी भूरी आँखें। लोगों का खयाल था कि उन्हें नमाज़, रोज़े और कसरत के सिवाय कोई और शौक ही नहीं है। और औरतों से तो वह दूर भागते हैं। चुनाँचे दद्दा के बहुत कहने-सुनने के बाद भी उन्होंने शादी नहीं की। लेकिन चूँकि वह दद्दा का कहना टाल नहीं सकते थे, इसलिए अपनी देख-भाल के लिए उन्होंने घर में एक चमाइन डाल दी थी। यह चमाइन उनके तीन बच्चों की माँ भी थी। उनका सारा खर्च सरकारी ख़ज़ाने (ज़मींदारी के ख़ज़ाने) से चलता था— यानी साल-भर का गल्ला उन्हें ज़हीर-चा की जमींदारी से मिलता था। उनके कपड़े-लत्ते की ज़िम्मेदारी अम्मू के सिर थी। उनका बड़ा लड़का अकबर अली मौलवी क़ुरबान अली के मदरसे में पढ़ता था और अब्बा उसे पाँच रुपये महीने का वज़ीफ़ा दिया करते थे। उनकी लड़की बच्छन इस घर से उस घर आने-जाने में सीना-परोना सीख रही थी। वह सात या आठ ही साल की थी। मुझसे बस दो ही दिन छोटी थी और मुझे बहुत अच्छी लगा करती थी। गरज कि सब ख़ैरियत थी, बस, उनकी चमाइन

घर की बीबियों के साथ फर्श पर नहीं बैठ सकती थी. मगर उसे मजलिस के फ़र्श पर बैठने की इजाज़त थी। बात यह है कि उसकी आवाज़ बहुत अच्छी थी। सुलैमान-चा ने उसे दो-तीन नौहे याद करवा दिये थे। वह बरसों से मजलिसों में इन्हीं नौहों को पढ़ती आ रही थी। उसकी धुनों पर लोक-धुनों का इतना असर था कि बीबियाँ तो बीबियाँ, खुद सय्यद साहेबान में से कई जनाने इमाम बाड़े के बाहर खड़े होकर उसका पढ़ना सुना करते थे और रोया करते थे।

न वह मुसलमान हुई और न ही सुलैमान-चा ने उसे मुसलमान बनाने की कोई कोशिश की। और वह झंगटिया-बो ही कही जाती थी। झंगटिया से जब उसका ब्याह हुआ था, तो वह अठारह साल की थी और वह चार साल का। फिर ऐसा हुआ कि झंगटिया को चेचक निकल आयी और वह बेवा हो गयी—और सुलैमान-चा ने उसे अपने घर में डाल लिया। कहते हैं कि चमार चढ़ आये थे। और यह भी कहते हैं कि फुन्नन मियाँ ने बड़ी मुश्किल से उन्हें समझा-बुझाकर और कुछ-दे-दिलाकर वापस किया था। सुलैमान-चा का कहना था कि मामला पाँच-बीसी पर तय हुआ था, मगर गया अहीर का कहना था कि चमारों को सिर्फ़ तीन-बीसी मिले थे। बाक़ी के दो-बीसी फुन्नन मियाँ के काम आये थे। किस्सा जो भी हो, झंगटिया-बो सुलैमान-चा के घर में आ गयी।

यह झंगटिया-बो थी तो बड़ी काली, मगर बला की ख़ूबसूरत, सोंधी और मीठी थी। बिलकुल ताजा-ताजा गुड़ की तरह, जिससे अभी भाप निकल रही हो। कई मीर साहेबान इस झंगटिया-बो की सोंधाहट पर लट्टू थे। कइयों ने उसे सब्ज़बाग़ भी दिखलाये, लेकिन वह जो सुलैमान-चा की हुई तो उन्हीं की हो गयी।

मगर एक परेशानी भी खड़ी हो गयी। सुलैमान-चा मज़हबी आदमी थे, इसलिए वह झंगटिया-बो की छुई हुई कोई गीली चीज इस्तेमाल नहीं कर सकते थे। इसलिए घर में एक औरत के आ जाने के बाद भी सुलैमान-चा को अपना खाना ख़ुद ही पकाना पड़ता था। दाल-सालन तो वह फुन्नन-दा या वाजिद-दा या सुमारी बुआ के यहाँ पकवा लिया करते थे; रही रोटियाँ, तो रोटियाँ वह ख़ुद डाल लिया करते थे। और खाना खाकर पानी पीने के बाद ख़ुदा का शुक्र अदा कर लिया करते थे।

झंगटिया-बो उन्हें बहुत चाहती थी, इसलिए मेहरुनिया के भाग जाने के बाद वह खड़े-के-खड़े रह गये। उन्हें तो जैसे ठार[1] मार गया था।

"ओके हाथ में कीड़ा काट लिहिस रहा!" उन्होंने बहुत ग़ौर करने के बाद मुझसे कहा।

1. पाला

''साँप !'' मैं कूदकर दो क़दम पीछे ग़या।

''डोढ़हा रहा।'' वह बोले, ''ओमें ज़हर ना होत।''

''अच्छा, सुलैमान-चा !'' मैं अपनी उलझन की तरफ़ आ गया, ''उम्मे लैला त चच्ची का नाम है ना, फिर ई बा'जी मार उम्मे-लैला, उम्मे-लैला का पढ़ती रहीं नौहे में ?'' मैंने सुलैमान-चा ही से पूछ लिया क्योंकि मुझे तो मेहरुनिया और उनके साँप की अहमियत का कोई पता था नहीं कि मैं उसके बारे में सोचता। सुलैमान-चा मेरा सवाल सुनकर हँस पड़े। बोले, ''ऊ एमाम हुसैन की बीवी रहीं।''

''ता का चच्ची अम्मू से दोहराके बियाह किहिन हैं ?''

सुलैमान-चा खिलखिलाकर हँस पड़े, ''भय्या, ई बात तूँ वज़ीरे से पूछ ल्यो।''

''अच्छा !'' कहकर मैं बाहर की तरफ़ चल पड़ा।

इमाम बाड़े में मजलिस की तैयारी हो चुकी थी। गोरे-दा, अबू मुहम्मद-दा, मुख़तार मियाँ, दिलदार मियाँ, मौलवी बेदार, रशीद मियाँ, अली क़दीर-चा, हकीम अली कबीर साहब और फुन्नन मियाँ मिंबर के सामने थे; फिर अब्बा थे, फिर अम्मू, अली महदी-चा, अली हादी-चा, अग्गू-दा, शब्बर-दा, हम्माद-दा, मुसलिम-दा और फुस्सू-चा थे। चच्चा-बच्चा मिंबर से टिककर पसरे हुए थे। मद्दू मिंबर के अंदर से गिलाफ़ उठाये झाँक रहे थे और भाई साहब कई और लड़कों के साथ मिंबर के पीछे बैठे हुए थे। सफ़ेद धोती और सफ़ेद कुरता पहने गोबरधन मुसलिम-दा को रुई की घटती-बढ़ती क़ीमत के बारे में कुछ समझा रहा था। मुसलिम-दा आँखें फाड़े उसकी बातें सुन रहे थे।

तीन-दरे के जिस हिस्से में फ़र्श नहीं था, उसमें जुलाहे बैठे हुए थे। चमारों और भरों के लड़के प्रसाद के लालच में तीन-दरे के बाहर ज़मीन पर उकड़ूँ बैठे आपस में लड़ रहे थे।

दो पेट्रोमैक्स जल रहे थे। उनकी रोशनी में फ़ानूस, कँवल, हाँडियाँ, गिलास और झाड़ की बिल्लूरी क़लमें झिलमिला रही थीं।

फाटक के पास ग़ुसलख़ाने के दरवाज़े से ज़रा हटकर बड़ा-सा सफ़ेद फरहरा लहरा रहा था और उसका बड़ा-सा पंजा हवा से लचक रहा था। फ़र्श पर हुक़्क़ा पिया जा रहा था।

हकीम अली कबीर साहब अब्बू-दा को बक़ाया लगान के किसी मुक़दमे की कहानी सुना रहे थे। और अम्मू अली हादी-चा के कान में कोई ऐसी बात कह रहे थे जिसे सुनकर उनके लिए हँसी रोकना मुश्किल हो रहा था। मौलवी

बेदार गोरे-दा को किसी शादीनामे[1] के शेर सुना रहे थे। गोरे-दा व्यंग्य की तेज़ धार देखकर हैरान थे, और झूम-झूमकर तारीफ़ कर रहे थे। पास ही बैठे हुए सिब्तू-दा अब्बा से कजीना-फू की निस्बत की बात कर रहे थे।

मैं सीधा अम्मू के पास जाकर उनकी गोद में बैठ गया। उन्होंने मेरी गरदन के पिछले हिस्से पर अपनी नाक रगड़ दी। मैं खिलखिलाकर हँस पड़ा। तमाम लोगों ने चौंककर मेरी तरफ़ देखा। मैंने जल्दी से मुँह लटका लिया।

"आज तक्कन-चा गोदमवा पर कउनो लड़के को मारते रहे।" मैंने अम्मू से कहा। अम्मू ने अली हादी-चा की तरफ़ देखा। वह मुस्करा दिये। "ऊ मार रोता रहा।" मैंने अपनी बात पूरी कर दी।

"अच्छा, हम उन्हें डाँट देंगे।" अली हादी-चा ने कहा।

"अऊर का चच्ची की पहली शादी एमाम हुसैन से भई रही?" मैंने सवाल किया।

अम्मू और अली हादी-चा के लिए हँसी रोकना मुश्किल हो गया। दोनों ने बहुत कोशिश की, मगर फिर हँस ही पड़े। अग्गू-दा ने भी क़हक़हा लगाया। चच्चा-बच्चा और फुस्सू-चा दूर थे; मगर उन्होंने जो अपने वज़ीर भाई और हादी भाई और अग्गू मामू को हँसते देखा, तो समझे कि ज़रूर कोई हँसने की बात है, तो उन्होंने भी हँसना शुरू कर दिया। मैं हैरान कि आख़िर क़िस्सा क्या है।

"अरे म्याँ वज़ीर, क्या बात है?" गोरे-दा ने पूछा। अम्मू ने उन्हें बड़ी मुश्किल से बात बतायी। वह मुस्करा दिये, फिर उन्होंने मुझे अपने पास आने का इशारा किया। मैं मुजरिमों की तरह उनके पास गया और गरदन झुकाकर बैठ गया।

"हज़रत अली अकबर की वालिदा का नाम हज़रत उम्मे लैला था।" उन्होंने कहा।

"बाक़ी..."

"'बाक़ी' नहीं!" उन्होंने मुझे टोका, "'बाक़ी' बोलना गँवारों का काम है, 'लेकिन' या 'मगर' कहो। तुम्हारी चची का नाम उन्हीं हज़रत उम्मे लैला के नाम पर रक्खा गया है।"

चूँकि यह बात गोरे-दा कह रहे थे, इसलिए मैं मान गया। मगर यह बात मेरे हलक़ से नहीं उतरी। मैं वहाँ से सरक लेना भी चाहता था क्योंकि भाई साहब मिंबर के पीछे बैठे गप लड़ा रहे थे और मेरा मुँह चिढ़ा रहे थे। मगर गोरे-दा ने तो जैसे फ़ैसला कर लिया था कि वह मुझे पूरी क़रबल-कथा सुनाकर

1 यह एक तरह की नज़्म होती है जिसमें किसी शादी का आँखों-देखा हाल बयान किया जाता है। यह तारीफ़ में भी हो सकती है और बुराई में भी।

ही दम लेंगे। इसलिए मैं मदीने से मक्का, मक्का से कर्बला, कर्बला से कूफ़े, कूफ़े से दमिश्क़ और दमिश्क़ से फिर कर्बला और कर्बला से मदीना आने-जाने में थककर बिलकुल चूर हो गया। मुझे नींद आने लगी। मगर भाई साहब अपने हाथों के इशारे से कोई संदेशा भेज रहे थे। मैंने जो इशारा पहचानकर पीछे देखा, तो क्या देखता हूँ कि कल्लू कक्का अफीम की पिनक में हैं। उनका सिर ज़मीन की तरफ झुकता चला जा रहा था। उनके खुले हुए मुँह से लार टपक-टपककर उनकी मैली सफेद दाढ़ी में जज़्ब हो रही थी। ठीक उसी वक़्त बड़े अब्बा साहब ने इमाम बाड़े का हरा तोड़दार दरवाज़ा खोल दिया। लोगों ने खड़े हो-होकर अलमों को मुजरा दिया। वाजिद-दा ने कंधे से अंगौछा उतारकर दाढ़ी पोंछी और रोने के लिए तैयार हो गये। चच्चा-बच्चा ने दामन से चश्मा साफ किया। सुज्जन-दा ने कक्का को टहोका दिया, "मजलिस शुरू हो रही है..."

"अरे, त का हम सो रहे हैं!" यह कहकर कक्का ने हाथों से दाढ़ी साफ की। हाथ नम हो गये, तो उन्होंने हाथों को फर्श पर रगड़कर सुखा लिया।

बड़े अब्बा साहब ने ख़ुशबूदान में मसाला डाला। ख़ुशबूदार धुआँ लहराकर उठा—ताँबे, चाँदी और गंगा-जमनी पंजों और गलते संगी, मख़मल और पोथ के पटकों ने धुएँ की चादर से झाँकना शुरू किया। बीच में लकड़ी का एक ख़ूबसूरत गोल गुंबदवाला ताज़िया था, जिस पर काला मख़मल चढ़ा हुआ था। उसके चारों तरफ शीशे की रंगीन क़लमों की चादर बँधी हुई थी। तुरबत पर रक्खी हुई छोटी-छोटी सफेद पगड़ियों में जैसे जान पड़ गयी थी। अलमों और तुरबत की पगड़ियों पर केले के पत्तों के तावीज़-जैसे टुकड़ों और कदइल[1] के फूलों के सहरे चढ़े हुए थे।

अब्बू-दा ने सोज़ख़्वानी[2] की चौकी से इमाम बाड़े को एक नज़र देखने और अपने दोनों बाज़ुओं से सुर मिलाने के बाद 'सलाम' पढ़ना शुरू किया।

ज़नाने गलियारे से औरतों की आवाज़ें आने लगीं—

"ऐ धिया, तनी देख के बहिनी! मोरा पैरवा कूँच दियो। आग लगे ई माटीमिली अंगरेज़ी जूतियन को!" यह आवाज़ हसीना दादी की थी। डाँट बा'जी पर पड़ी थी, क्योंकि बाद में उनके भिनभिनाने की आवाज़ भी आयी।

"बाक़ी हम्माद की बीवी ई कहिन कइसे?" यह सवाल किसी ने अब्बू-दा की बड़ी बहन सुग्गन दादी से किया।

"नउज". किसी और बीबी की आवाज़ आयी, "तनी पटावा लोग ईयह।"

---

1. कनेर
2. सोज़ख़्वानी में तीन आदमी मर्सिया गाते हैं। बीच वाला गाता है और बाक़ी दोनों सुर देते हैं। बीच वाला शाह कहा जाता है और इधर-उधर वाले बाज़ू।

बात यह थी कि अब्बू-दा शेरवानी की जेब से सोज़ख़्वानी की दोनों बयाज़ें निकाल चुके थे, उन्होंने दोनों बयाज़ों में निशान लगाने के बाद इधर-उधर देखा, "ऐ हम्माद ! बइठे का हौ, आत्यो काहे ना !" हम्माद-दा आकर उनकी दाहिनी तरफ बैठ गये। मुश्ताक़ भाई ने बायाँ बाज़ू सँभाल लिया। सुर मिलाये गये। धुन का ठाठ बाँधा गया। अब्बू मियाँ ने जोगिया में मतला शुरू किया। अभी पहली लाइन भी ख़त्म नहीं हुई थी कि उन्होंने मुश्ताक़ भाई को और मिलकर बैठने का इशारा किया। वह बिलकुल घुसकर बैठ गये। मगर फिर भी कुछ गड़बड़ रही। दादा ने दूसरी लाइन पढ़ते-पढ़ते तमाम लोगों की तरफ देखा और अस्थायी से अंतरे की तरफ़ जाते-जाते उन्होंने सुज्जन-दा को बुला लिया। सुज्जन-दा आये और अँड़सकर मुश्ताक़ भाई और मिंबर के बीच में बैठ गये।

हुसैन अली-चा रोना चाहते थे, मगर आँसू नहीं निकल रहे थे। वह और अम्मू बार-बार अपनी छोटी-छोटी आँखों को गार रहे थे कि वे भीग जायँ कि एकदम से फुस्सू-चा और अग्गू-दा फूट-फूटकर रो पड़े। अम्मू और हुसैन अली-चा ने भी आवाज़ से रोना शुरू कर दिया, लेकिन आँसू निकालने में वे फिर भी कामयाब न हुए ! मैंने भी कई बार ज़ोर-ज़ोर से रोने का इरादा किया, मगर न आवाज़ निकली और न आँसू ही आये। वाजिद-दा गमछे में मुँह छिपाकर रोने लगे। फुट्टू ने सामनेवाली दीवार में आँखें गड़ा दीं, और जब उसने आँखों को देर तक झपकने नहीं दिया, तो पानी आ ही गया। उसने पानी को पोंछने की कोशिश नहीं की, वह आने दिया। लेकिन पानी एक ही आँख में आ सका था, दूसरी आँख बिलकुल सूखी हुई थी।

मरसिये की मंज़िल आते-आते पिट्टस पड़ गयी। अब्बू-दा दमे के मरीज़ थे, इसलिए वह पूरा मरसिया न पढ़ सके। सोज़ख़्वानी ख़त्म हो गयी। बड़े अब्बा साहब मिंबर पर गये। दुरूद पढ़ा गया। बच्चों की आवाज़ सबसे ऊँची थी। बड़े अब्बा साहब ने पहले एक सलाम सुनाया। शायर का नाम उन्होंने नहीं बताया। गंगौली के लोग उनसे 'किसी' का सलाम सुनने के आदी हो चुके थे (मगर उनके मरने के बाद पता चला कि वे 'किसी' वाले सलाम दरअसल बड़े अब्बा साहब ही के हुआ करते थे)। दो-तीन शेर सुनाते-सुनाते ही उन्हें जोश आ गया। उन्होंने अपने दोनों हाथ सीने पर बाँध लिये और झूम-झूमकर पढ़ने लगे। यह बात मैं अब तक तय नहीं कर सका हूँ कि उनके पढ़ने को 'तरन्नुम' कहा जा सकता है या नहीं। उनकी आवाज़ बहुत ख़राब थी, शक्ल भी अच्छी नहीं थी। और जब उन्हें जोश आ जाता था तो उनका मुँह और फैल जाता था और बड़े-बड़े पीले दाँत बड़े अजीब मालूम होने लगते थे। उनके दाँत देखकर मुझे हमेशा कल्लू कक्का की दाढ़ी का ख़याल आ जाता था। दोनों ही को सफेद होना चाहिए था, और दोनों ही की सफेदी में एक पीला-पीला-सा मैलापन था।

लेकिन उनकी रूहानी ज़िंदगी में कोई सिलवट नहीं थी... ऐसा लगता था जैसे अल्लाह मियाँ ने उन्हें ख़ूब इस्त्री कर-कराके भेजा था... और इतना ज़्यादा कलफ़ दे दिया था कि काफ़ी लंबी ज़िंदगी गुज़ारने के बाद भी कलफ़ नहीं टूटा था। यही वजह है कि जब वह मजलिस पढ़ते थे, तो सुननेवालों पर उनकी बेदाग़ शख़्सियत का असर पड़ता था और वे रो पड़ते थे। वह प्रोफेशनल मजलिस पढ़नेवालों की तरह अपनी तक़रीर में भाषा के गुल-बूटे नहीं खिलाते थे। वह घंटों भाषण भी नहीं देते थे; वह तो केवल तीन मिनट से लेकर दस मिनट तक की मजलिस पढ़ा करते थे। अब वह शीया मुसलमानों को यह बताने के लिए नाहक़ घंटों क्यों बोलते कि अल्लाह एक है, मुहम्मद आख़िरी पैगंबर और अली पहले ख़लीफ़ा हैं, क्योंकि उन लोगों को तो यह एक बात यूँ भी मालूम है। और औरतों में तो कोई तक़रीर करने का सवाल ही नहीं उठता। वह तो यूँ भी जब किसी बात को मान लेती हैं तो मानती चली जाती हैं। एक बार इलाहाबाद के हकीम मुरतुज़ा साहब ने अल्लाह के एक होने पर अपनी मशहूर मजलिस पढ़ी। यह मजलिस कोई चार या साढ़े चार घंटों की हुआ करती थी। मरदाने फर्श पर बैठे हुए शीया मर्दों की ज़बान तक़रीर की तारीफ़ करते-करते सूखी जा रही थी और अंदर ज़नाने फर्श पर दद्दा छुटकी दद्दा से कह रही थीं, "ई मूआ मौलवी सठिया गवा है का? ल्यो, का हम्में ई ना मालुम कि अल्लाह एक है? ई त हमारे मच्छनो को मालुम है।" यह इशारा मेरी तरफ़ था। उस वक़्त मैं तीन या साढ़े तीन साल का था। मैंने यह क़िस्सा अम्मू से सुना, जिन्हें यह बात चच्ची ने बतायी थी। मैं कहना यह चाहता हूँ कि शीया औरतें मजलिसों में केवल इमाम हुसैन और उनके घरवालों की विपदा सुनने आती हैं, इसलिए बड़े अब्बा साहब औरतों में बहुत पॉपुलर थे और हमारी पट्टी की लगभग तमाम ज़नानी मजलिसें वही पढ़ा करते थे। और उन मजलिसों में बड़े ज़ोर-शोर का रोना-धोना हुआ करता था।

दूसरी शीआ औरतों के बारे में तो मैं नहीं जानता, लेकिन अपने ख़ानदान की औरतों के बारे में ज़रूर जानता हूँ कि उनके रो पड़ने के लिए इमाम हुसैन की विपदा बयान करने की ज़रूरत नहीं होती। बस, इमाम हुसैन का नाम ले लेना काफी हुआ करता था।

एक बार तीसरी शाबान[1] की महफ़िल[2] के मौक़े पर तै किया गया कि बड़ी बा'जी के लड़कों का मक़तब[3] भी हो जाय। चुनाँचे अपने शहर के शायरों को काट दिया गया और यह फैसला किया गया कि लखनऊ से ख़ालू मियाँ[4] को

1. एक अरबी महीने का नाम।
2. पैदाइश की तारीख पर होनेवाले जलसे को शीयों में 'महफ़िल' कहते हैं।
3. इसे 'बिसमिल्लाह' भी कहते हैं, यानी जिस दिन बच्चे की पढ़ाई शुरू की जाती है।
4. मौलवी इब्ने हसन नुनहरवी—एक मशहूर शीया मौलवी।

बुलवा लिया जाय। ख़ालू मियाँ तैयार हो गये। अब एक तो यह कि महफ़िल हमारे यहाँ हो रही थी, फिर यह कि मौलवी इब्ने हसन नुनहरवी पढ़नेवाले थे, इसलिए बड़ा मजमा था। पहले क़ैस ग़ाज़ीपुरी[1] ने एक क़सीदा पढ़ा। उनके क़सीदे में बड़ा सख़्त तबर्रा[2] था। ख़ालू मियाँ की धुली हुई उर्दू सुनने के लिए बहुत-से सुन्नी मुसलमान भी आये हुए थे। अब्बा वग़ैरह बहुत परेशान हुए। तमाम पढ़े-लिखे सुन्नी जानू बदलने लगे। ख़ैर, ख़ुदा-ख़ुदा करते क़सीदा ख़त्म हुआ। शीआ जुलाहों और नख़्ख़ासवालों ने तो हर शेर की उछल-उछलकर तारीफ़ की थी, इसलिए क़ैस-चा को यह पता भी न चल सका था कि क्या घपला हो गया था। वह तो 'अल्लाह मालिक' कहकर मिंबर से उतर आये, और दोनों हाथों से अपनी हल्की-सी दाढ़ी सहलाते हुए खालू मियाँ के पास ही बैठ गये, और चाँदी के छल्लों में जड़े हुए अक़ीक़, दुर्रे-नजफ़ और यशब के नगीनों को देखने लगे, जो ख़ुद उन्हीं की तरह मासूम और बेखबर थे।

खालू मियाँ उठे। उन्होंने महफ़िल के रंग को भाँप लिया था। वह मिंबर पर गये। उन्होंने अपनी अचकन के दामन बराबर किये। मिंबर की सीढ़ी पर रक्खे हुए बिदर के छोटे-से उगालदान में उन्होंने बड़ी एहतियात से अपने मुँह के पान को थूका, फिर उन्होंने अपनी जेबी घड़ी में वक्त देखा, और तब उन्होंने क़ुर्आन की वह आयत पढ़ी जिसमें शायरों को गुमराह और गुमराह करने वाला बताया गया है।

उस आयत को सुनते ही सुन्नियों के चेहरे खिल उठे। वे इत्मीनान से बैठ गये। घरवालों ने इत्मीनान की साँस ली और कैस-चा घबराकर खालू मियाँ की तरफ़ देखने लगे कि आखिर यह बात क्या हुई!

शायरों की बुराई ही में कहीं इत्तफ़ाक़ से इमाम हुसैन का नाम आ गया। ज़नाने फ़र्श से 'हाये मोरे मौला' कहकर रोने की आवाज़ आयी। यह आवाज़ फूफी की थी। अब्बा झट से अंदर गये। फूफी बाक़ायदा मुँह ढाँपे रो रही थी। अब्बा ने कहा, "बहन! इमाम हुसैन की पैदाइश की महफ़िल है!"

"अरे, ऊ पैदा ना भये होत त कर्बला में काहे को शहीद भये होत... ए भैया..." फूफी ने अपने बैन ही में यह टुकड़ा लगा दिया। उनके इस तर्क ने ग़ाज़ीपुर की अदालत दीवानी के सबसे बड़े वकील की ज़बान बंद कर दी। इसलिए अगर रोने के लिए सिर्फ हुसैन का नाम काफी है तो इससे क्या ग़रज़ कि मजलिस पढ़ने वाला क्या कह रहा है—जुलाहिनें, चमाइनें और उनकी औलादें अगर शोर करती हैं तो करें, औरतें आपस में बातें करती रहेंगी मगर कान मजलिस पढ़ने वाले की आवाज़ पर लगे रहेंगे। बस इधर इमाम हुसैन का नाम

---

1. एक गुमनाम मगर बड़े अच्छे शायर।
2. शीया लोग पहले तीन ख़लीफ़ाओं को नहीं मानते। बहुत से सख़्त शीया उन्हें गाली देना ज़रूरी मानते हैं। आमतौर से इसी को तबर्रा कहते हैं।

आया और उधर उन्होंने रोना शुरू कर दिया। उन्हें और ज्यादा रुलाना हो तो मजलिस पढ़ने वाला अपनी आवाज़ ऊँची कर लेता था। और चूँकि बड़े अब्बा साहब मजलिस पढ़ते-पढ़ते खुद भी कर्बला पहुँच जाते थे, इसलिए अपने-आपको वापस बुलाने के लिए उनकी आवाज़ यूँ भी काफ़ी ऊँची हो जाती थी।

चाँद-रात की मजलिस बड़े अब्बा के सिवाय कोई और पढ़े तो शायद किसी के आँसू ही न निकलें। क्योंकि उस रात दिमाग मोहर्रम के लिए तैयार नहीं होते। यह मजलिस अब भी होती है मगर चूँकि अब बड़े अब्बा नहीं हैं, इसलिए सुना है कि अब यह मजलिस बहुत लुटी-मारी होती है। मगर जिस मजलिस की मैं बात कर रहा हूँ उसे बड़े अब्बा ही पढ़ रहे थे, और रोने वालों में अग्गू दादा भी शामिल हो गये थे। इसलिए यह पता नहीं चल रहा था कि बड़े अब्बा क्या पढ़ रहे हैं। बस यह दिखायी दे रहा था कि उन्होंने अपने दोनों कंधों को जोर से पकड़ रक्खा है और यह मिंबर पर इधर-उधर झूल रहे हैं और कुछ कह रहे हैं।

गंगौली में चाँद-रात की मजलिस में नौहा नहीं पढ़ा जाता। दो-चार बार "हुसैन! हुसैन!" कहकर आहिस्ता-आहिस्ता मातम करके सलाम पढ़ लिया जाता है। मगर जब मैंने देखा कि शम्मू-चा लड़कों को दो क़तारों में खड़ा कर रहे हैं, तो मैं भी लपककर एक क़तारे में खड़ा हो गया। बड़े-बूढ़ों ने इस सफबंदी को नहीं देखा। बड़े अब्बा साहब ने सलाम पढ़वाना शुरू ही किया था कि एक पतले-दुबले-से नौजवान ने नौहा पढ़वाना शुरू कर दिया। उसने बड़ी मोहरी के पाजामे पर डबल ब्रेस्टेड कोट पहन रखा था। बड़े अब्बा ने चौंककर सलाम पढ़वाना बंद कर दिया। तमाम लोग नौहा पढ़नेवाली अंजुमन को घेरकर खड़े हो गये।

"झूला लायी हूँ, ऐ दिलरुबा, झूल लो!" उस अजनबी नौजवान ने अंतरा उठाया।

चूँकि बड़े अब्बा ने भी हुसैन के छःमाहे बच्चे का हाल पढ़ा था, इसलिए उसकी माँ का बैन सुनते ही लोग बिलख-बिलखकर रोने लगे। हद तो यह है कि अम्मू और हुसैन अली-चा की आँखें भी भीग गयीं। अग्गू-दा ने एक-एक शेर को कई-कई बार पढ़वाया।

"ई नौहा पढ़े का कउन मौक़ा है?" अली कबीर-चा बड़बड़ाये, "अभई दू ठो मजलिस अउर होए को है।" लेकिन बेदार-चा अपने बिना बनियान के कुरते पर धीरे-धीरे मातम करते रहे, जैसे उन्होंने अली कबीर-चा की बात सुनी ही न हो।

"ऐ मश्शू!" अली कबीर-चा ने मश्शू भाई का दामन खींचा, जो बड़ी शान से गरदन को एक तरफ़ लटकाये सफ़ में खड़े थे और कभी-कभार सबके साथ पढ़ने भी लग जाते थे। यह उनका ज़ाती मसला था। अब तक वह गंगौली

में अकेले नौहा पढ़वाने वाले थे, इसलिए हर गश्त[1] उन्हीं का था। हर मजलिस पर उनका कब्ज़ा था। अब इस नौजवान की वजह से उनकी 'जजमानी' में फर्क पड़ रहा था इसलिए उन्हें तो सोचना ही था। मगर जब अली कबीर-चा ने दामन खींचा तो उन्हें मुड़ना ही पड़ा। उन्होंने अपना दाहिना कान उनकी तरफ़ झुका दिया। "दरवाज़े पर की मजलिस के वासते तूहूँ कउनौ नौहा सोच ल्यो?" अली कबीर-चा ने कहा।

"जी!"

"बलकी तूँ दू ठो पढ़ियो...हाँ।"

यह हुक्म सुनाकर उन्हें इत्मीनान हो गया, और शायद वह दूर-पास के किसी मरीज़ के बारे में सोचने लगे।

जिस आदमी ने नौहा पढ़ा था, उसका नाम मोहम्मद हुसैन निकला। चावनपुर का रहने वाला था। कलकत्ता में कोई काम करता था। फुन्नन-दा ने फ़ौरन ताड़ लिया। अस्ल में वह इधर बहुत परेशान रहने लगे थे। विलायत ख़ाँ की बीवी से इश्क़ करना भी ठीक और उनके लिए जेल काटना भी ठीक...उन्हें अपने बच्चों की माँ बनाने में भी कोई नुक़सान नहीं...लेकिन लड़कियाँ होंगी तो जवान होंगी, और जवान होंगी तो उन्हें ब्याहना पड़ेगा! बिरादरी में शादी होने का सवाल नहीं उठता, इसलिए उन्होंने वहीं मजलिस के फर्श पर मोहम्मद हुसैन के बारे में अम्मू से बातचीत शुरू कर दी कि क्यों न रज़िया की शादी इस लड़के से कर दी जाय। अम्मू को भी यह रिश्ता पसंद आया, और मोहम्मद हुसैन फुन्नन-दा के मेहमान हो गये।

कबीर-चा की मजलिस में मश्शू भाई ने दो नौहे पढ़े। फुन्नन-दा और वाजिद-दा को ताव आ गया। वाजिद-दा ने ज़ोर-ज़ोर से अपने ग़ुस्से का ऐलान भी कर दिया, लेकिन फुन्नन-दा ने चुपके से मोहम्मद हुसैन के कान में कहा, "कल सवेरे वाली मजलिस में तीन ठो नौहा पढ़ियो—ई उत्तर-पट्टी वालन का दिमाग़ चल गया है।"

मैंने सोचा कि इसी तीन नौहों वाली मजलिस में बेहोश हो लिया जाय। मैंने फुट्टू से राय ली। उसने कोई ऐतराज नहीं किया, मगर भाई साहब का ख़याल था कि पाँच वाली बड़ी मजलिस ज्यादा ठीक रहेगी। लेकिन मैंने कहा कि क्यों न पहली ही मजलिस में ऐसा बेहोश हो लिया जाय कि फिर मश्शू भाई बेहोश होने के बारे में सोच भी न सकें।

यह बात तय हो गयी।

खाना खाकर तमाम लोग अपने-अपने बिस्तरों की देखभाल करने लगे, और फिर गोरे-दा की सदारत में जलसा शुरू हुआ। अलिमवा हज्जाम ने चिलमें

---

1. ताज़ियों का जुलूस।

भर दीं। उत्तर-पट्टी से मौलवी बेदार, अली हादी-चा, हुसैन अली-चा और अली महदी-चा आ गये। हुसैन अली-चा ने अब्बू-दा के कुरते की तनज़ेब की तारीफ की, वह उसकी ख़रीदारी का क़िस्सा सुनाने लगे कि किस तरह राजा साहब पीरपुर ने अपने कुरते की तनज़ेब की तारीफ की और जब अब्बू-दा ने उन्हें अपना कुरता दिखाया तो वह हैरान हो गये।

"का बताई मीर साहेब, जहजवा डूब न गल होत त का तनज़ेब आवत रहा... बिलकुले मलाई समझीं।" गोबरधन ने कहा, जो एक टीन की कुर्सी पर बैठा हुआ था।

"पूरा जहाज़ै डूब गया?" फुस्सू-चा ने पूछा, "तब त बड़ा नुक़सान भया होइ है?"

"अउर का साहेब! ब्योपार ऐही का नाम बाय।"

मैं चुपचाप भाई साहब के साथ कल्लू कक्का की तरफ चला गया।

कल्लू कक्का इमाम बाड़े के पूर्वी कमरे के पीछे वाली ख़लवत में रहा करते थे। पहले एक बड़ा-सा कमरा था, जिसके तीन दरवाज़े तो ख़लवत के छोटे-से आँगन में खुला करते थे, और चौथा दरवाज़ा इमाम बाड़े के बग़ली कमरे में। यह कमरा लकड़ी के बड़े-बड़े संदूकों से भरा हुआ था। इन्हीं संदूकों में मोहर्रम के बाद मोहर्रम का सामान रक्खा जाता था। आँगन के दक्खिन में एक छोटी-सी कोठरी थी। कक्का उसी कोठरी में रहा करते थे।

हम लोग पहुँचे तो वह चाय बना रहे थे। उनका खटोला आँगन में बिछा हुआ था।

मिट्टी के दो प्यालों में चाय उँडेलकर कक्का ने हमें दी। प्याले ऐसे थे कि सूखे हों तब भी गीले ही दिखायी देते थे। प्याले हमें थमा देने के बाद उन्होंने अलूमीनियम के छोटे-छोटे चौड़े मुँहवाले चमचों से हमारी चाय को चलाकर बालाई हल की। हमने चाय को सूँघा, बड़ी मज़ेदार महक के एक तेज़ भभके से हमारे नथुने भर गये। हमने एक चुसकी ली। बालाई के रेज़े मुँह में आकर पिघलने लगे।

"एक ठो कहानी सुनाओ, कक्का!" मैंने कहा।

कक्का ने अमीर हमज़ा का किस्सा शुरू कर दिया। मैंने जब बाद में बड़े हो जाने पर यह दास्तान पढ़ी तो उसमें ऐसी बहुत-सी बातें नहीं मिलीं, जिन्हें कक्का आँखों-देखी बात की तरह बड़े यक़ीन से सुनाया करते थे। लेकिन मुझे कक्का वाली दास्तान ज़्यादा अच्छी लगती थी; मुमकिन है इसकी वजह यह हो कि वह यह दास्तान लखनऊ की धुली-धुलाई उर्दू में नहीं सुनाया करते थे, बल्कि भोजपुरी उर्दू में सुनाया करते थे। और यूँ भी वह केवल कहानी नहीं सुनाया करते थे, साथ-साथ ऐक्टिंग भी करते जाते थे। लड़ाई के तमाम पैंतरे

दिखलाते, नाच के भाव बताते; बस, कभी-कभी झोंक आ जाती तो नीचे की तरफ झुकते चले जाते; और जब हम हँसने लगते, तो हँसी की आवाज़ से उनकी गरदन एक झटके से ऊपर उठ जाती और दास्तान फिर शुरू हो जाती, "...तो नौशेखाँ का वज़ीर कहिस कि ऐ बादशाह ! आपने अमीर हमज़ा से वादा किया था कि आप अपनी बेटी महरनिगार का बियाह उन्हई से किजियेगा..."

मेरा तो ख़याल है कि वह हमारे सो जाने के बाद भी कहानी कहते ही चले जाते थे, जब तक कि अफ़ीम की पिनक उन्हें सुला न दे।

मुझे नहीं मालूम कि मैं कब सो गया, मगर जब मेरी आँख खुली तो मैं हमेशा की तरह दद्दा के बिस्तर पर था—और दद्दा सुबह की नमाज़ पढ़ने के बाद लेटी हुई तसबीह (माला) पढ़ रही थीं। सारा घर जाग चुका था। अम्माँ मुसलिम-दा और फुन्नन-दा के घरों की मजलिस करके वापस आ चुकी थीं, और रसोईघर से नाश्ते की तैयारी की तेज़ महक आ रही थी।

मैं झटपट नाश्ता करके तैयार हो गया, क्योंकि अली कबीर-चा के दरवाज़े की मजलिस में जाना था। और फिर अपने दरवाज़े की मजलिस में बेहोश होना था। लेकिन जब मैं बाहर निकला, तो मैंने देखा कि अब्बा मज़े में बैठे हुक़्क़ा पी रहे हैं। दो-चार आसामी ज़मीन पर उकडूँ बैठे हुए थे, रक़ियाने के दो-एक लोग भी थे, और गोबरधन तो ख़ैर था ही। वह चच्चा-बच्चा को सट्टे की कोई कहानी सुना रहा था। रक़ियाने वाले अम्मू से किसी मुक़दमे के बारे में बातचीत कर रहे थे। ये लोग इतने दौलतमंद हैं कि जब चाहें, खड़े-खड़े पूरे गाँव को ख़रीद लें लेकिन ये कपड़ेवाली कुर्सी पर नहीं बैठ सकते थे। इन लोगों के लिए लकड़ी या टीन की कुर्सियाँ रक्खी जाती थीं।

बड़े घमासान की बहस हो रही थी। अली कबीर-चा कह रहे थे, "बाप-दादा हीयाँ रहे...चौक इमाम बाड़ा हीयाँ है...इज्जत-आबरू हीयाँ है ! गंगौली से हमें मतलब ना हुइहै त का रक़ियन को हुइहै ! जो लोग कलकत्ते में रुपया कमाये...हम रोक ना न रहे, बाकी..."

"अरे भाई साहब, हिजरत करना तो मुसलमानों की तक़दीर है। आखिर रसूलेख़ुदा ने भी मक्के से मदीने की तरफ़ हिजरत की थी कि नहीं ?" अम्मू ने बीच में लुक़मा दिया।

"काहे न किहिन रहा !" कबीर-चा ने कहा, "जरूर किहिन रहा, बाकी हम रसूलेख़ुदा ना न हैं।"

"अरे, मीर साहब ! यह काँग्रेस हिंदुओं की पार्टी है ! चूँकि मुसलमान ज़मींदार ज्यादा हैं, इसलिए यह जमींदारी ज़रूर ख़तम करेगी। त देहातन में मुसलमान कै घर हैं ? दाल में नमक की तरह त हैं।" अनवारुल हसन राक़ी ने कहा।

"नमकवे से दाल में मज़ा है।" अली कबीर-चा ने कहा, "बेनमक की दाल

कै दिन खय्यहो ?"

"हिंदोस्तानी मुसलमान की तक़दीर में तो रोना लिखा है ।" अनवारुल हसन ने अपनी बात पर ज़ोर दिया ।

"एक त हम ईहे ना मान रहें कि अंग्रेज सब छोड़ के चले जय्यहें । अ दुसरे ई कि रोना त हम शीयन की तक़दीर है । तूँ लोग अपनी क़व्वाली की फ़िकिर कर ल्यो !" अली कबीर-चा ने फ़ैसला सुना दिया । सब लाजवाब हो गये । मैं चच्चा-बच्चा के पास बैठकर उनकी तोंद से खेलने लगा ।

"ई का करत है, बे !" उन्होंने करवट लेकर कहा ।

"चलो भई, मजलिस कर ली जाय ।" गोरे-दा उठ गये, और दरबार उखड़ गया ।

कबीर-चा के घर जाते हुए गढ़ई के पास तक़्क़न-चा मिल गये ।

"ई आप गोदमवा पर कउन लड़के को मारत रहे ?" मैंने झट से सवाल कर दिया ।

वह बिलकुल घबरा गये । बोले, "कोई से कहियो मत...हम तुहें एकन्नी देंगे ।"

"हम अम्मू को बता दिया है ।" मैंने कहा, "बाकी आप ओको मारते काहे रहे ? ऊ ऐनुद्दिनवा रहा ना ?" मैंने आख़िर उस लड़के की आवाज़ पहचान ही ली ।

"हम ओको बहलाते रहे, ओको चोट लग गयी रही !" यह कहकर तक़्क़न-चा ने मुझे एक दुअन्नी दी, और मैंने सोचा कि चलो, अब यतीम का हिस्सा दस आने में ख़रीद लूँगा । चुनाँचे मैंने यह दुअन्नी जेब में रख ली और तक़्क़न-चा को छोड़कर गढ़ई में कंकरों से छिछली मारने लगा । दो-एक कंकर तो पानी में गिरते ही डूब गए । दो-एक दो-चार गज़ तक जाकर डूबे । ठीक उसी वक्त जाते हुए जुलाहे के एक लौंडे ने मेरे पास रुककर एक कंकर उठाया और छिछली फेंकी । कंकर पानी पर तैरता हुआ उस पार निकल गया । वह लौंडा मेरी तरफ़ देखकर मुस्कराया और बिना कुछ कहे आगे बढ़ गया । मैं बहुत शरमाया कि फ़ोर्थ क्लास में पढ़ने से क्या फ़ायदा, अगर मैं जुलाहे के इस लौंडे की तरह छिछली भी नहीं फेंक सकता । हाँ और क्या ? आख़िर फायदा ही क्या है अंग्रेज़ी पढ़ने का !

पढ़ाई के इस अहम सवाल पर विचार करता हुआ मैं कबीर-चा के इमाम बाड़े में दाख़िल हुआ । मजलिस शुरू हो चुकी थी । हुसैन हैदर-चा सोज़ पढ़ रहे थे । तमाम लोग अपनी मुक़र्रर जगहों पर बैठ हुए थे । हाँ, फुन्नन-दा न मालूम क्यों वाजिद-दा की जगह पर बैठ गये थे । हैदर-चा ने दूसरा ही शेर पढ़ा था कि वाजिद-दा आ गये । अलमों का मुजरा करने के बाद ही वह बोले, "ई का भाई, तूँ हियाँ कइसे बइठ गयो ?"

''अरे, त कहीं अउर बइठ जाओ।'' फुन्नन-दा ने कहा।

''क्यों बैठ जाऊँ मैं कहीं और!'' वाजिद-दा ठेठ उर्दू बोलने लगे।

''हई ल्यो, तूँ त लग्यो उर्दू बोले!''

''क्या करते हो, फुन्नन! अपनी जगह पर बैठो।'' गोरे-दा ने फुन्नन-दा को डाँटा।

फुन्नन-दा चुपचाप सरक गये। वाजिद-दा आराम से बीच वाले दर में - मिबर की तरफ मुँह करके बैठ गये। हैदर-चा ने पढ़ना शुरू किया। मैं इस फ़िक्र में था कि मजलिस जल्दी ख़त्म हो, कि अपनी मजलिस का नंबर आये। लेकिन हैदर-चा ने एक लंबा मरसिया पढ़ दिया, तब सज्जाद-चा ने मिंबर पर जाकर अनीस का एक मरसिया शुरू किया—''हज़रत से कर्बलाए-मुअल्ला क़रीब है…''

इस मरसिये पर लोग बहुत रोये। फिर मातम शुरू हुआ। मौलवी क़ुरबान अली साहब पर दौरा-सा पड़ गया। वह पागलों की तरह मातम करने लगे। इधर-उधर के लोगों ने उन्हें रोकना चाहा कि नौहा पढ़ा जाने वाला है, मगर वह नहीं माने। उनके क़दम और तेज़ी से चलने लगे। तमाम लोग मातम करने लगे। और फिर लोग ज़ोर-ज़ोर से रोने लगे। भाई साहब थककर दोनों हाथों से मातम करने लगे। मैं थककर बैठ गया। फिर एक-एक करके तमाम लड़के थक गये। रोनेवालों की आवाज़ और ऊँची हो गयी। मौलवी क़ुरबान अ़ली के हाथ और तेज़ हो गए—''हुसैन! हुसैन!''

''हुसैन! हुसैन!''

''मौला हुसैन!''

''आक़ा हुसैन!''

''हुसैन! हुसैन!''

और फिर मौलवी साहब लड़खड़ाकर गिर पड़े। मैंने दिल में कहा—'अच्छा बुढ़ऊ, समझ लेंगे। तूँ चलो हमरे दरवाज़े की मजलिस में…'

मगर मौलवी क़ुरबान अली बेहोश नहीं हुए थे… वह मर गये थे।

मैंने हार मान ली। मौलवी क़ुरबान अली ने मरकर मेरी हिम्मत तोड़ दी थी। मैं मरने के लिए तैयार नहीं था, क्योंकि मरने के बाद कोई जिंदा नहीं होता।

मौलवी साहब के मरने की ख़बर आग की तरह सारे गाँव में फैल गयी। उत्तर-पट्टी के लोग उनके कफ़न-दफ़न की तैयारियाँ करने लगे। हमारे दरवाज़े की मजलिस मातम पर ख़त्म कर दी गयी।

मैं अंदर चला गया।

भाई साहब ने इस मौक़े का फायदा उठा कर बा'जी के बक्स से धनिये[1] की पोटली उड़ा ली। हम दोनों ने झटपट अपनी जेबें भर लीं। हम दोनों ने पोखरे पर जाकर इत्मीनान से धनिया खाने का प्रोग्राम बनाया ही था कि बा'जी आ गयीं? उन्होंने अम्माँ को आवाज़ दी। अम्माँ ने हमें पुकारा। हम भागे। अम्माँ ने हमें दौड़ा लिया।

गोरी दादी के दक्खिनवाले दालान में भाई साहब पकड़े गये। मैं नईमा दादी की ख़लवत में घुसकर खटोले के नीचे छुप गया और जल्दी-जल्दी धनिया खाने लगा। अम्माँ भाई साहब को मार-पीटकर ख़लवत में आयीं। उन्होंने मुझे देख लिया। बाँस के चरख़ीदार पंखे की डंडी से उन्होंने मुझे मारना शुरू किया। वह ज़मीन पर उकड़ूँ बैठ गयी थीं। खटोला बहुत नीचा था। मैं बिलकुल फँस गया था।

"अब जाये दयो।" नईमा दादी ने कहा।

"मैं इस मट्टी मिले को मार डालूँगी आज!"

"तो मैं मौलवी क़ुरबान अली की तरह जन्नत में चला जाऊँगा और फिर कभी नहीं आऊँगा..." मैंने कहा। मैं बाहर से सुन आया था कि मौलवी साहब सीधे जन्नत में गये हैं।

"ऐ ख़ुदा न करे, बेटा... जन्नत में जायँ तौरे दुश्मन..." नईमा दादी बोलीं।

मैंने सोचा कि अगर जन्नत इतनी ही बुरी जगह है, तो मौलवी क़ुरबान अली बेचारे वहाँ कहाँ जा फँसे। मगर मैं इस सवाल पर ज़्यादा न सोच सका, क्योंकि अम्माँ ने मेरे कान पकड़ लिये थे। वह मुझे घसीटकर बाहर निकालने में कामयाब हो गयीं, मगर ठीक उसी वक्त दद्दा आ गयीं, एक कुलाँच भरकर मैं दद्दा से लिपट गया।

"बीवी, आज छोड़ दिजये ऐको।" अम्माँ ने कहा।

मगर मैं मुतमइन था—मैं जानता था कि दद्दा मुझे नहीं छोड़ेंगी।

---

1. मोहर्रम में धनिया भूनकर और गरी भूनकर उसमें छालियाँ मिला ली जाती हैं। उन दिनों पान नहीं खाया जाता।

उद्गम

आकाश कार्तिक के आसमान की तरह धुला-धुला-सा था, और सितारों से यों पटा हुआ था जैसे चैत में महुए की सुगंध से धरती पट जाती है। ज़नाने इमाम बाड़े के आँगन में लगे हुए कदब की शाखें भी फूलों की अनगिनत गेंदें लिये मुस्करा रही थीं और हवा से चुहलें कर रही थीं, और कच्ची उम्र की सालियों की तरह बहनोई की राह देख रही थीं।

झंगटिया-बो इमाम बाड़े के बड़े आँगन में बिलकुल अकेली थी। वह मोहर्रम की रातों में यूँ भी अकेली रह जाया करती थी, क्योंकि सुलैमान की मज़हबीयत इतनी जाग उठा करती थी कि मोहर्रम के दिनों में वह उसे रात में भी नहीं छुआ करते थे। वह भी इसका बुरा नहीं माना करती थी। "आखिर त एक दिन अली अकबर के बाबू के आपन अल्ला मियाँ के मुँह देखाये के होई!" उसने सुलैमान से उनके अल्लाह मियाँ के बारे में बहुत-कुछ सुन रखा था। दिल-ही-दिल में वह अली अकबर के बाबू के अल्लाह मियाँ से भी डरने लगी थी। इसलिए शुरू-शुरू में तो उसने मोहर्रम की तनहाई का बुरा माना, लेकिन फिर उसने दिल को समझा लिया और फिर यह भी कुछ अच्छा नहीं लगता था कि बशीर मियाँ और वज़ीर मियाँ तो बड़के फटकवा में सोयें, और अली अकबर के बाबू आपन लुगाई के पास रहें। इसलिए सुलैमान ग़ाज़ीपुर के क़ाफ़िले के आते ही मरदाने में चले जाते थे और झंगटिया-बो ज़नाने इमाम बाड़े के गोदाम में उठ जाया करती थी। अली अकबर और बछनिया को अकबरी-बी अपने पास रख लिया करती थीं। अली अकबर अंदर के पैग़ाम बाहर ले जाया करता था और बछनिया अकबरी-बी के पाँव दबाया करती थी और बशीर मियाँ की बड़ी बेटी सरवरी से शहर की बातें सुना करती थी। और कभी-कभार वज़ीर मियाँ के लड़के बिक्कन के साथ दोपहर के वीरान किये हुए किसी गलियारे में या कोठे पर ब्याह के खेल खेला करती थी। बिक्कन मियाँ जनता और वह बीवी। और जब एक दिन उसके पेट से एक केंचुआ गिरा तो उसने चुपके से बिक्कन के कान में यह कहा कि उसका पेट गिर गया है।

घर में इस खेल की ख़बर किसी को नहीं थी। और झंगटिया-बो ख़ुश थी

कि उसकी बछनिया बीबियों के साथ पलँग पर बैठती है और उनके बच्चों के साथ खेलती है। उसे खूब याद था कि जब वह छोटी थी, तो इन बातों के लिए कितना तरसा करती थी। और जब सुलैमान ने पहली बार अपने पलँग पर एक तरफ़ होकर उसे अपने पास लिटा लिया था तो वह कितना ख़ुश हुई थी...

लेकिन अब के मोहर्रम की तनहाई कुछ अजीब-सी थी। ग़ाजीपुर के लोग आये हुए थे, मजलिसें हो रही थीं, लेकिन मोहर्रम का रंग नहीं आ रहा था। मरदाने में बशीर मियाँ, वज़ीर मियाँ, शब्बर मियाँ और अग्गू मियाँ की कमी थी, और इनके अलावा फुन्नन मियाँ, हम्माद मियाँ और अली अकबर के बाबू भी ग़ाजीपुर चले गये थे।

छोटी अदालत ने दक्खिन-पट्टीवालों को सेशन-सुर्पुद कर दिया था। और डिप्टी अली हादी के कहने से माटी-मिले जज ने मोहर्रम में तारीख़ें डाल दी थीं। बड़का फाटक तो दूर नहीं था, लेकिन ग़ाजीपुर तो बहुत ही दूर था। इतना दूर था कि भरे-पूरे घर और अलमों और ताज़ियों की भीड़-भाड़ में और नौहों-मरसियों के मानूस शोर में भी झंगटिया-बो अपने-आपको अकेला पा रही थी और इसलिए ज़िंदगी में पहली बार उसे यह सोचना पड़ा था कि जिस दुनिया में वह रह रही है वह उसकी अपनी दुनिया नहीं है। 'भगवान न करे अली अकबर के बाबू के कछुऊ हो गइल त हम का करिब !' उसे अली अकबर और बच्छन की ज़रूरत महसूस हो रही थी। वह उन्हें भींच लेना चाहती थी, अपने-आपको यह यक़ीन दिलाने के लिए कि वह कोई ख़याल नहीं है जो गिर जाने के लिए किसी कटी हुई पतंग की तरह हवा में भटक रहा हो, वह तो झंगटिया-बो है। वह 'अली अकबर के बाबू के लइकन की मतारी है।'

एकाएक कल्लू कक्का की ख़लवत से नज्जन मीरासी के सलाम गुनगुनाने की आवाज़ आने लगी। वह जोगिया में सलाम गुनगुना रहे थे :

जगह मोल ली है मज़ारों की ख़ातिर !
ज़मीं पर शहे-दीं निशाँ खैंचते हैं !
शबीहे-इमामे-ज़माँ खैंचते हैं !

नज्जन की आवाज़ झंगटिया-बो की आवाज से भी अच्छी थी। वह अकसर रात-गये अपनी दोनों लड़कियों—दिलआरा और सितारा के साथ अपने लिए, और आसमान पर टपके हुए महुओं की तरह बिखरे हुए सितारों के लिए, और ज़मीन पर लड़खड़ाती हुई हवाओं और दीवारों से चिपकी हुई परछाइयों के लिए सोज़ख्वानी किया करते थे... और उनकी आवाज़ सुनकर झंगटिया-बो जाग उठा करती थी।

नज्जन मीरासी जौनपुर के रहनेवाले थे। ग़ाज़ीपुर की तवायफों को गाना सिखाते थे। सारंगी पर उनके साथ संगत किया करते थे। बशीर मियाँ ने उन्हें

चार बीघे की खुदकाश्त का लालच दिया, तो वह गंगौली आने पर तैयार हो गये। इसलिए कक्का के मर जाने की वजह से वीरान हो जाने वाली जगह फिर आबाद हो गयीं।

नज्जन अपनी बीवी ग़फ़ूरन और दो बेटियों, दिलआरा और सितारा, के साथ गंगौली आ गये। दिलआरा बिलकुल जवान थी। सितारा उससे कम जवान थी, पर उससे कुछ ज़्यादा खूबसूरत थी। तीखा नाक-नक़्श, नमकीन साँवला रंग, गहरी भूरी आँखें और बड़े-बड़े गहरे सियाह बाल। उसके बाल इतने बड़े थे कि अगर वह चाहती तो जाड़ें में उन्हें ओढ़ सकती थी।

दक्खिन-पट्टीवालों ने इन मीरासनों को इसलिए आबाद किया था कि ग़फ़ूरन, दिलआरा और सितारा की वजह से ज़नानी मजलिसों की रौनक़ बढ़ जायगी। नज्जन ने अपनी बेटियों को अपनी आवाज़ का मीठा दर्द भी दे दिया था। खुद नज्जन बड़े अच्छे सोज़ख़्वाँ थे और दक्खिन-पट्टीवालों को सोज़ख़्वानों की सख्त ज़रूरत थी। अब्बू मियाँ और सिब्तू मियाँ अच्छी सोज़ख्वानी कर लेते थे, लेकिन दोनों ही दमे के रोगी थे और दस दिनों की तीस-चालीस मजलिसों का सँभालना उनके वश में नहीं था। फिर उनकी सोज़ख्वानी में हुसैन हैदर और हुसैन अली मियाँ की सोजख़्वानी वाली बात भी नहीं थी।

फ़ौजदारी के बाद से हुसैन अली मियाँ ने इधर की मजलिसों में जी लगा कर सोज़ पढ़ना बंद कर दिया था। वह रात की मजलिसों में पीलू और दिन की मजलिसों में मालकौस के ठाठ बाँधने लगे थे, और पहली की मजलिस में तो उन्होंने यह हरकत की कि नौ तारीख की रातवाली मजलिस का मरसिया पढ़ डाला। इसलिए यह तय किया गया कि दक्खिन-पट्टी की मजलिसों में नज्जन सोज़ख्वानी किया करेंगे।

नज्जन को यह बात नहीं मालूम थी। वह यूँ ही गुनगुना रहे थे। उनकी आवाज़ में पेशे की चमक-दमक से ज़्यादा अक़ीदे की गर्मी थी। दिलआरा और सितारा बाज़ू बनी हुई थीं, और वे तीनों आवाज़ें ऐसी लग रही थीं जैसे करौंदे की दो चंचल झाड़ियों के बीच में आम का कोई छतनार पेड़ खड़ा हो—उनसे अलग भी और उनके पास भी।

दिलआरा तो जोगिया के गहरे सागर में बही जा रही थी। सुरों की ऊँची-नीची लहरों के साथ हिचकोले खाती हुई अपने बाबा का साथ दे रही थी। लेकिन सितारा का दिमाग़ उसके बदन ही की तरह चंचल था। वह हम्माद मियाँ के बड़े बेटे अब्बास के बारे में सोच रही थी, जो अलीगढ़ में पढ़ता था और सिर्फ छुट्टियों में गंगौली आया करता था। और उसके आते ही जैसे मोहर्रम आ जाता था। दक्खिन-पट्टी अँगड़ाई लेकर जाग पड़ती। तमाम वीरान गलियारे साँस लेने लगते। पिनकते हुए आँगन ठट्टा मारकर हँसने लगते।

सितारा जानती थी कि अब्बास उसी से मिलने आता है। हालाँकि यह बात अब्बास ने कभी उससे कही नहीं थी। बस, होता यह कि अब्बास आता और वह न होती तो वह उदास हो जाता। और जब वह आ जाती तो अब्बास बज़ाहिर तो उससे बेख़बर ही रहता, लेकिन उसकी आवाज़ में एक खनक आ जाती, और सितारा की नस-नस में कलियाँ चिटकने लगतीं।

अब्बास ग़फ़ूरन को अलीगढ़ के लतीफे सुनाया करता और जिन्ना साहब की राजनीति समझाता। और राजा महमूदाबाद, चौधरी खलीक़ुज़्ज़माँ, ग़ज़नफर अली, नवाब इस्माइल, नवाब यूसुफ, सर सुलतान और इसी तरह के न मालूम कितने अज़नबी नाम लेता। कहता था कि हिंदुस्तान के दस करोड़ मुसलमान क़ायदे-आज़म के पसीने पर अपना ख़ून बहा देंगे···ये बातें न ग़फ़ूरन की समझ में आतीं, न सितारा की। ग़फ़ूरन कहती, "अब मियाँ, आप पढ़े-लिखे हैं, ठीक ही कहते होंगे।"

"अरे, ग़फ़ूरन बुआ!" अब्बास कहता, "एक मरतबा पाकिस्तान बन गया तो मुसलमान ऐश करेंगे···ऐश!" वह जोश में आ जाता और खान अब्दुल गफ़्फ़ार खाँ वग़ैरह को बुरा-भला कहने लगता, "बुआ, ये लोग तो मुसलमानों को हिंदुओं के हाथ बेचने पर तुले हुए हैं···"

सितारा को पाकिस्तान के बनने या न बनने में कोई दिलचस्पी नहीं थी, वह तो बस अब्बास की आवाज़ सुना करती थी। तले जाते हुए अंडे की सोंधी महक की तरह अब्बास की आवाज़ सितारा पर छा जाया करती थी। मगर पाकिस्तान का नाम उसे ज़रूर याद हो गया और उसे यह भी यकीन हो गया था कि पाकिस्तान ज़रूर कोई अच्छी चीज़ है। इसलिए जब मोहर्रम में दक्खिन-पट्टी के दोनों बड़े फाटक आवाज़ों से छलकने लगते और वही अब्बास वाले तमाम नाम हिर-फिरकर ज़बानों पर आते, तो कभी-कभार सितारा दरवाज़े की ओट में खड़ी हो जाती और यह सुनकर उसे बड़ा आश्चर्य होता कि वज़ीर मियाँ के अलावा दक्खिन-पट्टी का कोई आदमी पाकिस्तान को अच्छा नहीं कहता।

···चूँकि इमाम हुसैन ने अमर-बिन-साद[1] से यह कहा था कि मैं बैअत[2] नहीं कर सकता, लेकिन अगर यज़ीद यह समझता है कि मैं बग़ावत कर दूँगा तो वह मुझे हिंदुस्तान चले जाने दे, इसीलिए हुसैन को माननेवाले हिंदुस्तान का बुरा नहीं चाह सकते। आख़िर मौला और आक़ा ने कुछ सोचकर ही तो 'क़ाफ़िरों' के इस मुल्क को चुना होगा।

और केवल यही नहीं हुआ, एक कश्मीरी ब्राह्मण भी कर्बला में इमाम

---

1. यज़ीद की उस सेना का सेनापति जो कर्बला में हुसैन से लड़ी थी।
2. धर्म के मामलों में जब कोई किसी को अपनी मरज़ी का मालिक बना देता है, तो उसे बैअत करना कहते हैं।

हुसैन के साथ शहीद हुआ था। उस ब्राह्मण के ख़ानदानवाले ख़ुद को हुसैनी ब्राह्मण[1] कहते हैं। उनकी गर्दन में गुलूबंद की तरह एक लाल लकीर-सी पड़ी होती है। अगर यक़ीन न तो ग़ाज़ीपुर के डॉक्टर त्रिलोकीनाथ को देख लो! वह हुसैनी ब्राह्मण हैं और उनकी गर्दन में वह ख़ून की डोरी पड़ी हुई है।

हुसैन हिंदुस्तान नहीं आ सके, हम आ गये हैं। तो हम अब यहाँ से नहीं जायँगे⋯इन बातों के साथ ही फिर शीया पॉलिटिकल कान्फ्रेंस और फ़खेकौम कल्बे-अब्बास और हुसैन भाई लालजी और न मालूम किस-किस की बातें होने लगतीं। सितारा की समझ में य बातें भी नहीं आती थीं। लेकिन यह बात उसकी समझ में आती थी कि इमाम हुसैन हिंदुस्तान आना चाहते थे। शायद अब्बास को यह बात नहीं मालूम है। मगर उसे यह बात कैसे बतायी जाये, यह सितारा की समझ में नहीं आता था। उसे तो अब्बास की तरफ़ देखने से भी शर्म आ जाया करती थी—और यह मुआ जिन्ना कैसा शीया है कि हिंदुस्तान के ख़िलाफ है! वह यह बात भी अब्बास से नहीं पूछ सकती थी। मगर सरवरी से पूछ लेने में तो कोई नुक़सान था नहीं। आख़िर वह भी तो हर वक़्त न मालूम क्या-क्या अंट-शंट पढ़ा करती है।

''बा'जी, यह पाकिस्तान क्या है?'' उसने एक दिन सरवरी से यह पूछ ही डाला।

''मुसलमानों का एक मुल्क बनेगा।'' सरवरी ने बड़े विद्वानों की तरह कहा।

''यह मुल्क क्या होता है, बा'जी?''

सरवरी इस सवाल पर बिलकुल सिटपिटा गयी, क्योंकि यह बात उसे भी नहीं मालूम थी कि मुल्क क्या होता है। उसे यह मालूम था कि पाकिस्तान से मुसलमान को क्या फ़ायदा होगा। ये बातें उसे अम्मू से मालूम हो चुकी थीं। और मूनिस जब अलीगढ़ से आते, तो वह भी पाकिस्तान के अलावा कोई और बात न करते। लेकिन सरवरी को यह बात अब तक किसी ने नहीं बतायी थी कि मुल्क क्या होता है।

ठीक उसी वक़्त अब्बास आ गया। ''क्या बात है, बा'जी?'' उसने सवाल किया।

''सितारा पूछ रही थी कि मुल्क क्या होता है।''

अब्बास खिलखिलाकर हँस पड़ा। शायद पल-भर के लिए वह भूल गया कि हम्माद मियाँ फ़ौजदारी के एक मुकदमे में फँसे हुए हैं और उसमें उनको सज़ा भी हो सकती है।

''यह तो पगली है, बा'जी!'' उसने कहा, ''एक रोज़ गफ़ूरन बुआ से पूछ

---

[1] शीआ मुसलमानों में यह ख़याल आम है कि कश्मीरी ब्राह्मण कर्बला में शहीद हुआ था, जभी तो इमाम मोहर्रम में यहाँ आते हैं।

रही थी कि जब बीबियों के मियाँ लोगों को मियाँ कहा जाता है तो फिर मूनिस, मासूम, मद्दू, बिक्कन, बद्दन और दूसरे उन तमाम लड़कों को मियाँ क्यों कहा जाता है जबकि उनका ब्याह भी नहीं हुआ है !'' अब्बास फिर हँसने लगा। सरवरी भी हँस पड़ी। पास ही लेटकर तसबीह पढ़ती हुई अकबरी-बी भी मुसकरा पड़ी। सितारा लाल पड़ गयी।

''हम ई ना कहा रहा, बा'जी…'' उसने सरवरी से कहा।

''बुलाऊँ ग़फ़ूरन बुआ को ?'' अब्बास ने धमकाया।

''बुलाइये !'' और जब वह चौंकी, तो उसने देखा कि भरे आँगन में वह अब्बास से बातें कर रही है। वह ऐसा शरमायी कि भाग खड़ी हुई…

''अरे बेटा, यह तुम कैसे सुर लगा रही हो !'' नज्जन ने उसे टोका।

वह चौंक पड़ी। उसने घबराकर अपने बाबा की तरफ़ देखा कि कहीं उसकी चोरी तो नहीं पकड़ी गयी। मगर नज्जन तो जोगिया के पंख लगाये बहुत ऊँचे उड़ रहे थे। सम तक आये बिना वह फिर ऊपर उठ गये। बादलों के पास, इतने ऊपर कि दोपहर में मँडराती हुई चीलें भी न जा सकें…

सितारा फिर जी लगाकर साथ देने लगी।

अपने आँगन में लेटी हुई झंगटिया-बो ने भी इस बात को महसूस कर लिया कि सितारा अपनी यात्रा से लौट आयी है। वह यूँ ग़ायब हो जाने का भेद जानती थी। वह ख़ुद भी कजरी गाते-गाते अकसर यूँ ही ग़ायब हो जाती थी, और अली अकबर के बाबू के बारे में सोचने लगती थी, तो कोई सखी उसे टोक दिया करती थी। लेकिन यह सितारा किसके बारे में सोचने लगती है ? उसने अपने-आप से सवाल किया।

सितारा को ख़बर भी नहीं हुई कि उसकी चोरी पकड़ी गयी है। वह तो सोज़ख्वानी के बाद पड़कर सो गयी। ग़फ़ूरन पानी के लिए उठीं, तो उन्होंने देखा कि उसके पाँयचे सरक गये हैं और उसके ढले हुए साँवले पैर नंगे हो गये हैं, और सितारे नदीदों की तरह उसे टकटकी बाँधे देख रहे हैं। ग़फ़ूरन ने उसके पाँयचे बराबर कर दिये। सितारा शायद उस वक़्त कोई ख्वाब देख रही थी, अपनी टाँगों पर किसी के हाथों का दबाव महसूस करते ही वह नींद में शरमा गयी। 'हटिये ! क्या करते हैं आप !' वह करवट लेकर फिर सो गयी। मगर इतनी-सी बात ग़फ़ूरन का माथा ठनकाने के लिए बहुत थी। फिर उसे नींद नहीं आयी। उसे मालूम था कि मियाँ लोगों के अलावा राक़ियों के छोकरे और कई मनचले जुलाहे भी दिलआरा और सितारा के दीवाने हैं। उसे राक़ियों और जुलाहों का कोई डर नहीं था, क्योंकि वह तो सोच भी नहीं सकते थे कि बड़े फाटक में रहनेवाली कोई लड़की उनके हत्थे चढ़ सकती है। लेकिन मियाँ लोगों का हाथ कौन पकड़ सकता है ! और अब तो इस लौंडिया ने ख्वाब में किसी को देख-देखकर शरमाना भी शुरू कर दिया है।

सवेरे-ही-सवेरे उसने नज्जन से कहा कि अब दिलआरा और सितारा की शादी कर देनी चाहिए।

''भलेमानस, मोहर्रम ही रह गया है शादी-ब्याह की बात को?'' नज्जन यह कहकर उत्तर-पट्टी की मजलिस करने चले गये। ग़फ़ूरन भी बटुए का एक बीड़ा खाकर ज़नाने की तरफ़ चली गयीं। वहाँ अभी तक बीबियाँ आँगन में ही थीं। पलँग धूप से सरका लिये गये थे। रात-भर के आराम के बाद ताज़ादम मक्खियाँ रह-रहकर उम्मे लैला के गोदवाले बच्चे के मुँह पर छापा मार रही थीं। वह कुनमुना रहा था और खजूर की एक पंखिये से मक्खी झलनेवाली अकबरी-बी उन्हें कोस रही थीं।

''ई मट्टी-मिली निखौंदी पगला गयी हैं का?'' उनका यह सवाल सबने सुना। लेकिन किसी ने जवाब देने का कष्ट नहीं उठाया। तमाम बीबियाँ अपने-अपने कामों में लगी हुई थीं। ग़फ़ूरन चुपचाप एक पलँग के पाँयती बैठ गयी और अकबरी-बी के हाथ से पंखिया लेकर बच्चे की मक्खियाँ झलने लगी। अब्बास उस वक़्त नफ़ीसा बीवी की गोद से अफ़सरी को लेने की कोशिश कर रहा था और सितारा अब्बास को देख-देखकर शरमायी जा रही थी। अब्बास सितारा की आँखों को अपने बदन पर महसूस कर रहा था। शायद इसीलिए उसका चौड़ा सीना और चौड़ा हो गया था। फिर उसने तनज़ेब के कुरते की आस्तीनें भी उलट लीं। उसके भरे-भरे बाज़ू नंगे हो गये और सितारा की आँखें उसके बाज़ुओं से चिपककर उस मक्खी की तरह फड़फड़ाने लगीं, जो गाढ़े शीरे में फँस गयी हो… कि निकलना भी चाहती हो और निकलने को तैयार भी न हो।

नईमा-बी ने सितारा की निगाहों का पीछा किया और फ़ौरन भाँप गयीं कि उनकी कहानी शायद दुहरायी जानेवाली है। कोई पचपन साल पहले जब वह भी सितारा ही की तरह लगभग जवान थीं और केवल नैमुनिया थीं, तो उनकी निगाहें यूँ ही हम्माद के अब्बा और अब्बास के दादा के बदन से चिपक गयी थीं। नतीजे में वह नैमुनिया से नईमा-बी बन गयीं। सय्यदज़ादे उन्हें नानी और दादी पुकारने लगे। सय्यदज़ादों ने उनके बाप-दादा को नाना या दादा कहकर आवाज़ नहीं दी थी। यह एक बहुत बड़ा आदर था। तो क्या यह मुई मीरासन ग़फ़ूरनी की बेटी इस आदर के क़ाबिल है? वह कुछ कहना ही चाहती थीं कि आसमान भनभनाने लगा। सबकी आँखें आसमान की तरफ़ उठ गयीं। लोहे की एक चील-सी दिखाई दी, जो पंख हिलाये बिना उड़ी चली जा रही थी।

तमाम औरतें एक-दूसरे को हवाई जहाज़ दिखलाने लगीं। बच्चों ने आँगन में उछलना-कूदना शुरू कर दिया। क़ैसर तो उसको दिखा-दिखाकर पेशाब करने लगा। सितारा और दिलआरा, जो उस वक़्त क़ैसर ही की तरफ़ देख रही थीं, घबराकर शरमा गयीं।

फिर हवाई जहाज़ एकदम से आँगन पर आ गया तो कुछ परदेवाली बीबियों

ने आँचल की ओट कर ली और कुछ 'उई' और 'माटी-मिली' कहती हुई गिरती-पड़ती दालान में भाग गयीं। इन बीबियों का ख़याल यह था कि हवाई जहाज़ वाले झाँकते ज़रूर होंगे।

इस भाग-दौड़ में नईमा-बी सितारा को भूल गयीं और किसी को यह ख़याल भी नहीं आया कि सितारा घर में नहीं है और अब्बास भी अफ़सरी को नफ़ीसा-बी की गोद में फेंककर कहीं जा चुका है।

बात यह हुई कि अब्बास के भरे-भरे बाज़ू देखते-देखते सितारा ऐसी शरमा गयी कि भाग गयी। अब्बास जानता था कि वह ख़लवत में गयी होगी। मगर वह आँगन को पार करके उधर नहीं गया—सच्ची बात तो यह है कि वह ख़लवत की तरफ़ जाने के ख़याल से निकला ही नहीं था। सितारा के चले जाने के बाद घर में उसका जी न लगा, तो वह बाहर चला गया। इमाम बाड़े का तीन-दरा वीरान था, शहनशीन का हरा दरवाज़ा बंद था। ग़ुसलखाने के पास गड़ा हुआ फरहरा चुपचाप खड़ा हुआ था और उसका पंजा सूरज के सामने दमक रहा था। खूँटियों की फाँसियों में झूलते हुए पेट्रोमैक्स बेजान थे। अब्बास को उनमें क्या दिलचस्पी हो सकती थी! वह पक्कड़-तले की मजलिस में चला गया होता, लेकिन उसे ख़याल आया कि मजलिस ख़त्म हो रही होगी। और मश्शू भाई नौहा पढ़कर बोर कर रहे होंगे। इसलिए उसने सोचा कि मियाँ लोगों की ग़ैरहाज़िरी का फ़ायदा उठाकर वह अनावरुल हसन राक़ी के लड़के फ़ारुक से क्यों न मिल आये, जो अलीगढ़ में ही पढ़ता था और उसका सीनियर था और अखिल भारतीय मुस्लिम स्टूडेण्ट फ़ेडरेशन का उपसभापति था। मियाँ लोगों के सामने तो वह रक़ियाने जा नहीं सकता था। बड़े जूते पड़ते ''मियाँ अब्बू, तुम इतने बड़े हो गये और तुम्हें यह भी नहीं मालूम कि अशराफ़ राक़ियों-वाकियों के दरवाजों पर नहीं जाते!''

इसलिए उसने सोचा कि फ़ारुक़ के यहाँ जाने का इससे अच्छा अवसर नहीं मिल सकता। क्योंकि इस वक्त तमाम मियाँ लोग या तो मश्शू भाई के नौहे पर रो रहे होंगे, या रोने की कोशिश कर रहे होंगे या रोनेवालों-जैसा मुँह बना रहे होंगे। किसी को पता नहीं चल सकता कि वह कहाँ गया था—वह तो अपनी इस गंगौली में फ़ारुक़ को फारुक भाई भी नहीं कह सकता था। किसी सय्यद ज़मींदार का लड़का किसी राक़ी बच्चे को भाई कैसे कह सकता था!

तमाम ऊँच-नीच पर अच्छी तरह सोच-विचार कर लेने के बाद अब्बास फुन्नन मियाँ के घर के सामने से दक्खिन की तरफ़ जानेवाली गली में मुड़ गया।

''ऐ बेटा, कउनो ख़बर-ओबर आई?'' फुन्नन मियाँ की बीवी कुलसूम की आवाज़ आयी।

वह रुक गया। क्योंकि कुलसूम ने ज़िंदगी में पहली बार उसे आवाज़ दी थी। बात यह थी कि फुन्नन मियाँ दोतरफ़ा क़िस्म के सय्यद थे। और हम्माद

मियाँ की माँ नईमा जुलाहिन थी। मगर हम्माद मियाँ बड़े फाटकवाले थे और फुन्नन मियाँ एक मामूली-से ज़मींदार थे। वह इतने मामूली ज़मींदार थे कि पाजामा नहीं पहनते थे, लुंगी बाँधते थे--वह भी सिली हुई लुंगी नहीं, बल्कि क़साइयों की तरह की फेंटेदार लुंगी। यह सब ठीक, लेकिन सय्यद फिर सय्यद होता है। हम्माद मियाँ फाटक के ग़रूर में उन्हें मुँह नहीं लगाते थे, इसलिए कोई बीस-बाईस साल से उन दोनों में बोलचाल बंद थी। और इसीलिए फुन्नन मियाँ की बीवी कुलसूम की आवाज़ सुनकर वह रुक तो गया, लेकिन उसकी समझ में यह नहीं आया कि आखिर उसे कुलसूम से किस तरह बोलना चाहिए।

"शाम तक कोई ख़बर आयेगी।" उसने कहा।

"सड़ें ई उत्तर-पट्टी वाले—जईसा ई सब मोको परीशान किहिन हैं हरमज़ादे ... !"

अब्बास ने सोचा कि अब तो कुलसूम अल्लाह मियाँ से बातचीत कर रही है, इसलिए उसके रुकने की अब कोई ज़रूरत नहीं रह गयी है। तो वह आगे बढ़ गया। वह यह सोच-सोचकर ख़ुश हो रहा था कि रक़ियानेवाले उसे देखकर कितना ख़ुश होंगे।

मुसलमान-मुसलमान भाई-भाई होता है। इस्लाम ऊँच-नीच को नहीं मानता। क्या आँहज़रत (रसूल) ने सलमान[1] फ़ारसी को अपने अहले-बैत[2] में नहीं गिना था?

उसने दिल-ही-दिल में एक भाषण तैयार कर डाला कि अगर ख़ुदा न करे मियाँ लोगों को उसकी इस हरकत का पता चल गया, तो वह क्या करेगा।

जब वह इस तक़रीर को ठोंक-बजाकर देख चुका तो उसने देखा कि वह नज्जन की ख़लवत के बाहरी दरवाज़े के सामने है और वह टाट का परदा सरका हुआ है, और सितारा का बदन झलक रहा है।

वह परदा उठाकर अंदर चला गया।

सितारा हड़बड़ाकर उठ बैठी। उसने दुपट्टे का तकिया बना रक्खा था। मगर जब उसने अब्बास की आँखों की आँच से अपने बदन को पिघलता हुआ महसूस किया, तो उसे याद आ गया कि उसने दुपट्टा नहीं ओढ़ रक्खा है। उसने झपाक से दुपट्टा ओढ़ लिया।

"ग़फ़ूरन बुआ नहीं है क्या?" अब्बास ने एक बहुत ही बेवक़ूफ़ी का सवाल किया।

"न ... ऊ त आपे की तरफ़ गयी हैं।"

"और नज्जन मियाँ?"

---

1. पैगंबर साहब के एक साथी।
2. घरवाला।

"ऊ⋯मजलिस करे गये हैं।"

"त तूँ अकेली हो!" वह बापा-दादा की बोली पर आ गया।

"जि हाँ!"

"तुम इतनी खूबसूरत क्यों हो जी?"

यह पूछकर वह बाहर चला गया। उसने सितारा को जवाब देने का मौक़ा न देकर अच्छा ही किया, क्योंकि सितारा बेचारी जवाब ही क्या दे सकती थी! वह तो अपनी साँसों की झाड़ियों में उलझ-उलझकर गिरी-गिरी पड़ रही थी। अब्बास के जाने के बाद भी उसे देर तक होश नहीं आया। वह मुस्कराती रही और शरमाती रही और दुपट्टे को अपने सीने पर रह-रहकर बराबर करती रही; और फिर उसे ख़लवत की दीवारों और दरवाज़ों और सदर दरवाज़े पर पड़े हुए टाट के परदे से शर्म आने लगी।

और उस ख़ाली पलँग की तरफ़ देखकर तो वह मर गयी, जिस पर लेटी हुई वह अब्बास की राह देख रही थी।

उसने दरवाज़े से झाँका। गली दूर-दूर तक सुनसान थी। मरदाने इमाम बाड़े की तरफ़ से ताशा बजने की आवाज़ आ रही थी—कि गाँववालो, आ जाओ, मजलिस का वक्त हो गया।

उसने फिर मुड़कर पलँग की तरफ़ देखा, और फिर वह पहले ही की तरह अपने दुपट्टे का तकिया बनाकर लेट गयी। उसकी निगाहें करामत इक्केवान की उस अड़ियल घोड़ी की तरह पलँग पर अड़ गयीं, जैसे वह बौरी के पुल की चढ़ाई पर अड़ गयी थी। इक्के की छतरी का बाँस पकड़कर बैठे हुए बाबा तो छिटककर दूर जा पड़े थे। और अम्माँ 'नादे-अली'[1], पढ़ने लगी थीं और आपा 'या अली-अली!' पुकारने लगी थीं, और करामत अपनी घोड़ी को गंदी-घिनौनी गालियाँ देने लगे थे। और 'नादे-अली' पढ़नेवाली अम्माँ के साथ-साथ 'या अली' कहने वाली आपा भी शरमा गयी थीं।

"यह तुम यहाँ क्या कर रही हो?" अब्बास न मालूम कहाँ से आ गया।

सितारा का दिल धक-धक करने लगा।

"मज़लिस शुरू होने वाली है।" उसने बड़ी मुश्किल से कहा।

जवाब में अब्बास उसके पास से गुज़रकर पलँग पर बैठ गया। मगर वह सितारा के पास यूँ गुज़रा कि उसका हाथ सितारा के हाथ से छू गया। सितारा का सारा बदन सितार की तरह झनझना गया और सातों सुर घबराकर एक-दूसरे से चिपट गये⋯

दरवाज़े पर ताशा बजना बंद हो गया। अलिमवा हज्जाम ने फ़र्श से हुक़्क़े हटा दिये। शब्बू मियाँ ने शहनशीन का दरवाज़ा खोला। लोगों ने उठकर

---

1. शीआ मुसलमान मुसीबत के वक्त अरबी भाषा में यह दुआ पढ़ते हैं।

अलमों और ताज़िये को ताज़ीम दी—और तब वह हुआ जिसकी उम्मीद न थी। शब्बू मियाँ ने नज्जन की तरफ़ देखा और कहा, "पढ़ो!"

जब तक नज्जन सोज़ख़्वानी की चौकी पर बैठ नहीं गये, तब तक किसी की समझ में यह बात नहीं आयी। मगर तब सवाल यह पैदा हुआ कि नज्जन का बाज़ू कौन बने। कोई सय्यदज़ादा किसी मीरासी का बाज़ू नहीं बन सकता था और गंगौली में सय्यदों के सिवाय किसी को सोज़ख़्वानी की कला आती नहीं थी।

नज्जन ने गुनगुनाना शुरू किया :

'जिस घड़ी नहर प-खैमे शहे-वाला के हुए
और सितमगार मज़ाहिम लबे-दरया के हुए...'

हुसैन अली मियाँ का खयाल था कि नज्जन पेशख़ानी[1] करेंगे। मगर जब उन्होंने मरसिया गुनगुनाना शुरू किया तो हुसैन अली मियाँ की छोटी-छोटी मुट्ठियाँ पहले तो कई बार खुलीं और बंद हुईं, फिर वह खड़े हो गये। तमाम लोग चौंक पड़े। हुसैन अली मियाँ ने गरीबान से पकड़कर नज्जन को तख़्त से उतार दिया और माँ-बहन की गाली देकर बोले, "तोहरयो ई मजाल हो गयी क बइठ गयो सोज़ख़्वानी करे!"

दक्खिन-पट्टी के लोगों को बड़ा गुस्सा आया मगर हुसैन अली मियाँ डटे रहे।

"ई हमरे पढ़े की मजलिस है।" उन्होंने इमाम बाड़े से कहा। फिर वह तख़्त पर बैठ गये। नज्जन चुपचाप तख़्त के नीचे बैठे। हुसैन अली मियाँ ने वही मरसिया गुनगुनाना शुरू किया। मगर अभी उन्होंने पहला ही बंद (टुकड़ा) पढ़ा था कि शब्बू मियाँ 'मातमे-हुसैन' कहकर खड़े हो गये। यह इशारा था कि मरसिया खत्म हुआ और अब नौहा पढ़ा जायगा। तमाम लोग खड़े होकर मातम करने लगे। हुसैन अली मियाँ तख़्त से उतर आये और सलाम पढ़े बिना ही इमाम बाड़े से निकल गये।

ज़नाने गलियारे में से औरतें हुसैन अली मियाँ को कोसती हुई सरकने लगीं। ग़फ़ूरन जब अपनी ख़लवत के दरवाज़े पर पहुँची तो उसे दरवाज़ा अंदर से बंद मिला। उसने सितारा को पुकारा। दरवाज़ा खुला, मगर दो-चार पल देर से खुला। ग़फ़ूरन सितारा को देखकर चौंक पड़ी, क्योंकि उसके बदन से तो पकी हुई जामुन की तरह रंग चुआ पड़ रहा था। वह उससे कुछ कहे बिना अंदर चली गयी। पलँग पर अब्बास का रूमाल था—ग़फ़ूरन ने सितारा से कुछ नहीं कहा। हाँ, जब नज्जन आये तो उसने उससे यह ज़रूर कहा कि अब उन लोगों का

1. असली पढ़नेवाले से पहले जो वातावरण बनाने के लिए पढ़े, उसे पेशख़ाँ और उसकी पढ़ाई को पेशख़ानी कहते हैं।

गंगौली में रहना ठीक नहीं है। उत्तर और दक्खिन-पट्टी के पाटों के बीच में वह क्यों आयें? नज्जन ने उसे समझाना चाहा, मगर वह नहीं मानी। और जब वह नहीं मानी, तो नज्जन को मान जाना पड़ा। आख़िर हव्वा के कहने से आदम ने जन्नत छोड़ दी थी, यह तो फिर एक गाँव था!

शाम तक ग़फ़ूरन ने सबसे विदा ले ली। तमाम औरतों ने ग़फ़ूरन और तमाम मर्दों ने नज्जन को समझाया। मगर ग़फ़ूरन टम-से-मस न हुई। आख़िर इक्के पर सामान लद गया।

जब इक्का नील के गोदाम के सामने से गुज़र रहा था, तो नज्जन ने देखा कि शंकर चमार तेज़ी से साइकिल पर चला आ रहा है। नज्जन ने उसे आवाज़ दी, मगर शंकर ने उनकी आवाज़ नहीं सुनी। इक्का सड़क की तरफ़ बढ़ गया और साइकिल गंगौली की तरफ़ चली गयी।

"मियाँ लोगन की सज़ा हो गइल।" शंकर ने बड़े फाटक में घुसते ही कहा।

बड़ा फाटक सन्नाटे में आ गया। किसी को यकीन नहीं आया। लेकिन शंकर ने बताया कि दारोग़ाजी ने सारा ज़ोर फुन्नन मियाँ पर लगा दिया था। अगर फुन्नन मियाँ मुक़दमे में माख़ूज न रहे होते तो सज़ा न होती। लेकिन एक फुन्नन मियाँ के कारण सबकी सज़ा हो गयी।

यह ख़बर जब अंदर गयी तो झंगटिया-बो ने ज़नाने इमाम बाड़े के अलमों को झाँककर बड़ी शिकायतभरी नज़रों से देखा, "हे इमाम साहिब! आपके ई त ना चाहत रहिल!"

फिर वह इमाम बाड़े की चौखट से लिपटकर रोने लगी। लेकिन नईमा-बी ने फुन्नन मियाँ को कोसना शुरू कर दिया कि "ओही मिट्टी-मिले की वजह से हम्माद की सज़ा हो गयी है।"

यह ख़बर जब फुन्नन मियाँ की बीवी कुलसूम को मिली कि नईमा-बी उनके मियाँ को कोस रही हैं, तो उन्होंने दोनों हाथ उठा-उठाकर नईमा-बी और हम्माद मियाँ को कोसना शुरू कर दिया...

इस हंगामे में भला यह कौन सोचता कि कल्लू की ख़लवत में बसाया जानेवाला परिवार कहाँ गया और क्यों गया। अब्बास ने उन्हें दो-चार दिन ज़रूर याद किया, मगर फिर उन्हें वह भी भूल गया। उसे एक जुलाहिन अच्छी लगने लगी। मगर ग़फ़ूरन गंगौली को न भूल सकी। बात यह है कि वह सितारा की माँ थी। उसने झट से सितारा को ब्याह दिया कि इसे सिवाय कोई चारा न था। उसके यहाँ सतमासा बच्चा हुआ। एक बड़ा तंदुरुस्त बच्चा। इस बच्चे को सितारा के ससुरालवालों ने शक से देखा। सितारा के मियाँ ने उसे तलाक़ दे दी। वह ग़ाज़ीपुर वापस आ गयी।

और उसने अपने बेटे का नाम अब्बास रक्खा।

मियाँ लोग

मोहर्रम के बाद गंगौली वीरान हो जाती थी। वैसे अधिक लोग नहीं जाते थे, लेकिन जिन थोड़े-से लोगों के आ जाने से गंगौली आबाद हो जाया करती थी, वही लोग चले जाया करते थे। उत्तर-पट्टी से सय्यद अली हादी ज़ैदी चले जाते और अली महदी मियाँ चले जाते, तो अली क़दीर मियाँ और अली कबीर मियाँ और हैदर मियाँ और उब्बाद और सज्जाद मियाँ और मौलवी सय्यद बेदार हुसैन ज़ैदी सदरुल्फ़ाजिल[1] के रहने के बाद भी उत्तर-पट्टी में धूल उड़ने लगती। क्योंकि उत्तर-पट्टी नाम था एक इमाम बाड़े का, और जब दस मोहर्रम के बाद इमाम हुसैन हिंदुस्तान से कर्बला वापस चले जाते,[2] तो इमाम बाड़े भायँ-भायँ करने लगते। इमाम चौक लकड़ी के खूबसूरत और सुबुक ताज़ियों के ठाठ को सीने से लगाये किसी अबला की तरह दुबककर बैठ जाते। और खुद ताज़ियों के वे चौखटे लावारिस मालूम होने लगते। इमाम-बाड़े के मिंबर का गिलाफ़ उतर जाता। कमरे का फ़र्श उठा दिया जाता और उसकी जगह कमरे में चारपाइयाँ पड़ जातीं और वह एकदम से एक मामूली कमरा बन जाता। सुतली से बनी हुई उन चारपाइयों में से किसी एक पर हकीम सय्यद अली कबीर उलटे हुए बिस्तर का तकिया लगाकर लेट जाते और सुलफ़ा पीने लगते। ज़मींदारी के झगड़ों-टंटों और हकीमी से जो वक्त बचता, उसे वह गाँव के लड़कों को गालियाँ देने और अपने इकलौते लड़के सद्दन, उर्फ़ सय्यद सआदतुल-हसनैन ज़ैदी, की जवानी के ख्वाब देखने में गुज़ार देते।

गंगौली के बहुत-से लोगों ने रेल नहीं देखी थी, क्योंकि स्टेशन गंगौली से कोई दस मील पर है और ग़ाज़ीपुर बारह मील पर। इसलिए लोग ज़्यादातर इक्कों से सफ़र किया करते थे। और चूँकि मियाँ लोगों के ख़याल में दुनिया ग़ाज़ीपुर की कचहरी के बाद ख़त्म हो जाती थी, इसलिए भी उन्हें नहीं मालूम

1. लखनऊ के शीया धार्मिक कॉलेज 'सुलतानुल मदारिस' की आखिरी डिगरी।
2. शीआ मुसलमानों का ईमान है कि इमाम हुसैन मोहर्रम के दिनों में हिंदुस्तान आ जाते हैं और मोहर्रम के बाद फिर कर्बला वापस चले जाते हैं।

था कि दुनिया में क्या हो रहा है और क्या नहीं हो रहा है ।

रेलगाड़ी पर सबसे पहले हकीम सय्यद अली कबीर ज़ैदी ने सफ़र किया । वह भी इसलिए कि एक साल गोरे मियाँ, उर्फ़ सय्यद इलतिजा हुसैन आब्दी, ने उत्तर-पट्टी के आठ के गश्त[1] पर यह कहकर चोट की कि जुलूस[2] तो लखनऊ में चुप ताज़िये के उठता है । हकीम साहब के दिल में यह बात तीर की तरह तराज़ू हो गयी, क्योंकि उन्हें आठ के जुलूस पर बड़ा नाज़ था । इस जुलूस में आस-पास के कई देहातों की अंजुमनें नौहा पढ़ने आया करती थीं । उत्तर-पट्टी के बड़े आँगन में एक तरफ़ देगें चढ़ जाया करती थीं और अलिमवा हज्जाम बड़ी मेहनत से मज़ेदार चाय बनाया करता था । ग़ाज़ीपुर तक के किसी जुलूस में कोई बाहरी अंजुमन भाग नहीं लेती थी, इसलिए हकीम साहब यह कैसे मान लेते कि लखनऊ का कोई जुलूस आठवीं के जुलूस से बड़ा या अच्छा हो सकता है । इसलिए एक साल हिम्मत करके वह निकल पड़े और उन्हें ग़ाज़ीपुर से रेल में सफर करना पड़ा ।

वह कई बरस तक रेल और उसके डिब्बों और इंजन की सीटी और गाड़ी की धड़धड़ाहट की बात करते रहे—और गाँव के लोग मुँह खोले उनकी बातें सुना किये । बस, रक़ियाने के लोगों को कोई अचंभा नहीं हुआ, क्योंकि वे लोग व्यापारी थे और बहुत पहले से रेल में सफ़र कर रहे थे ।

मगर हकीम साहब एक बार रेल पर क्या बैठे कि रेल उनके दिमाग पर सवार हो गयी । हद तो यह थी कि जब वह सद्दन के बारे में ख़्वाब देखना शुरू करते कि वह पढ़कर क्या करेगा, तो पहले वह यह तय करते कि वह थानेदार हो जायेगा, क्योंकि थानेदारी में ख़ुदा की मेहरबानी से ऊपर की आमदनी ख़ूब होती है । और फ़िर वह यह तय करते कि जब काफ़ी आमदनी होने लगेगी तो एक रेलगाड़ी ख़रीद ली जायेगी । लेकिन यह सपना बहुत दिनों न चल सका, क्योंकि रेल के अस्तबल के लिए बीघों ज़मीन की ज़रूरत पड़ेगी । इसलिए अपने सपनों के लिए उन्होंने एक मोटर पर जी मार लिया । मोटर भी उन्होंने पहली बार लखनऊ ही में देखी थी ।

"अरे भाई, जिनती की जवानी की तरह फटी पड़ती हैं सब !" उन्होंने यह बात वाजिद मियाँ और मौलवी बेदार को बड़ी राजदारी से बतायी थी कि मोटरें सड़कों पर जिनती की तरह ऐंडती फिरती हैं और ठंडी साँसें भरने वालों की तरफ़ मुड़कर नहीं देखतीं । और चूँकि इन मोटरों को बड़े अस्तबल की ज़रूरत भी नहीं होती, इसलिए वह मोटरों का ख़्वाब देखने लगे ··· दरवाज़े पर एक चमचमाती हुई मोटर खड़ी है और लोग कह रहे हैं कि हकीम साहब के फाटक पर तो अंग्रेज़ी लोहे का हाथी झूम रहा है, जो गन्ने नहीं खाता बल्कि तेज़

1-2 अलम और ताज़ियों का जुलूस निकलता है, जिसमें लोग मातम की ताल पर नौहा पढ़ते हैं

महकवाला अंग्रेज़ी मिट्टी का तेल पीता है, जिसका भला-सा नाम है···

इन ख्वाबों में गंगौली छोड़ने की बात कभी नहीं आती थी। वह यह कभी नहीं सोचते थे कि उन्होंने छतर-मंजिल के सामने एक ओर छतर-मंजिल बना ली है। उत्तर-पट्टी का यह बड़ा फाटक इतना बड़ा था कि उसमें हकीम सय्यद अली कबीर के सारे ख्वाब न सिर्फ़ समा जाते थे, बल्कि कुछ जगह बच ही रहती थी। और मोहर्रम के बाद जब अली हादी मियाँ का कमरा बंद हो जाता, तो इन सपनों के लिए जरूरत से ज्यादा जगह निकल आया करती थी।

उत्तर-पट्टी में कोई चीज़ इमाम बाड़े की रौनक़ की बराबरी करनेवाली थी तो यही डिप्टी अली हादी का कमरा था—अलमों, पटकों, लकड़ी के खूबसूरत ताज़ियों, सोजख़्वानी और तहतख़्वानी के बस्तों[1], हाँडियों, कँवलों, ऊददानों और गुलाबपाशों की कशिश अपनी जगह, लेकिन डिप्टी अली हादी के कमरे की तरशी-तरशाई भाँति-भाँति की कुर्सियों, आरामकुर्सियों और तिपाइयों की शान भी निराली थी। एक अलमारी में सजी हुई अंग्रेजी किताबें, जिनमें से कई बहुत पुरानी थीं, मरसियों को मुँह लगाने पर तैयार नहीं थीं। ऊददानों पर तरह-तरह के सिगरेट-केस चुपके-चुपके मुस्कराया करते थे।

हकीम साहब अली हादी मियाँ के बड़े भाई थे। वह अली हादी को बहुत चाहते थे। लेकिन उन्हें उस कमरे से नफरत थी, क्योंकि मोहर्रम में अली हादी मियाँ के आते ही जब कमरा खुल जाता था, तो उसमें लगनेवाले दरबार में इमाम हुसैन के दरबार से ज़्यादा चहल-पहल हुआ करती थी। उत्तर और दक्खिन-पट्टियों के तमाम जवान लोग इस कमरे में भरे रहा करते थे। और चूँकि इसका एक दरवाज़ा इमाम बाड़े में भी खुलता था, इसलिए इस कमरे से सिगरेट का धुआँ इठलाकर इमाम बाड़े में जाता और वहाँ सुलगनेवाले ख़ुशबूदार मसाले के धुएँ को परेशान करता। कभी-कभी तो सातबीं और आठवीं तारीख को भी अग्गू मियाँ, वज़ीर मियाँ, फुस्सू मियाँ और ख़ुद अली हादी मियाँ के क़हक़हों की आवाज़ दरवाज़े का परदा उठाकर बेधड़क इमाम बाड़े में घुस आया करती थी और बच्चों की तरह फ़र्श पर लोटने लगती थी।

हकीम साहब इस दरवाज़े को बंद भी नहीं करवा सकते थे, क्योंकि यह दरवाज़ा उनके दादा मीर नजफ़ अली ज़ैदी ने खुलवाया था। किस्सा यह हुआ कि उन पर गिरा फ़ालिज और वह हिलने-डुलने के क़ाबिल न रह गये। बस, इसी कमरे में पड़े रहा करते थे। जब मोहर्रम आया तो वह बेचैन हो गये और गिड़गिड़ाकर दुआ माँगने लगे।

"मौला, सारी ज़िंदगी इमाम बाड़े के फ़र्श की सिलवटें बराबर करने में गुज़री, अब क्या करूँ!" मशहूर है कि यह दुआ माँगते-माँगते उनकी आँखें

---

1. मुक़दमे के बस्तों की तरह यह भी होता है। फ़र्क़ यह है कि इसमें मरसिये होते हैं।

लग गयीं, और उन्होंने देखा कि हरे कपड़े पहने, मुँह पर नक़ाब डाले एक घुड़सवार आया है और कह रहा है, 'मीर नज़फ अली ! दिल थोड़ा न करो । एक दरवाज़ा खुलवा लो ।' यह ख़्वाब देखकर मीर साहब की आँखें खुल गयीं, और दूसरे ही दिन दीवार में दरवाज़ा तोड़ लिया गया । यह उन दिनों की बात है जब सय्यदज़ादे मोहर्रम की सातवीं तारीख़ को क़हक़हे नहीं लगाया करते थे । ख़ुदा ग़ारत करे इन अंग्रेज़ों और उनकी भाषा की पढ़ाई को । चौपट कर दिया इन बेईमानों ने सब-कुछ !

अंग्रेजी तालीम और इस दरवाज़े के टकराव ने एक आरज़ू को भी जन्म दिया :

लखनऊ के उसी यादगार-सफ़र में हकीम साहब हुसैनाबाद और आसफ़ुद्दौला के इमाम बाड़ों से भी प्रभावित हुए थे । इसलिए वह चाहते थे कि सद्दन जल्दी से जवान होकर थानेदार हो जाये, तो वह भी आसफ़ुद्दौला की तरह एक लंबा-चौड़ा इमाम बाड़ा बनवायें, जिस पर शाहे-नजफ़ जैसा ख़ूबसूरत गुंबद हो । वे ताँबे के अलम भी हटा दिए जायेंगे । तमाम पंजे गंगा-जमनी होंगे और जो कलाबत्तू की डोर से अपने-अपने नेज़ों (छड़) में बँधे होंगे । पटके तमाम ज़री के होंगे और फरहरे तमामी[1] के । ताज़ियों की कलगियाँ सुनहरी होंगी और कलसों पर जवाहिर की पच्चीकारी होगी । इमाम बाड़े का फ़र्श क़ालीन का होगा और मिंबर संदल का—और आठवीं के जुलूस में रास्तों पर दोनों तरफ़ सर्वे-चिराग़ाँ[2] होंगे और उसमें दूर-दूर की अंजुमनें नौहा मातम करने आयेंगी । तब देखें, मियाँ इलतिजा हुसैन कैसे कहते हैं कि जुलूस तो चुप ताज़िये का होता है ।

उनकी झोली में एक छोटी-सी ख़्वाहिश और थी । दक्खिन-पट्टी का ताज़िया बड़ा ताज़िया कहा जाता था । वह नौ की रात में सजाया जाता था और फिर रक़ियाने के बड़े चौक पर बैठ जाता था—बिलकुल किसी रईस की तरह ! रक़ियाने के लोग उनकी मुसाहिबत किया करते थे । चूँकि दक्खिन-पट्टी वाले गंगौली के पुराने ज़मींदार थे, इसलिए वे अपने ताज़िया ख़ुद नहीं सजाया करते थे । बड़ा ताज़िया राक़ी सजाते थे । कोई ताज़िया जुलाहों के इंतज़ाम में था और कोई हज्जामों के ।

दस मोहर्रम को तीसरे पहर बड़े ताज़िये का दरबार लगा करता था । लकड़ी के बीसों ताज़िये अपने-अपने चौकों से सोज़ख़्वानों की निक़ाबत[3] में

---

1. एक प्रकार का कपड़ा ।
2. यह एक तरह की टट्टियाँ होती हैं, जिनमें चिराग़ जलते हैं ।
3. पहले बादशाहों के आगे-आगे चोबदार आवाज़ लगाते थे ताकि लोगों को मालूम हो जाये कि किसकी सवारी आ रही है, उनको 'नक़ीब' कहते थे ।

आते और बड़े ताज़िये के इधर-उधर ज़मीन पर बैठ जाते—आसामियों की तरह ! फिर आठ कहारों के कंधों पर बड़े ताज़िये की सवारी चलती, और पीछे-पीछे दूसरे ताज़िये भी चल पड़ते। लकड़ी के ताजियों के पीछे काग़ज़ के मन्नती ताज़ियों का एक पूरा लश्कर होता।

बड़े ताज़िये के आगे-आगे अब्बू मियाँ कमर में पटका बाँधे, हाथ में चाँदी की मूठवाली एक छड़ी लिये सोज़ख़्वानी करते। फुन्नन मियाँ, बशीर मियाँ और हम्माद मियाँ उनके बाज़ू होते। ये लोग हर दो क़दम के बाद सलाम के दो शेर पढ़ते चलते। पीछे हज़ार-पाँच सौ आदमियों की भीड़ होती। औरतें बच्चों को बड़े ताज़िये के नीचे से निकालतीं। मन्नतें मानतीं। जारी[1] पढ़तीं और शरबत चढ़ातीं। ये औरतें सैदानियाँ नहीं हुआ करती थीं। क्योंकि सैदानियाँ तो डोली बिना घर से निकल ही नहीं सकती थीं। ये तो गाँव की राक़िनें, जुलाहिनें, अहीरनें और चमाइनें होती थीं। बड़ा ताज़िया उनसे, उनकी मन्नतों और ज़ारी की दर्द-भरी धुन से बेपरवाह किसी गजगामिनी या किसी सम्राट् की तरह आगे बढ़ता चला जाता।

सोज़ख़्वानों के आगे लट्ठबंद अहीरों का एक ग़ोल होता। यह ताज़िया इतना बड़ा हुआ करता था कि गाँव की गलियों से नहीं निकल सकता था। उलतियाँ गिरानी पड़ती थीं। लट्ठबंद अहीरों का ग़ोल उलतियाँ गिराने ही के लिए बड़े ताज़िये के आगे-आगे चला करता था।

इन लट्ठबंद अहीरों के आगे लकड़ी के अखाड़े होते, और उनके आगे तुरही, नरसिंघे, ताशे, और झाँझ बजानेवाले।

जुलूस इसी आन-बान से नूरुद्दीन शहीद के मज़ार तक जाता। फिर बड़ा ताज़िया लकड़ी के तमाम ताज़ियों के साथ वहीं से लौट आता और जुलूस काग़ज के ताज़ियों को लेकर खेतों के बीच से जानेवाली पगडंडी पर चलता हुआ कर्बला की तरफ़ चला जाता।

लकड़ी के ताज़ियों के साथ हम्माद मियाँ भी लौट आते और गाँववालों को सरकारी खज़ाने से उलतियों की मरम्मत के लिए पैसे देते।

एक साल तो ऐसा हुआ कि एक बेवा ब्राह्मणी की उलती मजदूरों की भूल से ज़रा कम निकली हुई थी। बड़ा ताज़िया उसे गिराये बिना गुजर गया। वह बेवा फूट-फूटकर रोने लगी कि इमाम साहब उससे रूठ गये हैं। इसलिए ज़रूर कोई मुसीबत आनेवाली है, नहीं तो भला ऐसा हो सकता था कि बड़ा ताज़िया उसकी उलती गिराये बिना चला जाता। वह अपने दो बेटों को लेकर नूरुद्दीन शहीद के मज़ार पर गयी। उसने बेटों को बड़े ताज़िये के सामने खड़ा कर दिया, फिर उसने ताज़िये की अनदेखी आँखों-में-आँखें डाल दीं और बोली, 'हे इमाम

---

1. भोजपुरी में कर्बला की कहानी गाती हुई औरतें उन दिनों जुलूसों के पीछे-पीछे चला करती थीं।

साहिब ! हमार लइकन के कछऊ हो गइल ना, त ठीक न होई !'' फिर उसने हम्माद मियाँ को घेरा, ''चलो मीर साहिब ! हमार उलतिया गिरवाये लेई !''

हम्माद मियाँ ने सोचा कि शायद उसे पैसों की जरूरत है इसलिए उन्होंने उसे घुड़क दिया, ''तोके पइसबे न चाही ... चल ... दुआरे पर ओको ले लेवे !''

''नाहीं, हे सरकार !'' वह बिलबिला उठी, ''पइसा ना चाही । लइकनवन की जान चाही । उलतिया गिरवाये लेई । हम पाँव पड़त बाड़ीं ।''

मगर किसी ने उसकी फ़रियाद नहीं सुनी । और फिर ऐसा हुआ कि उसके बड़े बेटे को सज़ा हो गयी, जो एक क़त्ल के मुक़दमे में फँसा हुआ था । अग्गू मियाँ, शब्बर मियाँ और वज़ीर मियाँ ने बड़ा ज़ोर मारा, मगर फाँसी की सज़ा हो ही गयी । उस बुढ़िया ने हम्माद मियाँ को घेर लिया और ककुलत मिटाने के लिए उसने अपनी उलती की दो पटरियाँ उतारकर बड़े आँगन में रक्खे हुए बड़े ताज़िये के फ्रेम पर फूल की तरह चढ़ा दीं और दण्डवत् करके बोली, ''हे इमाम साहिब ! बस करीं ... अब हमार कसूर माफ़ किहल जाये ।''

सरकार का मुक़दमा कुछ कमज़ोर था । हाईकोर्ट ने उसके लड़के को छोड़ दिया । अग्गू मियाँ ने वकालत का नज़राना तलब किया । बुढ़िया ने टका-सा जवाब दे दिया, क्योंकि उसके ख़याल में तो उसके बेटे को इमाम साहिब ने छुड़ाया था, नहीं तो इन लोगों की वकालत तो उसे फाँसी दिलवा ही चुकी थी ।

बड़े ताज़िये के इस 'कौतुक' के बाद उसकी 'पॉपुलैरिटी' बहुत बढ़ गयी । ग़ाज़ीपुर से लोग मन्नतें मानने आने लगे । और उस दिन तो हकीम अली कबीर की परेशानी का कोई ठिकाना न रह गया, जिस दिन लखनऊ का मोहर्रम छोड़कर कोई बीस बीबियाँ ख़ास इसलिए गंगौली आयीं कि नौ की रात को बड़े ताज़िये पर मातम करके मन्नतें मानेंगी ।

चुनाँचे रास्ते बंद कर दिये गये । चौक के इर्द-गिर्द की सारी ज़मीन क़नातों से घेर दी गयी कि औरतें जी खोलकर मातम भी कर लें और उनकी बेपर्दगी भी न हो ।

लेकिन क़नातों की वजह से राक़ियों की ख़ूबसूरत मस्जिद का दरवाज़ा भी बंद हो गया, और मजबूरन रात की नमाज़ पढ़ने के लिए लखपति राक़ियों को एक टूटी-फूटी मस्जिद में जाना पड़ा ।

लखनवी औरतों का यूँ बड़े ताज़िये पर मात[illegible]ना दक्खिन-पट्टीवालों की बड़ी जीत थी । क्या हुआ जो आठ के जुलूस में चावनपुर, ज़हूराबाद, हैंसी और माटा की अंजुमनें आती हैं ! अली कबीर मियाँ उन्हें आने-जाने का किराया देते हैं । गोश्त-पुलाव खिलवाते हैं और उनके नाज़ उठाते हैं । किसी ताज़िये की बड़ाई तो इसमें है कि लखनऊ का मोहर्रम छोड़कर औरतें गंगौली आयें, ताज़िये के दर्शन को ... और आने-जाने का पैसा अपनी जेब से ख़र्च करें । वे बेचारी औरतें तो अपना खाना खाने पर भी ज़ोर दे रही थीं, मगर दक्खिन-पट्टीवालों ने

उनकी यह बात मानने से इन्कार कर दिया। यह बात मेहमानदारी की परंपरा के ख़िलाफ़ होती।

लखनऊ की औरतों के इस गिरोह ने एक बात बिलकुल साबित कर दी कि इमाम हुसैन, जो मोहर्रम में कर्बला से हिंदुस्तान आते हैं, तो नौ की रात को वह गंगौली की दक्खिन-पट्टी के बड़े ताज़िये के चौक पर दरबार करते हैं। उत्तर-पट्टीवाले इसे बर्दाश्त नहीं कर सकते थे।

इसीलिए हकीम साहब को बड़ा अरमान था कि किसी तरह उनके चौक पर भी कोई मोजज़ा हो जाये कि दक्खिन-पट्टीवालों का ग़रूर टूट जाय।

यह बिलकुल एक इत्तफ़ाक़ है कि जिन दिनों यह ख़याल हकीम साहब को परेशान कर रहा था, उन्हीं दिनों क़रीब के एक गाँव बरखापुर में एक क़त्ल हो गया। हक़ीम साहब ने थाना क़ासिमाबाद के थानेदार से कह-सुनकर अपने एक खास आदमी कोमिला चमार को नामज़द करवा दिया। चूँकि हकीम साहब डिप्टी अली हादी के भाई और इलाक़े के बड़े ज़मींदार थे, उनसे थानेदार के सैकड़ों काम निकलते थे, इसलिए उन्होंने सिर्फ़ एक सौ एक रुपया लेकर कोमिला को नामज़द कर दिया। तय यह हुआ था कि उसके ख़िलाफ़ मुक़दमा इतना कमज़ोर बनाया जायेगा कि वह जजी से ही छूट जाये। थानेदार ने असली क़ातिलों से ग्यारह सौ रुपये अलग ले लिये कि कोमिला की रिहाई से मुक़दमा बिलकुल बेजान हो जाएगा, इसलिए वे लोग ख़ामख़ाह छूट जायेंगे।

कोमिला गिरफ़्तार हो गया। उसकी माँ बबुरमवा-बो (बाबूराम की धर्मपत्नी) भागी-भागी हकीम साहब के पास आयी। हकीम साहब ने थानेदार को बुलवाया। थानेदार ने वायदा कर लिया कि वह कोमिला को बचाने की कोशिश करेगा। फिर उसने हेड कांस्टेबिल के ज़रिये बबुरमवा-बो से सौ रुपये इस काम के लिये कि वह कोमिला के ख़िलाफ बने हुए मुक़दमे को कमज़ोर कर देगा। हकीम साहब ने कोमिला की माँ को समझा-बुझाकर रुखसत कर दिया। इत्तफ़ाक़ से उसे दरवाज़े पर ग़ुलाम हुसैन खाँ मिल गये। यह ग़ुलाम हुसैन ख़ाँ हकीम साहब के खानदान के पुश्तैनी नौकर थे। उन्होंने बबुरमवा-बो को दरवाज़े के इमाम चौक की करामातें बतलायीं कि किस तरह एक बार उनकी बीवी को साँप ने काट लिया था और किस तरह उन्होंने इस सामनेवाले इमाम चौक पर मन्नत मानी थी और किस तरह मन्नत के मानते ही साँप का जहर ख़ुद-ब-ख़ुद उतर गया था। यह कहानी सुनाते वक़्त उन्हें यह याद नहीं रह गया कि अब से कोई तीस साल पहले उनकी पहली बीवी साँप के काटे से ही मर गयी थी और दूसरी बीवी को कभी साँप ने कांटा ही नहीं था। बबुरमवा-बो को यह बात मालूम थी, लेकिन उसका लड़का क़त्ल के मुक़दमे में नामज़द था, इसलिए उस वक्त उसे यह बात याद ही न आयी, और उसने वहीं खड़े-खड़े तड़-से मन्नत मान डाली। फिर यह बात धीरे-धीरे गाँव में

फैलायी गयी कि बबुरमवा-बो ने कोमिला के लिए उत्तर-पट्टी के इमाम चौक पर मन्नत मानी है। गंगौली के बाहर रहनेवाले रिश्तेदारों को यह ख़बर ख़तों के ज़रिये दी गयी, मगर यूँ कि ख़त पढ़नेवाले को यह न मालूम हो सके कि ख़ास इसी ग़रज़ से ख़त लिखा गया है।

धीरे-धीरे यह बात आस-पास की बस्तियों में फैल गयी और उत्तर-पट्टी वालों ने इत्मीनान की साँस ली।

दक्खिन-पट्टी वालों का माथा ठनक गया। वैसे तो उन लोगों ने गरदन झटककर यह कह दिया कि हर इमाम चौक बड़े ताजिये का चौक़ नहीं हो सकता, लेकिन दिलों में एक चोर भी बैठ गया था—अगर कोमिला छूट गया तो बड़े ताज़िये की बड़ी किरकिरी होगी और दक्खिन-पट्टी की नाक कट जायगी; इसलिए हुआ यह कि जिस तरह थानेदार क़ासिमाबाद को उत्तर-पट्टी के मोहर्रम के बजट से एक सौ रुपये दिये गये थे, उसी तरह दक्खिन-पट्टी की ताज़ियेदारी की मद से थानेदार क़ासिमाबाद को तीन सौ रुपये दिये गये कि कोमिला को फाँसी तो न हो, लेकिन सज़ा जरूर हो जाय। थानेदार ठाकुर हरनारायनप्रसाद सिंह ने सोचा कि इसमें आख़िर उनका क्या नुकसान है! इसीलिए यह बात भी तय हो गयी।

अब यह एक बिलकुल इत्तफ़ाक की बात है कि चमटोली के एक 'धनी' चमार घराने की कोमिला के घराने से पुरानी खट-पट चली आ रही थी। सुखरमवा का बड़ा बेटा ग़ाज़ीपुर के कलक्टर का माली था और छोटा बेटा काँग्रेसी। दोनों भाइयों में बोल-चाल नहीं थी, मगर इस मौक़े पर सुखरमवा ने दोनों बेटों को बुलाया, और फिर उन्होंने आपस में यह तय किया कि बाबूराम यानी कोमिला के बाप से बदला लेने का यही मौक़ा है। इसलिए सुखरमवा ने आम के पाँच पेड़ और पाँच मंडा ज़मीन निकाली। ज़मीन अच्छी थी। हम्माद मियाँ उसे इसलिए नहीं निकलवा रहे थे कि बलरमवा कलक्टर साहब का माली था। चुनाँचे सुखरमवा को दो सौ मिले। दो सौ उसने छन्नू लाल सुनार से घर और बहू के गहने रखकर लिये। दो सौ बलिराम शहर से लाया। कुल मिलाकर छः सौ हो गये तो बलिराम वह पोटली लेकर क़ासिमाबाद गया। ठाकुर साहब को जब मालूम हुआ कि कलक्टर साहब बहादुर का माली आया हुआ है, तो वह झट से बाहर निकल आये। हालाँकि यह वक़्त था अपनी रंडी गुलाबी जान के साथ आराम करने का। (यह गुलाबी जान बड़ी कट्टर मुसलमान थी। ठाकुर साहब के कमरे से जाकर वह फ़ौरन नहाती थी और अल्लाह मियाँ से माफ़ी माँगती थी कि पेट की वजह से उसे एक काफ़िर के साथ सोना पड़ता है।)

बलिराम ने ठाकुर साहब की ख़िदमत में वह थैली पेश की और फिर उन्हें अपने दिल की बात बतायी। ठाकुर साहब ने हिसाब लगाया। वह इस नतीजे पर पहुँचे कि बाईस सौ एक रुपये बहुत होते हैं। इसलिए उन्होंने बलिराम से

भी वायदा कर लिया कि वह भला कलक्टर साहब बहादुर के माली की बात कैसे टाल सकते हैं! उसी वक़्त कोमिला के गले में फाँसी का फंदा पड़ गया।

मुक़दमा आरंभ हुआ। कई बहुत अच्छे गवाह निकल आये। हद तो यह है कि एक चश्मदीद गवाह तक मिल गया। कोमिला को फाँसी की सजा का हुक्म सुना दिया गया। जब हकीम साहब ने शिकायत की तो ठाकुर साहब ने कहा कि उन्होंने तो बहुत कोशिश की, लेकिन बहनचोद गवाह नहीं उखड़े, तो वह क्या करें!

दक्खिन-पट्टीवालों ने फैसला सुनकर इत्मीनान की साँस ली और एक और चमाइन ने बबुरमवा-बो से कहा कि उसे बड़े ताज़िये पर मन्नत माननी चाहिए थी कि उसी ताज़िये ने पंडिताइन के लड़के को बचाया था। कोमिला की सज़ा ने बड़े ताज़िये की धाक और जमा दी।

हकीम साहब के लिए इस हार को झेल जाना बहुत मुश्किल हो गया। लेकिन वह बेबस थे। कर ही क्या सकते थे! फिर भी उनके लिए ज़िल्लत का यह ज़हर पीना आसान नहीं था। इसलिए उन्होंने दक्खिन-पट्टी के दस मोहर्रम वाले शानदार जुलूस को ज़लील करने की एक सूरत निकाली।

बड़े फाटक से कोई दस-बीस क़दम पश्चिम की तरफ़ बढ़कर जो रास्ता उत्तर-पट्टी की तरफ़ मुड़ता है, उस पर हकीम साहब के एक आसामी बल्ली साईं का मकान है। इन बल्ली साईं के माँ-बाप ने तो बड़े चाव-प्यार से इनका नाम वलीउद्दीन रक्खा था, लेकिन गाँव के सीधे-सादे लोगों को वलीउद्दीन साईं कहने में ज़बान को बहुत तोड़ना-मरोड़ना पड़ता था, इसलिए उन्होंने वलीउद्दीन को बल्ली कर लिया (वैसे वलीउद्दीन थे भी ताड़ की बल्ली की तरह सीधे, कर्रे, खुरदरे और काले)। लेकिन मैंने ग़लत कहा, वलीउद्दीन और बल्ली के बीच में कई सीढ़ियाँ हैं। वलीउद्दीन वली हुआ। गँवारों ने वली को वल्ली बना लिया और वल्ली को बल्ली बनने में कितनी देर लगती है। गँवारों की देखा-देखी मियाँ लोग भी उन्हें बल्ली साईं कहने लगे। शेख़ वलीउद्दीन सिद्दीकी ने भी बल्ली साईं होना क़बूल कर लिया कि यह नाम आसान भी था और ज़बानों पर चढ़ भी चुका था।

ग़ुलाम हुसैन खाँ के समझाने से बल्ली साईं ने एक सपना देखा कि आसमान में एक खिड़की खुली, उस खिड़की से रोशनी की एक सीढ़ी निकली, जो ज़मीन तक आ गयी। उस सीढ़ी से एक महापुरुष उतरे और उन्होंने बल्ली साईं से कहा, "बदनसीब, ताज़ियेदारी कर⋯मौत क़रीब है!" बल्ली साईं की आँखें खुल गयीं। मोहर्रम की दस तारीख़ थी। उन्होंने झपाझप दरवाज़े पर मिट्टी का एक चौक बनाकर उस पर चवन्नी का एक काग़ज़ी ताज़िया रख दिया और उसके चारों तरफ़ अगरबत्तियाँ सुलगाकर वह ख़ुद वहीं ताज़िये के पास ज़मीन पर उकड़ूँ बैठ गये।

दक्खिन-पट्टी का जुलूस जब मोड़ पर पहुँचा, तो उस काग़ज़ी ताज़िये को देखकर चौंक पड़ा। कहाँ राजा भोज और कहाँ गंगुवा तेली! चवन्नी का एक बिलकुल बेचारा-सा ताज़िया लकड़ी के पचासों ख़ूबसूरत ताज़ियों के जुलूस को ललकार रहा था। चार पैसे के एक ताज़िये के सामने कारचोबी के गिलाफ़ों और रेशम की डोरियों और सुनहरे पंजोंवाले ताज़िये अपने-आपको बेबस पा रहे थे, क्योंकि जब तक वह ताज़िया चौक से उठ नहीं जाता, यह जुलूस आगे नहीं बढ़ सकता था। ताज़िया चाहे सोने-चाँदी का हो, चाहे पतंगी काग़ज़ का, ताज़िया ही होता है। दक्खिन-पट्टी के लोग ज़मींदारी के नशे में ताज़िये की तौहीन तो नहीं कर सकते थे, लेकिन बल्ली साईं की तौहीन करने से उन्हें कौन रोक सकता था। तीन टके का आदमी बड़े फाटक से आँख मिलाने का हौसला कर रहा था। चुनाँचे फुन्नन मियाँ का हाथ छूट गया। बल्ली साईं लुढ़कइयाँ खाकर दूर जा गिरे। उत्तर-पट्टी वाले इसी की राह देख रहे थे।

हुसैन अली मियाँ के फाटक में पहले से लट्ठबद इकट्ठे थे। वे निकल आये। लट्ठबंद अहीरों, चमारों और भरों के ग़ोल ने 'जय बजरंगबली! जय इमाम साहब!' बोलकर धावा कर दिया। लकड़ी के अखाड़ेवालों ने 'या हुसैन!' का नारा मारकर उनकी लाठियों को अपनी लाठियों पर रोका और फिर बड़े ताज़िये के आगे-आगे चलनेवाले अहीर लट्ठ बंद, जो आगे बढ़ गये थे, लौट आये। घमासान की लड़ाई होने लगी। अग्गू मियाँ यह भूल गये कि वह सय्यद अली असग़र ज़ैदी एडवोकेट हैं। अब्बू मियाँ यह भी भूल गये कि फ़ौजदारी करना उनकी शान के ख़िलाफ़ है। वजीर मियाँ ने फ़ौजदारी के क़ानूनों को उठाकर ताक़ में रख दिया। दोनों पट्टियों के लड़के भी ढेल-बाँस करने लगे। मुन्ताज़[1] का एक ढेला उब्बाद मियाँ मरसियेख़्वाँ[2] की नाक पर बैठ गया। वह बिलबिला उठे। मुन्ताज़ उनकी बिलबिलाहट देखकर हँस पड़ा। गया अहीर की लाठी मौलवी सय्यद बेदार हुसैन सदरुल्फ़ाज़िल के कंधे पर पड़ी। मौलाना एक छड़ी से फ़ौजदारी कर रहे थे और ठेठ अरबी लहजे में दक्खिन-पट्टीवालों को हिंदी गालियाँ देते जा रहे थे। गया ने जो 'बजरंगबली की जय' बोलकर एक हाथ दिया तो मौलाना घबरा गये। बोले, "अबे हरामज़ादे! तै हम्में मरबे!" मगर शोर इतना हो रहा था कि गया के कानों तक मौलाना की आवाज़ नहीं गयी। मौलाना घबराकर झुके, मगर लाठी उनके कंधे को छू गयी। मौलाना के लिए यही काफ़ी था। वह ढेर हो गये।

मियाँ लोगों में बस एक फुन्नन मियाँ बाक़ायदा लकड़ी चला रहे थे। उन्होंने अपने तहबंद का काछा बाँध लिया था। अँगोछे को सिर में लपेट लिया

---

1. असल शब्द मुमताज़ है। मगर वह मुन्ताज़ ही पुकारा जाता था, इसलिए मैं मुन्ताज़ ही लिख रहा हूँ।
2. मरसिया पढ़नेवाले।

था और उनकी तेल पिलायी हुई नौ हाथ की लाठी किसी बदज़बान औरत की ज़बान की तरह चल रही थी।

कहारों ने घबराहट में ताज़िये को लौटाना चाहा, तो फुन्नन मियाँ तीर की तरह उनके पास पहुँच गये। उन्होंने अगले कहार को थप्पड़ मारा और बोले, "साले ! तैं ई तज़यवा केहर ले जा रहा ? का तोको ई ना मालुम मादरचोद कि बख़त लौट जाय त लौट जाय, बाक़ी ई ताज़िया ना लौटी !"

कहारों ने ताज़िया फिर उठा लिया।

दोनों पट्टियों की औरतें अपने-अपने इमाम बाड़ों में फ़रयादी मातम करने लगीं, 'ऐ कुल के मददगार, मदद करने को आओ। आफ़त से बचाओ।'

मगर कुल का मददगार मदद करने को नहीं आया। वह किसकी मदद करता ! दोनों तरफ़ तो सैदानियाँ ही थीं।

फिर पुलिस आ गयी।

लेकिन पुलिस के आने की ख़बर पुलिस से कुछ पहले आ गयी। दोनों पट्टियों के ग़ैरतमंदों ने सोचा कि इस मामले में पुलिस को डालना ठीक नहीं है। यह एक घरेलू मामला है। इसलिए ज़ख़्मी फ़ौरन हटा दिये गये। अब्बू मियाँ ने सोजख़्वानी शुरू की :

'आज शब्बीर पे क्या आलमे-तनहाई है !'

दूसरी तरफ़ से हकीम साहब सोजख़्वानी करते हुए आये और बल्ली साईं का ताज़िया उठवा ले गये। पुलिस आयी तो जुलूस बल्ली साईं के दरवाज़े से बढ़कर मस्जिद से आगे निकल चुका था। ज़मीन पर ख़ून के धब्बे थे तो, मगर उससे क्या फ़र्क़ पड़ता है ! गाँव के किसी एक आदमी ने यह नहीं कहा कि फ़ौजदारी हुई है। क्योंकि सारा गाँव उत्तर और दक्खिन-पट्टी में तक़सीम हो चुका था। ख़ून सबका खौल रहा था, लेकिन इस मजहबी और घरेलू मामले में कोई पुलिस को डालना नहीं चाहता था।

अनवारुलहसन राक़ी वहाबी था और मोहर्रम के ख़िलाफ़ था, मगर वह भी इस पट्टीदारी से न बच सका। यह तो ठीक है कि ताज़िया एक तरह की बुतपरस्ती है, लेकिन पट्टी का मामला फिर पट्टी का मामला है। इसलिए वह थानेदार हरनारायण प्रसाद और दीवानजी समीउद्दीन ख़ाँ को अपने घर ले गया। नाश्ते के बीच में उसने थानेदार को पाँच सौ रुपये दिये कि कम-से-कम मीर उब्बाद और मौलवी बेदार पर फ़ौजदारी का मुक़दमा ज़रूर क़ायम कर दिया जाय।

मगर थानेदार ठाकुर हरनारायण प्रसाद को इसकी परेशानी थी कि उन्हें कोई गवाह नहीं मिल रहा था। फिर भी पाँच सौ की रक़म ऐसी मामूली भी नहीं होती कि कोई थानेदार उसे यूँ ही हाथ से निकल जाने दे। इसलिए ठाकुर साहब

न अनवारुलहसन से वायदा करके रुपया ले लिया। अनवारुल हसन ने कहा कि वह खुद भी गवाह तैयार करने की कोशिश करेंगे।

वहाँ से उठकर ठाकुर साहब समीउद्दीन ख़ाँ के साथ जुलूस की खोज में निकले, तो मालूम हुआ कि जुलूस हकीम साहब के दरवाज़े पर टिक गया है। बड़े ज़ोर का मातम हो रहा था। लट्ठबंद अहीर लाठियाँ ताज़िये पर रखकर मातम कर रहे थे। सिर्फ़ चंद लट्ठबंद बड़े ताज़िये के सामने सीना-सिपर थे कि अगर उत्तर-पट्टी वाले कोई गड़बड़ करें तो उनका सिर तोड़ दिया जाय। उन्हीं चार-पाँच अहीरों के साथ सुलैमान मियाँ खड़े थे। एक गमछा उनकी कमर में पटके की तरह बँधा हुआ था। वह अपने दोनों हाथों को नौ हाथ की तेल-पिलायी लाठी पर टेके और ज़रा झुके खड़े थे। उनका लड़का अकबर अली लकड़ीवालों में मिला हुआ तलवार के हाथ निकाल रहा था।

लकड़ीवालों का अखाड़ा यूँ तो जुलूस से काफ़ी आगे चला करता था, मगर ताज़ियों की हिफ़ाज़त के ख़याल से लकड़ीवाले ताज़िये से मिले हुए चल रहे थे। उनके 'या हुसैन!' नारों में अब्बू मियाँ की सोजख़्वानी की आवाज़ रह-रहकर ग़ोते खा रही थी।

सुलैमान मियाँ अकबर अली के पैंतरों की सफ़ाई देख-देखकर ख़ुश हो रहे थे। उनकी आँखें वक़्त की दीवारें फलाँगकर अकबर अली की जवानी का तमाशा देख रही थीं।

ठाकुर साहब समीउद्दीन ख़ाँ के साथ उन्हीं के पास आकर खड़े हो गये।

"खूब मारा आज तो आप लोगों ने!" ठाकुर साहब ने कहा।

"अरे, दरोग़ाजी न आ गये···" सुलैमान मियाँ ने जो देखा कि वह दरोग़ाजी ही से बातें कर रहे हैं तो चुप हो गये, और फिर अकबर अली के पैंतरे देखने लगे।

"जुर्म को छुपाना भी गुनाह है···" थानेदार की आवाज़ उनके कान में बहुत दूर से आने लगी, "···मैं मुक़दमा ज़रूर क़ायम करूँगा, लेकिन सरकारी गवाहों को सज़ा नहीं दी जाती···"

"ऐ सुलैमान मियाँ! फुन्नन मियाँ ने सुलैमान मियाँ को आवाज़ दी।

वह ठाकुर साहब से कुछ कहे बिना फुन्नन मियाँ की तरफ़ बढ़ गये। ठाकुर साहब समीउद्दीन ख़ाँ से कुछ कहने के लिए मुड़े, तो उन्होंने देखा कि समीउद्दीन ख़ाँ लापता है। उन्होंने घबराकर इधर-उधर देखा तो क्या दिखायी दिया कि समीउद्दीन ख़ाँ वरदी-पेटी समेत फुन्नन मियाँ के दामाद मोहम्मद हुसैन के साथ खड़े मातम कर रहे थे। यह समीउद्दीन ख़ाँ जौनपुर के शीयों में थे। मातम की आवाज़ सुनकर उन्हें दिल पर क़ाबू न रह गया। ठाकुर साहब मुस्करा दिये। वह अपने इस दीवान को बहुत पसंद करते थे।

समीउद्दीन ख़ाँ बहुत कट्टर क़िस्म के मुसलमान थे। वह लगभग उतने ही

कट्टर मुसलमान थे जितने कट्टर हिंदू ख़ुद ठाकुर साहब थें। समीउद्दीन ख़ाँ हिंदुओं का छुआ नहीं खाते थे और ठाकुर साहब मुसलमानों की छुई हुई किसी चीज़ को हाथ नहीं लगाते थे। लेकिन समीउद्दीन ख़ाँ होशियार आदमी थे। उनके आने के बाद से थाने की आमदनी बहुत बढ़ गयी थी, इसलिए वह थानेदार की नाक का बाल बने हुए थे। ठाकुर साहब जब उनके साथ अकेले होते तो ख़ूब इस्लाम का मज़ाक उड़ाते—"वाह, यह भी कोई मज़हब हुआ कि खुद तो पैगंबर साहब ने नौ-नौ ब्याह कर डाले और बाकी मुसलमानों को चार शादियों पर टरका दिया।" समीउद्दीन तड़-से जवाब देते, "ठाकुर साहब, यह तो कमर के बूते की बात है। 'आँ हजरत'[1] ने ऐसी-वैसी हरकतों में अपनी ताक़त हमारी तरह लुटायी होती, तो वह भी चार से ज़्यादा शादियाँ न करते। अरे साहब, आजकल तो एक को सँभालना मुश्किल हो गया है। लेकिन पाँच भाइयों में एक बीवी से हमारा काम अब भी नहीं चल सकता। यह भी कोई कमर हुई? उनसे अच्छे तो हमीं हैं। चार भाइयों में कुल मिलाकर सात बीवियाँ हैं। एक मेरी, तीन भाई साहब की और तीन मँझले भाई की, चौथा भाई अभी कुँवारा है। दो-चार बीवियाँ वह भी रक्खेगा ही। ऊपर की आमदनी अलग…"

लेकिन इन ख़ुश-गप्पियों का मौक़ा ज़रा कम मिलता था। क़ासिमाबाद हलक़े के लोग थे भी बड़े उजड्ड। कभी कोई कत्ल हो गया, कभी कहीं डकैती पड़ गयी। यहाँ लाठी चल गयी, वहाँ बंदूक निकल आयी। तमाम छोटे ज़मींदार गिरोहबंद थे। रात को डाके डलवाते थे और दिन को मुक़दमे लड़वाते थे। कभी इसे बेदख़ल किया और कभी उसे दख़ल दिलवा दिया। इसी हेर-फेर में सौ-पचास ख़र्च हो जाते थे। करइल का इलाका था। काली मिट्टी पानी पड़ते ही सोना उगलने लगती थी। इसलिए इन लोगों के पास वक़्त बहुत था और लोग थे बीहड़। कानून अपनी जगह, लेकिन अगर कोई बात शान के ख़िलाफ़ हो गयी तो थाना फुँक गया। अभी कोई सात-आठ बरस पहले थानेदार शरीफ़उद्दीन ने फुन्नन मियाँ को गाली दे दी थी, तो फुन्नन मियाँ ने रात को कोई दो सौ आदमियों के साथ थाने पर छापा मारकर थानेदार शरीफ़उद्दीन को अग़वा कर लिया था। फिर उन्हें एक पेड़ से बाँधकर उनकी पैबंदी मूँछों का एक-एक बाल उखाड़ लिया था। शरीफ़उद्दीन दूसरे ही दिन थाना छोड़ गये। उनकी जगह शिवधन्नी सिंह आये। शिवधन्नी सिंह के बड़े चरचे थे। एस. पी. साहब ने उन्हें ख़ास तौर पर हुक्म दिया था कि फुन्नन मियाँ को सज़ा मिलनी चाहिए, नहीं तो पुलिस का रोब ख़त्म हो जायगा। क्योंकि शरीफ़उद्दीन धाकड़ थानेदारों में गिने जाते थे, और दूर-दूर तक उनकी मूँछों की शोहरत थी। उनकी मूँछ ब्रिटिश सरकार की मूँछ थी।

[1] मुसलमान रसूल का नाम नहीं लेते। उनकी बात करनी हो तो 'आँ हजरत' यानी 'वह जनाब' कहते हैं।

सरकार का ख़याल था कि फुन्नन मियाँ कांग्रेसी हैं, लेकिन उनके खिलाफ़ शरीफ़उद्दीन की हतक का मुक़दमा इसलिए न चलाया जा सका कि उसमें सरकार की बदनामी होती। थानेदार का किसी थाने से उठा लिया जाना बड़ी बदनामी की बात है। इसलिए शिवधन्नी सिंह ने फुन्नन मियाँ के बल निकालने का बीड़ा उठाया। यहाँ आते ही उन्होंने दीवाली की रात को पहला छापा मारा। फुन्नन मियाँ हमेशा की तरह जुआ खेल रहे थे, और हमेशा की तरह शगुन के लिए लक्ष्मी की उस मूर्ति के नीचे बैठे थे, जो नैनसुख कलवार की दूकान में दीवार पर लगी हुई गणेश की मूर्ति की तरफ़ देखा करती थी। यह जुआ बरखापुर में हो रहा था। शिवधन्नी सिंह मुजरिमों को गिरफ़्तार करके जब रवाना हुए, तो यह भूल गये कि थाने को जानेवाला रास्ता भरटोली से होकर जाता है। उनकी इस भूल का नतीज़ा यह निकला कि वह अपने तीन कांस्टेबिलों के साथ घिर गये। भरों ने मुजरिमों को छुड़ा लिया। शिवधन्नी सिंह की वर्दी-पेटी छीन ली गयी। उन्होंने गिड़गिड़ाना शुरू किया, तब फुन्नन मियाँ को उन पर रहम आ गया। बोले, "थूक के चाट!"

जब शिवधन्नी सिंह ने इस हुक्म की तामील की तो उनकी वर्दी-पेटी लौटा दी गयी। शिवधन्नी सिंह उसी दिन गुर्दे के दर्द में तड़पे और दूसरे ही दिन उन्हें दवा-दारू करवाने के लिए छुट्टी लेनी पड़ी। फिर वह लौटकर गंगौली नहीं आये। जाते-जाते उन्होंने सिपाहियों को दस-दस रुपये इनाम के दिये कि वह इस बात को मुँह से न निकालें। सिपाहियों ने तो यह बात मुँह से न निकाली, मगर दूसरे ही दिन यह बात आस-पास के तमाम गाँवों में फैल गयी। तब थाना क़ासिमाबाद पर ठाकुर साहब की 'तैनाती' हुई। ठाकुर साहब दो साल से फुन्नन मियाँ की फ़िक्र में थे, लेकिन वह उन्हें अपने पुट्ठे पर हाथ नहीं धरने देते थे। जो आदमी अपने पड़ोसी की बीवी को निकाल लाये और फिर रोज़ उसी पड़ोसी के घर जाकर हुक़्क़ा पिये, उस पर हाथ डालना खिलवाड़ नहीं है।

यह क़िस्सा ठाकुर साहब के क़ासिमाबाद आने से कोई बीस साल पहले का है, लेकिन हर थानेदार अपनी जगह आनेवाले थानेदार को यह क़िस्सा ज़रूर सुनाता था। क़िस्सा यह था कि फुन्नन मियाँ के पड़ोसी करामत अली ख़ाँ (जो हकीम सय्यद अली कबीर के पुराने मुलाज़िम ग़ुलाम हसन ख़ाँ के छोटे भाई थे) ताजपुर से कुलसूम को ब्याह लाये। यह कुलसूम बला की ख़ूबसूरत थी। एक दिन फुन्नन मियाँ ने उसे देख लिया और उसे देखते ही वह उस पर एक जान छोड़ हज़ार जान से आशिक़ हो गये। जब हकीम साहब के छोटे भाई डिप्टी सय्यद अली हादी की बारात पारे के लिए इक्कों, हाथियों, पालकियों, खड़खड़ियों वग़ैरह पर रवाना हुई और दोनों पट्टियों में सन्नाटा हो गया, तो फुन्नन मियाँ करामत अली की दीवार पर गये। करामत अली ख़ाँ की माँ भी

बारात के साथ गयी हुई थीं। कुलसूम इसलिए नहीं गयी थी कि वह पेट से थी। फुन्नन मियाँ उसे ज़बरदस्ती उठा लाये। बारात की वापसी के बाद बड़ा हंगामा हुआ। फ़ौजदारी हुई। फुन्नन मियाँ गिरफ़्तार हुए, लेकिन उन्होंने कुलसूम को अदालत में हाज़िर नहीं किया। पूरी दक्खिन-पट्टी उनके साथ थी। उनकी सज़ा हो गयी। वह जेल काट आये। मगर मुक़दमे के बीच ही में उनकी मरदानगी ने कुलसूम का दिल जीत लिया। और जब वह छूटे तो वह इन्हीं के घर में उठ आयी। उसकी गोद में करामत अली की एक बच्ची थी। फिर धीरे-धीरे करामत अली इस ज़िल्लत के आदी हो गये, और फुन्नन मियाँ हमेशा की तरह उनके दरवाज़े पर जाकर हुक़्क़ा पीने लगे।

ऐसे जियाले और सिरफिरे आदमी पर हाथ डालना कोई ठट्ठा-खिलवाड़ नहीं था।

इसीलिए ठाकुर साहब समीउद्दीन ख़ाँ से मशवरा करना चाहते थे। उनका ख़याल था कि अगर इस वक़्त उत्तर-पट्टीवालों को कुलसूम की याद दिलायी जाये, जो अब भी फुन्नन मियाँ के घर में है और उनके दस बच्चों-बच्चियों की माँ है, तो शायद करामत अली का मुँह देखकर हकीम अली कबीर दक्खिन-पट्टीवालों पर बलवे का मुक़दमा क़ायम करवाने पर तैयार हो जायँ।

मगर समीउद्दीन ख़ाँ तो मातम कर रहे थे।

"आपके हकीम साहब बुलावत बाड़न।" चमार के एक लड़के ने ठाकुर साहब से कहा।

"अच्छा।"

ठाकुर साहब जैसे ही फाटक में घुसे, हकीम साहब और डिप्टी अली हादी मियाँ ने उन्हें दौड़ा लिया कि अगर दक्खिन-पट्टीवाले एक हफ़्ता न बढ़ें, तो क्या वे लोग अपने घर में बंद रहें? इसलिए या तो उन्हें बढ़ाया जाय या फिर उत्तर-पट्टी के ताज़िये लाठी के ज़ोर पर रास्ता बना लेंगे।

ठाकुर साहब ने उन लोगों को बड़ी मुश्किल से ठंडा किया। और फिर जो उन्होंने अपनी स्कीम पेश की तो हकीम साहब ख़ुश हो गये और बोले, "ख़ुदा ने चाहा तो इंशाअल्लाह ऐसा ही होगा। क़सम है छोटे हज़रत की कि आपको गवाहों की कमी नहीं पड़ेगी।" इतनी उर्दू बोलकर वह अपनी ज़बान पर उतर आये, "हे गुलाम हसन, तनी उब्बाद को पुकार त ल्यो।"

"फुन्नन मियाँ को पकड़ने के लिए तो सरकार बहुत दिनों से बेचैन है।" ठाकुर साहब ने डिप्टी अली हादी के कान में कहा।

सरकार की बेक़रारी की खबर सुनकर डिप्टी अली हादी ख़ुद बेक़रार हो गये। बोले, "वह हरामज़ादा तो लाठियाँ चलाने में सबसे आगे था।"

"बाक़ी हम अब्बू, बशीर और वज़ीर को ना छोड़ेंगे। हकीम साहब ने कहा।

''ये बा-असर लोग हैं, इन्हें सज़ा दिलवाना आसान नहीं है।'' ठाकुर साहब ने कहा।

मगर हकीम साहब बिखर गये। उन्हें अली हादी मियाँ ने बड़ी मुश्किल से क़ाबू में किया। चुनाँचे रपट लिखवा दी गयी कि बल्ली साईं के दरवाज़े पर नियाज हो रही थी कि फुन्नन मियाँ ने सुलैमान और हम्माद मियाँ के साथ बल्ली साईं पर लाठियों से हमला किया। हम मुक़िर जब बल्ली साईं को छुड़ाने और बीच-बचाव करवाने पहुँचे, तो मुलजिमों ने हम मुक़िरों पर भी हमला किया और गया अहीर, रघुनाथ भर और उसके दो बेटों—दीना और घनश्याम—ने भी हम पर लाठियों से हमला किया···मुलज़िमों में उन तमाम लोगों के नाम लिखवाये गये जो अहीर-टोली, भर-टोली और चम-टोली के मुढ़-मुढ़ लोगों में थे। और जिनके बूते पर फुन्नन मियाँ जैसे मामूली ज़मींदार की गंगौली में हुकूमत थी। रपट लिखवानेवालों में मौलवी बेदार, मीर उब्बाद हुसैन और हुसैन अली मियाँ के अलावा कई भर और अहीर भी थे।

यह खबर अब्बू मियाँ को उसी वक़्त मालूम हो गयी। क्योंकि उस वक़्त हकीम साहब के दरवाज़े पर शकरा चमार भी मौजूद था, जो हकीम साहब के कैंप में अब्बू मियाँ का जासूस था।

अब्बू मियाँ ने मरसिये की बयाज़ तुरंत जेब में रख ली। मशवरा होने लगा। जुलूस आगे बढ़ा दिया गया। तमाम नामज़द मुलज़िमों को रूपोश होने का हुक्म सुना दिया गया। तय यह पाया कि मुलज़िमान तो कई दिनों से ग़ाज़ीपुर और मुहमदाबाद के अस्पतालों में दाख़िल हैं। और फुन्नन मियाँ अपनी बेटी रज़िया के पास कलकत्ता गये हुए हैं···

ठाकुर साहब ने जब मुलज़िमों को गिरफ़्तार करने के लिए शाम को हाथ बढ़ाया, तो मालूम हुआ कि कोई मुलज़िम गंगौली में मौजूद ही नहीं है। वह बेचारे उन्हें पकड़ने के लिए चलकर बड़े दरवाज़े तक आये थे। अब्बू मियाँ ने ठाकुर साहब की बात सुनते ही तमाम मुलज़िमों के घर आदमी दौड़ाये।

''मगर मेरे ख़याल में तो आपको ग़लत खबर मिली है।'' आदमी दौड़ाने के बाद अब्बू मियाँ ने ठाकुर साहब से कहा, ''उनमें से कोई आज गंगौली में है ही नहीं।''

''फुन्नन तो शायद कलकत्ते गये हैं, क्यों मुहम्मद?'' अब्बू मियाँ ने फुन्नन मियाँ के दामाद से पूछा।

''जी, हाँ।''

''और सुलैमान तो कोई छः दिन से सदर अस्पताल में दाख़िल है।'' वज़ीर मियाँ ने कहा, ''बेचारा सख़्त तकलीफ़ में है, मामू।''

''हाँ भाई, अब का कहा जाये, मौसमे अजब आ गया है।'' अग़ू मियाँ ने कहा, ''मैं उसे देखने अस्पताल गया था। मुझे देखते ही बेचारा सिविल सर्जन

खड़ा हो गया, और बोला, 'सय्यद साहब, आपने क्यों तकलीफ़ की ?' मैंने कहा, 'भई माथुर साहब, तकलीफ़ कैसे न करता ! यह मेरा ख़ास आदमी है ।' तो उसने कहा, 'साहब, ऐसा केस तो मैंने आज तक नहीं देखा । यह लगभग अच्छे हो चुके हैं मगर, बाई-गॉड, मुझे अब तक यह न मालूम हो सका कि इन्हें हुआ क्या था ?''

''और हम्माद बेचारे पर तो चाँद-रात से आफ़त आयी है । कोठे पर से फिसल गये । दाहिना हाथ टूट गया । मुहमदाबाद के अस्पताल में पड़े हैं ।'' शब्बू मियाँ बोले, और फिर दाहिने हाथ से नेटे की बुलाक पोंछने लगे । हालाँकि हम्माद मियाँ का हाथ कोमिला चमार के बड़े भाई घुरुआ की लाठी से टूटा था ।

पंडित मातादीन बुलाये गये । उन्होंने ठाकुर साहब के लिए शरबत बनाया । तमोली उनके लिए पान लाया । और ख़ुद बेचू हलवाई एक दोने में गुड़ के ताज़ा लखटे लाया । ठाकुर साहब ने सोचा कि अब तो मुलज़िमीन हाथ से निकल ही चुके हैं, इसलिए नाश्ता करने में क्या नुक़सान है । उन्होंने समीउद्दीन ख़ाँ की तरफ़ देखा । वह उस बँसखट के पाँयती बैठे हुए थे, जिस पर फुस्सू मियाँ लेटे हुए हुक़्क़ा पी रहे थे । समीउद्दीन ख़ाँ के एक हाथ में चाय की प्याली थी और दूसरी में तश्तरी । वह तश्तरी में उँडेली हुई चाय को फूँक रहे थे । ठाकुर साहब ने दाँत-पर-दाँत जमा लिये कि अब यह कमबख़्त सुड़ुक्का मारेगा । उस सुड़ुक्के की आवाज़ से ठाकुर साहब के दाँत किरकिरा जाते थे और पूरा बदन गनगना जाता था । वह इस बात पर समीउद्दीन को डाँट भी चुके थे । लेकिन वह समीउद्दीन ही क्यों होगा जो बदल जाय । चुनाँचे ठाकुर साहब हाथ में शरबत का गिलास लिये उस सुड़ुक्के का इंतजार करने लगे । इत्तफ़ाक़ से समीउद्दीन ने उन्हें इस हालत में देख लिया । वह बिना सुड़ुक्का लगाये चाय पी गये और जेब से बीड़ी निकालने लगे ।

''अब पी के ख़तम करो ख़ाँ साहब,अपनी साली चाय को ! ठाकुर साहब ने झल्लाकर कहा ।

तमाम लोग चौंक पड़े । क्योंकि समीउद्दीन की प्याली अपनी तश्तरी पर औंधी रक्खी हुई थी, और तश्तरी बँसखट के पाये के पास थी जिसके इधर-उधर और ऊपर-नीचे चींटियों का एक ग़ोल अपने काम में जुटा हुआ था । ठाकुर साहब झेंप गये और ठीक उसी वक़्त अब्बू मियाँ के भेजे हुए सिपाही लौट आये ।

''क्या हुआ ?'' ठाकुर साहब ने पूछा ।

लेकिन वह सिपाही ब्रिटिश सरकार के सिपाही नहीं थे । उन्होंने ठाकुर साहब के सवाल का जवाब नहीं दिया । वे अपने-अपने 'ज़मींदारों' से मुख़ातिब हो गये । ख़बर एक ही थी । कोई मुलज़िम गाँव में मौजूद नहीं था ।

''मीर साहब !'' ठाकुर साहब ने अब्बू मियाँ को मुख़ातिब किया, ''मौलवी

बेदार की हालत नाज़ुक है···यह मामला दब नहीं सकता। मैं दो हज़ार गवाह पेश करूँगा कि ये लोग वारदात की जगह पर मौजूद थे···''

''ज़रूर पेश कीजिये, ठाकुर साहब!'' अब्बू मियाँ ने कहा, ''हम आपको झूठी शहादतें बनाने से कैसे रोक सकते हैं?''

''बस, इसका ख़याल रखियेगा,'' वजीर मियाँ बोले, ''कि इन गवाहों में से कोई उत्तर-पट्टीवालों का आसामी न हो। मैं यह बात इसलिए कर रहा हूँ कि जिरह करने को मैं ही खड़ा हूँगा।''

ठाकुर साहब जानते थे कि वह एक चैलेंज है और वह ऐसे कई थानेदारों को जानते थे जिनसे वजीर मियाँ ने जिरह की थी। उन्हें पसीना आने लगा। लेकिन उन्होंने अपनी बिखरी हुई ताक़त को इकट्ठा किया और कहा, ''मुख़्तार साहब, हमारा काम बस इतना है कि मुक़दमा अदालत के सामने पेश कर दें।'' वह खड़े हो गये, ''अच्छा, अब इजाज़त दीजिये। आप लोग भी दिन-भर के थके-हारे हैं।''

ठाकुर साहब क़ासिमाबाद चले गये, जहाँ गुलाबीजान उनकी राह देख रही थी। उनके जाने के बाद ही अब्बू मियाँ भी उठ खड़े हुए।

''चलो भाई, शामे-ग़रीबाँ की मजलिस कर ली जाय।''

किसी ने उनसे यह नहीं कहा कि इतनी सख़्त फ़ौजदारी के बाद उत्तर-पट्टी की किसी मजलिस में जाने का क्या तुक है, क्योंकि इमाम बाड़ा इमाम हुसैन का होता है, और मजलिस भी उन्हीं की होती है। खुद उत्तर-पट्टी में भी किसी ने यह नहीं सोचा था कि मजलिस मुल्तवी कर दी जाय।

रात की नमाज़ के बाद लोग इमाम बाड़े में इकट्ठा हुए। हकीम अली कबीर ग़ुस्से में गोरे मियाँ की जगह पर जा बैठे। लेकिन वहाँ बैठना उन्हें बहुत अजीब लगा। इसलिए वह लाहौल पढ़कर अपनी जगह पर सरक गये। चूँकि वही बड़े थे, इसलिए सभी उनका मुँह देख रहे थे कि वह आख़िर रोशनी हटाने का हुक्म क्यों नहीं दे रहे हैं।[1] ख़ुद हकीम साहब हैरान थे कि आख़िर वह रोशनियाँ हटाने का हुक्म क्यों नहीं दे रहे हैं। क़िस्सा यह था कि इमाम बाड़े के फ़र्श पर दक्खिन-पट्टीवालों की ख़ाली जगहें उन्हें परेशान कर रही थीं। वह सोच ही रहे थे कि अलिमवा हज्जाम को दक्खिन-पट्टी भेजें कि अब्बू मियाँ के पीछे-पीछे दक्खिन-पट्टी का पूरा गिरोह बच्चों-कच्चों समेत फाटक में दाख़िल हुआ।

ये लोग किसी से कुछ कहे-सुने बिना अपनी-अपनी जगहों पर बैठ गये। दोनों पट्टियों के बच्चे मिंबर के पीछे बैठकर गप लड़ाने लगे। हकीम साहब ने रोशनियाँ हटाने का हुक्म दिया, मगर अब सवाल यह था कि मजलिस पढ़े

---

[1] दस मोहर्रम की रात को जो मजलिस होती है वह शामे-ग़रीबाँ की मजलिस कही जाती है और यह मजलिस अँधेरे में होती है।

कौन ? अब तक तो इसे शब्बू मियाँ पढ़ा करते थे । रोशनियों के हट जाने के बाद अँधेरे में हकीम साहब की आवाज़ गूँजा करती थी, ''हे शब्बू, पढ़ो भाई !''

लेकिन क्या वह आज भी ऐसा कह सकते हैं ? यह सवाल उन्हें परेशान कर रहा था । अँधेरे में थोड़ी देर सन्नाटा रहा, फिर हमेशा की तरह उनकी आवाज़ गूँजी, ''हे शब्बू, पढ़ो भाई !''

ताना-बाना

थानेदार ठाकुर हरनारायण प्रसाद को हम्माद मियाँ वग़ैरह को सज़ा दिलवाने में कोई दिलचस्पी नहीं थी। उन्हें तो केवल फुन्नन मियाँ में दिलचस्पी थी। उनसे भी उनकी कोई ज़ाती अदावत नहीं थी और उन्हें यह भी मालूम था कि फ़ौजदारी में ज़्यादती उत्तर-पट्टीवालों की ही थी, फिर भी उन्होंने एकतरफ़ा तफ़तीश की। वह इस काम में सफल भी हुए और फुन्नन मियाँ के साथ-साथ दक्खिन-पट्टी के और कई लोगों को भी सज़ा हो गयी। इनाम में उन्हें सर्विस-बुक में चार इन्दराज़ात मिल गये।

वह उसी वक़्त घोड़ा कसवाकर क़ासिमाबाद की तरफ़ चल पड़े।

गुलाबी जान उनके क्वार्टर में उनकी राह देख रही थी। ठाकुर साहब का हश्शाश-बश्शाश चेहरा देखकर उसे यकीन हो गया कि वह मियाँ लोगों को सज़ा दिलवाने में सफल हो गये। उसने उसी वक़्त दुखीराम कांस्टेबल से हवलदार समीउद्दीन ख़ाँ को बुलवाया। क़ासिमाबाद थाने में उनके सिवाय कोई और मुसलमान नहीं था। उन्हें बीस आने देकर गुलाबी जान ने बहादुरगंज चलता किया कि वह हशमतुल्ला हलवाई की दुकान से मिठाई लायें कि ठाकुर साहब की जीत की ख़ुशी में दोना नियाज़ दिलवाया जा सके। गुलाबी जान ने फुल्लन शाह और चंदन शहीद के मज़ारों पर भी चादरें तान रक्खी थीं, ग़रज़ कि गुलाबी जान ने अपनी तरफ़ से पूरा जोर लगा रक्खा था।

मगर गुलाबी जान को भी ठाकुर साहब ही की तरह फुन्नन मियाँ से कोई ज़ाती अदावत नहीं थी। उसने तो फुन्नन मियाँ को केवल एक बार देखा था—बहादुरगंज के बड़े ख़ाँ साहब की छोटी बेटी की शादी के नाच में!

फुन्नन मियाँ घराती थे। बारातवालों ने गुलाबी जान के साथ-साथ ग़ाज़ीपुर की प्रसिद्ध चंदा बाई को भी बुलाया था।

उन दिन चंदा बाई के बड़े शुहरे थे। वह बड़े ठस्से से आयी। गुलाबी जान महफ़िल में आ चुकी थी। चंदा बाई उसे हिक़ारत से देखकर एक तरफ़ बैठ गयी। इन दोनों से थोड़ी ही दूर पर चमार का एक नमकीन-सा लौंडा, होंठों पर पान का लाखा जमाये, बैठा इन दोनों पर हिक़ारत से मुसकरा रहा था, और

अपने हर तरफ़ बैठे हुए लोगों की गंदी जुमलेबाजी का तड़ातड़ जवाब दे रहा था, और इठला रहा था। उसकी इठलाहट देखकर गुलाबी जान को ख़याल आया कि नाज़-नख़रे के सबक़ उन्होंने बेकार ही लिये। उस लौंडे के पास बैठनेवालों की आँखों में वासना के चिराग़ जल रहे थे। गुलाबी जान और चंदा बाई के पास बैठनेवालों की आँखों में भी इन्हीं चिराग़ों की जोत जाग रही थी, परन्तु इन चिराग़ों की लवें इतनी ऊँची न थीं।

यह छः या सात साल पहले की बात है। उन दिनों गुलाबी जान कोई चौदह-पंद्रह साल की थी, और उसकी उतरी हुई नथ अभी बिलकुल ताज़ा थी। फ़ुन्नन मियाँ इज़्ज़त की जगह, यानी दूल्हा के पास, बैठे थे। पहले गुलाबी जान का मुजरा हुआ। गुलाबी जान मियाँ लोगों की महफ़िलों को जानती थी। दो-तीन पूरबी गीत गाने के बाद उसने ग़ालिब की एक ग़ज़ल छेड़ी। चंदा बाई गरदन टेढ़ी किये बैठी अपने दाहिने पैर से ताल देती रही, मगर वह लौंडा अपने चारों तरफ़ बैठे हुए लोगों से ठठोल करता, हँसता और लोगों को हँसाता रहा। उसके पास बैठनेवालों की आवाज़ों में वासना की नमी बढ़ती ही चली गयी। यहाँ तक कि गुलाबी जान ने यह महसूस किया कि वासना की इस बाढ़ में शायद वह अपनी आवाज़-समेत डूब जानेवाली है। उसने उस्तादजी की तरफ कनखियों से देखा, मगर वह बेचारे कर ही क्या सकते थे! वह लौंडा अरीब-क़रीब के मशहूर नचय्यों में था। और मशहूर था कि सलीमपुर के जमींदार अशरफ़ुल्ला ख़ाँ 'अशरफ़' अपने दादा के क़लमी[1] दीवान की तरह उस लौंडे को भी रक्खे हुए थे! और फुरसत में इन दोनों ही के पन्ने उल्टा-पल्टा करते थे। उन्होंने तो उसका नाचना भी बंद करवा दिया था। उसे बस खास-खास मौक़ों पर नाचने की इजाज़त थी। मगर ज़ाहिर है कि इन ख़ास मौक़ों पर भी वह उनके पास तो बैठ नहीं सकता था। बहादुरगंज के ख़ान साहब से उनका याराना था, इसीलिए उनकी बेटी के ब्याह की महफ़िल में उनका लौंडा नाचने तो आ गया था, मगर उनसे दूर बैठा हुआ लोगों से चुहलें कर रहा था। अशरफ़ुल्ला ख़ाँ मसनद पर थे और फ़ुन्नन मियाँ से अपने दादा की शायरी की बातें कर रहे थे। वह लौंडा उनसे दूर फ़र्श पर था। खान साहब उन गंदे-घिनौने जुमलों को सुन रहे थे जो गुड़-से उस लौंडे के चारों ओर मक्खियों की तरह भिनभिना रहे थे, और बार-बार उस पर बैठ जाना चाहते थे। ख़ान साहब बेचारे उस वक़्त तो कुछ कर नहीं सकते थे, मगर उन्होंने यह तय कर लिया था कि इस जश्न के बाद बहादुरगंज और सलीमपुर के बीच में पड़नेवाले जंगल में इस वह लौंडे को काटकर डाल देंगे। उनसे यह हतक झेली नहीं जा रही थी। ख़ान साहब का ग़ुस्सा सदा नाक पर धरा रहता था, मगर

[1] हाथ के लिखे हुए।

शरीफ़ आदमी थे और हर जगह गुस्से में बरस नहीं सकते थे। वरना उनके बारे में तो यह मशहूर था कि जब गुलाबी जान ने नथ पहना और यह खबर ख़ान साहब को इस दुमछल्ले के साथ मिली कि नसीराबाद के ठाकुर साहब गुलाबी जान का नथ उतारने का फ़ैसला कर चुके हैं, तो ख़ान साहब को ताव आ गया। बोले, "वह क्या खाकर गुलाबी जान का नथ उतारेगा! भाई साहब मरहूम ने उसकी बड़ी बहन का नथ उतारा था, बाबा मरहूम ने उसकी खाला का नथ उतारा था, इसलिए गुलाबी जान का नथ मैं उतारूँगा!"

नतीजे में गुलाबी जान का दाम चढ़ गया। उसका नथ एक सौ एक नक़द और पाँच बीघे की माफ़ी पर उतरा। ठाकुर साहब हिम्मत हार गये। मगर संयोग कुछ ऐसा हुआ कि पानी पड़ने लगा। अब गुलाबी जान भला बरसते पानी में कैसे आती! ख़ान साहब पहले तो पहलू बदलते रहे, फिर कमरे में टहलने लगे। जब पानी किसी तरह न थमा तो वह अपनी दोनाली लेकर बाहर निकल आये। उन्होंने आसमान की तरफ़ धायँ-धायँ दो गोलियाँ चलायीं। वह अल्लाह मियाँ से ख़फ़ा हो गये थे। फिर शायद ख़ुदा ही का करना ऐसा हुआ कि पानी रुक गया। गुलाबी जान आयी और उसका नथ उतर गया। उसी दिन से यह बात मशहूर हो गयी कि सलीमपुर के ख़ान साहब से तो अल्लाह मियाँ तक डरते हैं।

अब भला ऐसे से कौन न डरता, मगर उस लौंडे को अपने नमक पर नाज़ था। वह यह कह सकता था कि सलीमपुर के ख़ान साहब ने उसके पाँव दाबे हैं, और उसके तलवों से आँखें मलकर रोये हैं। अगर वह कभी किसी की तरफ़ देखकर मुस्करा दिया है तो वह जल-जल गये हैं, और उन्होंने उसे औरतों की तरह कोसने दिये हैं। बार-बार कहा है, "आज सता ले, ज़ालिम! जब मर जाऊँगा तो याद करेगा।"

और शायद यही वजह है कि वह लौंडा खान साहब की परवाह किये बिना लोगों से ठठोल कर रहा था और ज़ोर-ज़ोर से हँस रहा था। इस हंगामे में गुलाबी जान बार-बार सुर ले रही थी और बार-बार सुर की डोर टूट रही थी। चंदा बाई हिक़ारत से मुस्कराकर अपने उस्तादजी से कानाफूसी कर रही थी।

फुन्नन मियाँ एकदम से खड़े हो गये। वह उस लौंडे की तरफ़ बढ़े। वह उनकी तरफ़ देखकर बड़ी निर्लज्जता से मुस्कराया। फुन्नन मियाँ ने उसे एक ऐसा तमाचा मारा कि उस्तादजी के बायें की गमक दब गयी। महफ़िल में सन्नाटा छा गया। फुन्नन मियाँ फिर अपनी जगह लौट आये। सारी महफ़िल की निगाहें ख़ान साहब पर जमी हुई थीं।

"वह ग़ालिब की ग़ज़ल गा रही थी, भई।" फुन्नन मियाँ ने कहा। वैसे वह अलिफ़-बे नहीं जानते थे, मगर अनीस और वहीद के मर्सियों ही की तरह उन्हें मोमिन, ग़ालिब और दाग़ के अनगनित शेर याद थे। वह ग़ालिब की हतक

बर्दाश्त नहीं कर सकते थे। ख़ान साहब की समझ में भी यह बात आ गयी। उन्होंने फिर कुछ नहीं कहा। बाद में थानेदार शिवधन्नी सिंह और उत्तर-पट्टी के जमींदार ने ख़ान साहब को चढ़ाने की पूरी कोशिश की कि फुन्नन मियाँ का थप्पड़ उस चमार के लौंडे के मुँह पर नहीं पड़ा था, बल्कि उनके मुँह पर पड़ा था, मगर खान साहब ने उन लोगों की बात मानने से इन्कार कर दिया।

कहते हैं कि उस लौंडे का मुँह हफ़्तों सेंका गया, लेकिन सूजन न गयी। जब वह अच्छा हुआ तो ख़ान साहब ने उसे बड़ी भयानक सज़ा दी। उन्होंने उसे किसी काम से ख़लवत में भेजा। उस ख़लवत में सिराजुद्दीन खाँ पहलवान और उनके आठ पट्ठे पहले से मौजूद थे। वे उसी की राह देख रहे थे। दूसरे दिन ख़ान साहब ने उस लौंडे को उसकी टोली-समेत गाँव से निकाल दिया और फिर वह अरीब-क़रीब के किसी गाँव में भी नहीं देखा गया⋯

लेकिन ये बातें तो और लोगों के साथ गुलाबी जान ने बाद में सुनीं। उस दिन तो बस इतना हुआ कि तमाचा खाकर लौंडा सन्न खींच गया। वह सोच भी नहीं सकता था कि फुन्नन मियाँ जैसा मामूली ज़मींदार भरी महफ़िल में उस पर हाथ भी उठा सकता है। मगर जो बात उस लौंडे को नहीं मालूम थी, वह यह थी कि फुन्नन मियाँ लाख छोटे ज़मींदार सही, मगर सय्यद थे। और ख़ान साहब के पुरखे सय्यद नूरुद्दीन शहीद के साथ आये थे। यह बात न फुन्नन मियाँ भूले थे और न अशरफ़ुल्ला ख़ाँ 'अशरफ़'—जो 'नूह' नारवी के शागिर्द थे। इसलिए जब फुन्नन मियाँ ने ख़ान साहब को यह बताया कि गुलाबी जान ग़ालिब की ग़ज़ल गा रही थी, तो फिर कहने या सुनने के लिए कुछ रह ही नहीं गया।

गुलाबी जान देर तक गाती रही। फिर एक तोड़ा नाचकर वह बैठ गयी और चंदा बाई इश्क़े-पेचाँ की लतर हवा की तरफ़ हवा की डोर पर चढ़ गयी और अपनी ही मुस्कराहटों के नन्हें-नन्हें गुलाबी फूलों से लद गयी। पहले वह एक तोड़ा नाची। गुलाबी जान को यह मानना पड़ा कि चंदा बाई उससे अच्छा नाचती है। तोड़ा नाचकर वह दरबारी गाने लगी। उसकी आवाज़ भी अच्छी थी—हरसिंगार के फूलों की तरह कोमल और चम्पे की सुगंध की तरह दूर जानेवाली। लेकिन अभी वह अलाप ही रही थी कि फुन्नन मियाँ बोले, "इससे तो अच्छा था कि उस लौंडे का नाच देखा जाता!"

चंदा बाई घबराकर चुप हो गयी; तो फुन्नन मियाँ उसकी तरफ़ देखकर बोले, "तुम्हारी आवाज़ अच्छी है⋯मगर कच्ची है।"

फुन्नन मियाँ संगीतज्ञ नहीं थे। उन्हे तो यह भी नहीं मालूम था कि कुल मिलाकर सुर कितने होते हैं। मगर सोज़ख़्वानी की परंपरा ने उन्हें आवाज़ के उतार-चढ़ाव और ताल-सम से परिचित करा दिया था। वह अलिफ़ के नाम बे नहीं जानते थे, मगर अब्बू मियाँ और हुसैन अली मियाँ के बस्तों के सारे मरसिये उन्हें ज़बानी याद थे। चुनाँचे जब वह आस देने के लिए बाज़ू बनते तो मरसिया

पढ़नेवाले से बस इतना पूछ लेते कि वह कौन-सा मरसिया पढ़ने जा रहा है। दस मोहर्रम को जब वह कर्बला जाते तो कागज़ का एक मन्नती ताज़िया लेकर अपने बुजर्गों की हर क़ब्र पर जाते। मुमताज़ और फुट्टू को अपना बाज़ू बनाकर वह उन क़ब्रों में सोती हुई आत्माओं को मरसिया सुनाते। लेकिन सोज़ख़्वानी की परंपरा का ध्यान रखते हुए वह अपने हाथों में कोई-न-कोई मरसिया ज़रूर रखते—चाहे वह मरसिया वह पढ़ रहे हों, चाहे न पढ़ रहे हों। एक साल फुट्टू बीमार पड़ गया, तो उन्होंने शम्मू को बाज़ू बना लिया। शम्मू ने वह पढ़ना शुरू कर दिया जो लिखा हुआ था! उन्होंने शम्मू को कोहनी मारी, "ऊ मत पढ़ो जउन लिक्खा है। तउन पढ़ो जउन हम पढ़ रहें..."

बात इल्म से ज़्यादा परंपरा की थी। इसलिए उन्होंने ग़ाज़ीपुर की मशहूर तवायफ़ चंदा बाई को टोक दिया और वह इस ज़हर को पी भी गयी। क्योंकि ग़ाज़ीपुर के दौलतमंद जुलाहों, बनियों या कुँजड़ों को यह तमीज़ तो थी नहीं कि आवाज़ का पक्कापन किस चीज़ का नाम है और कच्चापन क्या होता है—उनके लिए तो चंदा बाई के बदन का कच्चापन ही बहुत था।

चंदा बाई की इस ज़िल्लत पर गुलाबी जान दिल-ही-दिल में बहुत ख़ुश हुई, और उसने फुन्नन मियाँ को चुपचाप हज़ारों दुआएँ दे डालीं।

लेकिन जब वह ठाकुर हरनारायण प्रसाद थानेदार की धोती में धब्बे की तरह पड़ गयी, तो उसे ठाकुर साहब की वजह से फुन्नन मियाँ का बुरा चाहना पड़ा। ठाकुर साहब के साथ उसकी ख़ूब गुज़र रही थी, इसलिए वह यह नहीं चाहती थी कि फुन्नन मियाँ कबाब की हड्डी बन जायँ, इसलिए उसे फुन्नन मियाँ की सज़ा के लिए मन्नतें माँगनी पड़ीं। ये मन्नतें ठाकुर साहब से छिपाकर नहीं माँगी थीं। इन मन्नतों से उनके मरदाना गौरव को एक तसकीन भी होती थी। वह जब शहर जाते तो पुलिस-क्लब में ठहरे हुए थानेदारों से कहते, "भई, होती होंगी रंडियाँ बेवफ़ा... मेरी गुलाबी जान तो वफ़ा की पुतली है। हर जुमेरात को माश का सदक़ा उतारती है। और फुन्नन मियाँ की सज़ा के लिए तो उसने मन्नतें मान रक्खी हैं..."

और मज़े की बात यह है कि फुन्नन मियाँ के बच्चों की माँ कुलसूम ने भी उन्हीं मज़ारों पर फुन्नन मियाँ के बेदाग़ छूट जाने की मन्नतें मान रक्खी थीं। उसने तो बड़े ताज़िये के चौक पर भी मन्नत मान डाली थी, लेकिन जब फुन्नन मियाँ की सज़ा हो गयी तो इससे उसके विश्वास को ठेस नहीं लगी। उसने सोचा की शायद मौला इम्तहान ले रहे हों, या शायद दमड़िया-बो ने ठीक से मन्नत ही न मानी हो, या फुल्लन शाह और चंदन शहीद उस वक़्त अपनी क़ब्रों में रहे ही न हों और बाद में रहमत के फ़रिश्ते उन्हें यह बताना भूल गये हों कि दमड़िया भर के ज़रिये गंगौली की कुलसूम बी ने कोई मन्नत मानी हैं।

कुलसूम बी को यह नहीं मालूम होता था कि फुल्लन शाह या चंदन शहीद

ने गुलाबी जान की मन्नत पूरी कर दी है। अगर कुलसूम को यह मालूम होता तब भी शायद उनका दिल बुरा न होता। मन्नतें तो मन्नतों से टकराती ही रहती हैं। किसी-न-किसी की मन्नत पूरी होती ही रहती है और इसलिए विश्वासों की दुनिया में कोई तूफ़ान नहीं आता। जिसकी मन्नत पूरी नहीं होती वह यह सोचकर चुप हो जाता है कि ख़ुदा उसका इम्तहान ले रहा है।

समीउद्दीन ख़ाँ जब हशमतुल्ला हलवाई की दुकान पर पहुँचे तो इत्तिफ़ाक़ से वहाँ हकीम अली कबीर के पुराने नौकर गुलाम हुसैन ख़ाँ भी आये हुए थे। अलैक-सलैक के बाद गुलाम हुसैन ख़ाँ ने पूछा, "केके वास्ते मिठाई ख़रीद रह्यो ख़ाँ साहब ?"

समीउद्दीन ख़ाँ ने कहा, "गुलाबी जान के वास्ते।"

गुलाम हुसैन ख़ाँ मुसकराये, "का भाई" दरोग़ाजी के साथ-साथ गुलाबीजान की मिठाई आपो खाये लगे ?"

नहीं जी !" समीउद्दीन ख़ाँ ने कहा, "साली ने फुन्नन मियाँ की सज़ा के लिए मन्नत मानी थी। अब दोना नियाज़ देगी और फुल्लन शाह और चंदन शहीद पर चादर चढ़ायेगी।"

अपने दिल में समीउद्दीन ख़ाँ इस फैसले से ख़ुश नहीं थे। ऐसा नहीं था कि उन्हें दक्खिन-पट्टीवालों से हमदर्दी रही हो, मगर उनका खयाल यह था कि इस झगड़े में शरारत उत्तर-पट्टीवालों की थी। लेकिन उनका यह ख़याल उन्हें झूटे गवाह तैयार करने से न रोक सका, यह एक बिलकुल ही दूसरी बात है। वह तो झूठे गवाह तैयार करने की तनख़्वाह ही पाते थे।

"बाक़ी आप हियाँ कइसे दिखाई दे रहे हैं ?" समीउद्दीन ख़ाँ ने पूछा।

"ओह सज़ा की ख़ुशी में आज हमरी ओर पँचमेल बँटेवाली है। ऊहे लेवे आये हैं।"

समीउद्दीन ख़ाँ मिठाई लेकर क़ासिमाबाद चले गये। ग़ुलाम हुसैन ने मिठाई का टोकरा बेगार के सिर पर लदवाकर उसे गंगौली की तरफ़ चलता किया। फिर हशमतुल्ला के यहाँ एक चिलम पीकर वह भी चल पड़े। अभी वह कोई दो ही मील आये होंगे कि गंगौली से आनेवाले शरफ़ुआ ने उन्हें धर लिया। इस शरफ़ुआ का नाम नेमतुल्ला था, लेकिन उत्तर-पट्टी में वह शरफ़ुआ ही कहा जाता था। बात यह है कि डिप्टी अली हादी के यहाँ एक नौकर था। उसका नाम शरफ़ुद्दीन था—इसलिए वह आसानी के लिए शरफ़ुआ कहा जाने लगा। कोई दो बरस काम करने के बाद वह कलकत्ता भाग गया तो डिप्टी साहब के चपरासी ने एक और लौंडा ढूँढ निकाला। उसका नाम रशीद था। वह रशिदवा हो गया होता, मगर डिप्टी साहब के एक चचा का नाम रशीद था, इसलिए वह भी शरफ़ुआ कहा जाने लगा। कुछ दिनों तक तो बड़ी गड़बड़ी

रही; फिर रशीद को याद हो गया कि इस घर और इस गाँव में उनका नाम शरफ़ुआ है। फिर वह भी भागकर कानपुर चला गया, तो डिप्टी साहब के यहाँ एक और लौंडा रखा गया। उसका नाम नेमतुल्ला था। चूँकि घरवाले शरफ़ुआ को पुकारने के आदी हो गये थे, इसलिए नेमतुल्ला का नाम भी शरफ़ुआ पड़ गया।

ग़ुलाम हुसैन ख़ाँ को बहादुरगंज भेजने के बाद हकीम साहब को ख़याल आया कि थानेदार-क़ासिमाबाद ठाकुर हरनारायन प्रसाद के यहाँ भी मिठाई का जाना ज़रूरी है। इसलिए उन्होंने शरफ़ुआ से कहा कि वह लपक जाय और प्रसाद की मिठाई लेकर गंगौली आ जाय और ग़ुलाम हुसैन ख़ाँ से कह दे कि वह थानेदार साहब की मिठाई लेकर क़ासिमाबाद चले जायँ।

ग़ुलाम हुसैन ख़ाँ वहीं से लौट पड़े। चूँकि मुसलमान हलवाई की शर्त नहीं थी, इसलिए उन्होंने झिंगुरी हलवाई के यहाँ से ताज़ा-ताज़ा इमरतियों की एक टोकरी भरवायी। इस टोकरी को एक बेगार के सिर पर लदवाकर वह क़ासिमाबाद की तरफ़ चल पड़े।

ठाकुर साहब ताज़ा-ताज़ा, ख़ुशरंग और रसीली इमरतियों की टोकरी देखकर बहुत ख़ुश हुए। झिंगुरी ने जब यह सुना था कि मिठाई दरोग़ाजी के लिए जा रही है तो उसने इमरतियों को टोकरी में सजाने के बाद उन पर गुलाबपाश से गुलाबजल भी छिड़क दिया था, इसलिए टोकरी से भीनी-भीनी महक भी आ रही थी।

ग़ुलाम हुसैन ख़ाँ दुनिया देखे हुए थे। इसलिए उन्होंने ठाकुर साहब को बातों-ही-बातों में यह बता दिया कि मिठाई झिंगुरी के यहाँ की है। झिंगुरी के सलीक़े की तारीफ़ करते-करते उन्होंने यह भी बता दिया कि इमरतियों को टोकरी में ख़ुद झिंगुरी ही ने सजाया है। यानी खुद उन्होंने या किसी और मुसलमान ने मिठाई को हाथ भी नहीं लगाया है, और ठाकुर साहब बेधड़क खा सकते हैं। ठाकुर साहब ने भी ख़ाँ साहब के इशारे को पा लिया। उन्होंने भी ख़ासतौर पर समीउद्दीन ख़ाँ को आवाज़ दी कि वह ग़ुलाम हुसैन ख़ाँ के खाने-पीने का प्रबंध करें। ग़ुलाम हुसैन ख़ाँ का टट्टू ख़ास ठाकुर साहब के अस्तबल में भेज दिया गया। उनके मुश्की घोड़े ने उसे बड़ी हिक़ारत से देखने के बाद अपना दाहिना अगला पैर ज़मीन पर मारना शुरू कर दिया।

ग़ुलाम हुसैन ख़ाँ ने थाने के कुएँ पर नहाने-धोने के बाद समीउद्दीन ख़ाँ के क्वार्टर के सामनेवाले नीम के नीचे एक चारपाई पर अपना बदन सूखने के लिए फैला दिया। समीउद्दीन ख़ाँ भी आ गये। उनका बेटा बदरुद्दीन उर्फ़ बदरुआ हुक़्क़ा भर लाया, जिसकी नै से कलाबत्तू उधड़ चुकी थी, और सिर्फ़ मैलख़ोरा लाल कपड़ा रह गया था। चिलम के सुलग जाने तक तो समीउद्दीन ख़ाँ कश लेते रहे, फिर गट्टा दबाकर उन्होंने हुक़्क़ा ग़ुलाम हुसैन ख़ाँ की तरफ़ मोड़

दिया। ग़ुलाम हुसैन ख़ाँ जौनपुरी ख़मीरे की महक से यूँ ही बेचैन हो रहे थे। समीउद्दीन ख़ाँ वक़्त-बेवक़्त के लिए थोड़ा-सा ख़मीरा रखते थे। वरना रोज़ाना के लिए तो वह अठसेरे से काम चला लिया करते थे।

ग़ुलाम हुसैन ख़ाँ ने दो-तीन छोटे-छोटे कश लेने के बाद बड़ा-सा क़श लिया। जब कुछ सुरूर गँठा, तो वह सोचने लगे कि अगर समीउद्दीन ख़ाँ के बड़े बेटे मुईनुद्दीन ख़ाँ से उनकी भतीजी बदरुन का रिश्ता हो जाय तो कितना अच्छा हो! लड़का माशाअल्लाह से फ़ौज में भरती है—पिछले साल मोहर्रम में आ गया था, तो समीउद्दीन उसे बड़के फाटक की पाँचवाली मजलिस में लाये थे। हाथ-पैर का भी अच्छा है। नौहा पढ़ने में तो उसने फुन्नन मियाँ के दामाद मुहम्मद हुसैन को भी मात कर दिया था। इसी रिश्ते को ध्यान में रखकर वह सालभर समीउद्दीन को तरह-तरह की चीज़ें यह कह-कहकर खिलाते रहे कि ये चीज़ें ख़ास उनकी बेटी बदरुन ने पकायी हैं, और यह कि बदरुन की शादी के बाद तो उनका बावर्चीख़ाना बिलकुल ही वीरान हो जायगा। ऐसा नहीं था कि बदरुन को पकाना ही न आता रहा हो। भला कौन ऐसा घर होगा जिसकी लड़की को पकाना न आता हो; लेकिन एहतियातन वह समीउद्दीन ख़ाँ को बदरुन की पकायी हुई चीज़ें नहीं खिलाते थे। मसलन चने का हलवा वह फुस्सू मियाँ की अम्माँ यानी रब्बन-बी से पकवाया करते थे, जो चने के हलवे के लिए दूर-दूर तक मशहूर थीं। ग़ुलाम हुसैन ख़ाँ उत्तर और दक्खिन-पट्टी के झगड़ों को भूलकर फुस्सू मियाँ के घर जाते, दरवाज़े से आवाज़ देते और जब रब्बन-बी दरवाज़े पर आ जातीं तो वह कहते, "बदरुन की होनेवाली सुसराल के लिए थोड़ा-सा हलवा चाहिए।" अब जहाँ मामला बेटी का हो, वहाँ पट्टीदारी का सवाल कहाँ उठ सकता है। और पट्टीदारी थी तो हकीम साहब से और अली हादी और हुसैन अली से न कि ग़ुलाम हुसैन ख़ाँ से। इसलिए रब्बन-बी, जो गाँवभर में बूबू कही जाती थीं, हलवा बना देतीं। ज़ाहिर है कि वह ग़ुलाम हुसैन ख़ाँ से उसके पैसे भी नहीं लेती थीं। और फिर ख़र्च ही क्या होता था! सेर-आधा सेर चने की दाल, सेर-आधा सेर ही घी, सेर-आधा सेर चीनी और कुछ मेवा। रहा हाथ का जस और मज़ा, तो उसका दाम भला कौन लगा सकता है... दही-बड़े वह तमाम झगड़ों और ज़िल्लतों को भूलकर फुन्नन मियाँ की ग़ैर-कानूनी बीवी से बनवा लेते। फुन्नन मियाँ के घर फुस्सू मियाँ के घर की तरह दूध-घी की नहरें तो नहीं बहती थीं, मगर कुलसूम भी दही-बड़ों के दाम नहीं ले सकती थी। एक तो वह ज़मींदारी की परंपरा के ख़िलाफ़ था, दूसरे यह कि बदरुन बहरहाल उनके जेठ की बेटी थी। तीसरे यह कि ग़ुलाम हुसैन ख़ाँ हकीम साहब के नौकर थे और नौकर की बात कोई कैसे ख़ाली दे सकता है भला! इसलिए दही-बड़े उन्हें कुलसूम से मिल जाते। माश की मीठी फुलकियाँ पकाने में खुद बदरुन का दूर-दूर तक कोई जवाब नहीं था—गरज़ कि

बदरुन के होनेवाले ससुर को खुश करने में सारी गंगौली लगी हुई थी। हर आदमी समीउद्दीन ख़ाँ का खयाल रखता था। समीउद्दीन ख़ाँ भी कोई घामड़ नहीं थे। उन्होंने भी भाँप लिया कि क़िस्सा क्या है, इसलिए उन्होंने एक दिन एक मनहारिन को ग़ुलाम हुसैन ख़ाँ के घर भेजा। वह यह खबर लायी कि लड़की भगवान की दया से नाक-नक्श की अच्छी है और सुघड़ भी है। अभी यह ख़बर आयी ही थी कि ग़ुलाम हुसैन ख़ाँ ने बशीर मियाँ वकील की बेटी सरवरी की काढ़ी हुई पलँग की एक चादर, तकिये के दो गिलाफ़ों के साथ समीउद्दीन ख़ाँ को यह कहकर दी कि कढ़ाई का काम ख़ास बदरुन ने किया है। वह तो ख़ैरियत यह हुई कि समीउद्दीन ख़ाँ की बीवी बज्जर देहातिन थी, वरना सारा खेल बिगड़ गया होता, क्योंकि सरवरी ने मशीन की कढ़ाई की थी। बहरहाल समीउद्दीन ख़ाँ को भी यह रिश्ता पसंद आया। ग़ुलाम हुसैन ख़ाँ की अपनी तो कोई हैसियत नहीं थी, मगर हकीम साहब का फाटक बड़ा था और फिर अली हादी मियाँ डिप्टी थे। वह तो सिफ़ारिश करके मुईनुद्दीन को थानेदार बनवा सकते थे। आख़िर उसने दसवें तक अंग्रेज़ी पढ़ रक्खी थी। यही सब सोचने-विचारने के बाद उन्होंने यह तय कर लिया था कि नौ रबी-उल-अव्वल[1] को दरोग़ाजी से हकीम साहब तक इस रिश्ते की बात भिजवायेंगे, मगर समीउद्दीन ख़ाँ के दिल की यह बात ग़ुलाम हुसैन ख़ाँ को तो मालूम नहीं थी, इसलिए जौनपुरी ख़मीरे का कश लगाते हुए वह यह सोचते भी जा रहे थे कि जब समीउद्दीन मनहारिन भेजकर लड़की को दिखला भी चुके हैं, तो फिर निस्बत क्यों नहीं भेजते! उनकी बीवी और भाभी ने तो मनहारिन की बड़ी ख़ातिर भी की थी। यह तो उन्हें देखते ही मालूम हो गया था कि वह सौदा बेचने नहीं आयी है, क्योंकि पहले तो क़ासिमाबाद से चलकर सौदा बेचने गंगौली आना समझ में नहीं आता; और अगर वह इसलिए आयी थी तो उसे या तो बड़के फाटक जाना चाहिए था या फिर पक्कड़-तले। वह इन दोनों बड़े फाटकों और लखपति राक़ियों के घरों को छोड़ती-छाड़ती जब सीधी ग़ुलाम हुसैन के घर आयी, तो यह बात बिलकुल साफ़ हो गयी कि वह किसी और काम से आयी है। तो क़ासिमाबाद की मनहारिन किस काम से आ सकती थी? इसलिए काम-बेकाम बदरुन की माँ ने बदरुन को मनहारिन के सामने से कई बार तेज़ी और आहिस्ता से गुज़रवाया, ताकि वह देख ले कि बदरुन लँगड़ी नहीं है। बदरुन ने झट से माँ की सूई में तागा डाल दिया, ताकि मनहारिन को मालूम हो जाय कि उसकी आँखें देखने में ही बड़ी नहीं बल्कि ठीक-ठाक भी हैं। और जब ख़रीदारी हो गयी (पठानी ने आठ आने का सामान भी ख़रीदा) और मनहारिन

यह एक अरबी महीने का नाम है। शीआ मुसलमान ढाई महीने का मोहर्रम मनाते हैं। उनका मोहर्रम आठ रबी-उल-अव्वल को ख़तम होता है। मोहर्रम के ढाई महीनों में वे ख़ुशी का कोई काम नहीं करते।

जाने लगी तो पठानी ने उसे एक रुपया पान खाने के लिए भी दिया । असल में परेशानी यह आ पड़ी थी कि ग़ुलाम हुसैन ख़ाँ की हड्डी ज़रा दाग़ी थी, कोई चार पीढ़ी ऊपर उन लोगों की रगों में उत्तर-पट्टी के पक्कड़-तले का ख़ून मिल गया था । अरीब-क़रीब के देहातों में यह बात सबको मालूम थी । यही वजह थी कि चार पीढ़ियों से अड़ोस-पड़ोस में उनका कोई रिश्ता नहीं हुआ था । वे लोग ज़िला पार से नाता जोड़ा करते थे । रिश्ता हो जाने के बाद समधियानेवालों को मालूम होता तो वे बेचारे अपनी शराफ़त की मार खाकर चुप हो जाते थे । बस, ग़ुलाम हुसैन ख़ाँ की फूफी की ससुरालवालों ने इस बात को पी-पिलाकर ख़त्म नहीं किया । उन्होंने तड़-से तलाक़ दिलवा दी । फूफी बेचारी मायके लौट आयीं । इस तलाक़ के बाद से अब तक इस घराने में किसी लड़की के ब्याह का सवाल नहीं उठा था । बदरुन पहली लड़की थी जो जवान हुई थी । इसीलिए ग़ुलाम हुसैन ख़ाँ का दिल धड़क रहा था और इसीलिए उन्होंने समीउद्दीन की हड्डी की छान-पटक करवायी और उन्हें यह जानकर बड़ा इत्मीनान हुआ कि उनकी हड्डी में भी कज़याने का एक पुट है ।

मगर सिलसिला तो निकले, वह लड़कीवाले थे; मुँह फोड़कर रिश्ता भी तो नहीं माँग सकते थे ।

उस दिन भी वह बात न कर पाये, बस, नीम के नीचे लेटे हुक़्क़ा गुड़गुड़ाते रहे । समीउद्दीन ख़ाँ से पुलिसवालों की नयी और पुरानी कहानियाँ सुनते रहे, और ख़ुद उन्हें उत्तर और दक्खिन-पट्टी के सय्यदों की पट्टीदारी की कहानियाँ सुनाते रहे, बदरुन के ब्याह के बारे में सोचते रहे, समीउद्दीन ख़ाँ की बीवी के हाथों की बनायी हुई गिलौरियाँ खाते रहे जो सिगरेट की पन्नी की चोंगियों में आती थीं । सुहरबवा (समीउद्दीन का तीसरा बेटा) ख़ासदान समीउद्दीन को देता । समीउद्दीन उसका ढक्कन उतारकर उसकी तश्तरी ग़ुलाम हुसैन ख़ाँ की तरफ़ बढ़ाते । वह एक गिलौरी कल्ले में दाब लेते, तब समीउद्दीन ख़ाँ ढक्कन के ऊपरी हिस्से में बने हुए तंबाकूदान का ढक्कन खोलते और अहमद हुसैन दिलावर हुसैन के कारखाने की सियाह चमकदार तंबाकू की सुगंध चारपाई पर चादर की तरह पड़ जाती । ग़ुलाम हुसैन ख़ाँ एक चुटकी तंबाकू मुँह में डालते और उँगलियों में लगी रह जानेवाली तंबाकू को चारपाई की पट्टी पर रगड़कर अपनी चुटकी को साफ कर लेते । फिर समीउद्दीन एक गिलौरी खाते और कोई नयी कहानी शुरू हो जाती ।

जब ज़रा दिन ढला और ठाकुर साहब नंगे बदन केवल धोती को लुंगी की तरह बाँधे हुए बड़ के नीचे पड़ी हुई आरामकुर्सी पर विराजमान हो गये और हज्ज़ाम का लौंडा उनके पाँव दबाने लगा, तो ग़ुलाम हुसैन ख़ाँ ने उनसे आज्ञा माँगी । थानेदार ठाकुर हरनारायण प्रसाद ने उन्हें जाने की इजाज़त दी और कहा, "मीर साहब से कह दीजियेगा कि इस मिठाई की कोई ज़रूरत नहीं थी ।

मैं तो इसलिए खुश हूँ कि कोमिला की फाँसी का लगाया हुआ कलंक आज धुल गया।''

''यह आप क्या फ़रमाते हैं, ठाकुर साहब?'' गुलाब हुसैन ख़ाँ ने टुकड़ा लगाया, ''क़ानून तो क़ानून होता है। अंग्रेज कलट्टर साहब बहादुर नाइंसाफ़ी तो कर नहीं सकते···वह ज़रूर क़ातिल रहा होगा।''

यह सुनकर ठाकुर साहब मुस्करा दिये, क्योंकि यह बात उन्हें और ग़ुलाम हुसैन ख़ाँ दोनों को ही मालूम थी कि कोमिला को फाँसी की सज़ा कलक्टर साहब बहादुर ने नहीं, बल्कि हिंदुस्तानी गिरधारी लाल श्रीवास्तव जज ने दी थीं और फिर हाईकोर्ट के जस्टिस खन्ना ने दी थी। मगर राज्य अंग्रेज़ का था। कलक्टर अंग्रेज़ था, इसलिए श्रीवास्तव साहब या खन्ना साहब की भला क्या हिम्मत हो सकती थी कि गोरे साहब से पूछे बिना डिप्टी सय्यद अली हादी ज़ैदी, बी. ए. एल-एल. बी. के किसी आसामी को फ़ाँसी की ऐसी सज़ा देते, जो प्रीवी कौंसिल से भी बहाल रहती।

वैसे ग़ुलाम हुसैन ख़ाँ को यह भी मालूम था कि ठाकुर साहब ने कलक्टर साहब के माली से रिश्वत खायी है और इसके बाद उन्होंने कोमिला के ख़िलाफ़ झूठी गवाहियाँ गढ़ीं! लेकिन ज़ाहिर है कि ये कहने की बातें नहीं होतीं। यह बात हकीम अली कबीर और डिप्टी अली हादी को भी मालूम थी। लेकिन उन लोगों ने भी ठाकुर साहब से कुछ नहीं कहा। क्योंकि कहने में अपनी ही हेठी होती है। और दक्खिन-पट्टीवालों को पता चल जाय तो वे अलग ले उड़ें। लेकिन हकीम साहब ने ठाकुर को माफ़ नहीं किया था, इसीलिए उन्हें ग़ुलाम हुसैन ख़ाँ का वहाँ इतनी देर टिक जाना कुछ अच्छा नहीं लगा। ग्यारह तारीख़ को सद्दन वापस जानेवाले हैं और चार हो चुकी है अब तक कोई तैयारी नहीं हुई है। सद्दन ने कहा भी, ''आप तो ख़ामख़ाह घबराने लगते हैं। एक तो यह कि अभी मेरे जाने में सात दिन हैं और फिर तैयारी ही क्या करनी है?''

''आप क्या जानें!'' यह कहकर हकीम साहब एक मरीज़ की नब्ज़ देखने लगे। फिर उन्होंने बैठे-ही-बैठे उब्बाद मियाँ को आवाज़ दी, जो इमाम बाड़े में बैठे रात की मजलिस के लिए मरसिया छाँट रहे थे, ''हे उब्बाद! हइ नुसखवा बाँध द्यो।'' फिर वह मरीज़ की तरफ़ मुड़े। पहले उन्होंने उसकी बहन को गाली दी और तब कहा, ''अब जउन तूँ कुछ अंट-शंट खायौ न त टें हो जाये में कउनों कसर ना रह जय्यहे।'' उन्होंने एक काग़ज़ पर कुछ दवाएँ लिखकर वह काग़ज़ मरीज़ के मुँह पर फेंक दिया। मरीज़ दवाखाने की तरफ़ चला गया। हकीम साहब हौज़ के किनारे बैठकर उस हाथ को साफ़ करने लगे जिस हाथ से उन्होंने एक काफ़िर—और वह भी नीची ज़ात के एक काफ़िर—का हाथ छुआ था। और तब उन्हें यह याद आया कि सद्दन ने कुछ कहा था। इसलिए वह फिर वहीं से शुरू हो गये, ''ई काँगरेस वाले त आसामियन का दिमाग़ इकदम्मे से

खराब कर दिहिन हैं भाई, ख़ुदा समझे ई गाँधी से…" हकीम साहब ने देर तक गाँधी और नेहरू वगैरह को बद्दुआएँ दीं, "अब ई बलरमवा साला कलट्टर साहब का माली है अउर पुरूस्रमवा काँगरेसी…त भला सालन की हाँ से लगान कइसे आये…तूँ त तड़-दिना कह दियो कि अब्बा, आप बिला वजहे परीशान हो रहें…"

अभी वह कुछ और कहते मगर वज़ीर मियाँ, अग्गू मियाँ और फुस्सू मियाँ फाटक में आते हुए दिखायी दिये। हकीम साहब को यह तो सवेरे ही मालूम हो गया था कि ग़ाज़ीपुर का क़ाफ़िला आ गया है, लेकिन उन्हें अपने दरवाज़े में देखकर उन्हें ताज़्ज़ुब हुआ।

"आदाब!" तीनों ने एक साथ झुककर सलाम किया।

"जीते रहो!" हकीम साहब ने दुआ दी, "तूँ लोग कब आयो?"

"सुबहें को आ गये रहे हम लोग।" वज़ीर मियाँ ने कहा, "हादी भाई कहाँ हैं?"

"अपने दीवाने-खास में।" हकीम साहब ने कमरे की तरफ़ इशारा करते हुए कहा। मगर डिप्टी साहब उन लोगों की आवाज़ सुनकर ख़ुद ही बाहर निकल आये। बच्चों ने यह ख़बर जनाने तक पहुँचा दी। औरतें घबराकर दरवाज़ों तक आ गयीं और परदों की ओट से झाँकने लगीं कि कहीं अल्लाह न करे, कुछ हो-हुआ-न जाय—घबराहट में वे परंपराएँ भी भूल गयीं।

अग्गू, वज़ीर और फ़ुस्सू डिप्टी साहब के साथ उनके कमरे में चले गये। हकीम साहब को याद आ गया कि उनका हाथ अभी तक साफ़ नहीं हुआ है, इसलिए वह उस हौज़ में नहाने के लिए उतर गये जिसमें भरा हुआ महीनों या शायद बरसों का पानी काई की एक मोटी चादर ओढ़े लंबी ताने सो रहा था।

मगर उनका ध्यान ग़ुलाम हुसैन ख़ाँ ही में लगा हुआ था।

उधर ग़ुलाम हुसैन ख़ाँ ने सोचा कि क्यों न लगे हाथों सलीमपुर के ख़ाँ साहब की एक मजलिस कर लें। यह सोचकर उन्होंने अपने टट्टू की बाग बल खाती हुई उस पगडंडी की तरफ मोड़ दी, जो हज़ार बल खाती; खेतों से बचती-बचाती सलीमपुर की तरफ़ जाती थी।

ख़ान साहब कहा करते थे कि उनकी मजलिस दोपहर की नमाज़ के बाद शुरू हो जाती है और तीसरे पहर की नमाज़ के बाद खत्म हो जाती है। इसीलिए ग़ुलाम हुसैन ख़ाँ ने सोचा कि उनकी मजलिस करने के बाद भी वह अपने दरवाज़े की शामवाली मजलिस पा सकते हैं। मगर अशरफ़ुल्ला खाँ 'अशरफ़' की मजलिस रात की नमाज़ के बाद शुरू हुई। लेकिन वहाँ एक बार पहुंच जाने के बाद यह भी मुमकिन नहीं था कि ग़ुलाम हुसैन ख़ाँ मजलिस किये बिना लौट आते। मगर मगरीब की नमाज से पहले उन्होंने एक बार बड़ी हिम्मत करके

ख़ाँ साहब से पूछ ही लिया, ''सरकार की मजलिस तो जुहर[1] के बाद शुरू हो जाया करती है।''

''जुहर के बाद का तो ऐलान करता हूँ,'' अशरफ़ुल्ला ख़ाँ ने कहा, ''क्योंकि अगर इशा[2] बाद का ऐलान करूँ तो लोग सुबह की नमाज़ के वक़्त आयेंगे। इस गाँव में तो कोई मेरे सिवाय मुसलमान है नहीं। भादी, चावनपुर, ग़ुसाईंपुर, सुँसड़ी के लोग अपनी-अपनी मजलिसें करके चलते हैं। तीन-तीन, चार-चार मील से चलकर आते हैं बिचारे, इसलिए इशा तक इकट्ठा हो पाते हैं।''

यह सुनकर ग़ुलाम हुसैन ख़ाँ हुक़्क़ा पीने लगे कि इसके सिवाय वह कर भी क्या सकते थे! तंबाकू घर का बना हुआ था और अनन्नास का खमीरा बहुत अच्छा था। मगर उसे दो-रसा बनाने में कड़वाहट ज़रा ज़्यादा हो गयी थी, इसलिए हुक़्क़े को एक तरफ़ सरकाकर उन्होंने जेब से रफ़ी अहमद बीड़ी का बंडल निकाला। पहले उन्होंने वह बंडल ख़ान साहब सलीमपुर के सामने पेश किया। ख़ान साहब ने जब उन्हें बीड़ी पीने की इजाज़त दे दी, तब उन्होंने अपने लिए एक बीड़ी सुलगायी और फिर वहीं उत्तर-पट्टी और दक्खिन-पट्टी की कथा शुरू हो गयी। यह बात छुपी-ढँकी नहीं थी कि सलीमपुर के खान साहब दक्खिन-पट्टीवालों के दोस्त थे, इसलिए बोले, ''ग़ुलाम हुसैन, मैं था नहीं, वरना ख़ुदा की क़सम, उत्तर-पट्टी पर गधे का हल चलवा चुका होता।''

''उत्तर-पट्टी की ज़मीन ज़रा सख़्त है, सरकार!'' ग़ुलाम हुसैन ख़ाँ ने कहा।

अशरफ़ुल्ला ख़ाँ 'अशरफ़' इस क़दर ज़ोर से हँसे कि सामने चारा काटनेवाले का हाथ रुक गया। बोले, ''पठान हो ना! बात बरदाश्त नहीं कर सकते।''

''यह बात नहीं है, सरकार!''

''भई, तुम तो जानते ही हो कि मैं सिरे से ताज़ियेदारी के ही खिलाफ हूँ। लेकिन बाप-दादा इसे करते आये हैं, इसलिए हर साल यह गुनाह करता हूँ कि उनकी रूहों को तकलीफ न हो, और लोग यह भी न कहें कि रोटी बाँटनी पड़ती थी, इसलिए खान साहब पिचक गये। दस मजलिसें कर लेता हूँ कि दुनिया की ज़बान बंद रहे। रोज़ कोई दो हज़ार रोटियाँ बाँटनी पड़ती हैं। दसवीं को अब्बा मरहूम के ज़माने तक खिचड़े के दस देग उतरते थे। मैंने दो देग और बढ़ा दिये कि लो सालो, खाओ और समझ लो कि मुझे अपने बाप-दादा का नाम अपने ईमान से ज़्यादा प्यारा है। दक्खिन-पट्टीवालों से हमारी पुरानी दोस्ती है, और भई, हम ठहरे पठान लोग। हमारे यहाँ तो दोस्ती और दुश्मनी के अलावा कोई

---

1. दोपहर की नमाज़।

2. रात की नमाज़।

और पैमाना ही नहीं होता। दोग़ली हरकतें करना शेखों और नीच ज़ातवालों का काम है। फुन्नन मियाँ से तो मेरा पुराना याराना है, वह भी अब्बा मरहूम से अपनी गज़लें ठीक करवाते थे। मैंने भी उनके अब्बा मरहूम और अमजद हुसैन से कुश्ती और तलवार और लकड़ी का फन सीखा था, इसलिए ग़ुलाम हुसैन! लाठियाँ तो एक बार और बजेंगी, और जिससे खेत न छूटे, वह मर्द है...''

इन्हीं बातों में रात की नमाज़ का वक़्त आ गया। अशरफ़ुल्ला ख़ाँ ने सामनेवाली मस्जिद में जाकर नमाज़ पढ़ी। उनके खानदानवाले सफ़ बाँधकर नमाज़ पढ़ने के लिए खड़े हो गये। अली हुसैन नमाज़ पढ़ने के लिए आगे खड़ा हुआ। वह जुलाहा था, मगर उम्र में सबसे बड़ा था, इसलिए घर का नौकर होने के बाद भी अपनी दाढ़ी की वजह से नमाज़ वही पढ़ता था, और मग़रूर पठानों के उस खानदान को दिन में पाँच बार उसके पीछे हाथ बाँधकर खड़ा होना पड़ता था।

ग़ुलाम हुसैन ख़ाँ शीआ थे, इसलिए वुज़ू करके उन्होंने वहीं आँगन में पड़े हुए एक तख़्त पर नमाज़ पढ़ी। नमाज़ के दो चिलमों के बाद लोग इकट्ठा होने लगे। इर्द-गिर्द के हिन्दू-मुसलमान सभी आये। सलीमगढ़ी का लंबा-चौड़ा आँगन खचाखच भर गया। अली हुसैन ने 'शहादतनामा' पढ़ा। सलीमगढ़ी की मजलिसों में कर्बला-कथा का कोई महत्त्व नहीं था। असली चीज़ तो रौग़न रोटी थी। चुनाँचे मजलिस की रोटी की बँटाई का हंगामा शुरू हुआ और कोई तीन घंटों तक रोटी बँटती रही। तब ग़ुलाम हुसैन ख़ाँ को हकीम साहब के घर-भर का हिस्सा दिया गया और वह अपने टट्टू पर सवार होकर गंगौली की तरफ चल पड़े। दक्खिन-पट्टी के दोनों दरवाज़ों के लिए हिस्सा बँधवाकर दो बेगारों के सिर पर रखवा दिया गया। वे दोनों ग़ुलाम हुसैन के टट्टू के साथ हो लिये।

नया चाँद निकलकर डूब चुका था। गहरी अँधेरी रात थी। इसलिए ग़ुलाम हुसैन ख़ाँ ने भी उन दोनों चमारों के साथ को ग़नीमत जाना। उन्होंने अपने टट्टू की बाग ढीली छोड़ दी—वह टट्टू की पीठ पर न बैठकर पैदल ही चलने लगे।

अब यह बिलकुल एक इत्तिफ़ाक़ है कि भरटोली का एक गिरोह, जो अपने 'धंधे' पर निकला हुआ था, उधर ही से गुज़रा। चिरौंजी ने गुलाम हुसैन ख़ाँ को पहचान लिया। उसके तमाम रग-पुट्ठे तन गये। बात यह है कि वह फुन्नन मियाँ का चहेता शागिर्द था, और उनके बाद अखाड़े का खलीफ़ा भी होनेवाला था। उसने ग़ुलाम हुसैन ख़ाँ को ललकारा, ''हमार मियाँ को सजा दिलवा के केहर जात बाड़ा हो, ख़ान साहिब!''

ग़ुलाम हुसैन ख़ाँ ने यह आवाज़ पहचान ली। वह सन्नाटे में आ गये। कोई यह बात नहीं थी कि वह कायर रहे हों, मगर वह बूढ़े हो चुके थे और चिरौंजी की

लाठी दूर-दूर तक मशहूर थी। सबसे बड़ी बात यह थी कि वह अकेले थे, और चिरौंजी के साथ एक ग़ोल था। वैसे तो ख़ाँ साहब के साथ भी आदमी थे, लेकिन वे दोनों सलीमपुर के बेगार थे और चिरौंजी ने बात ठीक कही थी। फुन्नन मियाँ की सजा ग़ुलाम हुसैन ख़ाँ की गवाही पर ही हुई थी।

सलीमपुर के दोनों चमार चुपचाप खड़े रहे। चिरौंजी के साथियों ने ग़ुलाम हुसैन ख़ाँ को घेर लिया। लेकिन जब चिरौंजी ने ग़ुलाम हुसैन ख़ाँ के टट्टू की लगाम पर हाथ डाला, तो उन दोनों चमारों ने रौग़नी रोटियों के टोकरे ज़मीन पर रखकर लाठियाँ सँभाल लीं।

''हे चिरौंजी भैया ! ई ना होई !''

चिरौंजी ने उन्हें बहुत समझाया कि वे बीच में क्यों पड़ते हैं, वे सलीमपुर के हैं और सलीमपुर के ख़ान साहब से फुन्नन मियाँ का याराना है, मगर वे दोनों नहीं माने। उनका कहना यह था कि अभी तो ग़ुलाम हुसैन ख़ाँ उनके साथ है और अगर उन्होंने उन्हें पिट जाने दिया तो उनके 'ख़ाँ साहिब' उनकी चमड़ी उधेड़ डालेंगे। और फिर यह तो बड़ी कायरता की बात है कि एक 'बूढ़-पुरन्निया' को दस मुस्टंडों ने घेर रक्खा है।

''बस ... कह देहलीं चिरौंजी भैया, कि खैरियत चाहत बाड़ीं त हइ लगम्या छोड़ देंईं !''

मगर चिरौंजी खैरियत चाहनेवालों में नहीं था। उसने लगाम तो नहीं छोड़ी, मगर हाथ छोड़ दिया। बाईस-तेईस बरस का चमचमाता हुआ छोकरा एक तरफ लुढ़क गया। फिर चिरौंजी और उसके साथियों ने उन्हें लाठियों पर धर लिया। रौग़नी रोटियाँ बिखर गयीं; और फिर कुचल-कुचला गयीं, और मिट्टी में मिल गयीं। टोकरे टूट गये। ग़ुलाम हुसैन ख़ाँ का टट्टू कोतल होकर गंगौली की तरफ़ भागा। ख़ान साहब के हाथ में जो दो हाथ की छड़ी थी, वह उसी से बिनौट के हाथ निकालने लगे। सलीमपुर के दोनों चमार भी बड़े जिगरे से लड़ रहे थे, मगर चिरौंजी फिर फुन्नन मियाँ का पट्ठा था, वह चमारों पर हमला नहीं कर रहा था, वह सिर्फ उनके वार बचा रहा था और उन्हें समझा रहा था, ''पगला गइल बाड़ा लोग ! एक ठो हुमिच के धर देइब त चिचियावत चल जय्यहा लोग...''

चिरौंजी के गोलवालों ने ग़ुलाम हुसैन ख़ाँ को घेर रक्खा था। चिरौंजी जानता था कि जब तक ग़ुलाम हुसैन ख़ाँ की साँस नहीं फूलती, वह चोट नहीं खा सकते। यह बात उसके ग़ोलवाले भी जानते थे, इसलिए वे ग़ुलाम हुसैन ख़ाँ को काँटा-लगे रोहू की तरह थका रहे थे। कोई आधा घंटे की भिड़ी हुई लड़ाई के बाद सलीमपुर के चमारों की हिम्मत छूटने लगी। ख़ाँ साहब की हिम्मत भी जवाब दे रही थी। पैंतरे की तेज़ी से साँस उखड़ रही थी। बस, क़रीब था कि वे तीनों मार खा जायँ कि बारिखपुर के ठाकुरों की गुहार आ गयी। हुआ यह कि

ग़ुलाम हुसैन ख़ाँ का टट्टू जो गंगौली की तरफ भागा, उसे रास्ते में बारिखपुर के चौधरी ने पहचान लिया। चौधरी हकीम साहब के मित्र थे; फौरन समझ गये कि ग़ुलाम हुसैन ख़ाँ घिर गये। बस, वह अपने सात बेटों और अठारह भतीजों को लेकर दौड़ पड़े। चौधरी और फुन्नन मियाँ एक ही गुरु के चेले थे। यानी चौधरी ने भी फुन्नन मियाँ के बाप ही से लकड़ी चलाने की कला सीखी थी। इसीलिए चिरौंजी यूँ भी उन पर हाथ नहीं उठा सकता था। चौधरी को देखते ही उसने अपना हाथ रोक लिया। चौधरी बोले, "तू त बड़ मरद निकल्ला, चिरौंजी! एगो बूढ़-पुरन्नियाँ के अकेल पा गइला त सूरमा बन गइल बाड़ा—तनी अब चलावा लकड़ी... हमहूँ त देखी कि फुन्नन का-का सिखलउले बाड़ें।"

दोनों चमार और ग़ुलाम हुसैन ख़ाँ अपने बदन का ख़ून पोंछने लगे। चिरौंजी ने चौधरी की बात का कोई जवाब नहीं दिया, तो चौधरी ने उसे फिर ललकारा। तब चिरौंजी को बोलना पड़ा, "दुइये बरस की त बात बाये, ठाकुर साहिब! तनी मियाँ के छुट के आ जाये देईं... देख लिहल जाई..."

उसने ठाकुर साहब के जवाब का इंतज़ार नहीं किया। वह अपने आदमियों को लेकर चला गया। चौधरी साहब चाहते तो उन्हें घेर लेते, मगर फुन्नन मियाँ के किसी चेले पर हाथ उठाना उन्होंने अपनी शान के खिलाफ जाना। चौधरी ने सोचा कि अगर इस जगह उन्होंने चिरौंजी को घेर लिया तो कल फुन्नन मियाँ के सामने आँख नीची हो जायगी, इसलिए चौधरी ने उन्हें चला जाने दिया।

ग़ुलाम हुसैन ख़ाँ चौधरी के साथ बारिखपुर चले गये। दोनों चमार सलीमपुर लौट गये। उन्होंने उसी वक्त गढ़ी में ख़बर भिजवायी। खान साहब अभी सोये नहीं थे, निकल आये। अपने बेगारों को घायल देखकर वह आग-बगूला हो गये। बोले, "आस-पास में ऐसा दिलेर कौन पैदा हो गया है जिसने हमारे आदमियों पर हाथ उठाया?"

चमारों में से एक ने सारी कथा सुना डाली। वह यह बताना नहीं भूले कि चिरौंजी ने भरसक उन्हें नहीं मारा। ख़ान साहब ने उन दोनों को अपनी ख़ास जेब से एक रुपया इनाम दिया और शकूर को यह हुक्म देकर वह अंदर चले गये कि दोनों चमारों को आधा-आधा पाव तंबाकू दे दी जाय।

अंदर जाकर वह फिर लेट गये और दो बाँदियाँ चंपी करने लगीं। बग़लवाली मसहरी पर उनकी बेगम ख़ैरुन्निसा, उर्फ़ ख़ैरुन, गोद की बच्ची को दूध पिला रही थीं। उनकी गहरे गेहुआँ रंग की छातियाँ दिखायी दे रही थीं। लेकिन वह गहरी नींद में थीं। बच्ची रोयी तो उन्होंने नींद ही में अपनी छाती उसके मुँह में दे दी थी। बच्ची चुप हो गयी। उनका दाहिना हाथ थोड़ी देर तक उसे थपकता रहा, फिर वह भी नींद के बोझ से एक तरफ़ गिर पड़ा।

यह ख़ैरुन ख़ान साहब से कोई पाँच वर्ष बड़ी थी। बहुत ही बदसूरत थी। लेकिन सगी चचेरी बहन थी और अपने बाप की इकलौती थी। आठ आने ज़मींदारी का मामला था। इसलिए अशरफ़ुल्ला ख़ाँ के पिता ने ख़ैरुन्निसा उर्फ़ ख़ैरुन के पिता से राय-बात की और अशरफ़ुल्ला ख़ैरुन से ब्याह दिये गये। उन्होंने कोई ऐतराज़ इसलिए नहीं किया कि उन्हें तो शौक़ ही और था, लेकिन उन्होंने मियाँ बनने में कंजूसी नहीं दिखायी। ख़ैरुन के यहाँ ताबड़-तोड़ अठारह बच्चे पैदा हुए। सबसे छोटा बच्चा सवा साल का था और सबसे बड़ी बेटी छत्तीस बरस की और जो ख़ुद माशाअल्लाह से आठ बच्चों की माँ थी। उसका बड़ा बेटा लगभग बाईस बरस का था और फ़ौज में नौकर था। उस लड़के का नाम नानी के नाम पर ख़ैरुद्दीन रक्खा गया, लेकिन वह ख़ैरू पुकारा गया। यह ख़ैरुद्दीन बड़ा ही भलामानस था। शकल-सूरत और हाथ-पाँव का भी अच्छा था। ख़ान साहब उसे बहुत चाहते थे। जब से वह फ़ौज में भरती हुआ था तब से तो वह उसे और भी चाहने लगे थे। इसीलिए वह परेशान थे। क्योंकि उत्तर और दक्खिन-पट्टी के मुक़दमे का फैसला सुनने जो वह ग़ाज़ीपुर गये तो बशीर मियाँ ने उन्हें पहली ख़बर यह सुनायी कि जरमन ने धावा बोल दिया है। यूरोप तो ख़त्म भी हो चुका है। अब सरकार-बरतानिया से ठनी हुई है और सरकार-बरतानिया का हाल पतला है··· ख़ैरुद्दीन सरकार-बरतानिया की ही फ़ौज में था। इसीलिए ख़ान साहब परेशान थे और परेशान होना भी चाहिए था। उनके सारे ख़ानदान में वही तो एक लड़का था। ख़ुद ख़ान साहब के यहाँ सत्रह बेटियाँ हुईं और जो एक बेटा हुआ भी, वह अभी किसी गिनती-शुमार में नहीं था। लेटा चपड़-चपड़ माँ का दूध पी रहा था। वह अपनी दस बेटियों का ब्याह कर चुके थे। कुल मिलाकर चौंतीस नवासियाँ हुईं और एक नवासा। इसलिए ज़ाहिर है कि ख़ैरुद्दीन उर्फ़ ख़ैरू सबकी आँखों का तारा था। उसकी तमाम ख़ालाएँ चाहती थीं कि उन्हीं की किसी बेटी से उसका ब्याह हो जाय। इस सवाल पर ख़ालाओं में कई बार तक़रार भी हो चुकी थी।

सलीमपुर के ख़ान साहब नौकरी के ख़िलाफ़ थे। कहीं शरीफ़ों के लड़के भी नौकरी करते हैं! उत्तर-पट्टीवालों को जो वह अच्छी निगाह से नहीं देखते थे, उसकी एक वजह यह भी थी कि वहाँ के सय्यदों में एक ज़माने से नौकरी की परंपरा चली आ रही थी। डिप्टिआयी हो या कलट्टरी, नौकरी फिर नौकरी होती है। मगर ख़ैरुद्दीन के ददिहाल में फ़ौजी नौकरी की परंपरा सदियों से चली आ रही थी। उन लोगों का कहना था कि पठानों को फ़ौज से लगे रहना चाहिए। क्योंकि पठान मौत के सिवाय और किसी चीज़ से नहीं खेलता। यही वजह है कि अशरफ़ुल्ला ख़ाँ ख़ैरुद्दीन की नौकरी का विरोध न कर सके। उनके बड़े समधियाने के लोग बड़े ज़मींदार थे, लेकिन रोटी में फ़ौज की तनख़्वाह के पैसे मिलाना गौरव की बात मानते थे। गुलदार ख़ाँ तोख़ी, यानी ख़ैरू के

परदादा, सन् सत्तावन की क्रान्ति झेले हुए लोगों में से थे। उन्होंने मौलवी अहमदुल्ला के साथ लखनऊ पर धावा किया था। उनकी गढ़ी पर गदहे का हल इसलिए नहीं चला कि उनके ससुरालवालों ने अंग्रेज़ों का साथ दिया था। उनकी सिफ़ारिश पर गुलदार ख़ाँ की जान भी बची और जायदाद भी। लेकिन गुलदार ख़ाँ ने अपने ससुरालवालों को कभी माफ़ नहीं किया। वह अपनी ससुराल तबारकपुर की तरफ़ मुँह करके सोते भी नहीं थे और न ही किसी को इसकी इजाज़त थी कि वह उनके घर में तबारकपुर का नाम ले। ख़ैरू की परदादी आयशा ख़ानम अपने मायकेवालों को एक नज़र देखने के लिए तड़प-तड़पकर मर गयीं। गुलदार ख़ाँ तोख़ी के बड़े बेटे हिज़्ब अली ख़ाँ तोख़ी अंग्रेज़ी फ़ौज में कर्नल होकर मरे और उनके पोते ग़ज़नफरअली ख़ाँ तोखी सन् चौदह की लड़ाई में काम आये और उन्हें विक्टोरिया क्रॉस भी मिला। ख़ैरू के एक चाचा समसाम अली ख़ाँ तोख़ी मेजर-जनरल थे और ख़ुद ख़ैरू लेफ़्टिनेंट⋯और बशीर मियाँ बता रहे थे कि सरकार-बरतानिया का हाल पतला है⋯

लड़ाई की ख़बर सुनकर गुलदार ख़ाँ तोख़ी ने अपनी सफ़ेद पैबंदी मूँछों पर ताव दिया। उनकी छाती तन गयी। लेकिन अशरफ़ुल्ला ख़ाँ 'अशरफ़' को इस ख़बर ने परेशान कर दिया। ख़ैरू ननिहाल ही में था। वह भी इस ख़बर को सुनकर ख़ुश हुआ और बोला, "नाना मियाँ! अब एक विक्टोरिया क्रॉस मैं लूँगा!"

अशरफ़ुल्ला ख़ाँ ने तो कोई जवाब नहीं दिया, वह बाहर चले गये। हाँ, नानी ने ख़ैरू को बहुत समझाया। थोड़ी देर तक तो ख़ैरू बहस करता रहा, फिर उकताकर वह भी बाहर चला गया। पठानी झट से मस्जिद में गयीं और रतजगा मान आयीं। इससे तसकीन न हुई तो आँख बचाकर लकड़ी के उस ताज़िये के पास गयीं जो अभी सजाया नहीं गया था। और इधर-उधर देखकर चुपके से बोलीं, "हे इमाम साहब! ख़ैरू के नाना से मत कहियेगा⋯कि हम आपसे कुछ कहे आये रहे। बाक़ी ख़ैरू को लाम पर जाय से रोक दिजिये⋯परसाल हम आप पर नवा कपड़ा चढ़ा देंगे!"

ताज़िये पर चुपके-से मन्नत मानकर वह घर में भाग गयीं। मगर अभी उन्हें पूरा इत्मीनान नहीं हुआ था। उन्होंने अपनी पुरानी नौकरानी नसीबा को सवा रुपया देकर बाबा के मठ पर भेजा कि वह वहाँ उनकी तरफ़ से मिठाई चढ़ा आये।

मगर अशरफ़ुल्ला ख़ाँ ये मन्नतें नहीं मान सकते थे, क्योंकि वह वहाबी मुसलमान थे और उनके ख़याल में मन्नत मानना गुनाह था। लेकिन इशा की नमाज़ में दुआ उन्होंने भी माँगी: "बारे ख़ुदाया! अगर ख़ैरू लड़ाई से ज़िंदा सलामत लौट आया, तो अब की बकरीद पर तीन गायें काटूँगा और दो ग़रीब मुसलमानों को हज करवाऊँगा⋯और ताज़ियेदारी का गुनाह बंद कर दूँगा!"

वह लेटे हुए यही सोच रहे थे कि मन्नत कहीं हलकी तो नहीं रह गयी और पाँव दबानेवाली दोनों लौंडियाँ उनके ख़यालों से बे-ख़बर उकतायी-उकतायी-सी उनके पाँव दबाये चली जा रही थीं। क्योंकि उनमें से एक को पिछवाड़ेवाली वीरान मस्जिद में ख़ैरू से मिलना था और दूसरी उसकी राज़दार थी और पिछली रात उसी मस्जिद में ख़ैरू से मिल चुकी थी।

नमक

सुलैमान एक छतनार दरख़्त की तरह थे, जिसके साये में बच्छन को बढ़ने का मौक़ा नहीं मिलता था। लेकिन सुलैमान मियाँ जो साल-भर के लिए जेल गये तो बच्छन तड़-से जवान हो गयी। उसे बाप के रंग के साथ-साथ माँ का नमक भी मिल गया था। वह काजल नहीं लगाती थी, लेकिन ऐसा मालूम होता था जैसे सुबह उठते ही झंगटिया-बो ने उसकी आँखों में बड़े प्यार से काजल डाला है। उसने क़द भी ख़ूब निकाला था। उसकी कमर इतनी पतली थी कि ख़ामख़ाह हाथ में लेने को जी चाहने लगे और कमर के नीचे चौड़े कूल्हों के ख़म यूँ लगते थे जैसे न्याज़ के कोरे कूँडे हों। उसका सीना तो दुपट्टे के क़ाबू ही में नहीं आता था। दसहरी के क़ाशों की तरह भरे-भरे तरोताज़ा होंठों से होकर जो आवाज़ निकलती थी, वह इतनी रसीली होती थी कि रस अब टपका और तब टपका और उसका जूड़ा इतना बड़ा होता था कि नईमा-बी का सिर छोटा मालूम होने लगता था।

नईमा-बी उससे बहुत जलती थीं और झंगटिया-बो तो उसके हुस्न से डरने लगी थीं। गाँव-भर में बच्छन के टक्कर की एक भी लड़की न थी। वह इतनी ख़ूबसूरत निकली थी कि मौलवी सय्यद बेदार हुसैन ज़ैदी सदरुल्फ़ाज़िल के बदन में भी गुदगुदी होने लगती थी और वह यह सोचने लगे कि हड्डी की फ़िक्र में अपनी ज़िंदगी ख़राब करने से कोई फ़ायदा नहीं। एक रोज़ उन्होंने हकीम साहब से कहा, ''बुढ़ौती आ गयी, भाई कबीर, इतना बड़ा घर काटने को दौड़ता है।'' हकीम साहब ने वही जवाब दिया जो उन्हें देना चाहिए था। बोले, ''मैं तो कहता हूँ, मुताह कर लो।''

''यही मैं भी सोचता हूँ, सुलैमान की लड़की बछनिया कैसी रहेगी ?''

हकीम साहब को यह रिश्ता पसंद नहीं आया। क्योंकि वह यह नहीं चाहते थे कि उत्तर-पट्टी की एक जायदाद का कोई हिस्सा दक्खिन-पट्टीवालों के हाथ आये। लेकिन जब उम्र ज़ाया करने के बाद मौलवी बेदार हुसैन सदरुल्फ़ाज़िल को शादी का ख़याल आया था, तो वह बेदर्दी से पट्टीदारी के मामलात नहीं छेड़ सकते थे।

बात यह थी कि मौलवी बेदार कोई बीस साल से अपने घर में तनहा रहते थे। चालीस साल पहले उनकी भावज का इंतक़ाल हुआ था। एक भतीजी थी आसिया। उसकी भी शादी हो गयी थी नुनहारा के अली अकबर मियाँ से। उसकी शादी के कुछ ही दिनों बाद मौलाना के बड़े भाई का भी इंतक़ाल हो गया और मौलाना घर में बिलकुल अकेले रह गये। यह कोई बीस साल पहले की बात है।

मौलाना ने शादी इसलिए नहीं की कि उनके वालिद क़िबलाओ-काबा होने की हद तक मौलाना थे। बड़े नस्साब भी थे। उन्होंने जो हिंदुस्तान के सय्यद-ख़ानदानों के नसबनामों को खँगाला तो मालूम हुआ कि अब कोई बेदाग़ सय्यद-घराना है ही नहीं कि जिससे वह दूसरी बहू लावें। चुनाँचे मौलवी बेदार हुसैन सदरुलफ़ाज़िल एक लक़ोदक मकान में ज़िंदगी को भुगतने के लिए तनहा रह गये। दिन तो ज्यों-त्यों गुज़र जाते, लेकिन रातें परेशान करतीं। बाहरी मकान में तो उनके चरवाहे और दो नौकर सोते। लेकिन वह ख़ुद रिवाज़ के मुताबिक ज़नानख़ाने में सोया करते थे—एक ऐसे ज़नानख़ाने में, जो बराएनाम ज़नानख़ाना था। चुनाँचे मेहराबों के ख़म गयी-रात तक उनका मुँह चिढ़ाया करते थे।

मौलाना के मकान का ज़नाना हिस्सा खासा लंबा-चौड़ा था। क्योंकि जब मौलाना के मूरिसेआला ने यह मकान बनवाया था, तो उन्हें इसका ख़याल भी नहीं आया था कि एक ज़माने में सय्यदों का ऐसा अकाल पड़ेगा कि बेदार को कोई लड़की नहीं मिलेगी। और मौलवी बेदार इसी वीरान ज़नानख़ाने में क़ैदे-तनहाई के दिन गुज़ार रहे थे। गया अहीर की लाठी खाने के बाद तनहाई का यह दर्द इस क़दर बढ़ गया था कि दुलरिया भंगिन उनकी निगाहों की हरारत से पिघल-पिघल जाती थी। लेकिन मौलाना से देखते ही रहने के सिवाय जब और कुछ न हो सका तो दुलरिया भी उनसे नफ़रत करने लगी। दुलरिया का मियाँ महाबीर उससे बारह साल छोटा था। दुलरिया बाईस-तेईस साल की कसी-कसाई लड़की थी। कोई चार साल पहले जब वह ब्याहकर आयी थी तभी से उसने गंगौली में छोटी-मोटी हज़ारों नहीं सैकड़ों, और सैकड़ों नहीं तो पचासों रक़ाबतों की बुनियाद ज़रूर डाली थी। वह जिधर से टोकरा लेकर गुज़र जाती, उधर रास्तों की शाख़ों में आँखों की हज़ार कलियाँ खिल जातीं, दरवाज़ें बाँहें बन जाते और बँसखटों में नब्ज़ें धड़कने लगतीं। हद तो यह कि इससे काम करवाने के लिए कई राक़ियों और जुलाहों ने अपने-अपने मकानों में पाख़ाने बनवा डाले। वरना सैदानियों के अलावा तमाम औरतें ग़ोल बनाकर लोटे लेकर खेतों में जाती थीं और वहाँ पास-पास बैठकर सासों की शिकायतें करती थीं या सरगोशियों में अपने ख़्वाबों और महरूमियों की बातें करती थीं। कभी-कभी कोई लड़की अँधेरे में ज़रा दूर सरक जाती थी तो कोई नयी बेज़बान

कहानी बन जाती थी। सिर्फ़ सैदानियों के पैरों में इन कहानियों की ज़ंजीरें नहीं थीं, क्योंकि वह खेत नहीं जाती थीं बल्कि उनके लिए घरों में गंदे सड़े हुए संडास थे। लेकिन ऐसा नहीं था कि सैदानियों के हिस्से में कहानियाँ ही न आयी हों... फ़लाँ मियाँ की बीवी अपने भतीजे से फँसी है... फ़लाँ को उसके देवर ने रख छोड़ा है... लेकिन इसमें शक नहीं कि इन कहानियों में भी हड्डी का ख़याल रखा जाता था। यानी यह कभी नहीं हो सकता कि फ़लाँ की बीवी फ़लाँ राक़ी या जुलाहे से फँसी हुई है।

मौलवी बेदार हुसैन सदरुल्फ़ाज़िल के हिस्से में कोई कहानी इसलिए नहीं आयी कि उनके ज़नानख़ाने में कोई औरत ही नहीं थी। आसिया की माँ का इंतक़ाल चूँकि बचपन ही में हो गया था, इसलिए उसकी परवरिश उसके ननिहाल ही में हुई थी। जिस घर में कोई औरत ही न हो, उस घर में कोई औरत किस बहाने से आये। चुनाँचे जब दुलरिया आयी भी तो मौलवी बेदार बेचारे की समझ में न आया कि वह उसे देखते रहने के सिवाय और क्या करें।

इसीलिए दुलरिया इनसे नफ़रत करने लगी और किसी-न-किसी तरह उसने मौलाना के घर अपनी बेवा ननद को लगा दिया जो कोई पचास साल की निहायत ही बदसूरत औरत थी।

मौलाना साहब बेचारे बिलकुल ही मायूस हो गये थे कि एक रोज़ उन्होंने फुन्नन मियाँ के घर से झाँकती हुई बच्छन को देख लिया, जो सामने ही कबड्डी खेलनेवाले लड़कों को देख रही थी। ज़ाहिर है कि मौलाना उसे मुड़-मुड़कर नहीं देख सकते थे, इसलिए वह बढ़ते चले गये। लेकिन फिर लगातार कई दिनों तक बछनिया का ख़याल लाल चींटियों की तरह उनके बदन से लिपटा रहा।

हकीम साहब को यह तफ़सीलात नहीं मालूम थीं। लेकिन उन्होंने अपने बाल धूप में नहीं सफ़ेद किये थे। उन्होंने जब यह देखा कि पचास बरस के मौलाना एक ग़ैर-सय्यद और हरामी लड़की के बारे में बातें कर रहे हैं, तो उन्होंने जान लिया कि दाल में कुछ काला ज़रूर है। इसलिए उन्होंने मौलवी बेदार के सवाल का फ़ौरन कोई जवाब नहीं दिया।

"भई, ऊ तो हरामी है!" आख़िर उन्होंने ऐतराज़ का एक पहलू निकाल लिया।

"त ए में ओका कौन क़ुसूर है?" मौलवी बेदार ने कहा।

"ओका क़ुसूर त ना है, बाक़ी लोग का कहिहें!"

"ई त कहीं ना लिक्खा है कि हरामी लड़की से निकाह नाजायज़ है... आख़िर हमहूँ सुलतान, बगदारिस में भाड़ ना न झोंका है। हुँआँ क़ुराने-हदीस न पढ़ते रहे!"

"त का कहीं ई ना लिक्खा है कि हरामियन से बियाह ना करे को..."

हकीम साहब को यह मालूम था कि यह कहीं नहीं लिखा है कि हरामियों से

शादी नहीं हो सकती; फिर भी उन्होंने सवाल किया, क्योंकि लिखा हो या न लिखा हो, लेकिन यह बात कुछ अच्छी नहीं मालूम होती कि कोई सय्यदज़ादा किसी हरामी लड़की से शादी करे और हरामी भी कैसी कि जिसकी माँ चमाइन हो और वह भी दक्खिन-पट्टी की चमाइन हो ! चूँकि हकीम साहब ये बातें नहीं कह सकते थे, इसलिए मौलवी बेदार हुसैन सदरुल्फ़ाज़िल ने उन्हें क़ायल कर लिया। तय पाया कि सुलैमान की ननिहालवालों के ज़रिये बातचीत शुरू की जाय। चुनाँचे रज्जब अली मियाँ की मजलिस में शिरकत करने के लिए जो हकीम साहब पारे गये, तो उन्होंने मौक़ा निकालकर सुलैमान के मामू अली मुरतुज़ा ख़ाँ से यह ज़िकर निकाला कि बेदार मियाँ की उम्र ज़्यादा है तो क्या हुआ। इतनी बड़ी जायदाद है और फिर यह कि बच्छन के लिए कोई शरीफ़ लड़का तो मिल नहीं सकता। चुनाँचे जब एक जुमे को अली मुरतुज़ा ख़ाँ सुलैमान से मिलने ज़िला-जेल गये तो उन्होंने इस रिश्ते का ज़िक्र किया। सुलैमान ने कहा कि वह भैया यानी वज़ीर मियाँ और मँझले भैया यानी बशीर मियाँ की राय के बिना कुछ नहीं कर सकता, तो अली मुरतुज़ा ख़ाँ ने वज़ीर मियाँ से ज़िक्र किया। वज़ीर मियाँ ने कहा कि चौदह हज़ार सिक्कए-रायजुल-वक़्त पर निकाह हो तो उन्हें कोई ऐतराज़ नहीं। अली मुरतुज़ा ख़ाँ ने यह जवाब गंगौली जाकर मौलवी बेदार को सुना दिया और हकीम साहब की मुख़ालिफ़त के बावजूद मौलवी बेदार ने यह बात मान ली। तय यह हुआ कि चंद महीनों बाद जब सुलैमान जेल से छूटकर आ जायँगे तो निकाह हो जाएगा। यह ख़बर छिपी रहनेवाली तो थी नहीं, पर लगाकर उड़ी और आसिया की सुसराल की खपरैल पर बैठकर बाँग देने लगी। आसिया ने यह सुनते ही डोली मँगवायी।

आसिया की डोली दक्खिन-पट्टी के बड़े फाटक में उतरी। वहाँ नईमा-बी और उनकी बहन कुबरा के सिवाय और कोई न था। ज़ाहिर है कि आसिया-जैसी खरी सैदानी इन पैबंदियों की मेहमान नहीं हो सकती थी। चुनाँचे वह अग्गू मियाँ के ख़ाली घर से होती हुई फुस्सू मियाँ के घर चली गयी।

सुबह का वक़्त था। रब्बन-बी धूप में बैठी तामचीनी के एक बड़े प्याले में चाय पी रही थीं। और फुस्सू की बीवी सकीना-बी बावर्चीख़ाने में चुपचाप बैठी अपने मायके को याद कर रही थीं और उनकी बड़ी बेटी सलमा चपातियाँ बेल रही थी।

"फुफ्फू, आदाब !" आसिया ने रब्बन-बी को सलाम किया।

"जीती रहो !" रब्बन ने प्याले को पलँग पर रखकर कहा, "ऐ धीया, तूँ त नय्यहरवालन को एकदम्मे भूल गयू।"

"का बताएँ, फुफ्फू, कभी हई बीमार है तो कभी हऊ बीमार है। अ फिर हियाँ के-के पास आवें !" आसिया बोली, "एक ठो चच्चा हैं, त सुन रहे कि ऊ बछनिया से बियाह कर रहें।"

''नउज !'' रब्बन ने नाक पर उँगली रक्खी, ''ई बेदार सठिया गये हैं का !''

''लेओ, त ऊ बेचारे अकेले घरवा में का करें ?'' सकीना ने बावर्चीख़ाने से टुकड़ा लगाया, ''अब बेचारे बुढ़ाए हैं। बदन और दिल दुक्खत होइहे !''

''हम मज़ाख़ न कर रहे हैं, भाउज।'' आसिया ने कहा, ''सच्चेइ बियाह हो गवा तो बिरादरीवाले का कहिहें ?''

''त बिरादरीवाले आके उनका बदन दबावें... उनके खाये-पिये का ख़याल करें ! अउरो तूहें उनकी बड़ी फ़िकिर है ता तुँ ले जाके रक्ख ल्यो उन्हें।'' सकीना ने दूध-का-दूध और पानी-का-पानी कर दिया, ''ई कहौ की सोचय्यु कि अब ऊ बियाह कीहिन और लड़का-बाला हो गवा तो ज़िमींदरिया चली जइहै।''

आसिया तिलमिलायी।

''जेकी ज़िमींदारी होइहे ऊहे न फ़िकिर करिहे।''

''ए बहिनी, हमहूँ कौनो भिखमंगन के घर से ना आये हैं...''

सकीना ने सोचा कि फ़ासला ज़्यादा है, इसलिए वह बावर्चीख़ाने से उठकर आँगन में आ गयी। लेकिन् रब्बन-बी ने मदाख़लत की। बहुत दिनों के बाद गंगौली की ठहरी हुई ज़िंदगी में कोई तूफ़ान आया था। फ़ौजदारियाँ-वौजदारियाँ तो होती ही रहती हैं। मर्द हैं तो ताक-झाँक भी करेंगे, रखनियाँ भी रक्खेंगे। आख़िर गोरे मियाँ ने याक़ूत को रक्खा और ज़हीर मियाँ ने पुखराज को। फुन्नन करामत अली की बीवी को निकाल लाये, लेकिन अब तक किसी सय्यद ने किसी रखनी की लड़की को पयाम नहीं दिया था। ऐसे मौज़ू तो कई ज़िंदगियों के बाद मिलते हैं। चुनाँचे रब्बन-बी ने अपनी बहू को घुड़क दिया, ''ए दुलहिन, ई त कौनो लड़े की बात ना है।''

सकीना दिल-ही-दिल में रब्बन को कोसती हुई बावर्चीख़ाने में चली गयी, वह रब्बन-बी से सख़्त नफ़रत करती थी। बुढ़िया मरने का नाम ही नहीं ले रही थी। कुंजियाँ सँभाले बैठी हुई थी और सकीना को एक-एक पैसे का मुँह देखना पड़ता था। रब्बन-बी ने जो पहना दिया, पहनना पड़ा; जो खिला दिया, खाना पड़ा। फुस्सू इसलिए दम साधे रहते थे कि जायदाद रब्बन-बी की ही थी, जिसके बल-बूते पर वह रईस बने हुक़्क़ा पीते थे और आसामियों को गाली देते थे। वैसे फुस्सू भी सकीना से बहुत ख़ुश नहीं थे। उन्हें सकीना की बदसूरती से कोई गिला नहीं था। बीवियों के लिए ख़ूबसूरत होना बिलकुल ज़रूरी नहीं है। ख़ूबसूरती तो रंडियों के लिए ज़रूरी है। इन्हें शिकायत यह थी कि सकीना के यहाँ ताबड़तोड़ सात लड़कियाँ हो चुकी थीं और फुस्सू मियाँ एक बेटे के अरमान में मरे जा रहे थे। जब बच्ची पैदा होती तो फुस्सू मन्नतें-वन्नतें मानकर और गंडे-ताबीज़ में जकड़-जकड़ाकर फिर कोशिश में लग जाते। यहाँ तक सकीना को मतली होने लगती और वह कोरे बरतन में खाने लगती। ये दिन फुस्सू बड़ी

बेचैनी में गुज़ारते। यहाँ तक कि फिर लड़की हो जाती और फुस्सू का मुँह लटक जाता और रब्बन-बी हाथ उठा-उठाकर सकीना को कोसने लगतीं।

"लड़की-पे-लड़की पैदा त किये जा रही हो—बाक़ी ई घर में रोकड़ ना धरा है।"

सकीना इन कोसनों को पी जाती। तनहा होती तो रोती और अपने को बद्दुआ देती। ख़ुद उसने भी अनगिनत मन्नतें मान रखीं थीं। साधुओं-फ़कीरों पर न मालूम कितने पैसे ख़र्च कर चुकी थी। रब्बन-बी को यह मालूम नहीं था, मगर सकीना ने अपना उतराज बिकवाकर एक आमिल से छल्ला खिचवाया था। इसके नतीजे में तीसरी लड़की हुई थी। और तब दुआ-ताबीज़ पर से सकीना का ऐतक़ाद उठ गया था। उसने नमाज़ पढ़ना भी छोड़ दिया था कि दो लड़कियाँ और हुईं और उसने सोचा कि लड़की या लड़का होने का अल्लाह मियाँ के कारख़ाने से कोई ताल्लुक़ नहीं है। इस ख़याल ने उसकी अक़ायदी ज़िंदगी में फिर सुकून पैदा कर दिया और वह आठवीं लड़की के लिए ज़ेहनी तौर पर तैयार हो गयी। चुनाँचे वह तो फिर बावर्चीख़ाने में चली गयी और वहाँ बैठकर सलमा को देखने लगी, जो चपातियाँ बना रही थी और सोचने लगी कि सलमा और बछनिया में आठ ही दिन की तो छुटाई-बड़ाई है।"

यह बात रब्बन और फुस्सू को भी मालूम थी। फुस्सू भी रिश्ते की फ़िकर में थे और रब्बन-बी ज़ेहन दौड़ा रही थीं। मगर इन दिनों रिश्ता करने से जी डरता था। ख़ुदा ग़ारत करे मुए जर्मनों को जिन्होंने लड़ाई छेड़ रखी थी! फ़ौज में भरती हो रही थी। ख़ुद गंगौली में हकीम अली कबीर के दरवाज़े पर भरती का दफ़्तर खुल गया था। धड़ाधड़ लोग फ़ौज में भरती हो रहे थे।

"ई बख़त अपनी-अपनी लड़कियन को छाती से लगा के बैठे का है। ए बहिनी, का पता, कब कौन लाम पर चला जाय।"

यह बात उन्होंने अग्गू मियाँ की बीवी से कही थी जब वह सलमा के लिए क़ासिम का पयाम लायी थीं। और यह बात अग्गू मियाँ की बीवी के दिल में तीर की तरह तराज़ू हो गयी थी, क्योंकि क़ासिम इनका पहलौठी का लड़का था और अग्गू मियाँ की मुख़ालिफ़त के बावजूद फ़ौज में भरती हो गया था।

"नाहीं बहिनी, मत बियाहा!" अग्गू मियाँ की बीवी ने कहा था, "सँइत के रख ल अपनी बेटियन को!"

और रब्बन-बी ने अपनी लड़कियों को वाक़ई 'सँइत के' रख लिया। कई बार इस बात पर बहू से तक़रार भी हो गयी, क्योंकि सकीना का ख़याल था कि ब्याह माँ-बाप का काम है। आगे लड़कियाँ जानें और उनकी तक़दीर जाने, और कौन जाने, "ई लड़ाई कभऊ ख़त्मो होइहे कि नाहीं। हर चीज़ में त आग लग गयी है। टाट का दुपट्टा ओढ़े-ओढ़े कंधा दुक्खे लगा। नज़र-न्याज़ को चीनी ना मिले। परसाल एक ठो मन्नत उतारे को रहा, त अलम पर चढ़ावे को

कपड़ा ना मिला। ई त लड़ाई ख़तम होवे के लच्छन ना हैं।"

"ईहे त मोहौं कह रहिउँ!" रब्बन बोली, "का लड़किया को ईहे टाट का कपड़ा देके बिदा करिहें?"

रब्बन-बी की इस दलील ने सकीना को लाजवाब कर दिया था। लेकिन जब वह सलमा की तरफ़ देखती, तो घबरा जाती कि ज़माने के पास कुछ हो या न हो, लेकिन ज़बान गज़-भर की है। अगर किसी ने लड़कियों को कुछ कह दिया तो गज़ब हो जायगा। चुनाँचे वह सास का ग़ुस्सा सलमा पर उतारती थी, गोया लड़ाई जर्मन ने नहीं शुरू की थी बल्कि ख़ास सलमा ने शुरू की थी। इसलिए वह जो बावर्चीख़ाने में पहुँची तो उस वक्त शामत की मारी सलमा सबसे छोटी बहन के लिए आटे की गुड़िया बना रही थी। बस, सकीना उबल पड़ी:

"ई तू रोटी बेल रहिउ!"

"ई रोती रही!"

"तनी चुरगो कम," सकीना बिलकुल आपे से बाहर हो गयी, "लेहड़ाभर लड़कियन के वास्ते चिड़ियी बनाये कोहू त मनभर आटा चाहिए।"

सलमा ने चिड़िये में और आटा मिलाकर चँगेली बनाना शुरू कर दिया। मगर सकीना का जी बावर्चीख़ाने में नहीं लग रहा था, इसलिए वह फिर निकल आयी और खटोले पर बैठकर पान बनाने लगी। उसने यह फ़ैसला कर लिया था कि वह रब्बन और आसिया की बातचीत में बिलकुल हिस्सा नहीं लेगी।

"अउर ऊ भला हमरी बात सुनिहें!" आसिया कह रही थी, "आपे तनी झंगटिया-बो को समझाइये न।"

"सुन रहिउ दुलहिन!" रब्बन ने सकीना को मुख़ातिब किया, "ऊ दिमाग़ मोरे समझाए से मनिहे?"

इत्तिफ़ाक़ से ऐन उसी वक़्त झंगटिया-बो आ गयी। रब्बन, सकीना और आसिया को सलाम करके वह ज़मीन पर बैठ गयी। उसे चार आने पैसे की ज़रूरत थी। वह बराबर रब्बन-बी से छोटे-मोटे क़र्ज़ लिया करती थी। एक बार तो मोहर्रम के कड़े बनवाने के लिए बिलकुल पैसे नहीं थे, तो उसने रब्बन-बी के यहाँ चाँदी की पहुँची रखकर रुपये लिये थे। रब्बन-बी के पास लकड़ी का एक छोटा-सा संदूक़चा था, जिसमें उनका क़लमदान रहता था। उसी में 'तोहफ़तुलअवाम'[1] और 'पंज सूरह' और 'नादेअली'... ग़रज़ कि सभी कुछ होता था। और एक सुर्ख़ कपड़े की थैली भी होती थी जिसमें नक़दी रहा करती थी। रब्बन-बी को लिखना-पढ़ना नहीं आता था। लेकिन उनके मियाँ

1. शीआ घरानों में इस किताब के बिना काम नहीं चलता। इसमें अच्छी-बुरी तारीख़ें और हर तेहवार और धर्म की तमाम ज़रूरी बातें जमा कर दी गई हैं।

मीर अतहर हुसैन ने उन्हें इसतेलाही[1] सिखला दी थी। वह इसतेलाही में ख़तो-किताबत भी करती थीं और याददाश्तें भी लिखती थीं।

''का है रे!'' उन्होंने झंगटिया-बो से पूछा।

''अइसे ही सोचलीं कि तनी बीबी के सलाम कर लेईं।'' झंगटिया-बो ने कहा।

''पान खइबे?'' सकीना ने पूछा।

झंगटिया-बो ने कोई जवाब नहीं दिया। उसने अपना हाथ फैला दिया और सकीना ने फैले हुए हाथ पर तह किया हुआ पान का बीड़ा ऊपर से छोड़ दिया जो उसकी हथेली पर गिरकर खुल गया। झंगटिया ने सलाम करके वह पान खा लिया और सकीना आसिया के लिए गिलौरी बनाने लगी।

''अब तोको अइसा दिन लग गये हैं, रे, कि तैं बछनिया का बियाह चच्चा से कर ले!'' आसिया ने हमला किया। झंगटिया-बो ने रब्बन की तरफ़ देखा। रब्बन-बी की आँख में इस वक़्त ग़ज़ब की चमक थी।

''ए बहिनी, आाप त नाहके न बिगड़ रहलीं हैं, हम त ना न गइल रहलीं रिस्ता लेके?'' उसने सवाल किया।

सवाल माक़ूल था। आसिया सटपटा गयी और फिर वह पंजे झाड़ कर झंगटिया-बो के पीछे पड़ गयी। झंगटिया-बो चुपचाप सुनती रही। लेकिन जब आसिया ने अली अकबर और बच्छन को याद करके सुलैमान को कोसना शुरू किया तो झंगटिया-बो की अज़ली ख़ामोशी की जंजीर टूट गयी।

''ए बीबी बस रहे दे!'' वह बोली, ''कुछ कह देइब त सब जनी कहे लगिहैं। बाक़ी हम तोहार दिया ना न खात बाड़ीं। भगवान वज़ीर मियाँ अऊर बसीर मियाँ के बनाये रक्खें। काहे क दबें हम!''

आसिया सन्नाटे में आ गयी। उसने सोचा भी नहीं था कि झंगटिया-बो बराबर से जवाब देगी।

''ऊ रंडी हमारे घर में बियाह के अइहे!''

''ऊ त रंडी ना है। बाक़ी हमहूँ बिवयने में रहीला। कछु कह देइब त आप चिचियावत नुनहरा तक चल जइहें।''

रब्बन ने सोचा कि बात हद से बढ़ी जा रही है। वह दिल-ही-दिल में तो खुश थीं कि झंगटिया-बो ने अच्छी ख़बर ली। लेकिन बिरादरी में नक्कू बनना नहीं चाहती थीं। आख़िर तो बीबियाँ कहेंगी कि रब्बन-बी देखती रहीं और चमाइन ने अपनी जूती से आसिया की नाक काट ली।

''अच्छा, बस!'' उन्होंने झंगटिया-बो को डाँटा, ''ढेर मत चढ़!''

यह सुनकर झंगटिया-बो अपने-आप को कोसती हुई चली गयी। उसे

---

1. यह एक घरेलू लिपि हुआ करती थी।

दर-असल ज़िंदगी में पहली बार सुलैमान पर ग़ुस्सा आया था। क्या चंपाकली जैसी बच्छन मौलवी बेदार के लिए पाली-पोसी गयी थी। उनमें अब रक्खा क्या होगा! फिर आखिर सुलैमान ने 'हाँ' क्यों कर दी। सोचकर उसके ग़ुस्से की बाग सुलैमान की तरफ़ मुड़ गयी और वह सुलैमान के उठ आने पर पहली बार पछतायी। वरना बछनिया का ब्याह तो चौधरी के लड़के से होता।

बछनिया को तो इस तूफ़ान की ख़बर थी नहीं। वह एक पलँग पर लेटी कोई नौहा गुनगुना रही थी, क्योंकि मोहर्रम सिर पर आ गया था। वह बहुत ख़ुश थी कि सरवरी बा'जी इस धुन को सुनकर फड़क उठेंगी। फिर सरवरी बा'जी का ख़याल मासूम का ख़याल बन गया और वह सोचने लगी कि मासूम वह मोतियोंवाला हार लायेगा या नहीं। पता नहीं, छः साल पहले किया हुआ वायदा उसे याद होगा कि नहीं। बशीर मियाँ और वज़ीर मियाँ के तमाम लड़कों में से उसे मासूम सबसे अच्छा लगता था। लेकिन वही उसके लिए सबसे कम वक़्त निकालता था। इन दोनों घरों के लड़के उसे यूँ भी गाँव के दूसरे लड़कों से ज़रा अलग नज़र आते थे। वे अपने हलक़े में इस क़दर खोये रहते थे कि उन्हें शायद इसकी ख़बर ही नहीं थी कि बच्छन जवान हो गयी है। मूनिस मियाँ सरवरी बा'जी की गुड़ियों की टाँगें चीरने और दुल्हन (बशीर मियाँ की बीवी) से मार खाने में मसरूफ़ रहते थे और मासूम को मूनिस का दुमछल्ला बनकर घूमने के सिवाय कोई और काम ही नहीं रह गया था। पाँच साल की बीमारी से वह उठा तो उसकी एक टाँग ख़राब हो गयी। मगर ख़राब क्या हुई ख़ाक! खपरैल-खपरैल घूमता फिरता है और बड़की बीबी (अकबरी बीबी—बशीर मियाँ की माँ) पीछे-पीछे भागती रहती हैं, उसे कोसती रहती हैं और उसके लिए दुआएँ माँगती रहती हैं, इस मंज़र के बारे में सोचते ही बच्छन मुस्करा दी कि देखें, यह लँगड़ा मासूम कैसा लगता है। अब उसे क्या मालूम था कि ऐन उसी वक़्त झंगटिया-बो आ जायगी।

''तू मुस्कियात बाड़ू!'' झंगटिया-बो ने एक दोहथ्थड़ मारा, ''हई होंठवा काट के फेंक देइब, समझ लू!''

बच्छन की समझ में इस ग़ुस्से की वजह बिलकुल नहीं आयी।

''ई त ना होई कि तनी घरवा के झाड़-पोंछ के चिक्कन कर देई। जाँगरे ना चाही। ई ना सपरी। दुई दिन में बाबा अइहें। मेल्ह ल तूँ। तनी अली अकबर के बाबा के आ लेवे देह। तोहार त हम तौन दुरगत बनाइब कि मुस्कियाइल भुल जइहा!''

बछनिया चुपचाप मार खाती रही। जब वह छोटी थी तो भाग जाती थी। मगर जवानी और ख़ूबसूरती का बोझ बहुत भारी होता है। झंगटिया-बो उसे देर तक पीटती रही। फिर वह थक गयी, तो रोने लगी और अपने-आपको कोसने लगी। अली अकबर को याद करने लगी, जिसको वज़ीर मियाँ अपने

साथ ग़ाज़ीपुर ले गये थे, जो वहाँ उनके बे-माँ के बच्चे के साथ खेलता था और ऊपर का काम-धाम किया करता था।

नईमा-बी को आता देख उसने आँसू डाले। नईमा-बी थीं तो जुलाहिन, लेकिन झंगटिया-बो के सामने वह पक्की सैदानी बन जाती थीं; और हिक़ारत का जो सुलूक दूसरी सैदानियाँ उनके साथ किया करती थीं, उसका इंतक़ाम वह झंगटिया-बो से लिया करती थीं। वह बहरहाल झंगटिया-बो से अफ़ज़ल थीं, क्योंकि अव्वल तो वह जुलाहिन थीं, चमाइन नहीं थीं, और दूसरे यह कि हम्माद के अब्बा ने उन्हें यूँ ही घर में नहीं डाल लिया था, बल्कि मौलवी बेदार के अब्बा मौलवी दिलदार ने बाक़ायदा निकाह पढ़ा था। झंगटिया-बो का लड़का अली अकबर 'ख़ाँ' नहीं हो सकता था। लेकिन उनका बेटा हम्माद बाक़ायदा सैयद हम्माद हुसैन था। इसीलिए उन्हें इसका अफ़सोस नहीं था कि बेटे जेल में हैं। मौला के लिए तो वह अपना सिर कटा सकती थीं। वह भी दूसरी शीया औरतों की तरह यह अरमान किया करती थीं कि न हुई वह कर्बला में, वरना वह भी हम्माद को मौला पर निसार कर देतीं। ये शीया औरतें अपने बच्चों को निसार करने का ख़्वाब ज़रूर देखती हैं, लेकिन बच्चों को निसार करने के बाद इनका काम जैसे ख़त्म हो जाता है (उन्हें यह ख़याल नहीं आता कि फिर उन्हें ज़ैनब उम्मे-कुलसूम के साथ बेपरदा बाज़ारों में भी घूमना पड़ता)। उन्हें तो इसका अफ़सोस था।

''तनी ई दाल बना दे!'' उन्होंने चने की दाल से भरी हुई एक डलिया झंगटिया-बो की तरफ़ बढ़ा दी, ''सोच रहिउँ कि चने का हलुआ बना लेओं थोड़ा-सा, हुआँ हम्माद को कानी का-का खिलाये होइहें सब।''

झंगटिया-बो ने डलिया ले ली। नईमा-बी फिर अपनी ख़िलवत की तरफ़ चली गयीं और झंगटिया-बो सोचने लगी कि सच तो है, जेल में अली अकबर के बाबू को खाने के लिए भला क्या मिलता होगा। उसका बाप नकबज़नी के सिलसिले में जेल काट चुका था। उसे मालूम था कि जेल से खाने को क्या मिलता है—मिट्टी की ऱोटियाँ, कंकरों की दाल। अली अकबर के बाबू तो सूखकर लकड़ी हो गये होंगे। उसके दिल में दर्द की ऐसी लहर उठी कि वह बेचैन हो गयी। उसकी बड़ी-बड़ी गहरी सियाह आँखें फिर भर आयीं, क्योंकि वह अली अकबर के बाबू के लिए कुछ पका नहीं सकती है। अव्वल तो उसे उन चीज़ों के पकाने का तरीक़ा ही नहीं मालूम था जो चीज़ें सय्यदबाड़े में पकती थीं। अगर उसे मालूम होता भी तो क्या फ़र्क पड़ता! सुलैमान उसके हाथ की चीज़ें खाते जो नहीं थे।

''तैं ना पकइबे रे कुछ!'' उसने बच्छन से कहा, क्योंकि बच्छन को वे तमाम चीज़ें पकाने का तरीक़ा मालूम था जो चीज़ें रब्बन-बी और अग्गू मियाँ के घरों और बड़के फाटक में पकती थीं। लेकिन यह कहकर उसे ख़याल आया

कि वह रब्बन-बी के यहाँ चवन्नी माँगने गयी थी।

"तनी रब्बन-बी के घरवा तक चल जा, अउर ए ठो चवन्नी ले आवा।" बच्छन से यह कहकर वह दाल पीसने लगी।

बच्छन रब्बन-बी के घर जाने से कभी नहीं कतराती थी, क्योंकि उनके घर में पले सफ़िरवा, उर्फ़ सफ़ीर मुहम्मद का मुस्कराना उसे बहुत अच्छा लगता था, और शायद सफ़िरवा को यह बात मालूम थी क्योंकि वह बच्छन को देखते ही मुस्कराने लगता था। एक रोज़ तो उसने रब्बन-बी और अग्गू मियाँ के मकानों के बीचवाले ज़नाने गलियारे में बच्छन का हाथ भी पकड़ लिया था। हुआ यूँ कि कोई तारीख़ी मजलिस थी। रब्बन-बी, सकीना और सलमा—गरज़ कि पूरा घर ही बड़के फाटक में था। बच्छन कुछ धान कूट रही थी। इसलिए वह बिछड़ गयी और अकेली पड़ गयी। धान कूट-काटकर जब वह मजलिस के लिए निकली, तो अग्गू मियाँ के घर की तरफ़ से आता हुआ सफ़िरवा मिल गया। उसका बदन बड़ा ही ख़ूबसूरत था। फुन्नन मियाँ का ख़याल था कि झंगोरी की तरह सफ़िरवा भी उनके अखाड़े का नाम ऊँचा करेगा। अपने से ड्योढ़े पट्ठे को तो वह अब भी गेंद की तरह उछाल देता था। तो भला बच्छन की क्या हैसियत थी! जो कुछ हुआ, उसके लिए बच्छन तैयार नहीं थी। उसका अंग-अंग दुखने लगा। यह कोई चार महीने पहले की बात है। तभी से सफ़िरवा की मुस्कराहट बामानी हो गयी थी। वह काम-बेकाम झंगटिया-बो के पास आने लगा था। उसका आना-जाना इस क़दर बढ़ गया था कि एक दिन नईमा-बी ने अपनी बहू से कह दिया, "तूँ देख लिहो दूलहिन, ई झंगटिया-बो एक दिन सफ़िरवा के साथ निकल जइहे।"

झंगटिया-बो तो नहीं निकली, लेकिन जब उस रोज़ बछनिया गलियारे में पहुँची तो अचानक सफ़िरवा मिल गया। उसने उसका हाथ पकड़ लिया। हमेशा की तरह बछनिया का जी सनसना गया। सफ़िरवा उसे अग्गू मियाँ के वीरान ज़नानखाने में घसीट ले गया। वह लाख कहती रही कि एक जरूरी काम से रब्बन-बी के पास जा रही है लेकिन सफ़िरवा नहीं माना, "तूँ को कुछ मालूमो है, तोरा बियाह मौलवी बेदार से हो रहा है।" जवाब में बच्छन ने सफ़िरवा को एक ऐसी बात बतायी कि उसका रोयाँ-रोयाँ नाच उठा। उसकी छोटी-छोटी चमकदार आँखों में एक नयी चमक आ गयी। उसकी छाती कुछ और चौड़ी हो गयी। उसकी आँखें बच्छन के बदन पर जम गयीं। वह शरमा गयी। और सफ़िरवा को ये शरमायी हुई बछनिया उस बछनिया से भी ज्यादा ख़ूबसूरत मालूम हुई जिसे उसने कोई चार महीने पहले बग़लवाले ज़नाने गलियारे में पकड़ा था।

"तोहार माई को मालूम है?" उसने पूछा।

"न!"

''बाक़ी ई बात न छिप्पी। अउर अब हियाँ हम लोगन की गुज़रो न होई। चल, कलकत्ता भाग चलल जाए।''

लेकिन बछनिया भागने के लिए तैयार नहीं हुई। सफ़िरवा की सारी दलीलें धरी-की-धरी रह गयीं। वह बच्छन से रूठकर चला गया। बच्छन अग्गू मियाँ के वसीह वीरान ज़नानख़ाने में अकेली रह गयी।

हम्माद मियाँ की बीवी कुबरा किसी काम से रब्बन-बी के घर गयीं, तो उन्होंने बच्छन को सहदरे में चुपचाप बैठे देखा। बाद में जब हंगामा हुआ तो उन्होंने बताया कि उनका माथा तो उसी रोज़ ठनका था, हालाँकि उस रोज़ उनका माथा-वाथा हरगिज़ नहीं ठनका था।

''तैं इहाँ का कर रही?'' उन्होंने पूछा।

''कुछ ना।''

वह यह भूल गयी कि वह रब्बन-बी के यहाँ एक चवन्नी माँगने जा रही थी। इसलिए वह अपने घर की तरफ़ चली गयी। कुबरा रब्बन-बी की तरफ़ चली गयी। रब्बन-बी पलँग पर बैठी आसिया के साथ नाश्ता कर रही थी। घी-नमक की टिकियों और अंडे के खागीने की खुशबू दरवाज़े तक कुबरा को लेने आयी। आसिया से खैरसल्ला करके कुबरा एक ओर पलँग पर बैठ गयी। रब्बन ने उसे नाश्ता में शरीक होने की दावत दी, लेकिन उसने इन्कार कर दिया। सलमा उसके लिए पान लगाने लगी।

''हमने सुना कि बा'जी आयी हैं, त सोचा कि सलाम कर लें।'' कुबरा ने कहा।

बस, बात चल पड़ी कि ज़माने में तो बिल्कुल आग लग गयी है। कोई चीज़ मिलती ही नहीं। अब यह ख़ुदा का ग़ज़ब नहीं तो और क्या है कि गेहूँ चार सेर का मिल रहा है! कफ़न के लिए परमिट लेना पड़ता है और परमिट के लिए रिश्वत देनी पड़ती है। ये बातें तो रब्बन, सकीना और कुबरा को भी मालूम थीं। लेकिन आसिया ने एक अचंभे की बात बतायी कि ''सुखरमवा चमार का लड़का परुसरमवा खद्दर की टोपी पहिने ऐसी-ऐसी तक़रीर कर रहा था कि मौलवी इब्ने-हसन का करिहें!''

''ख़ुदा ग़ारत करे ई मट्टीमिले काँगरेसिन को जिन्होंने चमारों और भंगियों का रुतबा बढ़ा दिया है!''

''ऊ सब अब अछूत ना हैं... हरिजन हो गये हैं... उन्होंने मुर्दा खाना भी छोड़ दिया है और कोई महीना-भर पहले चमारों का एक ग़ोल परुसरमवा की लीडरी में पंडिताने के कुएँ पर चढ़ गया और पानी भर लाया।''

यह बात सुनकर रब्बन-बी की इकलौती आँख हैरत से चढ़ गयी। उनके ख़याल में यह सब 'जर्मन' का क़ुसूर था, वरना चमारों का यह हौसला नहीं हो सकता था। रब्बन-बी के ख़याल में तो जंगलबाड़ी के सारे थान लाम पर भेजे

जा रहे थे। उनका मसला तो सिर्फ़ इतना था कि उन्हें ओढ़ने के लिए बारीक दुपट्टे नहीं मिल रहे थे और चाय के लिए शकर मिलने में दिक़्क़त हो रही थी। पिछली शबेबरात में खाँड का हलुवा नज़र करना पड़ा था। सालभर ककूलत रही कि ख़ुदा जाने मुर्दों ने खाँड का हलवा देखकर क़बूल भी किया कि नहीं। मगर जब साल ख़ैरियत के साथ गुज़र गया, तब उनकी जान-में-जान आयी। मगर ये परुसरमवा वाली बात तो खाँड के हलवे से भी ज़्यादा मीठी थी।

"सुन रहीं कि कुछ गड़बड़ होए वाला है।" आसिया ने गिलौरी को कल्ले में दबाकर कहा।

"ए बहिनी, अब अउर का गड़बड़ होइहे! बाक़ी बेदार चच्चा शक्कर कहाँ से भेजिहें?" बात फिर घूम-फिरकर मौलवी बेदार की शादी तक आ गयी।

"भाड़ में जायें चच्चा, भाड़ में जाय उनका बियाह!" आसिया बोली, "मैं अब बछनिया कलमुँही को चच्ची पुकारे गंगौली में ना अइहों!"

थोड़ी देर बाद आसिया चली गयी।

मौलवी बेदार को मालूम हो गया था कि आसिया आई हुई है। वह बहुत परेशान थे। हकीम अली कबीर से अपनी शादी के मसले पर बात करना और बात थी और आसिया का सामना करना और बात थी। अभी कोई फ़ैसला करने की कोशिश कर ही रहे थे कि आसिया की डोली आ गयी।

"आदाब!"

"जीती रहो! कब आयीं?"

"चली आ रहिउँ। सोचा कि आप अकेले बियाह का इंतज़ाम कइसे करियेगा।" वह बोली, "मैं कहिउँ चच्चा, कि आप बिलकुल सठिया गये हैं! अब झंगटिया-बो एह क़ाबिल हो गयी कि आप ओके दरवाजे पर बरात ले जाएँ!"

"इस्लाम छोटे-बड़े को नहीं मानता।"

"आप कह रहे हैं त ना मानता होइहे।" आसिया ने कहा, "बाक़ी छोटे-बड़े का फ़रक़ करनेवाले आपके बाप-दादा पागल ना रहे। नाना मियाँ भी त मुजाहिद रहे की ना? खाली इस्लामे से काम ना चलत ··· दुनिया कौनो चीज़ है कि ना?"

मौलवी बेदार को मालूम था कि दुनिया बड़ी चीज़ है। वह सिर्फ़ ज़मींदार रहे होते, तो किसी को भी घर में डाल लेते। लेकिन वह मौलवी भी थे। उन्हें मालूम था कि वज़ीर ने निकाह की जो शर्त लगायी है और चौदह हज़ार दैन-मेहर तय किया है, वह सिर्फ़ उत्तर-पट्टीवालों को ज़लील करने के लिए किया है कि सैदानियों का ब्याह इससे कम दैन-मेहर पर नहीं होता। लेकिन वह दिल के हाथों मजबूर थे। वह यह ज़िल्लत गवारा करके भी बछनिया को

हासिल करना चाहते थे।

"मैं शादी करे को ना मना कर रहिउँ, आप ई सोचे लगी कि मोको ई ज़मींदारी का लालच है। शौक़ से करिये शादी। एक छोड़ चार करिये। मैं कउन रोकेवाली ! बाक़ी मैं झंगटिया-बो की लड़की के चच्ची ना पुकरिहों !"

"मगर बेटा..."

"मोको समझाए की जरूरत ना है।"

आसिया ने मुँह ढाँपकर रोना शुरू कर दिया। उसके बैन की आवाज़ हकीम अली कबीर के ज़नानख़ाने तक गयी। उनकी बीवी ने चट-से डोली मँगवायी। धीरे-धीरे उत्तर-पट्टी की तमाम औरतें मौलवी बेदार के घर में जमा हो गयीं। उन सबकी हमदर्दियाँ आसिया के साथ थीं। वे सब मौलवी बेदार को बुरा-भला कह रही थीं। कई बेवा सैदानियाँ दिल मसोसकर रह गयीं कि क्या वे बछनिया से भी गयी-गुजरी हैं ! हुसैन अली मियाँ की बहन उम्मुल हबीबा तो कोई बीस साल से सफेद कपड़े पहन रही थी। शादी के तीसरे दिन वह बेवा हो गयी थी। उसकी और आसिया की शादी में तीन-दिन का हेर-फेर था। अब आसिया माशाअल्लाह से छः बच्चों की माँ थी। और उम्मुल हबीबा शादी-ब्याह के मौक़ों पर अछूत हो जाती थी। कँदूरी के फ़र्श पर उसकी परछाईं नहीं पड़ सकती थी। दुल्हन के कपड़ों को वह छू नहीं सकती थी। यहाँ तक कि दूसरों की शादी के गीत सुनते-सुनते उसके बाल क़ब्ल-अज़-वक़्त सफ़ेद हो गये थे। हुसैन अली मियाँ उसका बहुत ख़याल रखते थे। लेकिन भाई फिर भाई है। वह घरेलू ज़िंदगी तो नहीं दे सकता। भाभी ने भी उसे परेशान नहीं किया। लेकिन जब उनकी किसी लड़की का कनछेदन होता या किसी लड़के का मकतब होता, तो उम्मे-हबीबा बिलबिला उठती। ज़ाहिर है कि ऐसे मौक़ों पर वह रो नहीं सकती थी। लेकिन जब हुसैन अली की पहली लड़की असग़री की कँदूरी का फ़र्श बिछा और सकीना ने उसे वहाँ से हटा दिया, तो वह रो पड़ी और पहली बार भाभी की आवाज तेज हुई—

"ई त कउनो रोए का बक़्त ना है, उम्मुल !"

उम्मुल ने इस बात का बुरा नहीं माना। दरअसल उसे अब तक किसी ने यह बताया नहीं था कि बेवा को क्या-क्या नहीं करना चाहिए। फिर धीरे-धीरे वह बेवगी की आदी हो गयी और धीरे-धीरे उसे यह भी मालूम हो गया कि बेवा के फ़रायज़ क्या हैं।

बस, एक बात के सिलसिले में उसका ज़ेहन साफ़ नहीं था। जब आँ-हज़रत ने पहली शादी एक राँड-बेवा से की तो क्या यह अशरफ़ आँ-हज़रत से बड़े हैं कि बेवा से शादी नहीं करते। लेकिन वह यह सवाल करती किससे ? और अब बूढ़े मौलवी बेदार को भी शादी की सूझी, तो उन्हें भी बछनिया पसंद आयी।

आनेवाली औरतों में से एक-दो ही का मौलवी बेदार से पर्दा था। इसीलिए वह भाग नहीं सकते थे। पर्दा करने वालियाँ चेहरों पर आँचल की ओट किये बैठी पटर-पटर बोल रही थीं। उनके ख़याल में मौलवी बेदार का पढ़ना-लिखना सब बेकार हुआ, अगर उन्हें यह भी नहीं मालूम कि एक चमाइन की हरामी बेटी से निकाह किसी तरह ठीक हो ही नहीं सकता।

ग़रज़ कि उत्तर-पट्टी की बीवियों ने मौलवी बेदार के ख़िलाफ़ एक मोर्चा बना लिया। उनमें सबसे आगे हुसैन अली मियाँ की बहन उम्मुल थी, जो आसिया की हमउम्र थी। लेकिन आसिया छः बच्चों की माँ बनने के बावज़ूद बिलकुल ढीली नहीं हुई थी। और उम्मुल बिलकुल ढीली हो गयी थी, क्योंकि वह माँ नहीं बन सकती थी। उसकी छातियाँ लम्स का इंतज़ार करते-करते सूख गयी थीं। आँखों का रस तनहाई की तेज़ धूप में भाप बनकर उड़ गया था। उसकी सुराहीदार गरदन में जैसे एक सूराख हो गया था कि आवाज़ की सारी मिठास क़तरा-क़तरा करके बह गयी थी। इसीलिए वह मौलवी बेदार की शादी के ख़िलाफ़ थी और दिन-रात बच्छन को कोसा करती थी।

''आखिर ख़ानदान की इज़्ज़त भी कोई चीज़ होती है कि नहीं!'' मौलवी बेदार बहरे तो थे नहीं कि इन बातों को न सुनते। लेकिन वह आदमी ज़िद्दी थे, अपनी बात पर डटे रहे।

कुछ-कुछ कमज़ोर तो वह हो चले थे। समधियाने के लोगों ने दबाव डाला कि बस मौलवी बेचारे उबल पड़े। उन्होंने आसिया से कह दिया, ''बेटा, यह घर तुम्हारा है, जब चाहो आओ और जब तक चाहो, रहो। लेकिन तुम्हें अपने बुज़ुर्गों के मामलात में दख़ल नहीं देना चाहिए। मैंने तो कभी तुम्हारे ससुर को इस बात पर नहीं टोका कि उन्होंने ग़ाज़ीपुर में एक रंडी क्यों रख छोड़ी है। और न ही मैंने उनसे यह पूछा कि अमतुल से उनके क्या ताल्लुक़ात हैं। मैं तो फिर निकाह करने जा रहा हूँ।''

यह सुनकर आसिया बहुत रोयी और फिर डोली मँगवाकर नुनहरा चली गयी। आसिया के चले जाने के बाद मौलवी बेदार का ज़नानख़ाना फिर वीरान हो गया। और सय्यदबाड़े में लोगों ने इस बात को मान लिया कि बात अनहोनी जरूर है, मगर अब हो रही है, तो क्या किया जाय। ज़ाहिर है, बछनिया को बिरादरी के फ़र्श पर जगह नहीं मिलेगी। मौलवी साहब उससे मुता करें या निकाह, गंगौली की बीवियाँ बहरहाल उसे रखनी ही मानेंगी और मौलवी बेदार उसके लिए तैयार थे।

मगर सफ़िरवा तैयार नहीं था। उसे जिस दिन से यह मालूम हुआ था कि बछनिया उसके बच्चे की माँ बननेवाली है, वह उसी दिन से बदल गया था। उसका खिलंदड़ापन ख़त्म हो गया था। वह अकसर न जाने क्या-क्या सोचता था। कभी रब्बन-बी या सकीना उसे टोकतीं तो चौंक पड़ता। फ़ुस्सू मियाँ की

छोटी लड़कियाँ, जो उससे हिली हुई थीं, शिकायत करती थीं। लेकिन वह क्या करता? उसका सारा ध्यान तो बच्छन के पेट में पैकर अख़्तियार करनेवाले में था। उसकी शक्ल कैसी होगी, नाम क्या होगा। यह सोचते-सोचते उसे मौलवी बेदार का ख़याल आ जाता। और वह सोचता कि क्या उसका बच्चा मौलवी बेदार के घर में पैदा होगा? कई लोगों से वह सुन चुका था कि चटकल में तो यूँ काम मिलता है, लेकिन बछनिया भागने पर तैयार जो नहीं हुई।

लेकिन सुलैमान के आने से कोई दो दिन पहले झंगटिया-बो की निगाह बच्छन में होनेवाली तब्दीली पर पड़ ही गयी। वह सन्नाटे में आ गयी। उसका खून खौलने लगा। बछनिया का झोंटा पकड़कर उसने दो-तीन तमाचे मारे और बोली, "मरकीनौनी! आपन बाबू के का ईहे पेट देबे! बोल ई केकर होइ?"

बच्छन बहुत हैरान हुई कि उसका पेट किसी और का कैसे हो सकता है।

"हमारा है, अऊर के का है!"

"तोहार हा!" झंगटिया-बो ने उसे दो-तीन तमाचे फिर मारे।

"हम तोहार बाबू के का मुँह देखाइब रे! का कहब उनसे माटीमिली?"

बछनिया ने चुपचाप मार खा ली। लेकिन उसने सफ़िरवा का नाम नहीं बताया। हाँ, जब रात हो गयी तो वह बनकर लेट रही। झंगटिया-बो भी उसे कोसते-कोसते थककर सो रही। तब वह उठी, चुपके-चुपके ज़नाने इमाम बाड़े के पास से होती हुई अग्गू मियाँ के घर में दाख़िल हो गयी। उसे एक बार भी यह ख़याल नहीं आया कि इमाम बाड़े पर जिन्नातों का क़ब्ज़ा है। सफ़िरवा अग्गू मियाँ के ज़नानख़ाने ही में सोता था। उसने चुपके-से उसका शाना हिलाया, सफ़िरवा उछलकर पलँग से दूर गया और लाठी लेकर पलटा। फिर बच्छन को देखकर हँस पड़ा।

"तैं त हम्में डरा दिए रही।" उसने लाठी ज़मीन पर रख दी, "आ, बइठ!" उसने उसका हाथ पकड़कर अपने पलँग पर बिठा लिया। बछनिया रोने लगी। सफ़िरवा को रोती हुई बच्चियों को बहलाने का फन तो आता था, लेकिन रोती हुई जवान लड़की को बहलाने का तरीक़ा उसे नहीं मालूम था। वह न मालूम क्या-क्या कहता रहा। आख़िर बच्छन ने अटक-अटककर सबकुछ बता दिया।

"त ए में परेशान होए की कउन बात है? चल कलकत्ता!"

बच्छन तैयार हो गयी। सफ़िरवा का ख़याल था कि अगर वह अभी यूसुफ़पुर के लिए रवाना हो जाएँ तो तड़केवाली लोकल मिल जायगी।

सुबह को जब रब्बन-बी ने अपना संदूकचा खोला, तो उसमें 'तोहफ़तुल-अवाम' मौजूद था। 'पंजसूरा' भी था। हर चीज़ थी। बस, एक चीज़ नहीं थी। लाल कपड़ेवाली वह थैली नहीं थी जिसमें नक़दी रखती थीं।

देखते-देखते यह बात मशहूर हो गयी कि बछनिया सफ़िरवा के साथ भाग

गयी। मौलवी बेदार का रोंया-रोंया यकलख़्त ज़बान बन गया और उनकी उम्र टाँय-टाँय बोलने लगी। वह इस क़दर शरमाये कि जैसे उनकी ब्याहता भाग गयी हो, लेकिन उम्मुल एक बार फिर दिल मसोसकर रह गयी। क्योंकि वह यह भी बर्दाश्त नहीं कर सकती थी। आख़िर उसकी दादी का पाला हुआ अमज़दवा उसकी तरफ़ देखकर मुस्कराया ही करता था। लेकिन वह तो एक बेग़ार की तरह ख़ानदान की इज़्ज़त ढोने में लगी हुई थी और थकन के अहसास को कम करने के लिए वह आ भी सकती थी।

सबसे ज़्यादा परेशान रब्बन-बी थीं। उन्हें इसका अफ़सोस तो था ही कि उनका पाला हुआ उनसे बिछुड़ गया था, लेकिन ज़्यादा अफ़सोस उन्हें उस लाल थैली का था। वैसे तो उस थैली में कोई पचास-साठ रुपये रहते थे, लेकिन उन्होंने सोचा कि पचास-साठ कहने से क्या फ़ायदा, इसलिए उन्होंने सवा-सौ से शुरू किया और शाम तक वह रक़म बढ़ते-बढ़ते कोई तीन सौ हो गयी।

पहले तो उन्हें यक़ीन न आया कि सफ़िरवा भी ऐसा कर सकता है।

"ऊ करिहे का दुलहिन! अबहि त ऊ बच्चा है।" उन्होंने सकीना से कहा।

"आप की बात..." सकीना ने झल्लाकर कहा, "बियाह देतीं त अब तक खँचियाभर लड़कन का बाप होता।" सकीना ज़्यादा झल्लायी हुई इसलिए थी कि अब उसकी लड़कियों को कौन सँभालेगा! छोटीवाली तो उससे ऐसी हिली हुई थी कि सुबह से लगातार रोये जा रही थी।

रब्बन-बी जवाब देने ही वाली थीं कि कुबरा आ गयी और आते ही बोली, "हमरा माथा त ऊहे दिन ठनका रहा बा'जी, जेह दिन हम ओको अग्गू भैया के दालान में देखा कि अकेली बैठी है। बाक़ी हम ई ना सोचा रहा कि ऊ भागे में ऐसी जल्दी करिहे। हमरे ख़याल में त कुछ बात हो गयी रही।"

यह बात रब्बन-बी और सकीना के दिलों को भी लग गयी। चुनाँचे रब्बन-बी ने सलमा को फ़ौरन वहाँ से हटा देना चाहा, ताकि वह इस मसले पर खुलकर इज़्हारे-ख़याल कर सकें। बोलीं, "तनी नईमा के इहाँ से काली पेचक माँग ले आओ।" सलमा चली गयी तो उन्होंने उससे छोटी सुग़रा उर्फ़ सग्गन को हुक्म दिया कि वह छोटी बहनों को बावर्चीख़ाने में ले जाकर कुछ खिला दे। सग्गन के जाने के बाद मैदान बिलकुल साफ़ हो गया, तब उन्होंने इस ख़ास मसले पर इज़्हारे-ख़याल किया, "मैं कहत्थियूँ कि ई झंगटिया-बो बिलकुल अंधी हो गयी रही का! मटके-मटके भर की आँख लिये बैठी रही और ओ को ई ना सूझा कि घरवा में का हो रहा है!"

कुबरा ने और लुक़मा दिया, मगर दुखती रग पर हाथ सकीना ने धरा।

"सुलैमान परसोएँ न आ रहें। ऊ बेचारा त कोई को मुँह दिखाए लायक ना रह गया।"

झंगटिया-बो को भी यही फ़िक्र थी कि आख़िर वह अली अकबर के बाबू को क्या बतायेगी, चुनाँचे उसने सीधा रास्ता निकाल लिया।

दिनभर तो किसी ने ध्यान नहीं दिया। मगर शाम को नईमा-बी ने किसी काम से झाँका और देखा कि हर तरफ़ अँधेरा है, तो वह चौंकी। उन्होंने आहिस्ता-आहिस्ता दो-एक बार झंगटिया-बो को पुकारा। जब कोई जवाब न मिला तो उन्होंने अपनी बहू से कहा कि शायद झंगटिया-बो भी भाग गयी। फिर कुबरा लपकी-लपकी रब्बन-बी के यहाँ गयी। वह लेटी हुई फुस्सू की छोटी बेटियों को अनारपरी की कहानी सुना रही थीं। मौक़ा यह था कि शहज़ादा अनार तोड़ चुका था और मुख़्तलिफ़ क़िस्म की आवाज़ें उसका तआक़ुब कर रही थीं। सैकड़ों बार की सुनी हुई उस कहानी के जादू में ज़रा भी कमी नहीं हुई थी। बच्चियों के दिल धड़क रहे थे कि कहीं शहज़ादा मुड़कर देख न ले और पत्थर का न हो जाय।

"झंगटिया-बो घर में न है!" कुबरा ने कहा।

"का?" रब्बन-बी उठकर बैठ गयीं।

लड़कियों की भवें तन गयीं और मुँह लटक गये। उन्हें कुबरा का आना एक आँख नहीं भाया। मगर वे कर भी क्या सकती थीं?

"दव्वा, फिर क्या हुआ?" एक ने पूछा।

मगर दव्वा अब कहाँ सुननेवाली थीं!

सुबह होते-होते यह बात सारे गाँव में फैल गयी कि झंगटिया-बो भी भाग गयी है। बछनिया का भाग जाना इतना बड़ा हादसा नहीं था, लेकिन झंगटिया-बो का भागना तो किसी तरह समझ ही में नहीं आता था। सवाल यह था कि वह भागी किसके साथ। गाँव का हर आदमी मौजूद था। चुनाँचे सारी गंगौली साँस रोककर सुलैमान की वापसी का इंतज़ार करने लगी।

सुलैमान शाम को आया। फुस्सू मियाँ सबसे पहले उसे मिले। सुलैमान ने उन्हें सलाम किया, मगर वह आँखें चुरा गये, गोया कि उसे देखे बिना अंदर चले गये। हामिद मियाँ ने उसके सामने आने का भी इंतज़ार न किया। वह भी अंदर चले गये। तमाम जुलाहों ने आँखें चुरा लीं, मगर एक बच्चा सिर्फ़ एक कुरता पहने हुए भागा-भागा आया और बोला, "बछिनियो भाग गयी और झंगटियो भाग गयी!" इतना कहकर वह लौंडा तीर की तरह भाग गया। बात सुलैमान की समझ में नहीं आयी, मगर उनका दिल धड़कने लगा। वह बड़े फाटक में दाख़िल हुए। मज़दूर खपरैल की मरम्मत कर रहे थे और दीवारों पर सफ़ेदी की जा रही थी, क्योंकि मोहर्रम सिर पर आ गया था। बेगार उन्हें देखकर जल्दी-जल्दी काम करने लगे।

"हम्माद मियाँ कब अइहैं?" गया अहीर के लड़के ने पूछा जो गया की अनुपस्थिति में काम की देखभाल कर रहा था। वह दरअसल गया के बारे में

पूछना चाहता था।

"कल।" सुलैमान ने कहा, "गयवा न आ गइल बाय..."

"त हम तनी घरे हो आयें।"

"जा।"

वह गया। मज़दूर फिर अपने काम में लग गये। सुलैमान अंदर चले गये। अंदर सन्नाटा था।

"बच्छन!" उसने आवाज़ दी।

कोई जवाब नहीं आया। कुबरा ने अलबत्ता अपनी ख़लवत से गरदन निकाली।

"हे भावज! ई बछनिया कीं माई कहाँ चली गयी है?"

"का मालूम!" कुबरा ने कहा "ऊ त कल्हे से लापता है।"

"लापता है?"

"हाँ, बछनियाँ त सफ़िरवा के साथ निकल गयी ना!"

"ई आप का कह रहीं?"

"ऊ नखौदी को पेडू की आग ऐसा परेशान किहिस कि मत पूछ!" नईमा-बी ने कहा, "बाक़ी अब सबर करबे के सिवा चारा का है।"

नईमा-बी ने जो मशवरा दिया, उन्हें वही देना चाहिए था। वैसे वह एक तरह से ख़ुश भी थीं क्योंकि एक बात तो तय थी कि मौलवी बेदार शादी करना चाहते थे और अगर वह बछनिया-जैसी हरामज़ादी से शादी करने पर तैयार हो गये तो ख़ुद उनकी पोती उम्मे हबीबा में क्या ख़राबी है? माना कि वह रंडियों की तरह ख़ूबसूरत नहीं है लेकिन सुघड़ है। इसलिए अगर क़ायदे से बातचीत चलायी जाय, तो यह रिश्ता हो सकता है। लेकिन इसके बावजूद उनका फ़र्ज़ था कि वह सुलैमान से हमदर्दी करें, सो उन्होंनें अपना फ़र्ज़ पूरा कर दिया। लेकिन ज़ाहिर है कि सुलैमान उनके मशवरों पर अमल नहीं कर सकते थे, वह गरदन लटकाये हुए गोरी-बी के सहन से होते हुए बड़े आँगन में चले गये।

दालान में तीन पलँग थे। तीनों पर तीन बिस्तर लपेटकर रखे हुए थे। सुलैमान इन बिस्तरों को पहचानते थे। एक बिस्तर बछनिया का था, एक झंगटिया-बो का, और एक ख़ुद उनका। झंगटिया-बो झाड़-पोंछकर उनका बिस्तर भी रख गयी थी। उनकी आँखें भर आयीं। बिस्तर के नीचे एक पोटली थी। झंगटिया-बो एक-एक छल्ला उतारकर रख गयी थी। बस, एक पहुँची नहीं थी। सुलैमान को मालूम था कि वह पहुँची रब्बन-बी के यहाँ है।

सुलैमान को ऐसा लगा, जैसे वह बिलकुल बूढ़े हो गये हैं। वह थककर लेट गये। ख़िलवत से कुबरा की नौहख़्वानी की आवाज़ आ रही थी:

दर्राना उदू बे-अदबाना हुए दाख़िल
घर फ़ातिमा का हो गया बाज़ार हुसैना...

गयी-रात को उन्हें मुँह-हाथ धोने का ख़याल आया। वह ज़नाने इमाम बाड़े के आँगनवाले कुएँ पर डोल-रस्सी लेकर गये। डोल किसी चीज़ में फँसा तो उन्होंने अन्दर झाँका। मगर कुआँ यूँ ही बहुत गहरा था और फिर रात थी। कुछ नज़र न आया तो उन्होंने काँटा डाला। काँटा किसी भारी चीज में फँसा। नईमा-बी की ख़लवत पर दस्तक देकर उन्होंने हम्माद मियाँ की टार्च माँगी। मगर उसकी बैटरी ख़त्म हो चुकी थी, तो कमर में लालटेन बाँधकर वह कुएँ में उतर गये। उनका ख़याल सही निकला। काँटा झंगटिया-बो की लाश में फँसा हुआ था।

"तें हियाँ छिपी है रे !"

इस घटना के बाद सुलैमान काफी दिन जिये, मगर वह हमेशा एक ही बात कहते रहे। बड़े-बूढ़ों से भी, और बच्चों से भी, और दरो-दीवार से भी।

"हम जानते रहे कि ऊ भागी ना है ! डर के मारे लुका गयी है। बाक़ी साली पगला गयी रही, का हम ऊको मारते ?" फिर एक रात वह झंगटिया-बो को ढूँढ़ता-ढूँढ़ता उसी कुएँ में ख़ुद गुम हो गया और इस घटना के कोई तीन दिन बाद कुलसूम को रज़िये का एक ख़त मिला। उसने लिखा था कि वह सिनेमा देखने गयी थी तो इत्तफ़ाक से बछनिया से मुलाकात हो गयी। वह बहुत खुश है, सफ़िरवा चटकल का काम कर रहा है, लेकिन बछनिया कहती है कि मोहर्रम शुरू होनेवाला है, कलकत्ता में इमाम हुसैन तो भला क्या आते होंगे। यहाँ आठवें का हलवा और रस की चाय तो क्या मिलेगी। शब्बू-चा की मजलिस का ज़िक्र करते-करते वह रो पड़ी, लेकिन सुलैमान के डर से मोहर्रम में गंगौली आने की उसकी हिम्मत नहीं हो रही है...

रज़िये ने उसे यह नहीं बताया कि अब डरने की कोई जरूरत नहीं है क्योंकि रज़िये अपने दुखड़े रोने में लग गयी थी कि ज़रग़ाम की तबीयत ख़राब है और दबीर का इम्तहान होनेवाला है, इसलिए वह पाँच से पहले नहीं आ सकती। मगर इन चार दिनों में उसका बदन तो कलकत्ता में ज़रूर रहेगा, लेकिन उसकी जान गंगौली में लगी रहेगी।

पाँच की सुबह को जब वह यूसुफपुर में उतरी तो अभी सूरज नहीं निकला था। अप्रैल की ख़ुनक सुबह थी। हवा ने उसे देखकर लिपटा लिया। मुहम्मद हुसैन ने जल्दी से इक्के पर परदा बँधवाया। वह पाँच की मजलिस को छोड़ना नहीं चाहता था, क्योंकि अब के वह एक ऐसा नौहा तैयार करके आया था कि मश्शू मियाँ मुँह देखते रह जायेंगे।

फिर भी जब वह रज़िये को उतारकर इमाम बाड़े में आया, तो फ़र्श से हुक़्क़ा हटाया जा चुका था और हुसैन अली मियाँ सोज़ख्वानी के तख्त पर बैठ चुके थे और शहनशीन का सब्ज़ तोड़ेदार दरवाज़ा खोला जा चुका था। वह

अलमों को ताज़ीम देकर एक कोने में बैठ गया, लेकिन फुन्नन मियाँ ने उसे देख लिया। वह शायद उसे अपने पास बुलाते, लेकिन ऐन इसी वक़्त सोज़ख़्वानी शुरू हो गयी।

बच्चे ख़ामोश हो गये। मासूम ने देखा कि मूनिस, मद्दू, तन्नू, गग्गे, हसन्ना और इस गिरोह के दूसरे तमाम लड़के, जो अभी कल तक मिंबर के अंदर या पीछे बैठा करते थे, अब फ़र्श पर बैठे हुए हैं, बुज़ुर्गों के जानुओं से लगे हुए, और उनकी जगह लेने के लिए दूसरे बच्चे आ गये हैं। न किसी ने इन बच्चों से कहा कि अब उन्हें मिंबर के पीछे नहीं बैठना चाहिए और न किसी ने उन बच्चों को मशवरा दिया कि वे मिंबर में घुस जायँ। यह तब्दीली ख़ुद-ब-ख़ुद हो गयी थी।

मासूम कोई छः साल के बाद आया था, लेकिन इस बीच में कुछ भी तो नहीं बदला था। हुसैन अली मियाँ वही मरसिया पढ़ रहे थे। उनके बाद वज़ीर मियाँ यक़ीनन मिंबर से वही मरसिया सुनायेंगे जो आज की तारीख़ की इस मजलिस में पुश्तों से पढ़ा जा रहा है। दीवार पर जुलजिनाह की ख़ूनआलूदा तसवीर उसी जगह पर थी। अनीस की रुबाई भी अपनी जगह पर थी, क़ुरान की आयतें भी उन्हीं जगहों पर थीं, जहाँ पाँच साल पहले—या शायद पचास साल पहले—थीं। शहनशीन में अलमों की तरतीब वही थी। अलमों पर पड़ा हुआ दुपट्टा वही था। मिंबर का गिलाफ़ वही था। मजलिस का फ़र्श वही था। पीले रंग की ज़मीन, स्याह रंग के फूल, और फ़र्श पर बैठनेवाले वही थे और उन्हीं जगहों पर बैठे हुए थे, जहाँ वे पाँच साल या बीस साल पहले से बैठते चले आ रहे थे। फ़र्क़ हुआ था तो बस इतना कि मिंबर के अंदर और मिंबर के पीछे बैठनेवाले बदल गये थे—और चंद जगहें ख़ाली हो गयी थीं—गोरे मियाँ और अबू मोहम्मद मियाँ और रशीद मुख़्तार की जगहें ख़ाली थीं। ख़ाली नहीं थीं, बल्कि ख़ाली लग रही थीं; क्योंकि अगर वे जगहें ख़ाली होतीं तो इसका मतलब यह होता कि वे लोग किसी वजह से नहीं आ सके हैं। वे जगहें भरी हुई थीं, लेकिन जो लोग वहाँ बैठे थे वे अनकुस मालूम कर रहे थे क्योंकि वे उनकी जगहें नहीं थीं''' यानी इन जगहोंवाले अब भी नहीं आयेंगे। इस फ़र्श को देखकर मासूम को यक़ीन हो गया कि गोरे-बा, अबू मुहम्मद-बा और रशीद मियाँ का इंतक़ाल हो चुका है। अबू मोहम्मद मियाँ की जगह अब्बू मियाँ बैठे थे। गोरे मियाँ की जगह शब्बू मियाँ और रशीद मियाँ की जगह डिप्टी अली हादी, क्योंकि हकीम अली कबीर ने किसी मुर्दे की जगह पर बैठने से इन्कार कर दिया था। फिर इन लोगों की ख़ाली जगहों को और नीचेवालों ने पूरा किया। यहाँ तक कि पूरे फ़र्श पर इन्क़लाबी तब्दीलियाँ हो गयीं, लेकिन फ़र्श बुनियादी तौर पर वही रहा।

सोज़ख़्वानी के बाद वज़ीर मियाँ ने मरसिया पढ़ा—

'ऐ कलम दामने-कागज़ पे गुहर रेज़ हो न फिर'''

यह मरसिया पुश्तों से सुनते-सुनते लोगों को याद हो गया था। वज़ीर मियाँ को पूरा मिसरा नहीं पढ़ना पड़ता था। आधा मिसरा वह पढ़ते तो आधा मिसरा सामेईन (सुननेवाले) पढ़ देते। यही हाल तक़रीबन तमाम मरसियों का था। ये मरसिये उन फुन्नन मियाँ को भी याद थे, जो निपट अनपढ़ थे और अग्गू मियाँ को भी याद थे, जिन्होंने यूनिवर्सिटी में तालीम पायी थी। उदास और तनहा लमहों में ये दोनों ही इन्हीं मरसियों को गुनगुनाते थे। इन्हीं मरसियों के लफ़्जों के फ़र्श पर गंगौली के सैय्यद साहिबान ने मरना-जीना, हँसना-रोना, मोहब्बत करना और नफ़रत करना सीखा था। सारी ज़िंदगी का सारा निज़ाम बड़े तख़्तों के काग़ज़ पर ख़ुशख़त लिखे हुए इन्हीं मरसियों पर क़ायम था।

हुसैन अली मियाँ ने रुख़सत पर रोना चाहा, लेकिन वह कामयाब न हुए। मगर शहादत की मंजिल आते-आते वह अपनी आँखों को नम कर लेने में कामयाब हो गये। फुस्सू मुँह खोले भाँय-भाँय रो रहे थे और मिंबर के पीछे बैठे हुए लड़के उन्हें यूँ बच्चे की तरह रोता देखकर हँस रहे थे।

मरसिये के बाद वज़ीर मियाँ रूमाल से चेहरे का पसीना ख़ुश्क करते हुए मिंबर से उतर आये।

''माशाअल्लाह!'' अब्बू मियाँ ने कहा।

''भई, ख़ूब पढ़ा!'' डिप्टी अली हादी बोले।

''वाह!'' हुसैन अली मियाँ ने रोनेवालों के लहज़े में कहा और फिर वह अपनी सूखी हुई आँखों को कुरते के दामन से पोंछने लगे।

वज़ीर मियाँ ने सबको झुक-झुककर सलाम किया। इस बीच में मोहम्मद हसन ने अपने कोट की जेब से बयाज़ निकाली और मूनिस ने लड़कों को सफ़ में खड़ा कर दिया।

''हुसैन हुसैन!'' सारे दस्ते ने एक साथ कहा और इमाम बाड़ा मातम की धमक से लरज़ उठा। कोनों की क़लमें हिलने लगीं।

''हुसैन! हुसैन!'' बुज़ुर्गों ने भी धीमे सुरों में आवाज़ मिलायी।

''हुसैन! हुसैन!'' मूनिस की आवाज़ ज़रा बुलन्द हुई।

''हुसैन! हुसैन!'' सारे दस्ते की आवाज़ बुलन्द हो गयी।

मातम का एक झाला लग गया। मगर मासूम ने महसूस किया कि दक्खिन-पट्टी का मातम कमज़ोर हो गया है। उसने दस्ते पर निगाह डाली। बहुत-सी जानी-पहचानी शक्लें नज़र नहीं आयीं। अबुल क़ासिम नहीं थे, अली सईद नहीं थे, अमज़दवा नहीं था, बकरीदवा नहीं था, शम्मू नहीं थे··· जवानों का ग़ोल आधा हो गया था।

''ई सब लोग कहाँ गये हैं?'' मजलिस के बाद उसने फुन्नन से पूछा।

''लड़ाई में भरती हो गये हैं।'' फुन्नन ने कहा। फिर वह अशरफ़ुल्लाह ख़ाँ अशरफ़' से मुख़ातिब हो गये, ''ई हमार पोता है। ए के बहुत-सी

ग़ज़ल-उज़ल याद हैं।''

अशरफ़ुल्लाह ख़ाँ मुस्करा दिये।

'यतीम का हिस्सा' अंजुमने-हुसैनिया के ज्वाइंट सेक्रेटरी मश्शू मियाँ ने बेचना शुरू किया। चूँकि इस मजलिस में बालूशाहियाँ तक़सीम होती थीं, इसलिए यह हिस्सा मौलवी बेदार हुसैन सदरुलफ़ाज़िल ख़रीदते थे। बशीर मियाँ ने 'शुदामत' का ख़याल रखा था और बड़ी मुश्किल से शकर का परमिट हासिल करके बालूशाहियाँ बनवायी थीं, इसलिए जब मश्शू मियाँ की आवाज़ गूँजी तो उन्होंने मुस्कराकर मौलवी बेदार की तरफ़ देखा, मगर मौलवी बेदार ने बोली नहीं लगायी।

''यह क्या, भाई बेदार! क्या आप आज हिस्सा नहीं ख़रीदेंगे?'' बशीर मियाँ से न रहा गया तो उन्होंने मौलवी बेदार से पूछ ही लिया।

''आजकल इनका मेदा ख़राब है!'' फुन्नन मियाँ ने कहा।

तमाम लोग हँस पड़े। शब्बू मियाँ को लोगों का हँसना अच्छा नहीं लगा। वह चुपचाप बग़लवाले कमरे में चले गये।

''दू आना!'' फुस्सू ने बोली लगायी।

''चः-चः-चः! इतना दाम लगा दिया!'' डिप्टी अली हादी ने कहा, ''यह तो सोचो कि आजकल शकर नहीं मिलती और भाई बशीर ने मुश्किल से यह मिठाई बनवायी होगी। मैंने तो इसी ख़याल से सप्लाई-ऑफ़िसर से कह रखा था, उस बेचारे ने शकर की तीन बोरियाँ चाँद-रात भिजवा दी थीं।''

''दू रुपिया!'' डिप्टी अली हादी के लड़के ने दाम लगाया। अली हादी मियाँ ने उसे घूरा तो वह सिटपिटा गया, क्योंकि उसने तो सोचा था कि वह उसके हौसले की दाद देंगे और बशीर-चा भी खुश होंगे कि चलो, किसी ने तो इसका ख़याल किया कि जंग के ज़माने में शकर नहीं मिलती।

''घूरते क्यों हैं?'' वज़ीर मियाँ ने कहा, ''चार बालूशाहियाँ और रखवा दूँगा, ऐ नाना!'' उन्होंने हामिद मियाँ को मुख़ातिब किया, जो तबर्रुक तक़सीम कर रहे थे, ''अली हादी भाई का लड़का बोली बोलिस है। यतीम के हिस्से में चार ठो बालूशाही और बढ़ा दिजिये।''

दरअसल वज़ीर मियाँ ने अली हादी मियाँ को सप्लाई-अफ़सर की भिजवायी हुई शकर की तीन बोरियों का जवाब दिया था।

''चुप रह बे!'' हकीम अली क़दीर ने अली हादी मियाँ के लड़के को डाँटा, ''इत्ती बोली मत बोल कि बेदार थौंम के चुप हो जायँ।''

''आप त ऐसा कह रहें जैसे बेदार भाई यतीमन को दू ठो रुपया भी ना दे सकत!'' हुसैन अली मियाँ ने कहा।

''हम ख़ुदे यतीम हैं।'' मौलवी बेदार ने कहा।

''यतीम का हिस्सा दू रुपिया!'' मश्शू ने नारा लगाया।

''तन्नू, तुम फ़ौज में क्यों नहीं चले जाते !'' डिप्टी अली हादी ने शब्बू मियाँ के बड़े लड़के से कहा, जो एफ़. ए. का इम्तिहान देकर सीधा गंगौली आया था, ''कमीशन दिलवा दूँगा।''

''सद्दन को क्यों नहीं भेजते ?'' फुन्नन मियाँ बोले, ''मरे के वास्ते हमरे ही लड़के रह गये हैं !''

''तूँ कौन होते हौ सद्दन को नहीं भेजनेवाले !'' हकीम साहब चिराग़-पा हो गये।

''हम सोचा कि ऊहो कानी[1] का पास किहन हैं ना, और इसका हाथो-पाँव तन्नू से अच्छा है।''

सद्दन ने अपनी तारीफ़ सुनकर तन्नू की तरफ़ देखा। उसे अपने क़द-बदन पर वाक़ई नाज़ था। वह ताँबे के एक मुजस्समे की तरह चमकदार और कर्रा था। इसके मुक़ाबले में तन्नू दुबला-पतला-सा नौजवान था। तन्नू को इसका शदीद अहसास था क्योंकि सैफ़ुनिया नायन ने सद्दन के मुक़ाबले में उसे रद्द कर दिया था।

जिनती की यह नवासी और महरुनिया की बेटी ग़ज़ब की निकली थी।

तन्नू इस पर दो बरस पहले आशिक़ हुआ था। हुआ यह कि वह गरमियों में आम खाने गंगौली आया था। बड़े फाटक में तो कोई था नहीं, इसलिए वह फुस्सू मियाँ के घर उतरा। गंगौली में फुस्सू मियाँ अपने आमों के लिए मशहूर भी थे। उनके बाग़ों में ग़ाज़ीपुर के लँगड़ों के अलावा मलीहाबाद के दसेहरी और सफ़ेदे, रामपुर के समर-बहिश्त और बम्बई के अल्फ़ांसों की क़लमें भी थीं। बीजू आमों का तो कोई शुमार ही नहीं था। घर के सबसे बड़े कमरे में मंज़ूर मियाँ अपनी देख-रेख में पाल डलवाते थे। फिर जब आम तैयार होते तो वह एक-एक टोकरा बशीर और वज़ीर मियाँ के लिए और एक टोकरा अग्गू और अब्बू मियाँ के लिए रवाना करते, और फिर तहमद बाँधकर ख़ुद आम खाने में जुट जाते।

तन्नू ने सैफ़ुनिया की जवानी को आम के पालवाले कमरे में देखा था। वह झुकी हुई तैयार आमों को अलग कर रही थी। उसका दुपट्टा ढलका हुआ था और पतला कुरता पसीने की वजह से सुरमई जिल्द से चिपक गया था।

दरवाज़े पर अँधेरा महसूस करके वह चौंकी। उसका ख़याल था कि शायद फुस्सू मियाँ आ गये हों, क्योंकि वह इधर कोई महीने-भर से देख रही थी कि फुस्सू मियाँ की आँखों में जैसे राल टपक रही है। यह सोचते ही उसे घिन आने लगी। मंज़ूर मियाँ को देखकर उसे चिपचिपाहट का अहसास होता था, लेकिन वह कुछ कर नहीं सकती थी, क्योंकि...

वह उस साये को देखकर घबरा गयी, क्योंकि उसे मालूम था कि रब्बन-बी और सकीना-बी घर में नहीं हैं। सलमा छोटी बहनों के साथ ख़लवत में है और

---

1. क्या जाने

इस कमरे का सिर्फ़ एक ही दरवाज़ा है। ऐसी हालत में वह इस कमरे में हरगिज़ न आती लेकिन उसे तो सफ़िरवा ने यह बताया था कि मंज़ूर मियाँ यूसुफ़पुर गये हैं। वह सफ़िरवा से बहुत ख़फ़ा थी। वह हरामी का जना उसकी तरफ़ देखता ही नहीं था और देखता भी था तो मियाँ का नाम लगाकर मज़ाक़ करता था।

मगर तन्नू को देखकर उसकी जान-में-जान आ गयी क्योंकि सारे गाँव में मशहूर था कि शब्बू मियाँ और बशीर मियाँ के लड़के तो ख्वाह-मख्वाह जवान हो रहे हैं, बिलकुल बुड़बक हैं। लड़कियों को देखकर उन्हें मुस्कराना भी नहीं आता! तो भला तन्नू को देखकर डुपट्टा ओढ़ने या चिपके हुए कुरते को अलग करने की क्या जरूरत थी! वह फिर झुककर आम चुनने लगी। ख़ुद तन्नू उसे देखकर सटपटा गया। मगर लँगड़े आमों की तरह तैयार छातियाँ बारीक कुरते के अंदर चोली से निकली पड़ रही थीं और सब्ज़ चूड़ीदार पाजामे का सुर्ख़ नेफ़ा और नेफ़े से ऊपर का सारा धड़ नज़र आ रहा था। तन्नू का हलक़ ख़ुश्क़ हो गया।

''लीजिये!'' उसने दो आम तन्नू के हाथ पर रख दिये। तन्नू घबराकर पीछे हट गया। सैफ़ुनिया खिलखिलाकर हँस पड़ी, ''आप त लड़कियन को भी मात किये हैं, तन्नू भैया!''

तन्नू के बदन का सारा लहू खिंचकर कानों की लवों में आ गया।

''हम जा रहें!'' वह इतना कहकर भाग खड़ा हुआ। सैफ़ुनिया देर तक तन्नू की बुज़दिली पर मुस्कराती रही। फिर चंद दिनों के बाद हकीम साहब के यहाँ पाल ही के कमरे में सद्दन आया। मगर सद्दन यह कहकर नहीं भागा कि 'हम जा रहे हैं।' वह अंदर आ गया। उसने उस वक़्त सिर्फ़ एक तहमद बाँध रखा था। सैफ़ुनिया उसकी चौड़ी छाती को देखती रह गयी। यहाँ तक कि वह छाती इस क़दर क़रीब आ गयी कि सैफ़ुनिया के लिए देखना नामुमकिन हो गया। जहाँ तक उसकी आँखें जा सकती थीं वहाँ तक सद्दन की चकली छाती फैली हुई थी...

सद्दन ने इस बात का ज़िक्र अपने हमजोलियों से किया। ज़ाहिर है कि तन्नू भी उसका हमजोली था। चुनाँचे फिर वह सैफ़ुनिया से आँखें न मिला सका। सैफ़ुनिया को देखते ही उसके कानों की लवें सुर्ख़ पड़ जातीं और उसका हलक़ ख़ुश्क हो जाता और उसकी भूरी आँखें इधर-उधर देखने लगतीं। सैफ़ुनिया ने भी उसकी इस कमज़ोरी को भाँप लिया था। इसीलिए वह उसे छेड़ा करती थी। फिर बछनिया और सुगन और उम्मे-हबीबा और सिल्लन और बिल्लो—ग़रज़ कि दक्खिन-पट्टी की तमाम जवान और नौजवान लड़कियाँ उसे छेड़ने लगीं। हद तो यह है कि सकीना और कुबरा और कभी-कभी नईमा-बी भी जुमला फेंकने से बाज़ न आतीं। और गज़ब यह हुआ यह बात सैफ़ुनिया ने सद्दन को भी बता दी। चुनाँचे सद्दन ने भी उसे छेड़ना शुरू कर दिया।

इसीलिए जब मजलिस के फ़र्श पर सद्दन उसकी तरफ़ देखकर मुसकराया

तो तन्नू के बदन में एक तनाव आ गया। वह उसी शाम यूसुफ़पुर भाग गया और अपनी उम्र एक साल ज़्यादा बताकर फ़ौज में भरती हो गया। यह ख़बर गंगौली में आठ मोहर्रम को आयी, जब आठ के गश्त में मातम करने के लिए यूसुफ़पुर के सुन्नी मातमियों का एक दस्ता आया।

यह बात सैफ़ुनिया को भी नहीं मालूम थी कि तन्नू सिर्फ़ उसकी वजह से फ़ौज़ में भरती हुआ है।

अकबरी बीबी ने आठ का मिंबर माना था कि अगर तन्नू ख़ैरियत के साथ वापस आ गया तो वह मिंबर भरेंगी। और शब्बू मियाँ ने वह ज़नानी मजलिस में अली अकबर की शहादत का हाल कुछ इस तरह बयान किया कि औरतें देर तक सीना पीट-पीटकर रोती रहीं। रब्बन-बी ने अपने क़रीब की दीवार को दूर तक नम कर दिया और नईमा-बी ने जो दो-हथ्थड़ मारा तो उगालदान लुढ़क गया और फ़र्श पर दूर तक पीक फैल गयी।

"तूँ सठिया गयी हो का!" अकबरी-बी ने नईमा को घुड़का।

"कोनू मैं जान के गिराये हौं!" नईमा-बी ने कहा।

"अरे मौला, तू जवान बिटवा की लशिया कैसे उठायौ!" अकबरी-बी ने बैन करना शुरू कर दिया।

शब्बू मियाँ मजलिस ख़त्म करके चले गये, लेकिन औरतें देर तक रोती रहीं। यहाँ तक कि कुबरा के दाँत लग गये और फिर जो मातम हुआ वह गंगौली में यादगार बन गया। मजलिस के बाद लड़कियाँ तनहा गोशों में अपने कुरते उलट-पुलटकर अपनी छातियाँ देखने लगीं, जिन पर ख़ून जम जाने से स्याह धब्बे पड़ गये थे।

"...अली की बेटी बनू फ़ातमा की शुजाअत का मुज़ाहिरा कर रही थी। औनोमोहम्मद को पास बिठाये समझा रही थी कि 'देखो बेटा, तुम जाफ़र और अलीयेमुर्तज़ा की यादगार हो। कल जिहाद में सबक़त करना और अगर तुमने दरिया की तरफ़ देख भी लिया तो मैं दूध नहीं बख़्शूँगी'..."

शब्बू मियाँ की हदीसख़ानी की आवाज़ से इमाम बाड़ा गूँज रहा था। रोंआँ-रोंआँ आँख बन गया था और ऐसा मालूम होता था कि दक्खिन-पट्टी आँसुओं के सैलाब में बह जायेगी। दरवाज़े के पास खड़ी हुई हर औरत थोड़ी देर के लिए ज़ैनब बन गयी थी। सब कर्बला में थीं और अपने-अपने बेटों को हुसैन पर क़ुरबान होने का मशवरा दे रही थीं।

"अरे मौला! मैं न रहियूँ हुआँ, नहीं त-म-हूँ अपने अब्बास को क़ुरबान करत्यूँ!" कुबरा बैन कर रही थी, मगर उसकी शख़्सियत का एक हिस्सा डर रहा था कि कहीं अब्बास भी तन्नू की तरह भागकर फौज में भरती न हो जाय।

•

गया अहीर मजलिस के इन हंगामों से ज़रा हटकर ग़ुसलख़ाने के दरवाज़े पर

बैठा लौंडों को गलिया-गलिया कर चुप करवा रहा था। बड़ा सुफ़ैद फरहरा हवा में लहरा रहा था। फरहरा कई जगह से फट गया था और गया सोच रहा था कि इस जंग ने तो मोहर्रम की रौनक़ छीन ली है। वरना भला बड़के फाटक पर फटा हुआ फरहरा लग सकता था!

वापस जाते हुए मौलवी बेदार को देखकर वह खड़ा हो गया। जेल से आने के बांद मौलवी बेदार से पहली बार उसका सामना हो रहा था। फ़ौजदारी की बात और थी। अगर फ़ौजदारी फिर होगी, तो वह फिर मौलवी साहब पर वार करने से नहीं चूकेगा, मगर मौलवी साहब आख़िर ज़मींदार थे। गया ने उन्हें झुककर और माथे पर हाथ ले जाकर सलाम किया।

"कैसा है रे?" मौलवी साहब ने पूछा।

गया ने दाँत निकाल दिये, "ठीक बाड़ीं मीर साहब!"

मौलवी साहब फाटक से बाहर निकल आये। अंदर तबर्रुक की तक़सीम का हंगामा मचा हुआ था। वाजिद मियाँ लौंडों को फर्राटे से माँ-बहन की कई-कई गालियाँ और एक-एक हिस्सा तकसीम कर रहे थे।

रात अच्छी-ख़ासी सर्द थी। मौलवी बेदार ने दुलाई को अच्छी तरह लपेट लिया। गली वीरान थी। आवारा कुत्ते भी कहीं दुबककर बैठ गये थे। जुलाहों के मकानों के दरवाज़े बंद हो चुके थे और गहरा अँधेरा था। मौलवी साहब ने सोचा कि फुन्नन मियाँ के पिछवाड़े से निकल जायँ। लेकिन इधर की ज़मीन ज़रा ऊबड़-खाबड़ थी। उन्होंने ठोकर खायी और गिर पड़े। इत्तिफ़ाक से सैफ़ुनिया सेनी में हिस्सा लिये हुसैन अली मियाँ के यहाँ से फुन्नन मियाँ की तरफ़ आ रही थी। उसने सेनी को ज़मीन पर रखकर मौलवी साहब को सहारा दिया। रात एकाएक इतनी गरम हो गयी कि मौलवी साहब को पसीना आ गया। माँ के इंतक़ाल के बाद से तो ख़ैर नहीं, मगर आसिया के बड़े हो जाने के बाद से मौलवी साहब ने पहली बार एक औरत के बदन की हरारत महसूस की थी। और औरत भी कौन—सैफ़ुनिया! जो एक दहकती हुई अँगीठी से कम नहीं थी। उनका बदन काँपने लगा।

"हम्मे घर पहुँचा दे!" मौलवी बेदार ने कहा।

सैफ़ुनिया को भला क्या ऐतराज़ हो सकता था, क्योंकि गाँव की औरतें मौलवी साहब का शुमार मर्दों में करती ही नहीं थीं। वह सेनी को सिर पर रखकर दूसरे हाथ से उन्हें सहारा देने लगी। कुलसूम ने जब देखा तो मौलवी साहब का हाथ सैफ़ुनिया के कंधे पर था और वह पिछवाड़े वाली खिड़की से अपने घर में दाख़िल हो रहे थे।

"ऐ!" कुलसूम चमकी, "बेदार भैया! आप सठिया गये हैं का! इहो ना सोचिन कि आज शबे-अशरा है!"

मौलाना पर घड़ों पानी पड़ गया और सैफ़ुनिया की समझ में भी यह बात आ गयी कि बात का बतंगड़ कैसे बनता है। उसने मौलाना को इस झटके से छोड़ा

कि वह लड़खड़ा गये। लेकिन वह उनकी तरफ़ देखे बिना कूल्हे मटकाती, सेनी सँभाले फुन्नन मियाँ के घर की तरफ़ चल पड़ी।

कुलसूम ने उससे कुछ नहीं कहा, क्योंकि दूसरी जवान लड़की रुक़य्ये मौजूद थी। सैफ़ुनिया ने सफ़ाई देनी चाही, लेकिन कुलसूम ने उसे घुड़क दिया। वह सिर-भारी[1] का पाव-भर चावल लेकर चली गयी और कुलसूम फुन्नन की राह देखने लगी। मगर फुन्नन मियाँ को तो ख़बर ही नहीं थी कि क़िस्सा क्या है। वह अशरफ़ुल्लाह ख़ाँ के साथ बात करते हुए सलीमपुर की तरफ़ चले गये। असल में ख़ाँ साहब उनसे कुछ ख़ास बातें करना चाहते थे। क़िस्सा यह था कि उनके नवासे ख़ैरू के जाने के कोई तीन महीने बाद पता चला कि उनकी एक नौकरानी गुलबहरी हामेला है। उसने ख़ैरू का नाम लिया तो ख़ाँ साहब ने उसे मार-पीटकर निकाल दिया। यह ख़बर हकीम अली कबीर को मिली, तो उन्होंने बारिखपुर के ठाकुर साहब से कहकर उसको उनके एक कारिंदे के घर डलवा दिया और अब उस हरामज़ादी ने नानो-नुफ़के का दावा किया था। वह कहती है कि ख़ैरू ने उससे निकाह किया था।

''और ठाकुर हरनारायन प्रसाद भी उसी का साथ दे रहे हैं।'' ख़ाँ साहब ने कहा।

''ई तो कोई हैरान होए की बात ना है।'' फुन्नन मियाँ ने कहा, ''ठाकुर हरनारायन प्रसाद से त हम्में भी समझे को है। और सुना है कि बारिखपुर वाले ठाकुर कुँवरपाल सिंह बहुत बहादुर हो गये हैं। झिंगुरिया हमरा मुँह देख के चुप हो गया, नहीं तो डंडा कर देता!''

''मगर इस मामले में क्या किया जाय? लड़का तो ख़ैरू ही का है।''

''अरे, त एसे से का होता है! लड़का है तो हुआ करे! आप फ़िकर मत करिए। न रहिए बाँस न बजिए बाँसुरी।''

फुन्नन जब वापस आये तो उन्हें यह देखकर हैरत हुई कि कुलसूम जाग रही है और उससे सैफ़ुनिया और मौलवी बेदार की बात सुनकर सन्नाटे में आ गये।

''ऊ कौनो काबिलो हैं कि सैफ़ुनिये को घरे में ले जाते रहे!''

''अब ई सब हम का जानें।'' कुलसूम बोली, ''कौनो हम उनन्हें देखा है! बाक़ी हम जउन देखा, तउन बता दिया।''

''अच्छा! ए मुमताज!'' फुन्नन मियाँ ने बड़े लड़के को पुकारा, जो गहरी नींद सो रहा था। कई आवाज़ों के बाद वह जागा। तब फुन्नन मियाँ ने कहा, ''...तनी रहीमवा को बुला लियाओ।''

मुमताज़ कसमसाता हुआ उठा। लिहाफ़ हटाते ही सर्दी की लहर से वह

1. नायनें या नौकरानियाँ जब हिस्से बाँटने निकलती हैं तो हिस्सा लेनेवाला हिस्सा ले आने की मज़दूरी-सी देता है। उसे सिर-भारी कहते हैं।

कँपकँपा गया। "एही वख़त जायँ!" वह मिनमिनाया।

"दिन-भर ख़ुद से लकड़ाते फिरिहो और तनी कोई काम होइहे त एही वख़त, ओही वख़त करे लगिहो!" कुलसूम बोली।

मुमताज़ ने सिपाहियों वाला एक पुराना ओवरकोट कंधे पर डाल लिया जो ख़ास इन्हीं मौक़ों के लिए घर में न जानें कब से रखा हुआ था। यह बात फुन्नन मियाँ के सिवाय किसी को मालूम नहीं थी कि वह कोट कहाँ से आया था। दीवाली के एक जुए में उन्होंने वह कोट एक हवलदार से जीता था।

रहीम हज्जाम के आने तक फुन्नन मियाँ टहलते रहे। उन्हें ख़याल भी नहीं था कि दक्खिन-पट्टीवालों से इंतक़ाम लेने की सूरत इतनी जल्द निकल आयेगी। चुनाँचे मोहर्रम के बाद ही हज्जामों की पंचायत बैठ गयी।

रहीम खड़ा हुआ—

"हम पंचन से खाली एक ठो बात पूछै खड़ें भये हैं कि आखिर हमनों की कौनों इज़्ज़त बाय कि ना बाय..." उसने सारी राम-कथा सुना डाली। पंच लोग गरदन नहोड़ाये सुनते रहे। मसला ज़रा पेचीदा था। क्योंकि पंच लोगों को यह बात मालूम थी कि "हमनों की कौनों इज़्ज़त ना बाए।" इज़्ज़त तो सिर्फ़ ज़मींदार की होती है और वह माई-बाप होता है। लेकिन ज़ाहिर है कि पंच लोग यह कह नहीं सकते थे और जब बिरादरी के टाट पर यह सवाल उठ गया था तो पंच लोगों को कोई-न-कोई फ़ैसला देना ही था।

"सोचे की बात ई है," चौधरी ने बहुत ग़ौर करने के बाद बीड़ी के टुर्रे को एक तरफ़ फेंकते हुए कहा, "कि ऐसन हालत में करे के का चाही?"

"करे के इ चाही कि मौलवी साहब बरात लेके आवें और सैफ़ुनिया को विदा करा लें जायँ।" रहीम ने कहा।

"बाकी ई कैसे होई..." चौधरी ने कहा।

"ई काहे न होई?" रहीम बिगड़ गया, "का हमार बेटी बेटी न बाए?"

यह भला कौन कह सकता था कि रहीम की बेटी बेटी नहीं है! सन्नाटा छा गया। चौधरी को बहुत-सी बातें सोचनी थीं। उन खेतों के बारे में सोचना था जो ज़मींदारों से मिले हुए थे। खुद चौधरी की जोत में जो खेत थे, वे मौलवी बेदार के दिये हुए थे। उसके चचा के पास हकीम साहब की ज़मीन थी। उसका दामाद हुसैन अली मियाँ का माफ़ीदार था। जिन ज़मीनों पर उनके कच्चे मकान थे वे ज़मींदारों की दी हुई थीं। चुनाँचे एक तरफ़ बेटी का मामला था और एक तरफ़ जमीनों और घरों का। ज़ाहिर है फ़ैसला बहुत मुश्किल था।

बनारस शहर से आया हुआ अब्दुल अलीम रेशमी तहबंद पर अद्धी का कुरता पहने और कुरते पर एक शाल ओढ़े एक तरफ़ बैठा कैंची-सिगरेट पी रहा था। वह रहीम के एक दूर के रिश्तेदार का लड़का था। मेहमान आया हुआ था, चुनाँचे रहीम ने आख़िरी वार किया, "पाहुन के सामने हमरी नाक कट गयी।"

यह सुनकर पाहुन ने चुटकी से सिगरेट की राख झाड़ी।

"कुछ हमहूँ कहे चाहत हयँ..." उसने कहा। ज़ाहिर है कि मेहमान की ज़बान कौन रोक सकता था! मेहमान को बोलने का मौक़ा मिल गया। वह पंडित नेहरू, सुभाष बोस और मौलाना अबुल कलाम आज़ाद की तक़रीरें सुन चुका था। उसके दिमाग़ में राममनोहर लोहिया, जयप्रकाश नारायण और आचार्य नरेंद्रदेव का लहजा भी गूँज रहा था और इन सबसे अलग उसके कानों में चौधरी ख़लीक़ुज़्ज़माँ, ज़हीरुद्दीन लारी, मौलाना शब्बीर अहमद उस्मानी और मुस्लिम लीग के दूसरे ज़ादू-बयान मुक़र्ररों की आवाज़ें भी बसी हुई थीं, इसलिए थोड़ी देर के लिए वह पंडित नेहरू और अबुल कलाम आज़ाद और चौधरी ख़लीक़ुज़्ज़माँ और आचार्य नरेंद्रदेव—ग़र्ज़ की सब-कुछ बन गया। यह लोग "ऐयली-गैली" तो बोलते नहीं थे, इसलिए गला साफ़ करके वह उर्दू बोलने लगा—

"बिरादराने-इस्लाम! अस्सलामालेकुम..." उसने तक़रीर शुरू की।

"वालेक़ुमस्सलाम!" तमाम हज्जामों ने एक साथ जवाब दिया।

अब्दुल अलीम हज्जाम बिलकुल सिटपिटा गया। क्योंकि बनारस के किसी जलसे ने अब तक मुक़र्रर के सलाम का जवाब यूँ बा-जमात और बा-आवाज़ बुलंद नहीं दिया था। उसने अपनी ऊँची देवार की टोपी को सीधा कर लिया।

"मैं इ कहे..." उसने गला साफ़ किया, "मैं ई कहना चाहिता हूँ कि हम लोग जानवर नहीं हैं कि मियाँ लोग जहाँ चाहें हँका दें। ई एक सैफ़ुनिया का मामले नहीं है, बलकि पूरी बिरादरी की नाक का मामला है। इह मामला में चुप रहना डूब मरे की बात है। नारए-तकबीर!"

उसका ख़याल था कि 'नारए-तकबीर' के जवाब में सारी बिरादरी गला फाड़कर 'अल्लाहो अकबर' कहेगी। चुनाँचे वह चुप भी हो गया, मगर बिरादरी तो बकर-बकर उसका मुँह देखती रह गयी। क्योंकि बिरादरी को यह मालूम नहीं था। बिरादरी तो 'बोल मोहम्मदी—या हुसैन' के अलावा कोई नारा ही नहीं जानती थी।

"हम ग़रीब बिरादराने-इस्लाम की इज़्ज़त की ख़ातिर तो क़ायदे-आज़म पाकिस्तान बनाये की फिकिर में हैं और राजा महमूदाबाद गाँव-गाँव घूम रहे हैं। इन्हीं चार दिन पहले चौधरी ख़लीक़ुज़्ज़माँ आये रहे। ऊ बताइन की..."

"ऐ भैया, तोरे चौधरी को सैफ़ुनिया की बात कौन बताइस?" चौधरी ने बीच में टोक दिया। उसे यह बात बिलकुल अच्छी नहीं लगी कि कोई और चौधरी उसकी चौधराहट में टाँग अड़ाये।

"हाँ, और का? हमारे चौधरी त ख़लीफ़ा नूरुल हसन हैं।" एक और नौजवान बोला, जो चौधरी की नवासी से शादी करना चाहता था। फिर सारी बिरादरी ने इस बहस में हिस्सा लिया। मेहमान होने के मानी यह हरगिज़ नहीं

कि वह गाँव की बिरादरी के मामलात में गड़बड़ करे।

अब्दुल अलीम गड़बड़ाकर बैठ गया। चौधरी ने गुस्से में पंचायत समाप्त कर दी। रहीम बिरादरी का मुँह देखता रह गया, क्योंकि पंचायत के इतिहास में यह पहली घटना थी जो फ़ैसला किये बिना उठ गयी थी। वह अब्दुल अलीम को लेकर घर चला गया। सैफ़ुनिया भात पसा रही थी। उसकी माँ चूल्हे के पास बैठी आग ताप रही थी।

''पंच लोग का कहिन ?'' सैफ़ुनिया की माँ ने पूछा।

''पंच लोग कुछ ना कहिन...'' रहीम ने कहा, ''ई हरामज़ादी के कारन हम कहीं मुँह दिखाये लायक़ ना रह गये।''

उसने सैफ़ुनिया को पीटना शुरू किया। माँ ने बीच-बचाव करना चाहा तो रहीम उसे भी मारने लगा। दोनों औरतें उसे गालियाँ देने लगीं। जितनी देर वह उन्हें मारता रहा, उतनी देर में बीसों बार तो उसका जनाज़ा निकला। बीसों बार उसके बदन में कीड़े पड़े... ग़रज़ कि उसकी दुर्गत बन गयी। मगर वह उन दोनों को पीटता रहा। अब्दुल अलीम ने दो-एक बार बीच में कुछ कहना चाहा, लेकिन रहीम ने उसे बोलने न दिया। इसलिए वह तो कैंची की एक सिगरेट सुलगाकर दालान में पड़े हुए बँसखट पर बैठकर सैफ़ुनिया की तरफ़ देखने लगा, जिसका कुरता तार-तार हो चुका था...

रहीम जब सैफ़ुनिया और उसकी माँ को मारते-मारते थक गया, तो उन्हें मोटी-मोटी गालियाँ देता हुआ घर से निकल गया। उसके जाने के काफ़ी देर बाद तक सैफ़ुनिया अपने बाप की सात पीढ़ियों को गाली देती रही। जब गालियों का ख़ज़ाना ख़त्म हो गया या दुहराने-तिहराने की वजह से रूखा-सेंठा हो गया तो उसने अब्दुल अलीम की निगाहों की चुभन महसूस की। उसने तुरन्त ही अपना बदन समेट लिया। अब्दुल अलीम दूसरी तरफ़ देखने लगा। सैफ़ुनिया कोठरी में चली गयी। उसकी माँ अब्दुल अलीम को अपनी सास और ननद की आवारगी की मनगढ़ंत कहानियाँ सुनाने लगी।

''अउर अब ऊ हरामी का जना इहाँ से सीधा फुन्नन मियाँ की—हाँ गया होइहे। तूहें ई त मालुम ना होइहे कि ऊ फुन्नन मियाँ का लड़का है।'' सैफ़ुनिया की माँ ने यहाँ लाकर तान तोड़ी।

लेकिन उसकी बात दिल-लगती नहीं थी। क्योंकि फुन्नन मियाँ उम्र में रहीम से केवल छः या सात साल बड़े थे।

ख़ैर, वह रहीम के बाप रहे हों या न रहे हों, सैफ़ुनिया की माँ का यह ख़याल ठीक था कि रहीम फुन्नन मियाँ के घर ही गया होगा। वह उन्हें यह बताना चाहता था कि उसके मेहमान ने सब गड़बड़ कर दिया। मगर फ़ुन्नन मियाँ उसे घर पर मिले ही नहीं। मुमताज़ ने उसे बताया कि वह कहीं गये हुए हैं।

रात बहुत ठंडी थी, इसलिए फुन्नन मियाँ ने जुए में जीता हुआ गरम कोट पहन रखा था, जिसके पीतल के बटनों को उन्होंने गले तक बंद कर रखा था। उनके साथ झिंगुरिया और उसके बारह आदमी थे। फुन्नन मियाँ बारिखपुर के बाहरवाले वीरान शिव-मन्दिर में रुक गये। झिंगुरिया अपने आदमियों को लेकर आगे बढ़ गया।

बारिखपुर में हर तरफ़ देहात की रात का गहरा सन्नाटा और अँधेरा था। झिंगुरिया और उसके आदमी खपरैल के एक साफ़-सुथरे मकान के सामने रुक गये। आस-पास का कोई आदमी झिंगुरिया-जैसी सेंध नहीं मार सकता था। उसने थोड़ी ही देर में एक साफ़-सुथरी सेंध लगा दी। उसका एक आदमी सेंध से मकान में घुसा। तभी एक कुत्ता चीख़ पड़ा। लेकिन उसकी चीख़ बीच ही में टूट गयी। मकान का दरवाज़ा खुल गया। झिंगरिया अपने आदमियों समेत मकान में दाख़िल हो गया।

ठाकुर कुँवरपाल सिंह का कारिंदा शेर मोहम्मद बेख़बर सो रहा था। दो आदमी उसकी चारपाई के इधर-उधर खड़े हो गये। झिंगुरिया ने उस नौकरानी की तलाश शुरू की जिसका नाक-नक़्श फुन्नन मियाँ ने बयान किया था और फिर उसके पास तो एक छोटा बच्चा भी होगा, इसलिए झिंगुरिया ने नाक-नक़्श पर कोई ध्यान नहीं दिया। एक जवान औरत के साथ एक मुन्ना सो रहा था।

झिंगुरिया ने उस औरत को इस सफ़ाई से काबू में किया कि वह बोल भी न सकी। लेकिन जब वह अपने आदमियों के साथ उस औरत को लेकर निकल गया तो बच्चा जाग पड़ा। जब किसी ने उसकी पीठ नहीं थपथपायी तो वह गला फाड़-फाड़कर रोने लगा। एक और औरत उठी, वह बच्चे के पास गयी। उसने बच्चे को गोद में ले लिया, मगर जब वह इस पर भी चुप नहीं हुआ तो वह उसी पलँग पर बैठकर उसे अपनी छाती का दूध पिलाने लगी...

तीसरे दिन जब एक कुएँ से एक औरत की लाश निकली तो बारिखपुर में शोर हो गया। ठाकुर हरनारायन प्रसाद गुलाबी जान को छोड़कर झट अपने घोड़े पर चढ़कर बारिख़पुर पहुँच गये। पीछे-पीछे समीउद्दीन ख़ाँ भी आये। शेर मोहम्मद ने लाश की शिनाख़्त की कि लाश उसकी गुमशुदा बहन की है। लाश को देखकर शेर मोहम्मद की जान-में-जान आ गयी, क्योंकि गाँव में तो यह मशहूर हो गया था कि वह किसी के साथ निकल गयी है।

फुन्नन मियाँ इस ख़बर को सुनकर सन्नाटे में आ गये। उन्हें इसका अफ़सोस नहीं था कि उस नौकरानी के धोखे में ख़ामख़ाह शेर मोहम्मद की बहन मारी गयी। उन्हें इसका अफ़सोस था कि उनका वार खाली गया और अब मुक़दमे की तारीख़ सिर पर आ चुकी है।

"अब क्या होगा?" अशरफ़ुल्लाह ख़ाँ ने कहा।

''ईहे त हमहूँ सोच रहें।'' फुन्नन मियाँ ने कहा, ''देखिये, आप ऐसा करिए कि जाइए बेदार की-हाँ और उनसे कहिए कि अली कबीर से कहि के ई मुक़दमा उठवा लें, नहीं त सैफुनियू मुक़दमा कर दिहिए।''

''मैं उनके दरवाज़े पर नहीं जा सकता।''

''आप से कौन कहि रहा जाये को!'' फुन्नन मियाँ ने कहा, ''हम जायेंगे⋯हमहूँ को त अपना हिसाब चुकाये को है।''

अशरफ़ुल्लाह ख़ाँ बोले, ''भाई, अब आप जानिए और आपका काम जाने! अगर यह मामला न दबा तो हम समधियानेवालों को मुँह दिखलाने के क़ाबिल ना रह जायेंगे।''

''चः-चः आपउ की बात!'' फुन्नन मियाँ ने हुक्क़े की नै को एक तरफ़ करते हुए कहा, ''ई मामला दबहये कैसे नहीं और हाँ भाई, ऊ लखना चमार कल आया रहा। ऊ कुएँवाली ज़िमिनिया ऊ को काहे न दे देते आप। पान सै नज़राना दे रहा।''

''वह साला बड़ा हरामी है। ठाकुर कुँवरपाल सिंह से मुक़दमा लड़ रहा। वह हारकर रह गये कि बेदख़ली करवा लें। खेत कटवाने गये तो चमार भी लट्ठ लेकर आ गये। इन कांग्रेसवालों ने नाक में दम कर दिया है। अब नीच जातवाले भी आँख उठाकर बात करना चाहते हैं। उसको ज़मीन क्यों दिलवाते हैं?''

''आठ सौ करवा दें?'' फुन्नन मियाँ ने कहा।

''मैं तो सोच रहा कि उसे बटाई पर दे दूँ।''

''का भाई, ई ज़माना आ गया कि सलीमपुर के ख़ाँ साहब बटाई पर खेत जोतने लगे!'' फुन्नन मियाँ ने मूछों पर ताव देकर कहा, ''एक हज़ार तक पर मामला हो सकता है।''

अशरफ़ुल्लाह ख़ाँ तैयार हो गये, क्योंकि एक हज़ार की रक़म कम नहीं होती। फुन्नन मियाँ फिर भी दो सौ के नफ़े में रहे, क्योंकि उन्होंने मामला बारह सौ पर तय किया था।

''सुना है, झिंगुरिया गिरफ़्तार हो गया।''

''हाँ,'' फुन्नन मियाँ ने कहा, ''बाक़ी ऊ से का होता है। ऊ तो यूसुफ़पुर के हवालात में रहा। दूसरे दिन छूटा और ठाकुर साहब ऊ को गिरफ़्तार कर लिहेंन।''

''मगर⋯''

''भाई, हम आपसे कहा नहीं। छोटी-छोटी बात का कहें! यूसुफ़पुर के थानेदार अब्दुल्लाह ख़ाँ को हम तीन सौ रुपिया दिया। बस, काम बन गया।''

''लेकिन यह रुपया आप क्यों देंगे?''

''का हमरा और आपका रुपया दो है?''

अशरफ़ुल्लाह ख़ाँ ने बहुत कहा, लेकिन फुन्नन मियाँ वह रुपया लेने पर तैयार नहीं हुए। ख़ाँ साहब बेचारे चुप हो गये। एक चिलम पीकर फुन्नन मियाँ ने रुख़सत चाही, क्योंकि लखना चमार को वह घर बैठा आये थे और जब वह घर पहुँचे, तो लखना उन्हें अपने दरवाज़े पर वैसे ही उकड़ूँ बैठा हुआ मिला, जैसे वह उसे छोड़ गये थे।

"सलाम, मीर साहब!" वह खड़ा हो गया।

"तहार काम त हो गइन। बाक़ी ख़ाँ साहब पन्द्रह सौ से एक पाई कम करे पर तैयार ना हैं।"

"चलें, ऊहे सही। जैसन बारह सौ, तैसन पंद्रह सौ। त फिर अब हम चलत बाड़े। कल-वल रक़म हियन पहुँचा देव।"

"हाँ!"

लखना चमार चला गया।

फुन्नन मियाँ ने अन्दर जाकर कुलसूम को आवाज़ दी, "खाना खिला दिह त हम तनी मियाँ बेदार के हाँ जायँ।"

वह एक पलँग पर सिरहाने की तरफ़ आलथी-पालथी मारकर बैठ गये। रुक़य्या ने पलँग पर ही दस्तरख़ान लगा दिया। पीले रंग के कपड़े पर सियाह रंग से फ़ारसी के कुछ शेर छपे हुए थे। फुन्नन मियाँ इन हरूफ़ों की तरफ़ देखने लगे जो एक-दूसरे से मिलकर बा-मानी हो जाते हैं, लेकिन जो फुन्नन मियाँ के लिए सारी ज़िंदगी के साथ के बावजूद अजनबी थे। वह इन लफ़्जों को घूर ही रहे थे कि आठ-नौ साल की तीसरी बेटी मग़फ़िया सीनी में खाना लायी। एक प्याले में गाय के गोश्त का क़लिया था। एक में बघरी हुई अरहर की पतली दाल, जिसमें लहसुन की एक क़ाश तैर रही थी। एक प्लेट में लाल रंग का चावल था और एक तरफ़ चपातियों की चार जोड़ियाँ थीं। रुक़य्या ने ताँबे के एक कटोरे में पानी रख दिया।

खाना ख़त्म करके हाथ-मुँह धोने के बाद फुन्नन मियाँ अपने गमछे से बड़ी-बड़ी मूँछों को ख़ुश्क कर ही रहे थे कि दरवाज़े से समीउद्दीन ख़ाँ की आवाज़ आयी। मग़फ़िए दरवाज़े की ओट से लगकर खड़ी हो गयी।

"फुन्नन मियाँ हैं?" समीउद्दीन ख़ाँ ने पूछा।

"हैं।"

"कह दिजिए कि दरोग़ाजी बुलाइन हैं हकीम साहब के दरवाज़े पर।"

"ऐ अब्बा! आपको दरोग़ाजी हकीम साहब के द्वारे बुला रहे।" मग़फ़िये ने वहीं से हाँक लगायी।

"कहि द्यो दरोग़ाजी से कि हमरहू पास एक ठो दरवाज़ा है।" फुन्नन मियाँ ने कहा।

"इहे कह दें जाके?" समीउद्दीन ख़ाँ ने पूछा।

"हाँ-हाँ, इहे कह दियो जाके। हम तोरे दरोग़ाजी का दिया ना खाते।"

"नाहक़ में बात बढ़ाने से का फ़ायदा, मीर साहब!"

"बात अभई कहाँ बढ़ी है!" फुन्नन मियाँ ने नीम का ख़िलाल करते हुए कहा, "पान खाते जाओ। ए रज़िया की माँ, ख़ाँ साहब को पान भेज दो।"

कुलसूम पान लगाने लगी।

"हम ई कहि रहे, मीर साहब कि..."

"कुछ कहे की ज़रूरत न है।" फुन्नन मियाँ ने समीउद्दीन ख़ाँ की बात काट दी, "हम्में मिले को होइये त हम उनके पास जायेंगे। उन्हें मिले को है त ऊ हमरे पास आवें।"

समीउद्दीन ख़ाँ ने मग़फ़िया के उस हाथ से पान ले लिया, जो दरवाज़े की ओट से बाहर निकला था। पान मुँह में रखकर और फुन्नन मियाँ को बा-आवाज़-बुलंद सलाम करके वह वापस चले गये। अपने लड़के मुईनुद्दीन की निस्बत ग़ुलाम हुसैन ख़ाँ की लड़की से लगाने के बाद ही से दक्खिन-पट्टीवालों से समीउद्दीन ख़ाँ की हमदर्दियाँ ख़त्म हो चुकी थीं। यह तय हो चुका था कि लड़ाई के ख़त्म होते ही यह शादी हो जायेगी। अगर बीच में कोई छुट्टी मिल गयी और मुईनुद्दीन आया तो तड़-से निकाह कर दिया जायेगा।

ग़ुलाम हुसैन ख़ाँ ने तो शादी की तैयारियाँ तक शुरू कर दी थीं। उनका कहना था कि कोई ठीक थोड़ा ही है कि आज जो चीज़ किसी दाम पर मिल रही है, वह कल उस दाम ही पर मिल सकेगी। इसीलिए आहिस्ता-आहिस्ता तैयारी शुरू कर देनी चाहिए। घर में कोई रोकड़ का दरख़्त तो है नहीं कि पाल डालकर रक़म तैयार कर ली जायगी। चुनाँचे पाँच जोड़े कपड़े तो वह तैयार करवा चुके थे, जो टँक-टँकाकर बक्स में रख दिये गये थे। तीन थान सोने के ज़ेवर और पाँच थान चाँदी के ज़ेवर भी बन चुके थे। ताँबे-पीतल के कुछ बरतन भी ख़रीदे जा चुके थे। बाक़ी अल्लाह मालिक है।

वह हौज के किनारे बैठे बीड़ी पी रहे थे और आँगन में होनेवाले तमाशे से बेख़बर थे।

ठाकुर हरनारायन प्रसाद एक कुरसी पर बैठे हुए थे जो ख़ास उनकी वजह से डिप्टी अली हादी के कमरे से निकाली गयी थी और गाँव के तमाम दौलतमंद लोग हस्ब-हैसियत ज़मीन, तिपाई और लोहे की कुर्सियों पर बैठे हुए थे। हकीम साहब उलटे हुए बिस्तर की टेक लगाये हुए हुक़्क़ा पी रहे थे। उनकी बेटी के तीनों लड़के आँगन में निशान खींचे 'इक्कट-दुक्कट' खेलने में मसरूफ़ थे। बीवियाँ दरवाज़ों की ओर झाँक रही थीं। सैफ़ुनिया कमर पर हाथ रखे दरवाज़े के बाहर खड़ी अनवारुल हसन राक़ी के लड़के फ़ारुक़ को देख रही थी जो अपने दादा की मौत पर आया हुआ था और बाप के साथ दरोग़ाजी को

सलाम करने आया था। दो-एक बार फ़ारुक़ ने भी उसको देखा और मुस्लिम लीग का सारा प्रोग्राम उसके ज़ेहन से निकल गया।

ठाकुर साहब की निगाह भी सैफ़ुनिया पर पड़ गयी। उन्होंने अपनी मूँछों को ताव देकर सीना चौड़ा कर लिया। उनके ज़ेहन में एक ख़याल उस केंचुए की तरह तड़पकर ख़ामोश हो गया जिस पर खेल-ही-खेल में किसी लड़की ने पान की पीक गिरा दी हो। उन्होंने सोचा कि गुलाबी जान में अब कुछ रह नहीं गया है।

"माई-बाप! इतना त हम न दे सकी ला।" गोबरधन बनिये ने एक क़दम आगे सरकाते हुए कहा। वह दरोग़ाजी के पास ही ज़मीन पर उकड़ूँ बैठा हुआ था।

यह गोबरधन बड़ा मालदार था। मशहूर था कि इसने चूल्हे में कई हाँडियाँ गाड़ रखी हैं। लेकिन एक बार जब झिंगुरिया ने नक़ब काटकर चूल्हा खोदा तो उसे कुछ नहीं मिला, फिर भी यह शोहरत कम नहीं हुई। झिंगुरिया ने सात बार हमला किया। मगर हर बार वह ख़ाली हाथ लौटा और हर बार गाँववालों का यह यक़ीन बढ़ गया कि गोबरधन बड़ा दौलतमंद है, लेकिन बड़ा चालाक है। उसने रुपया कहीं ऐसी जगह छुपा रखा है कि झिंगुरिया-जैसों को भी पता नहीं चलता। यह सुनकर झिंगुरिया की ग़ैरत को ठेस लगी। इसीलिए आठवीं बार उसने गोबरधन को बाँधकर बड़ी ठुकाई की। मगर गोबरधन ने बिलकुल पता नहीं दिया। झिंगुरिया को फिर ख़ाली हाथ लौटना पड़ा।

यह गोबरधन गंगौली का रहनेवाला नहीं था। गंगौली इसकी ससुराल थी। वह जँवाई था। लेकिन इकलौती बेटी का शौहर था, इसलिए घर में उसका बड़ा लाड़ होता था। वह सिल्क का कुरता पहना करता था और अनवारुल हसन के दरवाज़े पर बैठकर लाखों की बातें किया करता था कि फ़लाँ चीज़ का भाव गिर तो रहा है, लेकिन क्यों न बीस हज़ार लगा दिया जाय। फिर अनवारुल हसन वग़ैरह की मुख़ालिफ़त के बावजूद वह रुपया लगा देता और दो-चार हफ़्तों के बाद दस-बीस हज़ार के घाटे या मुनाफ़े की बात करने लगता। मगर घर में एक पैसा नज़र न आता तो एक दिन उसके ससुर ने चुपके-से उसकी बही देखी। बुड्ढे की आँखें हैरत से फैल गयीं। गोबरधन का कारोबार लाखों में फैला हुआ था। बंबई, कलकत्ता, चटगाँव, रंगून, हांगकांग और न मालूम कहाँ-कहाँ गोबरधन ने अपना जाल फैला रखा था। उसने सोचा कि जँवाई देखने में ही निखट्टू है। चुनाँचे उसकी आबरू और बढ़ गयी। और वह गाँव में छाती तानकर घूमने लगा। तिजारत-पेशा लोग उससे तिजारती मामलात में मशवरा लेने लगे। और इसमें शक नहीं कि उसका निशाना सदा ठीक बैठता था। इसलिए उसकी धाक बढ़ती गयी। ससुर के मरने के बाद ससुर का सारा कारोबार भी उसे मिल गया और सौ फ़ीसदी गंगौली का एक जुज़

बन गया। वह मियाँ लोगों के यहाँ आता तो पाइँती जगह पाता। यह एक ऐसा ऐज़ाज़ था जो गंगौली में किसी ग़ैर-शिया को अब तक नहीं मिला था। जब वह गंगौली आया था तो बिलकुल जवान था। अब बूढ़ा हो चुका था। लेकिन उसकी आँखों की चमक वैसी ही थी। उसके छः लड़कों में से चार सरकारी फ़ौज में भरती हो गये थे और एक इलाहाबाद में पढ़ा रहा था। गोबरधन लिखाई-पढ़ाई का ख़ुद बहुत क़ायल था। वह गणेश-पूजा के साथ-साथ सरस्वती-पूजा भी किया करता था। चुनाँचे, उसने गाँववालों की कहा-सुनी के बावजूद अपने सभी लड़कों को तालीम दी थी। छठे लड़के को तो सरकार ने विलायत भेज दिया था पढ़ने के लिए। और मशहूर था कि उसने वहीं किसी मेम से शादी कर ली थी। गोबरधन ने फ़ैसला सुना दिया था कि हरनरैना के लिए अब इस घर में कोई गुंजाइश नहीं है। बल्कि उसने तो उसे विरासत से भी महरूम कर दिया।

मुख्तसर यह कि ज़िंदगी बड़े आराम से गुज़र रही थी कि ठाकुर साहब ने एक लाख रुपया लड़ाई का चंदा जमा करने का बीड़ा उठा लिया और अब वह गोबरधन से दस हज़ार रुपया माँग रहे थे। इस रक़म का नाम सुनते ही गोबरधन उछल पड़ा और हकीम साहब के पाइँती से उचककर दरोग़ाजी के पास जमीन पर उकड़ूँ बैठ गया। मगर दरोग़ाजी उस वक़्त सैफ़ुनिया को देख रहे थे। फिर भी गोबरधन के इन्कार की आवाज़ उनके कानों से टकरा ही गयी...

"कैसी बात करते हैं आप, सेठजी?" ठाकुर हरनारायन प्रसाद ने कहा, "आपका कारोबार मुल्कों-मुल्कों फैला हुआ है। आप करोड़ों नहीं तो लाखों के आदमी हैं। क्यों साहब?" उन्होंने हाजी बुलाक़ी को मुख़ातिब किया, जिनसे वह एक हजार एक वसूल कर चुके थे, "अगर मैं ग़लत कह रहा हूँ तो कह दीजिये।"

"ए में का शक है साहब, इनके ऐसा दौलतमंद त दू-चार सहर में सायदे मिले।" हाजी बुलाक़ी ने कहा।

"देखो सेठ, लड़ाई हो रही है। तुम्हारे चार लड़के सरकारी फ़ौज में हैं। मैं तुम्हारा नाम कांग्रेसियों में लिखना नहीं चाहता।"

"अरे राम-राम करिये, साहब!" गोबरधन बिलकुल घबरा गया, "हम आँग्रेस-काँग्रेस माँ ना हैं। च... च... का कहत बाड़ँ सरकार, आप?"

"जो लड़ाई का चंदा नहीं देगा वह गाँधी का कोई भगत ही होगा।"

"ऐसन न कहीं, सरकार!"

"कैसे न कहें! अब आप ही बताइये, हकीम साहब!" दरोग़ाजी हकीम साहब से मुख़ातिब हो गये, "सेठ गोबरधन के लिए दस हजार की क्या हैसियत है?"

"अरे, दे के ख़तम करो।" हकीम साहब ने कहा।

"कहाँ से देईं मीर साहब?"

"अरे, अभईं कलल्हे न कहते रह्यो कि कानी काहे में तोहें आठ हजार का फ़ायदा भया है।" ग़ुलाम हुसैन ख़ाँ बोले।

"देखो, गोबरधन! मैं आख़िरी बार..." अभी वह यहीं तक कह पाये थे कि समीउद्दीन ख़ाँ आ गये, "क्या कहा फुन्नन मियाँ ने?"

समीउद्दीन ख़ाँ ने फुन्नन मियाँ के जवाब को बा-आवाज़े-बुलंद कहना मुनासिब न जाना, इसलिए उन्होंने उनका जवाब दरोग़ाजी के कान में कहा। ठाकुर साहब का चेहरा सुर्ख़ पड़ गया और हाथ बेसाख़्ता मूँछों तक चला गया।

"रस्सी जल गयी पर बल नहीं गया। चार साल चक्की न पिसवायी तो नाम बदल दूँगा!"

"तो हमरे वास्ते का हुकुम बाए?" गोबरधन ने डरते-डरते पूछा।

"सात दिन में कुल रक़म थाने पर आ जाय।"

जो चमक गोबरधन की आँखों में साठ साल से थी वह एकाएक ख़त्म हो गयी।

अपनी बैठक में दाख़िल होते ही उसने गणेशजी, लक्ष्मी और सरस्वती की मूर्तियों को प्रणाम किया और फिर एक बूढ़े दरख़्त की तरह अपनी गद्दी पर गिर गया। जब शाम हुई और उसकी बहू चिराग़ जलाने आयी, तब वह चौंका और दीये को प्रणाम करके वह फिर बैठ गया।

बहू ने यह ख़बर अंदर दूसरी बहुओं को पहुँचायी। बड़ी बहू घूँघट निकाले आयी।

गोबरधन से पूरी कहानी सुनकर उसने भी यही सोचा कि दस हज़ार की क्या हक़ीक़त है। गोबरधन तिलमिलाकर रह गया। दस हज़ार की यह हक़ीक़त है कि उसकी बड़ी बेटी कमला जब बूढ़ी होने लगी तो डूबकर मर गयी। यह है दस हज़ार की हक़ीक़त! उसने बहू को घुड़क दिया और फिर चुपचाप बैठ गया। बहू ने खाने को पूछा तो उसने इन्कार कर दिया। आख़िर जब चुप बैठना दुश्वार हो गया तो बैठक की कुंडी चढ़ाकर वह फिर हकीम साहब के घर की तरफ़ चल पड़ा। मगर उसके कंधे अपनी बही के बोझ से टूटे जा रहे थे।

ठाकुर साहब ने गंगौली में ही रात गुजारने का फ़ैसला किया था। उन्होंने वार-फ़ण्ड में पाँच हज़ार रसीदी और आठ हज़ार बे-रसीदी चंदा इकट्ठा किया था। रसीदी चंदा तो उन्होंने तहसील रवाना कर दिया था और बे-रसीदी चंदा समीउद्दीन ख़ाँ के साथ थाने चला गया था।

ठाकुर साहब एक आरामकुर्सी पर बैठे सिगरेट पी रहे थे। वह वर्दी उतार

चुके थे। लुंगी बाँधे कंबल ओढ़े बैठे हुए हकीम साहब से हालात-हाज़रा पर बहस कर रहे थे। हकीम साहब को शिकायत यह थी कि सारे नौजवान जो ज़बरदस्ती लाम पर भेजे जा रहे हैं, तो खेती कौन करेगा और जिन काश्तकारों से पुरानी शरह पर लगान वसूल करने के लिए बार-बार बक़ाया लगान का दावा करना पड़ता हो, उनसे ड्यौढ़ा और दूना लगान हासिल करना नामुमकिन है। और जवान हाथों को तरसते हुए खेतों की नीममुर्दा फ़सलों से अगर सरकार ने ग़ल्ला भी वसूल करना शुरू कर दिया तो देहाती ज़िंदगी में ख़लफ़िशार हो जाने का अंदेशा है और ऐसे में कि सारी फ़ौज जर्मन और जापान से लड़ने में लगी हुई है, इस ख़लफ़िशार को दबाना मुश्किल हो जायगा।

"बाक़ी ई जो मशहूर है कि हिटलर तुर्की के इसमत अनूनो हैं, ई कहाँ तक दुरस्त है? अभई परसों जो हम ग़ाज़ीपुर गये तो सना कि मस्जिद में लोग हिटलर के जीतने की दुआ कर रहें।"

ठाकुर साहब ने सिगरेट को आँगन में उछाल दिया, "बात यह है, मीर साहब, कि अगर लगान न बढ़ाया जाय या ग़ल्ला न वसूल किया जाय या जबरी चंदा न लिया जाय तो इत्ती बड़ी लड़ाई का ख़र्च कैसे पूरा होगा? और अगर जवानों को भरती न किया जायगा तो इत्ती बड़ी लड़ाई लड़ी कैसे जायगी?"

हकीम साहब के पास इस मनतिक़ी दलील का कोई जवाब नहीं था। बोले, "ई त आप ठीक कह रहे हैं। बाक़ी..."

"सलाम, मीर साहब!" गोबरधन आ गया, "सलाम, दरोग़ाजी!"

"देख लिया, हकीम साहब, आपने! सीधा हो गया!" दरोग़ाजी ने हकीम साहब से कहा। फिर वह गोबरधन से मुख़ातिब हुए, "लाये!"

"हाँ, सरकार!"

दरोग़ाजी सँभल गये। क्योंकि उन्होंने तय किया था कि गोबरधन को सिर्फ़ हज़ार की रसीद दी जायेगी। वह गोबरधन से जी-ही-जी में ख़ुश हो गये क्योंकि अब हिसाब ठीक हो जायगा। उन्होंने तय किया कि वार-फंड के लिए बीस हज़ार और अपने फ़ंड के लिए तीस हज़ार जमा करेंगे। गोबरधन की रक़म से उनके तीस हज़ार पूरे हो रहे थे और वार-फ़ंड भी अठारह हज़ार तक पहुँच रहा था।

"सरकार, जौन कुछ हमारे पास बाये, तौन हाज़िर है।" गोबरधन ने एक बही और एक थैली पेश की। थैली बहुत मुख़्तसिर थी। बही बहुत तंदुरुस्त थी। दरोग़ाजी की भवें तन गयीं, "यह बही का मैं क्या करूँगा?"

"हमार कुल कारोबार एही माँ बाये, सरकार!" गोबरधन ने कहा, "और पूँजी थैलिया माँ। और गिन लियन चार सौ अगारा रुपिया है। अब हम का कहें!" वह रुक गया और लोना लगी हुई दीवारों की तरह अपनी शख़सियत के ढह पड़ने के धमाके सुनने लगा। उसका कारोबार एक ख़्वाब था। एक बेज़रर

ख़्वाब, जिससे उसकी बेटी के सिवाय अब तक किसी को नुक़सान नहीं पहुँचा था। वह ख़्वाबों में कारोबार किया करता था और अपनी बही में सूदोजियों का हिसाब लिख लिया करता था। वह घंटों इन तिलिस्मी बेज़ान हिन्दसों को देखता था और ख़ुश हो लेता था। जब उसे कोई ख़याली नुकसान होता तो वह हफ़्तों उदास रहता और जब उसका अंदाज़ा ठीक निकलता और ख़याली मुनाफ़ा हो जाता, तो वह हफ़्तों ख़ुश रहता। पोतों-पोतियों को खिलाता, और बहुओं से अच्छी-अच्छी बातें करता। उसने दरोग़ाजी को यह तमाम बातें बता तो डालीं, लेकिन हर जुमला उसके गले में फाँसी का फंदा बन गया। उसका दम घुटने लगा और वह बच्चों की तरह रोने लगा। वह मोम के एक पुतले की तरह पिघल गया।

"त अब हमारी ख़ातिर का हुकम बाए ?"

ठाकुर हरनारायण प्रसाद भी आदमी थे। उन्होंने वह थैली उसको लौटा दी। वह उनके पैर छूकर चला गया। और यह बात उन्हें दूसरे दिन कोई नौ बजे मालूम हुई कि गोबरधन गंगौली छोड़ गया। गाँववालों ने कहा कि ऐसा मक्खीचूस आदमी आज तक नहीं देखा गया।

सिर्फ़ दरोग़ाजी और हकीम साहब को मालूम था कि वह क्यों चला गया। मगर दोनों चुप रहे कि नाहक़ ज़बान खोलने से क्या फ़ायदा। और कुछ यह भी था कि दोनों अपने-अपने कामों में मशग़ूल थे। हकीम साहब इस फ़िक्र में थे कि सद्दन ने बहुत पढ़ लिया। दसवाँ पास है माशाअल्लाह से। नायब तहसीलदारी में नामज़द भी हो गया है, इसलिए अब उसकी शादी होनी चाहिए और दरोग़ाजी को फुन्नन मियाँ की फिक्र थी।

ख़ानदान का बुज़ुर्ग होने की हैसियत से अब्बू मियाँ को मौजूद होना चाहिए था। लेकिन अब्बू मियाँ ग़ाज़ीपुर में थे। इसलिए मेहमाननवाजी के फ़रायज़ हम्माद मियाँ अदा कर रहे थे जो इस मौरूसी ज़मींदारी के मुख़्तारेआम थे और इधर-उधर के काफ़ी खेत निकालकर वह अच्छे-खासे पैसे वाले भी हो गये थे। और अब वह सोच रहे थे कि ख़लवत को छोड़कर उन्हें अपना मकान बनवा लेना चाहिए। चुनाँचे उन्होंने बड़े फाटक के सामने अपने दो-मंज़िला मकान की दाग़-बेल भी डाल ली थी। और चूँकि वह एकदम दौलतमंद हो गये थे, इसलिए वह फुन्नन मियाँ को किसी शुमार से नहीं लाते थे और फुन्नन मियाँ खरे सय्यद थे, इसलिए इन दोनों घरों के ताल्लुक़ात ख़राब भी हो गये थे :

"अब मैं क्या कहूँ, ठाकुर साहब !" उन्होंने दरोग़ाजी से कहा, "फुन्नन की इन हरकतों की वजह से तो हम लोग आज़िज आ चुके हैं। मगर ख़ानदान की इज़्ज़त तो ढोनी ही पड़ती है। डाके वह डलवायें। चोरियाँ वह करवायें। करामत ख़ाँ की बीवी को भी निक़ाल लाये। छुट्टे साँड हैं ! खेत चरते रहते हैं।"

"लेकिन अब यह तो हद हो गयी ना कि थानेदार युसूफ़पुर को दे-दिलाकर

झिंगुरिया को हवालात में बंद करवा दिया और रात को वह वारदात कर गया। वारदात भी कैसी कि क़त्ल! लेकिन समझ में यह नहीं आता कि आख़िर उस औरत से उसकी क्या दुश्मनी थी?"

हम्माद मियाँ हँसे, "आप भी ख़ूब हैं! अरे साहब, झिंगुरिया गुलबहरी को क़त्ल करने गया था।"

"गुलबहरी!"

"अरे, वही अशरफ़ खाँ वाली!"

"ओह! तो यह क़िस्सा है!" ठाकुर साहब ने गरदन हिलायी, "यानी वह बच्चा ख़ैरू ख़ाँ ही का है!"

"ज़ाहिर है!"

"अब तो अशरफ़ुल्लाह ख़ाँ भी लपेट में आ जायँगे।" ठाकुर साहब ने कहा और दिल-ही-दिल में सोचने लगे कि इस ख़ास मामले में अशरफ़ुल्लाह ख़ाँ कितना दे मरेंगे। अभी वह किसी नतीजे पर नहीं पहुँचे थे कि फुन्नन मियाँ आ गये। उन्होंने हम्माद मियाँ की तरफ़ देखा। ठाकुर साहब की तरफ़ देखा। मगर किसी को सलाम किये बिना वह पैर लटकाकर पलँग पर बैठ गये।

"कहिये!"

"मीर साहब, झिंगुरिया के मामले में कुछ बात करनी थी।" दरोग़ा जी ने कहा।

"करिये।"

"वह नक़ब उसी ने लगायी थी।"

"बाक़ी हमने त सुना है कि ऊ हवालात में रहा।"

"मुझे मालूम है कि आपने अफ़सर-इंचार्ज यूसुफ़पुर को तीन सौ रुपये दिये थे।"

"का ऊ ई बयान दिहिन हैं?" वह खड़े हो गये, "हमारे पास फ़ाज़िल वक़्त ना है।"

"कोई आदमी सरकार से टकराकर नहीं जीता है, मीर साहब!"

"ना जीता होइये! बाक़ी आपउ सरकार ना हैं, ठाकुर साहब!" फुन्नन मियाँ ने दरोग़ाजी की आँखों-में-आँखें डालकर कहा, "और इहि बख़त आप हमरे दरवाज़े पर हैं, नहीं कौनो माई का लाल ऐसा त ना है कि फुन्नन मियाँ को धमकाकर चला जाय। हेई हम्माद-अम्माद को अपनी दरोग़ाई दिखलाइये।"

"हमने सुना है कि आप सरजू पाँडे को चंदा देते हैं!"

फुन्नन मियाँ मुस्कराये। मगर वह मुस्कराहट बड़ी ज़हरीली थी।

"अभईं तक त ना दिया है। बाक़ी कहिए त देवे लगें। का कहीं क़ानून में ईहू लिखा है कि कांग्रेसवालन को कोई चंदा न दे? का तूँ डुग्गी पीटे रहियो?" उन्होंने दुखरनवा चौकीदार से पूछा, "हम त ना सुना!"

''आपने अब तक वार-फ़ंड में चंदा भी नहीं दिया।''

''मालगुज़ारी त ना न बाक़ी है!'' फुन्नन मियाँ ने पूछा, ''एक ठो लड़का त चंदे में दे दिया है ना। छः महीने से कौनो ख़बरो ना आयी है कि इम्तियाज़ जियत हैं कि मर गये। कहिए तो मुमताज़ को भेज दें। वार-फ़ंड ''' काहे का वार-फ़ंड! हम कहा रहा जर्मन से लड़े को? कि हम वार-फ़ंड दें? कपड़ा हमें ना मिले। ए भाई, ख़ाय की हर चीज़ बज़ार से बिलाय गयी है। नज़र-न्याज़ को चीनी हम्में ना मिले। मिट्टी का तेल त आबे-जंमजम हो गवा है। ख़ास लोगन को मिलता है। हम एक डब्बल न देंगे वार-फंड में। जुअन करे को हो, तुअन कर लियो।''

''रुकिए!'' दरोग़ाजी का लहज़ा सख़्त हो गया।

''हे दरोग़ाजी!'' फुन्नन मियाँ चुटीले नाग की तरह पलटे, ''फुन्नन मियाँ से कोई ए तरह बात ना करता। का है!''

''क्या यह ग़लत है कि आपने अफ़सर-इंचार्ज यूसुफ़पुर को तीन सौ रुपये नहीं दिये?''

''त उनसे कहि दिजिए कि अदालत में आके ई बयान दे दें। बाक़ी इहो कहि दिजिएगा कि रोजनामचहु को फिकवा डालें। और जो हमरे पास नक़ल-रोजनामचा है, ऊहो को छीन लें।''

''आपके पास यह नक़ल क्यों है?''

''आप कौनो अदालत ना हैं कि आपके हर सवाल का जवाब देना हमरा फ़र्ज हो जाय!''

''गुलबहरी अब पुलिस की हिफ़ाज़त में है।'

''अच्छा, और कौन पुलिस की हिफ़ाज़त में है?''

''जी तो चाहता है कि आपको बग़ावत के जुर्म में गिरफ़्तार कर लूँ।''

''हिम्मत हो तो जी का कहा कर डालिए!''

''यह मत समझिये कि बशीर साहब या वज़ीर साहब या अग्गू मियाँ आप को बचा लेंगे!''

''हमारे बचायेवाले का नाम दरोग़ा शरीफ़ुद्दीन और शिवधन्नी सिंह से पूछ लीजिएगा।''

ठाकुर साहब के तन-बदन में आग लग गयी, और उसकी हरारत से अलफ़ाज़ पिघल गये। चंद लमहों तक फुन्नन मियाँ ने इंतज़ार किया, लेकिन जब ठाकुर साहब ने कुछ नहीं कहा, तो वह बड़े दरवाज़े से निकल गये। उन्हें झिंगुरिया की तरफ़ से कोई परेशानी नहीं थी। दरोग़ा यूसुफ़पुर ने ज़बानी बताने को ज़रूर बता दिया होगा कि मामला क्या है, मगर उनके बाप भी अदालत में यह बयान नहीं दे सकते, वरना बेटा खुद बँध जायँगे। इसलिए उनको तो सिर्फ़ एक सवाल ने परेशान कर रखा था। मौलवी बेदार ने उनकी तजवीज़ रद्द कर दी थी, क्योंकि हकीम साहब हज्जामों के चौधरी को पटा लेने में

कामयाब हो गये थे और ख़ुद सैफ़ुनिया ने यह बयान दे दिया था कि क़िस्सा कोई नहीं था। रहीम को चुप हो जाना पड़ा। वह बिरादरी से लड़ नहीं सकता था। चौधरी ने कह दिया था कि अगर सैफ़ुनिया की शादी में कोई अड़चन पड़ी तो वह उसे अपने नवासे से ब्याह देंगे। इन सब बातों के लिए चौधरी को दस मंडे का एक खेत मिला और मौलवी बेदार ने रहीम को एक सौ पाँच रुपये दिये, और यह वायदा किया कि सैफ़ुनिया की शादी के तमाम इख़राजात वह ख़ुद बरदाश्त करेंगे। ये बातें फुन्नन मियाँ को बहुत देर से मालूम हुईं। इसीलिए मौलवी बेदार के इंकार की शिद्दत ने उन्हें हैरान कर दिया था। मगर जब वहाँ से लौटने के बाद रहीम से उनकी बातें हुईं तो बात उनकी समझ में आ गयी।

"तें एक सौ पाँच रुपिये में हमरी बात बेच दिये?"

"का करें, मीर साहब! चौधरी सब गड़बड़ कर दिहिन।"

"ठीक है। उन्हीं को देख लेंगे। ऊ गंगौली छोड़ ना न दीहिस।"

ये बातें उनके दिमाग में गूँज रही थीं। सलीमपुर जाते वक़्त उन्हें चौधरी के खेत से गुज़रना पड़ा। चने और जौ की बड़ी अच्छी फ़सल खड़ी थी। वह मुस्करा दिये और बल खाती हुई पगडंडी को एक ठोकर मारकर आगे बढ़ गये।

जब वह सलीमपुर पहुँचे तो अशरफ़ुल्लाह ख़ाँ किसी आसामी को ग़ालियाँ दे रहे थे। फुन्नन मियाँ को देखते ही उन्होंने गालियाँ देना बंद कर दिया और बोले, "साले, अगर परसों तक लगान और कर्ज़ मय सूद के न आ गया तो ढोर-डंगर सब नीलाम करवा दूँगा और अपने इन लाट साहब को भी ले जा और इन्हें बतला कि ज़मींदारों से कैसे बातचीत की जाती है!"

सामने ही एक तंदुरुस्त दमकता हुआ नौजवान मुर्ग़ा बना हुआ था। उसकी पीठ पर ईंटों का एक मीनार-सा बना हुआ था। जब वह मीनार हटाया गया तो कई मिनट तक वह खड़ा न हो सका। वह खड़ा होने के बाद भी अपनी पीठ सहलाता रहा।

"सलाम कर ज़मींदार को!" बाप ने उसे कुहनी मारकर सरगोशी में कहा। उसने ख़ाँ साहब को सलाम किया। फिर अपने बाप के साथ चला गया। उन दोनों के जाने के बाद ख़ाँ साहब देर तक उन दोनों को और फिर आसामियों की सारी क़ौम को गालियाँ देते रहे।

"बेदार मियाँ ना माने।" फुन्नन मियाँ ने कहा।

"नहीं माने?" अशरफ़ुल्लाह ख़ाँ ने चौंककर पूछा।

"हाँ, असिल में बात ई है कि चौधरी साला ऊनहीं का आसामी है।"

"तब?"

"अरे, तब का! जब तक फुन्नन ज़िंदा है आपका कोई का कर सकता है! आज त हम ऊ साले दरोग़ा क़ासिमाबाद को भी जी भर के सुना दिया। और हम देख रहें कि अब ई हम्मादो की शामत आ गयी है।"

''और झिंगुरिया का क्या होगा ?''

''ऊ की फ़िकिर आप काहि को करते हैं ! ऊ को छुड़ाना हमरा काम है । बाक़ी गुलबहरी के बारे में अलबत्ता सोचना है । हमरी समझ में त अब इक्के ठो सूरत रह गयी है कि ऊ लड़कवे पर क़ाबू कर लिया जाय । और कौनो और जिले से गुलबहरी का वारंट निकलवाया जाय कि ऊ किसी की ज़ोजा मन्कूहा है, भाग गयी है और पता चला है कि बारिखपुर के शेर मोहम्मद के घर में है, लिहाज़ा वह बरामद करवायी जाये । एक मरतबा ई मुक़दमा चालू हो जाय, फिर देख लेंगे ।''

काफ़ी देर बाद तय पाया कि मत्तोपुर ज़िला फैज़ाबाद के ग़ज़नफ़रअली ख़ाँ से यह दावा करवाया जाय ।

''अच्छा, त अब हम चले ।''

''खाना-वाना खाकर जाइये और एक ताज़ा ग़ज़ल भी हो गयी ह ।''

अंदर से पान आ गया । लड़कियों ने सलाम कहलवाया । फुन्नन मियाँ मुँह में गिलौरी दाबकर जमकर बैठ गये ।

''बिस्मिल्लाह !''

ख़ाँ साहब ने ग़ज़ल शुरू की । फुन्नन मियाँ झूम-झूमकर तारीफ़ करने लगे । मगर इक्कीसवें शेर पर वह चौंके, ''तनी दुबारा ज़हमत करिए !''

ख़ाँ साहब ने दुबारा ज़हमत की ।

''वाह !''

''क्या बात है ?'' ख़ाँ साहब उनके लहज़े पर चौंक पड़े ।

''साहब, हम कोनो पढ़े-लिखे त हैं नहीं । बाक़ी आशिक़ के वास्ते सर उठाने का महावरा कुछ समझ में ना आया । ऊ सर कटा सकता है, मंसूर बनकर, सरमद बनकर । ऊ ईसा बनकर सूली पर चढ़ सकता है । बाक़ी ऊ सर नहीं उठा सकता । सर उठाना तो मोहब्बत का कच्चापन साबित करता है, जैसे ऊ को अपनी मोहब्बत की अकड़ है ।''

अशरफ़ुल्लाह ख़ाँ भी आस्तीन चढ़ाकर लग गये । लेकिन फुन्नन मियाँ ने आख़िरकार उन्हें क़ायल कर ही लिया । चुनाँचे वह शेर ख़ारिज कर दिया गया । फिर खाना लग गया । अंडे का क़ोरमा था, क़लिया था । मटरपुलाव था और गाजर का हलवा था जिस पर बालाई की एक मोटी तह थी ।

खाने से फ़ारिग होकर फुन्नन मियाँ वापस हो रहे थे कि कुँवरपाल सिंह से मुलाक़ात हो गयी ।

ठाकुर साहब उन्हें देखकर रुक गये । शिकवे-शिकायतों का सिलसिला शुरू हो गया । फिर यह बात निकल आयी कि झिंगुरिया ने गुंलाम हुसैन ख़ाँ को घेरकर अच्छा नहीं किया था । बस, फुन्नन मियाँ उखड़ गये । बोले, ''रहे द्यो, ठाकुर, रहे द्यो ! हम ना रहे त तूँ झिंगुरिया पर चढ़ गयो ।''

"एही मारे त चुप हो गये रहे, नहीं त···"

"नहीं त का करियो? खैर, ई हमरा-तुहरा मामिला है। समझ लेंगे। तू बाबा के शागिर्द है और हम उनके अखाड़े के ख़लीफ़ा हैं। और तोहे हमरे खिलाफ़ अली कबीर का साथ न देना चाहिए।"

"हम मीर साहब का चेला त ज़रूर हयँ, बाक़ी ख़लीफ़ा-उलीफ़ा की बात रहे दे। ऊ में हमार-तुहार फ़ैसला न भइल बाय। रहिल अली कबीर मियाँ की बात। त ऊ हमार दोस्त हईं। उस्ताद का नाम बीच में मत ली आवा!"

"काहे न ली आयें?" फुन्नन मियाँ ने कहा, "और बात कहि दे रहे ठाकुर, कि मरद होवा त पुलिस को बीच में मत ली आओ और गुलबहरी को परसों अदालत में पहुँचा दियो।"

"इहे हई! बाक़ी हम चलब ऊकर डोली के साथ।"

"मंज़ूर!"

यह बात फुन्नन मियाँ की स्कीम में दाख़िल नहीं थी। मगर अब तो हाथ मिल गया था।

"चला, लगे हाथ इहू तय हो जाती कि मीर साहब का ख़लीफ़ा हम हैं कि तूँ!" ठाकुर ने कहा।

"त ऐसा कर, तूँहो अकेल आवा, हमहुँ अकेल आयें। तोहरी जीत होये त गुलबहरी हियाँ रहे, हमरी जीत हुए त हम जुअन चाहें तुअन करें।" फुन्नन मियाँ ने कहा।

"ईहू ठीक बाय! हम ओके लेके कल रात के चले के सोचत बाड़ें।"

बात ख़त्म हो गयी। दोनों फ़सलों और महँगाई और सरकार की ज़्यादतियों की बातें करने लगे। फुन्नन मियाँ थोड़ी देर के लिए बारिखपुर में रुके भी। ठाकुर साहब के लड़कों और पोतों ने उन्हें घेर लिया। अंदर से घर का गुड़ आया जिससे इलायची की तेज़ ख़ुशबू आ रही थी और जो घर के घी में तैयार किया गया था। फुन्नन मियाँ ने पानी पिया और इधर-उधर की गप्पें ठोंककर वह फिर गंगौली के लिए रवाना हुए। रास्ते में फिर हज्जामों के चौधरी के खेत आये और उन्हें देखकर वह फिर मुस्कराये।

वे खेत उसी रात कट गये।

इर्द-गिर्द के तमाम काश्तकारों के दिल दहल गये, क्योंकि खेत कभी तनहा नहीं कटते, इसलिए खेतों की रखवाली बढ़ गयी और यूँ रात के कोई एक बजे नील के गोदाम के पासवाले खेतों में रखवाली करनेवाले एक चमार ने फुन्नन मियाँ को लाठी लिये तेज़-तेज़ क़दमों से सड़क की तरफ़ जाते देखा। थोड़ी देर पहले वह एक बैलगाड़ी को भी देख चुका था जिसे ख़िलाफ़-मामूल ठाकुर कुँवरपाल सिंह हाँक रहे थे। गाड़ी में यक़ीनन कोई औरत भी थी, क्योंकि उस चमार ने एक बच्चे के रोने की आवाज़ साफ़ सुनी थी। और उनसे पहले वह

झिंगुरिया को जाता देख चुका था।

फुन्नन मियाँ अकेले ही जा रहे थे कि गाँव से कोई मील-भर पर उन्होंने देखा कि ठाकुर कुँवरपाल सिंह बैलगाड़ी रोके उनकी राह देख रहे हैं।

"तूँ त बहुते राह दखइला।" कुँवरपाल सिंह ने कहा।

"हाँ, तनी देर हो गयी।"

गुलबहरी ने फुन्नन मियाँ की आवाज़ पहचान ली। उसका दिल धड़कने लगा। उसने अपने बच्चे को छाती से लगा लिया।

"साउधान!" ठाकुर साहब ने कहा।

"या अली!" फुन्नन मियाँ ने कहा।

दोनों पैंतरे बदलने लगे। कच्ची सड़क और दोनों तरफ़ खड़े हुए आम, इमली और जामुन के पेड़ों और रात के सन्नाटे के सिवाय कोई तमाशाई नहीं था क्योंकि गुलबहरी तो आँख बंद किये बड़े पीर साहब को याद कर रही थी।

लाठियाँ टकराती रहीं। कोई चोट नहीं खा रहा था। दोनों ही एक अखाड़े के थे और दोनों ही ख़लीफ़ा के चहेते थे। तुले हुए हाथ चल रहे थे। तेल पिलायी हुई लाठियाँ डूबते हुए चाँद की रोशनी में चमक रही थीं।

"या अली!" फुन्नन मियाँ ने वार किया। ठाकुर साहब का सिर खुल गया। उनकी चढ़वाँ दाढ़ी ख़ून से लाल हो गयी।

"जै बजरंगबली!" ठाकुर साहब ने वार किया। फुन्नन मियाँ का बायाँ शाना झूल गया।

गुलबहरी चीख़ पड़ी। फुन्नन मियाँ ने ठाकुर साहब को लाठियों पर रख लिया। ठाकुर साहब लड़खड़ाये और गिर पड़े। एक दरख़्त की ओट से झिंगुरिया निकला।

"का बहुत चोट लगल बाय?"

"गुलबहरी को ले जा।"

"बाक़ी।"

"कहि न रहें…" फुन्नन मियाँ ने झिंगुरिया को डाँटा, "ले जा!"

झिंगुरिया गुलबहरी को घसीट ले गया। फुन्नन मियाँ ने देखा, कुँवरपाल सिंह के बैल उनके ज़ख़्मों को चाट रहे हैं। ख़ुद उनके जिस्म पर भी कई ज़ख़्म थे और बायाँ हाथ तो बिलकुल ही बेकार हो गया था। लेनिक वह ठाकुर के ज़ख़्म साफ़ करने लगे। ठाकुर ने आँखें खोल दीं।

"खलीफ़ाई मुबारक होये!" ठाकुर साहब मुस्कराये।

फुन्नन मियाँ ने उन्हें बड़ी मुश्किल से गाड़ी पर रखा। फिर वह ख़ुद भी बैठ गये। उन्हें इतना तो होश रहा कि उन्होंने गाड़ी को गाँव की तरफ़ मोड़ा। फिर क्या हुआ, यह उन्हें नहीं मालूम हो सका। लेकिन बैलों को रास्ता मालूम था।

बैलगाड़ी जब नील के गोदाम के पास से गुज़री तो खेत की रखवाली

करनेवाले चमार ने देखा कि एक ख़ाली बैलगाड़ी चली जा रही है।

उसकी आवाज़ पर कई खेतों के रखवाले लाठियाँ लेकर दौड़ पड़े। उन्होंने देखा कि गाड़ी में दो बेहोश ज़ख़्मियों के सिवाय और कोई नहीं है। बारिखपुर क़रीब था। गाड़ी वहीं पहुँचा दी गयी। एक आदमी क़ासिमाबाद की तरफ़ लपकाया गया।

समीउद्दीन ख़ाँ अपने क़लमदान के पास कंबल ओढ़े सो रहे थे। पहले वह जागे, फिर उन्होंने रपट लिखी। चूँकि मामला ठाकुर कुँवरपाल सिंह का था, इसलिए हरनारायन प्रसाद, अफ़सर-इन्चार्ज़ क़ासिमाबाद, को जगाया गया, जो थक- थकाकर गुलाबी जान के साथ सो रहे थे। वह अपनी उस बीवी को ख़्वाब में देख रहे थे जो बहुत बदसूरत थी और ठाकुर साहब के वालदैन के साथ जी रही थी। चुनाँचे जब उन्हें जगाया गया तो वह एक हद तक ख़ुश हुए क्योंकि अपनी बीवी की याद उनके लिए हमेशा तकलीफ़देह हुआ करती थी। उन्होंने जल्दी-जल्दी वर्दी-पट्टी दुरुस्त की। मगर जब तक यह बारिख़पुर पहुँचें-पहुँचें, अलीमवा जर्राह ठाकुर साहब की मरहम-पट्टी कर चुका था और हकीम अली कबीर का ख़याल था कि ठाकुर साहब का बचना महाल है।

''भाई, हमरे खयाल में तो ई काम फुन्नन के सिवा कोई और का ना है।'' हकीम साहब ने कहा।

सबका यही ख़याल था। लेकिन फुन्नन मियाँ ख़ुद ज़ख़्मी थे और वही ठाकुर साहब को लाये थे। इसलिए किसी की समझ में यह किस्सा नहीं आ रहा था और उस हंगामे में गुलबहरी का किसी को ख़याल ही नहीं आया। वह तो जब दरोग़ाजी आये तो उन्होंने पहला सवाल गुलबहरी के बारे में पूछा और तब खलबली पड़ गयी। ठाकुर साहब ने आँखें खोल दीं। बोले, ''दरोग़ाजी, हमारा बयान लिख लिहल जाय। अन्तिम यात्रा का समय आ गइल बाये।''

''नहीं ठाकुर साहब, आप…''

''नाहीं!'' ठाकुर साहब ने दरोग़ाजी की बात काट दी, ''हम मरे से डरत नाहीं। हम गुलबहरी के ले के जात रहें कि चार-छः जनी हमरे पर हमला करिन। उ घड़ी फुन्नन मियाँ हमरे संग रहीन…'' अपना बयान लिखाकर ठाकुर साहब ने इत्मीनान की साँस ली, ''जै कृष्ण! जै कृष्ण!'' उन्होंने अपने बेटे की तरफ़ देखा, ''चला, भूमि पर लेटने का समय आ गइल…''

उन्हें ज़मीन पर लिटा दिया गया।

''फुन्नन कीहर बाये?''

''तहरे पास हियन!'' फुन्नन मियाँ ने कहा, जो बड़ी मुश्किल से उनके पास आ गये थे।

''हम जात हएँ, ख़लीफा…''

फुन्नन मियाँ की आँखें भीग गयीं और वह बच्चों की तरह बिलख-

बिलखकर रोने लगे।

उस वक़्त यह बात किसी के दिमाग़ में नहीं आयी कि चार-छः आदमियों के लिए तो अकेले ठाकुर साहब काफ़ी थे। इसलिए यह बात सही नहीं हो सकती कि फुन्नन मियाँ और ठाकुर साहब मिलकर मुक़ाबला करें और चार-छः आदमियों से मार खा जायँ। लेकिन जब ठाकुर साहब के मरने का हंगामा ज़रा कम हुआ तो लोगों ने इस सवाल पर सोचना शुरू कर दिया।

ठाकुर हरनारायन प्रसाद का भी यही ख़याल था। लेकिन वह ठाकुर कुँवरपाल सिंह के बयान को झुठला भी नहीं सकते थे... और गुलबहरी अपने बच्चे-समेत ग़ायब थी। बरसों बाद सलीमपुर के एक आदमी ने गुलबहरी को बलिया के इशरतगंज[1] मुहल्ले के एक 'कोठे' पर देखा। तब यह क़िस्सा फूट निकला कि उस दिन ठाकुर साहब और फुन्नन मियाँ में लड़ाई हुई थी। ठाकुर साहब के ज़ख़्मी होने के बाद झिंगुरिया गुलबहरी को अपने साथ ले गया था। परन्तु इस ख़बर ने कोई सनसनी नहीं फैलायी, क्योंकि यह बात तो सबके दिमाग़ों में पहले ही दिन से थी।

ठाकुर हरनारायन प्रसाद, थानेदार-क़ासिमाबाद को बड़ी सुबकी हो रही थी। वह क़ानून की सारी ताक़त के साथ टूट पड़े। लेकिन किसी को कुछ मालूम ही नहीं था। फुन्नन मियाँ पर उन्होंने हाथ नहीं डाला, क्योंकि वह काफ़ी ज़ख़्मी थे। हालाँकि फुन्नन मियाँ की बातें उनके दिल में काँटे की तरह खटक रही थीं।

''आख़िर इन फुन्नन मियाँ का क्या इलाज किया जाय ?'' उन्होंने गुलाबी जान से पूछा। ज़ाहिर है कि गुलाबी जान के पास इस सवाल का कोई जवाब नहीं था। इस सवाल का जवाब तो समीउद्दीन ख़ाँ के पास भी नहीं था, जिनसे दरोग़ाजी रोज़ ही यह सवाल पूछा करते थे। परेशानी केवल यह थी कि वह कोई उचटता हुआ वार करना नहीं चाहते थे। वह चाहते थे कि वार इतना भरपूर पड़े कि फुन्नन मियाँ हमेशा-हमेशा के लिए टूट जायँ।

''क्यों न सैफ़ुनिया से कोई दावा करवा दिया जाय !'' एक दिन समीउद्दीन ख़ाँ ने कहा।

''गुलबहरी से एक नालिश करवाके देख नहीं चुके क्या ?'' ठाकुर साहब ने कहा, ''बशीर मियाँ, वज़ीर मियाँ, शब्बर मियाँ और अग्गू मियाँ न होते तो मैं अब तक कब का फुन्नन मियाँ को कुचल चुका होता। मगर क्या करूँ—शहर के हुक्काम से उनकी बनी हुई है और अब मालूम हुआ है कि ये लोग यहाँ से मेरी बदली कराने की फिकिर में हैं...''

समीउद्दीन ख़ाँ हमदर्दी ज़रूर करते, मगर उसी वक़्त डाक आ गयी। एक ख़त उनका भी था। उस पर भाँति-भाँति की मुहरें पड़ी हुई थीं। उनका दिल

1. तवायफ़ों के मुहल्ले का नाम हुआ करता था।

धड़कने लगा, क्योंकि इन मुहरों के साथ तो सिर्फ़ बेटे का ख़त आता था। ठाकुर साहब ने भी लिफ़ाफ़ा पहचान लिया।

''लो!'' उन्होंने लिफ़ाफ़ा बढ़ाया, ''मुईन का ख़त मालूम होता है।'' मुईन ने लिखा था कि वह पाँच अगस्त को आ रहा है। उसने यह भी लिखा था कि उसे फ़ौज से डिस्चार्ज कर दिया गया है। पिनशिन के कागज़ात बन रहे हैं।

समीउद्दीन ख़ाँ ख़त लेकर क्वार्टर की तरफ़ भागे। बीवी से बोले, ''अरे, सुनती हो, मुईन आ रहें! उनकी छुट्टी हो गयी। पाँच अगस्त को आयेंवाले हैं।''

''आज कउन अगस्त है?'' बीवी ने पूछा।

''आज तो पचीस जुलाई है।''

''आप अइसा करिये की गंगौली जाके बियाह की तारीख़ डाल आइए...''

''अरे, ख़ुदा की बंदी, अयसी कउन जल्दी है... अभईं तो कउनो तैयारियो ना हुई है।''

''आपको का मालुम कि तैयारी भई है कि ना भई है। हम सब तैयारी कर लिया है। दाज-बरी बिलकुल तैयार है। चढ़ावे का गहना बनके बकस में धरा है। अउर हाँ, जौनपूरो लिख दिजिए कि तारीख़ पड़ गयी। ग़फ़ूरन मिरासिन को लिखना मत भुल जाइएगा, नहीं तो ऊ जान खाये में कउनो कसर न छुड़िहे। अ हमरे ख़याल में तो ईदूओ-बो को बुला लिजिए। पुरानी नाउन है। कामो करिय्हे अउर ओको बड़ा अरमानो है मुईन का सेहरा देखे का।''

''पहले गंगौली तो हो आयें...''

''आपौ की बात... का ग़ुलाम हुसैन ख़ाँ इनकार कर दीहें...''

''फिर भी पूछ लेवे में कउन नुक़सान है?''

उन्होंने बकरा से अन्दर बिलकुल नीचे पड़ी हुई शेरवानी निकाली। ईद-बकरीद के अलावा शेरवानी पहनने का मौक़ा ही नहीं मिलता था। मोहर्रम तक में तो उन्हें वरदी पहननी पड़ती थी। अपनी नौकरी से उन्हें केवल एक शिकायत थी कि जौनपुर का मोहर्रम छूट गया। वरना तब्ल[1] की तैयारियों में कैसा मज़ा आता था। क़मा के मातम के लिए ख़ंजर साफ़ हो रहे हैं। ज़ंजीरें[2] धोयी जा रही हैं, वह तो आठ मोहर्रम का पायक भी बना करते थे। कमर में काली डोरी, काली और सफ़ेद डोरियों की बद्धी पड़ा हुआ हरा कुरता... पायक तो वह अब भी बन लिया करते थे, लेकिन हरे कुरते पर खाकी कमीज़ पहनना उन्हें बड़ा अजीब लगता था—तो ऐरो में शेरवानी पहनने का भला सवाल ही कहाँ पैदा होता था। इसलिए बकरीद के बाद शेरवानी मुईन की माँ के भारी

---

1. जौनपुर के शीआ मोहर्रम के लिए बहुत बड़े-बड़े तब्ल तैयार करते हैं।
2. यह ख़ास तरह की ज़ंजीरें भी मातम के काम आती हैं। इनमें छोटे-छोटे बेशुमार तेज़ धारदार फल लगे होते हैं और इनसे पीठ या सीने पर मातम किया जाता है।

कपड़ों के बक्स में रख दी जाती थी, और फिर ईद ही के दिन निकाली जाती थी। लेकिन वह बेटे की शादी की तारीख़ पक्की करने के लिए पुलिस की वर्दी में जाना नहीं चाहते थे। चुँगड़ी-मुँगड़ी शेरवानी पर मुईनुद्दीन की माँ ने तामचीनी के एक बड़े प्याले से इस्तरी की और समीउद्दीन ख़ाँ शेरवानी डाटकर तैयार हो गये। बीवी ने झप-से एक गिलौरी खिलायी और समीउद्दीन ख़ाँ बिस्मिल्लाह करके अपने क्वार्टर से बाहर आ गये।

''कहाँ जा रहे हो?'' ठाकुर साहब ने शेरवानी देखकर सवाल किया।

''पाँच को मुईनुद्दीन आ रहे हैं। मुईनुद्दीन की माँ का ख़याल है कि छः या सात को ब्याह हो जाय। तो जा रहे हैं गंगौली तारीख़ तय करे।''

''मुबारिक हो!'' ठाकुर साहब ने कहा, ''भई, गंगौली जा रहे हो तो ज़रा हकीम से भी मिल लेना और कहना कि ग़ल्ले की वसूली में उन्होंने जो मदद की थी, उसकी मुनरो साहब ने तारीफ़ की है। सनद चंद दिनों में आ जायेगी। ख़बर गरम है कि शायद अबके उन्हें 'ख़ाँ साहब' का ख़िताब भी मिले। मगर इस इलाके से दस हजार और मिल जायँ तो ख़िताब कहीं गया नहीं है।''

''ई तो बड़ी अच्छी ख़बर है!''

समीउद्दीन ख़ाँ ने अपनी साइकिल सँभाली।

बारिश शुरू हो चुकी थी। फ़िज़ा में एक नमी थी। हवा तेज़ थी और इधर-उधर से बादल इकट्ठा हो रहे थे। समीउद्दीन ख़ाँ ने बादलों को देखकर अंदाज़ा लगाया कि वह गंगौली पहुँच सकते हैं। फिर भी एहतियातन उन्होंने छतरी मँगाकर साइकिल के डंडे से बाँध ली।

गंगौली के बाज़ार में समीउद्दीन ख़ाँ की निगाह फुन्नन पर पड़ गयी। फुन्नन मियाँ ने भी उन्हें देख लिया, इसलिए ख़ाँ साहब को सलाम करके साइकिल से उतरना पड़ा। फुन्नन मियाँ ठीक तो हो गये थे मगर उनका बायाँ कन्धा झुक गया था और अभी तक चेहरे पर बहाली नहीं आयी थी।

''कहिए, मीर साहब, का हाल हैं?''

''हूँ, हाला में कौन ख़राबी है!'' फुन्नन मियाँ ने कहा। शायद वह यह फ़ैसला कर चुके थे कि उन्हें पुलिसवालों से सीधे मुँह नहीं बोलना चाहिए, ''तूँ कहाँ ईहर का रास्ता भूल पड़ियो। अब केहका घर लूटे को है? गंगौली में अब राक़ियन के अलावा कोई के पास पैसा न है।''

''आदाब चचा!'' अनवारुल हसन राक़ी का लड़का फ़ारुक़ आ गया।

''ए भैया, तोरे पाकिस्तान का का हाल है?''

''वह तो बन रहा है!''

''काहे न बनिहे, भैया! तू कहि रइयो तो ज़रूर बनिहे। बाक़ी ई गंगौली पाकिस्तान में जइहे कि हिंदुस्तान में रइहे?''

''इ तो हिंदुस्तान में रहेगी। पाकिस्तान में तो सूबा सरहद, पंजाब, सिंध

और बंगाल होगा। और कोशिश कर रहें हम लोग कि मुस्लिम यूनिवर्सिटी भी पाकिस्तान में हो जाय।''

''गंगौली के वास्ते ना न करिह्यो कोशिश?''

''गंगौली का क्या सवाल है?''

''सवाल न है त हम्में पाकिस्तान बनने या न बनने से का?''

''एक इस्लामी हकूमत बन जायगी।''

''कहीं इस्लामू है कि हुकूमत बन जैयहे! ऐ भाई, बाप-दादा की क़बुर हियाँ है, चौक इमाम बाड़ा हियाँ है, खेत-बाड़ी हियाँ है। हम कोनो बुरबक हैं कि तोरे पाकिस्तान जिंदाबाद में फँस जायँ!''

''अंग्रेज़ों के जाने के बाद यहाँ हिंदुओं का राज होगा!''

''हाँ-हाँ, त हुए बा। तू त ऐसा हिंदू कहि रहियो जैसे हिंदुवा सब भुकाऊँ हैं कि काट लीहयन। अरे, ठाकुर कुँवरपाल सिंह त हिंदूए रहे। झिंगुरियो हिंदू है। ऐ भाई, ओ परसरमुवा हिंदूए न है कि जब शहर में सुन्नी लोग हरमज़दगी कीहन कि हम हज़रत अली का ताबूत न उठे देंगे, काहे को कि ऊ में शीआ लोग तबरा पढ़त हएँ, त परसरमुवा ऊधम मचा दीहन कि ई ताबूत उट्ठी और ऊ ताबूत उट्ठा। तोरे जिन्ना साहब हमारा ताबूत उठवाये न आये!''

फ़ारुक़ हँस दिया।

''असल में इन हिंदुओं की सिसियरिटी मशकूक है।''

''का मशकूक है?''

''सिसियरिटी··· मेरा मतलब है कि अरे साहब वह··· यानि कि···''

''का भाई, बाप-दादा की ज़बानों भूल गयो!''

फारुक़ सिर खुजाने लगा।

''अच्छा, मीर साहब, हम चल रहें।'' समीउद्दीन ख़ाँ ने कहा।

''हेई सुसर पाकिस्तान के झगड़े में त हम तोहे भूल गये रहे। कहाँ जा रहियो?''

''मुईनुद्दीन का ख़त आया है कि ऊ पाँच को आ रहें, तो सोच रहें कि छठी को दो बोल पढ़ा दिया जाय, एही मारे ग़ुलाम हुसैन ख़ाँ के हाँ जा रहें!''

''मुबारिक हो भई!'' फुन्नन मियाँ मुस्करा दिये, हालाँकि उन्हें यह बात शिद्दत से याद आती कि 'इम्तियाज़ अब ना लौटिहें।' उन्हें यह ख़बर मिल चुकी थी कि उनका बेटा बहादुरी से लड़ता हुआ काम आ गया है। जब एस. डी. ओ. यूसुफ़पुर ने उन्हें यह ख़बर सुनायी, तो उन्होंने कहा, ''आपऊ को बात डिप्टी साहब! फुन्नन मियाँ का लड़का बहादुरी से लड़ते-लडते काम आ गया तो इसमें कौन ताज्जुब की बात है! ऊ कौनो हकीम अली कबीर का लड़का है!'' मगर इस वक़्त मुईनुद्दीन के आने की ख़बर सुनकर वह अंदर से उदास हो गये, क्योंकि उन्हें इम्तियाज़ की शादी का बड़ा अरमान था। उन्होंने तो हम्माद

मियाँ की लड़की उम्मे हबीबा को पसंद भी कर रक्खा था, हालाँकि वह जानते थे कि यह शादी नहीं हो सकती, पर तब तक यह सोचकर खुश हो लेने में क्या हर्ज है कि हो सकती है। उन्होंने यह ज़िकर कहीं करवाया था, क्योंकि उन्हें मालूम था कि हम्माद मियाँ इन्कार कर देंगे, लेकिन वह मुतमइन थे कि इम्तियाज़ के लौटने के बाद कोई-न-कोई लड़की मिल ही जायगी। असल सवाल तो लड़कियों का होता है। आख़िर अल्लाह ने जोड़ा भेज ही दिया। रज़िये और रुक़य्ये अपने-अपने घर की हो ही गयीं। बची मग़फ़िये, तो अल्लाह ने उसका जोड़ा भी पैदा ही किया होगा। लेकिन इम्तियाज़ के मरने की खबर आ गयी। ठाकुर कुँवरपाल सिंह की मौत ने उन्हें यूँ ही बुझा दिया था, इम्तियाज़ की मौत ने चारों तरफ़ बिलकुल ही अँधेरा कर दिया। हद तो यह है कि वह दीवाली के जुए की फड़ पर भी नहीं बैठे और हरनारायन प्रसाद ने ख़ास उनके लिए जो छापा मारा था, वह ज़ाया हो गया। उन्होंने बाक़ी जुआरियों को नंगा-झोरी लेकर छोड़ दिया था। दीवाली की फड़ पर न बैठना एक बहुत बड़ी घटना थी। फुन्नन मियाँ ने इसी पर बस नहीं किया, उन्होंने नमाज़ पढ़ना शुरू कर दिया। नमाज़ में वह सिर्फ़ तीन दुआएँ माँगते थे :

"पाक परवरदिगार ! मुहम्मदो आले मुहम्मद के सदक़े में ठाकुर कुँवरपाल सिंह को बख़्श दे, मग़फ़िये की शादी करा दे और इम्तियाज़ को साथ ख़ैरियत के वापस कर !"

अब पता नहीं कि अल्लाह मियाँ ने ठाकुर कुँवरपाल सिंह को बख़्शा या नहीं। लेकिन मग़फ़िये के लिए उसने कोई रिश्ता फ़राहम नहीं किया और इम्तियाज़ के साथ ख़ैरियत से वापस आने का सवाल ही ख़त्म हो गया। ले-देकर एक मुमताज़ था, मगर वह अभी छोटा था। फुन्नन मियाँ को खतरा था कि अगर ख़ुदा-न-ख़ास्ता जंग खिच गयी और मुमताज़ जवान हो गया तो क्या होगा ? इसलिए उन्होंने ग़ाज़ीपुर के मुसलमानों और गंगौली के राक़ियों और जुलाहों की आरज़ुओं के ख़िलाफ़ एक और दुआ माँगनी शुरू कर दी :

"पाक परवरदिगार ! मुहम्मदो आले मुहम्मद के सदके में ठाकुर कुँवरपाल सिंह को बख़्श दे, मग़फ़िये की शादी करवा दे और जरमन को हराकर इस लड़ाई को ख़त्म करवा दे... आमीन !"

गाँव में किसी को इन दुआओं की ख़बर नहीं थी। बस, यह बात फुन्नन मियाँ को मालूम थी और अगर कोई ख़ुदा है तो उसे ख़बर थी, यानी अगर फ़रिश्ते बीच ही में गोल-माल न कर दें तब !

लेकिन हर दुआ के बाद वह यह सोचने लगते थे कि ठाकुर को किसने मारा ! उस फुन्नन ने जो अशरफ़ुल्लाह ख़ाँ का दोस्त था या उस फुन्नन ने जो अखाड़े का ख़लीफ़ा था ! वह कोई फ़लसफ़ी तो थे नहीं कि ज़िंदगी और मौत की गुत्थियों

पर ग़ौर करते। वह कोई मौलवी भी नहीं थे और कोई शेख़ सादी[1] भी नहीं थे कि उस वाक़ये से कोई इख़लाक़ी हिकायत गढ़ लेते। वह तो सिर्फ़ फुन्नन मियाँ थे। गंगौली के एक ज़मींदार, और उनके पास एक मोहर्रम के सिवाय इख़लाक़ों-फ़लसफ़ाओं तारीख का कोई और ज़ख़ीरा नहीं था। सोचते-सोचते उन्हें मुहम्मद इब्ने अबु बकर याद आये, जो सियासी तौर पर अपने बाप के ख़िलाफ़ थे और उन्हें तसकीन हो गयी कि अगर ठाकुर उन फुन्नन मियाँ के हाथों से मारा गया जो अशरफ़ुल्लाह ख़ाँ के दोस्त हैं, तो पशेमाँ होने की कोई वजह नहीं। फिर भी उनके ज़ेहन से ठाकुर साहब का आख़िरी जुमला नहीं निकलता था—"हम जात हएँ ख़लीफ़ा!" यह जुमला फुन्नन मियाँ से बार-बार यह कहता था कि शायद ठाकुर के क़त्ल में ख़लीफ़ा फुन्नन मियाँ का हाथ भी है और इसीलिए जब एक खेत के मामले में हम्माद और ठाकर साहब के बड़े लड़के पृथ्वीपाल सिंह का इख़्तिलाफ़ हुआ, और फ़ौजदारी की नौबत आयी, तो फुन्नन मियाँ ने अपने आदमियों से कहा कि वह ठाकुर का साथ दें। इस बात पर पट्टी में उनकी बहुत ले-दे भी हुई, लेकिन एक बार सुनते-सुनते वह झल्ला गये और बोले, "पट्टीदारी का मतलब एहे है का कि हम्माद जुअन आफ़त चाहें जोत लें और सब उन्हईं का साथ दें! ई हम से ना होई।"

लेकिन इसका अंजाम यह हुआ कि फुन्नन मियाँ दक्खिन-पट्टी से भी टाट-बाहर कर दिये गये थे। जब वह करामत अली की बीवी को निकाल लाये थे तब वह टाट-बाहर नहीं किये गये थे। सिर्फ़ इतना हुआ था कि कुलसूम को बीबियों के साथ बैठने का हक़ नहीं मिला था। और यह होना भी चाहिए था। फुन्नन मियाँ को कोई शिकायत नहीं हुई थी, लेकिन जब फुन्नन मियाँ ने एक हक़ की बात पर पृथ्वीपाल सिंह का साथ दिया तो पट्टीवालों ने उन्हें टाट-बाहर कर दिया। उन्हें हुक्क़ा-पानी बंद होने का भी ज़्यादा मलाल नहीं था इसलिए कि उन्हें मालूम था कि अब उन्हें सय्यदों में रिश्ता नहीं करना है; लेकिन ख़ुद यह ख़याल बहुत तकलीफ़देह था कि हुक्क़ा-पानी बंद है और 'मुनत्याज़ अभईं छोटे हैं। और इमत्याज़ बहादुरी से लड़ते हुए काम आ गये हैं और समीउद्दीन ख़ाँ अपने मुईनुद्दीन की शादी की तारीख़ तय कर रहें'—उन्होंने अपनी गरदन झटक दी, "ए भाई! अब क़िस्मत में इहे लिखा है त कोई का करे?"

लेकिन जब उन्होंने मुईनुद्दीन की शादी की बात कुलसूम को बतायी, तो वह इम्तयाज़ को याद कर-करके रोने लगी। उसे रोता देखकर रज़िये भी रोने लगी और रुक़य्ये भी। रज़िये को रोता देखकर उसकी छः साल की लड़की कनीज़ फ़ातमा उर्फ़ कद्दन रोने लगी और उसे रोता देखकर उसका साढ़े पाँच साल का लड़का सय्यद दिलशाद हुसैन आब्दी उर्फ़ दुल्लन भी रोने लगा। उसे

---

1. फ़ारसी के पुराने और सबसे बड़े शायर।

रोता देखकर चार साल की सुलतान फ़ातमा उर्फ़ फत्तो ने चीख़ना शुरू किया। उसके बादवाला पेट गिर गया था और उसके बादवाली परवीन फ़ातमा उर्फ़ पम्मो अभी एक ही साल की थी, इसलिए हँसने-रोने से बेनियाज़ थी।

रज़िये की तबीयत इधर छः-सात महीने से ख़राब रहने लगी थी। शाम को तबीयत निढ़ाल रहती थी और हलकी-सी हरारत भी हो जाती थी। उसकी बड़ी-बड़ी चमकदार सियाह आँखों की चमक धुँधली पड़ गयी थी और मुस्कराहट के वे चिराग़ बुझ गये थे जो उसके होंठों पर सदा जलते रहा करते थे। और इन सब बातों के साथ-साथ तीन महीनों का पेट अलग।

कुलसूम तो आग-बगूला हो गयी थी।

"मुहम्मद हसन को ईहे एक ठो काम रह गया है। जब देखो, तब पेट! दिन-तारीख़ देखके तड़ातड़ चले आ रहें एक के बाद एक!"

उसने बेटी से तो ग़ुस्से में यह कह दिया, लेकिन दामाद से तो यह कहा नहीं जा सकता था और चूँकि रज़िये को कलकत्ता की आबोहवा रास नहीं आ रही थी इसलिए रज़िये गंगौली आ गयी थी कि मोहर्रम भी कर लेगी और इसी के लगभग बच्चा भी हो जायगा।

रज़िये की हालत सुनकर नईमा-बी ने तो साफ़-साफ़ कह दिया, "अब रज़िये न बची हयन और उम्मुल, तूँ देख लियो, फुन्नन मग़फ़िये को मुहम्मद हसन से ब्याह दिहिन।"

"नाहीं!" उम्मुल ने नाक पर उँगली रखकर कहा, "फुन्नन का सठिया गये हैं। मुहम्मद हुसैन की शादी देर में भई, नहीं त मग़फ़िये बराबर त ऊ की बेटी होती और मग़फ़िये का कुद्दन से ढेर बड़ी है! हमरे ख़याल में त तीन-चार साल ढेर का फ़र्क़ न है।"

"त फुन्नन को कमासु दमाद कहाँ से जुड़िए?" नईमा-बी ने चमककर कहा।

"जैसे रुक़य्ये को जुड़ गवा और रज़िये को जुड़ गवा! मग़फ़िये का जोड़ा का अल्लाह मियाँ ना बनाइन होइएँ?"

"तोहे बात का टूँगना ज़रूरी है!" नईमा-बी बिगड़ गयीं, क्योंकि एक अब्बास के बाद कुबरा ने भी बेटियों की एक खेप उतार दी थी। उम्मे हबीबी, सुग़रा, अज़रा, नजमा और फ़िरोजा। सुग़रा के नाम पर तो अच्छा-खासा फ़िसाद खड़ा हो गया था। क्योंकि हकीम साहब की एक नवासी का नाम भी सुग़रा था, चुनाँचे उनकी बेटी उखड़ गयी कि हम्माद ने उनकी बेटी का नाम कैसे रख लिया। औरतों के लिए नाम तो बड़ी ग़ज़ब की चीज़ होता है।

बशीर मियाँ की माँ अकबरी बीबी का यह हाल था कि चूँकि उनके मियाँ का नाम मुहम्मद था, इसलिए वह मरते भर गयीं, लेकिन आधी से ज़्यादा ज़िंदगी ग़ाज़ीपुर में गुज़ारने के बावजूद वह 'मुहम्मदपुर' को 'ऊहपुर' कहा

करती थी। और जब उनकी बड़ी पोती सरवरी की शादी इब्ने अली से हुई तो बड़ा फ़ज़ीता खड़ा हो गया। क्योंकि नौहों-मरसियों में इब्ने अली बार-बार आता है। इसलिए जब शादी के बाद पहला मोहर्रम आया और सरवरी ने हस्बे-दस्तूर नौहा पढ़ना शुरू किया, तो दूसरे ही शेर में इब्ने अली आ गया। सरवरी को चूँकि बाक़ायदा उर्दू पढ़ायी गयी थी और उसने मिसेज़ नार्थ से अंग्रेज़ी की इब्तिदाई किताबें पढ़ी थीं, इसलिए वह उस नज़ाकत को न समझी। पढ़ गयी। अकबरी बीबी इस क़दर ख़फ़ा हुईं कि फ़र्श-हुसैन से उठ गयीं, बोलीं, ''मैं कहत रहियूँ बशीर से कि ऊ किरिस्टान को मत बुलाओ। बाक़ी अंग्रेज़ी पढ़ाने का शौक़ चर्राया रहा ना! अब लियो अंग्रेज़ी! तड़ातड़ मियाँ का नाम लिये जा रही है।''

उन्हें लाख समझाया गया कि इब्ने अली इमाम हुसैन को कहते हैं, मगर वह नहीं मानीं। उनकी मंतक़ अजीब थी, ''मैं का न जनतियूँ? बाक़ी इब्ने अली ऊ के मियाँ का नाम है कि ना!''

इस सवाल का जवाब कौन दे सकता था! चुनाँचे अकबरी बीबी सरवरी से महीनों नहीं बोलीं। तो भला ऐसी दुनिया में कोई किसी और का नाम कैसे रख सकता है! मगर नईमा बीबी झेल गयीं। अज़रा और नजमा को उन्होंने किसी तरह बरदाश्त कर लिया, हालाँकि उनका कहना था कि ''नौज, एहू कोनो नाम है?'' लेकिन फ़िरोज़ा पर तो वह बिलकुल ही चिराग़-पा हो गयीं। उनका ख़याल था कि अब्बास अपनी बहनों के लिए किरिस्टानों-जैसा नाम रख रहा है। बहुत बिगड़ीं कि 'ई नाम बशीर और अग्गू मियाँ को मुबारिक रहे दो!' लेकिन अब्बास ने ज़िद की और नईमा-बी को हार माननी पड़ी। लेकिन बहू से ख़फ़ा होने को तो कोई नहीं रोक सकता था। इसलिए वह रब्बन-बी ही की तरह अपनी बहू से ख़फ़ा हो गयीं। चुनाँचे कुबरा ने जो बीच में टुकड़ा लगाया, तो वह उखड़ गयीं। कुबरा बुदबुदाकर बावर्चीख़ाने में चली गयी और नईमा-बी फिर उम्मुल से बातें करने लगीं। उन्हें इसरार था कि रज़िये मर जायगी और फुन्नन मियाँ मग़फ़िये को मुहम्मद हुसैन से ब्याह देंगे। उम्मुल को इस बात के मान लेने में कोई ख़ास ऐतराज़ नहीं था।

''सुन रहियूँ कि फुस्सू की लड़की का रिश्ता आया रहा फ़ैज़ाबाद से। बात पक्की हो गयी रही। बाक़ी फिर लड़केवाले रिश्ता तोड़ दिहिन कि लड़की की शकल ख़राब है।''

''त का ग़लत कहिन सब?'' नईमा-बी बोलीं, ''हमहूँ को खँचिया-भर लड़की ब्याहे की हैं। बाक़ी ए में कोनो शक ना है कि सलमा की सूरत ख़राब है।''

''का एक ठो सलमवे बदसूरत है! कौन कहे कि कुबरा, सैदा, उम्मे-लैला, कनीज़, रबाब और ऊ गोदियावाली का का नाम है... हाँ, महजबीं की शकल

बहुत अच्छी है ? आँव का आवा बन गवा है । फुस्सु का दिल-गुरदा है कि सभन को चाहत हएँ ।"

"और सुना है कि बदरून के ब्याह की तारीख़ पड़ गयी ।"

"हाँ-आँ मार गाना-बजाना हो रहा ।"

"गुलाम हुसैन त बड़ा जहेज़ तैयार कीहन होइहैं ।"

"सुन त रहें कि पाँच थान सोने का और दस थान चाँदी का गहना दे रहें । कपड़वे में परेशानी है । एक दम्मे से न उड़ गवा है । परमिट-अरमिट बनवाइन न हएँ । बाक़ी देख जुअन बन जाय, तुअन ग़नीमत है । का ज़माना आ गवा है !"

मगर ग़ुलाम हुसैन ख़ाँ ने यह मर-जीकर किसी-न-किसी तरह ग्यारह जोड़े तैयार कर ही लिये । दो भाइयों के बीच में अकेली लड़की थी, क्योंकि कुलसूम के निकल जाने के बाद करामत ख़ाँ ने शादी नहीं की और वह थे डिप्टी अली हादी के मुँह-लगे मुलाज़िम । उन्हीं के साथ रहते भी थे । इसीलिए ऊपर की आमदनी काफ़ी थी और ख़र्च एक नये पैसे का नहीं था । उन्होंने सोचा कि पैसा किसके लिए बचायें ? इसलिए उन्होंने अपनी डाकखाने की कॉपी बड़े भाई के सुपुर्द कर दी, उसमें आठ सौ चालीस रुपये तेरह आने थे ।

ग़ुलाम हुसैन ख़ाँ ने अपनी बिसात से ज़्यादा इंतज़ाम किया । वैसे हकीम साहब और डिप्टी अली हादी ने भी मदद की । दोनों ने एक-एक जोड़ा कपड़ा दिया । हकीम साहब की बेटी ने चाँदी की आठ चूड़ियाँ दीं । डिप्टी अली हादी की बीवी ने अपना एक पुराना बुंदा दिया, जो सुनार के यहाँ से साफ़ होकर आया तो दप-दप कर रह था । फिर ख़ुद बदरून की माँ ने अपने सारे गहने-पाते दे डाले । यूँ जहेज़ तैयार हो गया । ढोल पर चाप पड़ी और बदरून झप-से माँझे बिठा दी गयी और सैफ़ुनिया की माँ उसे सुबह-शाम उबटन मलने लगी । उसका खाना बिलकुल बंद कर दिया गया । चुनाँचे बदन की ज़रदी पर उबटन की चमक चढ़ने लगी और बदरून उल्टे-सीधे ख़्वाब देखने लगी । शादीशुदा हमजोलियाँ और गाँव की भौजाइयाँ उसे तरह-तरह की कहानियाँ सुनाने लगीं । कभी उसका दिल धड़कने लगता और कभी वह शरमा जाती और लाजवंती की तरह अपने मैले कपड़ों में सिमट जाती ।

चमाइनों का ग़ोल गंदी-गंदी ग़ालियाँ गाने लगा । औरतें—शरीफ़ औरतें—वे गालियाँ सुनने लगीं । कभी किसी ने एक चवन्नी देकर किसी के लिए गाली गवायी । कभी उसने एक अठन्नी देकर गाली गवायी । नतीजे में मालूम हुआ कि सबकी बहनों को थानेदार ले भागा है और तमाम-की-तमाम शादीशुदा और ग़ैर-शादीशुदा औरतें हथिनियाँ हैं कि सौ-सौ मरदों से उनका जी नहीं भरता । और उन गालियों को सुन-सुनकर सब ठट्ठे लगाती रहीं, पान खाती रहीं । और ज़माने की ख़राबी पर माथा कूटती रहीं कि क्या ज़माना आ

गया है कि गेहूँ चार सेर का बिक रहा है।

सात अगस्त को सुबह ही से बारिश होने लगी। लड़कियों ने बदरुन को छेड़ना शुरू किया :

"हम कहते न रहे कि पतीली में मत खाओ। अब ई कीचड़ में मियाँ-भाई कहीं गिर-गिरा गये तब ?"

बदरुन मियाँ-भाई का ज़िक्र सुनकर अपना सिर घुटनों में छुपा लेती।

बरात कोई रात के ग्यारह बजे आयी, तो मालूम हुआ कि मुईनुद्दीन की एक टाँग लकड़ी की है। अंदर से लड़कियों और औरतों के गाने की आवाज़ आ रही थी :

बड़ी धूम-गजर से आया री बना,
कुम्हार की गली हो आया री बना।
अपनी अम्मा नचाता आया री बना,
सब लोग कहें कुम्हार का जना।
बड़ी धूम-गजर से आया री बना।
महतर की गली हो आया री बना।
अपनी दादी नचाता आया री बना,
सब लोग कहें महतर का जना।
बड़ी धूम-गजर से आया री बना...

मगर लकड़ी की टाँग की ख़बर जो अंदर पहुँची तो गीत ठप्प हो गये।

यह ख़बर गाँव-भर में फैल गयी। मरदों का कहना था कि समीउद्दीन ख़ाँ ने यह ख़बर छुपाकर अच्छा नहीं किया। औरतों ने माथा कूट लिया कि बदरुन की क़िस्मत फूट गयी। सारे गाँव ने कहा कि यह खुली हुई धाँधली है। बरात लौटा दी जाये। मगर ग़ुलाम हुसैन ख़ाँ बरात लौटाने पर तैयार नहीं हुए। करामत ख़ाँ ने तो लाठी तक उठा ली थी। लेकिन ग़ुलाम हुसैन ख़ाँ लड़कीवाले थे, बोले, "ई मत भूलो कि हम लड़कीवाले हैं !"

"हैं तो क्या भैया, हमरी लड़की का लँगड़ी-लूली है ? समीउद्दीन ख़ाँ की ऐसी की तैसी ! हम इनकी सारी दीवानी अभईं निकाल देत हैं। भैया, बदरुन के वास्ते कौनो लड़के की कमी ना है।"

"ऊकी क़िस्मत में ई लँगड़वे लिक्खा है त हम कौन ख़ुदा के कारख़ाने में दख़ल देवे वाले ?"

गाँव के लोग भी पट्टीदारी और ज़ात-बिरादरी को भूलकर लड़ने-मरने पर आमादा हो गये। जौनपुरवाले शेरवानियाँ पहने-पहने अकड़ रहे थे।

"अरे निकाल दामाद के त ई सुसरन के..." गया अहीर ने कहा।

"आप अलग हटें, ख़ाँ साहब ! ई गाँवभर की मरजाद का सवाल बाय।"

सुखरमवा चमार ने कहा।

"ई साले का समझ के बरात ली आये हैं!" फुन्नन मियाँ ने कुलसूम से कहा।

"आपसे हमें इसकी उम्मीद न थी।" हकीम साहब ने ठाकुर हरनारायन प्रसाद से कहा।

"मीर साहब, अब मैं क्या अर्ज़ करूँ!" ठाकुर साहब बोले, "मैं तो समझा था कि समीउद्दीन ख़ाँ ने बता दिया होगा। मुझे तो बल्कि ताज्जुब था कि जान-बूझकर आप लोग लड़की को कुएँ में धकेल रहे हैं!"

"किस्मत फूट गयी बेचारी की। एक तो···" हकीम साहब की बात पूरी न हो सकी क्योंकि मौलवी बेदार हुसैन सदरुल्फ़ाज़िल बदरुन की मंज़ूरी लेकर आ गये। अंदर रोना-पीटना पड़ा हुआ था। बदरुन की माँ रो रही थी और बरात के साथ आनेवाली औरतों की बात कोई नहीं पूछ रहा था।

"हम कहि रहें कि आप लड़किया को लड़कवा की टाँग से ब्याह रहीं कि लड़कवा से?" मुईनुद्दीन की माँ ने जलकर सवाल किया। उसे अपने लड़के की शादी के मौक़े पर यह रोना-धोना एक आँख नहीं भा रहा था। हालाँकि जब मुईनुद्दीन लकड़ी की एक टाँग पर भिचकता हुआ घर में दाख़िल हुआ तो उनके मुँह से चीख़ निकल गयी थी। वह सोच भी नहीं सकती थीं कि यह भी हो सकता है। उन्होंने आँगन में नंगे सिर क़िबला-रू खड़े होकर जर्मनों और अंग्रेज़ों को खूब कोसा था कि उनकी लड़ाई में बेटे की टाँग गयी। मगर वह बात और थी। ऐसे में जब कि मौलवी लड़की से पूछ रहा है कि 'क्या उसे मुईनुद्दीन ख़ाँ वलद समीउद्दीन ख़ाँ से पाँच सौ इक्यावन रुपये और पाँच अशर्फ़ियों पर निकाह क़बूल है?' रोने का कोई मौक़ा नहीं था। कोई माँ उसे बरदाश्त नहीं कर सकती थी।

बदरुन की माँ मुईनुद्दीन ख़ाँ की माँ की बात पी गयी। उसने भी सोचा कि अब तो जो होना है, हो गया। रोने से क्या फ़ायदा! इसलिए वह अपनी समधिन के लिए पान लगाने लगी।

मगर जब लड़का अपनी टाँग पर भिचकता हुआ जलवे के लिए अंदर आया, तो गाँव-बिरादरी की औरतें फिर बोल पड़ीं, "नौज, इस्से तो अच्छा रहा कि बदरुन को ग़ुलाम हुसैन कुएँ में झोंक देते।"

मगर मिरासिनों ने बात सँभाल ली। वे गालियाँ गाने लगीं:

कोठे से बड़ा लम्बा हमारा बना
बन्ने की अम्मा बाँस बरेली
बन्ने की अब्बा टेनी मुर्ग़ा हमारा बना
कोठे से बड़ा लम्बा हमारा बना···

फिर मिरासिनों ने जलवा करवाया। जौनपुर की ग़फ़ूरन मिरासिन ने गंगौली की औरतों के लिए गालियाँ गायीं। औरतों ने उन्हें गालियों पर इनाम दिया। सलामी पड़ी। मुईनुद्दीन की एक ख़ाला ने मुईनुद्दीन के हाथ में बदरुन की माँ का दुपट्टा दे दिया, "ई तौरी सास हैं, पकड़े रहो दुपट्टा!"

बदरुन की माँ ने ग्यारह रुपये दिये। लड़के ने दुपट्टा नहीं छोड़ा। उन्होंने पाँच रुपये और दिये। लड़के ने दुपट्टा नहीं छोड़ा। औरतों में फिर खुसर-फुसर होने लगी कि यह तो कोई बात नहीं हुई। लड़का आख़िर चाहता क्या है। लड़के की ख़ाला बोलीं, "लड़का साईकिल चाहता है।"

"लकड़ी की टाँग पर साइकिल, नौज, का शौक!" उम्मल अपनी ज़बान न रोक सकी। सैफ़ुनिया इस बात पर खिलखिलाकर हँस पड़ी। ख़ाला बिगड़ गयीं। लेने-के-देने पड़ने की नौबत आ गयी; मगर बदरुन की माँ ने माफ़ी माँगी, हाथ जोड़े, तब जाकर खाला मानीं। वरना वह तो इस पर तुल गयी थीं कि लड़की को सड़ने के लिए गंगौली में छोड़ दिया जाय।

ख़ैर, ख़ुदा-ख़ुदा करके लड़का बाहर गया।

हकीम साहब के बड़े फाटक में बरातियों के सोने का इंतज़ाम था। आँगन में पलँग पड़े हुए थे। नौशाह के लिए लाल पायों वाला निवाड़ का पलँग था, बाकी लोगों के लिए सुतली और मूँज के। एक बराती को बँसखट मिला। वह उखड़ गया कि क्या गंगौलीवालों का यही तरीक़ा है।

हकीम साहब ख़ून का घूँट पीकर रह गए। उन साहब के लिए पलँग आया।

ताश की गड्डियाँ निकल आयीं। कोटपीस, गन, ब्लैक कुइन, ट्वंटी नाइन, माँग पत्ती, जोड़ पत्ती और फ़्लश होने लगा। बूढ़े बराती हुक्क़ा पीते-पीते और पान खाते-खाते थककर सो गये। ठाकुर साहब का पलँग हकीम साहब के पलँग के पास था। ठाकुर साहब उन्हें खाँ साहिबी की मुबारिकबाद दे रहे थे कि न मालूम कैसे उस साधू का ज़िक्र निकल आया, जिसने मुरदारपुर के पुराने ग़ैर-आबाद मंदिर को आबाद किया है।

"भाई, हमने तो सुना है कि वह कोई पहुँचा हुआ आदमी है।" हकीम साहब ने कहा, "दिन-रात मूर्ति के सामने बैठा रहता है और एक लाल रंग की मोटी-सी किताब पढ़ा करता है। न किसी से बोलता है और न चालता है। लोग जो दे देते हैं, खा लेता है। नहीं देते तो खाली पेट सो रहता है।"

"हमने तो सुना है कि वह लोगों की मन्नतें-मुरादें पूरी कर रहा है। किसी के यहाँ लड़का नहीं होता था, उसने असीस दी। अब सुना है कि उसकी बीवी पेट से है।" यह बात मौलवी बेदार ने कही और उनके लहज़े में हिक़ारत की कोई झलक नहीं थी।

"एक बात तो मैं भी जानता हूँ," ठाकुर साहब ने कहा, "बिना मुझसे

पूछे-गछे गुलाबी जान वहाँ जाकर उससे यह माँग आयीं कि मेरी तरक़्क़ी हो जाय। उस बेचारी को क्या मालूम कि सर्किल-इंस्पेक्टरी ख़ाली नाम का औहदा है। मैं क्या सिड़ी-पागल हूँ कि तरक़्क़ी की ख़्वाहिश करूँ! मगर साहब, गुलाबी जान के यह मन्नत मानने के कोई पंद्रह दिन बाद जो मैं ग़ाज़ीपुर गया तो एस. पी. साहब ने मुझे मुबारिकबाद दी कि अनक़रीब मेरी तरक़्क़ी होनेवाली है। सोच रहा हूँ कि किसी दिन मुरदारपुर का कोई काम निकालकर उधर जाऊँ तो महराज के चरन छूकर प्रार्थना करूँ कि महराज, हमें तो थानेदार ही रहने दो, हमें तरक़्क़ी नहीं चाहिए।"

"और अगर हो गयी?"

"तो मैं नौकरी छोड़ दूँगा। थानेदारी करने के बाद इंस्पेक्टरी में भला क्या मज़ा आयेगा! थोड़ी-सी ज़मींदारी बना ली है। सौ बीघे की ख़ुद-काश्त भी कर ली है। वहीं चला जाऊँगा, खेती-बाड़ी करूँगा।"

"और क्या, साहब?" हकीम साहब रहीम हज्जाम को देखकर रुक गये, "काहे रे?"

"फुन्नन मियाँ की बड़की लड़किया की तबीअत बहुत ख़राब है। बिचारे भागे-भागे उलावलपुर गये। बाक़ी दागदर साहब ग़ाज़ीपुर गये हैं। घर में मार रोना-पीटना मचा है।" रहीम ने चिलम उठाकर उसे फूँकते हुए कहा। फिर जब चिलम की आग साफ़ हो गयी तो उसने चिलम कोने पर रख दी। हकीम साहब जल्दी-जल्दी और छोटे-छोटे कश लेने लगे। थोड़ी देर तक तो उन्होंने रज़िये की बीमारी की ख़बर को टालना चाहा। लेकिन कोई पाँच-सात मिनट के बाद वह पलँग से 'या अली' कहकर उठ खड़े हुए।

"ज़रा उसको देख आऊँ।" उन्होंने ठाकुर साहब से कहा। फिर वह रहीम से मुख़ातिब हो गये, "का तोको फुन्नन मियाँ भेजन हैं हियाँ?"

"नहीं," रहीम ने कहा, "बीबी त मार गिड़गिड़ाती रहीं। बाक़ी ऊ कहिन, मर जाय दियो ईह को। हम अली कबीर को सलाम करे ना जायेंगे।"

हकीम साहब मुस्करा दिये।

"तूँ आगे-आगे चल। का मालूम, सैफुनिया कहाँ से निकल आये और तूँ पंचायत बुलाकर तक़रीर करने लगे। तूँ कहीं उसकी शादी क्यों नहीं कर देता। हरामज़ादी ऐंड़ती फिरती है। लड़कन को ख़राब करवायेगा का?"

रहीम ने दाँत निकाल दिये, जैसे हकीम साहब उसकी बेटी की बात ही नहीं कर रहे थे!

हकीम साहब गैस की रोशनी से जो बाहर आये तो अँधेरा और गहरा मालूम होने लगा। एक कुत्ते पर उनका पाँव पड़ गया, वह टें-टें करता हुआ भागा। हकीम साहब उसे माँ-बहन की गालियाँ देते हुए आगे बढ़ गये। रहीम साथ-साथ था। मगर जब वह बड़े फाटक पर पहुँचे तो एकाएक कुलसूम के

बैन करने की आवाज़ आने लगी। वह इन्नालिल्लाह[1] पढ़कर लौट पड़े।

कुलसूम के रोने की आवाज़ ने राक़ियों के घर जगा दिये। फ़ारुक़ और अनवारुल हसन लपके हुए आये। हम्माद मियाँ ने अपने दरवाज़े से पूछा, "अरे भई, क्या क़िस्सा है?"

"मालूम होता है कि फुन्नन-चा की लड़की का इंतिक़ाल हो गया।" फ़ारुक़ ने कहा।

हम्माद मियाँ फिर अंदर चले गये। दक्खिन-पट्टी में जागे सब, मगर सोते बने रहे। हद तो यह है कि वाजिद मियाँ की रखनी, यानी रहमान-बो, ने जब फुन्नन मियाँ के घर जाना चाहा तो वाजिद मियाँ ने उसे घुड़क दिया, "कहाँ जा रहियो, का तोहे मालूम ना है कि फुन्नन मियाँ का हुक़्क़ा-पानी बंद है?"

रहमान-बो ने कुछ कहना चाहा तो वाजिद मियाँ ने उसे दो थप्पड़ मारे। मारने की बात ही थी। एक दाश्ता की यह मजाल कि उनकी मरज़ी के ख़िलाफ़ चीं-पीं करे! उसके जवान लड़के कमालुद्दीन उर्फ़ कम्मो को माँ का यूँ पिटना बहुत बुरा लगा। दूसरे लड़के फ़िदा हुसैन उर्फ़ फ़िद्दू ने रोना शुरू कर दिया। वाजिद मियाँ ने उसके भी दो हाथ रसीद किये।

"टेंटुआ दबा दे ई साले का!"

"चुप, हरामज़ादे! नहीं त तोहूँ को खायेभर दे दिहूँ!"

"ख़ुद त एक हाथ के हो, बाक़ी ज़बान सात गज़ की है।"

"तें हम्में मरबे?"

"त का तूँ हमरे सामने अम्मा को मरिहो?"

"हाँ, ले!"

वाजिद मियाँ ने रहमान-बो को फिर मारना शुरू कर दिया। कम्मो ने लपककर उसका हाथ पकड़ लिया। कम्मो जवान था। वाजिद मियाँ की हड्डियाँ चौड़ी ज़रूर थीं, लेकिन वह बूढ़े थे। नाचकर रह गये, लेकिन जब हाथ न छुड़ा सके तो वह कम्मो को मादरज़ाद गालियाँ देने लगे।

"कोनो नयी गाली द्यो! हरामज़ादे त हम हियै हैं।" कम्मो ने कहा, "बाक़ी अब जो तूँ अम्माँ को कुछ कहियो तो खन के गाड़ देंगे।"

रहमान-बो कम्मो से लिपट गयीं, "छोड़ माटीमिले! का तैं बाप को मरबे? तोरा जनाज़ा निकले। झाड़ूमारे! दिमाग-ढये! अरे, मैं कहथियूँ, छोड़ जवानीपीटे!"

मगर जब इतना सुन-सुनाकर भी कम्मो ने वाजिद मियाँ का हाथ नही छोड़ा, तो रहमान-बो कम्मो को मारने लगीं। आख़िर झल्लाकर कम्मो ने

---

1. क़ुरआन की एक आयत यूँ शुरू होती है: 'हर चीज़ अल्लाह से है और अल्लाह ही की तरफ़ लौट जायगी।' इस आयात को किसी के मरने की खबर पाकर पढ़ते हैं।

वाजिद मियाँ को ढकेल दिया। वह पलँग पर गिर पड़े और वहीं से लेटे-लेटे कम्मो को गालियाँ देने लगे।

ठाकुर पृथ्वीपाल सिंह जब रज़िया के मरने की ख़बर सुनकर गंगौली लपके तो उन्होंने वाजिद मियाँ की गालियों की आवाज़ सुनी। ज़ाहिर है कि उन्होंने गालियों पर कोई ध्यान नहीं दिया।

फुन्नन मियाँ ने हम्माद मियाँ से पूछे बिना ही बड़ा फाटक खुलवा लिया था। हम्माद मियाँ ने चूँ-चराँ की तो वह लाठी लेकर निकल आये।

"अब तोहूँ को ऐसा दिन लग गये हैं! अब कहि रहे हैं हम्माद, इह बख़त हट जा! दादा-परदादा का पुरसा इहे फाटक में लिया। त का अब रज़ियै का पुरसा लेवे को हम जिन्ना साहब के पाकिस्तान चले जायँ!"

हम्माद मियाँ उनके तेवर देखकर हट गये, लेकिन नईमा-बी और कुबरा दरवाज़े पर आकर फुन्नन मियाँ को गालियाँ देने लगीं। फुन्नन मियाँ बोले, "होव जुलाहिने, सैदानी होतियो त ऐसे गाली न बकतियू। बाक़ी बक लियो। औरत जात हो। हम तोहीं कहा कहीयें। बाक़ी इतना सुन लियो कि चुप न भयो तो हम हम्माद का मार-मार के कचूमर निकाल देंगे!" दोनों औरतें सहमकर चुप हो गयीं। फुन्नन मियाँ एक पलँग पर बैठकर बीड़ी पीने लगे। एक पलँग पर फ़ारुक़ बैठ गया। लेकिन अनवारुल हसन नहीं बैठे। वह चबूतरे पर उकड़ूँ बैठकर सिगरेट पीने लगे। रहीम कोरे घड़े लाया, उसमें बेर की टहनियाँ डाल दी गयीं।

फुन्नन मियाँ ने उस लंबे-चौड़े आँगन को देखा जिसमें पाँच सौ आदमी एक साथ बैठ सकते थे। फिर उन्होंने उन दो आदमियों को देखा जो उन्हें पुरसा देने आये थे। वह बहादुर आदमी थे। अपनी मूँछों से खेलने लगे। मगर आँसू बहादुरों का रोब नहीं खाते। उनकी आँखें भीग गयीं तो वह करवट से लेट गये कि फ़ारुक़ उन्हें रोता न देख ले। लेकिन जब चुपचाप लेटना नामुमकिन हो गया, तो वह गुनगुनाने लगे—

"मैं यह नहीं कहती कि अमारी में बिठा दो।
बाबा मुझे फ़िज़्ज़ा की स्वारी में बिठा दो।"

रज़िये का जनाज़ा निकला तो ताबूत फुन्नन मियाँ, ठाकुर पृथ्वीपाल सिंह, झिंगुरिया और अनवारुल हसन के कंधों पर था और ठाकुर कुँवरपाल सिंह का सारा परिवार जनाज़े के साथ। फुन्नन मियाँ जनाज़े को कर्बला की उत्तरी दीवार के पास अपनी ख़ानदानी गड़ावर के पास ले गये। क़ब्र तैयार थी। ताबूत रख दिया गया। मौलवी बेदार सद्रुल-फ़ाज़िल[1] ने नमाज़े-जनाज़ा पढ़ाने से और

---

1. लखनऊ के एक शीआ धार्मिक कालेज की सबसे बड़ी डिगरी।

गंगौली के मोमनीन ने नमाज़े-जनाज़ा पढ़ने से इन्कार कर दिया, इसलिए फुन्नन मियाँ ने नमाज़े-जनाज़ा तनहा पढ़ी। उन्हें नमाज़ याद नहीं थी, मगर उन्होंने नीयत बाँधी :

"पाक परवरदिगार! हम्में तो ई नमाज़ो ना याद है, का करें। बाक़ी हमरी ई नमाज़ क़बूल कर, अल्लाह अकबर!" बआवाज़े-बुलंद 'तकबीर' कहकर उन्होंने नमाज़ पढ़ डाली। फिर उन्होंने क़ब्र में उतरना चाहा। लेकिन पृथ्वीपाल ने उन्हें क़ब्र में नहीं उतरने दिया, "हम उतारब अपनी बहिन के!"

लेकिन ज़ाहिर है, फुन्नन मियाँ यह नहीं कर सकते थे। पृथ्वीपाल सिंह फिर ना-मरहम था। चुनाँचे वह ख़ुद क़ब्र में उतरे। पृथ्वीपाल सिंह और झिंगुरिया ने लाश उतारी। फुन्नन मियाँ ने चेहरे से कफ़न सरकाया। बोले, "ऐ बेटी, हम का करें! हम्में तलक़ी न पढ़ना आता... बाक़ी हम गवाही दे रहे हैं कि तूँ मुहब्बे एहले बैत रहियो, नमाज़ी रहियो और मियाँ की ख़िदमतगार रहियो!"

वह क़ब्र से निकल आये। क़ब्र बराबर कर दी गयी।

फुन्नन मियाँ जब गंगौली में दाख़िल हुए तो बदरुन की पालकी जा रही थी। आगे-आगे एक खड़खड़िया में मुईनुद्दीन था। उसकी लकड़ी की टाँग ख़ुली हुई एक तरफ़ रखी थी। फुन्नन मियाँ ने जाती हुई बरात के लिए रस्ता छोड़ दिया।

बरात के क़ासिमाबाद पहुँचते ही ठाकुर साहब को इनफार्मर ने इत्तिला दी कि मुरदारपुर के मंदिर में परसराम चमार आस-पास के मठ के लोगों को इकट्ठा किये कोई जलसा कर रहा है। अभी ठाकुर साहब उस ख़बर पर ग़ौर भी न कर पाये थे कि ग़ाज़ीपुर से ख़बर आ गयी कि गाँधीजी और पंडित नेहरू और काँग्रेस के दूसरे तमाम बड़े-बड़े लीडर गिरफ़्तार कर लिये गये हैं और होशियार रहने की ज़रूरत है।

ठाकुर साहब ने अपने आठ कांस्टेब्लों के साथ उसी वक़्त मुरदारपुर के मंदिर पर छापा मारा, लेकिन वहाँ कोई नहीं था। बाबाजी महाराज भी नहीं थे। भगवान के सामने एक लाल बही-जैसी किताब रक्खी हुई थी। ठाकुर साहब ने वह किताब उठा ली। वह एक बही थी। उसे पहचानने में ठाकुर को देर नहीं लगी। वह गोबरधन की बही थी, जिसमें उसकी फैली हुई तिजारत की तफ़सीलात थीं।

ठाकुर साहब क़ासिमाबाद पहुँचे, तो शाम हो चुकी थी। समीउद्दीन ख़ाँ के क्वार्टर से गुलाबी जान के लहक-लहककर गाने की आवाज़ आ रही थी। ठाकुर साहब ने समीउद्दीन ख़ाँ की तरफ़ देखा, जो अपनी पेटी खोल रहे थे।

"जाओ, बहू को देख लो।"

समीउद्दीन ख़ाँ ने बहू को देखा और पसंद किया। मुँह-दिखलायी में उन्होंने उसे अपनी माँ का वह चंदनहार दिया जो उन्हें मुईनुद्दीन की बीवी के लिए वह

देकर मरी थीं। रात के दस बजते-बजते खाना-वाना हो गया। गैस गुल कर दिये गये। गुलाबी जान ने मुईनुद्दीन ख़ाँ को ढकेल-ढकालकर 'हुजलए-उरूसी' में भेजा। क्योंकि ज़ौनपुर से जो औरतें आयी थीं, वे तो ख़लफ़िशार की ख़बर सुनते ही अपने-अपने मर्दों को लेकर चली जा चुकी थीं।

मुईनुद्दीन बहुत शर्मिन्दा था।

''मैं तो तुम्हारे पास चुपके से आना भी चाहूँ, तो नहीं आ सकता। यह लकड़ी की टाँग टुक... टुक... टुक... टुक... बोले जाती है...''

वह पलँग पर बैठ गया। बदरुन सूहा पहने मुरदे की तरह पलँग पर चित पड़ी हुई थी। उसकी आँखें बंद थीं। दिल ज़ोर-ज़ोर से धड़क रहा था और नथुनों के ऊपर पसीने के नन्हें-नन्हें कतरे लरज़ रहे थे। उसके बालों से एक अजीबो-ग़रीब ख़ुशबू की लपट निकल रही थी और उसका लिबास इत्र-सुहाग में बसा हुआ था। माथे पर अफ़शाँ की कहकशाँ थी। मुईनुद्दीन ने यह सब-कुछ एक नज़र में देख लिया। फिर वह अपनी टाँग खोलने लगा। उस टाँग को एहतियात से कमरे की दीवार से टिकाकर वह बदरुन पर झुक गया।

''आँख खोलकर देख तो लो एक बार कि मैं कैसा हूँ।''

बदरुन ने उसकी आवाज़ सुनी। उसे उसकी आवाज़ अच्छी भी लगी। मगर उसने आँखें नहीं खोलीं। हाँ, उसका दिल और ज़ोर-ज़ोर से धड़कने लगा क्योंकि किसी ने उससे कहा था, 'पहली रात को ढेर इतराइयो मत... लड़का हुए में जान पर बन अहिये!' और उसे एक जज़्बए तजस्सुम भी रह-रहकर उकसा रहा था कि पेट में लड़का पड़ता कैसे है। मगर उसका सारा बदन बर्फ़ की तरह सर्द था और कोई आठ-दस रोज़ के फ़ाक़े ने उससे एहतजाज़ की क़ुव्वत भी छीन ली थी। मुमकिन है कि माँझे में ख़ास इसलिए लड़कियों से फ़ाक़ा करवाया जाता हो कि अगर नौशा एक टाँग का हो या बहुत बदसूरत हो, तो दुल्हन एहतजाज़ न कर सके। कम-से-कम बदरुन तो एहतजाज़ न कर सकी।

गयी-रात को जब मुईनुद्दीन बेदम होकर सो गया, तब बदरुन ने आँख खोली। वह ख़ुद बेदम हो रही थी। उसके बदन में फ़ाक़े से पैदा हो जानेवाली बेहिसी के बावजूद एक मीठा-मीठा-सा दर्द था। फिर भी उसने आँखें खोलीं। पहले उसने मुईनुद्दीन का चेहरा देखा और हालाँकि वह बेख़बर सो रहा था, लेकिन वह शरमा गयी। फिर उसने जस्ता-जस्ता करके उसके पूरे बदन का जायज़ा लिया। मगर उसके बदन का एक हिस्सा तो दीवार से टिका खड़ा था। लकड़ी की उस टाँग को देखकर वह उदास हो गयी।

ऐन उसी वक़्त थाने के पहरेदार ने पहला फ़ायर किया।

भर टोली के भरों और पृथ्वीपाल सिंह और अशरफ़ुल्लाह ख़ाँ के आदमियों ने थाना घेर लिया था। न रहे होंगे तो कोई दो हज़ार आदमी रहे होंगे। इस मजमे में ऐसे लोग कम थे जिन्हें 'हिंदुस्तान छोड़ दो' के नारे की ख़बर रही हो।

उनमें ऐसे लोग भी नहीं थे, जिन्हें आज़ादी का मफ़हूम मालूम हो। ये लोग वे थे, जिनसे ड्योढ़ा लगान लिया गया था, जिनके खेतों का अनाज छीन लिया गया था, जिनसे ज़बरदस्ती वार-फंड लिया गया था, जिनके भाई-भतीजे लड़ाई में काम आ गये थे या काम आनेवाले थे, और जिनसे थाना-क़ासिमाबाद कई पुश्तों से रिश्वत ले रहा था। उनमें कोमिला चमार का बाप बाबूराम चमार था—बल्कि बाबूराम चमार थे। उनमें गोबरधन था। लेकिन उनमें सबसे बड़ा ग़ोल फुन्नन मियाँ का था, हालाँकि फुन्नन मियाँ ख़ुद मौजूद नहीं थे। फुन्नन मियाँ के गिरोह की अगुआई ठाकुर कुँवरपाल सिंह का पोता और पृथ्वीपाल सिंह का बड़ा लड़का हरपाल सिंह कर रहा था और झिंगुरिया शाने-से-शाना मिलाये खड़ा था।

मजमे का मुतालबा था कि ठाकुर हरनारायन प्रसाद को उनके हवाले कर दिया जाय। ज़ाहिर है कि ऐसा नहीं हुआ। ठाकुर साहब क़िलाबंद हो गये और पहला फ़ायर उन्होंने किया, जिसने हरपाल सिंह को ठंडा कर दिया। पहले राउंड में गोबरधन भी मारा गया और मुमताज़ भी, जो अभी दो दिन पहले पंद्रह साल का हुआ था। फुन्नन मियाँ को यह नहीं मालूम था कि मुमताज़ भी हमला करनेवालों में शामिल है, वरना शायद वह उसे रोक लेते, या हो सकता है कि उन्हें मरसिये का कोई ऐसा बंद याद आ जाता जिसमें हुसैन अली अकबर या क़सिम की कमर में तलवार बाँध रहे हैं—अगर उन्हें कोई ऐसा बंद याद आ जाता तो बहुत मुमकिन है कि वह गुनगुनाते और मुमताज़ को इजाज़त दे देते और कुलसूम को यह न बताते।

मजमे ने जो तीन लाशें देखीं तो वह दीवाना हो गया। थाना फ़तह हो गया। ठाकुर साहब और तमाम सिपाही एक दरख़्त से बाँधकर फूँक दिये गये और क्वार्टरों में आग लगा दी गयी। किसी और क्वार्टर से तो कोई आवाज़ नहीं निकली, लेकिन समीउद्दीन ख़ाँ के क्वार्टर से औरतों के चीखने की आवाज़ें देर तक आती रहीं।

मजमे के मुंतशिर होने के बाद समीउद्दीन ख़ाँ के क्वार्टर के खँडहर से एक औरत निकली। अगर वहाँ कोई मौजूद होता तो उसे इस गयी-गुज़री हालत में भी पहचान लेता। वह गुलाबी जान थी। उसके हाथों में लकड़ी की एक टाँग थी और वह उसी को लकड़ी की तरह टेक-टेककर चल रही थी।

गाथा

दिन बीते, मगर गंगौली के दरो-दीवार का दर्द न गया। नीदरसोल की ठोकरों ने मिट्टी की दीवारों के बदन पर जो ख़राशें डाल दी थीं, उनके निशान न मिटे। सय्यदबाड़े पर नीदरसोल का नज़ला नहीं गिरा था, फिर भी मोहर्रम फीका-फीका हुआ, क्योंकि वे हाथ जो मातम करते थे, और वे हाथ जो ताज़ियों को सँवारा करते थे, और वे हाथ जो भारी चोबी के ताज़ियों को उठाया करते थे, और वे हाथ जो जुलूसों के आगे लंबी-लंबी लाठियाँ लेकर चला करते थे, और वे हाथ जो लकड़ी के करतब दिखलाया करते थे, सहमे हुए थे। अज़ाँख़ानों के बाहर हिंदू लड़कों की भीड़ में कोई कमी नहीं हुई थी, लेकिन आँखों के चिराग कुछ बुझ-से गये थे, और वह बच्चे जिन्हें जव्वाद मियाँ या हकीम अली कबीर गालियाँ देकर चुप कराते-कराते थक जाया करते थे, ख़ुद ही चुप हो गये। नीदरसोल ने भर टोली, चमार टोली, अहीर टोली और बारिखपुर के बदन को गीले कपड़े की तरह निचोड़कर शायद रूह का एक-एक क़तरा ग़ार लिया था। मुसीबत गंगौली की हिंदू आबादी पर भी आयी। लेकिन मुसलमान बड़ी हद तक महफ़ूज़ रहे। अब्बास के क़ौल के मुताबिक उन्हें मुसलिम लीग ने बचा लिया था। रहा सय्यद बाड़ा, तो दक्खिन-पट्टी का शुमार डिप्टी अली हादी की वजह से नमकहलालों में हुआ और फिर हकीम साहब ने एक सौ ग्यारह आदमी फ़ौज में भरती करवाये थे और उनकी मदद से वार-फंड में काफ़ी रुपया गया था। दक्खिन-पट्टी पर नज़ला ज़रूर गिरा होता, लेकिन एक तो अग्गू मियाँ और बशीर मियाँ और वज़ीर मियाँ का असर काम आया और हम्माद मियाँ ने मौक़े का फ़ायदा उठाकर फुन्नन मियाँ के ख़िलाफ़ शहादत दे दी। चुनाँचे मुमताज़ की शहादत के जुर्म में फुन्नन मियाँ गिरफ़्तार कर लिये गये। तमाम बाग़ियों की तरह उनको भी सज़ा हो गयी। अग्गू मियाँ और वज़ीर मियाँ ने उनसे बहुत कहा, "जब तुमने कुछ किया नहीं तो जेल काटने से क्या फ़ायदा, माफ़ी माँग लो।"

मगर फुन्नन मियाँ की ग़ैरत ने इसे गवारा न किया। बोले, "ऐ भैया, हम बहुत गुनहगार हैं। माफ़ी माँगे का होइहे तो अल्लाह मियाँ से माँगेंगे। पर ई

ससुरन से न माँगेंगे, हाँ!"

चुनाँचे फुन्नन मियाँ तो जेल चले गये। मगर कुलसूम कहाँ जाती? उसे जब मालूम हुआ कि हम्माद मियाँ ने फुन्नन मियाँ के ख़िलाफ़ गवाही दी है तो वह आँगन में निकल आयी। वह नजफ़ की तरफ़ मुँह करके खड़ी हो गयी और बोली, "हे मौला मुश्किलकुशा! तुम्हीं हमारी मुश्किल आसान करो।"

अपनी मुश्किलें मौला मुश्किलकुशा के सुपुर्द करके वह ब-आवाज़े-बुलंद हम्माद मियाँ को कोसने लगी कि उनके बदन में कीड़े पड़ें। क़ब्र में अँधेरा रहे। और उम्मे हबीबा को कोई चमार निकाल ले जाय। यह आवाज़ सैफ़ुनिया के ज़रिये नईमा-बी तक पहुँची और उन्होंने फुन्नन मियाँ और कुलसूम के ताल्लुक़ात और उसके बच्चों की वल्दियत और ख़ास तौर से मग़फ़िये की जवानी के बारे में इज़हारे-ख़याल करना शुरू किया और यह फ़ैसला सुना दिया कि चूँकि मग़फ़िये मुहम्मद हसन से फँसी हुई है इसलिए उसने रज़िये को ज़हर देकर मार डाला है। "और का मालूम के कुलसूमै फँसी होएँ दमाद से। हाँ, और का! ऐसी औरतन के कौन ठीक! दो ठो भतार कर चुकीं, तीसर को जोह रहीं।"

बहुत मुमकिन है कि कुलसूम को नईमा-बी की इन्हीं गालियों से कोई इशारा मिला हो। क्योंकि मुमताज़ की बरसी के तीसरे ही दिन उसने मौलवी बुलवाकर दो बोल पढ़वा दिये और मग़फ़िये रज़िये के तीन बच्चों की माँ बन गयी।

"मैं त पहले ही कहे रहयूँ," नईमा-बी ने रब्बन-बी से कहा, "बाक़ी अब ख़ुदा न करे, मगफिये मरिहे तब ई कुलसुमिया मुहम्मद हुसैन से के-का ब्याह करीहे?"

"और मैं त सुन रहयूँ कि मुहम्मद हुसैन बीवी को कलकत्तेहू न ले जा रहें।" कुबरा ने कहा, "हैय्यें रह के पुद्दन, दुल्लन, फ़त्तू और पम्मू की देखभाल करीहें।"

"ल्यो!" रब्बन-बी ने अपनी इकलौती आँख नचायी, "तुहरियो बात! का ओके लड़का ना होइहे?"

"अ, होइहे काहे ना," नईमा-बी बोलीं, "बाक़ी काने के का होइहे। कोई कुछ कह दे त ज़बान पकड़ी जाय। बाक़ी के को ना मालूम कि जब से फुन्नन की सज़ा भई है, झिंगुरिया का लड़का रोज़े त आवत है। ख़ैर, ख़बर मालूम करे, अट्ठारह-बीस बरस का होइहें!"

बात यह थी कि झिंगुरिया को तो सरकार ने फाँसी दे दी थी, लेकिन उसका बेटा, जो इत्तिफ़ाक़ से उन दिनों गंगौली में नहीं था, गिरफ़्तार होने से बच गया था। उसे फुन्नन मियाँ और अपने बाप के ताल्लुक़ात का इल्म था। इसलिए वह रोज़ उनके घर आता कि कुलसूम यह महसूस न करे कि फुन्नन मियाँ घर नहीं हैं। वह आता और दरवाज़े पर उकडूँ बैठकर आवाज़ देता, "हे दुल्लन

मियाँ !'' यह आवाज़ सुनते ही रुक़य्ये का लड़का दिलशाद हुसैन उर्फ़ दुल्लन लपककर बाहर आता।

''कहा, मियाँ ! तुहार मुसलमानी का का हाल बाय !'' यह सुनते ही दुल्लन मज़बूती से दामन को थाम लेता। उसकी मुसलमानी अभी तक नहीं हुई थी। रुक़य्ये ने कोई मन्नत मान रक्खी थी कि जब वह बारह साल का होगा तब उसकी मुसलमानी होगी। इस बीच में वह कई मुसलमानियों का हश्र देख चुका था, इसलिए ख़ौफ़ज़दा रहता था।

''अच्छा, जाये दे, भैया। ना काटिब। जा, भीतर जाके आपन नानी से पूछ आवा कि कौनो काम त ना बाये ?''

दुल्लन इसको ग़नीमत जानता, झट-से अंदर चला जाता। कुलसूम को छिकुरिया का पयाम देता और जो जवाब पाता उसमें बिना कोई तब्दीली किये छिकुरिया तक पहुँचा देता। जवाब पाने के बाद भी छिकुरिया थोड़ी देर वहीं बैठा-बैठा ज़मीन पर या तो अपनी उँगलियों से टेढ़े-मेढ़े निशान बनाता रहता या खैनी मलने लगता और चूना झाड़ने के बाद तंबाकू को निचले होंठ और दाँतों के दरम्यान रखकर पचापच थूकने में मशग़ूल हो जाता और कभी-कभार हम्माद मियाँ के उस दोमंज़िला मकान को देखने लगता जो बन-बनाकर तैयार हो चुका था।

उस मकान की कुरसी ज़मीन से क़ाफ़ी ऊँची थी। इसलिए सामनेवाले दालान में लोहे के ढले हुए जंगले लगे थे, और अमूमन गया अहीर इन्हीं जंगलों पर झुककर खड़ा रहता था। छिकुरिया गया से कुछ नहीं कहता था। उसको गया से कोई शिकायत नहीं थी। लेकिन गया बहरहाल हम्माद मियाँ की नाक का बाल था और हम्माद मियाँ ने फुन्नन मियाँ के ख़िलाफ़ गवाही दी थी। इसलिए हम्माद मियाँ के किसी भी आदमी की तरफ़ से छिकुरिया का दिल साफ़ नहीं था। उसे बाप के फाँसी पा जाने का ऐसा मलाल नहीं था। उसे तो एक दिन फाँसी पानी ही थी। और उसे यह भी मालूम नहीं था कि उसका बाप किसी बड़े काम के सिलसिले में मारा गया है या शहीद हुआ है। उसे तो सिर्फ़ इतना मालूम था कि इमाम साहब शहीद हुए थे। चुनाँचे उसके ख़याल में शहीद होने के लिए इमाम साहब होना ज़रूरी है। और उसे यह भी मालूम था कि उसका बाप चाहे जो कुछ कर रहा हो, इमाम साहब हरगिज़ न था। ख़ैर, यह बात तो मरते-मरते ख़ुद झिंगुरिया को भी नहीं मालूम हो सकती थी कि वह मर नहीं रहा है बल्कि शहीद हो रहा है। यह बात तो उसके मरने के बाद तय हुई कि वह मरा नहीं है, बल्कि शहीद हुआ है। शहर में एक मास्टर साहब ने जब छिकुरिया को यह बताया कि उसका बाप वतन की राह में शहीद हुआ है तो छिकुरिया ने इस बात को मानने से साफ़ इन्कार कर दिया। मास्टर साहब बहुत हैरान हुए। उन्होंने एक लंबी-चौड़ी तक़रीर भी की। लेकिन वह तक़रीर छिकुरिया की समझ में

नहीं आयी और उसने सोचा कि मास्टर साहब से कुछ तो कहना ही चाहिए। इसलिए वह बोला, ''ऐसन मत कहें, मास्टर साहब, इमाम साहिब ग़ुसा गैलन ना त उपद्दरो हो जाई।''

''इमाम साहब?'' मास्टर साहब की पेशानी पर लगा हुआ चंदन का तिलक चीख उठा, ''इमाम साहब कौन?''

छिकुरिया को यह सवाल सुनकर सख़्त हैरत हुई। उसने सोचा कि मास्टर साहब भला लड़कों को क्या पढ़ाते होंगे, जब उन्हें यह भी नहीं मालूम कि इमाम साहब कौन थे! इसलिए वह बोला, ''ई त हमहूँ का ना मालुम। बाक़ी इमाम साहब बड़ा जब्बर हौवन। दस दिन की ख़ातिर हियाँ आवे ला। मार ताज़िया उठे ला। परसाद बँटे ला। लकड़ी का अखाड़ा जम्मे ला...'' उसने मोहर्रम की सारी तफ़सीलात सुना डालीं।

''अरे, तूँ अमर शहीद की संतान हो के मुसलमान के इमाम साहब का बखान कर रह्यो।''

''हइ ला, भैया! अरे, का हम बुर्बक हईं? इमाम साहब के मुसलमान ना कहे के चाही। नहीं त हमनी के भोग चढ़ावे देताँ मियाँ लोग और इमाम साहिब ओके स्वीकार करताँ!''

मास्टर साहब ने उसे लाख-लाख समझाया कि इमाम साहब पक्के मुसलमान थे, लेकिन वह जानता था कि इमाम साहब मुसलमान नहीं हो सकते। मुसलमान तो मौलवी बेदार हैं जो हिंदुओं का छुआ नहीं खाते। मुसलमान तो हकीम अली कबीर हैं जो बात-बात पर दरवाज़े के हौज़ में, अपने को पाक रखने के लिए, नहाते रहते हैं।

मास्टर साहब झल्ला गये। उन्होंने मुसलमानों को बड़ी गालियाँ दीं। बोले कि इन मलिच्छों ने तो भारतवर्ष को तहस-नहस कर दिया है। मंदिरों को तोड़-ताड़कर मस्जिदें बनवा ली हैं इन पापियों ने। छिकुरिया ने यह बात भी नहीं मानी, क्योंकि गंगौली में तो ऐसा नहीं हुआ था। मियाँ लोग दसहरे का चंदा देते हैं और मठ के बाबा को ज़हीर मियाँ ने पाँच बीघे की माफ़ी दे रक्खी है।

मगर मास्टर साहब ने इतिहास भी पढ़ रक्खा था, बोले, ''औरंगज़ेब बादशाह एक-दो मंदिर को भ्रष्ट किहिस हैं का?''

''हम औरंगज़ेब के ना जानी ला!'' छिकुरिया ने कहा, ''बाक़ी हम ज़हीर मियाँ औरी कबीर मियाँ औरी फुस्सू मियाँ औरी अनवारुल हसन राक़ी के जानी ला। हम ना मानब आपकी बात। और जेकर आप नाम लेत बाड़ीं, ऊ साल होई कौनो बदमास। ज़मींदारन के जुलम के हम ना कहत बाड़ीं। बाकी जेहके पास ज़मींदारी होई, उहके ज़ुलम ज़रूर करे के पड़ी। ना करी तो ज़मींदारी ना चली, औरी मियँहू लोग ज़मींदारे हौवन।''

''और ई जौन पाकिस्तान बनवा रहे हैं सब?''

"आकिस्तान-पाकिस्तान हम ना जनतेई। बाक़ी जो कोई पाकिस्तान कौनों बुरी चीज़ बाय, त मत बने दे ईं। हम छाती ठोंक के कहत बाड़ी कि पीछे हट जायीं त आपन बाप का ना कहलायीं चलीं।"

लेकिन मास्टर साहब चल कहाँ सकते थे! उन्हें तो उन मंदिरों की ईंटें गिननी थीं जिन्हें उनके ख़याल में मुसलमानों ने तबाह किया था। और उन्हें तो इसका हिसाब लगाना था कि मुग़लों और पठानों ने हिंदुस्तानी तहज़ीब के बदन पर कितने दाग़ लगाये हैं। यह ताज़महल, यह सीकरी, यह आसिफ़ुद्दौला का इमाम बाड़ा, यह ख़याल गायकी, ये क़लमीं आमों के लहलहाते हुए बाग़—वाक़ई मुसलमानों ने हिंदुस्तान को ज़बरदस्त नुकसान पहुँचाया है। इसीलिए मास्टर साहब मुसलमानों का आमालनामा बता रहे थे।

"हम कौनो महापुरुष ना हईं, किसान हईं। हम आकिस्तान-पाकिस्तान ना जानी ला। खेत-बाड़ी की बात समझी ला। त हम त ई देखत बाड़ीं कि बारिखपुर के ठाकुरो साहिब जुलम करे में गंगौली के मियाँ लोगन से कम ना हौवन। कहीं त लिटा दिहिल जाय ठाकुर साहिब के। ऊहो मुसलमान जनात बाड़ी।"

मास्टर साहब ने आख़िरी वार किया, "अरे, झिरंगी की फाँसी त दिलवा न दिहन फुन्नन मियाँ!"

"देखें, माट्टर साहिब! फुन्नन मियाँ के कछु ना कहें। बाक़ी रहिल फाँसी की बात, त अभइनें न आप कहत रहिलें कि बाबू के शहीद समझे के चाही। त अब ई बतायें कि हम बाबू के का समझें? जहाँ फुन्नन मियाँ का पसीना गिरी ना, हुआँ समूच भर टोली मर ना जायी। जायें, पढ़ायें।"

वह शहर से बहुत मायूस लौटा। अब तक तो उसका जी चाहता था कि वह अपने बेटे को पढ़ायेगा। गाँव के स्कूल में नहीं, शहर के स्कूल में, जहाँ लड़के कुर्सियों पर बैठते हैं। मगर मास्टर साहब से बात करके उसका दिल खट्टा हो गया। क्या शहर के स्कूल में यही अंट-संट पढ़ाया जाता है? उस दिन वह पीपल के नीचे विराजमान शिवजी के सामने देर तक बैठा-बैठा उनसे पूछता रहा कि मास्टर साहब को ये झूठी-सच्ची बातें किसने बतायी हैं… लेकिन दूसरे दिन जब वह हस्बेमामूल फुन्नन मियाँ के यहाँ गया तो उसने फिर हमेशा की तरह उसी प्यारभरे लहजे में आवाज़ दी, "हे दुल्लन मियाँ!"

और जब दुल्लन उसी तरह भागता हुआ आया और जब उसने उसी तरह उसे देखते ही अपनी मुसलमानी पर हाथ रख लिया, तो छिकुरिया को यक़ीन हो गया कि मास्टर साहब ग़लत कह रहे थे। चुनाँचे उसने हाथ बढ़ाकर दुल्लन की मुसलमानी पकड़ ली। दुल्लन ने चीख़ना-चिल्लाना शुरू किया।

"अरे, ई तैं का कर रहा!" अंदर से कुलसूम की आवाज़ आयी।

"दुल्लन मियाँ के मुसलमानी करत बाड़ी।" उसने मछली की तरह तड़पते

हुए दुल्लन को सँभालते हुए कहा। अंदर से कुलसूम और मग़फ़िये के खिलखिलाकर हँसने की आवाज़ आयी। कद्दन दरवाज़े से झाँकने लगी। फ़त्तू और पम्मू तो यह तमाशा देखने के लिए बाक़ायदा बाहर निकल आयीं और दुल्लन ने भों-भों रोना शुरू कर दिया।

छिकुरिया हँस पड़ा। उसने दुल्लन की मुसलमानी छोड़ दी। दुल्लन तेज़ी से बड़े फाटक की तरफ़ भागा और फिर वहाँ ठहरकर वह छिकुरिया को माँ-बहन की गाली देने लगा। छिकुरिया हँसते-हँसते लोट-पोट हो गया। और जब मग़फ़िये ने अंदर ही से दुल्लन को डाँटना शुरू किया तो छिकुरिया ने उसे टोक दिया। कुबरा ने जो मग़फ़िये और छिकुरिया की बात सुनी तो वह सीधी रब्बन-बी के घर लपकी। उसने डोली मँगवाने की ज़रूरत भी न महसूस की। इधर-उधर देखकर छप-से बड़े फाटक में घुस गयी और गोरी-बी के आँगन से होती हुई, ज़नाने इमाम बाड़े को पार करती हुई, अब्बू मियाँ के ख़ाली मकान से गुज़रती हुई, वह रब्बन के घर पहुँच गयी। रब्बन-बी इस वक़्त क़लमदान खोले अकबरी बुआ को इस्तिलाही में ख़त लिख रही थीं। इत्तिफ़ाक़ से वह अकबरी बी को मग़फ़िये और छिकुरिया ही के बारे में लिख रही थीं। इसलिए जब उन्होंने कुबरा से यह सुना कि क़यामत बिलकुल सिर पर आ गयी है तो क़लम रखकर वह फ़ौरन मुतवज्जा हो गयीं। कुबरा ने उन्हें मग़फ़िये और छिकुरिया की सारी रामकथा सुना डाली। उसने यह नहीं कहा कि मग़फ़िये पर्दे के पीछे दुल्लन की बेबसी पर हँस पड़ी थी। उसने उस हँसी की बुनियाद पर मु-आशके की एक पूरी कहानी खड़ी कर ली कि किस तरह उसने एक रात छिकुरिया को लाठी टेककर फुन्नन मियाँ की दीवार फलाँगते देखा था।

"ए दुलहिन," रब्बन-बी ने सकीना को आवाज़ दी, "तनी कुबरा को पान खिलाओ। मैं बाजी को ख़त लिख लेयों।"

सकीना ने पानदान खोला। रब्बन-बी ने फिर अकबरी को ख़त लिखना शुरू किया। इस ख़त में उन्होंने मग़फ़िये और छिकुरिया के ताल्लुक़ की कहानी भी लिख दी। उधरा कुबरा और सकीना दोनों ही जंग और अपनी-अपनी सल्लुओं की जवानी का पीटना डाले हुए थीं। फिर दोनों में तक़रार होने लगी। यह तो तय था कि उम्मे हबीबा और सलमा में छः महीने की छुटाई-बड़ाई है। मगर सकीना का कहना था कि उसकी सलमा छोटी है, और कुबरा का ख़याल था कि उसकी उम्मे हबीबा का रिश्ता नहीं मिलता तो माएँ अपनी बेटियों की उमर बढ़ने नहीं देतीं। एक-एक दिन का फ़र्क़ अहम हो जाता है कि अगर कोई टोके तो यह कह सकें, "ल्यो, ओकी अबहिन उमर का है! अबहिन तो फलाने मियाँ की लड़किओं का ब्याह न भवा है। हमरीवाली तो ओसे छः महीना छोटी है।"

बात इस क़दर बढ़ गयी कि कुबरा तुनककर चली गयी।

हम्माद मियाँ जब तक उस छोटी-सी ख़िलवत में रहते थे, उस वक़्त तक

उनकी बीवी किसी सैदानी से यूँ तुनक नहीं सकती थीं। लेकिन दोमंज़िला पुख़्ता मकान में रहने से बहरहाल सय्यद हो जाते हैं। कुबरा भी सैदानी बन चुकी थी। हद तो यह है कि हम्माद की माँ नईमा-बी भी सैदानी बन चुकी थी, जब कि उसके मायके वाले अब तक जुलाहे-के-जुलाहे थे और गंगौली ही में करघा चला रहे थे।

हम्माद मियाँ ने अकबरी बी और अपने बड़े भाई (जिनकी माँ सैदानी थी) और सग़ीर मियाँ (जो गंगौली के आनों के ज़मींदार थे और जिनके वह मुख़्तारे-आम थे) की सारी सीर पट्टवारी लाला दीनदयाल से मिल-मिलाकर अपनी काश्त दर्ज़ करवा ली थी। बदले में लाला को पोखरे के पास वाला खेत मिल गया था जिसे वह बहुत दिनों से हासिल करना चाहते थे। हम्माद मियाँ ने ज़ंग से फ़ायदा उठाकर कुछ और बेदख़लियाँ भी करवा ली थीं। कुल मिलाकर वह कोई पाँच हल की खेती कर रहे थे, और खेती भी निरे आलू की। उनकी शुमार गाँव के दौलतमंदों में होने लगी थी। वैसे राक़ियों की दौलत से उनकी दौलत का कोई मुक़ाबिला नहीं था। लेकिन राक़ी ज़मींदार नहीं थे। वह अब शहर जाते तो सिल्क की नीची शेरवानी पहनकर। ये शेरवानियाँ उन्हें बड़े भाई के मरने के बाद बक्स-की-बक्स मिल गयी थीं। सिर पर ख़ूबसूरत पल्ले की टोपी होती, चुनी हुई। इस टोपी को चुनने में वह जितनी मेहनत करते थे, उतनी मेहनत तो लड़कियाँ दुपट्टे चुनने में भी न करती होंगी। अब इस क़दर शानदार सय्यद हम्माम हुसैन ज़ैदी इब्ने सय्यद अब्बास हुसैन ज़ैदी की बीवी मुसम्मात कुबरा बेगम बिन्ते शेख शुजाअत अली अंसारी को पूरा-पूरा हक़ पहुँचता था कि सकीना-जैसी लद्धड़ और पुरानी, खूसट सैदानी से तुनककर बात कर ले।

लेकिन यह ख़बर जो वाजिद मियाँ को मिली कि कुबरा यूँ मंज़ूर की बीवी से तुनककर गयी तो वाज़िद मियाँ चिराग़-पा हो गये।

"अब हम्मादो की बीवी का ई मुँह भया कि सैदानियन के मुँह लगे लगीं। ख़ुदा सलामत रखे सग़ीर और बू-बू को, जिनकी बदौलत हम्माद पैसेवाले हो गये। बाक़ी एका ई मतलब ना है कि वाजिद की ज़िंदगी में उनकी ज़ोरू रब्बन की बहु से टर्रा के चली जइहे।"

कंधे पर गमछा डालकर वह हम्माद मियाँ के दरवाज़े पर पहुँच गये। गया, दस्तूर के मुताबिक़, जंगले से टिका खड़ा था। वाजिद मियाँ को देखते ही सलाम किया, क्योंकि वाजिद मियाँ का ताल्लुक़ बहरहाल ज़मींदार ख़ानदान से था। मगर वाजिद मियाँ ने जवाब नहीं दिया। वह बोले, "केहर हैं हम्माद! ऊ जुलाहिन हरामज़ादी अब सैदानियन को गाली दीहे!"

हम्माद मियाँ अंदर ही थे। आवाज़ उन तक गयी, मगर वह बाहर नहीं निकले। कुलसूम और मग़फ़िये अलबत्ता लपककर अपने दरवाज़े से झाँकने

लगीं। वह यह तमाशा देखना चाहती थीं। गया अलबत्ता कशमकश में था कि क्या करे और क्या न करे। वाजिद मियाँ बहरहाल मियाँ थे। वह चुपचाप खड़ा रह गया। वाजिद मियाँ और शेर हो गये। बोले, "ए वख़्त हम जा रहें। बाक़ी अब जो कुबरा कउनो बदतमीज़ी किहिस तो हम से बुरा कोई ना होइहे।"

"का करबे तैं?" नईमा-बी से बरदाश्त न हुआ।

"ऐ जुलाहिन! तोरा का करेंगे। बाक़ी हम्माद की टँगिया चीर देंगे!"

"तोरे बाप की सरकार है ना, मांटीमिले! दो वख़्त की रोटी त जुड़ती ना। बाक़ी ज़बान हाथ-भर की है।" वह यकलख़्त गया से मुख़ातिब हो गयीं, "माटीमिले, तैं खड़ा-खड़ा सुन रहा!"

"अरे, त हम का करें!" गया बेचारगी से बोला, "बूढ़-पुरनिया के मारीं?" वह वाज़िद मियाँ की तरफ़ मुड़ा, "हे मीर साहब, ढेर हो गइल। अब जाये देईं।"

"तूहों के सग़ीर मियाँ की रोटी लग गइल।" वाज़िद मियाँ तनकर खड़े हो गये। उनका सुर्ख़ो-सफ़ेद चेहरा ग़ुस्से से बिलकुल सुर्ख़ हो गया। नसें उभर आयीं, "हराम की कोठी पर मत भौंको।"

यह ख़बर उत्तर-पट्टी पहुँची कि गया ने वाज़िद मियाँ को ललकार लिया है। वहाँ खलबली पड गयी। नौजवानों का ख़याल था कि उन्हें इस मामले में पड़ने की क्या ज़रूरत है। लेकिन हकीम साहब बोले "न ई बिरादरी की बात है।"

वह जो घर से निकले तो सारी उत्तर-पट्टी निकल आयी। दरवाज़े पर जो अहीर और चमार थे, वे भी साथ हो लिये। हम्माद मियाँ के घर के सामने आकर हकीम साहब रुक गये।

"का बात है, मियाँ वाजिद?" हकीम साहब ने पूछा।

"का बतायें, मियाँ कबीर!" वाजिद मियाँ बोले, "अब ई ज़माना आ गवा है कि जुलाहिनें सैदानियन से अकड़ रही हैं। इबाद भाई मरहूम का ख़याल करके हम लोग चुप रह जायीं त हम्माद ई समझत हैं कि हम लोग ख़ुदा-न-ख़ास्ता उनहिन का दिया खा रहें… और अब ई हरामज़ादा गयवा अकड़ रहा।"

"अब ई मत कहें, मीर साहब!" गया बोला, "हम आपसे अकड़ब? बाक़ी मियाँ के कहे की देर बाये, फिनों ई भीड़ ना दिखाई देई। हम त नौकर हईं। आपहू की ख़िदमत के महजूद बाड़ीं। आप हम से बातै करे के न चाही। बाक़ी हमार सामने मियाँ के गाली मत देहीं। नहीं त…" वह रुक गया।

"नहीं त तैं का करबे!" हकीम साहब को जलाल आ गया।

"अरे, करब का, मीर साहिब!" गया बेचारगी से बोला। ज़ाहिर है कि वह हकीम साहब का क्या कर सकता था। नईमा-बी ने यह देखकर हकीम साहब

को कोसना शुरू कर दिया। और तब हम्माद मियाँ ने यह सोचा कि अब घर में रहना मुनासिब नहीं है। वह बाहर निकले। साथ-साथ उनका सोलह-सत्रह साल का बेटा मिग़दाद भी निकला। यह मिग़दाद अब्बास से बिलकुल अलग था। हम्माद मियाँ ने मिग़दाद को तालीम नहीं दिलवायी थी। उनका कहना था कि मिग़दाद ने पढ़-लिख लिया, तो खेती कौन करेगा। मिग़दाद ने भी इसका बुरा नहीं माना। वह बैलों की जोड़ियों की देखभाल और भैंस दुहने और खेत-खलिहान की देखरेख में लगा रहता था। हम्माद मियाँ ने कर्बला से लौटने के बाद दाढ़ी रख ली थी और हिंदुओं के हाथ का खाना छोड़ दिया था। कुबरा और नईमा भैसें दुह नहीं सकती थीं, इसलिए यह काम भी मिग़दाद ही को करना पड़ता था और उसे अपने जवान होने का अहसास भी भैंसे दुहते वक़्त ही हुआ। एक शाम को वह भैंस दुह ही रहा था कि सैफ़ुनिया आ गयी। सैफ़ुनिया उसे बहुत परेशान करती थी। वह उसे देखते ही कोई-न-कोई नुकीला जुमला उछालती। वह जुमला मिग़दाद को चुभ जाता और रात-भर परेशान करता रहता। यह बात इस क़दर बढ़ी कि मिग़दाद सैफ़ुनिया से डरने लगा। नतीजे में सैफ़ुनिया शेर हो गयी। उस शाम भी उसने जुमले का नश्तर फेंका। मिग़दाद तिलमिला गया। दूध की बाल्टी रख कर उसने उसका गला पकड़ लिया। मगर उसका गला बहुत नरम और गरम था, और उसकी बड़ी-बड़ी आँखों की बड़ी-बड़ी पलकें मिग़दाद के माथे से टकरा रही थीं और उसके तरोताज़ा होंठ मिग़दाद के होंठों से इस क़दर क़रीब थे कि वह उनकी आँच महसूस कर रहा था। सैफ़ुनिया चीखी-चिल्लायी नहीं। वह हँसने लगी। हँसी की आवाज़ में लज़्ज़त भी थी और हिक़ारत भी। मिग़दाद गनगना गया, और उसे ऐसा मालूम हुआ कि सारी दुनिया जैसे सैफ़ुनिया की बड़ी-बड़ी काली आँखों में समा गयी है। मिग़दाद एकाएक जवान हो गया...पाँच हलों की खेती करनेवाला नौजवान गाँव नहीं छोड़ता। सैफ़ुनिया को पा लेने के बाद मिग़दाद का दिल अब्बास की तरफ़ से बिलकुल साफ़ हो गया और वह दुआ करने लगा कि किसी तरह ज़ल्दी से पाकिस्तान बन जाय।

"अब्बा-अब्बा मज़े में हुआँ चले जैहें। हम अपना हियईं रहेंगे, खेती करेंगे औरो सैफ़ुनिया खाना-ओना पकैहे।" चुनाँचे अब्बास, जो गरमी की छुट्टी में आया, तो उसने सीधा सवाल किया, "हे भैया, ई आपका पाकिस्तान-ओकिस्तान कब बनिहै भाई?"

"क्यों!" अब्बास मुस्कराया, "क्या मुस्लिम लीग को वोट दोगे?"

"हाँ!"

"और जो अब्बा ने डाँटा।"

"ओट हमरा है कि अब्बा का!"

"मगर अभी तो तुम बच्चे हो। तुम्हारा वोट ही नहीं होगा।"

मिग़दाद के होंठों पर बड़ी अर्थभरी मुस्कराहट आ गयी। अब वह अब्बास को कैसे बताता कि वह बच्चा नहीं है, जवान है। चुनाँचे वह बात टाल गया और बैलों को चारा लगाने चला गया। उन बैलों से उसे बड़ी मोहब्बत थी। उसने एक के कान में कहा, "सुन रह्यो लोग। भैया के ख़याल में अबहीं हम बच्चा हैं, अ हो बुरबके हैं।" वह हँस दिया। उसी वक़्त सैफ़ुनिया आ गयी। वह हर शाम को अपने लिए दूध लेने आ जाती थी। उसे सेर-भर दूध देने के बाद मिग़दाद बाल्टी में सेर-भर पानी मिला देता था।

"पाकिस्तान बन जाय दे, बड़ा मज़ा आयी!" मिग़दाद ने कहा।

"का अभैन तोहें मज़ा न आय रहा!" सैफ़ुनिया ने शिकायत की। वह इस लड़के से वाकई फँस गयी थी। मिग़दाद से कोई चार-पाँच साल बड़ी होने के बावजूद जब वह शाम को दूध लेने आती तो उमर के इस फ़र्क़ को और गाँव की जवान नाइनों के तजुरबों को भूल जाती। मिग़दाद ही उसका पहला मर्द था। अब तक तो मर्द उसे हासिल करने की फ़िक्र में रहते थे। कोई-कोई हासिल कर भी लेता था। लेकिन मिग़दाद को ख़ुद उसने हासिल किया था। वह मिग़दाद को अपनी चीज़ समझने लगी थी और शाम के धुँधलके की गोद में यह भूल जाती थी कि वह नाइन है और मिग़दाद ज़मींदार का लड़का है। वह शादी की बात तो नहीं सोचती थी, लेकिन वह यह ज़रूर चाहती थी कि वक़्त यहीं रुक जाय। यह शाम तमाम न हो। उसके बाप ने उसकी शादी लगायी तो ठीक बरात के दिन वह ग़ायब हो गयी। मिग़दाद ने उसे पुआल की कोठरी में छुपा लिया। बरात लौट गयी। और जब वह घर पहुँची तो महरुनिया और रहीम ने उसे फींचकर अलगनी पर सूखने के लिए डाल दिया। लेकिन उसने यह नहीं बताया कि वह किसके पास थी। उसका अंग-अंग दुख रहा था। मगर वह ख़ुश थी कि उसने मिग़दाद का नाम नहीं लिया। दस-बारह दिन तक तो वह निकलने के क़ाबिल ही नहीं हुई। महरुनिया फिर माँ थी। वह उसकी पट्टी से लिपटकर बैठ गयी। और एक दिन जब उससे चुप न रहा गया तो वह बोली, "मियाँ लोगन से कौनो उम्मीद ना रखबे!"

यह मामूली-सा जुमला था। लेकिन इस एक जुमले में महरुनिया और उसकी माँ जन्नती और उसकी माँ फ़ख़रुनिया की महरूमियों और ज़िल्लतों की पूरी कहानी थी। सैफ़ुनिया अपनी माँ के लहज़े पर तड़प उठी। महरुनिया के लहज़े में तो सैफ़ुनिया के बदन से भी ज़्यादा दर्द था। लेकिन सैफ़ुनिया इस दर्द को भी झेल गयी।

"ना बताइब!"

"तैं ई सोच रही ना कि माई का जाने, ऐं। बाक़ी, माई के कुल मालूम बाय। ठीक है, मत बता, बाक़ी ई सुन ले, देही की पीड़ा सहिल आसान बाय। मुदा जब मनवा दुखाई ना त ना सहिल जाई। सेर-भर दूध पर ज़िंदगानी ना

गुजरी।" यह बात कहने के बाद वह चौंक पड़ी कि इस तरफ़ उसका ध्यान अब तक क्यों नहीं गया था, "अरे, बाप-रे-बाप ! ग़ज़ब होये गवा।" वह घबराकर खड़ी हो गयी।

"का भइल ?" सैफ़ुनिया ने घबराकर पूछा।

"ई पूछ की का ना भइल !"

सैफ़ुनिया कुछ और पूछना चाहती थी, मगर महरुनिया तेज़ी से निकल गयी। वह तो हवा से भी तेज़ चलना चाहती थी मगर हम्माद मियाँ के दरवाज़े पर उसे रुक जाना पड़ा। वह कैसे आगे बढ़ती ! दरवाज़े पर मजमा लगा था और मिग़दाद लाठी लिये हकीम अली कबीर को घूर रहा था।

"मैं तुमसे कहना चाहता हूँ कि अंदर जाओ।" हम्माद मियाँ ने मिग़दाद से कहा। बड़े भाई की शेरवानियों का बक्स पा जाने के बाद से हम्माद मियाँ ने उर्दू बोलना शुरू कर दिया था।

"हकीम साहब, आपको तो क़ायदे-कानून मालूम हैं। घर चढ़ आने पर डकैती और बलवे का मुक़दमा क़ायम हो सकता है।"

"क़ायम कर दियो," हकीम साहब बोले, "बाक़ी हम ई ना देख सकत कि मीर वाजिद से ई हरामज़ादा अहीर ज़बान लड़ाये। अब ए को ऐसन दिन लग गये हैं कि हमहूँ टर्रा रहा।"

"क्यों बे…" हम्माद मियाँ ने गया को गालियों पर धर लिया, "माफ़ी माँग मीर साहब से !"

"हुज़ूर माई-बाप हईं, कहल-सुनल माफ किहिल जाय।" गया ने हकीम साहब से कहा।

"मगर मियाँ वाजिद, आपको भी यह ज़ेब नहीं देता कि औरतों क़ी बातों में पड़कर लफ़ंगों की तरह गाली बकने लगें। औरतों को तो अल्लाह ने बेवकूफ़ कहा है…"

"अच्छा, अपनी ई फ़ारसी त रहे द्यो। और हम्माद-बू से कह दियो कि कोठी-ओठी ठीक, बाक़ी सैदानियन के मुँह मत लगा करें।"

'हम्माद-बू' का नश्तर बहुत तेज़ था। हम्माद मियाँ तिलमिला गये। मगर झेल गये। मुस्कराये और बोले, "आप बुज़ुर्ग हैं। मैं आपकी बात का जवाब नहीं दे सकता।"

वाज़िद मियाँ गालियाँ बकते हुए वापस चले गये। उत्तर-पट्टी वाले भी लौट गये। हम्माद मियाँ अपने दफ़्तर के कमरे में चले गये। पीछे-पीछे गया भी गया। महरुनिया जब इस कमरे में दाखिल हुई तो हम्माद मियाँ का आधा जुमला सुन सकी। वह कह रहे थे "…पाँच मंडा अहरहे है ना…" महरुनिया को देखकर वह चुप हो गये, "का है रे ?"

"ग़ज़ब हो गइल, मियाँ।"

गया इस लहज़े को समझ गया।

''त हम चलत बाड़ीं। आजे रात को काम हो जाई, सलाम!'' माथे पर हाथ रखकर और सिर झुकाकर सलाम करने के बाद दरवाज़े पर दीवार के कोने में टिकी नौ हाथ की लाठी उठाकर वह चला गया।

''तोको हम मना किया है ना, कि ऐसे मत आया कर।''

''त का करीं? का ई होत देख के अँखिया मूँद लेईं कि मिग़दाद मियाँ सैफ़ुनिया से फँस्सल बाड़े?''

''क्या बकती है!''

''त जाय दिजिये। हमरा का, जौन होई तौन होई।''

''ए भाई, त तैं ओको ब्याह काहे ना देती?''

''ऊ हमरे बस में है अभैन? पन्दरहे दिन ना भया कि ओकी बरात आयी रही।''

हम्माद मियाँ उठकर टहलने लगे। यह बात ताज्जुबख़ेज़ नहीं थी कि कोई सय्यदज़ादा किसी नाइन की लड़की से फँस गया है। यह तो ज़मींदारी के लटके हैं। सैदानियों में कुछ होता भी तो नहीं। निरी बीवियाँ होती हैं। मगर सैफ़ुनिया और मिग़दाद, यह तो वाक़ई ग़ज़ब हो गया। महरुनिया से अपने ताल्लुक़ के छुपे रह जाने का अफ़सोस उन्हें पहली बार हुआ। और फिर उन्हें यह भी नहीं मालूम था कि नौबत कहाँ तक पहुँच चुकी है। अगर बात हद से बढ़ गयी हो तो! तो क्या! अगर बात हद से बढ़ गयी होगी तो वह चुप रह जायेंगे। ज़ाहिर है कि अपनी नेकनामी को बट्टा नहीं लगा सकते। अब वह किसी को यह नहीं बता सकते कि महरुनिया से उनका ताल्लुक़ रह चुका है। और बात के हद से बढ़ जाने के बाद मिग़दाद को बताने का तो कोई सवाल ही नहीं उठता। और फिर क्या पता, महरुनिया सच ही बोली थी? आख़िर उनके अलावा भी कई लोगों से उसका ताल्लुक़ था। एक तो सुलैमान ही से था। फुस्सू भी उसके गिर्द चकरा चुके था। अली हादी और वज़ीर भी उसे देखकर ठंडी साँसें भरा करते थे। और क्या, महरुनिया-जैसी फ़ाहिशा की बात का भरोसा क्या? यह गोशा निकालकर उन्हें कुछ ढाढ़स बँधा। लेकिन यह शक फिर भी उनके पूरे वजूद पर केंचुए की तरह रेंग रहा था कि क्या मालूम, महरुनिया ने ठीक ही कहा हो।

''तोरे पास एका का सुबूत है कि सैफ़ुनिया हमरीए है?'' उन्होंने महरुनियाँ रो सवाल किया।

''सबूत तो कौनो ना है।'' महरुनिया ने कहा।

''सैफ़ुनिया मंज़ूर, बज़ीर, फुस्सू, हादी और सुलैमान कोई की हो सकती है।''

''बाकी ऊ कोई की है ना।'' महरुनिया ने इस यक़ीन से कहा कि हम्माद मियाँ लरज़ गये।

"अच्छा, ए बखत तैं जा," उन्होंने कहा, "कुछ सोचेंगे।"

महरुनिया चली गयी। हम्माद मियाँ उसके जाने के बाद ही अंदर चले गये।

"ई महरुनिया का खुसुर-पुसुर करती रही तोसे?" कुबरा ने पूछा।

"तुमने मेरा जीना हराम कर दिया है। तुम्हें क्या ज़रूरत थी सकीना से टर्राने की, बदतमीज़!" हम्माद मियाँ ने अब तक उसे नहीं डाँटा था। वह रोने लगी। आँसू देखकर हम्माद मियाँ और आग-बगूला हो गये।

"अगर मैं शरीफ़ बाप का बेटा न होता तो इस वक़्त मैं तुम्हारी ऐसी कुँदी करता कि तुम ज़िंदगी-भर याद रखतीं।" हम्माद मियाँ फ़र-फ़र उर्दू बोले जा रहे थे।

"तूँ सठिया गये हो का!" नईमा-बी ने हम्माद को डाँटा, "अब तूँ बीवी को मरिहो!"

हम्माद मियाँ का जी तो चाहा कि बुढ़िया जुलाहिन का गला घोंट दें, जिसने उसकी माँ बनकर उन्हें गंगौली में आँख उठाकर जीने का हक़ नहीं दिया। लेकिन माँ पर हाथ उठाने का दस्तूर नहीं था। और हम्माद मियाँ हड्डी के कच्चेपन को, रस्म और रिवाज़ का पूरा एहतराम करके, छुपाने की कोशिश किया करते थे। वैसे उन्होंने अपने-आपको समझा लिया था कि ख़ानदान बाप से चलता है। वरना हज़रत अली, इमाम हसन और इमाम हुसैन के अलावा तमाम अइम्मये-मासूमीन[1] कनीज़ों से पैदा हुए थे। मगर उन्हें यह भी मालूम था कि कनीज़ों और जुलाहिनों में फ़र्क़ होता है। इसीलिए वह हमेशा इसका ख़याल रखा करते थे कि उनसे कोई ऐसी बात न हो जाय कि हम लोग कह दें कि ख़ून बोल रहा है। इसलिए वह ख़ून का घँट पीकर चुप रह गये। उसी वक़्त फ़िरोज़ा दही की कतहरी लेकर बावर्चीख़ाने से निकली। पाँयचें में पाँव फँसा। वह गिर पड़ी। कतहरी टूट गयी। दही बिखर गया। हम्माद मियाँ को मौक़ा मिल गया, उन्होंने फ़िरोज़ा को पीटना शुरू कर दिया। नईमा-बी जो उसे छुड़ाने लपकीं, तो हम्माद मियाँ ने उन्हें ग़ुस्से से झटक दिया। वह गिर पड़ीं, पलंग की चूल से टकरायीं। माथा लहूलुहान हो गया। उम्मे हबीबा, सुग़रा, नजमा और अज़रा ने लपककर दादी को सँभाला। हम्माद मियाँ टहक-टहककर रोती हुई फ़िरोज़ा को छोड़कर बाहर चले गये!

नईमा-बी जख़्म धुलवाती जा रही थीं, पट्टी बँधवाती जा रही थीं और अपने-आपको कोसती जा रही थीं, "हे मौला! अब और का देखे को है। उठा ल्यो, मौला, उठा ल्यो हमें!"

---

1. शीआ धर्म यह मानता है कि रसूल के बाद बारह इमाम हुए और यह बारह इमाम मासूम थे, अर्थात् पाप कर ही नहीं सकते थे।

मिग़दाद जब बैलों को चारा लगाकर आया तो उसने नईमा-बी को इसी आलम में पाया। वह अपनी दादी को बहुत चाहता था। शायद सैफ़ुनिया से भी ज़्यादा। उसकी आँखों में ख़ून उतर आया और कई दिन तक उसका ग़ुस्सा ठंडा नहीं हुआ। हम्माद मियाँ को देखते ही उसकी त्योरियाँ चढ़ जातीं। एक दिन उन्होंने उसे टोक दिया।

''जाइए, आप अब्बा हैं। अब आपको हम का कहें! नहीं त काम त आप ऐसा किहिन रहा कि···'' उसने अपना जुमला पूरा नहीं किया।

''बदतमीज़, नालायक़, मुझसे ज़बान चलाता है!''

''लिजिए, देख रहयो, दद्दा। ई त अपनी अम्माँ से हाथ-पाँव चलायें और हम ज़बनिओं से गये!''

''दूर हो जा मेरी नज़रों से!''

''दूर त हम तुरन्ते हो जायँ। बाकी बैलन को चारा कौन डलीहे, भैंसिया कौन दुहिहे, खेतवा कौन अंगोरीहे। हुकम त चला दिहिन दन से कि दूर हो जाओ!''

''बराबर के बेटे से ज़बान चलाने का नतीज़ा देख लिहिन हो?'' नईमा-बी ने पूछा।

मिग़दाद बड़बड़ाता हुआ बाहर चला गया। जब बाहर भी जी नहीं लगा, तो वह बड़े फाटक में चला गया। मगर वहाँ क्या था। वहाँ तो बस दस दिन की रौनक़ हुआ करती थी। और मोहर्रम में अभी देर थी। आँगन वही था। तीन-दरा वही था। कमरे वही थे। शहनशीन वही थी। मगर ज़िंदगी के आसार नहीं थे। ताज़ियों के चोबी फ्रेम ग़ुलसख़ाने की दीवार से लगे हुए धूप खा रहे थे, और फरहरे का बाँस निगस्तों में फँसाकर रक्खा हुआ था।

वह वहाँ से भी निकल आया। उसे यह नहीं मालूम था कि पन्द्रह-सोलह दिन से जो सैफ़ुनिया नहीं आयी है, तो वह उसी की जुदाई में तड़प रहा है। उसे तो बस यह महसूस होता था कि जैसे बैल अजनबी हो गये हैं और भैंसें दुहवाने में ज़्यादा शरारत करने लगी हैं।

मगर इस शाम जो वह भैंस दुहने और बैलों को चारा लगाने गया तो सैफ़ुनिया आयी, और उसने ऐसा महसूस किया कि ज़िंदगी फिर मानूस-मानूस-सी लगने लगी है। मगर सैफ़ुनिया के हाथ में दूध का बर्तन नहीं था। फिर भी वह हमेशा की तरह उसके पास आकर बैठ गयी।

''दूध ना लेबे का?'' मिग़दाद ने पूछा।

''ना।''

''काहे।''

''माई मना किहिस है, ऊ कहत रही कि हम्में तूँ से ना मिले को।''

''काहे ना मिले को? और ओको ई बताइस कौन?''

''का जाने कौन बताइस। बाकी ओको मालूम हो गवा है।''

''तब ?''

''अरे तब, का। जित्ता हम्में मारिन हैं, लोग उसे ढेर का करीहें।''

''बहुत मारिस रहा ?''

''हाँ।''

''हम ऊ साले रहमनवा की हड्डी-पसली तोड़ देंगे।''

वह उसे लेकर पुआल के ढेर की तरफ़ चला गया। दोनों हमेशा की तरह लेट गये। उन दोनों को यह तो मालूम नहीं था कि इश्क़ का दस्तूर क्या है। उन्हें यह भी नहीं मालूम था कि मोहब्बत करनेवाले बात नहीं किया करते हैं। उन्हें तो सिर्फ़ इतना मालूम था कि उनका रिश्ता बदन से ज़्यादा मज़बूत है।

''तैं ग़ाज़ीपुर चल, त हम तोको सलीमा दिखलायें।''

''सलीमा ? सलीमा का ?''

''ई त हमहूँ का ना मालूम। बाक़ी सुना है कि तसवीरीया सब टायँ-टायँ बोलत हैंइ।''

''नाहीं !'' सैफ़ुनिया ने मानने से इन्कार कर दिया, ''ल्यो, तसवीर कैसे बुलीहें ?''

''अल्ला क़सम, रे ! हमें भैया बताइन रहा, त हमहूँ ना माने रहें। बाक़ी मामू कहत रहे कि ख़ुद ग़ाज़ीपुर में दू ठो सलीमा खुल गवा हैं।''

''त हम्में ले चलकर दिखला द्यो।''

''त हम और कहत का रहे। तूँहो बिलकुल पगली है का !''

वे दोनों अपने सपनों की नरम धरती में धँसती ही चले गये। हम्माद मियाँ आये तो उन्होंने भी उनकी बातचीत का एक हिस्सा सुन लिया।

''कुछ हो गवा तब ?''

''कुछ ना हुइहै।''

''तूँहें कैसे मालूम ?''

''भैया, शम्मू भाई को बताते रहे कि एक ठो झिल्ली चल गयी। हम उनके बक्स से एक ठो निकाल लिया है। कल ली आवेंगे।''

''बाक़ी आज ?''

''अरे, जब आज तक कुछ ना भवा तो आज कैसे हो जैहे ?'' मिग़दाद की इस दलील ने सैफ़ुनिया को लाजवाब कर दिया।

''बाक़ी तूँ हमें सलीमा दिखैयो ना।''

हम्माद मियाँ ने कुछ और सुनना मुनासिब न जाना। वह लौट आये। यानी बात हद से बढ़ चुकी थी। और अब चुप रह जाने के सिवाय कोई चारा नहीं था। लेकिन, उन्होंने यह फ़ैसला ज़रूर कर लिया कि मिग़दाद की शादी कर देनी चाहिए, और सैफ़ुनिया को गंगौली से निकाल देना चाहिए।

सैफ़ुनिया को निकालने की एक ही सूरत थी कि उसका ब्याह कर दिया जाय। मगर पहले मिग़दाद के ब्याह की फ़िक्र करनी चाहिए। इसलिए उस रात उन्होंने कुबरा से मिग़दाद की शादी की बात छेड़ी। कुबरा को बड़ा ताज्जुब हुआ। बोली, "मिग़दाद के ब्याह की कौन जल्दी है! ताड़ ऐसी उम्मे हबीबा बैठी है। उसके ब्याह की तुमको फ़िकिर नाहीं है। सुग़रहो माशाल्ला से सोलहवें में गयी। अज़रा पन्द्रहवें में है। नज्जबो दू बरस में ब्याह के क़ाबिल हो जैहें। तीन-तीन ठो पहाड़ धरे हैं घर में। ऊना ना टाले जायें, बाक़ी मिग़दाद का ब्याह ज़रूर हो जाय!"

"अरे तो क्या लड़का पैदा करूँ!" हम्माद मियाँ ने कहा, "या किसी धुने-जुलाहे से ब्याह दूँ अपनी लड़कियों को! कभी-कभी तुम बहुत बेवक़ूफ़ी की बातें करने लगती हो।"

"बाक़ी तीन जवान-जवान लड़कियन के घर में लड़के का ब्याह हुइहे त लोग का कहिहें! और मिग़दाद के ब्याह का तो कौनों तुको ना है।"

"क्यों?"

"अब्बास ना बैठे हैं?"

"वह तो इश्क़ कर रहा है। एक तो इश्क़-विश्क़ करना शरीफ़ों का काम नहीं है। फिर वह लड़की सुन्नी है। क्या सुन्नी बहू ब्याह लाऊँ? मोहर्रम में चूड़ियाँ बजाती फिरेगी तो कैसा लगेगा? लेकिन इस बख़्त मैं मिग़दाद की शादी की बात कर रहा हूँ।"

"कौन जल्दी है आख़िर?"

"अब मैं तुम्हें क्या बताऊँ! मेरे ख़याल में तुम्हारे भाई से अदल-बदल कर लिया जाय। अगर वह अपने बेटे से उम्मे हबीबा का रिश्ता कर लें तो उनकी बेटी से मिग़दाद को ब्याह दिया जाय। लड़का माशाल्ला से अच्छा है। बी. ए. तक पढ़ा हुआ है। लखनऊ में अच्छी नौकरी पर भी है।"

"बाक़ी लड़कियाँ त कौनो काम की ना न है।" कुबरा बोली, "एक तो काली है। फिर बहुत मोटी है। मैं ओको बहू ना बनैहों।"

"और क्या साहबज़ादे सल्लमहू तो बड़े हज़रत यूसुफ़ हैं ना। और मैं कहता हूँ कि आख़िर तो वह लड़की घर की है। अगर हमीं ने उसे क़ुबूल न किया तो कौन करेगा?"

"ई सब ठीक है, बाक़ी⋯"

"मैं तुमसे राय नहीं माँग रहा हूँ। कल अपने भाई साहब को ख़त लिखवा दो।"

कुबरा बहस करना चाहती थी। मगर हम्माद मियाँ ने करवट बदल ली। कुबरा दिल मसोसकर रह गयी।

सगाई के लिए ख़तों-किताबत शुरू हुई, तो एक दिन उम्मे हबीबा के

अलावा तमाम बहनों ने मिग़दाद को घेर लिया। नेग की लड़ाई शुरू हो गयी। नईमा-बी ने बीच-बचाव करवाया। मगर मिग़दाद जिस तरह बहनों को झिड़ककर बाहर चला गया, उसने नईमा-बी को परेशान कर दिया कि कहीं ख़ुदा न करे, कोई और बात तो नहीं! लेकिन फिर यह सोचकर उन्होंने तस्कीन हासिल की कि अभी-अभी तो लड़का जवान हुआ है, माशाल्ला से दुश्मनों के कान बहरे। किसी और बात का ख़तरा पैदा होने का क्या सवाल पैदा होता है। उनकी छोटी-छोटी, बूढ़ी तजुरबेकार आँखें मिग़दाद की झल्लाहट का सबब न देख सकीं।

"का बात है, बेटा! तैं ब्याह की बतिया पर बिगड़ काहे गवा रहा?" उन्होंने मिग़दाद को पंखा झलते हुए कहा।

"हम ब्याह-ओवाह ना करेंगे।"

"काहे न करियो?"

"अब हम आपको का बतायें, भाई!" मिग़दाद फिर झल्ला गया, "बस कह दिया कि ना करेंगे।"

"ई त कौनो बात न भई।"

"बात भई हो, चाहे न भई हो। हम कह दिया कि ना करेंगे, त बस ना करेंगे।"

नईमा-बी उसके खुरदुरे बालों से खेलने लगीं। बूढ़ी उँगलियाँ जुएँ टटोलने लगीं। और मिग़दाद सैफ़ुनिया के बारे में सोचने लगा। इधर चूँकि हम्माद मियाँ ने बैलों को चारा डालने का काम गया को सौंप दिया था और भैंस दुहने पर नबी जुलाहा मुक़र्रर कर दिया था, इसलिए सैफ़ुनिया से मिलने की आसानियाँ भी ख़त्म हो गयी थीं। बस, इमाम बाड़े की वह ख़िलवत रह गयी थी, जो नज्जन मिरासी के ख़ानदान के चले जाने के बाद से वीरान पड़ी थी। वह ख़िलवत तो ख़ुद अब्बास को याद नहीं रह गयी थी तो उसे कोई और क्या याद रखता। मिग़दाद ने चुपके-चुपके उसका झाड़-झंखाड़ साफ़ कर डाला था और सबकी नज़र बचाकर उसमें एक बँसखट भी पहुँचा आया था। खड़ी दोपहर में मिलने का वायदा था। इसलिए वह नईमा-बी से छुटकारा हासिल करना चाहता था। आख़िर जब उनके प्यार के चोंचले हद से बढ़ गये तो उसने उन्हें घुड़क दिया। नईमा-बी सन्नाटे में आ गयीं। उसके जाने के बाद ही उन्होंने मन्नत मान डाली।

"हे मौला! जो मिग़दाद की शादी साथ-ख़ैरियत के हो गयी, और साल-भर में लड़का भवा तो मैं आठ का मिबर भरिहों और हाज़री करेहों। हे छोटे हज़रत! हमरी मदद करिए। बाक़ी लड़का साले-भर में हो जाय की हमरी ककुलत दूर जाये। ई एह मारे कह रहियों कि आख़िर मिग़दाद ब्याह के नाम पर बिदक काहे रहा।"

मिग़दाद इस मन्नत से बेख़बर अली हुसैन की कोठरी में बँसखट पर लेटकर सैफ़ुनिया की राह देखने लगा। गरमी बहुत ज़्यादा थी। वह बार-बार दामन से पसीना पोंछता था। फिर उसने लौट-कालरवाली अपनी क़मीज़ उतारकर उसका तकिया बना लिया। मगर फ़ौरन ही उसने अपना सिर उठा लिया। बग़ली ज़ेब में बीड़ी का बंडल था। बंडल निकालकर उसने देखा। बीड़ियाँ नहीं टूटी थीं। उसने फिर क़मीज़ का तक़िया बना लिया और एक बीड़ी सुलगाकर उसके गाढ़े धुएँ की लकीरों में सैफ़ुनिया के बदन के ख़ुतूत देखने लगा।

सैफ़ुनिया आयी तो बिना कुछ कहे हुए वह एक तरफ़ सरक गया। सैफ़ुनिया लेट गयी।

''का सोच रह्यो ?'' सैफ़ुनिया ने पूछा।

''अब्बा हमरा ब्याह कर रहें।'' उसने कहा।

''ल्यो !'' वह हँसी, ''त ए में घबराए की कौन बात है ? सोच रहे त ठीक कर रहे। का ज़िंदगी-भर ब्याह ना करीहो ?''

''ब्याह काहे ना करेंगे !'' वह बोला, ''बाक़ी तोसे ब्याह करेंगे।''

यह जुमला शायद किसी नाइन ने किसी ज़मींदार के लड़के के मुँह से पहली बार सुना था, क्योंकि सैफ़ुनिया यह बात सुनकर हैरान भी न हो सकी। वह खिलखिलाकर हँस दी और बोली, ''पगला गये हो का ! हमरा-तुम्हरा ब्याह कैसे हुइहै ?''

''कौन बुराई है एह में ?''

''नाहीं नाहीं ! मियाँ जहाँ तोरी सगाई लगा रहे, कर ल्यो।''

''न,'' वह ठुनका, ''करेंगे तोही से, नहीं त करबे ना करेंगे।''

सैफ़ुनिया ने उसके मुँह पर हाथ रख दिया। उसके होंठों में गुदगुदी की एक लहर दौड़ी, फिर वह लहर उसके पूरे बदन में फैल गयी। करवट लेकर उसने सैफ़ुनिया को भींच लिया। उसकी गिरफ़्त इतनी सख़्त थी कि सैफ़ुनिया का दम घुटने लगा। लेकिन दम घुटने की लज्जत इतनी शदीद थी कि सैफ़ुनिया ने मना भी न किया। बस, उसने अपनी बड़ी-बड़ी आँखें बन्द कर लीं।

''हमरे पास पचास रुपया है।'' मिग़दाद ने कहा, ''चल, कलकत्ता भाग चलें।''

''ई तूँ का कह रह्यो !'' सैफ़ुनिया ने आँख खोले बिना कहा, ''ई गाँव से हम लोगन का रिश्ता अटूट है। तूँ ब्याह कर ल्यो। हम त तिहरे हैय्ये हैं।''

''ना।''

इन्कार की यह मुन्नी-सी आवाज़ सुनकर वह इतनी ख़ुश हुई कि रो पड़ी और मिग़दाद अपने होंठों से आँसुओं के वे कतरे चुनने लगा। मगर वह जानती थी कि मिग़दाद को बिरादरी की ज़रूरतों के लिए शादी करनी ही पड़ेगी।

उसके हिस्से में तो आधा ही सूरज आ सकता था और उसने तो कभी पूरे सूरज की तमन्ना भी नहीं की थी। उसके लिए तो इतना ही काफ़ी था कि छुप-छुपकर मिग़दाद उसे अपने बाज़ुओं में इस ज़ोर से कस ले कि उसका दम घुटने लगे और वह आँखें बंद कर ले और भरे-भरे शादाब होंठों में एक ज़ौफ़ पड़ जाय।

वह देर तक चुपचाप पड़ी रही और उसके वजूद की गरमी मिग़दाद के वजूद की गरमी में तहलील होती रही।

''बाक़ी हमरा-तुम्हरा ब्याह कैसे हुइहै !''

''दस बीघे खेती हमरे नाम है,'' मिग़दाद बोला, ''हम अलग हो जायँगे।''

''अ रहा कहाँ जैयहे''

''उहे ख़िलवतिया में,'' मिग़दाद ने कहा, ''जिहको छोड़के हम लोग हेईवाले मकान में आये हैं।''

''और जौन मियाँ ना रहे दिहिन ?''

''तैं ई सब मत सोच। तैं बस ई बता कि हमसे ब्याह करबे की ना क़रबे ?''

''ईहे त मुश्किल है। ईहो ना कह सकत की ना करेंगे, अ ईहो ना कह सकत कि करेंगे।''

''ई का बात भई ?''

''डर लगेला हम्में।''

''ब्याह से ?''

''नाहीं।''

''अब्बा से ?''

''नाहीं।''

''फिर केसे ? हमसे ?''

इस बार वह बोली नहीं। उसने 'हाँ' में गरदन हिला दी। मिग़दाद उसे घर में डाल लेना चाहता, तो वह डरती। लेकिन मिग़दाद तो एक अनहोनी बात कर रहा था। इसीलिए वह डर रही थी, बहुत डर रही थी।

''तैं हमहूँ से डर रही ?''

''हाँ।''

''का तैं ई सोच रही कि हम तोकू छोड़ देंगे ?''

''नाहीं। ई बात ना है। बाक़ी हम तोहे कैसे बतायें।''

मिग़दाद ने अपनी बाहें अलग कर लीं। सैफ़ुनिया ने आँखें खोल दीं। मिग़दाद रूठा-रूठा-सा लग रहा था। सैफ़ुनिया ने उसके कसे बदन की तरफ़ देखा, जिस पर पसीने का लिबास था।

''रूठ गयो तूँ ?''

''रूठे से फ़ायदा ?'' मिग़दाद ने कहा, ''जब तैं ई तय कर लिये है कि हमरे साथ ब्याह न करबे, त हम का कर सकत हैं ! हमहूँ बुरबके हैं।''

''ई बात ना है !''

''फिर का बात है ?''

''तूँ ब्याह कर ल्यो।''

''न।''

''चः-चः-, हमरी पूरी बतिया त सुन ल्यो।''

''अच्छा, कह ले।''

''हम ई कह रहीं कि जहाँ मियाँ कह रहें तिहाँ कर ल्यो। फिर हमहूँ से दो बोल पढ़वा लीहू, जैसे तोरे दादा तोरी दादी से पढ़वा लिहिन रहा।''

''न !'' मिग़दाद ने कहा, ''हम इक्के ठो ब्याह करेंगे। नहीं त करबे न करेंगे। मामू की ऊ भस्सड़ लड़किया के वास्ते हमहीं रह गये हैं !''

''त का ख़ाली एही मारे तूँ ब्याह ना कर रह्यो की ऊ बदसूरत है ?'' सैफ़ुनिया को ख़्वाबों का तिलिस्म टूटता नज़र आने लगा, ''जौन ई बात है त जा, हम तूँ से ब्याह ना करेंगे।''

''ना करबे ?''

''ना करेंगे।''

''ना करबे ?''

''ना करेंगे, ना करेंगे, ना…''

मिग़दाद ने इतने ज़ोर का थप्पड़ मारा कि उसकी गरदन फिर गयी। इस थप्पड़ ने कई दीवारें गिरा दीं। वह मिग़दाद से लिपट गयी और बच्चों की तरह रोने लगी और उसके आँसू मिग़दाद के बदन के पसीने में मिलने लगे।

''करेंगे, रे ! तोसे ना करेंगे त और के से करेंगे !''

ख़िलवत की कोठरी में सन्नाटा हो गया। बस, यह जुमला तानपूरे के तार की तरह लरज़ता रहा और इसकी मद्धिम झंकार धीरे-धीरे सैफ़ुनिया और मिग़दाद के वजूद में घुलती रही। यहाँ तक कि दो बदन प्यार की आग में जल गये। फिर सैफ़ुनिया चली गयी। उसने पहले दरवाज़ा खोला, इधर-उधर देखा। गली में एक आवारा कुत्ते के सिवाय कोई नहीं था। वह झमाक से गली के सन्नाटे के गहरे पानी में कूद पड़ी। कुत्ते ने उसे देखा। फिर वह ज़नाने इमाम बाड़े के बड़े फाटक को सूँघने लगा।

मगर मिग़दाद सैफ़ुनिया के जाने के बाद भी देर तक लेटा रहा और सड़ी हुई आग की गरमी में पिघलता रहा। उसे यह नहीं मालूम था कि सैफ़ुनिया से शादी करना आसान नहीं है। सैफ़ुनिया के बदन की मिठास से मिग़दाद का सारा बदन जैसे चिपचिपा रहा था और वह मिठास उसकी रगों में भी रिस आयी थी। वह अँगड़ाई लेकर उठा। कमीज़ से चेहरे का पसीना पोंछने के बाद उसने उसे पहन लिया। फिर वह मुस्करा दिया। खाली बँसखट को अपनी निगाहों से झाड़ने-पोंछने के बाद वह कोठरी से निकल आया।

दिन ढल चुका था। सहनची में धूप का कोई हल्का-सा धब्बा भी नहीं था। धूप इमाम बाड़े की खपरैल को पार कर चुकी थी। कोठरी के कलस पर एक चील बैठी अपने पर तौल रही थी। मिग़दाद ने उसकी तरफ़ एक फ़र्ज़ी ढेला फेंका। वह उड़ गयी। अनवारुल हसन के मकान की खपरैल पर पालतू कबूतरों का एक ग़ोल बैठा हुआ था। उसने मिट्टी का एक ढेला फेंककर उन्हें भी उड़ा दिया। फिर गलीवाले दरवाज़े को अंदर से बंद करके वह इमाम बाड़े के पूरबी कमरे में आ गया।

प्यास

तन्नू मेजर हसन बनकर लौटा। उसके चेहरे से मियाँपन की नर्मी ख़त्म हो चुकी थी और चेहरा बरसात में भीगकर अकड़ जानेवाले जूते की तरह सख़्त पड़ चुका था। उसकी छोटी-छोटी आँखों में ख़्वाबों की चमक की जगह एक डरी-डरी-सी बेपरवाही आ गयी थी।

गंगौली से जाने के बाद सैफ़ुनिया उसे एक दिन भी याद नहीं आयी थी। अब उसके बक्स में कई लड़कियों की तस्वीरें थीं। उन लड़कियों के नाम वह भूल चुका था। उसे तो बस उनके बदन याद रह गये थे। इटली की एक लड़की से तो वह ब्याह करते-करते रह गया था। अब भला उन मिस्री, हब्शी, मराक़शी, सिसीलियन और इतालवी लड़कियों की भीड़ में वह जिन्ती की नवासी और मेहरुनिया की बेटी सैफ़ुनिया को क्या याद रखता! मगर जब उसे दूर से बरार की मस्जिद के ख़ूबसूरत मीनार नज़र आने लगे, तो हवा यक-ब-यक गंगौली की तेज़ सुगंध से बोझिल हो गयी। वह यह बात भूल गया कि वह ज़ख़्मों और चीख़ों के बियाबान में ज़िंदगी के छः साल गुज़ारकर आ रहा है। वह यह भूल गया कि मशीनगनों की आवाज़ और बमों के धमाकों से किस तरह उसके ज़िंदा होने का यक़ीन काँप-काँप जाया करता था। वहाँ से उसे यह सीखने में काफ़ी देर लगी थी कि हवाई जहाज की आवाज़ सुनकर बाहर नहीं निकला जाता, बल्कि छिप जाया जाता है। मगर गन्ने और अरहर के हरे-भरे खेत देखकर वह ये तमाम बातें भूल गया। उसका दिल ज़ोर-ज़ोर से धड़कने लगा। इक्का झूल-झूलकर आगे बढ़ता रहा। घुँघरू बजते रहे और तन्नू पुरानी शराब की तरह पुराने दिनों के घूँट भरता रहा···

उसने घड़ी देखी। चार बज रहे थे। यानी हकीम साहब के दरवाज़े की मज़लिस ख़त्म हो चुकी होगी। लोग सिब्तू-दा के दरवाज़े पर होंगे। लड़के रूमालों के चूहे बना-बनाकर एक-दूसरे पर उछाल रहे होंगे। उसे लगा कि वह तो चूहे बनानेवालों को पहचान भी न सकेगा। जाने कौन-कौन-से लड़के चूहे बनाने की उम्र के हो गये होंगे। और क्या पता, अब नौहा कौन पढ़वाता हो। मसेन-चा और मश्शू भाई ने तो नौहा पढ़वाना छोड़ ही दिया होगा। ये लोग तो

अब अंजुमन की सफ़ से निकलकर बूढ़ों में मिल गये होंगे और ज़ोर-ज़ोर से रोने की प्रैक्टिस कर रहे होंगे। वह आँखें बंद करके देख सकता था कि सिब्तू-दा के कमरे-दर-कमरे में फ़र्श लगा हुआ है। उत्तरी सिरे पर बेहत्थों वाली एक कुर्सी एक सफ़ेद चादर ओढ़े खड़ी हुई है। कुर्सी के सामने हकीम अली कबीर, अब्बू मियाँ, अब्बू सईद मियाँ और दूसरे बूढ़े लोग बैठे हुए हैं। बीचवाले दरवाज़े से पीठ लगाये जवाद मियाँ बैठे हैं। उनसे लगे हुए फुस्सू मियाँ पसरे हुए हैं। मोहम्मद हुसैन और मश्शू मियाँ अंजुमन के लड़कों के साथ बीच फ़र्श पर हैं। छोटे बच्चे कुर्सी के इधर-उधर रूमालों के चूहे उछाल रहे हैं और एक-दूसरे के चुटकियाँ काट रहे हैं। और शोर कर रहे हैं। और डाँट सुन रहे हैं... उसे इस बात का ध्यान अब आया कि वह पूरे छह साल तक गंगौली और उसके मोहर्रम के लिए हुड़कता रहा है और कल आठ को मजलिस है। अलिमवा हलवा बनायेगा...

नील के पुराने गोदाम को देखकर उसकी आँखें भर आयीं। फिर उससे इक्के पर न बैठा गया। वह इक्के से कूद पड़ा। इक्केवान ने लगाम खींच ली। घोड़ा उस बूढ़े रास्ते पर रुक गया।

"तुम चलो। मैं आता हूँ।" तन्नू ने कहा।

इक्केवाले ने ज़बान बजायी। घोड़े ने दुम से मक्खी हिलायी और लीद करता हुआ आगे बढ़ गया। घुँघरुओं की आवाज़ दूर होती गयी और फिर गन्ने के खेतों ने इक्के को ढँक लिया। तन्नू ने अपनी माशी ऊनी जर्सी की आस्तीनें चढ़ा लीं। फिर वह गोदाम की तरफ़ बढ़ गया। गरदन निहुड़ाये चरती हुई एक गाय ने मुँह उठाकर उसे देखा। उसके पास खेलते हुए कुछ नंग-धड़ंग बच्चे तन्नू के पीछे दौड़ने लगे। गोबर इकट्ठा करती हुई एक जवान चमाइन उसे भागता देखकर मुस्करा दी और अपनी माँ से बोली, "तनी मियाँ के देख!"

तन्नू, यह आवाज़ सुनकर रुक गया। उसने उन दोनों की तरफ़ देखा। वह उनकी तरफ़ बढ़ा। वे दोनों घबरा गयीं।

"तें केकी लड़की है?" उसने लड़की से पूछा।

"परुसराम की।"

"तें कांग्रेसी की लड़की है?" तन्नू ने उसे घुड़का। वह सहम गयी। तन्नू हँस दिया।

"आप शब्बू मियाँ का लड़का हँईं ना?" बहू ने पूछा जो घूँघट निकाल चुकी थी।

"हाँ।" उसने जेब से दो रुपये का एक नोट निकालकर ज़मीन पर खेलते हुए उस बच्चे के माथे पर चिपका दिया जो अब उसे घूर रहा था। "हम त सुना रहा कि परुसरमवा जेल में है। त ई लड़कवा का ऊ डाक से भेजिस है? ई त दू बरस से ढेर का ना लग रहा।"

"अब दू बरस का हो जाई।" लड़की ने कहा।

बच्चा उस नोट को फाड़ना ही चाहता था कि बहू ने उसे झटक लिया।

"हाँ!" तन्नू चीख़ पड़ा, "देख लिया!"

"रुकमनिया के बाबू के त दरोग़ाजी साल-भर..."

"हाँ-हाँ!" तन्नू ने उसकी बात काट दी, "बात मत बना।"

मगर रुकमनिया की माँ सफ़ाई देना चाहती थी। वह यह नहीं चाहती थी कि शब्बू मियाँ का बेटा उसके बारे में उलटी-सीधी बातें सोचने लगे। मगर तन्नू के पास वक़्त नहीं था। वह गोदाम की तरफ़ बढ़ गया। गच के दर्जों पर प्यार से हाथ फेरकर वह तीसरी मंज़िल पर बैठ गया। सामने गंगौली थी। उसकी माँ—गंगौली!

जब रात हो गयी और गाँव की औरतें खेतों की तरफ़ आने लगीं, तो उसने सोचा कि अब चलना चाहिए। ठंडक भी बढ़ रही थी। सात का चाँद निकल चुका था और पोखर के टीलों पर कानाफूसी करते हुए आम, जामुन और पीपल के बूढ़े पेड़ दिखायी दे रहे थे। वह पल-भर के लिए पोखर पर रुका। हर तरफ़ सन्नाटा था। पोखर का पानी दम-साधे पड़ा हुआ चाँद को टकटकी लगाये देख रहा था। उसने एक ढेला उठाकर छिछली फेंकी। पहला ढेला जहाँ-का-तहाँ डूब गया। उसने दूसरा ढेला फेंका और फिर तीसरा...एक ढेला पानी पर सरकता हुआ पोखर को पार कर गया। वह मुस्करा दिया। हाथों को झाड़कर उसने वुडबाइन की डिबिया निकाली। उसमें एक ही सिगरेट थी। सिगरेट जलाकर उसने डिबिया फेंक दी। फिर कुछ सोचे बिना उसने डिबिया को ठोकर मारी। वह उछलकर पोखर में जा गिरी। तन्नू गुनगुनाने लगा, कोई पुराना नौहा—इतना पुराना नौहा कि उसे उसके शब्द भूल चुके थे, मगर धुन याद थी।

गन्ने के खेतों में हवा सरसरा रही थी।

"अब त सैफ़ुन का दिमाग़ अउरो ना मिली..." एक आवाज़ आयी।

तन्नू रुक गया।

"बाक़ी तनी ईहो सोचे की बात बाय कि अब हम्माद मियाँ का करिहें।"

"अ करे के रह का गइल बाय! ज़ोर-जुलुम कर के आब पटाइल बाड़न बिचारू।"

"कानी के कहत रहल, की एक दिन जब मियाँ ढेर बिगड़लन त मिग़दाद मियाँ छउँक के हाथा छोड़ देहलन।"

"चच...नाहीं! ई सब उत्तर-पट्टी के मियाँ लोगन की कहानी बाय। न, हम ना मानिब।"

तन्नू आगे बढ़ गया। मगर अभी वह दो-चार क़दम ही गया होगा कि उसके पैरों में फिर एक ज़ंजीर पड़ गयी।

''कोउ आवत बाय !''

''यह एक बड़ी रसीली आवाज़ थी । तन्नू यह सोचकर उदास हो गया कि यह आवाज़ ऐसे में जवान हो गयी जब वह यहाँ नहीं था । वह कोई आवारा आदमी नहीं था । शब्बू मियाँ, बशीर मियाँ और वज़ीर मियाँ के लड़कों में यही तो ख़ास बात थी कि वे आवारा नहीं थे । यह तो गंगौली से छह बरस की जुदाई का दर्द था, जिसने तन्नू को उदास कर दिया था ।

''हवा है रे !'' यह एक मरदाना आवाज़ थी, और इस आवाज़ को उसने पहचान लिया । यह अनवारुल हसन राक़ी के भतीजे मशीअतुल्ला उर्फ़ मसीता की आवाज़ थी ।

''हवा ना है । हम हैं ।'' तन्नू ने कहा ।

खेत ने कोई जवाब नहीं दिया । तन्नू गन्ने का एक पत्ता तोड़ता हुआ आगे बढ़ गया ।

सामने ही फ़ुस्सू मियाँ की खंबिया थी । बंद दरवाज़ों की दराज़ों से ज़नाने इमाम बाड़े में जलने वाले पेट्रोमैक्स की रोशनी झाँक रही थी । दालान में दो पलँग थे और उनसे मिली हुई कपड़े की कुछ अराम कुर्सियाँ पड़ी हुई थीं । उस दालान को देखने के बाद तन्नू के लिए धीरे-धीरे चलना असंभव हो गया ।

''फ़ुस्सू-चा, आदाब !'' उसने दूर ही से नारा मारा ।

''जीते रहो !'' फ़ुस्सू मियाँ ने कहा, ''बाक़ी ई तैं ग़ायब कहाँ हो गया रहा भाई ?'' उन्होंने उसे लिपटा लिया, ''बाक़ी तूँ हौ जइसे के तइसे । तनिको मोटे ना भयो ।''

''अल्ला मियाँ कहिन कि सब गोश तोरे फ़ुस्सू-चा पर चढ़ा दिया है ।'' उसने फ़ुस्सू मियाँ की तोंद पर हाथ फेरते हुए कहा ।

जवाब में फ़ुस्सू मियाँ रोने लगे । यानी बाक़ायदा रोने लगे । तन्नू घबरा गया और बोला, ''ई का साहब !''

''आज भाई साहब होते त कइसा ख़ुश होते !'' फ़ुस्सू मियाँ नाक छिनकने के लिए रुके । चारपायी के पाये में हाथ पोंछकर उन्होंने दामन से चश्मा साफ़ किया, ''हम इत्तफ़ाक़ से ओह वख़त उनकी पटिये के पास बइठे रहे । मरते-मरते तूहें याद करते गये । हमसे बोले, 'ए फ़ुस्सू ! अब ख़ुदा को जउन मंज़ूर होय । हम्में त ज़िंदगी एतनी मोहलत ना दिहिस । बाक़ी हम्में यक़ीन है कि तन्नू हमरी ख़्वाहिश को ना टलिहें ।''

''का ख़्वाहिश रही उनकी ?''

''उन्हें सल्लो बहुत पसंद रही !'' फ़ुस्सू मियाँ ने कहा, ''अउर उनकी बड़ी ख़्वाहिश रही की कोई तरह सल्लो को ऊ अपनी बहू बना लें । हम त उनसे कहा भी की भाई साहब, आपका हुकुम सिर-आँख पर । तन्नू माशाअल्लाह से दुनिया देख के अइहें । अब ऊ कउनो निपट देहातिन से का बियाह करिहें

भला। बाक़ी ऊ बोले···"

"ए भाई, तनुआँ बइठा है का ?" जवाद मियाँ अपनी दाढ़ी फटकारते हुए आ गये।

तन्नू खड़ा हो गया, "आदाब, दा !"

"जीते रहो, बेटा ! हाय, आज जो शब्बू होते तो केतना ख़ुश होते !"

"आप तो अच्छे रहे न, दादा ?"

"अ काहे ना अच्छे रहे, बेटा ! बाक़ी बुढ़उती का कउनो इलाज है ! आजकल ई साली रियाह बहुते परेशान किये है मोको।" उन्होंने बड़े इत्मीनान से पादा। सारा दालान गूँज गया।

"ई जवाद के सिवा कोई अउर ना हो सकता।" रब्बंन-बी की आवाज़ आयी।

"त का करें, भाई। पदबो ना करें। अ निकले वाली चीज़ कोई के रोके रुकी है, की हमहीं हुकुम चलायें ओ पर ?" जवाद मियाँ ने सवाल किया।

"आदाब, छोटी दा !" तन्नू ने सलाम किया।

"ई तूँ बहरवा कबसे बइठे हौ, बेटा ?" सवाल हुआ। वह अंदर चला गया। रब्बन-बी ने उसे लिपटा लिया। फिर सल्लो की माँ सकीना ने उसकी चटाचट बलाएँ लीं। फिर सलमा, कुबरा, सय्यदा, उम्मे लैला, कनोज़, रबाब और महज़बीन ने उसे सलाम किया। वह सलमा, कुबरा और सय्यदा को गले न लगा सका। हाथ तो उसने बढ़ाया, मगर यह देखकर रुक गया कि वे लड़कियाँ जवान हो चुकी हैं। वह जब गया था तो सलमा तेरह-चौदह साल की थी और महज़बीन गोद में थी। वह आया तो महज़बीन नौहा पढ़ रही थी ! छह बरस यूँ तो कुछ भी नहीं, मगर बहुत-कुछ भी हैं। छह बरस में लड़कियाँ बिलकुल जवान हो जाती हैं और फलिये पर पेशाब करने वालियाँ टाँय-टाँय नौहा पढ़ने लगती हैं !

महज़बीन के हरे कुरते पर एक छोटा-सा काला बट्टू झूल रहा था। तन्नू ने उसमें से छालियाँ और भुनी हुई गरी और धनिया का एक फंका मारा। वह रोने लगी। पहले तो कुबरा ने उसे बहलाने की कोशिश की। मगर जब महज़बीन ने बहलने से साफ़ इन्कार कर दिया, तो कुबरा बिगड़ गयी, "चुप रह···की द्यों का एक चटकना ?"

महज़बीन सहमकर चुप हो गयी। उसके चुप होते ही रब्बन-बी ने फिर बोलना शुरू कर दिया। तन्नू हैरान रह गया कि छह बरस में इतनी बातें कैसे हो गयीं। मुमताज़ मर गया। रुकय्ये मर गयी। मौलवी बेदार सैफ़ुनिया से फँसे और मिग़दाद ने सैफ़ुनिया से ब्याह कर लिया। फुन्नन मियाँ को उमर क़ैद हो गयी। झिंगुरिया को फाँसी दे दी गयी। गोबरधन गोली खाकर टें हो गया। मग़फिये छिकुरिया से अटक गयी है···

वह बिलकुल घबरा गया।

"अउर सबके उप्पर ई आफ़त भई, की सैफ़ुनिया···" रब्बन-बी चुप हो गयीं। लड़कियाँ खड़ी थीं। "ई तूँ लोग सिरवा पर चढ़के का खड़ी हौ? जाओ, दफ़ान हो कहीं।" लड़कियाँ बिसूरती हुई चली गयीं। वे तन्नू के पास से जाना नहीं चाहती थीं। इत्ते दिन के बाद तो आये थे उनके तन्नू भाई। मगर रब्बन-बी की तानाशाही के आगे कौन टिक सकता था? रब्बन-बी ने लड़कियों के टल जाने के बाद फिर बोलना चालू कर दिया। बोलीं, "मैं का कहत रहियूँ?"

"आप सैफ़ुनिया के बारे में कुछ बतलाने जा रही थीं···"

"हाँ। अब मैं का बताओं, बेटा। मुँह से निकाले की बात न है। बाक़ी तूँसे का छिपाएँ! ई सैफ़ुनिया मिग़दाद की बहनी है।"

"यह कैसे हो सकता है साहब!"

"ई काहे ना हो सकता साहब?" रब्बन-बी चमकीं, "अउर ई कलजुग में का ना हो सकता? हम्माद त अइसा सोंठ खींच के बइठ गये हैं की कोई का कहे! अब ए बेटा, हराम की हो चाहे हलाल की, बेटी फिरो बेटी है। अउर अब त भाई-बहिन के हियाँ एक ठो लड़कियो हो गयी है।"

"मगर छोटी दा···"

"तोरे छोटी दद्दा कहे से सच-झूठ त होये से रहा! कि हो जंइय्हे? एहर बेटा, बहिनी से बियाह किये बइठा है, अउर ओहर ऊ सय्यद बने की फ़ीकिर में हैं। मार ढूँढ़-ढाँढ़ के दरभंगे से सय्यद दमादो लिआये हैं।"

"का मिग़दाद एत्ते बड़े हो गये साहब की बियाहो कर लिहिन? और एक ठो लड़कियो हो गयी?"

"ल्यो! त का मिग़दाद उत्ते ही बड़े रहते जेत्ते बड़ा तूँ छोड़ गये रह्यो!" रब्बन-बी हँस पड़ी, "अच्छा, अब तनी ई बतावा की लड़य्या बिलकुले ख़तम हो गयी की कउनो कोर-कसर बाक़ी है अभईं?"

"जी, लड़ाई बिलकुल ख़त्म हो गयी।"

"लड़य्यो के ख़तम होए की एक ठो मन्नत माने रहियूँ की लड़ाई ख़तम होए अउर तूँ साथ ख़ैरियत के अल्यो त एक ठो मज़लिस करिहों और मोली कब्बन साहब से पढ़वैयय्हों। बाक़ी ऊ त बहुते बड़े मोलवी हैं। रबिअव्वल[1] से पहिले त मिलिहें ना। राजा-महाराजा कीहें पढ़िहें के हमरे हियाँ अैयय्हें? बाक़ी पढ़वाये को है उनहीं से।"

"ए तन्नू!" फुस्सू मियाँ आ गये, "का भाई, दरवजवा पर की मजलिसिया करे न चलिहौ का?"

1. रबी-उल-अव्वल : अरबी के एक महीने का नाम।

''चलिये !''

छह बरस के बाद उस मानूस रास्ते पर चलना तन्नू को बहुत अजीब लगा। बँसवाड़ी जस-की-तस थी। जुलाहों के मकान जैसे-के-तैसे थे। अंजुमने-हुसैनिया की अधूरी मस्जिद उतनी ही अधूरी थी और उसी तरह गढ़ई में झाँक-झाँककर अपना मुँह देख रही थी और अपने अधूरेपन पर शरमायी जा रही थी।

किराये का इक्का दरवाज़े से कुछ इधर ही दीवार से टिका खड़ा हुआ था। पास ही उसका घोड़ा घास खा रहा था और ज़मीन उसके पेशाब से भीगी हुई थी। फाटक से झाँकने वाली गैस की रोशनी उसे बुरी तरह घूर रही थी।

मजलिस शुरू हो चुकी थी। शब्बर मियाँ पढ़ रहे थे। शब्बर मियाँ की आवाज़ सुनकर उसके रोंगटे खड़े हो गये और उसकी आँखें भर आयीं। आस्तीन से आँखें सुखाता हुआ वह फाटक में आया।

शहनशीन का हरा तोड़दार दरवाज़ा खुला हुआ था। काले मख़मल से मढ़ा हुआ लकड़ी का ख़ूबसूरत ताज़िया अब भी उतना ही ख़ूबसूरत था जितना ख़ूबसूरत वह उसे छोड़ गया था। पंजों पर वही पुराना बनारसी डुपट्टा पड़ा हुआ था। फुस्सू मियाँ तो झप-से अलमों को तसलीम करके फ़र्श पर बैठ गये। मगर वह खड़ा रहा, उसने कलमे की उँगली उठायी और बोला :

''अस्सलामो अलैका या अबाअब्दिल्लाह अस्सलामो अलैका यब्ना रसूलल्लाहा, अस्सलामोअलैकुम वरहमतुल्लाहे व बरकातुह !''

शब्बर मियाँ कह रहे थे :

''यह हुसैन ही का काम था कि जब मौत और तबाही दरे-ख़ैमा पर दस्तक दे रही थी, तो बच्चे ख़ाली कूज़े लिये 'अलअतश-अलअतश' चिल्ला रहे थे और अली की बेटी, ज़ैनब, एक ख़ैमे से दूसरे ख़ैमे में पानी ढूँढ़ती फिर रही थी तो हुसैन ने सोचा कि बारगाहे-परवरदिगार में जाने से पहले अपने तमाम फ़रायज़ अदा कर देने चाहिए। चुनाँचे ज़ैनब से बोले, 'बहन, बिन-बियाही कुबरा को छोड़कर ख़ुदा के सामने कैसे जाऊँ ?' और फिर मरहूम भाई की निशानी की तरफ़ देखकर हुसैन रो दिये।'' फुस्सू मियाँ ने इसके आगे सुनने की ज़रूरत महसूस न की। उन्होंने भुकार मार-मार कर रोना शुरू कर दिया। मगर तन्नू के कानों में तो ज़ाकिर की आवाज़ कहीं दूर से आ रही थी। वह तो हैरान-सा फ़र्श को देख रहा था। जहाँ गोरे-दादा बैठा करते थे, वहाँ अब मुहम्मद-दा हैं। जहाँ मौलवी बेदार बैठा करते थे, वहाँ उब्बाद हैं। जहाँ फुन्नन मियाँ बैठा करते थे, वह जगह ख़ाली है। मिंबर के पीछे लड़कों का गोल तो था, लेकिन तन्नू एक-दो के अलावा किसी को नहीं पहचान सका और जिन लोगों को वह मिंबर

प्यास-प्यास

के पीछे छोड़ गया था, वे लोग मुहम्मद हुसैन के साथ बीच फ़र्श पर थे और उनके गलों में अंजुमने-हुसैनिया की सियाह कफ़नियाँ थीं।

नौहाख़्वानी के वक़्त वह अंजुमन के साथ खड़ा हुआ। मश्शू और मुहम्मद हुसैन मुस्करा दिये। मासूम और मद्दू ने उसे अपने बीच में जगह दी। मूनिस बिलकुल सामने थे और शम्मू ने मूनिस की बग़ल से तन्नू के पास अपने चमकदार दाँतों से मुस्कराहट का पैग़ाम भेजा। हलक़े के बीच में खड़े होनेवाले लड़कों में वह किसी को न पहचान सका, लेकिन ज़ाहिर है वह ख़ानदान ही के लड़के होंगे।

''हुस्सैन!''

''हुस्सैन!''

तन्नू ने देखा, वह मातम करने का फ़न बिलकुल नहीं भूला है। उसके हाथ ठीक पड़ रहे थे, चुनाँचे उसने सीना निकाल लिया। मातम होने लगा। हाँडियों और कँवलों की क़लमें हिलने लगीं। न मालूम क्यों, मातम की आवाज़ पर तमाम लोग रोने लगे। शब्बर मियाँ, अब्बू मियाँ, अग्गू मियाँ, वज़ीर मियाँ, फुस्सू मियाँ, हामिद मियाँ, मुसलिम मियाँ, डिप्टी अली हादी—ग़रज़ कि तमाम लोग मुँह खोलकर रोने लगे। मश्शू मियाँ मातम करते-करते बैठ गये और रोने लगे। अंदर से औरतों के रोने की आवाज़ आने लगी। तन्नू इन आँसुओं का मतलब जानता था। वह जानता था कि लोग हुसैन पर नहीं रो रहे हैं, बल्कि उसे बाप का पुर्सा दे रहे हैं। चुनाँचे उसका हाथ तेज़ से तेज़तर होता गया। मातम की लय ऊँची ही उठती गयी। मूनिस ने दोनों हाथों से मातम करना शुरू कर दिया। मासूम को दोनों हाथों से मातम करने का फ़न नहीं आता था। उसका दाहिना हाथ बिलकुल भर गया। गिग्गे, मन्नन और शम्मू वग़ैरह भी थक गये। हलक़े में मातम करनेवाले बच्चे थक-थक कर बैठ गये। मगर तन्नू मातम करता रहा और मोमिनीन रोते रहे। रफ़्ता-रफ़्ता मातम करनेवालों की तादाद घटती गयी और फिर अकेला तन्नू रह गया। उसके नर्म भूरे बाल उसकी पेशानी पर थे जो उसकी गरदन की जुंबिश के साथ हिल रहे थे। उसने हुसैन-हुसैन कहना भी बंद कर दिया था। उसका हाथ चला जा रहा था। क़ौस बन रहे थे और बिगड़ रहे थे। फिर इमाम बाड़े की दीवारें उस पर झुक गयीं और कँवलों और हाँडियों ने उसे घेर लिया ... और

तन्नू को जब होश आया तो वह बग़ली कमरे में था और हकीम अली कबीर उसे कोई मीठी चीज़ पिला रहे थे। उसने इधर-उधर देखा। कमरा ठसाठस भरा हुआ था। उत्तर-पट्टी और दक्खिन-पट्टी के तमाम बुज़ुर्ग इकट्ठा थे और बच्चे दरवाज़े से झाँक रहे थे। फुस्सू मियाँ झाँवा कर रहे थे। उसने उठकर बैठ जाना जाहा। लेकिन फुस्सू मियाँ ने उसके सीने पर हाथ रख दिया, ''लेटे रहो अबहीं थोड़ी देर!''

"मैं ठीक हूँ साहब !" वह न मालूम क्यों झल्ला गया ।

"जाओ, हाथ-मुँह धोकर कपड़े बदल डालो ।" बशीर मियाँ ने कहा ।

यह गोया इशारा था कि सब ख़ैरियत हैं । लोग एक-एक करके जाने लगे । हकीम साहब ने एक नुस्ख़ा लिख दिया, जिसे उब्बाद मियाँ ख़ुद अपने अत्तारख़ाने से बाँध लाये । फिर सिर्फ़ घर के लोग रह गये । इमाम बाड़े का गैस बुझा दिया गया । फ़र्श पर बिस्तर लग गये और तब अंदर से खाने का बुलावा आया ।

तन्नू को घर में दो-तीन नयी शकलें नज़र आयीं । एक तो शब्बर मियाँ की लड़की ज़ुहरा परवीन उर्फ़ मन्नो थी और दो बशीर मियाँ कि लड़कियाँ महजहाँ उर्फ़ मुन्नी और अहमद बनी उर्फ़ सुरैया । मन्नो और सुरैया दो-दो बरस की थीं और मुन्नी पाँच साल की ।

"अरे भई, ये क़ीमा लो !" बशीर मियाँ ने कहा ।

"जी, ले तो रहा हूँ ।" तन्नू ने कहा ।

"लीजिए भी !" सरवरी ने बड़े चमचे से उसकी प्लेट में क़ीमा निकालना शुरू कर दिया ।

"तुम्हारा लड़का कहाँ है ?" तन्नू ने पूछा ।

"उसकी छुट्टी नहीं है ।" सरवरी ने यूँ कहा, जैसे उसकी छुट्टी न होने में सारा क़सूर तन्नू ही का था ।

"अरे, तो मुझ पर ख़फा क्यों हो रही हो ? इब्ने अली भाई को डाँटो !" तन्नू ने कहा ।

"खाना खाओ, खाना खाओ !" बशीर मियाँ ने अपनी प्लेट को घुड़का ।

दस्तरख़्वान पर ख़ामोशी-सी छा गयी । लोग चुपचाप खाना खाने लगे ।

"ए तन्नू ! तूँ एक्को जर्मन -अरमन को मरवो किएये, की ख़ाली धुई-पटाख़ करके चले आएयो !" बशीर मियाँ ने पूछा ।

"जंग बड़ी ही बेहूदा चीज़ होती है साहब !" तन्नू ने कहा, "अपने साथियों के ख़ून और जौहड़ के पानी में कोई फ़र्क़ नहीं रह जाता । जिस तरह आपको मुक़दमों की मिसिल देखने की आदत हो जाती है, उसी तरह हमें ज़ख़्म देखने और चीख़ें सुनने की आदत हो जाती है । एक बार..."

"खाना खाओ..." बशीर ने कहा ।

तन्नू चुप हो गया । कमरे में सिर्फ़ निवालों की आवाज़ रह गयी । तमाम लोग गरदन झुकाकर खाने में मशग़ूल हो गये । मासूम बड़ी देर से मद्दू की प्लेट में पड़े गुर्दे की फ़िक्र में था । मद्दू ने उसे आख़िर में खाने के लिए बचा रखा था । मद्दू जो पानी का गिलास उठाने के लिए झुका, तो मासूम ने गुर्दा साफ़ कर दिया ।

तन्नू को यह हरक़त बहुत अजीब और मुक़द्दस मालूम हुई । उसके ज़ेहन से वह प्लेटें और वह मग्गे निकल गये, जिन्हें उसे ख़ुद धोना पड़ता था । दिमाग़

में बसी हुई इन्सानी पसीने, ख़ून और पानी की महक निकल गयी। यह बात निकल गयी कि जिन्हें उसने मारा, वह उन्हें पहचानता भी नहीं था। तमाम बातों की जगह एक गहरी उदासी ने ले ली। यूँ ही न जाने कितने ख़ानदान दस्तरख़्वान पर न मालूम कितने लोगों की राह देख रहे होंगे, जो वापस नहीं आयेंगे। उसे न मालूम क्यों एक इतालवी सिपाही याद आ गया जिसे ख़ुद उसने अपनी संगीन पर उठा लिया था। मरते-मरते उसकी आँखों में एक हैरत थी। शायद वह यह सोच रहा था कि वह क्यों मर रहा है। उसने कुछ कहा भी, तन्नू उसे सुन न सका या समझ न सका। उसकी जेब में सुर्ख़ चमड़े का एक बटवा था। उसमें एक तसवीर थी, एक जवान औरत, दो बच्चे और एक बूढ़ी औरत। एक जेब में गेहूँ के चंद दाने थे। मुमकिन है, ये दाने ख़ुद उसके खेत के रहे हों।

"ऐं!" वह चौंक पड़ा। उसने देखा कि मुन्नी कुछ पूछ रही है।

"हम ई पूछ रहें कि रात को परछाईं काहे ना दिखायी देती?" मुन्नी ने सवाल किया।

"हई लिजिये, ई अँधेरे में परछाईं देखिहें!" मद्दू ने कहा।

"सब परछाइयाँ मिल जाती हैं तो रात हो जाती है।" मूनिस ने कहा।

"न!" मासूम बोला, "जइसे हम लोग रात को सो जाते हैं, ओइसे ही परछाइयाँ सब भी सो जाती हैं।"

"लेकिन बेदख़ल करवाना कोई ज़ुल्म नहीं।" वज़ीर मियाँ बशीर मियाँ से कह रहे थे।

"भई, हम लोगों ने कभी बेदख़ली करवायी नहीं है।" बशीर मियाँ ने कहा, "अउर बेदख़ली कराये से फ़ायदा का, जो खेतवा हम्मादे को मिले वाला है..." अकबरी-बी ने कहा।

"सल्लन, ए सल्लन!" बावर्चीख़ाने से वज़ीर मियाँ की बीवी की आवाज़ आयी, "नउज, ई सब लोग हुआँ जाके का बइठ गयी हो, अउर ई मिट्टीमिली लतिफ़नी कहाँ है?"

"बा'जी, ज़रा पानी दीजिये!" मूनिस ने सल्लन से कहा।

"अरे भई सल्लन, कुछ मीठा नहीं है क्या!" बशीर मियाँ ने पूछा।

"अभी लाती हूँ।"

दिल की वीरानी में एक खँडहर था, और हर आहट, हर आवाज़ एक ईंट थी और कोई अनदेखा हाथ उन ईंटों को चुनता चला जा रहा था और तन्नू के घर का एक नक़्शा-सा बनने लगा था। तन्नू एक-एक आवाज़ को पी रहा था।

खाना ख़त्म हो गया।

बशीर मियाँ और वज़ीर मियाँ बाहर चले गये। वज़ीर मियाँ तन्नू को भी ले जाना चाहते थे, लेकिन औरतों ने तन्नू को नहीं जाने दिया। लड़कियों ने उसे घेर लिया। बूढ़ियाँ पलँगों पर उकड़ूँ बैठ गयीं और तन्नू उन्हें मुल्कों-मुल्कों की

कहानियाँ सुनाने लगा। उसकी गोद में बैठी-बैठी सुरैया सो गयी।

"आप लोग मजलिस न चलियेगा का?"

यह आवाज़ सुनकर तन्नू चौंका। वह अग्गू मियाँ की लड़की सईदा की आवाज़ थी।

सईदा तन्नू से बहुत हिली हुई थी। वह उससे कोई दस-बारह साल छोटी थी। तन्नू भी उसे बेहद चाहता था। इतना तो वह सल्लन या अफ़सरी को भी नहीं चाहता था, जो सगी बहनों की तरह थीं। वह हमेशा सईदा को बचपन के छोटे-छोटे तोहफ़े दिया करता था। कभी-कभी तो अफ़सरी ख़फ़ा हो जाती और सईदा और अफ़सरी में झौंटा-झुटव्वल भी हो जाती। जंग के हैबतनाक दिनों और लंबी उदास और ख़ौफ़नाक रातों में भी जब हर लमहा बदन पर गोजर की तरह रेंग-रेंग कर और साँपों की तरह फुंकार-फुंकार कर गुज़रा करता था, तब भी वह सईदा को नहीं भूला था। क़ाहिरा में पहला तोहफ़ा उसने सईदा के लिए ही ख़रीदा था।

वह सईदा को देख कर बेसाख़्ता मुस्करा दिया, "अरे, तुम तो बहुत बड़ी हो गयीं!" उसने कहा।

"आदाब!" सईदा उसके पास आ गयी। तन्नू ने उसका सिर अपने सीने से लगा लिया।

"अरे भाई, तूँ तो फ़ैशनेबुल हो गयी हो।" उसने कहा और पहली बार उसने यह बात मसहूस की कि छह साल, बल्कि छह सदियों की तवील ग़ैरहाज़िरी के बावजूद वह अपने घर की बोली नहीं भूला है। उसकी बोली खड़ी बोली के सख़्त और बेलचक लफ़्ज़ों को पिघला कर नर्म कर लेने पर अब भी उसी तरह क़ादिर थी जिस तरह पहले हुआ करती थी।

"ल्यो, अंग्रेज़ी पढ़ रहीं त इतरइबो ना करें!" रब्बन-बी ने इकलौती आँख को नचा कर कहा।

"क्या दादा ने तुमको पढ़ाना मंज़ूर कर लिया?" तन्नू ने हैरत से पूछा।

"जी हाँ," सईदा हँसी, "मैंने फ़र्स्ट डिवीज़न में हाई स्कूल किया है जनाब, और मैं अलीगढ़ में पढ़ती हूँ।"

"हट, झूठी!"

"अल्ला-क़सम!"

"ए बहिनी, हई मुई अंग्रेज़ी की बात में अल्लाह मियाँ बेचारे को काहे घसीट रहिउ?" अकबरी-बी बोलीं, "मैं त अग्गू से बहुत कह्यों। बाक़ी उ त लगे समझावे कि ज़माना बदल गवा है··· अउर हई हो गवा है, हउ हो गवा है···हो गवा है मोरी जूती! ई गिटिर-पिटिर किहिन ना कि अग्गू की बाँछा खिली ना। बड़ा नाम कर रही बेटी! जवान-जहान लड़की अकेली अलीगढ़ पढ़ रही। बाक़ी ना पढ़िहें त फ़ैसन में जो पड़ जैयहे। भाड़ में जाये ई मुआ फ़ैसन!"

"मगर यह तो बड़ी अच्छी बात है, दद्दा!" तन्नू ने कहा।

"अच्छा, रहे द्यो। सारी बिरादरी में नाक कट गयी। ए के अलीगढ़ जाये से नुनहरे, पारे, जंगीपुर, अरज़ानीपुर, देवकठिया—कहीं मियाँ लोगन की कोनौ लड़की अंग्रेजी पढ़िस हैं कि अग्गूए की लड़की पढ़िहे। बशीरो मुन्नी को अंग्रेजी पढ़ाये चाहिन... मैं जूती लेके खड़ी हो गइउँ कि ख़बरदार, जो तू ई सोच्यों!"

"बहुत अच्छा किया दद्दा, आपने!" तन्नू ने कहा। सईदा ने मुँह बनाया।

"ई लोग की बात का बुरा माने से कोई फ़ायदा ना है।" उसके चुपके से कहा। सईदा मुस्करा दी और तन्नू के बालों में अपनी नाक रगड़ कर भाग गयी।

"ए दद्दा, चलिये भाई, जल्दी से मजलिस कर लिया जाय।" सल्लन ने नौहे की बयाज़ें उठाते हुए कहा, "अबहीं इहो मजलिस करे को है और उत्तरो-पट्टी चले को है।"

"तू त अइसा बिगड़ रहिउ जइसे ख़ास मोरी वजह से देर हो रही।" अकबरी-बी ने कहा, फिर वह उठीं, "लतिफ़नी!" उन्होंने नौकरानी को आवाज़ दी, "हम लोग जा रहें मजलिस करे, तैं तनी तन्नू के सिरवा में तेल डाल दे।" उन्होंने तन्नू के बालों को छूते हुए कहा।

औरतों के चले जाने के बाद सन्नाटा हो गया। इधर-उधर पलँगों पर छोटे बच्चे सो रहे थे। सदर दालान के बीचवाले दर में एक बड़ी-सी लालटेन लटक रही थी जो आधे आँगन तक रोशनी फैला रही थी।

लतिफ़नी तेल की शीशी लेकर आयी। तन्नू ने सिर के नीचे तकिये को बराबर करने के बाद बदन को ढीला छोड़ दिया, मगर जब लतिफ़नी ने उसके बालों पर तेल रखा तो उसका सारा बदन सनसना गया। फिर सनसनाहट बढ़ती ही गयी। आख़िर दो-तीन मिनट के बाद उसने गरदन मोड़कर देखा। लतिफ़नी चौबीस-पच्चीस साल की एक ख़ूबसूरत औरत थी।

"तनी ललटेनिया कम कर दे। आँख पर पड़ रही।" उसने कहा। लतिफ़नी उठी। दर तक गयी। उसकी चाल बहुत अच्छी थी। लालटेन कम करने के लिए उसने हाथ उठाया तो बदन के सारे ख़ुतूत साँस लेने लगे। वह वापस आकर फिर तेल लगाने लगी। तन्नू ने अपने दोनों हाथ अँगड़ाई के लिए उठाये। वह हाथ शायद इत्तिफ़ाक़ से लतिफ़नी की गरदन में पड़ गये।

"छोड़िए, कोई देख लीहे।" लतिफ़नी गुनगुनायी।

"कोई ना देखिहे।" उसने ख़ुश्क हलक़ से आवाज़ निकाली, "लोग मजलिस करे गयी हैं।" और फिर उसे ऐसा लगा जैसे घर की दीवारें, दालान के गोल, सफ़ेद और चिकने खंभे, लालटेन, आँगन में लरज़ते साये—सब उसे हैरत से देख रहे हैं और कह रहे हैं—तन्नू, लड़ाई ख़त्म हुई, यह तुम्हारा घर है...

उसने लतिफ़नी की गरदन से हाथ निकाल लिया।

अग्गू मियाँ के घर से नौहे की आवाज़ आ रही थी :

"नाज़ुक हैं बहुत, पाँव में पड़ जायँगे छाले ।
क़ुरबान मैं, ए राहे-नजफ़ पूछनेवाले..."

तन्नू नौहा पढ़ने वाली हर आवाज़ को पहचान सकता था । उसने सोचा, क्या मैं वाकई लड़ाई पर गया था ? क्या मैं वाकई छह साल बाद आया हूँ ? अगर ऐसा है तो मैं कुछ भूला क्यों नहीं ? मुझे तमाम बातें और तमाम आवाज़ें क्यों याद हैं... ?

नौहा ख़त्म हो चुका था । औरतें मातम कर रही थीं ।

"हुसैन ! हुसैन !"

"या सय्यदी ! या अब्बास !"

तन्नू मुस्करा दिया ।

नहीं साहब, कोई-न-कोई तब्दीली ज़रूर हुई है । सईदा अलीगढ़ में पढ़ रही है । गंगौली की सैदानियाँ सदियों के पुराने, सादा और पुरअसर मातम को छोड़कर लखनऊ और जौनपुर के मसनूई और बेतासीर मातमों में उलझ रही हैं । यानी फैशन गंगौली के मातम का दरवाज़ा खटखटा रहा है । यह अदा उसे अच्छी नहीं लगी । उसे यक़ीन था कि दद्दा और रब्बन-दादी और ख़ुरशीद-दादी और मुहसिना-दादी और गोरी-दादी ने यह मातम सुन कर ज़ेरे-लब 'नउज' ज़रूर कहा होगा और उनकी आँखों से बहता हुआ आँसू सहम कर ख़ुश्क हो गया होगा ।

"मज़लिस ख़तम हो गयी ।" लतिफ़नी ने शिकायत की ।

"ऐं !" तन्नू चौंका । उसने देखा कि लतिफ़नी अपनी छोटी-छोटी कसी हुई छातियों को चोली के प्याले में अँड़सने की कोशिश कर रही है और उसके सीने की नर्म और ताज़ा गंदुम-जैसी मोटी जिल्द चाँदनी में चमक रही है । वह तेज़ी से बाहर चला गया ।

इमाम बाड़े के सह-दरे में लोग सो चुके थे । एक ताक़ में शीशे का एक छोटा-सा ख़ूबसूरत लैम्प ऊँघ रहा था, गुसलख़ाने के एक दरवाज़े के पास गड़ा हुआ सफ़ेद फरहरा हवा में हिल रहा था । सह-दरे में मिंबर के ऊपरवाले दोनों पंजे मुँह पर बनारसी डुपट्टा डाले गहरी नींद में थे । दीवारों पर लगी हुई करबला और ख़माये-अहलेबैत और ज़ुलजनाह[1] की तसवीरें मुर्दा लकीरों में तब्दील हो चुकी थीं । पूरबवाले कमरे से बशीर मियाँ के ख़्वाब में बोलने की डरावनी आवाज़ आ रही थी ।

वह अपने बिस्तर पर लेट गया । उसने तकिये पर हाथ फेरा । फिर उसने

---

1. इमाम हुसैन का घोड़ा ।

साटन की फद को छुआ और ताशक के पहलू को गुदगुदाने के बाद वह मुस्करा दिया। वह मुस्करा दिया कि दद्दा शायद उसे अब भी बच्चा समझती हैं ! जभी तो रात के सन्नाटे और लालटेन की मलगुजी रोशनी में वह पकी हुई गेहूँ की बाली की तरह ताज़ी और मीठी लतिफ़नी को उसके पास तनहा छोड़ कर चली गयीं। उन्हें यह नहीं मालूम कि मैदाने-जंग में भूख किस क़दर बढ़ जाती है—रोटी की भूख, प्यार की भूख और बदन की भूख ! उसे चालीस-पैंतालीस साल की वह बेनाम सिसिलियन औरत याद आयी, जिसके साथ उसने ज़िना किया था। रज़ामंदी का सौदा नहीं—ज़िना ! अगर इतालवी फ़ौजें गंगौली आ जायँ तो यही होगा ? क्यों नहीं होगा ! उसके रोंगटे खड़े हो गये। इमाम बाड़े के सह-दरे में सात मुहर्रम की उस रात को अपने सोये हुए अज़ीज़ों के मजमें में जाग कर उसने जंग को बड़ी बुरी गालियाँ दीं। उसने देखा कि सफ़ेद फरहरे के बाँस से टिकी हुई वही बुढ़िया खड़ी है। उसने देखा कि मिंबर के तीसरे ज़ीने पर बैठ कर वह बुढ़िया अपनी मजलिस पढ़ रही है। किसी अजनबी ज़बान में नहीं, साफ़ और शाइस्ता उर्दू में। मौलवी क़ब्बन के लहज़े में ! मौलवी इब्ने-हसन नुनहरवी की सजी-सजायी ज़बान में। उस वक़्त तो उसकी समझ में बुढ़िया का एक लफ़्ज भी नहीं आया था। उस वक़्त तो वह सिर्फ़ आँखों की बेपनाह हैरानी और गहरी शिकायत और हिक़ारत और नफ़रत की ज़बान समझ पाया था (शायद सारी दुनिया में आँखें एक ही ज़बान बोलती हैं), मगर इस वक़्त गंगौली के बड़े फाटक के सह-दरे में सियाह मिंबर के पास नर्म और गर्म बिस्तर पर आराम से लेटने के बाद उस बुढ़िया की ज़बान खूब समझ रहा था, "मैं जानती हूँ मेज़र हसन, कि तुम सिर्फ़ मेज़र हसन नहीं हो। तुम तन्नू भी हो, गंगौली की दक्खिन-पट्टी के तन्नू। शब्बू मियाँ के इकलौते बेटे तन्नू, अकबरी-बीबी के चहीते पोते तन्नू। क्या तुम्हें अपनी माँ याद नहीं आती ? ज़रूर याद आती होगी। वह आज ज़िंदा होती तो मुझसे कुछ छोटी ही होतीं। जिसे तुम मेरा स्कर्ट समझ रहे हो, वह तो तुम्हारी माँ का ग़रारेदार पजामा है पगले, उतारो···उतारो··· !"

"चुप रहो !" वह चीख़ा। उसकी आँखें खुल गयीं।

रात उतनी ही गहरी और उतनी ही उदास थी। आँगन में दो कुत्ते लड़ रहे थे और उसके गिर्द मूनिस, मद्दू, हद्दन, नस्सन, क़ैसर, हम्माद मियाँ और अब्बास वग़ैरह सो रहे थे।

"लाहौल-विला-क़ूवत ?" वह बड़बड़ाया।

"का बात है, बेटा ?" हम्माद मियाँ ने पूछा।

"कुछ नहीं, ख़्वाब देख था।" उसने कहा।

"सो जाओ।"

उसने करवट ले ली। उस बुढ़िया से जान बचाने के लिए वह लतिफ़नी के

बारे में सोचने लगा। मगर वह उसके बारे में सोच ही क्या सकता था! वह उसे बिलकुल नहीं जानता था। वह भी उस बुढ़िया की तरह बिलकुल अजनबी थी। सुबह को जब उसकी आँख खुलीं, तो फ़र्श ख़ाली था। तमाम बिस्तर उठाये जा चुके थे। लखना चमार आँगन में झाड़ू दे रहा था और गर्द भागी-भागी फिर रही थी। उसने अँगड़ाई ली। मानूस छत और दीवारों को देख कर वह मुस्कारा दिया।

''सलाम साहब!'' लखना ने कहा।

''सलाम। सब लोग कहाँ गये?''

''गइल बाड़न लोग हकीम साहब किहाँ मजलिस माँ।'' वह मुस्कराया।

''मैं बहुत सो गया उसने कहा।

लखना ने यह जुमला नहीं सुना, क्योंकि वह फिर झाड़ू देने में मशगूल हो चुका था। तन्नू फिर लेट गया। थोड़ी देर तक वह करवटें और अँगड़ाइयाँ लिया किया, फिर तकिये के नीचे से सिगरेट की डिबिया निकाल कर उसने एक सिगरेट सुलगायी। अभी उसकी सिगरेट ख़त्म भी नहीं हुई थी कि मासूम की क़यादत में उत्तर-पट्टी के लड़कों का ग़ोल बड़े दरवाज़े से दाख़िल हुआ।

''हई लिजिए!'' मासूम ने कहा, ''हुआँ की मजलिस ख़त्म हो गयी और आप अबहीं लेटे ही हैं।''

''तूँ नौहा पढ़े रह्यो?'' तन्नू ने पूछा।

''जी हाँ।'' मासूम ने ग़रूर से कहा।

''मुहम्मद-चा, अबुल क़ासिम-चा और मश्शू नौहा पढ़ना छोड़ दीहिन का?'' उसने पूछा।

''अरे ऊ लोग का पढ़िहैं!'' मासूम ने हिक़ारत से कहा, ''ऊहे सब पुरानी धुन अबहीं तक घसीट रहें लोग। हम त बा'जी से मार सब लखनऊ की धुन याद किया हैं जनाब!''

''अच्छा... !'' वह गड़ाप-से उठकर बैठ गया, ''अबुल क़ासिम-चा गोदाम पर मश्क़ करवाते हैं कि ना?''

''और उनका कामे का है? ऊहौ तो गये रहे जंग पर। अच्छा, ए तन्नू भाई...'' वह तन्नू के पास बैठ गया, ''का हवाई जहाज पर से नीचे के आदमी दिखात हैं!''

तन्नू हँस पड़ा, ''अबुल क़ासिम-चा कहते रहे का?''

''हाँ!'' मासूम बोला, ''कहते रहे कि जब ऊ एक मरतबा गंगौली पर से गुजरे त देखिन कि खुरशीद-दादी लोटा लिये पखाने जा रहीं और मोलवी बेदार गढ़ही में मुँह धो रहें।''

तभी लड़कों ने बाक़ायदा मातम शुरू कर दिया। और फिर दो लड़के झगड़ पड़े। झौंटा-झुटव्वल शुरू हो गयी। तन्नू ने लपक कर दोनों को अलग किया।

मासूम ने इस बीच में उनका बिस्तर लपेट कर मिंबर के पीछे बिस्तरों के अंबार पर रख दिया।

''ए मासूम भइया !'' ज़नाने दरवाज़े पर से लतिफ़नी ने झाँक कर मासूम को पुकारा, ''तन्नू भइया जगे कि ना ?''

''जग गये !''

''त कह दिजिए कि नाश्ता कर लें।''

''आते हैं…'' तन्नू बोला।

लतिफ़नी दरवाज़े से हट गयी, मगर वह अंदर नहीं गयी। वह इस नीमतारीक गलियारे में दीवार से टिक कर लंबी-लंबी साँसें लेने लगी और तन्नू का इंतज़ार करने लगी। और यह दुआ माँगने लगी कि तन्नू अकेला ही आये। ज़ाहिर है कि इसका तो कोई सवाल पैदा नहीं होता कि अल्लाह मियाँ ने उसकी दुआए-गुनाह क़बूल कर ली हो, लेकिन तन्नू उस गलियारे में अकेला ही दाख़िल हुआ।

''चलिए, नाश्ता लग गया है।'' लतिफ़नी ने सरगोशी की।

मगर तन्नू उसे नज़र-अंदाज़ करके गोरी-बी के आँगन में दाख़िल हो गया। पाख़ाने के दरवाज़े पर लगा हुआ शराफ़ का दरख़्त शरीफ़ों से लदा हुआ था। एक शरीफ़ा तोड़कर हाथों में जादू की गेंद की तरह उछालता हुआ वह सदर मकान में चला गया।

''आदाब !'' उसने अक़बरी-बी को सलाम किया।

''जीते रहो…ख़ुश रहो !'' अकबरी-बी ने कहा।

तन्नू उसी पलँग पर लेट गया, जिस पर अकबरी-बी बैठी हुई थीं। सर्दी ग़ज़ब की थी। उसने पाँयती पड़ी हुई दुलाई ओढ़ ली और करवट लेकर पलँग की पट्टी के पास रखी हुई मिट्टी की नोरसी पर हाथ सेंकने लगा, जिसमें लकड़ी के कोयले दहक रहे थे।

''दिजिए हमरी दुलाई।'' सर्दी से बदन चुराती हुई सईदा ने आ कर तन्नू से कहा। तन्नू ने उसकी आवाज़ पर गरदन मोड़ी। सईदा बड़ी ख़ूबसूरत निकल आयी थी। गोरा-चिट्टा रंग। छोटे-छोटे निहायत सफ़ेद दाँत। लंबी गरदन। सियाह बाल, सियाह आँखें। तरशा हुआ मरमरी जिस्म। वह मुस्करा दिया। सईदा ने दुलाई छीनने के लिए हाथ बढ़ाया। उसने दुलाई को अपने गिर्द लपेट लिया।

''अरे, दे दे…'' अकबरी-बी ने कहा, ''ओको सर्दी लग रही।''

''ना देंगे !'' तन्नू ने कहा।

सईदा ने अपने दोनों हाथों से उसके बाल भर लिये, वह तिलमिला कर चीख़ा।

''तूँ सठिया गयी हो, सईदा !'' अग्गू मियाँ की बीवी आ गयी, ''छोड़ो ओका

बाल।"

"हमरी दुलाई ना दे रहें।" सईदा मिनमिनायी।

"ना दे रहे त रह दूयो।" उसकी माँ ने कहा, "दुसरी ओढ़ ल्यो।"

"ई ख़ुद काहे ना दुसरी ओढ़ लेते!"

"तू त अइसा लड़ रहियु कि तले उप्पर के भाई-बहेनें का लड़िहें।"

"अच्छा!" तन्नू ने दाँत पीसकर कहा, "तेरे लिए एक मोटा-सा काला भुजंग मियाँ तलाश करूँगा।"

"शरम त ना आ रही सात मोहर्रम को बियाह की बात करते!" सईदा ने तनुक कर कहा। और जब उसे यकलख़्त यह ख़याल आया कि तन्नू ख़ुद उसी की शादी की बात कर रहा है तो वह शरमा गयी। तन्नू खिलखिला कर हँस पड़ा।

"ना बेटा, आज हँस्से का दिन ना है।"

अग्गू मियाँ की बीवी भी उसी पलँग पर बैठ गयी। "ई आज की सर्दी त, अइसा लग रहा बा'जी कि जिये न दीहै। निखौंदी हवा त हड्डी में घुसी जा रही।" उन्होंने तक़रीबन दुलाई का घूँघट निकाल लिया।

"जाओ, नाश्ता कर ल्यो।" अकबरी-बी ने कहा। फिर वह लतिफ़नी पर बिगड़ने लगीं, "दिमाग़-ढही अँखियाँ बिलकुले फूट गई हैं का? केतलिया को ढँक दे।"

लतिफ़नी ने जल्दी से केतली पर टीकोज़ी चढ़ा दी।

"चल, चाय पी!" तन्नू ने सईदा से कहा।

"ना पीयेंगे।" सईदा ने कहा।

"दादी, आपके लिये चाय बनाऊँ?" तन्नू ने सईदा की अम्मा से पूछा।

"चइयो मुई में गर्मी ना रह गयी है, बेटा।" उन्होंने कहा, "अैयसन्ही पाला पड़िहै त आज का गश्त कइसे उठिहै?"

"तू नंगे पाँव मत जइहो।" अकबरी-बी ने तन्नू से कहा।

वह तख़्त पर बैठ कर नाश्ता करने लगा। घी-नमक की ख़स्ता टिकियों के साथ अंडे का ख़ोगीना उसे बहुत अजीब लगा। पहला लुक़मा खाने के बाद उसने फिर सईदा की तरफ़ देखा, जो दरवाज़े से टिकी हुई किसी नौहे की धुन बनाने की कोशिश कर रही थी। उसका डुपट्टा ढलक गया था। वह हौले-हौले मातम करती और गुनगुनाती जा रही थी और सोचती जा रही थी कि आख़िर वह इस क़दर ख़ुश क्यों है। उसे यह भी नहीं मालूम था कि तन्नू के जाने के बाद वह उदास हो गयी थी। यह बात उसे इसलिए नहीं मालूम थी कि दस बरस की बच्चियों को उदासी की वजह नहीं मालूम हुआ करती। उसके बक्स में तन्नू की एक तस्वीर थी। मूनिस, मासूम, मद्दू, शम्मू, गिग्गे—किसी की तसवीर नहीं थी, मगर तन्नू की तस्वीर थी। यह तस्वीर उसके बक्स में बिछे हुए

अख़बार की तह में रखी-रखी अलीगढ़ भी गयी थी। ग़लती से नहीं, उसने जान-बूझ कर रखी थी। और अख़बार की तह में इसलिए रखी थी कि उसका बक्स उसकी अम्मा ठीक करने वाली थीं और न मालूम क्यों, वह यह नहीं चाहती थी कि वह या कोई और उस तस्वीर को देखे। उसे यह भी नहीं मालूम था कि वह ऐसा क्यों नहीं चाहती। उसने अलीगढ़ में एक बार भी उस तस्वीर को अख़बार की तह से निकाल कर नहीं देखा था। मगर जब वह किसी काम से अपना बक्स खोलती तो जैसे बिना अख़बार उठाये उस तस्वीर को देख लेती और पल-भर के लिए खो जाती। तन्नू भाई क्या कर रहे होंगे··· कहाँ होंगे··· कैसे होंगे··· जल्दी से आ जायँ··· उनकी शादी हो··· ढेर-सारी नेग ली जाय। तन्नू की शादी की बात सोच कर वह कभी ख़ुश नहीं हुआ करती थी, मगर वह उसकी शादी के बारे में सोचती ज़रूर थी, क्योंकि अशराफ़ की लड़कियों को शायद अपनी शादी के बारे में सोचने से शर्म आती है। मगर अपनी सहेलियों से वह तन्नू भाई की बातें इस क़दर किया करती थी कि वहीदिया की लड़कियाँ उसे तन्नू भाई पुकारने लगी थीं। और अब वही तन्नू भाई सामने बैठे नाश्ता कर रहे थे और उनकी गहरी भूरी आँखों में अब भी वही शरीर मुस्कराहट थी। चुनाँचे उसने यह मानने से इन्कार कर दिया कि तन्नू छह साल बाद आया है।

''का भाई, अब नाश्ता कर रह्यो तूँ!'' सकीना आ गयी।

''आदाब!'' उसने आदाब किया, ''चाय पीजिए, यहाँ आओ मेरे पास।'' वह सईदा से मुख़ातिब हो गया।

''नहीं आते।'' सईदा ने कहा।

''ए धीया, तूँ बिलकुले सठिया गयी हओ का,'' उसकी माँ बिगड़ी, ''काहे ना जाइत्य?''

वह जा कर उसके पास बैठ गयी। उसके ताज़ा शादाब बदन की भीनी-भीनी ख़ुशबू अंडे और टिकियों की ख़ुशबू में मिल गयी। तन्नू ने एक लुक़मे को चबाते-चबाते उसकी तरफ़ देखा। उसकी मखरूती उँगलियाँ चौकी के फ़र्श पर अनदेखी लकीरें खींच रही थीं। उसकी बड़ी-बड़ी आँखें लंबी पलकों के बोझ से झुकी हुई थीं। उसके दाहने नथने से नीम का एक सूखा हुआ तिनका झाँक रहा था। पतली-पतली सुडौल कलाइयाँ नंगी थीं और उसका सियाह डुपट्टा कुहनियों तक झूल आया था।

''दादी, इसकी शादी किसी कुचरी आँखों वाले से कीजिएगा।'' उसने सईदा की अम्मा से कहा।

''ए भइया, ऊ काहे को?'' वह मुस्करायी।

''इसकी ये चार आँखें काफ़ी हैं!''

''आपकी आँख का हमसे छोटी हैं!'' सईदा ने तुनक कर कहा।

''तूहें इत्ती बड़ी-बड़ी आँख की ज़रूरत का पड़ गयी रही, बहिनी ?'' उसने पूछा।

''अच्छा, नज़र मत लगाओ।'' अकबरी-बी ने डाँटा।

''हम्में भूख लगी है।'' मासूम के ठिनकने की आवाज़ आयी।

''ए भाई, ई लड़का त हमें बिलकुल आज़िज कर दिहिस है।'' सल्लन ने कहा, ''अबहीं हलक़ तक ठूँस के गया रहा।''

''त का अब तोरे हुकुम से लड़कन को भूखो ना लगे!'' अकबरी-बी ने कहा। मासूम उनसे लिपट गया। वह उसके बालों से खेलने लगीं, ''बहुत भूख लगी है ?''

''हाँ।''

''चल, मैं तोरे वास्ते दू ठो पींडी रखे हौं।''

वह अकबरी-बी के साथ कोठरी में चला गया और वहाँ से मूँग की दो पींड़ियाँ लेकर निकला। सल्लन बड़बड़ाने लगी कि दद्दा के इसी लाड़-प्यार ने मासूम को ख़राब किया है। वह बड़बड़ाती हुई बावर्चीख़ाने में चली गयी और लतिफ़नी को डाँटने लगी।

''हम छह बरस के बाद आये त हमरे वास्ते पींड़ी ना निकली।'' तन्नू ने हँस कर शिकायत की, ''और मासूम के वास्ते झट से निकल आयी।''

''बड़े आये हैं पींड़ी खाये वाले।''

''चलिए मजलिस।'' मासूम ने तन्नू से कहा।

''हम्में भी पींड़ी दीजिए।'' मद्दू ने कहा।

''एं भाई, तोरा निखौंदा पेट है कि भाड़! अबहीं त नाश्ता करके गये हौ।'' अक़बरी-बी ने कहा।

''नाश्ता करके तो मासूम भी गये थे।'' सल्लन ने टुकड़ा लगाया।

''इ कौनो दाज की बात ना है। ओके दाज में कोई पाँच बरस बीमार त ना पड़ा।'' अकबरी-बी हत्थे के उखड़ गयीं, ''तूँ लोग जलिथ्यु ओसे।''

''और क्या! सौतेला है ना!'' सल्लन ने कहा।

तन्नू मासूम के साथ बाहर चला गया।

मजलिस के बाद बुजुर्गों का अखाड़ा जम गया। मुसलिम लीग, कांग्रेस, पाकिस्तान, क़ुर्आन हदीस, गाँधीजी की तक़रीर। तन्नू को इन बातों में कोई दिलचस्पी नहीं थी। अब्बास ने उसे कई बार गुफ़्तगू में शरीक करना चाहा, मगर वह हर बार टाल गया।

अब्बास को बुजुर्गों की मजलिस में बैठने और गुफ़्तगू में हिस्सा लेने का हक़ मिल गया था। वह बच्चा तो था नहीं। अलीगढ़ यूनिवर्सिटी में पढ़ रहा था। सियासती मामले में उसकी वाक़फ़ियत भी सबसे ज़्यादा थी। वह क़ायदे-आज़म से मिल चुका था। लियाक़त अली ख़ाँ के साथ खाना खा चुका

था। सर सुलतान के साथ दौरा कर चुका था और चौधरी ख़लीक़ुज़्ज़माँ का कहना था कि उससे बेहतर मुक़र्रिर हिन्दुस्तान में दो-चार ही होंगे। उर्दू के कई अख़बारों में उसकी तस्वीरें छप चुकी थीं।

"अब्बास की तक़रीरें तो अंग्रेज़ी अख़बारों में छपती हैं।" हम्माद मियाँ इस जुमले की नंगी तलवार लिये हर वक़्त तैयार रहते थे। जहाँ गाँव या बिरादरी के किसी लड़के या बड़े की तारीफ़ हुई और वहीं हम्माद मियाँ ने घुमाकर हाथ मारा और क़िस्सा पाक! यह ठीक है कि हकीम अली कबीर का लड़का सद्दन डिप्टी सईदुलहसन ज़ैदी हो चुका है। यह भी ठीक है कि मूनिस की अक़्ल के चर्चे हैं। यह भी ठीक है कि शब्बर मियाँ और बशीर मियाँ और वज़ीर मियाँ और अग्गू मियाँ ने वकालत की और रुपया कमाया। यह भी ठीक है कि शब्बू मियाँ मरहूम का लड़का तन्नू मेजर तनवीरुलहसन हो गया है। मगर इनमें से किसी की तस्वीर अख़बार में छपी? इनमें से किसी की तक़रीर सुनने के लिए हज़ारों का मजमा इकट्ठा हुआ? डिप्टी हो जाना और बात है! चुनाँचे उन्होंने यह भी भुला दिया था कि अब्बास ने एक सुन्नी लड़की से शादी कर ली है और वह उसे इसीलिए घर नहीं लाता कि वह मोहर्रम में चूड़ियाँ नहीं बढ़ा सकती। वैसे हम्माद मियाँ ने सुना था कि अब पढ़ी-लिखी लड़कियाँ चूड़ियाँ पहनती ही नहीं। उन्होंने तै कर लिया था कि अबकी जो शहीदे-सालिस[1] की सालाना मजलिसों में शरीक होने के लिए आगरा जायँगे तो अलीगढ़ जाकर बहू को देखेंगे। सुन्नी-शीया क्या होता है। असल चीज़ तो यह है कि ख़ुदा, उसके रसूल और उसकी किताब पर ईमान हो। मिग़ददवा हरामज़ादे ने सैफ़ुनिया से निकाह न कर लिया होता तो जिन्दगी बड़ी ख़ूबसूरत होती। मेहरुनिया के मरने के बाद उन्होंने इत्मीनान का एक साँस लिया था कि चलो, ऊके साथ एक बड़ा राज़ दफ़न हो गया। काश, मिग़दाद ने सैफ़ुनिया को रख लिया होता! मगर उस बेईमान ने तो निकाह किया और ख़ुदा समझे उस मौलवी बेदार से, जिसने निकाह पढ़ भी दिया। मौलवी बनता है कम्बख़्त! उसके मुँह से यह भी नहीं निकला कि सय्यदज़ादे और नाइन का निकाह नहीं हो सकता। दस बीघा खेत अलग गया। मिग़दाद के अलग हो जाने से जो ज़िल्लत हुई, वह तो हुई ही; सबसे ज़्यादा घपला यह हुआ कि हम्माद मियाँ का हाथ कट गया। अब उन्हें ख़ुद खेतों का चक्कर लगाना पड़ता था। बुआई-कटाई के वक़्त निगरानी करनी पड़ती थी। वह तो कहिये कि गया अहीर मौजूद था, वरना हम्माद मियाँ तो बिलकुल ही बेदस्तो-पा हो गये होते। ये दिन बड़े मनहूस निकले। बस, एक काम अच्छा हुआ। उम्मे-हबीबा और सुग़रा की शादी हो गयी, दरभंगा के एक दाग़ी सय्यद-ख़ानदान में। हम्माद मियाँ ने तो सोचा था कि दरभंगा से गंगौली

1. आगरे में इनकी समाधि है। इन्हें जहाँगीर ने क़त्ल करवाया था।

यह कौन बताने आयेगा कि समधियाने का ख़ानदान कैसा हैं। दरभंगावालों ने भी यह सोचा था। चुनाँचे दरभंगा में यह मशहूर किया गया कि राजा सय्यद मुनीर हसन के ख़ानदान की लड़कियाँ हैं और गंगौली में यह मशहूर किया गया कि नवाब सय्यद ज़ुल्फ़िकार अली के ख़ानदान के लड़के हैं—सय्यद बदरुल हसन रिज़वी और सय्यद ज़ियाउल हसन रिज़वी। मगर मौलवी बेदार को हिन्दुस्तान-भर के सैय्यदों के नसबनामे ज़बानी याद थे, चुनाँचे जब बरात आयी और निकाह के बाद सेहरा पढ़ा गया और हस्बे-दस्तूर सेहरे में कुछ शोख़ अशआर भी पढ़े गये तो गंगौली वालों ने मौलवी बेदार का गला दबाया कि जवाब दो। मौलाना ने तुरंत एक शेर मौज़ूँ किया और उसमें दरभंगियों को 'भंगियों' नज़्म किया और यह ऐसे कि 'तक़ती' करते वक़्त 'दर' अलग हो जाय और 'भंगियों' अलग। बात यह है कि बदरुल हसन और ज़ियाउल हसन की दादी मेहतरानी थी। चुनाँचे यह बात समधियाने वालों के दिल में तराज़ू हो गयी तो वहाँ के एक नस्साब ने हम्माद मियाँ को नवाब अवध और इंशाउल्लाह ख़ाँ 'इंशा' का 'अजनब' वाला वाक़या सुना दिया और बात बराबर हो गयी···लेकिन ज़ाहिर है कि अदल-बदल से रिश्ते पर कोई हर्फ़ नहीं आया। इसलिए हम्माद मियाँ उम्मे-हबीबा और सुग़रा की शादी से मुतमइन थे। और अब तो दोनों के यहाँ माशाअल्लाह एक-एक बच्चा भी हो चुका था···और हबीबा का बच्चा इस वक़्त उनकी गोद में पेशाब कर रहा था।

हम्माद मियाँ को पेशाब पर उछलते देख कर तन्नू को हँसी आ गयी। उसने झुक कर बच्चे की सुर्ख़-सुर्ख़ नाक का एक मुन्ना-सा बोसा ले लिया। बच्चा मुस्करा दिया।

"ई त बिलकुल हबीबे पर पड़ा है।" उसने कहा।

"तुम भी कमाल करते हो।" हम्माद मियाँ ने कहा, "आँख और नाक तो इसने मियाँ बद्रुल हसन की पायी है।" उनकी इस खड़ी बोली पर जवाद मियाँ ने कंधे उचकाये और फिर बड़ी हिक़ारत से अपनी दाढ़ी पर हाथ फेरने लगे। इस खड़ी बोली की वजह से हम्माद मियाँ दिन-ब-दिन उत्तर-पट्टी और दक्खिन-पट्टी के लोगों से दूर होते जा रहे थे। लोगों का कहना था कि भई, कहीं बाहर जाओ तो उर्दू-अंग्रेज़ी-फ़ारसी बोलो। अपने घर में बाप-दादा की ज़बान बिगाड़ने से क्या फ़ायदा! इस बीच में हम्माद मियाँ दौलतमंद भी हो गये थे। उनके दरवाज़े पर एक भैंस की जगह दो भैंसें थीं और दोनों जमुनापारी थीं। इसलिए यूँ भी मियाँ लोगों का दिल उनकी तरफ़ से साफ़ नहीं था। एक दिन तो रब्बन-बी ने कह दिया, "···ए हम्माद! इतना मत अइँठो कि···"

मगर हम्माद मियाँ ने इन बातों का कोई असर क़ुबूल नहीं किया। वह जानते थे कि गाँव के मीर-साहबान उनसे जलते हैं। मगर मियाँ लोगों के जलने से डर कर वह फ़ाकाकशी तो अख़्तियार कर नहीं सकते थे। उन्होंने डाँट-डपक

कर अपनी बीवी को भी ख़ड़ी बोली बोलना सिखा दिया था। बस, माँ ने उनकी बात नहीं मानी। वह मर भी चुकी थीं। उनकी लड़कियाँ यूँ तो घर-आँगन की ज़बान बोलतीं, लेकिन जैसे ही हम्माद मियाँ अंदर दाख़िल होते, वे तड़ातड़ उर्दू बोलने लगतीं। उन्हें यह खड़ी-खड़ी ज़बान निहायत बद-आवाज़ और मग़रूर लगती। वह इस ज़बान में दिल की बात कहने से डरती थीं। ज़ाहिर है, किसी अनजबी को घर की बातें नहीं बतायी जातीं। इसलिए हम्माद मियाँ की मौजूदगी में उनके घर में घरेलू बातें ही नहीं होती थीं। बल्कि ऐसा मालूम होता था, जैसे कुछ अजनबी बीबियाँ इत्तिफ़ाक़ से कहीं इकट्ठा हो गयी हैं और वक़्त-गुज़ारी के लिए निहायत तकल्लुफ़ से बातें कर रही हैं। चुनाँचे उनके घर का घरेलू माहौल खत्म हो गया। उनकी बीवी डाँटना शुरू करतीं :

"मैं इ कह रहियूँ कि…" फिर वह रुक जातीं, "का तुम लोगों का दिमाग़ ख़राब हो गया है…उँह भाड़ में जाये ई निख़ौंदी बोली!" वह ज़बान को गाली देने लगतीं और यूँ बात गुस्से में टल जाती और डाँट खाने वाली लड़की मौक़े को मुनासिब समझ कर या तो बावर्चीख़ाने में चली जाती या झपाक से किसी और कमरे में घुस जाती। नतीजा यह निकल रहा था कि कुबरा रफ़्ता-रफ़्ता डाँटना भूलती जा रही थीं और रोज़ हम्माद मियाँ उन पर बिगड़ते, "तुम आख़िर लड़कियों को डाँटती क्यों नहीं?"

तो वह कहतीं, "मैं का करूँ, तोहरी ज़बान हम्में आयी ना, अपनी बोली तूँ हम्में बोले ना देत्यो।"

उस रोज़ हम्माद मियाँ घर की इसलाह से मायूस हो गये। लेकिन सबसे ज़्यादा तक़लीफ़ उन्हें उस वक़्त होती जब वह अब्बास को इसी गँवारू ज़बान में बात करता देखते। ज़ाहिर है कि अब्बास को टोक भी नहीं सकते थे, क्योंकि अब्बास उनसे ज़्यादा पढ़ा-लिखा था और अलीगढ़-यूनिवर्सिटी में पढ़ रहा था। मगर जब तन्नू ने इसी ज़बान में बात करना शुरू किया तो हम्माद मियाँ ने सोचा कि तन्नू को समझाने में क्या नुक़सान है। एक तो यह कि वह एफ. ए. पास है और फिर यह कि निरा फ़ौजी है।

"क्या म्याँ तन्नू…" उन्होंने कहा, "सारी दुनिया घूम आये, मगर हई हऊ नहीं छूटा? मैं तो कहता हूँ…"

"इ तूँ हर वक़्त मैं-मैं क्या करते हो जी?" जवाद मियाँ ने हम्माद की बात काटी, "तूँ त अइसा मिमियाते हो जैसे तोरे सिवाय गाँव में कोई और हइये नाहीं।"

अब्बास इस वक़्त पाकिस्तान के हक़ में कोई तक़रीर कर रहा था। वह बोलते-बोलते रुक गया। फिर उसने अपने बाप को रहस्य-भरी निगाहों से देखा। मगर वह बेबस था। वह हम्माद मियाँ को गाँव के टेढ़े-मेढे सासम और

सादा लौह रास्तों पर वापस नहीं ला सकता था।

''मैं तो मुसलिम लीग को वोट दूँगा।'' हम्माद मियाँ ने जवाद मियाँ की बात को नज़रअंदाज़ करके कहा। उन्हें बातों को नज़रअंदाज़ कर देने का फ़न आ गया था। वह बेबसी की झल्लाहट के इन मुज़ाहिरों से एक क़िस्म की लज़्ज़त हासिल किया करते थे और जब कोई उनसे इस क़िस्म की बात कहता तो वह और पुर-तकल्लुफ़ हो जाते।

''जब तूहीं वोट दे दीहो तब मुसलिम लीग के जीते में कौन रुकावट रह गइल?'' जवाद मियाँ ने हिक़ारत से कहा।

''आप इनकी बतिया में काहे टक से बोल देत हैं?'' फ़ुस्सू मियाँ ने कहा।

''अच्छा, तैं चुप रह!'' जवाद मियाँ ने उन्हें घुड़क दिया, ''हम फिनहू सय्यद हैं।''

फ़ुस्सू मियाँ ने अपनी बात आहिस्ता से कही थी। जवाद मियाँ ने अपनी बात डंके की चोट कही। तमाम लोगों ने बात सुनी। मगर सब उसे पी गये। अब्बास का ख़ून ज़रूर खौला, मगर वह चुप रह गया, क्योंकि वह जानता था कि जवाद मियाँ बुरे आदमी नहीं हैं।

''अब का इरादा है?'' उसने तन्नू से पूछा, ताकि वह ज़िल्लतआमेज़ ख़ामोशी टूट जाय, ''हमरे ख़याल में तो...''

''अभी नहीं!'' तन्नू ने उसे टोका, ''हम बहुत थके हैं, अब्बास भाई! अबहीं हम कुछ ना सोचें-ओचेंगे। मोहर्रम के बाद हम गंगौलिये में ना रहेंगे। कुछ दिन तोप-बंदूक की आवाज़ भूल जायेंगे। हमरी नाक में पीप और मुर्दन की बदबू भरी है। एके छूटे में कुछ दिन लगिहे। पाक-साफ़ हुइ लें तब सोचेंगे।'' वह खड़ा हो गया।

''कहाँ चले?'' अब्बास ने पूछा।

''जा रहें कर्बला। तनी अब्बा की क़बर पर फ़ातिहा पढ़ आएँ।'' किसी ने उसे नहीं रोका। बस, हम्माद मियाँ ने कहा कि वह गया को साथ ले ले। मगर उसने इन्कार कर दिया। तमाम लोग फिर पाकिस्तान की बहस में जुट गये और तन्नू बड़े फाटक से बाहर निकल आया।

सामने ही फुन्नन मियाँ का दरवाज़ा था। मग़फ़िये टाट का पर्दा उठाये झाँक रही थी और पम्मो चौखट पर बैठी नौहा पढ़ने की कोशिश कर रही थी और दुल्लन नीम ने तिनकों की ज़ंजीर बनाये ज़ंजीर का मातम कर रहा था और बार-बार अपने नंगे सीने की तरफ़ देख रहा था जिस पर नीम के तिनकों ने लाल-लाल निशान डाल दिये थे।

मग़फ़िये ने उसे पहचान लिया। उसने भी मग़फ़िये को पहचान लिया। मग़फ़िये ने वहीं से झुक कर सलाम किया। वह दरवाज़े पर जाकर रुक गया।

''ए अम्मा, तन्नू भाई आये हैं।'' मग़फ़िये ने कहा।

''कहाँ !'' कुलसूम भागी-भागी आयीं, ''अरे मोरा लाल, मोरा बेटवा !'' वह चटाचट बलाएँ लेने लगीं। वह दालान में जाकर बैठ गया। मग़फ़िये चाय की एक तश्तरी में गोटा[1] लायी। बीच में भुनी हुई गरी, कतरी हुई छालियाँ और लौंग थी। कगार पर एक जगह चूना टिका हुआ था और दूसरी जगह से गाढ़ा गीला कत्था बह-बह कर छालियों के पास आ गया था। तन्नू ने पहले गरी-छालियाँ मुँह में रखीं, फिर उसने कलमे की उँगली पर चूना उठाया और बीच वाली उँगली पर कत्था। कत्था चाटने के बाद वह ज़रा-ज़रा चूना चाटने लगा। वह यह चीज़ इतने दिन बाद खा रहा था कि अब उसे यह भी याद नहीं रह गया था कि कितना चूना खाना चाहिए कि मुँह न कटे। इस बीच में कुलसूम की ज़बान एक मिनट के लिए भी नहीं रुकी। उसने छह बरस की सारी तवारीख़ सुना डाली। बीच में मुमताज़ और शब्बू मियाँ की मौत का ज़िक्र आया तो वह रोयी भी। फिर मौलवी बेदार और सैफ़ुनिया की बात निकली और सैफ़ुनिया और मिग़दाद की शादी पर बात ख़त्म हुई।

''और मैं त सुन रहियूँ कि सैफ़ुनिया हम्माद की लड़की हैं।'' कुलसूम-बी ने तान तोड़ी, ''हज़-ज़ियारत करके त आ गये हैं बाक़ी बेटा बेटी से बियाह कर लिहिस त कुछ ना बोले। ए बेटा, त का अल्लाहो मियाँ उनकी कोठिया से रोब खा जइहें ?'' उन्होंने सवाल किया मगर जवाब का इंतज़ार नहीं किया, ''मैं राह देख रहियूँ मग़फ़िये के अब्बा की। ऊ साथ ख़ैरियत के आ जायँ त जूती से मैं हम्माद की नाक कटिहों, न काटौं त कुलसूम नाम ना ! हमरे घर में मौत हो गयी त कौनों जने कंधा देब न आयो।'' उनकी आवाज़ आँसुओं से भीग गयी और उनकी बड़ी-बड़ी आँखों से आँसू बह निकले, ''रक़ियाने वाले और कुँवरपालसिंह ना रहते त लाश न उठती !''

''सब ठीक हो जाएगा, दादी।'' उसने कहा।

''मैं त सोच लिये हौं कि मैदाने-हशर में हम्माद का दामन पकड़िहों और अल्लाह मियाँ से कहियों, पाक परवरदिगार... इ उहे हम्माद मियाँ हैं।''

''अच्छा दादी, ज़रा कर्बला से हो आऊँ।'' वह खड़ा हो गया।

''फ़ातिहा पढ़े जा रह्यो ?''

''जी हाँ।''

''जाओ बेटा, जो रहत्यो त ख़िदमत करत्यो। अब ईहे ख़िदमत रह गयी है। अबहीं रहियो न ?''

''जी हाँ।''

''त आते-जाते रहियो, बेटा। ई गंगौली के मियाँ-लोग त हम्में टाट-बाहर कर दिहिन हैं !''

---

1. कट्टर शीआ घराने मुहर्रम में पान नहीं खाते, गोटा खाते हैं।

तन्नू इन घरेलू शिकवे-शिकायतों पर मर-मर गया। उसकी समझ में यह बात कभी नहीं आयी कि कुलसूम ने फुन्नन मियाँ के लिए अपना बना-बनाया घर क्यों छोड़ा? मशहूर तो यह है कि औरतें आर्थिक चैन चाहती हैं और इसीलिए अपने शौहरों से आसेब की तरह चिपटी रहती हैं और उनके रास्तों में परछाइयों की तरह बिछी जाती हैं। लेकिन कुलसूम ने तो अपने आर्थिक चैन को तजकर फुन्नन मियाँ को क़ुबूल किया। वह ब्याहता थीं और अब वह सिर्फ़ एक दाश्ता हैं। फुन्नन मियाँ जब चाहें उन्हें अलग कर दें, कोई उनका कुछ नहीं बिगाड़ सकता। इसलिए मुहब्बत कोई चीज़ है ज़रूर। वरना अब कुलसूम में क्या रखा है? उसकी कसी-कसायी कच्चे अमरूद-जैसी छातियाँ लटक चुकी थीं। उसका बदन ढीला पड़ चुका था। उसकी आँखें बुझ-सी गयी थीं। फिर भी वह इस घर में यूँ थी जैसे कोई ब्याहता रहती है। यह भी नहीं था कि फुन्नन मियाँ ख़ुद कोई बहुत ख़ूबसूरत थे। काला रंग, लंबा-तड़ंगा बदन, गोल और बिलकुल मामूली चेहरा और उस पर एक निहायत क़साइयाना मूँछ।

पम्मो दौड़ कर उससे लिपट गयी और उसके हाथ का कीचड़ तन्नू के कुर्ते में भर गया। कुलसूम ने लपक कर पम्मो को इस बेदर्दी से खींचा, जैसे वह लड़की न हो, बल्कि कोई घिनौना कीड़ा हो। उसने उसे दो धक्के दिये। पम्मो रोने लगी।

''उतार देव कुरतवा, अभइहें धोके सुखा देथें।''

''मैं बदल लूँगा दादी।''

''नाहीं।''

उसने पहले स्वेटर उतार कर पलँग पर फेंका। मग़फ़िये उसकी बुनाई देखने लगी। फिर उसने कुर्ता उतारा। मग़फ़िये खिलखिला कर हँस दी।

''ए भाई, आप हई बग़लिया का बाल काहे ना बनवाते! फ़ौज में हज्जाम ना होता का?''

''आ तूहें बग़ल निहारे को कौन कहिस है?'' कुलसूम मुस्करायी। फिर वह तन्नू से मुख़ातिब हो गयी, ''बाक़ी ए बेटा, कटवा डालो ए को...ई बहुत मनहूस है।''

''जी, अच्छा!''

मग़फ़िये ने कुर्ता धोया। एक जवान बदन से निकलने वाले इस कुर्ते में शबाब की ख़ुशगवार महक थी। वह कपड़ा धोते-धोते मुहम्मद हुसैन के बारे में सोचने लगी जो अब तक उसे एक बच्चा नहीं दे सका था। कलकत्ता में मकान इतना छोटा था कि तनहाई ही नहीं मिलती थी। और एक बार के अलावा मुहम्मद हुसैन ने तनहाई हासिल करने की कोशिश भी नहीं की थी। और उस बार भी मुहम्मद हुसैन उसे झिंझोड़ कर जगाने के बाद ख़ुद सो गया था। वह देर तक जागती रही थी और छत की तरफ़ देखती रही थी और फिर

रोने लगी थी। ...वह चूल्हे पर कुर्ता सुखाकर लायी। दामन पर बेशुमार शिकनें पड़ गयी थीं। तन्नू वह कुर्ता पहन कर बाहर निकल आया और कर्बला की तरफ़ चल पड़ा। फ़ातिहा तो वह घर बैठे पढ़ सकता था। लेकिन वह गाँव के रास्तों और इमाम चौकों और नूरुद्दीन शहीद के मज़ार और कर्बला को यह बता देना चाहता था कि वह वापस आ गया है।

ज़नाने इमाम बाड़े पर उसे मिगदाद नज़र आया।

"का भाई, तूँ त अइसा डूब गये हौ कि दिखाइये न देत्यो!" उसने कहा।

"आदाब!" मिगदाद ने कहा, "हम सुना रहा कि आप कल्ह आये। मिले को बहुत जी चाहता रहा, बाक़ी मिलते कहाँ! ए वक़त देखा कि आप फुन्नन मियाँ की हाँ गये हैं, तो इहाँ खड़े हो गये कि शायद आप इधिर से जायँ।"

"का तूँ दरवाज़े पर ना आत्यो?"

"न, हम ई कह रहें तन्नू भाई, कि ए से कोई को का ग़रज़ कि हम के से बियाह किया। हमरा जी चाहा और हम सैफ़ुनिया से कर लिया बियाह। कोई के बाप का का गवा? बाक़ी मार लोग ऊधम न मचा दिहिन। का हम्में ई ना मालूम कि ऊ नाउन है! बाक़ी हम्में त इहो मालूम है कि हमहूँ सय्यद ना हैं। बाक़ी जना रहा कि अब्बा ई बतिया बिलकुले भूल गये हैं। ऊ त एकदम्मे से सय्यद हो गये हैं और अब त जब से बड़के अब्बा की शेरवानी पा गये हैं तब से अउरो मारे इतराए लगे हैं। चढ़के आए रहे हम्में मारे। कहिन—निकल जाव तुम इस ख़लवत से! हाँ साहब, ऊ त फ़ारसी बोले लगे हैं न। हम कहा—हमहूँ देख लेंगे कि हम्में इहाँ से कौन निकालता है! जब देखिन कि हम ना डरा रहे, त चुपचाप सिर निहुड़ाके चले गये। ए साहब, आपको तो ई मालुम होइहे कि पाकिस्तान कब बनिह?"

"क्यों, क्या पाकिस्तान जाने का इरादा है?"

"हम ना जाएवाले हैं कहीं! जायें ऊ लोग जिन्हें हल-बैल से शरम आती है। हम तो किसान हैं, तन्नू भाई। जहाँ हमरा खेत, हमरी ज़मीन—तहाँ हम! हम ए वास्ते पूछ रहें कि पाकिस्तान बन जाये तो कोई तरह अब्बा को भेज देंगे।"

"क्यों?"

"ख़िलवतिया छोटी है।"

"हम तुम्हें बज़ार न भेजा रहा..." सैफ़ुनिया की आवाज़ आयी, "आँ तूँ हुआँ खड़े गप लड़ा रह्यो..."

"अरे, तन्नू भाई आये हैं रे!" मिगदाद ने कहा।

मिगदाद का रोयाँ-रोयाँ गुनगुना रहा था। सैफ़ुनिया से शादी करने के बाद पहला सय्यदज़ादा उससे गुफ़्तगू कर रहा था।

"चलिए न तन्नू भाई, एक मिनट को हमरी लड़कियो को देख लिजिए।"

"चलो।"

वह ख़िलवत अब भी उतनी ही छोटी थी। दरवाज़े पर अमरूद का पेड़ उसी तरह खड़ा था। अलगनी उसी जगह पर थी और उस पर कुछ गब्भे सूख रहे थे। और छोटी-सी सहनची में एक खटोले पर एक फूल-सी बच्ची लेटी हुई थी। वह उसी खटोले पर बैठ गया।

"सलाम!" सैफ़ुनिया ने कहा।

उसने सैफ़ुनिया को देखा। वह अब भी उतनी ही ख़ूबसूरत थी। बस, उसमें फ़र्क़ सिर्फ़ इतना ही हुआ था कि वह आँखें, जो हर वक़्त शरारत से मुस्कराया करती थीं, संजीदा हो गयी थीं।

"कैसी हो?"

"ठीक है भइया⋯हम इनसे बहुत कहा, बाक़ी ई ना माने।"

"त का बिगाड़ लिहिन मियाँ लोग हमरा?" मिग़दाद भड़क उठा, "अब ईहे त मार खाये की बात है। ई बहनचोद की समझे में ई ना आता तन्नू भाई, कि हम ए से बियाह किया है। अब ई हमरी इज़्ज़त है। मियाँ लोगन की माँ की चूत!"

तन्नू ने कुर्ते की जेब से अपना बटुवा निकाला और पाँच रुपये का एक नोट बच्ची की लाल-लाल मुट्ठी में अँड़स दिया। ग्यारह रुपये उसने सैफ़ुनिया की तरफ़ बढ़ा दिये। मगर सैफ़ुनिया ने हाथ नहीं बढ़ाया। उसकी आँखें डबडबायी हुई थीं। मिग़दाद उसे दो-एक बार मार चुका था। कई बार गालियाँ दे चुका था। मगर इस वक़्त तो तन्नू भैया भी थे। इस वक़्त उसे ऐसा नहीं करना चाहिए था

"ले ले, तैं मिग़दाद की बीवी है, त का हम तोरा मुँह मुफ़्ते में देख लें?"

सैफ़ुनिया ने हाथ बढ़ा कर रुपये ले लिये।

"यह लड़की तो बहुत ख़ूबसूरत है, तुझसे भी ज़्यादा। क्या नाम रखा है इसका?"

"अहमदी!" मिग़दाद ने बड़े ग़ुरूर से कहा।

तन्नू हँस पड़ा।

"रह ग्यो तूँ चुग़द के चुग़द! इहो कोई नाम है? इतनी ख़ूबसूरत लड़की का एत्ता बूढ़ा नाम! रहो, हम रखते हैं इसका नाम⋯नाज़िश⋯शादाँ⋯च-च ठीक⋯नजमुस्सहर रखो इसका नाम!"

"का रखें?" मिग़दाद बौखला गया।

"नजमुस्सहर!" तन्नू ने कहा।

"गाँव-भर में अब्बा के सिवाय कोई और के मुँह से त ई निकलेवाला ना है नजमोसार! एका मतलब का भया?"

"नजमोसार नहीं, नजमुस्सहर⋯सुबह का तारा!"

''ना साहब, ई नाम ना चलिहे। कौनों गाँव वाला नाम बताइये। ई तो मोहूँ से ना निकलिहे। त पुकारेंगे का! तैं पुकार!'' उसने सैफ़ुनिया से कहा।

सैफ़ुनिया सुर्ख़ पड़ गयी।

''अरे, पुकार!'' उसने फिर कहा, ''अब आप देख न रहे तन्नू भाई, ई हरामज़ादी का!''

''ना निकालता त कैसे पुकारें?'' सैफ़ुनिया ने शिकायत-भरे लहजे में कहा।

''कौनो अइसा नाम बताइए तन्नू भाई, कि हमरहू मुँह से निकल जाय, और ऐहू के।'' मिग़दाद ने कहा, ''अब्बा के पुकारे के वास्ते हम अपनी लड़की का नाम ना रखेंगे।''

''अच्छा···ए का नाम···'' वह रुक गया, ''निकहत रखो।''

''एका मतलब का होता है?'' मिग़दाद ने पूछा।

''ख़ुशबू!''

''ई नाम त अच्छा है···ऐं···'' वह सैफ़ुनिया की तरफ़ मुड़ा।

''हाँ।'' सैफ़ुनिया मुस्करा दी।

''एकी इहे हँसी हम्में फँसा लिहिस, तन्नू भाई!'' मिग़दाद ने बच्ची की तरफ़ झुकते हुए कहा। फिर उसने उसकी नाक में दाँत काट लिया। वह रोने लगी। सैफ़ुनिया ने लपक कर उसे उठा लिया और मुँह से बेमानी आवाज़ें निकाल कर उसे बहलाने लगी।

''ई का हरकत है?'' तन्नू ने मिग़दाद को डाँटा।

''एकी नकिया हमें बहुत अच्छी लगती है साहब!''

तन्नू हँस रहा। इस मिग़दाद को वह अंजुमन के बच्चों के साथ मातम करता छोड़ गया था। और अब वही मिग़दाद एक बच्ची का बाप था और फिर थोड़े दिनों के बाद यह लड़की नौहा पढ़ने लगेगी और हो सकता है कि फिर किसी और को गाँव की मानूस गलियाँ और घर के मानूस चेहरे छोड़ कर जंग में जाना पड़े। तो क्या ये लड़ाइयाँ होती ही रहेंगी? इस सवाल का जवाब वह नहीं देना चाहता था। बिना किसी मक़सद के लड़ना बहुत मुश्किल काम होता है···यानी आदमी न हुआ, क़त्ल करने की मशीन हो गया···

''आप बैठिए तन्नू भाई, हम अभइं आ रहें।'' मिग़दाद ने कहा।

''एँ!'' वह चौंक पड़ा, ''नहीं, चलो, मैं भी चल रहा हूँ। अभी तो हम हैं। फिर कोई दिन आयँगे।''

दोनों बाहर निकल आये।

छह बरस में गंगौली काफ़ी बदल गयी थी। उसे कई पुख़्ता मकान नज़र आये। मिग़दाद ने हर मकान और उसके मकीनों के बारे में उसे तफ़सील से बताया।

''इहाँ त दरज़ी गुलज़ार का मकान रहा न जी···'' अनवारुल हसन के मकान के कुछ आगे बढ़कर उसने एक नया पुख़्ता मकान देख कर पूछा। दालान के बाहर रास्ते पर दो-एक पलँग पड़े हुए थे। उन पर कुछ नौजवान लोग बैठे बातें कर रहे थे। उन्होंने तन्नू और मिग़दाद को आते देखा, लेकिन कोई ध्यान नहीं दिया।

''ओही का है। लड़ाई में मार पैसा कमाके ढेर लगा दीहिस। सुन रहें कि फ़ौजवालन को ग़ल्ला सप्लाई करता रहा। और कउनो एही पर बस थोड़े है। रज़क़वा कुँजड़ा याद है न आपको? साला कल तक टोकरी लिये चिल्लाता फिरता रहा। आज ओही की एक ठो कोठी है और अब ऊ रज़क़वा ना है, शेख मुहम्मद रज़्ज़ाक़ क़ुरैशी हो गया है। गाँव-भर में जउन मकान ईंट का दिखायी दे, समझ लिजिए कि लड़ाई के रईस हैं। एक ठो आप लोग हैं कि उहे मिट्टी का मकान खड़ा है कानी कबसे।''

''सलाम, मीर साहब।'' दरज़ी गुलज़ार बोला।

''अच्छे रहे?'' तन्नू ने पूछा।

''आ बूढ़े भए मियाँ··· अब मरे का दिन नगीच आ रहा। अब अच्छे रहे का दिन हैं? आप कब आये?''

''कल।''

''शब्बू मियाँ बहुते बेवक़्त मर गये। जउन आज रहते त आपको देखके कइसा खुस होते। सर्वत-ओरबत बनवाएँ?''

''नहीं, शुक्रिया!''

''ई हमरा पोता है मुहम्मद सिद्दीक़। फ़क़ीरे का लड़का। कलकत्ते में पढ़ रहा। कानी कौन दरजे में···'' उन्होंने एक नौजवान की तरफ़ इशारा करके कहा, ''कौन दरजे में है रे?''

''बी. कॉम.।'' फ़क़ीरे के लड़के मुहम्मद सिद्दीक़ ने कहा।

''अच्छा, हाजी साहब!'' तन्नू इतना कह कर चल पड़ा।

हाजी साहब बैठ गये। मुहम्मद सिद्दीक़ हाजी गुलज़ार से उलझ पड़ा!

''का हैं ई मियाँ-लोगन के पास, कि आप झट-देना खड़े हो गये!''

''का है?'' हाजी साहब बोले, ''ज़मीदारी है बेटा, और का है?''

तन्नू ने ये बातें नहीं सुनीं, क्योंकि वह तो एक सदियों के प्यासे की तरह गाँव की हर आवाज़ को पी जाने में मशग़ूल था। लेकिन चलते-चलते रहिमवा हज्जाम के घर पहुँच कर वह रुक गया। वहाँ अब कोई घर नहीं था। एक ढूहा-सा था। कुछ गिरी-पड़ी दीवारें थीं और गिरे हुए दालान के सामने लखौरी ईंटों वाला इमाम चौक बहुत उदास नज़र आ रहा था।

''रहिमवा कहाँ गवा?''

''कानी कहाँ गवा।'' मिग़दाद ने कहा।

''बाक़ी···''

''बाक़ी का, तन्नू भाई ?'' मिगदाद ने उसकी बात काटी, ''हम ई दरवाज़े पर बरात लेके आये रहे। इहाँ के बाजेवाले तैयार ना भए त हम ग़ाज़ीपुर से पचास रुपया देके अंग्रेज़ी बाजेवालन को बुलाया। बरात में ख़ाली हम रहे और बाजेवाले रहे और मौलवी बेदार रहे। एही पर उत्तर-दक्खिन पट्टी का झगड़ा भी ख़तम हो गया। लोग कहिन, कि ई बिरादरी की नाक का सवाल है। हकीम अली कबीर चौधरी से कहिन, कि या तो रहिमवा को गाँव से निकाल दो या बेदख़ली के वास्ते तैयार हो जाओ। तँ रहिमवा टाट-बाहर हो गया। फिर गाँव में कोई ओके हाथ कुछ बेचे को तैयार ना रहा। अब्बा खेत निकाल लिहिन ओका। मेहरुनियो मर गयी। त ऊ सोचिस कि अब गंगौली में का है। बस, एक दिन चला गया। हम त ओसे बहुत कहा—तैं कहाँ जा रहा, हमरे साथ रह, हम मियाँ-लोगन को देख लेंगे। बाक़ी हज्जाम त बहनचोद हज्जाम! भाग गया!''

''तो अब ई ताज़िया कौन बनाता है ?'' तन्नू ने चौक की तरफ़ इशारा किया।

''सैफ़ुनिया।'' मिगदाद ने कहा, ''अच्छा, हम त अब जा रहे नमक लेवे!''

''अच्छा!''

मिगदाद एक गली में मुड़ गया। तन्नू एक सिग्रेट सुलगा कर आगे बढ़ गया।

''सलाम, मियाँ!''

''सलाम, मीर साहब!''

''सलाम, भइया!''

''नीक रहिलन ना!''

''अबहीं रहे के होई ?''

क़दम-क़दम पर इन आवाज़ों ने माँ की तरह बलाएँ लीं। और वह इन बेशुमार लोगों को याद करके मन-ही-मन रो दिया, जो ये आवाज़ें नहीं सुनेंगे, जो अजनबी थे, मगर जिन्हें मौत की क़ुरबत ने दोस्त, हमदर्द या दुश्मन बना दिया था। वह यह सोचकर चौंक पड़ा कि गंगौली के पैंतालीस आदमियों में से सिर्फ दो ज़िंदा बचे हैं। एक वह ख़ुद, दूसरा गोबरधन का लड़का नारायन—कर्नल नारायन—बाक़ी सब मर चुके थे। उसका ख़याल था कि इमतियाज़ भी किसी कंसेंट्रेशन कैम्प में मर चुका होगा। कुलसूम को उसकी मौत का यक़ीन इसलिए नहीं था कि उसकी तनख़्वाह माह-ब-माह चली आ रही थी। मगर तन्नू, नहीं, मेजर हसन यह जानता था कि जंग के मैदान से लापता होने के क्या मानी होते हैं···

वह देर तक नूरुद्दीन शहीद के शिकस्ता मज़ार पर बैठा-बैठा सोचता रहा

कि अब इस मजार की मरम्मत होनी चाहिए। यह बड़ी बेहूदगी की बात है कि हम्माद मियाँ नया दो-मंज़िला मकान बनवा लें और नूरुद्दीन शहीद का मज़ार लावारिस-का-लावारिस नज़र आये। और नूरुद्दीन शहीद के मज़ार के बारे में सोचते-सोचते उसे एक-लख़्त यह ख़याल आया कि सईदा बड़ी होकर कितनी ख़ूबसूरत निकल आयी है। इतनी बड़ी, ख़ूबसूरत और सियाह आँखें तो उसने न अफ्रीक़ा में देखी थीं, न योरप में। वह आँखें जवान होकर किस क़दर बालिग़ हो गयी हैं, उसने सोचा। उसने नूरुद्दीन शहीद की क़ब्र से टिक कर आँखें बंद कर लीं और यह देखा कि सईदा अपनी मख़रूती उँगलियों से उसकी आँख नाप रही है।

''तू इहाँ का कर रह्‌यो जी ?'' हकीम अली कबीर की आवाज़ सुन कर वह चौंक पड़ा।

हकीम साहब एक टट्टू पर सवार थे। वह खड़ा हो गया और जब उसकी समझ में कुछ नहीं आया, तो मुस्करा दिया।

''तनी गये रहे कर्बला फ़ातहा पढ़े। लौटे तो यहाँ बैठ गये रहे ज़रा। आप कहाँ से आ रहें ?''

''होंडरहीं गये रहे एक-ठो मरीज़ देखे...''

''ए साहब, जब आप फ़ीस-ऊस भी नहीं लेते तो ख़्वाहमख़्वाह बुढ़ौती में मारे-मारे काहे को फिरते हैं ?'' उसने पूछा।

हकीम साहब मुस्करा दिये, ''एहसान करे को फिरते हैं।'' उन्होंने कहा, ''कोई फ़ीस देके अच्छा हो जाये त एहसान मनिहे ? ना मनिहे ! बाक़ी बिना फ़ीस दिये अच्छा होइ्हे त जरूर मनिहे। हमरे मरीज़ का ख़ानदान हमरी फ़ौज है। समझ्यो ? और फिर हम नुस्ख़ा लिखते हैं त उब्बाद के अत्तारख़ाने पर बनता है। त का उब्बाद के बाल-बच्चे ना हैं ?''

''अलिमवा हलुआ पका रहा कि ना ?''

''ऐं !'' हकीम साहब इस सवाल पर चौंक पड़े, फिर हँसे, ''का तूँ लड़ाई मे भी हलुए वाली मजलिस ना भूल्यो ?''

''इसी मजलिस को याद कर-करके तो जी रहा था और अंट-शंट खा-खाकर ख़ुदा का शुक्र कर रहा था। सद्दन भाई नहीं आये ?''

''कैसे आयें, आये वाले ही रहे कि बुलव्वा आ गया। अब हम ई देख रहें कि ई मुलुक में हिंदू-मुसलमान की तादाद बढ़ रही है। बढ़तिये जा रही है भाई। पाकिस्तान बन जैयहे का ? तूँ त दुनिया देख आये हो। तूहें त मालूम होइहे।''

तन्नू मुस्करा दिया, ''मैं लड़ने गया था बाक़ी लग तो ऐसा ही रहा कि पाकिस्तान बन जैयहे।''

''त बन के का करिहे ?''

''ई बात तो शायद जिन्ना साहब को भी ना मालूम है।'' तन्नू ने कहा

"आप किसको वोट दीजियेगा ?"

"वोट तो मुसलिम लीगे को देवे की पड़िहे ?"

"क्यों ?"

"हादी और सद्दन की तरक़्क़ी का सवाल है। हादी सन् बयालीस में सरकार के साथ दिहिन तो माशाअल्लाह कलक्टर हो गएन। ख़ुदा चहिये तो सद्दनो कलक्टर हो जैयहें।"

"इंशाअल्लाह !"

"घर चल रहेओ ?"

"आप चलिए, हम इधर से फुस्सू-चा के यहाँ जायँगे।"

हकीम साहब चले गये और तन्नू ने वह रास्ता पकड़ लिया जिससे उत्तर-पट्टी वाले आज भी दसवीं का जुलूस लेकर गुज़रते हैं। उसको फुस्सू मियाँ के यहाँ जाना नहीं था। वह तो बस अकेला रहना चाहता था, ताकि बिछुड़ी हुई यादों से मिल सके और टूटे हुए रिश्तों को जोड़ सके। ज़मीन से आदमी का कोई रिश्ता ज़रूर होता है वरना रूम के अज़ीम खँडहर देखने के बाद और अहराम से आँखें मिलाने के बाद कोई गंगौली के कच्चे मकानों और काली मिट्टी की तरह सोंधे-सोंधे लोगों में वापस आकर ख़ुश कैसे हो सकता है ! मिट्टी की इन दीवारों में तो कोई हुस्न भी नहीं है। काली मिट्टी के इन आदमियों में कोई ख़ास बात नहीं है। क्या रक्खा है इन हकीम अली कबीरों और मौलवी बेदारों में ! क्या रक्खा है इन फुन्नन मियाओं और हम्माद मियाओं में ! क्या रक्खा है इस झंगटिया-बो, इस सैफ़ुनिया, बछनिया, रब्बन-बी, कनीज़ और सकीना में ! मगर लोग इन्हीं के लिए कलकत्ता, बंबई, कानपुर और ढाका के जीते-जागते बाज़ारों से लौट आते हैं। तन्नू ने ये बातें नहीं सोचीं। वह ये बातें सोच भी नहीं सकता था। वह तो सिर्फ़ यह जानता था कि गंगौली आकर वह ख़ुश है। वह यह जानता है कि रब्बन की इकलौती बूढ़ी आँख देखने के लिए वह तड़प उठा करता था और उसे सईदा याद आया करती थी जो छह बरस में बिलकुल जवान हो गयी है। वह मुस्करा दिया और फुस्सू मियाँ के घर का रास्ता छोड़कर सिब्तू मियाँ के घर से होता हुआ अग्गू मियाँ के घर में चला गया।

सईदा आँगन में लेटी हुई थी। उसके गले में एक सियाह रूमाल बँधा हुआ था। आँगन में कोई और नहीं था। शायद घर ही में कोई और नहीं था क्योंकि फुस्सू मियाँ के घर से मजलिस की आवाज़ आ रही थी।

"तू मजलिस ना गयियु ?" उसने पूछा।

सईदा ने उसकी तरफ़ देखा। वह उठकर बैठ गयी। तन्नू बग़ल वाले पलँग पर लेट गया और पलँग के मूँज से खेलने लगा। सईदा भी लेट गयी और उसने उसकी तरफ़ करवट ले ली और अपना दाहिना हाथ लटका कर कच्चे आँगन के फ़र्श पर लकीरें खींचने लगी और अकेले चींटे को परेशान करने लगी। न-

मालूम कहाँ जाने के लिए वह बेचैन था।

''अब तो आप कहीं नहीं जाइयेगा ना ?'' सईदा ने पूछा।

''न।'' उसने कहा।

''कै आदमी मारिन आप ?''

''याद नहीं।'' उसने कहा, ''और ई भी ना याद है कि हम्में कै आदमी मारे की कोशिश कीहिन।''

''हुआँ हम लोग याद आते रहे आपको ?''

''ल्यो !'' वह हँसा, ''ई भी कोई पूछे की बात है ! बाक़ी तूँ मजलिस काहे न गयियु ?''

''का मालुम, काहे ना गये !'' उसने कहा। चींटा उसकी उँगली पर रेंग आया। उसने हाथ झटक दिया। चींटा तेज़ी से एक तरफ़ भाग खड़ा हुआ। ''जी ना चाहा, बाक़ी आप कहाँ ग़ायब हो गये रहे ? हम आपका इंतज़ार करते रहे। आप कल के आये हैं और ई घर का रास्ता आज याद भया आपको ?''

''तूँ से तो मुलाक़ात हो न गयी रही ! दादियो से मिल लिया रहा। दादा से भी कल्लहे मुलाक़ात हो गयी रही। ए बख़त त हम निकले रहे अब्बा को फ़ातेहा पढ़े, त तनी फुन्नन दादा के इहाँ गये। फिर मिग़दाद मिल गये, त तनी उनके इहाँ चले गये। सैफ़ुनिया की लड़किया बड़ी ख़ूबसूरत है।''

''हम लोग ओको ना देखा है।'' सईदा ने कहा।

''ए भई, हम ई कह रहें कि नईमा दादी और सैफ़ुनिया में का फ़र्क़ है ?''

''उब्बाद दादा नईमा दादी के घर बरात लेके ना गये रहे। बाक़ी मिग़दाद त बिलकुले पगला गये रहे। बड़े धूम-धड़क्के से बरात ले के गये रहे। उन्हें ई ना चाहता रहा।''

''तूँ अलीगढ़ में अब्बास-चा की बीवी को देख्यो कि ना ?''

''हाँ।''

''कैसी है ?''

''बड़ी अच्छी हैं। इत्ती बड़ी-बड़ी आँखें हैं तन्नू भाई, कि हम का बतायें...'' वह जोश में बैठ गयी।

''तोरी आँख से बड़ी न हो सकती।''

''अच्छा, रहे दीजिए।''

''ख़ुदा-क़सम।'' तन्नू ने कहा, ''हम बड़ी-बड़ी आँख वाली बहुत-सी लड़कियन को देखा। बाक़ी अल्लाह-क़सम, तोरे-जैसी आँख वाली इक्को न दिखाई पड़ी। बाप रे-बाप...ई तोरी आँख है ! कानी कै हाथी का डुबाव होइहे !''

सईदा खिलखिलाकर हँस पड़ी। फिर जल्दी-जल्दी हँसी रोक कर अपने गालों पर हलके-हलके तमाँचे मारने लगी, ''तोबा-तोबा ! ख़ुदा हम्में माफ़

करे। आठ मोहर्रम को हँसने वाले पर ख़ुदा की फिटकार!"

"ए भाई, तूँ त एकदम्मे से मुल्लानी हो गयी हो।" तन्नू ने कहा, "अब कोई को आठ मोहर्रम को हँसी आये, त ऊ का करे? का मुँहवा में कपड़ा ठूँस ले!"

"कोई ऐसी बातें करे काहे को कि जेके सुने से आठ मोहर्रम को हँसी आये!" वह फिर लेट गयी, और तन्नू की तरफ़ करवट लेकर फिर आँगन पर अपनी उँगलियों के क़लम से लकीरें खींचने लगी। उसके बालों की एक लट झूल आयी। तन्नू ने हाथ बढ़ा कर उस लट को उसके कान की जड़ में फँसा दिया।

वह खिड़की पट-से खुली जो फुस्सू मियाँ और अग्गू मियाँ के घरों को मिलाती थी। सबसे पहले अग्गू मियाँ की बीवी दाखिल हुईं, फिर ख़ानदान की और औरतें। लेकिन तन्नू और सईदा ने उनके आने का नोटिस नहीं लिया। वे लेटे गप लड़ाते रहे। देखते-देखते दोनों पलँगों पर कई लड़कियाँ और कई औरतें अँड़स गयीं। तन्नू तो फिर भी लेटा रहा, लेकिन सईदा को आनेवालियों के लिए जगह बनाने के लिए बैठ जाना पड़ा।

"ए तन्नू!" दालान से अग्गू मियाँ की बीवी की आवाज़ आयी, "तुहें सईदा के अब्बा पूछते रहे।"

"जी, अच्छा।" तन्नू खड़ा हो गया।

"नौज," अब्बू मियाँ की बीवी चमकी, "ई कौन तरीक़ा है कि लड़का इत्ते दिन के बाद आवा, त ओको कोई बैयठहू ना देता! दे दनादन बुलावा चला आ रहा। तैं बइठ, बेटा!"

तन्नू फिर लेट गया!"

सल्लन जो आकर सईदा वाले पलँग पर धँसी तो सईदा के लिए बिलकुल जगह नहीं रह गयी।

"ई का, बा'जी!" वह बड़बड़ायी। वह इस पलँग से उठ कर तन्नू के सिरहाने जा बैठी। तन्नू का सिर उसकी कसी-कसी रानों से मिल गया। सईदा उसके भूरे-भूरे बालों में अपनी उँगली से लकीरें खींचने लगी। तमाम औरतें ब-यक-वक़्त मुख़तलिफ़ मौज़ूआत पर बोलने लगीं और छोटे बच्चों को घुड़कने लगीं। तन्नू इन मासूम आवाज़ों के झूलों में लंबी-लंबी पैंगें लेने लगा। सईदा की उँगलियों का लम्स लोरी गाने लगा। उसकी आँखें बंद होने लगीं।

"ए भाई, तन्नू भाई हैं इहाँ?" मद्दू ने दरवाज़े से हाँक लगायी। तन्नू की आँखें खुल गयीं।

"क्या है, जी?"

"हई देखिए!" मद्दू बोला, "हम गाँव-भर ढूँढ़ आये। चलिए, अब्बा खाने पर बैठे मार बमक रहें।"

"चलो।" तन्नू ने अपने बालों से सईदा की उँगलियाँ निकाल दीं। सईदा ने

उसके सारे बाल बिखेर दिये। वह हँसता हुआ खड़ा हो गया।

वह डाँट सुनने के लिए तैयार होकर घर में दाख़िल हुआ, मगर उस पर डाँट नहीं पड़ी। सिब्तू मियाँ और शब्बर मियाँ भी मौजूद थे। सिब्तू मियाँ अकबरी-बी से बातें कर रहे थे और शब्बर मियाँ सुरैया को खेला रहे थे और मुन्नी से नौहा सुन रहे थे। मुन्नी निहायत मेहनत से कोई नौहा पढ़ने की कोशिश कर रही थी और उसकी गर्दन की रगें उभरी हुई थीं।

उसे देख कर मूनिस एक तरफ़ सरक गया। तन्नू मासूम और मूनिस के बीच में बैठ गया।

''मगर भैया, शब्बर मामू की ई बात तो बिलकुल ठीक है,'' वज़ीर मियाँ कह रहे थे, ''वाक़ई बड़े शर्म की बात है कि हम लोग इस गाँव के ज़मींदार हैं और इस गाँव में शीओं की एक भी मस्जिद नहीं…''

''हाँ भई बशीर!'' सिब्तू मियाँ अकबरी-बी की बात अनसुनी करके मुख़ातिब हो गये, ''ई बहुते बुरा लगता है। एक ठो मस्जिद तो होनी ही चाहिए।''

''मामू, मस्जिद बनाना तो मुश्किल नहीं है।'' बशीर मियाँ ने कहा, ''मगर…''

''नहीं, नहीं भैया!'' वज़ीर मियाँ ने कहा, ''यह बात नहीं है। यह मस्ज़िद अंजुमने-हुसैनिया की होगी और इसकी तामीर में सिर्फ़ इस गाँव के सैयदों का पैसा लगेगा। तमाम सैयदों का पैसा लगेगा। दोनों पट्टी के बीच में गढ़ई के किनारे बन जाये। बड़ी बहारदार जगह है। बरसात में तो बिलकुल ताजमहल लगेगी।''

''ठीक है, मुझे कोई ऐतराज नहीं।'' बशीर मियाँ ने कहा।

''तो फिर अबकी अंजुमन में ई तजवीज़ रख दी जाय?'' सिब्तू मियाँ ने कहा।

''कौन तजवीज़ रख रहूयो?'' अब्बू मियाँ आ गये।

''आदाब, बूबू!'' उन्होंने अकबर-बी को सलाम किया।

''एक मस्जिद बनवाने का इरादा है, भाई!'' शब्बर मियाँ ने कहा।

''नमाजो पढ़ेवाला है कोई कि मस्जिदे बिना बड़ा नुक़सान हो रहा!'' अब्बू मियाँ बोले।

''ए अब्बू!'' अकबरी-बी चमकीं, ''अब तूँ मस्जिदो बनाए की मुख़ालफ़त करे लग्यो भइया…''

''नहीं बूबू!'' अब्बू मियाँ बोले, ''हम त ह्हतियातन पूछ लिया। बे-चिरागी मस्जिद से त इहे अच्छा है कि मस्जिद ना रहे। घरे में देख लिजिए—शम्मू, गिग्गो, मूनिस, मासूम, मद्दू, तन्नू मासाअल्लाह से इत्ते लड़के हैं… कौनो को नमाज़ पढ़े का शौक़ है?'' उन्होंने सवाल किया, ''तो

आख़िर मस्जिदिया केके वास्ते बनिहे ? का जिन्नात लोगन के वास्ते ?"

मगर अब्बू मियाँ की मुख़ालफ़त के बावजूद ग्यारह मोहर्रम को अंजुमने-हुसैनिया के जलसे में एक मस्ज़िद की तामीर की तजवीज़ मंजूर हो गयी। यह भी मंजूर हो गया कि उसकी तामीर में सिर्फ़ गंगौली के मोमनीन का पैसा लगेगा, कोई आम चंदा नहीं किया जायगा। सादात की जगह मोमनीन ने इसलिए ले ली कि सुज्जन और उब्बाद ने कहा कि क्या वह सुन्नियों ही की मस्जिद में नमाज़ पढ़ते रहेंगे ? चुनाँचे सादात ने उनकी बात तसलीम करके तामीरे-मस्जिद में उन्हें भी शरीक कर लिया। सुज्जन ने चार रुपये नक़द दिये और बीस रुपये का वायदा किया। उब्बाद ने एक रुपया नक़द दिया और पाँच रुपये का वायदा किया। तन्नू ने छह रुपये नक़द देकर एक सौ ग्यारह रुपयों का वायदा किया। और यूँ कुल मिलाकर ग्यारह रुपये नक़द और तीन सौ इक्कीस रुपये बारह आने की ज़बानी वसूली हुई। मोमनीन ने हर वायदे पर ब-आवाज़े बुलन्द दुरूद पढ़ा। चूँकि मौलवी बेदार अकेले मौलवी थे, इसलिए उन्होंने ही पहला फावड़ा चलाया।

बारह मोहर्रम को हस्बे-दस्तूरे-क़दीम गंगौली वीरान हो गयी। ग़ाज़ीपुर के क़ाफ़िले पहले रवाना हुए। सईदा ने तन्नू से पूछा, "तन्नू भाई, ख़त लिखियेगा ना ?"

"हाँ," तन्नू ने कहा, "दिल्ली जाते वक़्त अलीगढ़ में रुकूँगा भी।"

सईदा ख़ुश हो गयी और चली गयी। तन्नू उदास हो गया और अपने दरवाज़े पर वापस आ गया। मगर दरवाज़े पर क्या रक्खा था ! सह-दरे की दीवारों पर कोई तस्वीर नहीं थी। फ़र्श उठ चुका था। मिंबर हटाया जा चुका था। दो-तीन पलँग पड़े हुए थे। उसने सोचा कि शायद मोहर्रम के बाद गंगौली में रुक कर उसने ग़लती की है, उसे भी सब के साथ चला जाना चाहिए था। वह एक पलँग पर लेट कर सईदा के बारे में सोचने लगा और यह सोचकर उसकी उदासी और बढ़ गयी कि सलमा से उसकी निस्बत तय हो चुकी है। मगर क्यों हो चुकी है ? उसने सवाल किया। अगर मैं लड़ाई में काम आ जाता तो ? तो क्या फुस्सू मियाँ सलमा को ज़िंदगीभर कुँआरी रखते ? तो फिर सलमा से मैं क्यों शादी करूँ ? सईदा ख़त लिखेगी कि नहीं ? सख़्त शरीर है वह सूअर...

"का कर रह्यो बेटा ?" अब्बू मियाँ आ गये।

वह जल्दी से उठ कर बैठ गया। सिग्रेट को पट्टी से रगड़ कर उसने नीचे गिरा दिया। "जी, कुछ नहीं।" वह खड़ा हो गया, "ऐसे ही ज़रा लेट गया था। मोहर्रम के बाद कैसा सन्नाटा हो जाता है !"

"हाँ, बेटा !" अब्बू मियाँ बैठ गये, "ई दोनों पट्टियाँ तो मोहर्रम से आबाद हैं। बस, उधर इमाम गये, और इधर घर भाँय-भाँय करे लगा।" वह रोने लगे। "ए इ[illegible]ाद !" आँसू पोंछकर उन्होंने हाँक लगायी।

''जी !'' हम्माद मियाँ ने अपने कमरे से झाँककर जवाब दिया।

''तनी हुक्का भिजवाओ, भाई...''

''ले आ रहें।''

''सुन रहें कि शब्बू-मरहूम तोरी निस्बत लगा गये रहे ?'' अब्बू मियाँ ने लेटते हुए कहा।

''जी, हाँ।''

''और ई बात मरहूम ऐसे वक़्त पर कहिन कि सिवाय फुस्सू के कोई ना रहा उनके पास।''

''जी...?'' तन्नू चौंक पड़ा।

''और का बेटा, ख़ुदा का शुक्र है कि फुस्सू रहे, नाहीं तो उनकी आख़िरी ख़्वाहिश तूहें कैयसे मालूम होती !''

''आप कहना क्या चाहते हैं, दादा ?'' तन्नू ने पूछा।

''तुम उनको मजबूर क्यों कर रहे हो ?'' हम्माद ने दालान में क़दम रखते हुए कहा, ''अरे भई, अगर शब्बू भाई मरहूम की यही ख़्वाहिश होती तो क्या वह कभी इसका ज़िक्र न करते ?''

''मगर दा...''

''अगर-मगर का कर रहेओ, बेटा ?'' अब्बू मियाँ बोले, ''तूँ अब माशाअल्लाह से मेजर हो गये हौ, सभे लोग चहिहें कि तूँ से अपनी बेटी बियाह दें।''

तन्नू का दिल ज़ोर-ज़ोर से धड़कने लगा।

''उस निस्बत का क्या हुआ साहब !'' हम्माद मियाँ ने पूछा।

''भाई, अबही हम फ़ैसला ना किया।'' अब्बू मियाँ ने कहा, ''हम्में फुस्सू की तरह कौनो जल्दी ना है, न हमरी लड़की में कौनो ख़राबी है। ई ठीक है कि लड़कवा इंजीनियर है। बाक़ी ऊ ज़रा कम-शकल है। दुसरके की सकल अच्छी है। बाक़ी तनखाहे-तनखाह भर की आमदनी है। चार सौ तनखाह त कौनो बुरी ना होती, बाक़ी इंजीनियर फिर इंजीनियर है।''

तन्नू के दिल के धड़कने की रफ़्तार मामूल पर आ गयी। वह फिर उदास हो गया।

''अलीगढ़ में त हिंदुस्तान-भर की लड़कियाँ आती रहैं पढ़े। त घर जाके सब कहती हैं। और सईदा माशाअल्लाह से हजारों में एक है।''

''मैं तो कहता हूँ, शकल को छोड़िये। असल चीज़ आमदनी है... अल्लाह का नाम लेकर उसी इंजीनियर वाला रिश्ता क़बूल कर लीजिए।''

''इस्तख़ारा[1] दिखलवा के क़बूल करेंगे।''

---

[1] शीआ मुसलमानों में तसबीह द्वारा अल्लाह से राय ली जाती है।

"और अगर दोनों के लिए इस्तख़ारा मना आ गया तो ?" तन्नू ने पूछा।

"ल्यो, कौनो ज़बरदस्ती है कि दोनों के वास्ते मना आ जइहे !" अब्बू मियाँ बोले, "एही मारे हम मौलवी बेदार से ना दिखलवा रहें। हम त भइया नमिरुल मिल्लत से दिखलवायँगे इस्तख़ारा। मौलवी बेदार का जानें इस्तख़ारा देखना... उनकी बुज़ुर्गी का ख़याल करके मैं चुप हो गया वरना काम तो उन्होंने ऐसा किया था कि..."

तन्नू अंदर चला गया। गोरी-बी की ख़िलवत में सन्नाटा था, क्योंकि वह तो मोहर्रम में भी नहीं आयी थीं। मिग़दाद की ख़िलवत से उसकी बच्ची के रोने और सैफ़ुनिया के बहलाने की आवाज़ें आ रही थीं। शरीफ़े के पेड़ पर अब भी बहुत-से फल मौजूद थे, लेकिन उसने कोई फल नहीं तोड़ा। वह सरकारी ज़नानख़ाने में चला गया। वहाँ क्या था ! हर तरफ़ एक तकलीफ़देह सन्नाटा था। हैंड-पाइप के हैंडिल पर बैठा हुआ एक कौवा अपने पर तौल रहा था।

वह ज़नाने इमाम बाड़े से होता हुआ सिब्तू मियाँ के ज़नानख़ाने में चला गया। वहाँ भी सन्नाटा था। खिड़की ख़ुली हुई थी और अब्बू मियाँ के घर से आवाज़ें आ रही थीं। सलमा की शादी की बातें हो रही थीं। अब्बू मियाँ की बीवी किसी और बीवी को समझा रही थीं कि कैसी वसीअत और कैसे भाई मरहूम—"ऊ मरनेवाला बिचारा त मर गया। अब ऊ अइहे ई बताए कि ऊ मरते-मरते फुस्सू के कान में भुन-से का वसीअत कर गवा रहे ? अरे, कैसी वसीअत ? रिश्ता ना मिलता रहा, अच्छा लड़का देखिन, झट-से वसीअत गढ़ लीहिन।"

वह अब्बू मियाँ के ज़नानख़ाने में जाकर उस आँगन और उस दालान और उन कमरों में साँस लेना चाहता था जो थोड़ी देर पहले तक सईदा के वजूद की ख़ुशबू से बसे हुए थे। मगर सईदा की माँ की आवाज़ ने जैसे खिड़की का दरवाज़ा धड़ से बंद कर दिया। वह सिब्तू मियाँ के वीरान ज़नानख़ाने के आँगन में एक बुझी हुई मोमबत्ती की तरह खड़ा रह गया। ...क्या यह सच है कि अब्बा ने वसीयत नहीं की ! अगर न की हो तो कम-से-कम यह तो हो ही सकता है कि सईदा के लिए उसका पयाम जाय और अब्बू मियाँ इन्कार कर दें। इन्कार का वह ख़त पढ़कर इत्मीनान हो जायगा कि सईदा एक परछाईं है जिसको छूना भी दुश्वार है और न छूना भी मुहाल। उसे अपना यह इश्क़ बहुत अजीब मालूम हुआ। चंद दिनों पहले तक उसे सिर्फ़ यह मालूम था कि वह सईदा से इश्क़ करता है। उसके ख़्वाब देखना चाहता है और उसे हासिल करना चाहता है। ये घरेलू इश्क़ कितने अज़ीब होते हैं ! इतने सादा और बरजस्ता होते हैं ये इश्क़, कि इन पर यक़ीन नहीं आता। उसने सईदा की क़ुरबत के एक-एक लमहे को याद किया, मगर वह किसी नतीजे पर न पहुँच सका। कभी उसका लम्स कहता कि ठीक है, और कभी उसकी बेतकल्लुफ़ी कहती कि ठीक नहीं है। सईदा

तनहाई और मजमे में कोई फ़र्क़ ही नहीं करती थी··· इस वीरान आँगन में सईदा के ख़याल ने उसे पसपा कर दिया। वह तेरह-चौदह साल के फ़र्क को भूल गया और उसने अपने दिल को समझा लिया कि अब्बा ने कोई वसीयत नहीं की थी।

"ए भाई, तूँ अँगनवा में बइठे का कर रहे हो?" अब्बू मियाँ की बीवी ने खिड़की से झाँककर कहा।

"आप की हाँ आते रहे कि सिर चकरा गया।" वह साफ़ झूठ बोला। मगर–क्या वह वाक़ई झूठ बोला था?

"ख़ुदा रहम करे! का बात है, बेटा?" वह घबरा गयीं।

"कुछ नहीं, दादी।" वह मुस्कराकर खड़ा हो गया, "बहुत ज़ख़्म खाये हैं, कमज़ोर हो गया हूँ।"

"आओ, चल के तनी लेट जाओ।"

"नहीं, दादी।"

"अच्छा, बने की ज़रूरत ना है।" वह उसे अपने घर घसीट ले गयीं। उन्होंने उसे पहले पलँग पर लिटा दिया। वह उस बिस्तर को पहचान गया। सईदा उसी बिस्तर पर सोया करती थी। तोशक से टूटा हुआ एक सियाह रेशमी बाल लिपटा हुआ था। उसने वह बाल उठा लिया। वह उस बाल से खेलने लगा।

"एक ठो बात पूछें, दादी!"

"पूछो, बेटा।"

"का अब्बा-मरहूम वाक़ई वसीअत कीहिन रहा?"

अब्बू मियाँ की बीवी अपनी साफ़गोई के लिए मशहूर थीं। लेकिन शायद वह इस सवाल के लिए तैयार न थीं, इसलिए वह फ़ौरन जवाब न दे पायीं। पान लगाने लगीं। एक गिलौरी तन्नू के मुँह में डालकर एक छोटे-से पान के पत्ते पर उन्होंने बीड़ा बनाना शुरू किया।

"आपने बताया नहीं?"

"अब मैं का बताओं? का मालुम कहिने हों···"

"अ ईहो त हो सकता है कि ना कहिन हों!" तन्नू ने कहा।

"होए को का ना हो सकता, बाक़ी···" वह रुक गयीं, "कहिन हों चाहे न कहिन हों, आख़िर तूँ कोई से त बियाह करबे करिहो। त सलमा में ख़ुदा-न-ख़्वास्ता कौनो बुराई त है ना।"

"बुराई तो नहीं है दादी, मगर मैं ही क्यों करूँ?"

"ए बेटा, जौन तूँ अब इन्कार कियो त बड़ी बदनामी होइहे और फुस्सू को अबहीं खँचिया-भर लड़कियन का बियाह करे को है।"

"गाँव की हर कुँआरी लड़की से तो मैं ब्याह नहीं कर सकता। मूनिस से कर दें, शम्मू से कर दें, गिग्गे से कर दें।"

''तोहरियो बात। ई लोगन के वास्ते फुस्सुये की लड़की रह गयी है ?''

''तो क्या ?'' वह चुप हो गया।

''अबहीं माशाअल्लाह से बशीरो ज़िंदा हैं और ख़ुदा वज़ीर, शब्बर और सिब्तू भाई को ज़िंदा रखे। फुस्सू केका वसीअतनामा पेश करें !''

''मैं नहीं करूँगा यह शादी !'' वह उठा और अब्बू मियाँ की बीवी के जवाब का इंतज़ार किये बिना निकल गया। फुस्सू मियाँ के यहाँ जाने का जी नहीं चाहा। उसे रब्बन-बी, सकीना और फुस्सू मियाँ की ख़ातिर बहुत अजीब लगती थी। वह जाता तो घर में भूचाल आ जाता। सलमा झट से बावर्चीख़ाने में घुस जाती। एक बार तो जब उसे भागने की कोई जगह नहीं मिली और पाख़ाना ही क़रीब नज़र आया तो वह बिना लोटा लिये झट से पाख़ाने में चली गयी। तन्नू हँस दिया। फिर फुस्सू मियाँ की तमाम लड़कियों ने उसे घेर लिया। और रब्बन-बी और सकीना ने लड़कियों को डाँट-डाँट और कोस-कोसकर अलग किया। दो-एक बार तो उसने इस घरेलू तकल्लुफ़ का लुत्फ़ लिया, मगर फिर ऊब गया। उसे यह बिलकुल अच्छा नहीं लगता था कि वह आये, तो लेटे हुए फुस्सू मियाँ उठ जायँ। वह तो चाहता था कि हमेशा की तरह वह जाय और रब्बन-बी की चारपायी पर लेट जाय और उन्हें अपने बाज़ुओं में दबाये और वह हँसने लगें और कोसने लगें। मगर रब्बन-बी यह नहीं कर सकती थीं। ख़याल फिर सईदा का आ गया। और फिर उसने महसूस किया कि उसके दिल पर कोई बड़ा बोझ है। वह गर्दन झुकाये हुए सिब्तू मियाँ के दरवाज़े से बाहर निकला और नूरुद्दीन शहीद के मज़ार की तरफ़ चला गया।

लेकिन अब्बू मियाँ की बीवी के लिए तन्नू के इन्कार को चुपचाप पी जाना आसान नहीं था। यह सब एक ख़ानदान के लोग थे, लेकिन एक-दूसरे की परेशानियों में शरीक़ होने के बावजूद थोड़ी-सी लज़्ज़त भी हासिल करते थे। ये तमाम लोग एक-दूसरे से गहरी मुहब्बत करते थे, लेकिन उनकी मुहब्बत इस कमीनी लज़्ज़त के रास्ते में कभी हायल नहीं हुआ करती थी। और फिर सईदा के अलीगढ़ जाने पर सबसे ज़्यादा जो नाक चढ़ी थी, वह रब्बन-बी की ही थी। इसलिएं वह झप-से एक पान खाकर खिड़की के ज़रिये फुस्सू मियाँ के घर गयीं।

''आदाब, ममानी !'' फुस्सू मियाँ ने कहा।

''जीते रहो, बेटा।'' अब्बू मियाँ की बीवी फुस्सू मियाँ को दुआ देकर रब्बन-बी की चारपायी के पाँयती बैठ गयीं। सकीना पान लगाने लगी। ''मोहर्रम के बाद त गंगौली की वीरानी से जी डरे लगता है।''

''और का बहिनी !'' रब्बन-बी ने कहा, ''ख़ुदा आयेवालन को ज़िंदा रखे।''

''सल्लो के निकाह की कौनो तारीख़ पड़ी कि ना ?''

''अबहीं त मोहर्रम ख़तम भया है, तारीख़ कइसे पड़ जइहै ! नौ

रबिलउब्बल[1] के बादे न बात निकलिहे।" रब्बन-बी बोलीं, "मैं तो सोचत रहिउ कि रजब के चाँद में ब्याह होए माशाअल्लाह से।"

"परसों एक ठो तारीख़ है।" फुस्सू मियाँ बोले, "ग़ाज़ीपुर जइबे करेंगे, त भइया से भी बातचीत कर लेंगे।"

"बाक़ी तन्नुओ से पूछ लिये हौ कि ना?" अब्बू मियाँ की बीवी बोलीं।

"तन्नू से पूछे की का ज़रूरत है?" रब्बन-बी ने चमककर कहा, "अशराफ़ में त लड़के-लड़कियन से पूछे का रवाज अबहीं ना भवा है।"

"आप त ज़रा-सी बात पर लगती हैं चनचनाए।" अब्बू मियाँ की बीवी ने कहा, "तन्नू अबही मोसे कहके गये हैं कि हम वसीयत-ओसियत ना मनते! का मालूम, वसीअत हइओ है कि ना... हम ना करेंगे!"

"का! तन्नू कहिन हैं ई?" सकीना ने कहा।

"और नहीं त का हम अपने जी से गढ़ लिया है!" अब्बू मियाँ की बीवी हत्थे से उखड़ गयीं, "ल्यो, मैं त हमदर्दी में दौड़ी-दौड़ी आइँयु कि बता द्यों। इहाँ जिरह होए लगी।" वह बड़बड़ाती हुई चली गयीं। उनके जाने के बाद आँगन में सन्नाटा छाया रहा। फुस्सू मियाँ जले हुए हुक्क़े के कश लेने लगे। रब्बन-बी लेट गयीं, मगर फिर फ़ौरन ही उठ बैठीं। बोलीं, "मोको तन्नू से ई उमीद ना रही।"

"हम लोगन की किसमते फूटी है, अम्माँ!" फुस्सू मियाँ ने कहा, "नहीं त का ई होता कि हम्माद की बिटियन की शादी हो जाती और सल्लो बैठी रह जाती!"

"किसमत फूटे तोरे दुश्मन की!" रब्बन-बी बिजली की तरह चमकीं, "बड़े आये किसमत फोड़ने वाले! दुनिया में तन्नू के इलावा इक्को लड़कवा ना है का? ना करिहें त मत करें। उनकी वरदी-पेटी मोरी जूती की नोक पर है! अरे हम त मरहूम की वसीअत का सुनके चुप लगा गये रहे। बाक़ी जब उहे माटीमिले को अपने बाप की वसीअत का ख़याल ना है, त हम्में कौन मजबूरी है! हम्में सल्लो के वास्ते को कोई बर ना मिलिहे का? ख़ुदा-न-ख़्वास्ता लड़कन का अइसा कालो ना पड़ गवा है। अउर ई अब्बू की दुलहिन आयी रहीं हमरा मज़ाक उड़ाये। का सईदा बियाह न करिहे का?"

"अब इ सब बात करे से का फ़ायदा! आपकी ज़बनिया से त हम बिलकुल आजिज़ आ गये हैं!" फुस्सू मियाँ बोले, "अब मँझली ममानी और सईदा आपका का बिगाड़िन हैं?"

"अ तैं चुप रह! जो हमरी लड़की का बुरा चहिये ओकी बुराई ओकी लड़की

1. रबी-उल-अव्वल : एक महीने का अरबी नाम। मुहर्रम के बाद दूसरा महीना है। शीआ रबी-उल-अव्वल की नवीं से पहले ख़ुशी का कोई काम नहीं करते।

के सामने अैंयहे।'' उन्होंने दोनों हाथ बद्दुआ के लिए बुलंद किये, ''हे मौला मुश्किलकुशा! हम आपे पर भरोसा करके सबर कर रहें।''

बात शायद आगे न बढ़ती, लेकिन खिड़की ख़ुली हुई थी और अब्बू मियाँ की बीवी पट के पीछे मौजूद थीं। रब्बन-बी ने जो बद्दुआ के लिए हाथ उठाया तो वह चमककर सामने आ गयीं, ''अरे, हमरी लड़की को कोई का कहिहे! जूती से ज़बनिया ना काट लेंगे।''

''तैं हमरी ज़बान कटबे!'' रब्बन-बी बद्दुआ करना भूल गयीं।

''हम आपको ना कहि रहें! बाक़ी कोई हमरी लड़की को कुछ कहिहे त हम चुप ना रहि सकते। ई गाँववाले ओकी पढ़ायी-लिखायी से जलते हैं बूबू। सभे को ई जलन है कि कोई की लड़की त ना पढ़िस ता सईदा कइसे पढ़ लीहिन।''

''नाही दुलहिन, और पढ़ावो! ऊ त नौकरी करिहें क्रिस्टानन की तरह।''

''नोकरी करें ओके दुश्मन!''

''अ दुश्मन त हमही लोग हैं न!'' रब्बन-बी ने दाँत चबाकर कहा, ''बाक़ी हमरी लड़की न अंग्रेज़ी पढ़े काले-कोस गयी, न ऊ कोई की नोकरी करिहे।''

''ए अम्माँ, आपे चुप हो जाइये।'' फुस्सू ने बड़ी बेचारगी से कहा।

''तूँ त अम्माँ को अइसा चुप करा रह्यो!'' अब्बू मियाँ की बीवी चमकीं, ''जइसे हम ही बक रहें और ऊ तिलावत कर रहीं। अरे, बेटी को बर ना जुड़ रहा त मैं का करों! कौनों मैं तन्नू से अपनी लड़की त बियाह ना रहियुँ।''

''तोरी लड़की एह क़ाबिलो है कि कौनो सरीफ़ घर में ओका बियाह होय,'' रब्बन-बी ने कहा, ''अंग्रेज़ी पढ़ा रह्यू त कौनो अंग्रेज़ो से ओका बियाह भी कर दीहो।''

''देखिए बूबू! हमरी सद्दो को कुछ कहियेगा त ठीक ना होइहे।'' अब्बू मियाँ की बीवी थर-थर काँपने लगीं।

''का करिहो तूँ?''

''ऊ ज़बान सड़ जइहे, जो मोरी लड़की को कुछ कहिहे!''

''ज़बान सड़े तोरी!'' रब्बन-बी ने मिसरे-पर-मिसरा लगाया।

अब्बू मियाँ की बीवी ने तड़ से खिड़की बंद कर ली और ज़ंज़ीर चढ़ा दी।

ये खिड़कियाँ जो एक मकान को दूसरे मकान से मिलाती हैं, साल में दो-एक बार ज़रूर बंद की जाती हैं और फिर कुछ दिनों के बाद बिना बीच-बचाव के खुल जाती हैं। फुस्सू मियाँ जानते थे कि इस तू-तू मैं-मैं का नतीजा यही होगा कि खिड़की बंद हो जायगी। चुनाँचे जब खिड़की बंद हुई तो उन्होंने इत्मीनान की साँस ली। रब्बन-बी काफी देर तक बड़बड़ाती रहीं। थोड़ी ही देर के बाद कुबरा आ गयी और फिर उम्मे-हबीबा भी आयी। इक्का-दुक्का करके उत्तरपट्टी की बीबियों की डोलियाँ भी आने लगीं, तब रब्बन-बी का माथा ठनका। उन्हें यक़ीन हो गया कि तन्नू के इन्कार की ख़बर सारे गाँव में फैल

चुकी है।

तमाम बीबियों ने एक-ज़बान होकर तन्नू की बुराई शुरू की कि उसे अपने मरहूम बाप की वसीयत का ख़याल करना चाहिए था। लगी हुई निस्बत का टूट जाना यूँ भी अच्छा नहीं होता। किसी की ज़बान तो पकड़ी नहीं जा सकती। मगर यह तमाम बीबियाँ एक हद तक दिल-ही-दिल में ख़ुश भी थीं कि यह बदनामी उनकी लड़कियों के हिस्से में नहीं आयी। अलबत्ता सलमा से यह पूछने की ज़रूरत किसी ने महसूस नहीं की कि उस पर क्या गुज़र रहा है।

सलमा तमाम शरीफ़ लड़कियों की तरह एक निहायत ही सीधी-सादी और बेवक़ूफ़-सी लड़की थी। वैसे फूहड़ नहीं थी। उसे क्रोशिये की बेल भी बनानी आती थी। वह तकिये का ग़िलाफ़ भी काढ़ सकती थी। घर में पलँग की तमाम चादरें उसी की काढ़ी हुई थीं। खाना पकाने में उसका जवाब नहीं था। क्योंकि रब्बन-बी और सकीना ने बावर्चीख़ाने का सारा ज्ञान उसे घोलकर पिला दिया था। वह फटाफट उर्दू पढ़ सकती थी। हद तो यह है कि वह टूटी-फूटी उर्दू लिख भी लेती थी। चुनाँचे, जब वह तनहा होती और अपने बारे में सोचती तो अपने लड़के-लड़कियों के देहाती नाम न रखती। बल्कि वह इस क़िस्म के नाम रखती जो उन कहानियों में रखे जाते हैं, जिन्हें उसने ग़ाज़ीपुर में मासूम के कमरे में रखे हुए रिसालों में पढ़ा था। नाज़िश, ताबंदा, ताज, नीलो। सलमा, अहमदी, अकबरी, सरवरी क़िस्म के नाम न रखने का वह फ़ैसला कर चुकी थी। फिर जब उसकी और तन्नू की शादी की बातचीत शुरू हुई तो वह यह सोच-सोचकर ख़ुश होने लगी कि जब वह अपनी पहली लड़की का नाम सीमा या नाज़िश रखेगी तो दद्दा कितना बमकेंगी। "नौज ! ई कोई नाम है···" पर अब तन्नू के एक लफ़्ज़ ने उसे ख़्वाबों की तिलिस्मी सरज़मीन से दूर फेंक दिया था। उसने रब्बन-बी और अब्बू मियाँ की बीवी की सारी बातें बावर्चीख़ाने से सुनी थीं। वह उस वक़्त चपातियाँ बेल रही थी। आवाज़ें उसके वजूद से टकरा रही थीं और उसके हाथ मशीन की तरह पटरे पर बेलन चला रहे थे··· आटे के पेड़े पर पलेथन डाल रहे थे··· तवे पर चपातियाँ उलट-पलट कर रहे थे। फिर वह चौंक पड़ी थी, क्योंकि रब्बन-बी ने उसीको कोसना शुरू कर दिया था। बह हैरान हुई कि अगर तन्नू भाई ने शादी से इन्कार कर दिया तो इसमें उसका क्या क़ुसूर है। "हाँ, हमरा कौन क़ुसूर है ?" ज़ाहिर है कि उसके सवाल का जवाब देनेवाला कोई नहीं था।

तवे की आख़िरी चपाती उतार कर उसने रोटी की टोकरी पर पटरा उलट दिया। फिर हाथ धोकर डुपट्टे से पोंछती हुई वह बावर्चीख़ाने से आँगन में आ गयी। रब्बन-बी क़लमदान सँभाले शायद अकबरी-बी को ख़त लिख रही थीं। सकीना पलँग पर घिस-घिसकर आलू छील रही थी। फुस्सू मियाँ बाहर जा चुके थे।

वह चुपके से गलियारे में होती हुई सिब्तू मियाँ के घर की तरफ़ चली गयी। वह जानती थी कि अब्बू मियाँ के यहाँ जाना इस वक़्त मुनासिब न होगा। मगर वह घर में रहना नहीं चाहती थीं, क्योंकि वह रोना नहीं चाहती थी। इसलिए वह जवाद मियाँ के धर चली जाना चाहती थी कि रहमान-बो के साथ बातें करके जी बहला सके। मगर वह जैसे ही सिब्तू मियाँ के दरवाज़े पर मुड़ी, तन्नू से टकरा गयी। बिलकुल टकरा गयी—उसका सिर तन्नू के सीने से टकराया। तन्नू ने उसे सँभालने के लिए हाथ बढ़ाया। रहमान-बो ने खिड़की से देखा कि सल्लो तन्नू के बाज़ुओं में है। उसने चुपके से खिड़की बंद कर ली। इसलिए वह यह न देख सकी कि तन्नू ने उसे फ़ौरन अलग कर दिया और फिर सिब्तू मियाँ के मर्दाने की तरफ़ चला गया। वह तो सीधी जवाद मियाँ के पलँग की तरफ़ गयी जहाँ वह लेटे हुए हुक्क़ा पी रहे थे। वह पाँयती बैठ गयी और बोली, ''अब मैं का कहों!''

''कुछ मत कह।'' जवाद मियाँ ने उसकी बात काट दी।

''कैसे ना कहों! ऐसी बतिये देखे हौं कि जी चाह रहा कि अँखिया फूट गयी होती त अच्छा होता।''

''का भया?'' जवाद मियाँ उठकर बैठ गये।

''तन्नू सल्लो से बियाहो ना करिहें और ओको लिपटइबो करिहें।''

''का बक रही तैं?''

''मैं बक-ओक ना रहियुँ··· मैं अपनी आँखिन से देखे हौं।'' वह बोली, ''ई क़यामते का आसार है। नाहीं त, ई घर में सब भवा रहा, बाक़ी ई ना भवा रहा। अ मैं त ई पूछा चाह रहियुँ कि सल्लो को का हो गवा है?''

''अच्छा, हम से त तैं कह दिये; बाक़ी अब जो ई बात फेयली त हम तोरी ज़बान काट देंगे।'' जवाद मियाँ ने कहा।

''मैं का लुतरी हौं कि कहती फिरिहों? जब देखो, ज़बान काटे पर दम-मदार रहते हौ।''

जवाद मियाँ ने लात मारी। वह पलँग से लुढ़क गयी। जवाद मियाँ उसे गालियाँ देने लगे। वह दरअस्ल उस पर ख़फ़ा नहीं थे। उन्हें तन्नू और सल्लो से शिकायत थी जिनकी वजह से उन्हें अपनी दाश्ता की बात सुननी पड़ी। रहमान-बो ज़मीन से उठकर कपड़े की मिट्टी झाड़ती हुई आँगन की तरफ़ चली गयी। जवाद मियाँ बोले, ''निकले न ई बात मुँह से, नहीं न मुँहवा झुलुस देंगे।'' वह बाहर आ गये, जहाँ उनके बड़े बेटे कमाल उर्फ़ कम्मो का स्कूल जमा हुआ था। पड़ौस के जुलाहों और दाग़दार सय्यदों और खरे ग़रीब सय्यदों के लड़के-लड़कियाँ दो का पहाड़ा याद करने में मशग़ूल थे और ख़ुद कम्मो तीन टाँग की एक कुर्सी पर बैठा हुआ कोई किताब पढ़ रहा था। छोटा भाई फ़िदा हुसेन उर्फ़ फ़िद्दू स्कूल को सख़्त नापसंद करता था। वह अभी-अभी खेत से

वापस आया था और सामने के एक दर में उकड़ूँ बैठा बीड़ी पी रहा था।

इस स्कूल ने जवाद मियाँ के घर की बहुत-सी छोटी-मोटी ख़्वाहिशें पूरी कर दी थीं। मसलन, रहमान-बो अब पैबंद-लगा कपड़ा नहीं पहन रही थीं। विद्यार्थियों के घर से ग़ल्ला भी आता था और पैसा भी। कम्मो के स्कूल में कोई पचास लड़के-लड़कियाँ पहाड़ा याद करने और आम सिपारा[1] और क़ायदा-बग़दादी पढ़ने आते थे। चार आने महीने फ़ी बच्चे के हिसाब से कोई साढ़े बारह रुपये फ़ीस के आते थे। लेकिन कभी पूरी फ़ीस इकट्ठा नहीं हो पाती थी। लगभग दस रुपये माहवार की आमदनी हो ही जाती थी। इसके अलावा फ़स्ल पर ग़ल्ला आ जाता था। जुलाहों से कुछ गमछे और लुंगियाँ भी मिल जाती थीं। तीन-साढ़े तीन बीघे की खेती भी थी। इसलिए जवाद मियाँ के घर में एक हद तक आसूदगी थी और सबसे बड़ी अलामत यह थी कि रहमान-बो कम्मो का ब्याह करने के लिए सख़्त बेचैन थीं। वह दिन-रात एक बहू के ख़्वाब देखा करती थीं। ख़ुद जवाद मियाँ भी यही चाहते थे। मगर वह इसका इंतजार कर रहे थे कि कम्मो डाक्टरी शुरू कर ले तब रिश्ता ढूँढ़ा जाय। कम्मो के डाक्टर होने की ख़बर को जवाद मियाँ और रहमान-बो और फ़िद्दू ने सख़्ती से छुपा रखा था। हकीम अली कबीर को क़ब्ल-अज़- वक़्त नाराज़ करने से कोई फ़ायदा तो था नहीं। ख़ुद कम्मो भी होमियोपैथी की किताब को क़ुर्आन-शरीफ़ के जुज़दान में रखता था और कभी-कभी रेहल पर रखकर पढ़ता हुआ भी नज़र आता था। चुनाँचे, गंगौली में बड़ा शुहरा था कि कम्मो बड़ा मज़हबी आदमी है। वह हर वक़्त तिलावत किया करता है। और इधर कोई दो बरस से तो उसने दुनिया में दिलचस्पी लेना भी छोड़ दिया है। बस, हर वक़्त क़ुर्आन है और वह है। किसी ने इस बात पर ग़ौर नहीं किया कि इधर मोहर्रम या गर्मी की छुट्टियों में जब सईदा आ जाती है, तो कम्मो की आँखों में एक चमक पैदा हो जाती है और वह अपनी माँ से हँस-हँसकर बातें करने लगता है; और जब सईदा चली जाती है तो कम्मो उदास हो जाता है। इस बात पर किसी ने इसलिए ग़ौर नहीं किया कि यह ग़ौर करने की बात ही नहीं थी। कहाँ अब्बू मियाँ की बेटी सईदा और कहाँ जवाद मियाँ का हरामी बेटा कम्मो! यह बात सिर्फ़ कम्मो को मालूम थी कि वह सईदा के जाने के बाद उदास हो जाता है। लेकिन वह अपने-आप से भी यह सवाल करने से डरता था कि ऐसा क्यों हो जाता है। वह तनहाई में भी सईदा से बातें करने के बारे में नहीं सोचता था। लेकिन उसने यह ज़रूर तय कर लिया था कि वह शादी नहीं करेगा, चुनाँचे जब रहमान-बो उसकी शादी की बात निकालतीं तो वह टाल जाता।

1. क़ुर्आन के तीसवें हिस्से को 'आम सिपारा' कहते हैं

जवाद मियाँ ने कम्मो को पढ़ाई में ग़र्क़ देखकर अपनी लंबी दाढ़ी पर हाथ फेरा। कम्मो ने उन्हें एक नज़र देखने के बाद फिर अपनी किताब पर नज़र ज़मा ली। उसे जवाद मियाँ से कोई प्यार नहीं था। वह उनसे एक हद तक नफ़रत ही करता था। वह भी कोई बाप हुआ कि बेटा जिसका नाम बताने से शर्माये और जिसकी बीवी अब भी किसी और आदमी के नाम से पुकारी जाती हो! कमालुद्दीन वल्द सय्यद जवाद हुसैन ज़ैदी—और माँ रहमान-बो! क्या शजरा है? मगर यह बात वह जानता था कि अपने पैदा होने पर उसका कोई इख़्तियार नहीं था, इसीलिए उसके दिल में अपनी माँ—यानी रहमान की बीवी और जवाद मियाँ की रखैल के लिए भी कोई इज़्ज़त नहीं थी। लेकिन वह उससे नफ़रत नहीं करता था; कभी-कभी तो उसे ऐसा लगता जैसे वह अपनी माँ से मुहब्बत करता है। ये मौक़े उस वक़्त आते थे जब जवाद मियाँ उसकी माँ को गालियाँ देते-देते मार बैठते थे। वह इन मौक़ों पर बिलबिला उठता था। बाप से 'तू-तू मैं-मैं' हो जाती थी। और फिर वह बाहरी दालान में तीन पाग्यों वाली कुर्सी पर बैठकर यह सोचने लगता था कि आख़िर वह इस गाँव में रह क्यों रहा है। क्या रखा है इन कच्चे मकानों और गंदी गलियों में! उसका जी चाहता था कि लोग उसे भी उसी तरह देखें जिस तरह और बापों के बेटों को देखते हैं। लेकिन इस गाँव में तो भंगियों-चमारों तक को मालूम था कि वह हरामी है। उसके बाप की खरी हड्डी उसे हलाली नहीं बना सकती थी। इसलिए वह गाँव के उन तमाम लोगों से जलता था जो हलाली थे। इसीलिए उसकी किसी बच्चे से दोस्ती भी नहीं हुई। मूनिस, मासूम, गिग्गे, शम्मू, मन्नन—और हद तो यह है कि मिग़दाद तक के साथ नहीं खेला। ये लड़के टोलियों में निकलते, शोर करते, शरारतें करते, बाग़ों से फल तोड़ते, खेतों से गन्ने चुराते—और कम्मो अकेला उन्हें देखा करता। गाँव-भर में फुन्नन मियाँ के लड़कों के सिवा कोई और उस-जैसा था ही नहीं। मगर फुन्नन मियाँ के लड़के सय्यदों में घुल-मिल गये थे, इसलिए उसने फुन्नन मियाँ के लड़कों से भी दोस्ती नहीं की। नतीजे में उसका बचपन एक गहरे सन्नाटे में गुज़रा। उसे बचपन का कोई खेल ही नहीं आता था। जब वह जवान होने लगा, तब भी उस जानलेवा सन्नाटे ने उसका पिंड नहीं छोड़ा। फ़र्क़ इतना हुआ कि वह पाख़ाने में ज़्यादा वक़्त गुज़ारने लगा और उसका मुँह पीला पड़ने लगा, और उसकी आँखों के गिर्द काले हलक़े पड़ने लगे। उन्हीं दिनों तक्क़न मियाँ उसे गोदाम ले गये। फिर एक दिन जवाद मियाँ ने उसे तक्क़न मियाँ के साथ गोदाम से उतरते देख लिया। उन्होंने तक्क़न मियाँ को तो वहीं लाखों सुना डालीं और फिर कम्मो को वहीं से पीटते हुए घर तक लाये। इतना शोर हुआ कि यह बात सारे गाँव में फैल गयी कि तक्क़न मियाँ कम्मो को गोदाम ले गये थे। उनके साथ गोदाम जाने का मतलब सबको मालूम था। लड़कों ने जुमलेबाजी शुरू कर दी, और कम्मो ने घर से निकलना

बिलकुल बंद कर दिया। लेकिन उसने तक्क़न मियाँ को माफ़ नहीं किया। और एक दिन वह लाठी लेकर तक्क़न मियाँ पर टूट पड़ा। अगर ठीक उसी वक़्त कहीं से फुन्नन मियाँ न आ जाते तो शायद उसने तक्क़न मियाँ को मार डाला होता। उस दिन से गाँव के लड़कों ने डर के मारे जुमलेबाज़ी भी बंद कर दी। और कम्मो के चारों तरफ़ फिर वही जानलेवा सन्नाटा छा गया। वह इस सन्नाटे से जूझ रहा था, इसीलिए उसे यह नहीं मालूम था कि वह सईदा से क्यों, कब और कैसे प्यार करने लगा। हो सकता है कि यह मुहब्बत उस दिन शुरू हुई हो जिस दिन चुपके से आकर सईदा ने गुदगुदा दिया था। यह भी हो सकता है कि यह मुहब्बत उस दिन शुरू हुई हो जिस दिन सईदा पाँइचे उठाये, कीचड़ से बचती बावर्चीख़ाने से दालान की तरफ़ जा रही थी और उसकी गोरी-गोरी नर्म पिंडलियाँ नज़र आ रही थीं... उसे तो अपने प्यार की ख़बर उस दिन मिली जिस दिन सईदा अलीगढ़ जा रही थी। उसके ग़ाज़ीपुर में रहने को वह जुदाई नहीं मानता था। लेकिन अलीगढ़ तो एक बिलकुल ही अजनबी शहर है। उसने उसी दिन गाँव के स्कूल जाकर मास्टर साहब से यह पूछा भी था कि यह अलीगढ़ किस मुल्क में है? और यह जानकर भी उसकी तसकीन नहीं हुई थी कि अलीगढ़ हिंदुस्तान ही में है। और अब तो वह यह सुन रहा था कि अलीगढ़ पाकिस्तान जानेवाला है। अलीगढ़ के पाकिस्तान जाने या ना जाने में उसे कोई दिलचस्पी नहीं थी। उसे तो बस यह फ़िक्र थी कि अलीगढ़ के साथ कहीं सईदा भी पाकिस्तान न चली जाय। वैसे उसकी समझ में यह बात भी नहीं आ रही थी कि अलीगढ़ कोई आदमी तो है नहीं कि कहीं चला जायगा। भला गाँव और शहर कहीं और कैसे जा सकते हैं? मगर यह बात जब उसने अब्बास से पूछी तो अब्बास खिलखिलाकर हँस पड़ा। अब्बास पढ़ा-लिखा था, इसलिए कम्मो को चुप हो जाना पड़ा। गाँव के स्कूल का पढ़ा हुआ कम्मो भला अब्बास की बात का जवाब ही क्या दे सकता था! लेकिन यह बात उसकी समझ में नहीं आयी कि अलीगढ़ पाकिस्तान कैसे जा सकता है। आखिर जब उससे नहीं रहा गया तो वह अब्बू मियाँ के घर चला गया। सईदा बहुत मशग़ूल थी। वह डुपट्टा चुन चुकी थी, मगर उसे ऐंठवाकर लूँड़ी बनवाने वाला कोई नहीं मिल रहा था। इसलिए कम्मो को देखकर वह पहली बार ख़ुश हुई।

"एक कम्मो भाई, तनी ई डुपट्टा पकड़ लिजिए।"

कम्मो ने चुपचाप डुपट्टे का एक सिरा पकड़ लिया। दूसरा सिरा सईदा ने पकड़ा। फिर वह डुपट्टे को धीरे-धीरे बल देने लगी। और कम्मो चूड़ियों के संगीत में खो गया। और वह उन नन्ही-नन्ही छातियों को देखने लगा, जो बारीक डुपट्टे से झाँक रही थीं।

"जो कउनो शहर ई चाहे कि एक जगह से दुसरी जगह चला जाय, त का ई हो सकता है?" कम्मो ने सवाल किया।

"जी ?" सईदा ने लूँड़ी बनाते-बनाते पूछा।

"यार लोग ई ना कह रहें कि अलीगढ़ पाकिस्तान में जाये को है ? बाक़ी हमरे कहे का मतलब ई है कि ई होई ना सकता।"

"काहे ना हो सकता ?"

"ल्यो। शहरो कउनो आदमी है कि जहाँ चाहे तहाँ चला जाय !"

"बोतल में जिन जा सकता है," सईदा ने कहा, "तो पाकिस्तान में अलीगढ़ काहे न जा सकता ?"

"ई सब बेकार बात है। हम ना मान सकते।"

सईदा डुपट्टे की लूँड़ी लिये हुए चली गयी, तो फिर कम्मो वहाँ क्या करता ! वह भी चला गया। मगर यह सवाल उसे परेशान करता रहा। फिर जब एक मरतबा वह जवाद मियाँ के साथ ग़ाज़ीपुर गया, तो उसने यह सवाल मासूम, मद्दू, गिग्गे और शम्मू सभी से किया। कोई उसे ऐसा जवाब न दे सका जिससे उसकी तसकीन हो जाती। मद्दू ने इतना ज़रूर कहा कि जाने या न जाने के बारे में तो वह कुछ नहीं कह सकता, लेकिन उसने मुस्लिम स्टूडेंट फ़ेडरेशन के एक जलसे में अलीगढ़ ही के एक लड़के से यह बात सुनी ज़रूर थी।

"ए भाई, तब त बड़ा ग़जब हो जइहे !" कम्मो घबरा गया, "त का जउन लोग हुआँ हैं, उहो लोग चले जइहें ?"

"शहरवा जइहे त ऊ लोग कहाँ रहियें, ऐं ?" मद्दू ने सवाल किया।

"ईहे त परेशानी की बतिये है।"

चुनाँचे वह ग़ाज़ीपुर से लौटा तो पाकिस्तान के ख़िलाफ़ होकर लौटा। गाँव में और किसी से तो उसका मिलना-जुलना था नहीं। इसलिए वह अपनी माँ ही को सामने बिठलाकर पाकिस्तान के ख़िलाफ़ तक़रीरें करने लगा। दो-एक दिन तो रहमान-बो ने सुन लिया। फिर वह उकता गयी। उसके पास बेवक़ूफ़ी की इन बातों के लिए वक़्त कहाँ था ? इसलिए वह 'नउज पुता' कहकर चली जाती और कम्मो मजबूरन बाहरी दालान में आकर लड़के-लड़कियों को पहाड़ा याद करवाने लगता और फिर रेहल सामने रखकर होमियोपैथी की किताब पढ़ने लगता और सईदा के बारे में सोचने लगता···

"हम घर जा रहें।" एक लड़के ने कहा।

कम्मो चौंक पड़ा। उसने किताब पर से आँखें हटाकर उसकी तरफ़ देखा। ग़फ़ूर जुलाहे का लौंडा अपनी जगह पर खड़ा था और बाक़ी लड़के पढ़ना बंद कर चुके थे।

"बइठ चुपचाप !" कम्मो ने डाँटा, "हरामी ! घर जा रहें।"

"हम्में झाड़ा लगत बाये।" लड़के ने बिसूरकर कहा। कम्मो का पूरा मदरसा हँस पड़ा। मगर कम्मो के पास उस लौंडे की बात का कोई जवाब नहीं था। ज़ाहिर है कि वह किसी का पेशाब-पाख़ाना नहीं रोक सकता था।

"जा, भाग जा!"

लड़का भाग गया। बाक़ी लड़कों ने फिर पढ़ना शुरू कर दिया। कम्मो ने होमियोपैथी की किताब को जुज़दान में रखकर जुज़दान को खूँटी पर टाँग दिया और फिर एक बीड़ी सुलगाकर उन दिनों के बारे में सोचने लगा जब वह बहुत बड़ा डाक्टर हो जायेगा।

"सलामलैकम!"

यह आवाज़ सुनकर वह चौंक पड़ा। काली शेरवानियाँ पहने दो अजनबी लड़के बाहर खड़े थे।

"अलैकुमुस्सलाम!" उसने सलाम का जवाब दिया, "आइये, तशरीफ़ लाइये।"

वह दोनों अंदर आ गये! फ़िद्दू ने एक बँसखट डाल दिया।

"हम लोग अलीगढ़ से आ रहे हैं।" एक लड़के ने कहा।

"ए साहब, का हुआँ छुट्टी है आजकल?" कम्मो ने सवाल किया।

"जी, नहीं।" दूसरा बोला, "छुट्टी तो नहीं है मगर आपने सुना होगा कि एलेक्शन होने वाले हैं।"

"ई त हमहूँ सुन रहें।"

"आपके वालिद और वालिदा भी वोटर हैं।"

यह सुनकर कम्मो को नशा आ गया। उसने पहली बार अपनी माँ के लिए किसी से 'वालिदा' सुना था, वरना वह तो न माँ थी, न बीवी। वह तो सिर्फ़ रहमान-बो थी। वह मुस्करा दिया।

"अच्छा, ई बताइए की अलीगढ़ पाकिस्तान चला जइहे की हिंअई रहिये?"

"हम लोगों की कोशिश तो यही है कि अलीगढ़ पाकिस्तान में शामिल हो जाय। क्योंकि वह इस्लामी तहज़ीब का एक रौशन मिनारा है।"

"मिनारा?" कम्मो हैरान हो गया, "ए साहब, हम त सुना रहा कि हुआँ एक ठो उनीवरसीटी है। अउर आप कह रहें कि ऊ रोशन मिनारा है।"

लड़के मुस्करा दिये। बोले, "देखिए, बात दरअस्ल यह है कि..."

"ए साहब, सुनिए, हमरी सीधी बात," कम्मो ने उनकी बात काटी, "अगर अलीगढ़ पाकिस्तान में जाय को होये त साफ़-साफ़ बता दिजिए। काहे मारे, कि तब हमरे वालिद अउर हमरी वाल्दा आपको ओट ना दे सकते।"

"जी?" एक ने सवाल किया।

"पाकिस्तान न बना तो ये आठ करोड़ मुसलमान यहाँ अछूत बनाकर रखे जायँगे।" दूसरा बोला।

"ए भाई, हम्में त अइसा लग रहा कि आप लोगन का पढ़ा-लिक्खा सब बेकार भया। काहे मारे, कि आप लोगन को त—ईहो ना मालुम, कि

भंगी-चमार अछूत होते हैं। हम कउनो भंगी-चमार हैं ? अ जो अछूत होइबे ना करीहे, ओको कोई अछूत कइसे बना दीहे साहब ? आपे बताइये, तनी हमहूँ सुनें।''

लड़कों में से एक ने एक पूरी तक़रीर कर डाली। वह तक़रीर कम्मो की समझ में बिलकुल नहीं आयी। क्योंकि लड़के जिन बातों का ज़िक्र कर रहे थे, उनमें से किसी एक बात का भी कम्मो या गंगौली से कोई ताल्लुक़ नहीं था।

''हम इ सब ना मान सकते साहब !'' कम्मो ने तक़रीर सुन लेने के बाद कहा, ''हिंदुस्तान के आजाद होवे के बाद इ गयवा अहीर, इ छिकुरिया या लखना चमार या इ हरिया बढ़ई हमरे दुश्मन काहे को हो जइहें, यानी बिला वजहे ? हुआँ इहे सब पढ़ते हैं आप लोग का ?''

''इस वक़्त आपकी समझ में यह बात भले ही न आये, लेकिन होगा यही। हमारी मस्जिदों में गायें बाँधी जायँगी।''

''ए साहब, जब मुसलमाने लोग पाकिस्तान चले जैयहें, तो फिर मस्जिद में घोड़ा बँधे चाहे गाय। का फ़रक़ पड़िहे ? अब हिंदुआ सब ओमें जाके नमाज़ त पढ़े से रहे। अच्छी ज़बरदस्ती है कि हम त जायँगे पाकिस्तान, अ हिंदू अगोरें हमरी मस्जिद।''

लड़कों ने पहले तो उस गँवार को समझाने की कोशिश की, लेकिन फिर धीरे-धीरे उन्हें ग़ुस्सा आने लगा। ग़ुस्सा आना भी चाहिए था। आख़िर हर बात की कोई हद होती है। एक लड़का बिफर गया। बोला, ''ठीक है, लेकिन जब हिंदू आपकी माँ-बहन को निकाल ले जायँ तो फ़र्याद न कीजियेगा।''

''हमरी माँ-बहिन को कउन बहनचोद निकाल के ले जा सकता है जी !'' क़म्मो का बदन ग़ुस्से से थर-थर काँपने लगा, ''आप लोग जउन एह वख़त हमरे दरवाज़े पर ना होते, त टँगिया चीर देते धरके हम आप लोगन की !'' सामने से हाथ में मिट्टी के तेल की बोतल लटकाये एक चमार आ रहा था। कम्मो की आवाज़ सुनकर वह रुक गया।

''सुन रहा तैं !'' कम्मो ने उससे पूछा।

''का बात हौ, मियाँ ?'' उसने पूछा।

''ई लोग अलीगढ़ से हम्में ई बताये आये हैं कि जब हिंदुस्तान आज़ाद हो जइहे, त तूँ लोग हमरे लोगन की माँ-बहिन को निकाल ले जइहो।'' कम्मो ने बात बता दी।

''अरे, राम-राम !'' चमार बिलकुल घबरा गया। वह अलीगढ़ वालों की तरफ़ मुड़ा, ''आप लोग त लिक्खल-पढ़ल बुझाताड़ीं। तनी सोचीं कि हमनी के जीयत कोउ मियाँ लोगन की बहन-मतारी की तरफ़ देख सकेला ?''

''आप लोगन से अच्छा त हमरा इ चमरवे है।'' कम्मो ने कहा, ''जो माँ-बहिन के निकाल लिये जाने की बात सुनके राम-राम करे लगा।''

"माफ़ी चाहता हूँ," एक लड़के ने कहा, "हमारा मतलब यह हरगिज नहीं था। हम तो सिर्फ़ यह कहना चाहते थे कि हिंदुओं पर भरोसा नहीं किया जा सकता।"

"बाक़ी काहे न किया जा सकता साहब ?"

"अब मैं आपको कैसे समझाऊँ !"

"इहो हमहीं बतायें ?" कम्मो मुस्करा दिया, "चाये पीजिएगा ?"

"जी नहीं, शुक्रिया !"

दोनों लड़के कम्मो के दालान से उतरकर रास्ते पर आ गये। कम्मो ने झल्लाकर खूँटी पर टँगा हुआ जुज़दान उतार लिया। लड़के आगे बढ़ गये। उन्होंने वोटरों की लिस्ट खोल ली।

"फुस्सू मियाँ से तो भुगत लिया हमने, जवाद मियाँ का घर भी देख लिया गया। अब्बू मियाँ गये हुए हैं ग़ाज़ीपुर। बस, हम्माद मियाँ से भुगत लिया जाय तो दक्खिन-पट्टी का सिलसिला ख़त्म हो जाय। रहे उत्तर-पट्टी के मियाँ लोग, तो उनका वोट तो हमारी जेब में है।"

"मगर ये जुलाहे ?"

"इनके लिए तो मौलाना आज़ाद सुब्हानी और मौलाना अब्दुल बाक़ी कल आ ही रहे हैं। मैं जुलाहों और बिहारियों से बातें नहीं कर सकता। दोनों साले मादरज़ाद चूतिये होते हैं।"

"अस्सलामोअलैकुम क़िबला !" एक मकान से निकलते हुए हाजी ग़फ़ूर अंसारी को देखकर दूसरे लड़के ने हलक़ से सलाम किया।

"वालेकुमसलाम भैया।" हाजी साहब ने जवाब दिया, "आपे लोग अलीगढ़ से आगे हैं का ?"

"जी हाँ !"

"हम त देखते ही समझ गये रहे।" हाजी साहब ने दाढ़ी पर हाथ फेरकर कहा, और अपनी पहचान पर वह इतने ख़ुश हुए कि मुस्करा दिये, "आपे लोग आज शाम को बोलिएगा ?"

"जी नहीं।" एक ने कहा, "जलसा तो कल होगा। मौलाना आज़ाद सुब्हानी और मौलाना अब्दुल बाक़ी साहब तशरीफ़ ला रहे हैं ना।"

"बाक़ी काहे को तसरिफिया लिया रहे ?" हाजी साहब ने तुर्की-ब-तुर्की जवाब दिया, "हम लोग त जमीयतुल अंसार वाले हैं। हम लोग उसलिम लीग-मुसलिम लीग को ओट ना दे सकते।"

"गुज़ारिश करना तो हमारा फ़र्ज़ है।"

"फ़रज़ त निमाज़-रोजा है, भैया।"

"इसी नमाज़ के बचाव के लिए तो पाकिस्तान की ज़रूरत है।" काली शेरवानी ने टुकड़ा लगाया।

''नाहीं, मियाँ।'' हाजी साहब ने कहा, ''हम तो अनपढ़ गँवार हैं। बाकी हमरे खयाल में निमाज़ खातिर पाकिस्तान-आंकिस्तान की तनिको जरूरत ना है। निमाज़ के वास्ते खाली ईमान की जरूरत है। ख़ुदाबंद ताला साफ-साफ फरमा दिहिस है की ऐ मेरे पैगंबर कह द ई लोग से, कि हम इमानवालन के साथ हैं। अउरी कानी कउन त कहता रहा कि आप लोगन के जउन जिन्ना हैं ऊ निमाज़ो ना पढ़ते।''

''इलज़ाम तो लोगों ने नबियों और पैगंबरों तक पर लगाया है क़िब्ला!'' एक लड़का फिर गर्म होने लगा।

''बाक़ी पयम्बर लोग त मोज्जा-ओज्ज़ा देखला के ठीक कर लिहिन!''

''जिन्ना साहब का मोज्जा पाकिस्तान है।''

''हई ल्यो, भैया। हम्में त ई ना मालुम रहा, कि जिन्ना साहब पैगंबरो हो गये हैं।

लड़के सटपटा गये और दिल-ही-दिल में हाजी साहब को फ़र्राटे स गाली देने लगे। एक बोला, ''नऊज़ो-बिल्लाह! यह आप क्या फ़र्माते हैं! यह तो कहने का एक तरीक़ा था। वर्ना ख़त्मुल-मुरसेलीन, सैयदना व मौलाना हज़रत मुहम्मदे मुस्तफ़ा सल्ललाहो अलेहे वसल्लम के बाद किसी के पैगंबर होने का क्या सवाल पैदा होता है?''

''सवाल त तूँहीं लाग न उठायो!'' हाजी साहब मुस्करा दिये। आख़िर उन्होंने यूनिवर्सिटी के दो लड़कों को चित्त कर दिया। ''अच्छा भैया, अस्सलामालेकुम!''

वह लपककर आगे बढ़ गये। तब दोनों लड़कों को याद आया कि जुमे का दिन है और नमाज़ का वक़्त सिर पर है। वे भी लपके।

मगर जब वे मस्जिद में घुसे तो नमाज़ की जमाअत खड़ी हो चुकी थी। वे दोनों भी जल्दी से पिछली सफ़ में खड़े हो गये। एक ने हाथ बाँध लिये। दूसरे ने हाथ खोल लिये। साथी ने कुहनी मारी तो उसने भी जल्दी से हाथ बाँध लिये।[1]

नमाज़ के बाद उनमें से एक खड़ा हुआ।

''बिरादराने-इसलाम! अस्सलामो-अलैकुम!''

''वालैकुमसलाम!'' बिरादराने-इसलाम ने एक साथ जवाब दिया।

''यह तो आप लोगों को मालूम ही होगा कि आजकल पूरे मुल्क में मुसलमानों की ज़िंदगी और मौत की लड़ाई छिड़ी हुई है।'' तक़रीर शुरू हो गयी, ''हम ऐसे मुल्क में रहते हैं जिसमें हमारी हैसियत दाल में नमक से ज़्यादा नहीं है। एक बार अंग्रेजों का साया हटा तो ये हिंदू हमें खा जायेंगे। इसलिए हिंदुस्तानी मुसलमानों को एक ऐसी जगह की ज़रूरत है जहाँ वह इज़्ज़त से जी सकें। मैं यह नहीं कहता कि ख़ालिद-बिन-वलीद और मुहम्मद-बिन-क़ासिम

---

1. शीआ मुसलमान हाथ लटका के नमाज़ पढ़ते हैं और सुन्नी मुसलमान पेट पर हाथ बाँधकर।

की औलाद हिंदुओं से डरती है। मगर...''

बहुत जोशीली तक़रीर थी। बीच-बीच में बिरादराने-इसलाम ने तकबीर भी बोली। नतीजे में राक़ियों और जुलाहों के एक बड़े हिस्से ने यह तय किया कि वोट लीग ही को देना चाहिए। यह एक मज़हबी फ़र्ज़ है। हाजी ग़फ़ूर ने कई मरतबा बोलना चाहा, लेकिन नौजवानों ने उन्हें बोलने का मौक़ा नहीं दिया।

''त जात जा लोग अपनी माँ चुदावे!'' हाजी साहब को ग़ुस्सा आ गया। ग़ुस्से में वह यह भी भूल गये कि वह मस्जिद में हैं। अलीगढ़ से आनेवालों ने इस गाली का पूरा फ़ायदा उठाया। जो लोग ढुलमुला रहे थे, वह भी बिलकुल गच-पुख़्ता हो गये।

हाजी साहब ग़ुस्से में मस्जिद से निकल आये। उनकी समझ में तक़रीर बिलकुल नहीं आयी थी। उनकी समझ में यह बात भी नहीं आ रही थी कि मुसलमानों को यह एकदम से एक पनाहगाह की ज़रूरत क्यों आ पड़ी है। और अंग्रेज़ों का वह साया कहाँ है जिसकी बात लड़कों ने इस धूमधाम से की थी! गंगौली में तो अब तक कोई अंग्रेज देखा नहीं गया था। और जब अंग्रेज हिंदुस्तान में नहीं थे, तब आख़िर हिंदुओं ने मुसलमानों को क्यों नहीं मार डाला? और बुनियादी सवाल यह था कि ज़िंदगी-मौत ख़ुदा के हाथ में है या अंग्रेज़ों और जिन्ना साहब के हाथ में?

''अउरी हम त फिनहूँ जोलहे-के-जोलहा रह जाइब। का पाकिस्तान में मियाँ लोग जोलहन से रिस्ता-नाता करे लगिहें?''

''केसी बात करत जात बाड़ा चाचा?'' छिकुरिया ने उन्हें बड़बड़ाता देखकर सवाल किया। वह उस वक़्त फुन्नन मियाँ के दरवाज़े पर बैठा दुल्लन से गप लड़ा रहा था। पम्मो उसकी मूँछों से खेल रही थी। और सुलतान फ़ातिमा उर्फ़ फत्तो उस अपनी गुड़िया के ब्याह का हाल सुना रही थी और शिकायत कर रही थी कि बड़ी कनीज़ फ़ातिमा उर्फ़ कुद्दन ने जहेज़ देने में बड़ी कंजूसी से काम लिया। कुद्दन उस वक़्त बावर्चीख़ाने में उकड़ूँ बैठी दाल-भात खा रही थी।

यह कुद्दन नौ-दस साल की बड़ी ख़ूबसूरत लड़की निकल आयी थी। उसे रुक़य्ये का सारा नमक मिल गया था। नाक-नक़्शा भी वही था। मोटी-मोटी गहरी आँखें, वही साँवला किताबी चेहरा, सफ़ैद चमकदार दाँत, जिनमें परछाईं पड़ने लगे। वही ढला हुआ बदन। कुलसूम तो उसे आँख भरकर देखती ही नहीं थी। और जो कभी देख ही लेती तो फिर फ़ौरन अपनी ऐड़ी देखती। और मग़फ़िये जो कभी कुद्दन को डाँटती तो कुलसूम मग़फ़िये की ख़बर ले डालती। नतीजे में कुद्दन हँसने लगती और मग़फ़िये रोने लगती। इसीलिए कुद्दन का दिमाग़ हमेशा सातवें आसमान पर रहा करता था। उसने जो सुना कि फ़त्तो उसकी बुराई कर रही है तो वहीं से चीख़ी:

''ई माटीमिली बिलकुल झुट्ठी है रे। तैं एकी बात मत मनबे। अ तनी ए से

ईहो पूछ कि ई ख़ुदो कइसी डाल लिआई रही। दू मुट्ठी चिनियो ना जुड़ी। अउर ओपर चली है हम्में कंजूस कहे!"

"त आपके की चिनिया से मिट्ठा भात पकाइन रहा?" फ़त्तो ने चमककर सवाल किया।

यह सुनकर कुद्दन लाजवाब हो गयी।

"तैं केको ओट देबे रे?" कुलसूम ने लेटे-लेटे छिकुरिया को आवाज़ दी।

"हमनी का त फैसला कर लेहले हुई कि गांधीजी के ओट दिहल जाई।" छिकुरिया ने बड़बड़ाते हुए हाजी ग़फ़ूर को देखते हुए कहा, जो बार-बार अपने कंधे का रूमाल बराबर करते जा रहे थे। "आपो के त ओट देवे के होई?" उसने सवाल किया, "हम त सुनत हईं की मियाँ लोग मुसलिम लीग के ओट देत बाड़न।"

"हम माटीमिली मुसलिम लीग को कभई जो दें अपना ओट!" कुलसूम ने चमककर कहा, "मैं त अपने मुन्ताज़ के देबों अपना ओट। दुनों अलीगढ़ वाले हमरहू किहाँ आये रहे। हम उनहूँ लोगन से साफ़-साफ़ कह दिया ई बात।"

"हे बीबी, ई पकिस्तनवा बनी केहर?" छिकुरिया ने वह सवाल किया जो उसे बहुत दिनों से सता रहा था।

"अ का जाने केहर बन रहा माटीमिला।"

"जउनी गाजिपुर में बन्नत त हमहूँ देख लेती!" छिकुरिया ने अपनी धोती की फेंट से कच्ची तंबाकू की पत्ती निकालते हुए कहा, "हम त समझत बाड़ीं की ई पकिस्तान कउनो महजिद-ओहजिद होई।" वह बायें हाथ की हथेली पर दाहिने हाथ के अँगूठे से तंबाकू मलने जा ही रहा था कि उसने आते हुए तन्नू को देख लिया। वह खड़ा हो गया। "सलाम, मीर साहब!"

तन्नू मुस्करा दिया, "का कर रहा बे!"

"हम बीबी से ई पूछत रहलीं की हई पकिस्तान कउनो महजिद-ओहजिद बाय का।"

तन्नू हँस दिया। उसके पास छिकुरिया के इस निहायत माकूल सवाल का कोई जवाब नहीं था। इसलिए वह हँसता हुआ अंदर चला गया और कुलसूम को सलाम करके एक चारपायी पर लेट गया। उसी चारपायी के पाँयता मग़फ़िये बैठी पालक का साग काट रही थी।

"ऐ बेटा, हम सुना है कि तूँ सल्लो से बिआह करे से इन्कार कर दिये हौ।" कुलसूम ने उसे एक पान देते हुए यह सवाल किया।

बाक़ी हम एक़रार कब किया रहा, दादी?" तन्नू ने पूछा।

"बाक़ी ए बेटा, तोरे अब्बा वसीअत न कर गये रहे?"

"वसीअत करे के वास्ते उनन्हें एक ठो फुस्सुए-चा मिले रहे?" तन्नू ने वह सवाल कर दिया जिसका जवाब गंगौली में किसी के पास नहीं था। और जिस

सवाल पर सारा सय्यदबाड़ा सोच रहा था। गाँव-भर में किसी एक को इसका यक़ीन नहीं था कि शब्बू मियाँ ने यह वसीयत की होगी। लेकिन फुस्सू मियाँ की आँखों-में-आँखें डालकर कोई यह कह नहीं सकता था कि शब्बू मियाँ की वसीयत की बात एक मनगढ़ंत कहानी है। हद तो यह है कि जब जवाद मियाँ तन्नू को डाँट रहे थे, तब भी उन्हें इसका यक़ीन था कि शब्बू ने कोई वसीयत नहीं की है। अब जब पूरे सय्यदबाड़ा में किसी के पास इस सवाल का जवाब नहीं था तो बेचारी कुलसूम क्या जवाब देती? इसलिए वह सिर्फ़ इतना कह सकी, "वसीअत की बात रहे द्यो। बाक़ी ई सोच बेटा, कि कइसी बदनामी की बात है।"

"का, भाई मग़्फ़िये!" तन्नू मग़्फ़िये से बात करने लगा, "मोहम्मद-चा रूप्या-उप्या भेज रहे कि ना?"

"अ काहे ना भिज्ते, बेटा।" जवाब कुलसूम ने दिया, "ज़रूर भेजथें बिचारू, बाक़ी तूँ त जानथ्यो की जब से तोहरे दादा को जेहल भई है इक्की पइसे की आमदनी ना भई है। बस, इमतियाज़ की तन्ख़ाह अउर अज़ीज़ दुल्हा के रुपये पर घर चल रहा कोई भाँत लस्टन-पस्टम।"

अज़ीज़ दूल्हा! यह ख़िताब तन्नू के दिल से टकराया। क्या बात है इन सासों की भी! दामादों को क्या-क्या ख़िताब दिये जाते हैं। अज़ीज़ दूल्हा। नफ़ीस दूल्हा। हसीन दूल्हा... और दुल्हन से कोई नहीं पूछता कि भई, तू भी बता तेरी क्या राय है? उसने मग़्फ़िये की तरफ़ देखा। वह उसी तरह पालक काटने में जुटी हुई थी।

"हम एक ठो कहानी सुनायें?" फ़त्तो ने उसके सिरहाने बैठते हुए पूछा।

"सुनाओ।"

"एक ठो रहा बाश्शाह..."

"देख रही नन्ना..." कुद्दन बावर्चीख़ाने ही से चीख़ी, "दिन को कहानी सुना रही माटीमिली। अरे, बडके मामू रस्ता भुल जय्यहें रे।"

"हाँ, बेटा!" कुलसूम न कहा, "इमतियाज़ो मुसाफ़िरे हैं, रस्ता भुल जज्यहें।"

"ए तन्नू भाई, ई मुसाफ़िर का होता है?" फ़त्तो ने पूछा।

"मुसाफ़िर? मुसाफ़िर उस आदमी को कहते हैं जो..." वह जवाब देते-देते रुक गया।

मग़्फ़िये खिलखिलाकर हँस पड़ी।

"जाइए, तन्नू भाई।" वह बड़ी मुश्किल से बोली, "एत्ती ज़रा-सी बात आपको ना मालुम!"

"अच्छा, तूँ ही बता दयो।" तन्नू ने मग़्फ़िये की आँखों-में-आँखें डाल दीं। मग़्फ़िये शरमा गयी। उसका सारा बदन गुनगुना उठा। उसे आँखों की

ज़बान नहीं आती थी। क्योंकि कभी मुहम्मद हुसैन ने उससे आँखों की ज़बान में बात नहीं की थी। शायद मुहम्मद हुसैन ही को आँखों की ज़बान नहीं आती थी। लेकिन उस वक़्त तन्नू की आँखों की ज़बान वह तड़ से समझ गयी। उसे ऐसा लगा, जैसे इस ज़बान को वह हमेशा-हमेशा से जानती है, बिलकुल घरेलू ज़बान की तरह और उसे फर-फर बोल भी सकती है। उसने अपनी लंबी-लंबी पलकों की ओट से तन्नू की तरफ़ देखा। मगर तन्नू फ़त्तो की तरफ़ मुड़ चुका था।

"लेके रहेंगे पाकिस्तान !"

"इनक़िलाब ज़िंदाबाद !"

दुल्लन कन्धे से स्कूल का बस्ता लटकाये नारा लगाता घर में आया।

"हम्में भूक लगी है !" तन्नू की तरफ़ एक आदाब उछालकर उसने नारा लगाया।

"पाकिस्तान ले के का करिहो जी ?" तन्नू ने पूछा।

"हम का जाने !" दुल्लन ने कहा, "मार लड़कवा सब चिल्लाते रहे त हमहूँ कह दिया।"

"अउर पाकिस्तान के साथ इनक़िलाबो माँग रह्यो ?" तन्नू ने दूसरा सवाल किया, "अमें, तूँ कांग्रेसी हौ कि लीगी ?"

"हम मुसलमान हैं !" दुल्लन ने छाती पर हाथ मारकर कहा।

"मुसलमानी भई ना अउर मुसलमान हो गयौ।" मग़फ़िये बोली।

मुसलमानी का नाम सुनते ही दुल्लन ठनकने लगा। फ़त्तो ने मौक़े का फ़ायदा उठाकर टुकड़ा लगाया, "सोने की चिड़िया फुर देना उड़ गयी।"

"चुप बेशरम !" कुद्दन ने उसे बावर्चीख़ाने ही से डाँटा, "देख न रह्यू तूँ नन्ना ?"

"एमें शरम की कउन बात है ?" फ़त्तो ने पूछा, "ए तन्नू भाई, मुसलमनियो कउनो शरम की बात है ? आपो की भई होइहे।"

तन्नू सटपटा गया। मग़फ़िये पर फिर हँसी का दौरा पड़ा। कुलसूम ने मुँह फेर मुस्कराने के बाद फ़त्तो को एक धबक्का दिया, "माटी मिली, बेशरम !"

"अच्छा दादी, अब मैं चलता हूँ।" तन्नू खड़ा हो गया।

"बइठिए ! बइठिए !" मग़फ़िये ने मुश्किल से हँसी रोककर कहा, "अब कोई कुछ ना पूछिहे।"

"नहीं, अब चलूँगा। सोचता हूँ कि ग़ाज़ीपुर चला जाऊँ।"

"तूँ त अभई कुछ दिन रहे को न कहते रह्यो ?" कुलसूम ने पूछा।

"जि हाँ, मगर···" वह चुप हो गया।

"ए बेटा, जी कड़ा करल्यो।" कुलसूम ने कहा, "बड़ी बदनामी की बात है।"

"केका-केका जी कड़ा करवा के बिआह करवाइएगा आप ?" मग़फ़िये ने सवाल किया, "अब ई अच्छी ज़बरदस्ती है कि कोऊ का जी चाहे कि न चाहे, बाक़ी बिआह ऊ ज़रूर कर ले। केह मारे कि बदनामी का डर है !"

तन्नू ने चौंककर मग़फ़िये की तरफ़ देखा।

"ठीक है, दादी !" उसने कुलसूम से कहा, "हमरा का है ! बाक़ी फुस्सू-चा के घर में सल्लो के अलावा भी कई लड़कियाँ अउर हैं। आख़िर हम कोई-न-कोई से त बिअहवा करबे न करेंगे, त फिर सल्लोए से काहे न कर लें। है कि ना !"

उसने कुलसूम के जवाब का इंतज़ार नहीं किया। घर से निकला तो सईदा की याद ने दौड़ा लिया। सईदा ! मैं तुमसे इतना बड़ा क्यों हूँ ? और हमारे ख़ानदानी ताल्लुक़ात अच्छे क्यों नहीं हैं ? हाँ, अच्छे काहे न हैं, भाई ?··· वह झल्ला गया। सईदा को कम-से-कम इतना तो बता ही देना चाहिए था कि वह उसे कितना चाहता है। लेकिन अगर यह सुनकर वह हँस पड़ती तब ? इन घरेलू लड़कियों में यही तो ख़राबी होती है। सब पर जान छिड़कने को मौजूद होती हैं। अब कोई जान छिड़कने और जान छिड़कने में कैसे फ़र्क़ करे आख़िर ?···

गया अहीर हम्माद मियाँ के फाटक पर उकड़ूँ बैठा बीड़ी पी रहा था। छिकुरिया जा चुका था। मिग़दाद ज़नाने इमामबाड़े के फाटक के सामने खड़ा अपनी बेटी को खिला रहा था, जिसका नाम तो उसने नकहत रख लिया था, मगर प्यार की वजह से वह जिसे नक्को कहा करता था। प्यार के मुँह से शायद लंबे नाम निकलते ही नहीं।

बड़े फाटक के सामने जुलाहों के कुछ लड़के लट्टू नचा रहे थे और गालियाँ बक रहे थे। और बिल्ली साईं के नुक्कड़ पर लड़कों का एक जुलूस 'मुस्लिम लीग ज़िंदाबाद !' 'क़ायदे-आज़म ज़िंदाबाद !' और 'इनक़िलाब ज़िंदाबाद !' के नारे लगा रहा था और दो दरवाज़ों से झाँकती हुई दो औरतें शायद उस जुलूस पर हँस रही थीं।

तन्नू ने देखा कि गंगौली में कोई तूफ़ान नहीं है। ज़िंदगी जैसी-की-तैसी है। जुलाहे सूत सुलझा रहे हैं। औरतें शिकायतें कर रही हैं और लड़-झगड़ रही हैं और हँस-बोल रही हैं। लड़के लट्टू नचा रहे हैं और इक्कट-दुक्कट खेल रहे हैं। मिग़दाद अपनी बच्ची को प्यार कर रहा है। गया अहीर उकड़ूँ बैठा बीड़ी पी रहा है। हकीम साहब बीमारों की नब्ज़ देख रहे होंगे और लड़कों को गालियाँ दे रहे होंगे। हकीम साहब का खयाल आते ही वह मुस्करा दिया। तो फिर मैं गंगा की तरह मज़े-मज़े में बहती हुई इस ज़िंदगी में तूफ़ान क्यों लाऊँ ? इन देहाती ख़ानदानों में न मालूम कितनी सईदाओं से कितने तन्नुओं ने प्यार किया होगा ! शरीफ़ों में प्यार ज़ाहिर नहीं किया जाता। क्या पता, किस बीवी

के दिल की राख कुरेदी जाय तो किस मियाँ की मुहब्बत की चिनगारी निकल आये। तो फिर मेरी मुहब्बत में कौन-से सुर्ख़ाब के पर लगे हैं ! और क्या मालूम, अब्बा ने वसीयत कर ही दी हो। हाँ, और क्या ! क्या मालूम ! सल्लो किसी फ़िल्मी गीत की तरह लचकदार न सही, लेकिन वह एक घरेलू गीत की तरह सादा और मासूम तो है ही। और फिर यह क्या जरूरी है कि···

हकीम साहब को अपने सामने देखकर वह चौंक पड़ा। उसने देखा कि वह हकीम साहब के फाटक में है। उसने जल्दी से हकीम साहब को आदाब किया। अलीगढ़वाले लड़कों को उसने पहचान लिया। उत्तर-पट्टी के तमाम लोग मौजूद थे। एक काली शेरवानी अपनी उँगलियों में सिगरेट दबाये हाथ घुमा-घुमाकर मियाँ-लोगों को समझा रही थी कि कुर्आन में कहाँ-कहाँ अल्लाह मियाँ ने मुस्लिम लीग को वोट देने का हुक्म दिया है।

''···और सबसे बड़ी बात तो यह है कि दुनिया के नक़्शे पर एक और इसलामी हुकूमत का रंग चढ़ जायगा। और यह भी नामुमकिन नहीं कि दिल्ली के लाल क़िले पर एक बार फिर सब्ज़ इसलामी परचम लहराता नज़र आये। अगर पाकिस्तान न बना···''

तन्नू को पाकिस्तान के बनने या न बनने में कोई दिलचस्पी नहीं थी। वह एक चारपायी की पाँयती टिक गया और उन लड़कों की तरफ़ देखने लगा और सोचने लगा···मगर ख़यालों की डोर उलझी हुई थी। वह सईदा, सल्लो, गंगौली, पाकिस्तान, कुलसूम और मिग़दाद—सभी के बारे में एक साथ सोच रहा था।

''सुन रहें कि ई जिन्ना साहब शीआ हैं !'' न मालूम किसने कहा।

''मुसलमान हैं।'' काली शेरवानी बोली।

''इक़बाल का यह शेर तो सुना होगा आपने !'' दूसरी शेरवानी शुरू हो गयी :

''हज़ारों साल नरगिस अपनी बेनूरी पे रोती है !
बड़ी मुश्किल से होता है चमन में दीदावर पैदा !''

तन्नू उसके नथुनों और मुँह से निकलते हुए धुएँ को देखने लगा।

''हमरे लोगन को त अनीस का शेर सुनाओ, मियाँ !'' हुसैन अली मियाँ ने कहा, ''या अली !'' घुटनों पर हाथ रखकर वह उठ खड़े हुए और अनीस का कोई शेर सुने बिना ही चले गये।

''नुबूवत और ख़िलाफ़त का सिलसिला ख़त्म न हो गया होता, तो मैं कहता···''

''तूँ लोगन का का है !'' हकीम साहब ने काली शेरवानी की बात काटी, ''बना ल्यो ख़लीफ़ा।''

''देखिये क़िब्ला !'' काली शेरवानी ने कहा, ''यह मौक़ा इन छोटे-मोटे झगड़ों को याद करने का नहीं है । अल्लाह की रस्सी को मजबूती से पकड़िये । आज उस रस्सी का नाम मुहम्मद अली जिन्ना है । आप अल्लाह की ताक़त हैं । उठिये और कहिये कि आप पाकिस्तान बनाना चाहते हैं । ज़रा अपने लीडर को देखिये । और एक यह कांग्रेस वाले हैं । गाँधी हों या नेहरू, गलियों-गलियों मारे-मारे फिरते हैं । और एक हमारे क़ायदे-आजम हैं, जिनसे मिलना इतना मुश्किल है कि लाट साहब को भी वक़्त लेना पड़ता है ।''

''त जब ऊ कोई से मिलबे ना करते, त फिर...''

''हाँ, अउर का !'' हकीम साहब ने उब्बाद की बात रोक ली, ''जब ऊ कोई से मिलबे ना करते, तब त फिर मआज़अल्लाह, ऊ अल्लाहे मियाँ हो गये ।''

''यह आप क्या फ़र्मा रहे हैं ?'' काली शेरवानी बोली ।

''हम फ़र्मा-उर्मा ना रहें ।'' हकीम साहब ने कहा, ''ओट त ख़ैर हम लोग लीगे को देंगे, बाक़ी एक ठो बात पूछे बिना ना रहेंगे कि जब जिन्ना साहब ना मिलते अउर अल्लाहो मियाँ ना मिलते, त फिर हम लोग अल्लाहे मियाँ को ओट काहे न दें ?''

तन्नू खिलखिलाकर हँस पड़ा ।

''आप लोग इस देहाती लॉजिक का जवाब नहीं दे सकते ।'' तन्नू ने कहा, ''फिर आप बिना वजह यहाँ तक़रीर क्यों कर रहे हैं ? सरकारी मुसलमानों का यह मोहल्ला लीग के अलावा और किसे वोट दे सकता है ? मगर आप मुसम्मात कुलसूम का वोट नहीं लें सकते । वह तो अपने 'मुन्ताज़' ही को वोट देगी । वह औरत निरी अनपढ़ है । अपने बेटे का सही नाम नहीं ले सकती । वह मुमताज़ को मुन्ताज़ कहती है । वह बड़ा शरीफ लड़का था । आप उसे क्या जानें ! वह तो क़ासिमाबाद के थाने पर गोली खाकर मर गया । मैं तो उस वक़्त यहाँ था नहीं । मगर सुना है कि वह बड़ी बहादुरी से मरा । यानी जब उसे यक़ीन हो गया कि वह मर रहा है तो वह मौत से डरकर रोया नहीं । कहते हैं कि उसने भागते हुए एक आदमी का दामन पकड़ लिया और कहा, 'ए भैया, गंगउली जय्यहो तो कह दीहो हमरी अम्माँ से, कि हम मर गये । ई दरद बहिनचोद हमरी जान ले लीहे ।' आप तो शायद इस ज़बान को समझे भी न होंगे, क्योंकि आप लोगों ने तो उर्दू को मुसलमान कर लिया है । मगर ख़ुदा की क़सम, जो ज़बान इस वक़्त मैं बोल रहा हूँ वह मेरी मादरी ज़बान नहीं है । मेरी मादरी ज़बान तो वही है जिसमें मुमताज़ ने अपनी माँ को पैग़ाम भेजा था । यह उर्दू बोलने पर तो हम्माद-दा पूरे गाँव में नक्कू बने हुए हैं । पाकिस्तान बनने के बाद आप इस उर्दू को यहीं छोड़ जायँगे या अपने साथ ले जायँगे ? देखिये, मैं कोई सियासी आदमी नहीं हूँ । लेकिन मैंने लड़ाई का मैदान देखा है । लड़ाई में मरने वाले बड़ी बेकसी की मौत मरते हैं । मारने वाला भी बड़ा बदसूरत हो जाता है । क्योंकि अपनी

जान बचाने के लिए वह सामने वाले को दुश्मन मानने और उससे नफ़रत करने पर मजबूर होता है। मुमकिन है कि अगर उनमें से कोई मुझे यहाँ, गंगौली में, मिलता तो मैं उसे सिग्रेट पिलाता, गन्ने का रस पिलाता, उसे अपने तालाब में नहाने की दावत देता, और फिर रात को उसके लिए किसी ढोल की तरह खिंचे हुए पलँग पर नर्म और गर्म बिस्तर लगवाता और उससे उसके मुल्क की बातें करता... और उसे अपने मुल्क की बातें सुनाता। लेकिन वहाँ मैंने उसे मार डाला। क्योंकि अगर मैं उसे न मारता तो वह मुझे मार डालता। इसीलिए मैं डरता हूँ। आप जान का डर पैदा कर रहे हैं। डर की यह फ़स्ल हमीं को काटनी पड़ेगी। इसीलिए मैं बहुत डरता हूँ।"

"आप मुहम्मद-बिन-क़ासिम के वारिस..."

"मैं वोटर नहीं हूँ!" तन्नू ने काली शेरवानी की बात काटी, "मैं मुसलमान हूँ। लेकिन मुझे इस गाँव से मुहब्बत है, क्योंकि मैं ख़ुद यह गाँव हूँ। मैं नील के इस गोदाम, इस तालाब और इन कच्चे रास्तों से प्यार करता हूँ क्योंकि ये मेरे ही मुख़्तलिफ़ रूप हैं। मैदाने-जंग में जब मौत बहुत करीब आ जाती थी तो मुझे अल्लाह ज़रूर याद आता था, लेकिन मक्कए-मुअज़्ज़मा या कर्बलाए-मुअल्ला की जगह मुझे गंगौली याद आती थी। और मैं यह सोचकर झल्ला जाता था और रोने लगा करता था कि अब शायद मैं नील के गोदाम पर बैठ कर गन्ना नहीं खा सकूँगा। और शायद अब मुझे आठवीं की मजलिस का हलवा नहीं मिलेगा। अल्लाह तो हर जगह है। फिर गंगौली और मक्का, और नील के गोदाम और काबे और हमारे पोखरे और चाहे-ज़म्ज़म में क्या फ़र्क है?"

"आप ही जैसे लोग हिंदुस्तानी मुसलमानों को हिंदुओं के हाथ बेच डालेंगे!" काली शेरवानी बिगड़ गयी, "आपको शर्म नहीं आती! आप मक्का शरीफ़ से इस ज़टियल गाँव का मुकाबला कर रहे हैं?"

"जी हाँ, कर रहा हूँ!" तन्नू ने कहा, "और मुझे शर्म भी नहीं आती। और शर्म आये क्यों? गंगौली मेरा गाँव है। मक्का मेरा शहर नहीं है। यह मेरा घर है और काबा अल्लाह मियाँ का। ख़ुदा को अगर अपने घर से प्यार है तो क्या वह माज़ल्ला[1] यह नहीं समझ सकता कि हमें भी अपने घर से उतना ही प्यार हो सकता है।"

"ए बेटा, तूँ त कुफ़ुर बक्के लग्यो।" हकीम साहब ने कहा, "इ का कर रहा बे हरामज़ादे!" उन्होंने उसी साँस में एक हाँक लगायी और हौज़ में थूकने का इरादा करता हुआ लड़का डरकर भाग गया, "काबा फिरो काबा है, बेटा!"

"मैं कब कहता हूँ कि वह काबा नहीं है? लेकिन लाहौर तो काबा नहीं है ना?" उसने सवाल किया, "देखिये चा. जो कुछ मैंने देखा है वह आपने नहीं

---

1. मआज़अल्लाह

देखा है। इसीलिए जो कुछ मैं देख सकता हूँ, वह आप नहीं देख सकते। नफ़रत और ख़ौफ़ की बुनियाद पर बनने वाली कोई चीज़ मुबारक नहीं हो सकती। पाकिस्तान बन जाने के बाद भी गंगौली यहीं हिंदुस्तान में रहेगा और गंगौली फिर गंगौली है। तब अगर गयवा अहीर, लखना चमार और छिकुरिया भर ने आपसे पूछा कि उन्होंने तो आपसे कभी दुश्मनी नहीं की थी, फिर अपने पाकिस्तान को वोट क्यों दिया, तो आप क्या जवाब देंगे?''

''त का काँगरेस को ओट दे दिया जाय जो ज़मींदारी पर अपनी अँखियाँ गड़ाये बइठी है?'' उब्बाद मियाँ ने पूछा।

''आप वोट दें या न दें, मगर गंगौली में कांग्रेस ही का राज रहेगा।''

''कउनो ज़बरदस्ती है?'' हकीम साहब बोले।

''और ज़मींदारी को भी गया समझ लीजिये।''

''अउर का!'' हकीम साहब चमके, ''गँधिया के बाप की है ना जमींदारी, कि अउते-अउते दन-देना तोड़ दीहें।''

''इनकी बातें न सुनिये, क़िब्ला!'' काली शेरवानी ने कहा, ''कांग्रेस ज़मींदारी को तोड़ने की कोशिश ज़रूर करेगी क्योंकि ज़्यादा ज़मींदार मुसलमान ही हैं। लेकिन यह काम इतना आसान नहीं। अगर ऐसा हुआ तो पाकिस्तान की इसलामी फ़ौज दिल्ली पर हमला कर देगी!''

''आप हमले की बातें ज़रूर कर सकते हैं, क्योंकि आपने जंग नहीं देखी है।'' तन्नू का लहजा कड़वा हो गया, ''पाकिस्तान ज़रूर बनाइये!'' उसने उठते हुए कहा, ''मगर कभी-कभी ख़ैरियत का ख़त लिखते रहियेगा वहाँ से।''

ख़ाली इमाम-चौकों को छूता हुआ वह बड़े फाटक से निकलकर गली में आ गया। उसे अपने-आप पर बड़ा ग़ुस्सा आ रहा था कि आख़िर तक़रीर करने की ज़रूरत क्या थी। मगर वह सचमुच डर रहा था कि इस नफ़रत का अंजाम क्या होगा। क्या सचमुच हिंदुस्तानी मुसलमान इस ज़मीन का नहीं है? मगर दिलदारनगर और गहमर के राजपूत मुसलमान तो इसी मिट्टी के बने हुए हैं। फिर वह मुस्लिम लीग को वोट क्यों दे रहे हैं? वह क्यों एक वतन की ज़रूरत महसूस कर रहे हैं? राम की खड़ाउँओं को क़दमे-रसूल बनाकर चूमने वाले मुसलमान पाकिस्तान क्यों बना रहे हैं? और क्या वह सचमुच पाकिस्तान बनाना चाहते हैं? क्या वह तमाम लोग, जो मुस्लिम लीग को वोट देंगे, यह जानते हैं कि पाकिस्तान कैसा होगा और क्या होगा? पाकिस्तान कोई ख़ुदा तो है नहीं कि उसे भी बे-देखे मान लिया जाय! किसी नये मुल्क के नाम को ज़बानों पर चढ़ने के लिए कई नस्लों की ज़रूरत पड़ती है। फिर बीच वाली नस्लों का क्या होगा? हवा में लटकने वाली इन नस्लों का क्या बनेगा? काली शेरवानियों को इन सवालों में कोई दिलचस्पी नहीं थी। वह इस सवाल पर सोचने ही को तैयार नहीं थे कि आदमी सिर्फ़ नफ़रत, शक और डर के सहारे ज़िंदा नहीं रह

सकता···तन्नू अपने ही सवालों की भीड़ में फँस गया। उसका दम घुटने लगा···तो अब मैं क्या करूँ ? कुलसूम दादी अपने मुन्ताज़ को वोट देना चाहती हैं। हकीम अली कबीर मुस्लिम लीग को। कौन ठीक है ? ओह, डैम्मिट ! वह एकदम से फ़ौजी बन गया। बास्टर्ड्स ? उसने एक कुत्ते को ठोकर मारी। वह टें-टें करता हुआ भाग गया।

"चा, मैं छुट्टी-बाद नहीं रुक सकता।" उसने फुस्सू मियाँ से कहा, "आप मँझले अब्बा से पूछकर तारीख डलवा लें।"

फुस्सू मियाँ हड़बड़ा गये। उठ बैठे। हुक्का उलट गया। चिलम टुकड़े-टुकड़े हो गयी। आग बिखर गयी। आँगन के एक कोने में छोटी बहन की गुड़िया बनाती हुई सल्लो शरमा गयी। सकीना झपाझप पान लगाने लगी। रब्बन-बी की इकलौती आँख मुस्करा दी।

"मगर बेटा नौ रबिलव्वल[1] से पहिले···"

"नौ मुहर्रम को इमाम हुसैन की बेटी का बिआह भया रहा की ना ?" तन्नू ने फुस्सू मियाँ की बात काटी।

"बाकी अइसी जल्दी का है ?"

"जल्दी क्या है ? अरे साहब, क्या पता, किस दिन पाकिस्तान बन जाय और फिर न मालूम कब तक के लिए बात टल जाय। सो आने वाले मोहर्रम के शुरू होने से पहले अब्बा मरहूम की वसीयत पूरी कर दूँ।"

"त फिर तूँ अब्बू की दुलहिन से ई काहे कहे रह्‌यो कि तूँ ई बिआह ना करिहो ?" रब्बन-बी ने सवाल किया।

"तो आप मँझले अब्बा से बात कर लीजिए।" वह रब्बन-बी के सवाल को गोल कर गया।

"ना," रब्बन-बी बोलीं, "बिआह होए चाहे मत होए, बाकी नौ रबिलव्वल से पहिले ना हो सकता।"

"अम्मा, तूँ···"

"तनिको अम्माँ-उम्मा करे की ज़रूरत ना है।" रब्बन-बी ने फ़ैसला सुना दिया। फिर वह तन्नू की तरफ़ मुड़ी, "ए बेटा, का तूँ हमरे लोगन पर एहसान करे को बिआह कर रह्‌यो ? जउन ई बात होए त अभईं कह द्‌यो ! तोरा शुकुरिया ! बाकी अपना एहसान रहे द्‌यो।"

सलमा का दिल धड़कने लगा।

तन्नू ने हिसाब लगाया तो मालूम हुआ कि छुट्टी रबी-उल-अव्वल के बाद तक है। वह मान गया। मगर उस रात सारा घर सो गया तो उसने चुपके से

---

1. रबी-उल-अव्वल : अरबी महीने का नाम है। शीआ मुसलमानों में मोहर्रम के महीने के बाद भी एक महीना दस दिन तक खुशी का कोई काम नहीं होता।

लालटेन की बत्ती ऊँची की। फुस्सू मियाँ की नाक ज़ोरों से बोल रही थी। रब्बन-बी की नाक भी कभी-कभी दो-एक मुरकियाँ मार ही लेती थी।

तन्नू ने अपने सूटकेस से पैड निकाला। फिर वह देर तक चिकने बादामी काग़ज को देखता रहा। ख़त लिखने से वह हमेशा घबराया करता था। मगर कोई सवा दो सिग्रेटें पीने के बाद उसने अपने-आपको ख़त लिखने पर तैयार कर लिया। लेकिन अब सवाल यह था कि ख़त शुरू कैसे किया जाय! ख़त की दूसरी तमाम बातें उसके दिमाग़ से छलकी पड़ रही थीं। कोई झूठी बात तो लिखनी नहीं थी। उसे तो अपनी ही मोहब्बत की बातें लिखनी थीं। और प्यार की आँच तो मामूली-से-मामूली शब्द को भी कुंदन की तरह दमका देती है। हर ऐरा-ग़ैरा शब्द जादूगर बन जाता है। फिर भी यह बात उसे मुश्किल दिखायी दी। और ख़त लिखना—प्रेम-पत्र लिखना आसान होता तो, तो वह पैग़ंबर न हो गया होता।

आख़िर बहुत देर के सोच-विचार के बाद उसने ख़त लिख ही डाला :

''अज़ीज़ा सईदा सल्लमहा, दुआएँ।

मैं अच्छा हूँ। उम्मीद करता हूँ कि तुम भी अच्छी होगी। मैं तो एक गँवार फ़ौजी हूँ। पता नहीं, मुझे यह बात कैसे लिखनी चाहिए मगर लिखना यह है कि सल्लो से मेरी शादी की तारीख़ पड़ गयी है। उम्मीद है कि तुम नेग लेने ज़रूर आओगी। दादी अच्छी हैं। दादा ग़ाज़ीपुर गये हुए हैं। वहाँ भी सब ख़ैरियत है। छोटी-दा तुम्हें दुआ लिखवा रही हैं। दुआएँ।

तुम्हारा भाई
तन्नू''

यह ख़त लिखकर उसके दिल से एक बोझ उतर गया। वह ऐसा ख़त लिखना नहीं चाहता था, लेकिन वह किसी और तरह का ख़त लिख नहीं सकता था। वह भला यह कैसे लिखता कि सईदा, मैं तुमसे मुहब्बत करता हूँ। क्योंकि सईदा तड़-से कह सकती है कि यह तो कोई ख़ास बात न हुई, क्योंकि हर भाई अपनी बहिन से मुहब्बत करता है। अब तन्नू को यह तो मालूम नहीं था कि सईदा के बक्स में उसकी तस्वीर है। और तन्नू को यह भी नहीं मालूम था कि अलीगढ़ में वहीदिया और सुलतानिया की लड़कियाँ सईदा को तन्नू भाई पुकारती हैं। तन्नूं को इसी तरह की कई और बातें भी नहीं मालूम थीं। इसीलिए जब उसे सईदा का ख़त मिला, तो वह उसकी सीधी-सादी उर्दू को न समझ सका।

सईदा का ख़त बेहद सादा और बेरंग था। उसने लिखा था :

''जनाब तन्नू भाई साहब, आदाब!

आपका ख़त मिला। ख़ैरियत मालूम हुई। मैं अच्छी हूँ और आप लोगों की

ख़ैरियत ख़ुदावन्दे-करीम से नेक चाहती हूँ। आपने तो ऐसा दिन चुनकर रखा है अपनी शादी का कि मैं शरीक न हो सकूँ। जाइए, मैं आपसे ख़फ़ा हो गयी।

वहाँ सबको आदाब !

फ़क़त
सईदा''

यह ख़त तन्नू को गंगौली ही में मिला। वह सईदा की लिखाई पहचानता नहीं था। इसलिए उस लिफ़ाफ़े को उसने आँगन में खोल डाला। मगर ख़त खोलते ही उसका दिल धड़कने लगा। और उसका दिल इतने ज़ोर से धड़का कि रब्बन-बी ने उसकी आवाज़ सुन ली।

''केका ख़त है, बेटा ?''

''सईदा का।''

''का लिक्खिन है ?''

रब्बन-बी के लहजे में कोई-न-कोई बात ज़रूर थी, क्योंकि तन्नू चौंक पड़ा।

''कुछ नहीं।''

वह बाहर निकल गया। दूर से एक इक्का आ रहा था। घुँघरुओं की आवाज़ इक्के से आगे-आगे भागी चली आ रही थी घर तक। वह रुककर देखने लगा और सोचने लगा कि मोहर्रम के बाद कौन आ सकता है।

उस इक्के पर एक ही सवारी थी। तन्नू दालान की सीढ़ियों पर आ गया। फिर सीढ़ी से रास्ते पर।

दाहिनी तरफ़ बँसवाड़ी के पास लड़कों का एक ग़ोल 'मुस्लिम लीग ज़िंदाबाद !' का सबक़ याद कर रहा था—और गला फाड़-फाड़कर याद कर रहा था। तन्नू उन बच्चों की तरफ़ देखकर मुस्करा दिया। लड़कों के उस जुलूस में कई हिंदू लड़के भी थे और वह भी मुसलमान लड़कों ही की तरह गला फाड़-फाड़कर मुस्लिम लीग को जीने की दुआ दे रहे थे।

''ई कउन क़िसिम का पाकिस्तान बन रहा, भाई ?'' उसने कम्मो से पूछा।

''का मालुम, साहब !'' कम्मो ने होमियोपैथी की किताब को उसके ग़िलाफ़ में रखते हुए कहा, ''हई एकवा पर कउन आ रहा ?''

''हमहूँ ईहे सोच रहें कि ई त कउनो फ़सिल ना है कोंउ के आवे की।'' उसने इक्के की तरफ़ देखते हुए कहा, जो अब पास आ चुका था। ''ए भाई, ई त फुन्नन-दा लग रहें !'' वह इक्के की तरफ़ दौड़ पड़ा।

''आदाब, दा !'' उसने उतने ही ज़ोर से आदाब का नारा लगाया जितने ज़ोर से लौंडे 'मुस्लिम लीग ज़िंदाबाद' का नारा लगा रहे थे।

''ए भाई, तूँ कब आ गयौ ?'' फुन्नन मियाँ ने हैरानी और प्यार से पूछा।

''रोक, मादरचोद !'' उन्होंने इक्के वाले को डाँटा। इक्का रुक गया। वह उतर पड़े। उन्होंन तन्नू को लिपटा लिया। वह उसका बदन टटोलने लगे। ''ए भाई, ई तैं कइसी लड़ाई पर गया रहा, ऐं? तैं त अपना जोड़-जोड़ लउटा लिआया। तै हुआँ लड़ा-ओड़ा रहा कि ना?''

तन्नू हँस दिया, ''ई आप एकदम से आ कइसे गये?''

''अ बेटीचोद छोड़ दिहिन सब त हम का करते! हम त बहुत कहा कि पचीस बरस की मिआद में अभई ज़माना पड़ा है। बाक़ी हमरी सुनबे ना किहिन सब।''

यह ख़बर सारे गाँव में फैल गयी कि फुन्नन मियाँ आ गये। क़रीब-क़रीब सारा गाँव घर से निकल पड़ा। बस, उत्तर और दक्खिन-पट्टी के मीर साहेबान नहीं निकले। फुन्नन मियाँ सबसे मिले। उन्होंने सबकी ख़ैरियत पूछी।

''सुन रहें कि मिग़ददवा सैफ़ुनिया से बिआह कर लिहिन?'' उन्होंने ऊँची आवाज़ में सवाल किया। उनकी आवाज़ हम्माद मियाँ के ज़नाने मकान तक गयी। और हम्माद मियाँ बल खाकर रह गये। ''अ हम्माद रोक्बो न किहिन ई बिआह को?''

''तोहरियो बात!'' कुलसूम बोली, ''उनका बस चलता त ऊ ख़ुदे बिआह लेते ओको।''

''धत्!'' फुन्नन मियाँ ने अपने पास खड़ी हुई पम्मो को देखकर घुड़का। उसने रोने के लिए मुँह बनाया ही था कि उन्होंने लपककर उसे गोद में उठा लिया और फिर हवा में उछाल दिया। पम्मो ने बाक़ायदा रोना शुरू कर दिया। फुन्नन मियाँ ने अपनी बड़ी-बड़ी मूँछें पम्मो की गरदन में चुभा दीं। पम्मो हिटकने लगी। मग़फ़िये हँसते-हँसते लोट गयी।

''जाइए, ए अब्बा!'' उसने बड़ी मुश्किल से कहा, ''अरे, ई नाना हैं रे!'' उसने पम्मो को चुमकारा।

मगर पम्मो ने शायद उसकी बात नहीं मानी। वह रोती ही रही। फुन्नन मियाँ हँसते रहे। फिर उन्होंने पम्मो को एक बिस्तर पर फेंक दिया।

''तनी एक ठो लुंगी द्यो।'' उन्होंने कुलसूम से कहा, ''पोखरे पर नहाये एक ज़माना हो गया। तनी नहा आयें।''

''हिअई काहे ना नहा लेत्यो!'' कुलसूम ने कहा। वह अभी कुछ देर तक उन्हें देखना चाहती थी। वह यह जानना चाहती थी कि जेल में गुज़रनेवाले वक़्त ने उसके फुन्नन को अगर बदला है तो कितना बदला। सवाल बदन का नहीं था। क्योंकि बदन की आँच की सीमा से तो वह बहुत दिन पहले निकल चुकी थी। सवाल उस आत्मा का था जिसके लिए कुलसूम ने ब्याहता ज़िंदगी को तजकर रखनी बनना क़ुबूल कर लिया था।

''लेके रहेंगे पाकिस्तान!'' दुल्लन नारा लगाता हुआ घर में आया।

"के से लेबे ?" फुन्नन मियाँ ने तड़-स सवाल किया।

दुल्लन चकरा गया।

"नाना को आदाब ना कियौ ?" कुलसूम बोली।

"आदाब !" दुल्लन ने सलाम किया।

"के से लेबे पाकिस्तान ?" फुन्नन मियाँ ने अपना सवाल फिर किया।

"अलीगढ़ वालन से !" दुल्लन ने सोच-विचार के बाद जवाब दिया।

"ई अलीगढ़ वाले तोको कहाँ मिल गये ?"

"आये रहे दुइ जने ओट माँगे !" कुलसूम ने कहा, "हमहूँ से कहिन कि ओट मुसलिम लीग, ई बोहारगवा ओट का होथे..."

"त तूँ का कह्यो ?"

"हम कहा कि हम त अपने मुन्ताज को ओट देंगे। बाकी जब हम गये ओट देवे त ओमें मुन्ताज़ का नमवे ना रहा, त हम कगदवा लेके घर चले आये। तूहें जेल में इमतियाज़ो की कउनो ख़बर मिली कि ना ?"

"का जेलवा में हम डाकखाना खोले रहे ?" फुन्नन मियाँ ने कहा, "बाक़ी हम त समझ रहें कि इमतियाज़ो गये।"

"ऐ ख़ुदा न करे !" माँ तड़प गयी, "ई बतिया तोरे मुँहवा से निकली कईसे ?"

"सब फ़उज वाले लउट आये।" फुन्नन मियाँ ने कहा, "अ बहुत-से त जेलो पहुँच गये। कउनो आते ही फ़उजदारी किहिन। कउनो कोई की अउरत उठा ले गये। कोई चोरी किहिस अउर कोई डाका डालिस। इमतिआज़ो होते त लउट चुके होते। हम लोगन की किसमत में औलाद का सुख ना है। दुई ठो लड़के रहे। दूनों मारे गये। लड़कियाँ त कंधा दे ना सकतीं। हमरी-तोहरी लशिया कउन उठय्यहे ?"

"तूँ जाओ नहाये।" कुलसूम ने कहा, "ई तूँ कइसी बात कर रह्यो ?"

"जेलवा में एक ठो क़ैदी रहा। कानी कउन सिंह !" फुन्नन मियाँ बोले, "कमनिस्ट रहा। ऊ कहता कि ख़ोदा-ओदा सब झूठ है। हम ओकी बात ना माने। एक दिन जब ऊ बहुत टें-टें लगाइस त साले को दू हाथ मारो दिया। बाक़ी है ई सोचे की बात। हम्माद सभे का हक मारे हैं, तब्बो मज़े में हैं। अल्लाह मियाँ होते त हम्माद की कमान अइसे ना चढ़ सकती रही।"

वह कंधे पर लुंगी डालकर घर से निकल गये। कुलसूम ने देखा कि उनके चौड़े कंधे झूल गये हैं। और उसे यह भी लगा कि उनकी आँखों में वह चमक भी नहीं है। उसका दिल भर आया। बड़ी-बड़ी आँखें भीग गयीं।

फुन्नन मियाँ की निगाह हम्माद पर पड़ी, जो अपनी ऊँची खंभिया में गया अहीर को कुछ समझा रहे थे। फुन्नन मियाँ ने फ़ौरन ज़ोर से गला साफ़ किया, मूँछों पर ताव दिया और आगे बढ़ गये।

"सलाम, मीर साहब !" हाजी ग़फ़ूर ने कहा।

"का हाल है, भई ?" फुन्नन मियाँ ने कहा, "अउर ए भाई, तोरी दढ़िया में जै ठो बाल कालाँ छोड़ गये रहे, ऊ सब मौजूद हैं जस-के-तस।"

"आपो की बात।" हाजी ग़फ़ूर ने एक ठंडी साँस भरी, "बुढ़ा न गईलीं। महँगाई गाँड़ मार दिहले बाये !"

बल्ली साईं के मोड़ पर लड़कों का एक जुलूस एकदम से नारे लगाने लगा :

"नारये-तकबीर !"

"अल्लाहो-अकबर !"

"क़ाइदे-आज़म !"

"ज़िंदाबाद !"

"मुसलिम लीग !"

"ज़िंदाबाद !"

"हई लड़िकवा सब पगला गये हैं का ?" फुन्नन मियाँ ने पूछा।

"अ कमाल ई हौ मीर साहेब कि ज़ोर-ज़ोर से ऊहे लोगन चिल्लात बाड़न कि जो ओटर ना बाड़न। हम ओटर हईं। त हमार बात कोऊ ना पूछत बाये। बाकी जेके देखौ आप, ऊहे तक़रीर करत मिली। अ इहो लउकत बाये कि ई पाकिस्तान बन जाई। हई जिन्ना साहब कहाँ के बाड़न ?"

"का मालूम कउन है अउर कहाँ का है। सुन रहें की लंदन में ओकालत करता रहा।"

"त अंग्रेजवे सब त ना भेजले बाड़न एके सिखाय-पढ़ाय के ?"

"अ मारो गोली ससुरन के !" फुन्नन मियाँ ने कहा, "अ पाकिस्तान बनिबो करिहे त गंगउली से बहुत दूर बनिहे। तूँ जाके अपनी चरख़ी सँभालो अउर ताना ठीक करो। पाकिस्तान-आकिस्तान पेट भरन का खेल है।"

फुन्नन मियाँ आगे बढ़ गये।

दोतरफ़ा मकानों से करघों की आवाज़ें आ रही थीं—खट ! खट ! जुलाहे कमर-कमर ज़मीन में दफ़न गाढ़े के थान, गमछे और लंगियाँ बुनने में जुटे हुए थे। जुलाहिनें बच्चों को दूध पिला रही थीं और आपस में बातें कर रही थीं। कुछ मैले कपड़े धो रही थीं और आपस में झगड़ रही थीं। सामने शीओं की मस्जिद का काम हो रहा था। दीवारों का क़द निकल आया था। गढ़ई के किनारे दो लड़के उकड़ूँ बैठे बीड़ी पी रहे थे और मछली के काँटा खाने की राह देख रहे थे।

इस मानूस वातावरण ने फुन्नन मियाँ को गुदगुदाना शुरू किया। वह धीरे-धीरे गुनगुनाने लगे :

> अँगड़ाई भी वह लेने न पाये उठा के हाथ,
> देखा मुझे तो छोड़ दिये मुस्करा के हाथ।

लेकिन वह ग़ज़ल के इस शेर को सोज़ की धुन में गुनगुना रहे थे।

जवाद मियाँ के दालान में चहल-पहल देखकर वह रुक गये। जवाद मियाँ का सारा बदन क़हक़हे लगा रहा था और खिला पड़ रहा था और ख़ुशी के तनाव से मसका जा रहा था। जवाद मियाँ ज़ोर-ज़ोर से बातें कर रहे थे, "हम कह रहें की पाँच सेर दवाई लिक्खे से का फ़ायदा ?" जवाद मियाँ ने एक जुलाहे को पकड़ रखा था, "हल्लक़ तक पी जाओ सभऊँ पिआला जस का तस महजूद। दवाई त ई है की झाँट-बरब्बर की तीन ठो सुफ़ेद-सुफ़ेद गोली मरीज़ खाइस ना की या अली[1] कहके खड़ा ना भवा। तफ़्फ़ज़ुल-बो बिचारी सालभर से झिकती रही। मियाँ अली कबीर ओको उब्बाद का सारा दवाख़ाना खिला-पिला दिहिन। बाक़ी तनिको जो फ़ायदा भवा होता। एक दिन तफ़्फ़ज़ुला कमालुद्दीन से ज़िकिर किहिस…" उन्होंने ऐसे मौक़े पर कम्मो को कम्मो कहना उचित न जाना। वह अब माशाअल्लाह से डाक्टर हो चुका था। इसलिए उन्होंने उसका पूरा नाम लिया, "त कम्मो…हमरा मतलब है की कमालुद्दीन ओको अपनी दू ख़ुराक दवा दिहिन, अउर कहिन की एह को खिलाय के देख ल्यो। झूठे बहिनचोद पर ख़ोदा की फिटकार। तीन ख़ुराक में ऊ लगी पलेटा-भर भात खाय!"

"हाँ, मीर साहब, काहे नहीं;" जुलाहे ने कहा, "ख़ुदा जेके हाथ में सफा दे दे।"

"हम त कह रहें कमालुद्दीन से की शहर के डागदरन की तरह से बड़े से टीन पर लिखवा के ईहे खंबवन पर टाँग ल्यो की ई है डागदर कमालुद्दीन का दवाख़ाना। हिआँ सस्ता एलाज होता है अउर फायदा जल्दी होता है। फायदा न होय त पाँच रुप्या इनाम अउर दवा का दाम वापिस। बाक़ी कम्मो अभईं ना मान रहें।" फुन्नन मियाँ को देखकर वह यह भी भूल गये कि वह टाट-बाहर हैं। बोले, "तूँ कब आ ग्यो जी ?"

"थोड़ी देर भई।" फुन्नन मियाँ ने कहा, "अउर तूँ ई का जलसा जमाये खड़े हौ! एक्को लड़का-ओड़का पैदा कर लिये हौ का ?"

"अरे, ई रेआह साली गाँड़ न मारे रहती त तोरा ईहो अरमान पूरा कर देते।" जवाद मियाँ मुस्कराये, "हम अभईं कउनी काम में बंद ना हैं। तैं का सुन रहा बे…" उन्होंने छोटे बेटे फ़िद्दू को डाँटा, जो पास ही खड़ा जलेबियाँ खा रहा था।

"हम सुन ना रहें," फ़िद्दू ने कहा, "खा रहें।"

"जाथ्यो ससुर कि दें दु हाथ!" जवाद मियाँ ने हँसकर कहा।

1. शीआ मुसलमान यह मानते हैं कि रसूल के दामाद, अली, तमाम मुश्किलों को आसान करते हैं। इसीलिए वह उन्हें मुश्किलकुशा—मुश्किलें दूर करनेवाला—कहते हैं।

फ़िद्दू जलेबियाँ खाता हुआ घर में चला गया।

"अउर का हाल है ?" फुन्न मियाँ ने पूछा।

"अरे, तनी चीलम भर लिआ।" जवाद मियाँ ने हाँक लगायी, "तूँ सुनाओ जेल में कइसी गुज़री ?"

"ख़ूब गुज़री।" फुन्नन मियाँ ने कहा, "अरे, हम फिरो हम रहे। जेलर साले की माँ चोद के रख दिया...दमाद बनाके रक्खिस।"

फ़िद्दू ने ताजा किया हुआ हुक़्क़ा लगा दिया। फुन्नन मियाँ बैठ गये। जवाद मियाँ ने हुक़्क़े का गट्टा दबाया। फुन्नन मियाँ ने पहला कश लिया। धुएँ ने गला पकड़ लिया। वह खाँसने लगे। उनकी बड़ी-बड़ी आँखें सुर्ख़ होगयीं।

"जना रहा कि तूँ हुक़्क़ा पीना भुल गयौ।" जवाद मियाँ ने कहा।

"ल्यो !" फुन्नन मियाँ ने लुंगी से आँखें पोंछते हुए कहा, "ख़ाली हुक़्क़वे पीना थोड़े भूले हैं। का मालुम, बीवी के साथ सोनहू याद है कि ना।"

"आज देख लिहो !" जवाद मियाँ ने राय दी।

फुन्नन मियाँ खिलखिलाकर हँस पड़े। वह तमाम दीवारें धड़ाम से गिर गयीं जो बिरादरी के फ़ैसले ने उठा दी थीं।

"ए भाई, अच्छे रह्यो ना !" रहमान-बो की आवाज़ आयी। वह फुन्नन मियाँ के सामने नहीं आती थी। जब वह रहमान की बीवी की हैसियत से ब्याहकर आयी थी, तब उसने फुन्नन मियाँ से पर्दा नहीं किया था। लेकिन जवाद मियाँ की रखनी बनने के बाद से वह फुन्नन मियाँ से पर्दा करने लगी थी।

"अरे, तैं अब का छिप रही !" फुन्नन मियाँ ने मूँछों को बराबर करते हुए कहा, "अब हम कोई की बीवी उठाये काबिल ना रह गये हैं।"

"तोरा कउन एतबार !" रहमाम-बो ने कहा।

"ए भाई, अब तैं कम्मो को बियहुती काहे ना ?"

"तनी डगदरिया चल जाय दह्यो।" जवाब जवाद मियाँ ने दिया, "हम त हम्माद के घर पयाम भेजे की सोच रहें।"

"हम्माद तोरे जोड़ के ना हैं।" फुन्नन मियाँ ने कहा, "कम्मो के बाप के सय्यद होये में कउनो तो शक है ना। कम-से-कम समधी त सय्यद रहे। अब हम्माद कब के सय्यद हो गये। अ जउन ऊ सय्यद हैं तब त हमरे लोग बिलकुल पैग़ंबरे न हो जायँगे !"

"ई सुन्यो की ना तूँ ?" जवाद मियाँ ने सवाल किया, "हिआँ मार तन्नू खेलवाड़ मचाये हैं। कह दिहिन कि हम सल्लो से बिआह ना करेंगे। गाँव-भर में उड़ गयी। हम उनका टेंटुआ दबाया कि ना करिहो त टँगिया चीर देंगे धर के। कलकत्ता, लखनऊ न बाशद...गंगौली में ई ना हो सकता। हम कह रहें कि जउन फुस्सू वसीअत गढ़ो लिहिन त ए में सल्लो का कउन क़सूर है। बस, लगे तन्नू बग़िल झाँके। त फिर हमहूँ नरम पड़ गये। सुन रहें कि तारीख़ पड़

गयी।"

लेकिन तन्नू की तारीख़ पड़ जाने से अगर किस्सा ख़त्म हो गया, तो यह दिल का दर्द कम क्यों नहीं होता ? ऐसा क्यों है कि सईदा की बड़ी-बड़ी सियाह आँखें हर वक़्त टकटकी बाँधे देखती रहती हैं ?

शादी का दिन जैसे-जैसे क़रीब आता गया, वैसे-वैसे उसके दिल की तनहाई बढ़ती गयी। वह कोई कवि तो था नहीं कि विरह के दर्द को किसी गीत में ढाल लेता। वह तो बस यह करता कि जब यह दर्द बहुत बढ़ जाता तो वह सईदा को एक ख़त लिखता और फिर उस ख़त को कई बार पढ़ लेने के बाद फाड़ डालता।

यह बात किसी को नहीं मालूम थी कि तन्नू के भीतर कैसा तूफ़ान आया हुआ है इसलिए घर में बड़े इत्मीनान से गालियाँ गायी जाने लगीं :

बोली बोले ना !
तोरी बोली सुने कोतवाल। बोली बोले ना…
बड़की बहिनियाँ का पाँच रुपय्या।
छुटकी बहिनि अनमोल। बोली बोले ना…

लेकिन यह सादा गालियाँ गुदगुदाने की कला जैसे बिलकुल भूल गयी थीं। लड़कियाँ ठट्ठे मार-मारकर हँस रही थीं। बूढ़ियाँ शरमा रही थीं। रब्बन-बी की इकलौती आँख में एक बड़ा-सा चिराग़ जल रहा था और उस चिराग़ ने पूरे सय्यद-बाड़े ही नहीं, बल्कि पूरे गाँव को जगमगा रखा था… मगर तन्नू के चारों तरफ़ घुप अँधेरा था। क्योंकि उसे यह नहीं मालूम था कि उसकी प्रेम-कहानी कोई पहली प्रेम-कहानी नहीं है, जो अनकही रह जानेवाली है। उसे नहीं मालूम था कि शरीफ़ों के घरों में ऐसी अनगिनत कहानियाँ अनकही रह चुकी हैं… और शायद ऐसी अनगिनत कहानियाँ अनकही रह जानेवाली हैं। और चूँकि उसे यह नहीं मालूम था इसीलिए वह अपने-आपको अकेला पा रहा था और उसके कंधे ख़ुद अपनी ही मुहब्बत के बोझ से टूटे जा रहे थे।

उसने करवट ली। अंदर से औरतों के बोलने की आवाज़ अब तक चली आ रही थी। उसने घड़ी देखी। रेडियम डायलवाली उसकी घड़ी वक़्त बताने के बाद जैसे मुस्करा दी। उसने अपने चारों तरफ़ वीरानी को देखा। वह बिलकुल ही अकेला था।

शादी की तारीख़ पड़ जाने के बाद उसने अंदर जाना बिलकुल बंद कर दिया था। जाड़ों की रातें तो कमरे में गुज़र गयीं। मगर गर्मियों की रातें काटने के लिए उसे बाहर निकलना ही पड़ा। थोड़ी ही दूर पर नीम के नीचे कम्मो की चारपायी थी। मगर उस चौंघट से भला किसका वक्त गुज़र सकता था ? वह तो हर वक्त होमियोपैथी में डूबा रहता था। और जो वक़्त होमियोपैथी से बचता वह उसे सईदा को याद करने में गुज़ार दिया करता था। लेकिन यह बात

भी उसी को मालूम थी कि वह सईदा को याद कर रहा है।

"का भाई, कउनो नुस्ख़ा-उस्ख़ा सोच रह्यो का ?" तन्नू ने पूछा।

"नाहीं साहेब !" कम्मो ने लुंगी को घुटनों से नीचे सरकाते हुए कहा, "हम त ई डाक्टरी शुरू करके फँस न गये। हकीम साहेब और उब्बाद त अब हमरा सलामो लेवे के रवादार ना हैं। अब आपे बताइए कि हम घर-घर ई कहे त ना न गये कि हे लोगो ! हमरे किहाँ इलाज करावे अवत जा। नया ज़माना है। नये-नये मरज़ निकल आये हैं। हकीम साहेब के पास त ऊहे हकीम लुकमान के नुस्खे चल रहें। त भला कोई कइसे अच्छा होय ! एक दिन हम्में बुला के कहिन की तूँ गिरिफ्तार हो जय्यहो। अउर पता नाहीं कि अउर का-का कह डालिन।" कम्मो ने जैसे उकता कर बात ख़त्म कर दी। तकिये के नीचे से बीड़ी का बंडल निकालकर उसने एक बीड़ी सुलगायी। तन्नू ने भी एक सिगरेट सुलगा ली।

तन्नू को भी यह मालूम था कि कम्मो की डाक्टरी ने गाँव में एक हंगामा खड़ा कर दिया है। एक तो जवाद मियाँ का लहजा इतना करारा हो गया था कि उसे झेल लेना दिन-ब-दिन टेढ़ा काम होता जा रहा था। उन्होंने तो कम्मो को (जिसे अब वह कम्मो न कहकर कमालुद्दीन कहा करते थे) छोटा-मोटा मसीहा बना दिया था। इंतहा तो यह थी कि कम्मो की तीन गोलियों ने उनकी रियाह तक का ज़ोर कम कर दिया था ! नहीं तो रात में घरवालों का सोना मुश्किल हो जाता था। वैसे रहमान-बो और फ़िद्दू के ख़याल में तो उनके पादने का डंका उसी ज़ोर-शोर और आन-बान से बज रहा था। हाँ, घर के बाहर अब वह ज़रा देख-भालकर पादा करते थे। इसीलिए कम्मो ने कमाल तो वाक़ई कर दिखाया ! लेकिन कम्मो की डाक्टरी जिस बात ने चला दी, वह यह थी कि उसकी दवाएँ उब्बाद के दवाख़ाने की दवाओं से सस्ती होती थीं। और सबसे बड़ी बात यह है कि अंग्रेजी दवा फिर अंग्रेज़ी दवा है।

मगर ज़ाहिर है कि हकीम सय्यद अली कबीर ज़ैदी को रहमान-बो और जवाद मियाँ के हरामी लड़के की डाक्टरी एक आँख नहीं भाती थी। उन्हें होमियोपैथी से विरोध था। बात यह है कि होमियोपैथी वाले गाँव-गाँव एक बक्सा लेकर बैठ गये थे। न नब्ज़ देखना जानें, न क़ारूरा। मगर धड़ाधड़ इलाज किये जा रहे थे ! लोगों को उससे फ़ायदा भी हो रहा था। यह ठीक है कि हकीम साहब ख़ुद अपने बीमारों से कुछ नहीं लिया करते थे। मगर घोड़े या इक्के का किराया तो मरीज़ों को देना ही पड़ता था। इन लोगों के यहाँ यह भी नहीं था। इसलिए हकीम साहब के यहाँ मरीज़ों की संख्या कम होने लगी। आस-पास के डॉक्टरों को तो ख़ैर वह झेल जाते, लेकिन कम्मो ने तो ठीक गंगौली में अपनी दुकान सजाकर हकीम साहब की कमर ही तोड़ दी थी।

"अ हमरा का, मरे द्यो हरमज़ादन को !" हकीम साहब ने करने को तो अपनी तरफ़ से यह एलान कर दिया और अपने हाथ भी झाड़ लिये लेकिन यह

हार बड़ी भयानक थी, क्योंकि गंगौली और अड़ोस-पड़ोस के दूसरे गावों में कोई आठ-नौ सौ साल से उन्हीं के बाप-दादा लोगों की दवा-दारू करते चले आ रहे थे। इसलिए उन पुश्तैनी मरीज़ों को कम्मो के दरवाज़े पर देखकर उन्हें दुख होता था। फिर उस दिन तो गज़ब ही हो गया जिस दिन ख़ुद उनकी बेटी ने उनकी आँख बचाकर अपनी गोद वाली को कम्मो के यहाँ भेज दिया—बस हकीम साहब एकदम से बूढ़े हो गये। बच्चा कोई ऐसा बीमार नहीं था। चुन्ने पड़ गये थे। वह घर के टोटकों तक से अच्छा हो सकता था। इसलिए जब उन्होंने देखा कि ख़ुद उनकी बेटी अपने बच्चों को सफ़ेद गोलियाँ खिला रही है तो वह बुझ-से गये। बोले, "ठीक है! अब इहे देखे को रह गया रहा कि हमरी नतिनी का इलाज ऊ हरम्ज़ादा कमुआ कर रहा।"

"ए अब्बा, आप गये रहे अलावलपुर, अउर ई माटी-मिली मार रोये चली जात रही। जब ई कोई तरह ना पटानी त हम ओके हियाँ भेज के दवाई मँगवा लिया।"

"ठीक है, बेटी!" हकीम साहब ने बिना आँखें उठाये हुए कहा, "हम अलावलपुर से लउटे वाले त रहे ना!"

फ़ख़रुन के पास इस बात का कोई जवाब नहीं था। इसलिए वह अपने बेटे बिक्कू को मारने लगी, जो उस वक़्त दालान के दर में खड़ा अपने पेशाब की धार को इधर-उधर नचा रहा था। मगर हकीम साहब फ़ख़रुन को इस बात पर डाँटे बिना घर से बाहर चले गये। फ़ख़रुन बिलकुल हक्का-बक्का रह गयी, क्योंकि अब तक ऐसा नहीं हुआ था कि उसने बिक्कू को मारा हो और हकीम साहब ने उसे डाँटा न हो।

ग़नी जुलाहा हौज़ के किनारे उकड़ूँ बैठा बीड़ी पी रहा था। हकीम साहब को आता देखकर झट-से खड़ा हो गया। हकीम साहब अपनी चारपाई पर उलटे हुए बिस्तर की टेक लगाकर बैठ गये और जली हुई चिलम के कश लेने लगे। ग़निया लपककर दूसरी चिलम भर लाया। उसे फूँक-फाँककर उसने हुक़्क़े पर जमा दिया।

"बदरुनिया की हालत बहुते बिगड़ गइल बाय।" ग़निया ने कहा।

"त हम का करें बे!" हकीम साहब ने सवाल किया, "डाक्टर कमालुद्दीन किहाँ काहे न जाता?"

"तनी ओके देख लिजिए।"

"हम ना देखेंगे, बहनचोद! ज़मीन हम दें। तर-त्यौहार पर इनाम हम दें। घर बनाये को बाँस-पटलो हम दें। मरो त क़बुर के वासते ज़मीन हम दें। अउर इलाज करिहें डाक्टर सय्यद कमालुद्दीन ज़ैदी! अब ई ज़माना आ गया है कि रहमनवा-बो का लड़का गंगौली में दवा-दारू करे लगा।"

"हम त ना जाते रहे, मालिक!" ग़निया ने कहा, "बाकी हम्माद मियाँ

ज़ोर-जबरदस्ती से भेज दिहिन।"

"त हम्मादे से जाके काहे न कहता कि बदरुनिया की हालत बिगड़त बाय। हिआँ का करे आया है? हम्मे मुर्दा जिलावे का नुस्ख़ा ना मालुम।"

ग़निया उनके पाँव दबाने लगा। धीरे-धीरे हकीम साहब लेट गये। ग़निया बदरुनिया की हालत सुनाता रहा और हकीम साहब अपनी बारीक कतरी हुई मूँछों को दाँतों से कुचलने की कोशिश करते रहे।

"ओको जलदी से बिआह दे।" हकीम साहब ने राय दी, "अब बकर-बकर मुँहवा क्या देख रहा तैं!"

ग़निया यह सुनकर भी उनके पाँव दाबता रहा। हकीम साहब चुपचाप हुक़्क़ा पीते रहे और दिल-ही-दिल में अपनी बेटी फ़ख़रुन को डाँटते रहे कि अब जो लोगों को मालूम होगा कि ख़ुद हकीम अली कबीर के नवासी का इलाज कमुआ कर रहा है तो उनके यहाँ कौन आयेगा? सवाल आमदनी का नहीं था, क्योंकि हकीमी उनका पेशा नहीं थी। सवाल था इज़्ज़त-आबरू का। अगर ग़निया को कम्मो के यहाँ हम्माद ने भेजा था, तो इसका मतलब यह हुआ कि उसे डाक्टर बनाने में दक्खिन-पट्टीवालों की हरमज़दगी है। नहीं तो उसकी यह हिम्मत नहीं हो सकती थी कि अपने घर पर डाक्टर कमालुद्दीन का बोर्ड लगा लेता।"

"या अली!" वह कराहकर उठ बैठे, "हम का करें अब!" उन्होंने ग़निया से कहा, "सुखरमवा की माई को बुला के पेट-ओट मलवा।"

ग़निया चला गया।

हकीम साहब हौज़ के किनारे बैठकर वुज़ू[1] करने लगे।

"ए भाई, अनवारुल हसन बता रहें कि कलकत्ते में बलवा हो गया।" मौलवी बेदार ने बड़े फाटक में पाँव रखते-रखते कहा, "बड़ी मार-काट भई है।"

"केह बात पर बलवा हो गया?" हकीम साहब ने पूछा।

"अरे, ऊहे आकिस्तान-पाकिस्तान की कउनो बात भई होइहे!"

मौलवी बेदार उसी चारपाई पर लेट गये जिस पर हकीम साहब लेटे हुए हुक़्क़ा पी रहे थे।

"लाहौल-विला-क़ुव्वत!" हकीम साहब ने कहा, "तोरी बात सुने में भूल गये कि कुल्ली किया रहा, कि ना किया रहा। अरे-अरे-अरे! ई का कर रहा बे, बहनचोद!" उन्होंने अपने हलवाहे के लड़के को डाँटा जो इमाम चौक पर गोली खेल रहा था, "ई हरनरैना कहाँ है रे! एँ..."

"सुन रहे कि ई हरमज़ादे हिंदू मुसलमान के घरों में घुस-घुस के क़तल

---

1. नमाज़ पढ़ने से पहले जो हाथ-मुँह धोया जाता है।

कर रहें।" मौलवी बेदार ने कहा।

"बाक़ी मुसलमानो कउनो बड़े हललज़ादे ना हैं।" हकीम साहब ने नाक धोते हुए कहा। "बाक़ी ओठरा कउन खोजिस?" उन्होंने नमाज़ की चौकी पर बैठते हुए पूछा। फिर वह 'अल्लाहो-अकबर' कहकर जा-नमाज़ बिछाने लगे।

"नाहीं ई काँगरेस वाले हिंदुअन का दिमाग़ बिलकुले ख़राब कर दिहिन हैं।" मौलवी बेदार ने कहा।

"अल्लाहो-अकबर!" हकीम साहब ने नमाज़ की नीयत बाँध ली।

मौलवी बेदार उमर उलक़ैस[1] के किसी क़सीदे का कोई शेर गुनगुनाने लगे और अपनी ज़मींदारी के झगड़ों पर सोचने लगे। वह बहुत दिनों से मँगरे[2] पर वाली ज़मीन पर दाँत गड़ाये हुए थे। मगर हकीम साहब से डरते भी थे। इसलिए इस मामले में खुलकर हाथ डालना नहीं चाहते थे। उस ज़मीन पर फुन्नन मियाँ और हम्माद मियाँ की आँख भी थी। मौलाना का ख़याल था कि ये तीनों उलझ जायँ, तो वह ज़मीन उनको मिल सकती है। क्योंकि इन तीनों को अपनी-अपनी बात रखने के लिए उनके नाम पर समझौता करना ही पड़ेगा।

"सुना है कि हम्माद बफ़तिया से ऊ वाली ज़मीन लिखवाये वाले हैं।" उन्होंने हकीम साहब से कहा जो नमाज़ पढ़कर तसबीह पढ़ रहे थे, "अउर फुन्नन बफ़तिया से कहिन हैं कि अगर..."

"लग रहा कि फुन्नन फिरो जेल जाये के फ़िराक़ में हैं।" हकीम साहब ने कहा, "ऊ ज़मीन हमरी है। हम्माद और फुन्नन की ऐसी की तैसी!"

"ऊहे त हमहूँ कह रहें।"

"हम्माद अउर फुन्नन को ऊ जमीन ना मिल सकती, चाहे कोई अउर ले ले। तूँ काहे ना ले लेत्यो? इधिर-उधिर तोरी ज़मीनो है।"

"ना भाई! हम अकेले आदमी ई झगड़े में न पड़ेंगे।"

"फुन्नन तोरी जउन ज़िल्लत किहिन रहा, का तूँ ओको भूल गयो?"

"ऊहो भूले की बात है?" सवाल हुआ।

"भूले की बात ना है। बाक़ी..." हकीम साहब बोले, "ई ज़माने में त एतनी बातें एक्के साथ होये लगी हैं कि आदमी बउरा जाये कि का याद रक्खे अउर का भूल जाये। कमुआ हरमज़ादा डाक्टर हो गया है। हम अली हादी से कहा कि ओको कउनो नोकरी दिलवा द्यो, कि कोई तरह ई बलाय हियाँ से टले। बाक़ी ऊहो त लाट साहब हो गये हैं ना। ओको नोकरी मिल गई होती त ऊ अपने होमोपेथी के बक्से से हमरी नाक त ना न कटता।"

---

1. इस्लाम से पहले का अरब शायर।
2. गंगौली में एक ताल का नाम है।

"बाक़ी, ए भाई, ओके एलाज से फ़ायदा त हो रहा।" बेदार मियाँ ने कहा, "तूँ एक ज़माने से हमरी बवासीर का एलाज कर रहयो। ओकी दवाई छौ दिन खाया है अभई। खून त बिलकुले बंद हो गया है।"

"हाँ! तोरे बाबा अली मुहम्मदो-चा मरहूम की बवासीर का इलाज ऊहे किहिस रहा!" हकीम साहब ने कहा, "का ज़माने के साथ बवासिरियो बदल गयी है? अली मुहम्मद-चा मरहूम की बवासीर पुराने जमाने की रही, अउर तोरी नये जमाने की!"

"ए भाई, अब ई त तोरी ज़बरदस्ती है।" बेदार मियाँ खिसिया गये, "जे की दवा से फायदा होइहे आदमी ओहे के पास जरूर जय्यहे।"

"अरे, त हम के के सामने हाथ जोड़ रहें!" हकीम साहब का बूढ़ा चेहरा ग़ुस्से से लाल हो गया। और बेदार मियाँ के जाने के बाद भी वह देर तक बड़बड़ाते रहे। आँगन में इक्कट-दुक्कट खेलनेवाली बच्चियाँ डरकर घर में भाग गयीं। हकीम साहब लेट गये।

"अरे, तनी चिलम भर लिआ रे।" उन्होंने हाँक लगायी।

"ई बेदार का कहते रहे, भाई साहब?" हुसैन अली मियाँ नीम के तिनके से दाँत खोदते हुए आये और कपड़े की एक कुर्सी पर बैठ गये।

"आये रहे हम्में चराये!" हकीम साहब ने कहा, "मँगरे पर वाली ज़िमिनिया लेवे की फ़िकिर में हैं। बाक़ी ए हस्सू! ऊ सुलतानुल-मदारिस[1] में सदरुल-फ़ाज़िल[2] तक पढ़ लिहिन, त का जिमींदारी करे भी आ गवा? हम कहा कि तूँ ले ल्यो ऊ ज़मीन, बस, लगे बग़ल झाँके।" वह मुस्कुरा दिये।

"बाक़ी, ई त हमहूँ सुन रहें कि फुन्नन ऊ ज़िमिनिया को जोतवाये की फ़िकिर में हैं।" हुसैन अली मियाँ ने कहा।

"ऊ का जोतवाय्यहें ओको?" हकीम साहब बोले, "ज़मानत मुचलका करवाय लेंगे। अउर हम्माद में ई हिम्मत ना है। लाला को समझा-बुझा दिये हौ ना?"

"लाला की त काँगरेसियन से गाँड़ फट रही," हुसैन अली मियाँ ने कहा, "ऊ ससुर अब का करिहें? बाक़ी, हम कह रहें कि का ज़माना आ गवा है! सुखरमवा का बेटा परुसरमवा जेल से आते ही नेता हो गया है। गाँधी-टोपी पहिने मार तक़रीर करता घूम रहा कि ज़माना बदल गया है। अब ज़मींदारन का जोर-जुलुम ना चलिहे!"

"तूँ सुखरमवा बहनचोद को बुलाके समझा काहे ना देत्यो?"

"अरे, ऊ नेता का बाप है साहब! ऊ अब हमरी ना सुनिहे।"

---

1. लखनऊ में शीआ धर्मशास्त्र का कॉलेज।
2. उसी कॉलेज की सबसे बड़ी डिग्री।

"नेता की माँ की..." तन्नू को आता देखकर उन्होंने थूक की तरह उस गाली को घोंट लिया, "ई तूँ चाँद की तरह कहाँ डूब गये रह्यो जी ?"

"तनी ग़ाज़ीपूर चले गये रहे ।" तन्नू ने दोनों को सलाम करने के बाद कहा ।

"सब लोग ठीक-ठाक हैं ना ?" हुसैन अली मियाँ ने पूछा ।

"जी, हाँ । चची की तबीयत तनी ख़राब है । मगर कोई घबराये की बात ना है । सब लोग आहू गये हैं । बस, मँझले अब्बा अउर चच्चा रह गये हैं । ऊ-हो लोग जुमरात तक आ जय्यहें ।"

"जुमरात को आये वाले हैं त फिर आये की तकलीफ़े काहे को कर रहें ।" हकीम साहब ने कहा, "जुम्मे को निकाह है और मँझले अब्बा आ रहें जुमरात को । ल्यो, हुक़्क़ा पीओ !" उन्होंने नैचा उसकी तरफ़ घुमा दिया ।

यह इस बात का इशारा था कि अब उसकी गिनती बड़े-बूढ़ों में होने लगी है ।

तन्नू हँस पड़ा, "आदाब ! मुझसे नहीं चलता हुक़्क़ा । धुआँ बहुत कड़वा होता है । कुद्दन को हम लिक्खा रहा कि आके हमरे निकाह में शरीक हों, बाक़ी ऊ मर्दे-ख़ुदा जवाबो ना दिहिन ।"

"अरे बेटा, ऊ त अइसा फँस गये हैं कि हम तूहे का बतायें..." हकीम साहब ने एक तक़रीर कर डाली कि तहसीलदारी का काम कितना मुश्किल होता है । और उस पर से काँग्रेस ने नीच ज़ात वालों को सिर चढ़ाकर हुकूमत के काम को और मुश्किल बना दिया है । "ख़ुदा समझे ई गँधिया से । बाक़ी ऊ हम्में लिक्खिन हैं कि आये की पूरी कोशिश करिहें । बाक़ी ई दंगा-फ़साद फइला, त कइसे अय्यहें बिचारू ! हम ई पूछ रहें बेटा, कि लोग-बाग एक-दम्मे से पगला गये हैं का ? बिना बात-की-बात पर लड़े-मरे जा रहें..." मोटर के हॉर्न की आवाज़ सुनकर वह रुके, "ए भाई, गाँव में ई मोटर के का बोल रहा ?"

"अनवारुल हसन की बीवी बीमार हैं ना !" हुसैन अली मियाँ ने कहा, "सुन रहे कि शहर से तिल्लोकी नाथ डाक्टर आये वाले हैं । ऊहे आये होइहें ।"

"तिल्लोकी नाथ की कउन ज़रूरत पड़ गयी ?" हकीम साहब ने पूछा, "कमुआ हरमज़ादे को काहे ना देखा लिहिन !"

"हम ई देख रहें कि कुछ दिन में आप कमुआ का नाम सुनते ही ढेला मारे लगियेगा ।" हुसैन अली मियाँ ने कहा ।

हकीम साहब बिलकुल उबल पड़े, मगर ठीक उसी वक़्त ग़निया आ गया । और आते ही वह त्रिलोकी नाथ की मोटर की शान में क़सीदा पढ़ने लगा ।

"बड़ा रुआब है मियाँ ओपर । बिलकुल बड़के चउक का ताज़िया लग रही ।"

"तोबा कर, बहनचोद ! तोबा कर !" हकीम साहब ग़निया पर बरस पड़े,

"तोबा ! तोबा ! देख न रह्यौ तन्नू ! ई बहनचोद मोटर को ताज़िये से मिला रहा।"

"ए भाई, गाँव में बड़ी धूम है।" बेदार मियाँ आ गये।

"देख आयो मोटर ?" हकीम साहब ने पूछा।

"बड़ी ख़ुबसूरत है।" मौलाना ने कहा, "अउर नरैना मार कुर्सी पर बइठा डाक्टर साहब से अंगरेज़ी में बात कर रहा।"

"अब ई ज़माना आ गया है कि कमीने कुर्सी पर बइठे लगे। अरे लखना !" हकीम साहब ने आवाज़ दी, "कुरसिया सब भीतर पहुँचा दे रे। कह दे कि जला के खाना पका डालें लोग। अब ईहे होइहे। कमीने त बइठिहें कुर्सी पर, अउर अशराफ़ छिपय्यहें मुँह घर में।"

"ए नाना, बा'जी के पेट में बड़ा दरद हो रहा।" फ़ख़रुन की मँझली बेटी बुन्नी ने दरवाज़े से हाँक लगायी।

"कमुआ किहाँ भेज द्यो जल्दी से !" हकीम साहब ने जलकर कहा। उन्होंने फ़ैसला कर लिया था कि अब वह फ़ख़रुन के बच्चे का इलाज नहीं करेंगे, "ई नरैना जा कब रहा ?"

"सुन रहें कि सरकार सब फ़ौजियन की छुट्टी ख़तम कर रही।" हुसैन अली मियाँ ने ख़बर दी।

"ई काहे, भाई ? फिर लड़ायी होये वाली है का ?"

"मार बलवा ना हो रहा। सुन रहें कि बिहार के कुल मुसलमान काट के डाल दिये गये।"

"आजकल तूँ सुन बहुत रह्यो। अरे, ई इख़बारन का कउनो भरोसा ना है। ई कउनो माने की बात है कि हिन्दुआ सब ख़ामख़ाहे मुसलमान को काटे डाल रहें ?"

"पाकिस्तान को ओट देबे की वजह से काट रहें।"

"ए भाई, ई त कउनो बात ना भई।" हकीम साहब बोले, "हमरा ओट रहा, हम जेको चाहा ओको दिया।"

"ई ठीक है," मौलवी बेदार बोले, "बाक़ी ई पाकिस्तान में कउनो-न-कउनो गड़बड़ ज़रूर है। जेह दिन से ई जिन्नवा मलऊन पाकिस्तान की बात निकालिस है, तेही दिन से माथा ठनक रहा। अब देख ल्यो। कलकत्ते में बलवा भया। छपरे में भया। दू-चार दिन में ग़ाज़ीओपूर में हो जय्यहे।"

"अब ख़ुदा जउन दिखलय्यहे तउन देखा जय्यहे।" हकीम साहब ने कहा "अब त पाकिस्तान को ओट दे दिया।"

"अ का मालूम, पूरब अउर पच्छुम को मिलावे वाली सड़किया एहरे से जाय।" मौलवी साहब ने कहा।

"तूँहें कउन फ़िकिर है ?" हकीम साहब ने सवाल किया, "न आगे नाथ, न

पीछे पगहा। पाकिस्तान बने तब का, अउर जो न बने तब का! सैफ़ुनिया से बिआह कर लेत्यो तब पुछते।"

"लाहौल-विला-क़ूवत!" बेदार मियाँ उखड़ गये, "ऊहे हरमज़ादी रह गयी है हमरी बीवी बने को!"

"ओको हरमज़ादी मत कहिये।" हुसैन अली मियाँ ने कहा, "मिग़दाद सुन लिहिन त ग़ज़ब हो जय्यहे।"

ठीक उसी वक़्त मिग़दाद ने बड़े फाटक में पाँव रखा। उसने किसी को सलाम नहीं किया। उसके कन्धे पर किसानों का लट्ठ था और मुँह पर खेत की मिट्टी। किरमिच के जूते से उसके गन्दे पाँव झाँक रहे थे। पाजामा पहनना तो उसने छोड़ ही दिया था। उसका कहना था कि पाजामा किसानों का पहनावा नहीं है। वह एक मैली उठगी धोती बाँधे हुए था।

लाठी को इमाम चौक पर रखकर अँगोछे से माथा पोंछता हुआ वह चबूतरे तक आया।

उत्तर-पट्टी में दूर-दूर तक सन्नाटा छा गया।

"हम ई कहे आये हैं की मँगरे पर वाली ज़मीन हमरी है, अउर जेह माई के लाल में दम होये ऊ हुआँ आके हम्में हटा के ओको जोत ले!"

"कउनो ज़बरदस्ती है?" हकीम साहब ने पूछा।

"आप हमरे बुज़ुरुग हैं।" मिग़दाद ने कहा, "आप से त हम ई ना कह सकते। बाक़ी छोटे हज़रत[1] की क़सम, खेतवा हमहीं जोतेंगे। ई बात हम हम्मादो मियाँ से कह दिया है।"

"सुन रह्यो ई हरमज़ादे की बात!" बेदार मियाँ ने टुकड़ा लगाया, "ऊ तोरे बाप हैं ना? हम्माद मियाँ कह रहा!"

"बाप-ओप हम ना जन्ते।" मिग़दाद बोला, "ऊ ज़मींदार हैं और हम काश्तकार। अउर ईहो सून लीजिए की फुन्नन-चा अउर परुसरमवा दूनों हमरे साथ हैं।"

अपनी लाठी उठाकर वह चुपचाप चला गया।

हकीम साहब ने अगर उसे बुलाकर कह दिया होता कि मँगरे पर वाला खेत वह चाहते हैं, तो शायद वह बुरा न मानता। शायद चुप रह जाता। लेकिन वह किसी की धौंस में नहीं आ सकता था, चाहे वह हकीम साहब हों, या हम्माद मियाँ।

"का कहिन हकीम अली कबीर?" फुन्नन मियाँ ने पूछा।

"अरे, ऊ वही का सकते हैं!" मिग़दाद ने कहा, "हम कह दिया कि ऊ जमीन हमरी है, अउर ओको हमहीं जोतेंगे।"

---

1. इमाम हुसैन के छोटे भाई को कहते हैं। शीआ इनकी क़सम खाते हैं मगर जब खाते हैं तो पक्की खाते हैं।

"मैं तो यह कहता हूँ कि हम्माद मियाँ के ज़ोर-ज़ुलुम का ज़माना ख़तम हो गया।" परुसराम ने कहा और फिर उसने अपनी गाँधी-टोपी को ज़रा और कज कर लिया, "ज़मीन का मालिक ऊ है जो हल चलायी, जो मेहनत-मसक्कत करी। आप त हल का मुठिया थाम के मियाँ लोगों से अपना रिश्ता तोड़ लिया है। आप किसान-भगवान हैं!" उसने दोनों हाथ जोड़कर मिग़दाद को नमस्कार किया।

"ए भाइ, तैं ई सबका बोल रहा!" फुन्नन मियाँ ने हैरानी से कहा, "तैं त काँगरेसी होके अपनी ज़बनियो भुल गया।"

"अरे त का करीं, मियाँ!" परुसराम मुस्कुराया, "सहर वालन में आप गँवरउ बोली कईसे बोलीं। आखिरो चुनाव-उनाव लड़े के होई। त का देहली की पार्लियामेंट में अइली-गइली से काम चल्ली? त सिक्खत बाड़ीं सहर वालन की बोली।"

यह बात न फुन्नन मियाँ की समझ में आयी और न मिग़दाद की, कि आख़िर दिल्ली में उस भाषा से काम क्यों नहीं चल सकता जिससे गंगौली में काम चल रहा है। और इस हैरानी में वह यह सोचना भी भूल गये कि परुसराम दिल्ली की पार्लियामेंट में कैसे जा सकता है। फुन्नन मियाँ बीड़ी जलाने में लग गये।

"त अब मैं चल रहा हूँ।" परुसराम ने कहा।

"एक ठो बात त बता!" फुन्नन मियाँ ने कहा, "सुन रहें की बंगाल, बिहार, पंजाब अउर कानी कहाँ-कहाँ मार हिंदू-मुसलमानन में मार-कटाई हो रही। तैं त गांधी की पाटी का है। कउनो दिन उनसे पूछ, की ई सब का हो रहा अउर तोहरे वास्ते का हुकुम है उनका?"

"महात्माजी से मिल्लल असान ना बाय।"

"ल्यो! अरे, तैं उनहीं की पाटी का है न रे?"

"पाटी का त हईं, बाकी..."

"धत्!" फुन्नन मियाँ ने उसकी बात काटी, "हम त अपने ग़ोल वालन से एक दिन न मिलें त सब उपदरो कर दें। त जब तैं गाँधी से मिलबे ना किये है त फिर उनन्हें ख़लीफ़ा कइसे मान लिये है?"

परुसराम के पास इस सीधे-सादे सवाल का कोई जवाब नहीं था। उसे सचमुच यह बात नहीं मालूम थी कि उसने गाँधीजी को अपना नेता क्यों मान लिया है। शायद इस गाँधी-टोपी के लिए! शायद उसे गाँधीजी से अधिक इस टोपी की ज़रूरत थी जिसकी वजह से सरकारी लोग उससे डरने लगे थे, और जिसकी वजह से उसकी इज़्ज़त भी बढ़ी थी और आमदनी भी। वह कोई काम नहीं करता था और आराम से था। पहले वह दिन-रात काम किया करता था और बे-आराम था। अब लीडर था। तक़रीरें करता था। जिला-कमेटी का मेंबर था। पंडितों, ठाकुरों और कायस्थों के साथ बैठता था। कलक्टर से

सिफ़ारिश करता था, जहाँ अब भी उसका बड़ा भाई माली था। थानेदार उसको सलाम करता था। उसने चिलम और नरियल पीना बंद कर दिया था। सिगरेट पीने लगा था। और सबसे बड़ी बात यह थी कि अब वह हर वक़्त बगुले की तरह चमकदार, उजले और सफ़ेद कपड़े पहने रहता था। उसकी कलाई में एक घड़ी बँधी रहती थी। उसके कुर्ते की ऊपरी जेब में फ़ाउंटेन पेन खुँसा रहता था। और उसकी नाक पर चौड़े फ्रेम का एक ख़ूबसूरत चश्मा टिका रहता था। बदलने की गति इतनी तेज़ थी कि उसे इस सवाल पर सोचने का मौक़ा ही नहीं मिला कि वह गाँधीजी को अपना लीडर क्यों मानता है और यह कि इधर-उधर बलवे क्यों हो रहे हैं।

"आदाब दा!" तन्नू आ गया, "का भई परुसराम, का हाल है?"

"अच्छा हूँ, मेजर साहब!" परुसराम ने कहा, "इन सांप्रदायिक बलवों ने परेशान कर दिया है। समझ में नहीं आता कि इंसान पागल क्यों होता जा रहा है..." अपनी यह तक़रीर उसे बहुत पसंद थी। यह तक़रीर वह कई जलसों में कर चुका था। हर जगह उसकी यह तक़रीर ख़ूब चली भी थी। इसीलिए उसने अपनी मनपसंद तक़रीर तन्नू को भी सुना डाली।

"सुन रहें, दा!" तन्नू मुस्कराया, "कइसी साफ़ ज़बान बोल रहा! शीन क़ाफ़ की एक्को ग़ल्ती ना है।"

"अब ई हम्माद के पास बइठे-क़ाबिल हो गया है।"

"अच्छा, न अब हम चलत बाड़ीं!" परुसराम ने कहा, "आप फ़िक़िर जिन करीं।" उसने मिग़दाद से कहा, "ऊ खेत आपे का है अउर आपे को मिली। हम पटवारियो से कह देहले बाड़ीं, की ससुर जउन तूँ कउनो हरामीपन कियौ त गाँड़ में डंडा पेल देइब।"

"जा-जा!" फुन्नन मियाँ हँसे, "बहू राह जोहत होई।"

परुसराम चला गया।

"नक्को कइसी है, जी?" तन्नू ने मिग़दाद से पूछा।

"मार हग रही साहब। हमरे जानत में त दाँत-वाँत निकले वाला है शाइद।"

"मुहम्मद-चा की कउनो ख़बर मिली?" तन्नू ने फुन्नन मियाँ से पूछा।

"ज़रिको ना।" जवाब मिला, "अउर कुछ समझो में न आ रहा की आख़िर किया का जाय। पाकिस्तान न बने पर त ई हाल है; अउर जो ई बहनचोद कहीं बन गया, त हम समझ रहें कि गंगौलियो में ख़ून-ख़राबा हो जय्यहे। हउ मादरचोद मातादिनबा अभइयें से कानाफूसी कर रहा इधिर-उधिर। सुन रहें की सलीमपुर बाग़ में एक ठो जलसहू भया रहा रात को। गंगौली, अलावलपुर, ...ुँडरही अउर सलीमपुर पर एक्कै साथ हमला करे की और मियाँ लोगन के काट ...े डाल देवे की मिसकोट भई। अउर ईहो तै भया है की जेके-जेके घर में कभई

कोई चमाइन, ललाइन या भरिन-ओरिन डाली गयी होय, तेके-तेके घर की लड़किन को निकाल लिया जाय!"

"ई सब ख़बर कउन देता है आपको?"

"अशरफ़ुल्ला ख़ुदै बताइन हैं हम्में।"

"हिन्दुआ सब उनहूँ को जलसवा में बुलाइन रहा का?"

"तूँ त लगथ्यो बाल की खाल निकाले!" फुन्नन मियाँ चिढ़ गये, "ना मनत्यो त सुनो। छिकुरिया गया रहा उ जलसे में। ई साला मातादिनवा जलसे में भासन दिहिस। ओके भासन की माँ..." उनकी नज़र दुल्लन पर पड़ गयी जो भीतर से आकर उनके पास खड़ा हो गया था। "तै हिआँ का कर रहा, बे! जा इसकूल!" दुल्लन यह फटकार सुनकर सरक गया। फुन्नन-मियाँ फिर तन्नू की तरफ़ मुड़े, "त मातादीन पंडित तक़रीर किहिन। कहिन की मलिच्छ मुसलमानों को भारतवरश से निकाल देवे को चाहिए। अउर ई बहनचोद को मंदिर बनाये के वास्ते ज़मीन हम दिया रहा। खाये-पीये को दस मंडा ज़मीन अलग से दिया। अउर ई साला तक़रीर कर रहा, अउर ईहो ना सोच रहा की आख़िर फुन्ननो मुसलमाने हैं। हम्में जो ई कहीं मिल गये त साले के टँगिये चीर देंगे!"

"बाक़ी ऊ तक़रीर का किहिन?"

"ऊ मादरचोद की बात मत करो हमसे। अब हम का बताये? मंदिर के नाम पर ज़मीन न दिये रहते, त भोंसड़ीवाले की माँ चोद के रख देते। बाक़ी बीच में मंदिर का नाम आ जावे से हमरा हाथ कट गया है। केह मारे, की आख़िर त ऊ हो ख़नाए-ख़ुदा है। ऊ कलकत्ता अउर लाहौर का बहुत क़िस्सा सुनाइन की एक-एक हिंदू औरत पर दस-दस मुसलमान उतर गये। कहीं हम्में मिल-भर जायँ ऊ!"

"का किजिएगा?"

"तनी पूछेंगे उनसे मुसलमान हिंदुनियन पर से उतर गये, बाक़ी तनी इहो बतावो की का मुसलमान अउरतन को लीप-पोत के हिंदू लोग मंदिर का घंटा हिला रहें। ख़ैर, ई त अलग बात है। ऊ जलसे में आस-पास के बहुत हिंदू जुटाने रहे। जब ऊ सब ई सुनिन त साफ़ कह दिहिन की ई ना हो सकता। त मातादीन लगे गाय की दुहाई देवे। ऊ बहनचोद फ़किरवा कसाई कल एक ठो गाये काट दिहिस। गाये रही चोरी की। बतिया खुल गयी एही मारे। त जब ऊ बिचारे लोग गाये का नाम सुनिन त चुप हो गये। तब्बो छिकुरिया ना माना। पूछे बइठा की—ए पंडितजी, जउन ज़मिनिया तूँहें माफ़ी में मिली है ऊ केकी है? ई सुनके पंडितजी लगे बग़िल झाँके। बस, छिकुरिया दउड़ा लिहिस उनन्हें की आस-पास इक्को हिंदू हकीम डाग्दर ना है। कोई बीमार पड़िहे त का होइहे? केके पास रोकड़ धरा है की शहर जाके डाग्दर लिअय्यहे, बस, एही में गड़बड़

मच गयी। जलसा ख़तम हो गया···बशीर कब आ रहें?" उन्होंने बात बदल दी।

"कल या परसों।"

अंदर से औरतों के गाने की आवाज़ आ रही थी :

देखो तो समधिन आयी हैं बड़े मज़ेदार-सी
आगे गड़हिया पीछे गामा का पुल···
शरबत पी के हुईं मतवाली, मूतेंगी छुल···छुल···छुल···

गीत क़हक़हों की बाढ़ में डूब गया। फिर दूसरे गीत ने सिर उभारा :

समधिन तोरा डोला चने के खेत में
समधिन को पकड़ा बागन के बीच में
माली से अँखिया लड़ाये
बड़ी लौंडेबाज़
बड़ी गँडेबाज!···

"जना रहा की सकीना आ गयी हैं फ़ैज़ाबाद से।" फुन्नन मियाँ ने कहा।

"हम त ई सुना है साहब," मिग़दाद ने कहा, "की कानी कउन सुआमी जी आये हैं कानी कहाँ से। ऊहे गाँव-गाँव फिरके हिंदुअन को भड़का रहें।"

"हिंदू कउनो चूतिया ना हैं की उनके भड़कावे में आ जय्यहें।" फुन्नन मियाँ ने कहा।

"असिल में बात ई है दादा, की ई जो मिली-जुली सरकार बनी है न···"

"सलाम साहब।" छिकुरिया आ गया।

"का बात है?" फुन्नन मियाँ ताड़ गये कि कोई बात है, "एहर आ!" वह उसे लेकर एक तरफ़ बढ़ गये।

"सलीमपुर के ख़ाओं साहब अउरी बारिखपुर के ठाकुर साहब माँ लकड़ी चले ही के बाय।"

"ऐं?"

"आज रात की जुनी गढ़ी पर धावा बोलन जाई। मार अहिरन का पड़ाव पड़ल बाय। पूरी छन्नत बाय ठाकुर साहब के बगवा माँ। सुआमी-जीओ महजूद बाड़न। अउरी ठाकुर साहब हकीमजी के हियाँ कहलउले बाड़न की ईहे मौका बाये। त हकीम साहब साँझ ले ग़ाज़ीपुर चले जाये के बाड़न।"

"बारिखपुरवालन को अइसे दिन लग गये की ऊ अब सलीमपुर पर चढ़ाई करे लायक़ हो गये! तोरा कोई आदमी हुआँ है की ना?"

"दस जन हव्वन!" छिकुरिया ने कहा, "बाक़ी जउन हिंदू-मुसलमान के नाम पर लकड़ी चल गइल, त बड़ी मुस्किल पड़ी।"

"हिंदू-मुसलमान करके कोई कै ठो झाँट टेढ़ी कर लीहे !" फुन्नन मियाँ ने अपनी मूँछों को ताव दिया, "तैं हिंदू है की मुसलमान ?"

"हम त हिंदू हई मीर साहब, बाक़ी..."

"बाकी-ओकी के रहे दे। तैं लड़वे न हमरे साथ की तहूँ हिंदू हो जय्यबे ?"

फुन्नन मियाँ ने तो गर्दन झटककर बात ख़त्म कर दी। लेकिन गढ़ी सलीमपुर में सन्नाटा था। डर वुज़ू करके गढ़ी की मज़बूत और ख़ूबसूरत मस्जिद में नमाज़ पढ़ रहा था।

मगर बारिखपुर में बड़ी चहल-पहल थी। और इस चहल-पहल में बारिखपुरी मुसलमानों के तीन-चार घर हैरान खड़े यह सोच रहे थे कि आख़िर होने क्या वाला है।

कथा सुनने के लिए दो-चार मुसलमान बाग़ में जा बैठे और फ़ौरन पहचान लिये गये।

"...तब भगवान कृष्ण ने कहा, हे अर्जुन ! हूँ तो मैं हूँ और मेरे सिवाय कोई और नहीं है। आज वह मुरली मनोहर भारत के हर हिंदू को पुकार रहा है कि उठो और गंगा और यमुना के पवित्र तट से इन मलेच्छ मुसलमानों को हटा दो..." स्वामी जी कथा नहीं सुना रहे थे !

"हिआँ से हट के हमनी के कहाँ जाये के पड़ी ?" एक अधेड़ मुसलमान ने एक हिंदू से पूछा। दोनों साथ के खेले हुए थे। गहरे दोस्त थे।

"ईहे त हमहूँ सोचत बाड़ीं।" जवाब आया, "बाक़ी जउन ई भगवान का हुकुम बाय, त तोहनी के हटाये त जरूरे पड़ी। पाकिस्तान त बनते बाये, चल जय्यहा।"

"तूँ त कह दिहला की चल जय्यहा। चला कहूँ से किराया-भाड़ा जुटो गइल, त हई खेतवा कइसे जाई पाकिस्तान ? हम त पूछत हईं की हमार बाप-दादा अउर तोहार बाप-दादा ठाकुर साहब के बाप-दादा के संग गढ़ी वालन से लड़े चल आवत हव्वन की ना ? त आजुये कोई हमनी से काहे न कहत बाय की चला गढ़ी पर चढ़ाई करे ?"

"हई देखत जा लोगन !" किसी और गाँव के एक हिंदू जवान ने कहा, "हई बहनचोद मिअँवा हिअँहूँ चिचियावत बाय !"

"तूँ बफाती चाचा के गाली देत बाड़ा ?" बारिखपुर का एक जवान चमार बिफर गया।

"नाहीं, भैया !" बफ़ाती ने बीच-बचाव कराना चाहा, "हम त खाली ई पूछत बाड़ीं कि फिनो हमनी के कहाँ जाये के पड़ी ?"

"पाकिस्तान जा, बहनचोद !"

"जिंदगी त हिआँ गुजरल। अब मरे किनारे अइलीं त पाकिस्तान जाईं ? ना जाइब !"

"बूढ़-पुरनियाँ के गाली बक्कत बाड़ा !" अधेड़ हिंदू ने कहा, "लाज त न आवत होई ?"

"…धर्म संकट में है। गंगाजली उठाकर प्रतिज्ञा करो कि भारत की पवित्र भूमि को मुसलमानों के खून से धोना है…" स्वामीजी जोश में आ चुके थे, "देखो, कलकत्ता और लाहौर और नवाखाली में इन मलेच्छ तुर्कों ने हमारी माताओं का कैसा अपमान किया है…"

"बोलो बजरंगबली की…" एक अकेली आवाज़ उठी।

"जय !" सारा गाँव गूँज उठा।

फिर मजमा खड़ा हो गया। स्वामीजी अँधेरे में दूसरे गाँव की तरफ़ चले गये। और जब वह चले गये तो मजबूर होकर भीड़ को ख़ुद सोचना पड़ा। और उसने यह सोचा कि मुसलमान तो मुसलमान हैं। सलीमपुर और बारिखपुर के मुसलमानों में बस इतना फ़र्क़ है कि सलीमपुर वाले ज़रा दूर हैं और बारिखपुरवाले पास। इसलिए 'बंजरंगबली की जय' बोलती हुई भीड़ बारिखपुर की तरफ़ चल पड़ी।

यह ख़बर जब ठाकुर जयपालसिंह को मिली तो वह घबरा गये। सलीमपुर के ख़ान साहब पर धावा करना और बात थी और बारिखपुर के हज्ज़ामों, जुलाहों और दो-एक पठानों को क़त्ल करना कुछ और। इन लोगों ने उनका क्या बिगाड़ा था ! ये तो हमेशा से उन्हीं के साथ जीते-मरते चले आ रहे थे।

"दुहाई है माई-बाप की !" बफ़ाती आँगन में ढेर हो गया। न मालूम किस गाँव के कुछ हिंदू जवान उसके पीछे लपके चले आ रहे थे। वह ठाकुर साहब को देखकर ठहर गये। उनमें से एक बीड़ी सुलगाने लगा।

ठाकुर जयपालसिंह ने बफ़ाती को पहचान लिया। वह अपने बफ़ाती कुँजड़े को भला कैसे न पहचानते !

"बोलो बजरंगबली की जय !" नारे की आवाज़ कहीं क़रीब से आयी।

"के मरलस हो तोके ?" जयपालसिंह ने बफ़ाती से पूछा। उनका बदन ग़ुस्से से थर-थर काँप रहा था।

"हम ओह लोगन के ना पहचन्ते, सरकार !" बफ़ाती ने कहा।

मशालों की रोशनी ने रात में आग लगा दी थी। रात धाँय-धाँय जल रही थी।

"अउरी अब ऊ सब जात बाड़न हमनी का घर फूँके। कहत बाड़न की तूँ जा पाकिस्तान। हम कहलीं की ना जाइब हम। बस, बिगड़ गइलन लोग।"

ठाकुर साहब ने लपककर अपनी लाठी उठायी। ठकुराने में किसी ने किसी से कोई सवाल नहीं किया। तमाम लाठियाँ चुपचाप उठ गयीं।

और जब मशालों की रोशनी में अंधकार का फ़रमान सुनानेवाला मजमा उन गिने-चुने मुसलमानों के घरों के पास पहुँचा, हैरान होकर रुक गया।

"ई तूँ लोगन रुक काहे गइला, भैया ?" जयपालसिंह ने कहा, "आवत जा

लोग !"

भीड़ की समझ में यह बात नहीं आ रही थी कि आख़िर ठाकुर साहब मुसलमानों को क्यों बचाना चाहते हैं। स्वामीजी ने तो कहा था कि बाग़ में जो पूरियाँ छनी हैं वह ठाकुर साहब की तरफ़ से हैं। और क्या ठाकुर साहब को यह नहीं मालूम कि मुसलमानों ने हिंदू औरतों और बच्चों के साथ क्या सुलूक किया है। इसीलिए उनमें से एक बोला, "ई सब मुसलमान बाड़न, साहब !"

"तोहनी के हमसे ढेर मालुम बाय ?" जयपालसिंह ने पूछा, "खैरियत एही में बाय की चल जा लोग ! का नवाखाली माँ हईं, बफ़तिया अउरी हईं, दिलदरवा अउरी हईं, कलुआ हिंदू इसत्रियन के खराब किहले बाये ! बड़ बहादुर हव्वा लोग अउर हिंदू मरियादा के ढेर खयाल बाये तुहरे लोगन के, त कलकत्ते-लाहौर जाये के चाही। हियाँ का धरल बाये, की चढ़ आइल बाड़ा तूँ लोग ?"

"हमनी त ई लोगन का घर-दुआर फूँके के आइल बाड़ी।"

"हाँ-हाँ ! काहे नाहीं ! आवा लोग ! ! तनी हमहूँ देखीं कि कउनी माई अइसन जब्बर लड़का जन दिहले बाय !" जयपालसिंह अपने घरवालों की तरफ़ मुड़े, "देखत का बाड़ा लोग ! मार के भगाव बहिनचोदन के !"

ठाकुरों की उठी हुई लाठियाँ देखकर भीड़ पुरानी चादर की तरह मस्की और फिर फट गयी। गाँव के गिने-चुने मुसलमान बाद में ठाकुर साहब के घर गये। बफ़ाती ने कहा, "आप कहें त हम लोग बहादुरगंज चाहे मऊ मुबारकपुर चल जाईं !"

"गाँव से जाये का नाम लेबा लोग त माई चोद के ना रख देइब। हई देखा भुसड़ियावालन का ! जात बाँड़न लोग मऊ मुबारकपुर गाँड़ मराये..."

यह बात सुबह होते-होते अड़ोस-पड़ोस के सारे देहातों में फैल गयी। सीधे-सादे किसानों की समझ में नहीं आयी... कई स्वामियों के दौरा करने के बाद भी यह बात उनकी समझ में नहीं आयी कि अगर गुनाह कलकत्ता के मुसलमानों ने किया है तो बारिखपुर के बफ़ाती, अलावलपुर के घुरऊ, हुँडरही के घसीटा को, यानी अपने मुसलमानों को सज़ा क्यों दी जाय ? जिन मुसलमाना बच्चियों ने छुटपन में उनकी गोद में पेशाब किया है, उनके साथ ज़िना क्यों और कैसे की जाय ? उनकी समझ में यह भी नहीं आ रहा था कि जिन मुसलमानों के साथ वह सदियों से रहते चले आ रहे हैं, उनके मकानों में आग क्यों और कैसे लगा दी जाय ? उन मुल्लाजी को कोई कैसे मारे जो नमाज़ पढ़कर मस्जिद से निकलते हैं तो हिंदू-मुसलमान सभी बच्चों को फूँकते हैं ?... किसानों की समझ में यह आता था कि झगड़े की ज़मीन की फ़सल काट ली जाय। ज़मीन के मामले में एकाध क़त्ल-ख़ून हो जाय तो कोई बात नहीं। लेकिन यूँ ही, सिर्फ़ इस जुर्म पर किसी को क़त्ल कर देना या किसी का घर फूँक देना कि कोई

मुसलमान है, उनकी समझ में नहीं आ रहा था।

थानेदार क़ासिमाबाद ने एस. पी. को लिखा कि उसके पास जितने आदमी हैं, उनसे सांप्रदायिक दंगों को रोकना असंभव है। यह बात रोज़नामचे में लिख ली गयी ताकि सनद रहे और वक़्त पर काम आये। कप्तान पुलिस ने डी. आई. जी. को लिखा। डी. आई. जी. ने होम-मिनिस्टर को ख़बर दी। फिर थानेदार क़ासिमाबाद ने सोचा कि गंगौली के मीर साहबान से बात कर लेनी चाहिए। वह घोड़ा कसवाकर गंगौली पहुँचे। हकीम साहब ग़ाज़ीपुर गये हुए थे, इसलिए उन्होंने हम्माद मियाँ के यहाँ पड़ाव डाला।

सामने ही बड़ा फाटक था। ज़नाने मकान से गीतों की आवाज़ आ रही थी। बाहरी आँगन में लोग भरे हुए थे। ग़ाज़ीपुर के लोग भी आ चुके थे।

शिमले का ऊँचा पहाड़
बना मोरा मोटर से जायेगा...

थानेदार साहब ने पक्के कुएँ पर नहा-धोकर चाय पी। फिर पाँच-सात मिनट में उन्होंने अपनी मूँछें सँवारीं। आइने पर आख़िरी निगाह डालकर वह हम्माद मियाँ के घर से निकलकर बड़े फाटक में गये।

हम्माद मियाँ ने लपककर उनका स्वागत किया। वह बशीर मियाँ वग़ैरह को सलाम करके एक कुर्सी पर बैठ गये। फुन्नन मियाँ ने थोनदार को नफ़रत से देखा, फिर बड़े इत्मीनान से एक चूतड़ उठाकर पादने लगे। कई लड़के, जो इधर-उधर भाग-दौड़ में लगे हुए थे, पाद की गरज सुनकर ठिठक गये, फिर खिलखिलाकर हँस पड़े और भागते हुए अंदर चले गये।

"फुन्नन-नाना एत्ते ज़ोर से पादिन जइसे शुबरात का पड़ाका!" सल्लन के बेटे वसीम ने अपनी ख़ाला मुन्नी को खबर सुनायी। मुन्नी ने अपने टेढ़े-मेढ़े दाँत निकाल दिये।

"अउर तूँ ई ख़बर सुनाये सीधे घर में आ गयो!" सल्लन ने मुश्किल से मुस्कराहट दबाकर वसीम को डाँटा। फिर वह अफ़सरी की तरफ़ मुड़ी, "ए बहिनी! तनी जल्दी करो। अब्बा को अभईं इख़तिलाज होवे लगिहे।"

"ए बेटा, तनी ई पान बाहर पहुँचा द्यो।" उम्मन-बी ने मद्दू से कहा।

ठीक उसी वक़्त दरवाज़े का पर्दा उठा। एक औरत चार बच्चों के साथ भीतर आयी। बड़ी लड़की कोई दस बरस की रही होगी। उसके बाल सलीके से सँवारे हुए थे। माँग टेढ़ी थी। उस औरत की माँग भी टेढ़ी थी और उसने एक खूबसूरत साड़ी बाँध रखी थी।

"सलाम; बा'जी! सलाम, खाला! सलाम दादी! सलाम, बूबू..." उसने तमाम बीबियों को अलग-अलग सलाम किया। तमाम बीबियाँ उसे बकर-बकर देखने लगीं। अफ़सरी ने अपनी छोटी-छोटी आँखें उसकी

बड़ी-बड़ी काली आँखों में रख दीं। टेढ़े-मेढ़े दाँतोंवाली मुन्नी की आँखें उसके मोतियों-जैसे दाँतों पर जम गयीं।

"आप लोगों ने मुझे पहचाना नहीं शायद ?" उसने कहा।

"तैं है कउन ?" सईदा की माँ ने टन से कहा, "बाक़ी तनी ठहर। मोको पहिचाने दे !" उन्होंने उसे सिर से पाँव तक देखा, "नौज।" उन्होंने अपनी नाक पर उँगली नचायी, "ई निखौंदी बछनिया है, झंगटिया-बो की बेटी। ख़ाली लेंहड़ा-भर अउलादे बटोर लिये है की निकहवो किये ?"

"हिआँ से जाते ही निकाह हुआ।"

"बाक़ी ई तैं रंडियन कीं बोली कहाँ से सीख आयी है !" सईदा की माँ ने एतराज ठोंक दिया।

"तोको एकदम से गंगौली कइसे याद आ गयी ?" सल्लन ने पूछा।

"मारे मार-काट मची है। जेको जो मिल जा रहा ऊ ओही को मार दे रहा जान से। तब मैंने सग़ीर फ़ातमा के अब्बा से कहा कि चलो गंगौली।"

"तनी दिमाग़ देखे कोई एका !" सईदा की माँ चमकीं, "सग़ीर फ़ातमा ! कउनो अउर नाम ना मिला रहा तोको !"

...थोड़ी ही देर में बछनिया घुल-मिल गयी। बलवे की कहानियाँ ख़त्म हो गयीं। ज़िंदगी की कहानियाँ शुरू हो गयीं क्योंकि जिंदगी की कहानियाँ कभी ख़त्म नहीं होतीं। ढोलक फिर ठनकने लगी। गालियाँ गायी जाने लगीं। नाइनें भाग-दौड़ में लग गयीं। पान के लिए चिल्लानेवाले नौकरों और लड़कों को खासदान और पान के डिब्बे दिये जाने लगे।

इन तमाम हंगामों में सैफ़ुनिया अपनी ख़िलवत में क़ैद, ये तमाम क़हक़हे और तमाम गीत और तमाम आवाज़ें सुनती रही और नक्को को दूध पिलाती रही और झल्लाती रही और मिग़दाद दालान के बिचले दर में उकड़ूँ बैठा बीड़ी पीता रहा।

"हम त कह रहें की ओकील साहब कीहाँ जाओ।" सैफ़ुनिया ने कहा।

"कह दिया की टायें-टायें मत कर !" मिग़दाद ने झल्लाकर कहा, "हम समझत रहे की तन्नू भाई हम्में ज़रूर बुलय्यहें।"

"बिरादरी से कोई ना लड़ सकता।" सैफ़ुनिया ने हार मान ली, "ऊ विचारू का करें ! का तोहरी ख़ातिर बिरादरी को छोड़ दें ?"

"का हम तोरे वास्ते बेरादारी को ना छोड़ दिया ?"

"हमरी तोहरी बात अउर है।"

"अच्छा, टरटरा मत।"

"ल्यो। तूँ से त अब कोई बतियो ना कर सकता।"

"हम देख रहें की तैं जूता खाये पर लगी है।"

"तुहें हमरी जान की कसम, ओकील साहब कीहाँ चले जाओ।"

"तोसे हम कै बार कह चुके हैं की तैं हम्में अपनी जान की कसम मत दिया कर, बहनचोद !" मिग़दाद ने बीड़ी फेंककर सैफ़ुनिया को एक झाँपड़ मारा। वह एक तरफ़ लुढ़क गयी। नक्को गोद से छिटककर आँगन में जा पड़ी और ज़ोर-ज़ोर से रोने लगी। वह गालियाँ बकता हुआ घर से निकल गया। वह सैफ़ुनिया से बहुत ख़फ़ा था। यह आख़िर बात-बात पर जान की क़सम क्यों देती है! 'हम उहाँ जाके का कहें ऊ लोगन से? का जाके ई कहें की बहुत हो गवा, आये देत जा लोग?…' लेकिन सैफ़ुनिया ने जान की कसम दी थी। इसलिए बशीर मियाँ के पास जाना ज़रूरी था।

वह चोरों की तरह बड़े फाटक में दाखिल हुआ।

"आदाब !" उसने मामूली, हर रोज़ वाली आवाज़ में कहना चाहा। मगर वह चीख़-सा पड़ा। या कम-से-कम उसे ऐसा लगा कि वह बहुत ज़ोर से बोला है। उसकी रूह तक पसीने-पसीने हो गयी। हम्माद मियाँ उसके सामने आकर खड़े हो गये। बोले, "तुम यहाँ क्यों आये हो?"

"हम बशीर भाई को सलाम करे आये हैं।"

"बस, अब माफ़ कर दो !" बशीर मियाँ ने कहा, "लड़का है, हो गयी ग़लती…तो क्या जान लोगे उसकी?"

"अरे साहब, मुझको मारने चढ़ दौड़ा था !"

"बाक़ी मारिस ना न !" अब्बू मियाँ ने कहा, "चल, माफ़ी माँग बाप से !" उन्होंने मिग़दाद को हुक्म दिया।

"माफ़ी काहे की, साहब !" मिग़दाद ने पूछा, "हम ओ से बियाह किया है। कउनो हरमकारी ना कर रहें।"

"अच्छा !" मौलवी बेदार की रग फड़की, "अब तैं मस्ला[1] बतइबे?"

"बाक़ी निकाह पढ़े पहुँच गये रह्यौ तूँ झट देना।" ग़ुस्से में हम्माद मियाँ को बाप-दादा की जबान याद आ गयी।

"बाक़ी तूँ कइसे मोलवी हौ जी?" फुन्नन मियाँ ने सवाल किया, "कहीं भाइयो-बहिन में बियाह भया है आज तक?"

"का कहे हौ तूँ?" मिग़दाद ने फुन्नन मियाँ के कन्धे पर हाथ रख दिया।

"ओहर बइठ…ओहर…" फुन्नन मियाँ ने उसका हाथ झटक दिया। वह हम्माद को माफ़ नहीं कर सकते थे। "केको ना मालुम ई बात की सैफ़ुनिया सय्यद हम्माद हुसैन ज़ैदी की बेटी है?"

"तूँ झुठ्ठे हौ !" मिग़दाद की आँखों में ख़ून उतर आया।

"अपने बाप से पूछ ल्यो !"

"यह क्या बेवकूफ़ी है, मियाँ फुन्नन?" बसीर मियाँ ने कहा।

1. धर्मशास्त्र।

''आपो हमहीं को कहिएगा।'' फुन्नन मियाँ ने कहा।

''यहाँ आओ, मिग़दाद!'' बशीर मियाँ ने उसे पुकारा।

''अब का आयें, साहब!'' पीपल का जवान पेड़ गिर पड़ा। फिर वह हम्माद मियाँ की तरफ़ मुड़कर चीख़ा, ''अबे, तैं बोलता काहें नहीं की सैफ़ुनिया केकी लड़की है, बेटीचोद!''

''हम्में का मालुम?'' हम्माद मियाँ ने कहा।

''ए भाई, हम्माद को बाप-दादा की बोलिया अभईं याद है।'' जवाद मियाँ बोले।

मिग़दाद एक तरफ़ खड़ा ज़िल्लत के बोझ-तले हाँफ रहा था। उसकी बड़ी-बड़ी आँखों में आँसू थे। अंदर से मीरासिनों के गाने, लड़कियों के हँसने, औरतों की बातों और बच्चों के शोर की आवाज़ें चली आ रही थीं। शायद कोई बच्ची रो रही थी।

मिग़दाद को एकदम से ख़याल आया कि जब उसने सैफ़ुनिया को मारा था तो नक्को आँगन में लुढ़क गयी थी।

''हम पूछ रहें की सैफ़ुनिया का बाप कउन है?'' उसने गिड़गिड़ाकर निगस्ते में रखे हुए फरहरे के बाँस, ताजिये के नंगे फ्रेमों और शह-नशीन के हरे किवाड़ से पूछा। जब कोई जवाब नहीं मिला तो वह हकीम साहब की तरफ़ मुड़ा, ''हे कबीर-चा! आप मँगरे पर वाली ज़मिनिया जोत लिजिए। बाक़ी हम्में ई बता दिजिए की सैफ़ुनिया हमरी कउन है?''

हकीम साहब ने कोई जवाब नहीं दिया। किसी ने कोई जवाब नहीं दिया। मिग़दाद ने गया अहीर के हाथों से उसकी लंबी लाठी छीन ली।

''मिग़दाद, यह क्या करते हो!'' बशीर मियाँ ने घबराकर कहा।

मिग़दाद ने कोई जवाब नहीं दिया। उसने तीन-दरे के हरे खंभे पर लाठी मारी। खंभा चटख गया। उसने लाठी फेंक दी। फिर सीना तानकर उसने भरी बिरादरी को मुख़ातिब किया:

''सैफ़ुनिया हमरी कोई होय। बाक़ी नक्को हमरी बेटी है! सुन रहें न आप लोग! नक्को हमरी बेटी है!''

वह गर्दन ताने हुए बड़े फाटक से निकल गया। मगर फिर फ़ौरन ही लौटा और बोला, ''अउर अब जे कोई ई बात मुँह से निकालिस और जो सैफ़ुनिया के ई बात मालुम भई त हम मुँहवा खोले वाले की गँड़िया में गयवा की लउर घुसेड़ देंगे!''

वह चला गया।

घटा झुकी खड़ी थी। शाम बिलकुल काली पड़ गयी थी। मिग़दाद ने आकाश की तरफ़ देखा। और फिर लंबे-लंबे डग भरता हुआ अपनी ख़िलवत की तरफ़ चल पड़ा। मगर बारिश आ गयी और इस ज़ोर से आयी कि वह घर

पहुँचते-पहुँचते भीग गया।

सदर मकान से औरतों की भाग-दौड़ की आवाज़ें आ रही थीं। वह एक बँसखट पर ढेर हो गया। नक्को गहरी नींद सो रही थी। सैफ़ुनिया खाना पका रही थी।

''लग रहा की तन्नू भैया चाहे सल्लो बहिनी हँड़िये में जरूर खाइन हैं!'' सैफ़ुनिया ने कहा। वह यह बताना चाहती थी कि उसने उस थप्पड़ का बुरा नहीं माना था। और हमेशा ऐसा ही होता था। फिर पल-दो-पल के लिए वे दिन लौट आया करते थे जब वह मिग़दाद से दूध लेने जाया करती थी।

मगर जब मिग़दाद ने उसकी बात का कोई ज़वाब नहीं दिया तो वह बड़ी हैरान हुई। तवे पर पड़ी हुई चपाती को सफ़ाई से पलटने और एक दूसरे पेड़े की चपाती की रोटी गढ़ने का काम शुरू करने के बाद उसने मिग़दाद को दूसरा मौक़ा दिया, ''हुआँ गये रह्यो?''

''हाँ।''

चपाती बेलनेवाले हाथ रुक गये। उसने अपनी बड़ी-बड़ी काली आँखों से मिग़दाद की तरफ़ देखा। और उसकी जुटी हुई भँवें जैसे और जुट गयीं। मिग़दाद के लहज़े में एक नयी तरह की नर्मी थी। एक दूसरे प्रकार का प्यार था।

''ई पनिया त सब बिआह-बरात का नास कर दीहे।'' वह बोली, ''सुन रहें की बच्छन कलकत्ते से लउट आयीं।''

''सफ़िरवा रहा त फटकवा पर!'' मिग़दाद ने कहा, ''चल, हमहूँ लोग कलकत्ता चलें।''

सैफ़ुनिया ने चपाती को तवे से उतार कर रोटी की टोकरी में रक्खा। तवे पर उसने दूसरी चपाती डाल दी। फिर पटरे पर दूसरा पेड़ा रखने के बाद बोली, ''फिर तूहें कलकत्ता याद आवा? अउर कानी कउन त कहता रहा की हुआँ अउरी कानी कहाँ-कहाँ मार हिंदुवन अउर मुसलमानन में झगड़ा हो रहा। ई घर से निकले का दिन है? अउर झगड़ा-ओगड़ा नाहियों होय, तभउँ हम गाँव ना छोड़ेंगे।''

''मज़े में चटकल में नौकरी कर लेंगे।''

''अउर ज़मिनिया का का होइहे?''

''कोई को बटय्या पर दे देंगे।''

''ई तूँ आज कइसी बात कर रह्यो?''

यह सवाल उस शाम के बाद से सैफ़ुनिया के दिमाग में रोज़ सिर उठाने लगा कि मिग़दाद को आख़िर हो क्या गया है। वह अब उसे छूने से भी डरता है। उसे उसकी मुहब्बत में कोई कमी नहीं लगी। लेकिन वह जब भी उसके साथ लेटने की कोशिश करती, मिगदाद कोई-न-कोई बहाना करके हट जाता या उसी को

हटा देता और घुमा-फिराकर फिर कलकत्ता की बात निकाल लेता। वह बाज़ार जाने से भी कतराने लगा था। वह बस खेत तक जाता, और लौटकर नक्को से उलटी-सीधी बातें करने लगता और न जाने कैसी-कैसी बातें सोचने लगता।

"कलकत्ता त बहुते बड़ा शहर होइहे?" उसने एक दिन सफ़िरवा से पूछा और उसकी कलाई में बँधी हुई सुनहरी घड़ी को देखने लगा जिसमें एक छोटी-सी सुई लगातार चक्कर काटे चली जा रही थी, "तोको ई पतलून में अनकुस ना लगता का रे?"

सफ़िरवा हँस दिया, "आपो की बात! एतने लोग पतलून पहिने घूम रहे।"

"कलकत्ते में खेत मिलिहे?"

"कलकत्ते में खेते ना है।"

"ई काहे?"

"शहर में खेत कहाँ होता है, साहब!"

"ई काहे, भाई? का ग़ाज़ीपुर में खेत ना है?"

"ग़ाज़ियोपुर कउनो शहर में शहर है! कलकत्ते का एक-एक ठो महल्ला भी ओसे दुगुना-तिगुना बड़ा होइहे।"

"एतना बड़ा त ना हो सकता।"

"छोटे हज़रत की क़सम!" सफ़िरवा तड़-से क़सम खा गया।

मिग़दाद लाजवाब हो गया।

"बाक़ी जब हुआँ खेत-ओत ना है त लोग खाथे कहाँ से?"

"हिआँ-हुआँ से ग़ल्ला जाथे।"

"हमहूँ कलकत्ते चले की सोच रहें।"

"मियाँ लोगन को गाँव तो छोड़े ही को पड़िहे।"

"ई काहे?"

"अरे, जब ज़मींदारी ख़तम हो जय्यहे, त ई किसान लोग ज़मींदारन को हिआँ रहे दीहें भला? अइसा-अइसा ज़ुलुम जोतिन हैं ई लोग? ज़ुलुम त ख़ैर हुआँ भी है। मिल-मालिक सब आफ़त जोते हैं। बाक़ी हमरे लोगन की यूनियनो सालन की चीरे रहथी। एक मरतबा त..."

सफ़िरवा ने किसी हड़ताल का क़िस्सा सुनाया जो मिग़दाद की समझ में नहीं आया।

"अब ई त तूँ लोगन की ज़बरदस्ती है।" उसने कहा, "ओके करख़ाने में काम करिहो अउर बेगार ना करिहो।"

"बेगार कइसी, साहब!" सफ़िरवा को जोश आ गया, "ख़ून-पानी एक करें हम मजूर लोग, अउर मौज उड़ाये मिल-मालिक!"

''ए भाइ, तैं त पाँड़ेजी[1] के ऐसी बात कर रहा। तैं कमनिस्ट हो गया है का ?'' मिग़दाद चकराकर बोला, ''अभईं कल्लहे आये रहे पाँड़ेजी। हमहूँ से एक ठो रुपया ले गये। हमहूँ सोच रहें की कलकत्ता चलें।''

''आजकल घर से निकले का ज़माना ना है। मार मार-काट मची है। पाकिस्तान बन जाये से त मार-काट अउरो बढ़ गयी है। बड़ी आफ़त है, साहब। अब त रेल रोक-रोंक के आदमी मारे जा रहें। लाख-डेढ़ लाख से कम आदमी ना मारे गये होइहें।''

''बाक़ी केह बात पर हो रही ई मारपीट ?''

''ई अंग्रेज़ बहनचोदन का तोहफ़ा है। हम त ई देख रहें कि पाकिस्ताने जाये में जान की ख़ैर है। ई समझिए की देहली... जहाँ कई करोड़ मुसलमान रहे... अब हुआँ नाम को मुसलमान ना रह गया है। लड़कियन को हिंदुआ सब अपने घर में डाल लिहिन हैं। हम त सग़ीर फ़ातमा के डर से रुके हैं, नहीं त कब के जा चुके होते।''

''बाक़ी हम ना न जा सकते।''

''काहे न जा सकते ?''

''दस बिगहा खेतवा जो है।''

''खेतवा का जान-आबरू से बड़ा है ?''

''नाहियो है, अउर हय्यो है !''

मगर एक दिन सफ़िरवा सग़ीर फ़ातिमा समेत पाकिस्तान के लिए चल पड़ा। बछनिया बहुत रोयी। रब्बन-बी ने सफ़िरवा को समझाया कि बाप-दादा की चौखट नहीं छोड़ी जाती। मगर वह नहीं माना। वह चला गया। दिल्ली और अमृतसर के बीच में रेल कहीं रुकी। बच्छन और सग़ीर फ़ातमा सरहद के इधर ही रह गयीं। सफ़िरवा बच्चों की लाशें लेकर सरहद पार कर गया।

चारों तरफ़ इतने बड़े-बड़े शहर धायँ-धायँ जल रहे थे कि उस आग में बच्छन और सग़ीर फ़ातमा एक तिनके की तरह पड़ीं और भक से उड़ गयीं। दिल्ली, लाहौर, अमृतसर, कलकत्ता, ढाका, चटगाँव, सैदपुर, रावलपिण्डी, लालक़िला, जामा मस्जिद, गोल्डन टेम्पुल, जलियाँवाला बाग, हाल बाज़ार, उर्दू बाज़ार, अनारकली... अनारकली का नाम सग़ीर फ़ातमा था, या रजनी कौर या नलिनी बनर्जी था—अनारकली की लाश खेत में थी, सड़क पर थी, मस्जिद और मन्दिर में थी और उनके नंगे बदन पर नाख़ूनों और दाँतों के निशान थे। और लोगों ने ख़ून से भीगे हुए गरारों, शलवारों और साड़ियों के टुकड़ों को यादगार के तौर पर हाफ़ज़े के सन्दूकों में सैंत-सैंतकर रख लिया था।

1. सर्जू पाण्डेय : उस क्षेत्र के कम्युनिस्ट नेता।

ख़ौफ[1] के मारे सक़ीना का अजब था अहवाल ।
माँ से लिपटी हुई चिल्लाती थी वह नेक-ख़िसाल ।।
जाँ-ब-लबं हूँ शहे-वाला को बुला दे कोई ।।
अरे लोगो, मेरे बाबा को बुला दे कोई ।।
अरे लोगो, मेरे भैया अली अकबर हैं कहाँ ।
किससे बुलवाऊँ, फूफीजान के दिलबर हैं कहाँ ।।
लूटी जाती है दुल्हन, क़ासिमे-मुज़्तर हैं कहाँ ।
उनके क़ुरबान मैं, अब्बासे-दिलावर हैं कहाँ ।।
ग़श में बिस्तर पर जो सज्जाद पड़े थे तनहा ।
बेहवासी में सकीना गयी दौड़ी उस जा ।।
नन्हे-से हाथों से बाज़ू को हिलाकर ये कहा —
फूफी अम्मा की रिदा छिन गयी, उट्ठो भैया ।।
जी मेरा डरता है, छाती से लगा लो मुझको ।
मेरे गौहर न कोई छीने, छुपा लो मुझको ।।

लोग ज़ोर-ज़ोर से रोने लगे ।

वज़ीर मियाँ ने मरसिये को मिंबर पर रख दिया । फ़िर वह ख़ुद भी आँखों पर रूमाल रखकर रोने लगे । फिर वह मिंबर से उतर आये । तमाम लोग खड़े हो गये ।

'हुसैन ! हुसैन !' की गत पर नौहा शुरू हुआ :

सुग़रा मदीना लुट गया
चिल्लाय़ीं ज़ैनब पीट सर
सुग़रा मदीना लुट गया…

मदीना दिल्ली था । मदीना लाहौर था । मदीना हिन्दुस्तान था । मदीना पाकिस्तान था—और मदीना लुट रहा था !

मियाँ लोगों ने ज़ोर-ज़ोर से रोना शुरू किया । मातम की धमक से झाड़ और कँवल काँपने लगे । दालान के दर में लटका हुआ पेट्रोमैक्स चुपचाप यह देखता रहा और लंबी-लंबी साँसें लेता रहा ।

''आज तन्नू का ख़त आया है ।'' नौहे मातम के बाद जब जवाद मियाँ ने प्रसाद बाँटना शुरू किया तो फुस्सू मियाँ ने फुन्नन मियाँ से कहा ।

''का लिक्खिन हैं ? ठीक-ठाक हैं ना ?''

''हाँ । अउर सुनो, पाकिस्तान जाके सफ़िरवा सय्यद सफ़ीरुल हसन ज़ैदी हो गया है ।''

---

1. अनीस के मर्रासये का एक टुकड़ा ।

''ए भाई, जब हियें सय्यद हम्माद हुसैन ज़ैदी हो गये त सफ़िरवा कउन क़सूर क़िहिस !''

''वलदिअत के ख़ाने में तोरा नाम त ना न लिखवा दिहिस है ?'' अली मेंहदी मियाँ ने हँसकर पूछा ।

''मज़ाख़ मोहर्रम बाद कर लीहो !'' जवाद मियाँ ने अली मेंहदी मियाँ को घुड़क दिया, ''ल्यो हिस्सा ।''

''कुद्दनो का ख़त आता है कि ना ?'' फुस्सू मियाँ ने हकीम साहब से पूछा ।

''उनन्हें कउन ज़रूरत है ख़त लिक्खे की !'' हकीम साहब ने कहा ।

''उन्हें जाना ही नहीं चाहिए था ।'' शब्बर मियाँ ने कहा, ''मैंने तो मियाँ तन्नू को भी बहुत समझाया था ।''

''बेकारें समझायो !'' हकीम साहब ने कहा, ''अब हम लोग अपने लड़कन के बाप ना रह गये हैं । अब लड़कवे सब हमरे लोगन के बाप हो गये हैं । हम बहुत कहा कुद्दन से–ए बेटा, तूहे पाकिस्तान जाये की कउन ज़रूरत है । त बोले की हिआँ मुसलमानन की तरक़्क़ी का रस्ता बंद हो गया है । अब ओके अपने बाल-बच्चन को भी ले जायें त हम इतमेनान की साँस लें । ए बशीर ! ई पाकिस्तान त हिंदू-मुसलमानन को अलग करे को बना रहा । बाक़ी हम त ई देख रहें कि ई मियाँ-बीवी, बाप-बेटा और भाई-बहिन को अलग कर रहा । कुद्दन हुआँ चले गये त ऊ मुसलमान हैं, अउर हम हिआँ रह गये त का हम, ख़ुदा न करे, हिंदू हो गये ?''

''अच्छा, अब चलत जा लोग मजलिस !'' जवाद मियाँ ने कहा, ''अब त इमाम हुसैनो के काम में ई पाकिस्तान दिखलाई देवे लगा है, भाई ।''

''जवाब दो, मियाँ अब्बास !'' शब्बर मियाँ ने अब्बास से कहा ।

''ई बेचारू का जवाब दीहें ?'' अब्बू मियाँ ने कहा, ''इनके जिन्ना साहब त हाथ झाड़ के चले गये की हिआँ के मुसलमान जायें, ख़ुदा न करे, जहन्नुम में । ई अच्छी रही । पाकिस्तान बने के वास्ते ओट दें हिआँ के मुसलमान, अउर जब पाकिस्तान बने त जिनवा कहे की हिआँ के मुसलमान जायें चूल्हे-भाड़ में ।''

''अउर तोहरा अलीगढ़ त हिअँही रह गया मर्दे !'' फुन्नन मियाँ ने कहा ।

सारे गाँव में यह बात किसी को नहीं मालूम थी कि अलीगढ़ के यहाँ रह जाने की वजह से कम्मो कितनी ख़ुश है । और किसी को यह भी नहीं मालूम था कि तन्नू पाकिस्तान क्यों गया । सईदा को भी नहीं मालूम था । और तन्नू बिना उसे यह मोहर्रम अजीब-अजीब लग रहा था । लड़ाई की बात और थी । लड़ाई से तो लोग वापस आ जाते हैं । मगर पाकिस्तान से कोई वापस नहीं आता–तो क्या पाकिस्तान मृत्यु-देश है ?

'ए साहब, सब हिंदुओ पाकिस्ताने को ओट दे देते तब ई जिन्ना साहब का करते !'' यह सवाल कम्मो ने शब्बर मियाँ से किया ।

लेकिन शब्बर मियाँ इस सवाल का जवाब देने से बच गये, क्योंकि उसी वक़्त पागलों की तरह भागता हुआ मिग़दाद बड़े फाटक में आया।

सैफ़ुनिया से शादी कर लेने के गुनाह की सज़ा उसे यह मिली थी कि उससे मजलिस के फ़र्श पर बैठने का हक़ भी छीन लिया गया था। सैफ़ुनिया को कोई नौहा भी नहीं याद था। इसलिए मिग़दाद ख़ुद ही सुबह-शाम कोई मरसिया गुनगुना लिया करता था और नौ की रात को मद्दू मियाँ से क़ाग़ज़ का एक ताज़िया खरीदकर आँगन में रख लिया करता था। इसीलिए जब वह यूँ बे-धड़क बड़े फाटक में आया, तो सभी लोग चौंक पड़े।

"ए चच्चा!" वह हकीम साहब के सामने गिड़गिड़ाया, "तनी चल के सैफ़ुनिया को देख लिजिए।" फिर वह डरा कि हकीम साहब फिर सय्यद हैं। शायद न जायें। इसलिए वह कम्मो की तरफ़ मुड़ा, "ओको कानि का हो गया है... तनी चल के देख ल्यो।"

मगर कमालुद्दीन कैसे जा सकते थे भला! कम्मो ने जवाद मियाँ की तरफ़ देखा। इस बीच में हकीम साहब बोल पड़े, "का भया है ओको?"

"कानि का भया है साहब! एकदम हथवा-पैरवा ठंडा हो रहा।"

हकीम साहब उसके साथ जाने को खड़े हो गए। मगर सैफ़ुनिया ने उनकी राह नहीं देखी। हकीम साहब ने इतना किया कि उसके मुँह पर चादर डाल दी।

नक्को सैफ़ुनिया के पास बैठी किलकारियाँ मार रही थी। मिग़दाद ने उसे उठाकर अपनी छाती में छुपा लिया। फिर वह सैफ़ुनिया की पट्टी के पास बैठ कर बच्चों की तरह हिचक-हिचककर रोने लगा।

"आज त हम तूँहें मरबो ना किया रहा। तूँ केह बात पर रूठ गयु..."

हकीम साहब चुपचाप ख़िलवत से निकल आये।

"मर गयी!" उन्होंने अपने इमाम बाड़े की मजलिम में इकट्ठा होने वाले मियाँ लोगों को ख़बर सुनायी। हम्माद मियाँ के दिमाग़ में यह बात फ़ौरन आयी कि अब वह मिग़दाद का किसी माक़ूल घर में ब्याह कर सकते हैं और दोनों खेतियाँ मिलायी जा सकती हैं।

"मेरे ख़याल में तो हमें कफ़न-दफ़न में चलना चाहिए!" हम्माद मियाँ ने सुझाव रखा।

"हाँ, और क्या!" सबने कहा।

इसलिए मजलिस जल्दी में ख़त्म की गयी और लोग मिग़दाद की ख़िलवत की तरफ़ चल पड़े।

"मिग़दाद! ए बेटा मिग़दाद!" हम्माद मियाँ ने आवाज़ दी।

मिग़दाद बाहर निकला। नक्को उसकी गोद में थी। दरवाज़े पर इतने लोगों को देखकर वह बहुत ख़ुश हुई। मिग़दाद चौखट से उतरकर खड़ा हो गया।

ज़नाना इमाम बाड़े मे मजलिस की आवाज़ आ रही थी।

"सब्र करो, बेटा!" अब्बू मियाँ ने कहा।

"ख़ुदा की मर्ज़ी में किसे दख़ल है!" हकीम साहब ने कहा।

इतने में ज़नाना इमाम बाड़े की तरफ़ से चादरें ओढ़े हुए दो बीबियाँ आयीं। एक मिग़दाद की माँ थी और दूसरी बहिन।

"हम्में आप लोगन की हमदर्दी की ज़रूरत ना है!" मिग़दाद की आवाज़ उन सब तक पहुँची। तमाम लोग उस आवाज़ को सुनकर चौंक पड़े, "हम अकेले ही गये रहे ओको बिआहे। हम अकेले ही ओको दफ़नो कर लेंगे।"

"...जनाबे फ़ातमा ने कहा कि ऐ अबुलहसन..." ज़नाना इमाम बाड़े से मल्लो के हदीस पढ़ने की आवाज़ आ रही थी, "मेरा जनाज़ा रात के पर्दे में निकालना और जिन लोगों ने मुझे जिंदगी में तकलीफ़ें पहुँचायी हैं उन्हें मेरे जनाज़े में शरीक होने की इजाज़त न देना..." औरतों के ज़ोर-ज़ोर से रोने की आवाज़ में मल्लो की आवाज़ डूब गयी।

"पागल हो गये हो!" अग्गू मियाँ ने कहा, "हटो एक तरफ़। अपनी अम्माँ को अंदर जाये द्यो।"

"ऊ मर गयी त चली आ रहयू कि मुँ देखाई ना देवे को पड़िहे।" मिग़दाद ने अपनी माँ से कहा, "अच्छा जाओ! देख ल्यो बहू का मुँह। और तैं..." वह बहिन की तरफ़ मुड़ा, "ले अपनी नेग।" उसने नक्को को बहिन की गोद में उछाल दिया। नक्को ज़ोर-ज़ोर से रोने लगी।

ज़मींदारी का चरख़ा चल पड़ा। हज्जाम आये। कफ़न आया। बेर की पत्तियाँ आयीं। काफ़ूर आया। कर्बला के पास ख़ानदानी क़ब्रिस्तान से ज़रा हटकर एक कब्र तैयार हुई और सय्यद साहिबान उस नाइन का जनाज़ा लेकर चले...कंधा देने में हम्माद मियाँ सबसे आगे थे।

"सुन रहें कि क़ासिमाबाद के थाने पर कानि का बन रहा।" अब्बू मियाँ ने फुन्नन मियाँ से कहा, "परसों जवाहिरलाल आवे वाले हैं ओका कानि का करे..."

"शहीदन की समाधी बन रही।" फुन्नन मियाँ ने ग़ुरूर से कहा।

"पंडितजी तो नहीं आ रहें!" डिप्टी अली हादी ने कहा, "ख़बर है कि बालमुकुंद वर्मा आ रहें।"

"ई कउन हैं?"

"बहुत बड़े नेता हैं।"

"हम त आज पहिली मरतबा सुन रहें इनका नाम!"

"तूँ त बुलाये गये होइहो?" अब्बू मियाँ ने फुन्नन मियाँ से पूछा।

"का कउनो मन्ताज़ का बिआह हो रहा कि नवेद बँटिहे? जइसे अउर लोग

जय्यहें ओइसही हमहूँ जायँगे।"

मगर जलसे के दिन फुन्नन मियाँ ने सवेरे ही से तैयारी शुरू कर दी और कुलसूम ने सवेरे ही से रोना शुरू कर दिया। फुन्नन मियाँ ने कहा भी कि "नेकबख़्त, यह रोने का मौक़ नहीं है⋯ कानि कउन आ रहें तोरे बेटे की तारीफ़ करे!" मगर कुलसूम की समझ में यह बात नहीं आयी। वह रोती ही रही। फुन्नन मियाँ फिर तैयारी में लग गये।

इस दिन के लिए उन्होंने चुपके से एक पाजामा भी सिलवा लिया था।

बन-सँवरकर वह क़ासिमाबाद गये। वहाँ हज़ारों आदमी इकट्ठा थे और तक़रीर शुरू हो चुकी थी। बालमुकुंद वर्मा सन बयालीस के शहीदों की तारीफ़ कर रहे थे। फुन्नन मियाँ एक-एक शब्द को न्याज़ के शर्बत के क़तरों की तरह चाट रहे थे। लेकिन जब देर हो गयी और बालमुकुंद वर्मा ने मुमताज़ का नाम एक बार भी नहीं लिया तो फुन्नन मियाँ को वहशत होने लगी।

"⋯अमर है वह गाँव और धन्य हैं वे माता-पिता जिन्होंने मातृभूमि पर हरिपाल और गोबर्धन जैसे सपूतों की आहुति दी! धन्य है क़ासिमाबाद की यह पवित्र भूमि, जिसके माथे पर गोबर्धन और हरिपाल के रक्त का तिलक लगा हुआ है⋯" बाबू बालमुकुंद वर्मा तक़रीर कर रहे थे। उनकी आवाज़ जोश से भर्रायी हुई थी। सारा मजमा मोहित हो चुका था और सारे मजमे की गरदनें ग़ुरूर से तनी हुई थीं।

मगर फुन्नन मियाँ के लिए इस तक़रीर को झेलना नामुमकिन हो गया। वह बीच तक़रीर में खड़े हो गये। शेरवानी पहने हुए फुन्नन मियाँ अजीब मसख़रे लग रहे थे। शेरवानी उनके पिता की थी और नफ़ीस जामेवार की बनी हुई थी।

"ए साहब! हिआँ एक ठो हमरहू बेटा मारा गया रहा। अइसा जना रहा कि कोई आपको ओका नाम ना बताइस। ओका नाम मुन्ताज़ रहा!"

अपनी बात ख़त्म करके,फुन्नन मियाँ ने भीड़ की तरफ़ देखा। उनकी गरदन सबसे ज़्यादा तनी हुई थी।

भूमिका

मैं, सय्यद मासूम रज़ा आब्दी, वल्द सय्यद बशीर हसन आब्दी, बहुत परेशान हूँ। अकसर सोचता हूँ कि मैं कहाँ का रहने वाला हूँ। आज़मगढ़ का या ग़ाज़ीपुर का? मेरा घर ग़ाज़ीपुर के एक गाँव गंगौली में है या आज़मगढ़ के एक गाँव ठेकमा बिजौली में?—जिसे आज तक मैंने देखा भी नहीं है! यह मान लेने के बाद भी कि मेरे दादा मीर अली मोहम्मद साहब बिजौली, जिला आज़मगढ़ के थे, बिजौली का नाम सुनकर मुझे गुदगुदी नहीं होती। आज़मगढ़ मेरे लिए हिन्दुस्तान के हज़ारों शहरों में से एक शहर है और बिजौली केवल एक गाँव। रहे होंगे मेरे दादा वहाँ के। मैं तो गंगौली का हूँ। मैं गंगौली ही को जानता हूँ। बिजौली के बारे में मैं कुछ नहीं जानता। मुझे तो यह भी नहीं मालूम कि वहाँ जिस घर को मेरा आबाई घर कहा जा सकता है, वह कैसा है। उसके इमाम बाड़े के दरवाज़े का रंग क्या है? किस मजलिस में कौन-सा मरसिया पढ़ा जाता है, और उसे कौन पढ़ता है?—यानी बिजौली के उस घर से मेरा कोई रूहानी सम्बन्ध नहीं है। मैं ग़ाज़ीपुर का हूँ और मैं यह मानता हूँ कि मेरे दादा आज़मगढ़ से आये थे। ग़ाज़ीपुर मेरे लिए बस एक शहर या गंगौली मेरे लिए बस एक गाँव नहीं है। वह मेरा शहर और मेरा गाँव है। आप मेरा मतलब समझ गये होंगे—और मेरे दादा तलवार बाँधकर नहीं आये थे ग़ाज़ीपुर!

आप सोच रहे होंगे कि कहानी के बीच में यह भूमिका कैसी! मैं भी यही सोच रहा हूँ। लेकिन यह कोई और कहानी नहीं है। बात कह सकने का काम अब हर लाइन के बाद मुश्किल होता जा रहा है। क्योंकि मैं जिस गाँव, और जिन लोगों की बातें कर रहा हूँ वह मेरा गाँव और मेरे लोग हैं, और मैं उनसे प्यार करता हूँ। यही प्यार बात कह सकने की राह की दीवार बना हुआ है। और इस वक्त इस आधे गाँव की कहानी बड़े नाज़ुक मोड़ पर है। मैं जानता था कि इस कहानी में यह मोड़ आयेगा, इसीलिए मैंने पूरे गाँव को नहीं चुना, बल्कि केवल गाँव के उस टुकड़े को चुना, जिसे मैं अच्छी तरह जानता हूँ। कथाकार के लिए यह ज़रूरी है कि वह उन लोगों को अच्छी तरह जानता हो जिनकी कहानी वह सुना रहा है। मैं इन तमाम लोगों को जानता हूँ, फिर भी कहानी के नियम तोड़कर मैं यह भूमिका लिख रहा हूँ। बात यह है कि अब हमारी कहानी एक ऐसी जगह है जहाँ एक युग समाप्त हो रहा है और दूसरा आरम्भ। तो क्या हर युग एक भूमिका की माँग नहीं करता?

और इसीलिए मैंने यह ज़रूरी जाना कि यहाँ आपको यह बता दूँ कि मेरे दादा आजमगढ़ के थे, लेकिन मैं ग़ाज़ीपुर का हूँ। मैं गंगौली का हूँ। गंगौली मेरे अब्बा की ननिहाल है। मुमकिन है कि अब्बा की वफ़ादारी बिजौली और गंगौली के बीच में तक़सीम हो, लेकिन मेरी वफ़ादारी तक़सीम नहीं है। मैं केवल ग़ाज़ीपुर का हूँ। मैं नील के उस गोदाम का हूँ जिसे गिलक्रिस्ट ने बनवाया था। मैं उस गढ़ई का हूँ जिसने गंगा की तरह गंगौली को अपनी गोद में ले रखा है। मैं पाँचवीं और आठवीं मोहर्रम के गश्त का हूँ। मैं करघों की उन आवाज़ों का हूँ जो दिन-रात चलते रहते हैं, कभी नहीं रुकते। मैं गया अहीर, हरिया बढ़ई और कोमिला चमार का हूँ। मेरे दादा आये रहे होंगे आज़मगढ़ से, क्योंकि सभी के दादा और परदादा कहीं-न-कहीं से आये ही रहे होंगे।

मेरे लिए यह बात दुखदायी नहीं कि सफ़िरवा पाकिस्तान में सय्यद हो गया। हो गया होगा। और कौन कह सकता है कि उसकी रगों में किसी ख़ासुल-ख़ास ज़ैदी सय्यद का ख़ून न होगा? लेकिन मैं सल्लो और उसकी बेटी शाहिदा के लिए परेशान हूँ जिन्हें तन्नू यहाँ छोड़ गया है और जिन्हें दिन-रात रब्बन-बी कोसा करती हैं। सल्लो कोसने सुन-सुनकर शाहिदा को पीटती है—सवाल यह है कि यह शाहिदा बढ़कर कैसी माँ बनेगी? सवाल यह है कि कुद्दन ने जब पाकिस्तान में एक और शादी कर ली है तो हिन्दुस्तान में हकीम अली कबीर के पोतों और पोतियों की पूरी खेप का क्या बनेगा?... इसी तरह के और सवाल भी हैं।

जनसंघ का कहना है कि मुसलमान यहाँ के नहीं हैं। मेरी क्या मजाल कि मैं उसे झुठलाऊँ! मगर यह कहना ही पड़ता है कि मैं ग़ाज़ीपुर का हूँ। गंगौली से मेरा सम्बन्ध अटूट है। वह एक गाँव ही नहीं है, वह मेरा घर भी है। घर! यह शब्द दुनिया की हर बोली और भाषा में है और हर बोली और भाषा में यह उसका सबसे ख़ूबसूरत शब्द है। इसलिए मैं उस बात को फिर दुहराता हूँ। क्योंकि वह केवल एक गाँव ही नहीं है। क्योंकि वह मेरा घर भी है। 'क्योंकि'—यह शब्द कितना मज़बूत है। और इस तरह के हज़ारों-हज़ार 'क्योंकि' और हैं और कोई तलवार इतनी तेज़ नहीं हो सकती कि इस 'क्योंकि' को काट दे! और जब तक यह 'क्योंकि' ज़िन्दा है मैं सय्यद मासूम रज़ा आब्दी ग़ाज़ीपुर ही का रहूँगा, चाहे मेरे दादा कहीं के रहे हों। और मैं किसी को यह हक़ नहीं देता कि वह मुझसे यह कहे, "राही! तुम गंगौली के नहीं हो। इसलिए गंगौली छोड़कर, मिसाल के तौर पर, रायबरेली चले जाओ।" क्यों चला जाऊँ साहब मैं? मैं तो नहीं जाता।

कहानी को आगे बढ़ाने के लिए यह भूमिका ज़रूरी थी।

वली मंजिल, बदर बाग़ —राही मासूम रज़ा
अलीगढ़

तनहाई

'आज शब्बीर पे क्या आलमे-तनहाई है !' हुसैन अली मियाँ ने पहला ही मिसरा पढ़ा था कि मज़लिस उलट गयी। हद तो यह है कि न रोने वाले हकीम अली कबीर भी रोने लगे। फुन्नन मियाँ की सफ़ेद मूँछें आँसुओं से भीग गयीं। फुस्सू मियाँ ने इतने ज़ोर से रोना शुरू किया कि उनकी गोद में सोयी हुई शाहिदा चौंक उठी और अपने नाना-मियाँ को रोता देखकर रोने लगी। हम्माद मियाँ और हक़दार मियाँ के अलावा तमाम लोग रो रहे थे क्योंकि इन तमाम लोगों के गले में पाकिस्तान की कटी हुई नाल फाँसी की तरह पड़ी हुई थी और तमाम लोगों के दम घुटे जा रहे थे। अब इन लोगों को यह मालूम हो चुका था कि 'आलमे-तनहाई' कहते किसे हैं! हकीम साहब के लिए आलमे-तनहाई के मानी यह थे कि इकलौता बेटा पाकिस्तान में था और वह अपनी बहू और पोतों-पोतियों के साथ हिंदुस्तान में थे और कुड़क मुर्ग़ी की तरह डैने छोड़े कुड़कुड़ाया करते थे और सोचा करते थे। मगर सोचने का तो उन्हें मौका ही नहीं मिलता था, क्योंकि कम्मो की डाक्टरी ने हर तरफ़ धूम मचा रखी थी और उनका ज्यादा वक़्त कम्मो को गालियाँ देने और होम्योपैथी का मज़ाक उड़ाने में ख़र्च होता था। फुस्सू मियाँ को सल्लो की तनहाई डस रही थी और फुन्नन मियाँ तो उसी रोज़ बिलकुल अकेले हो गये थे जिस दिन क़ासिमाबाद में शहीदों की समाधि का उद्‌घाटन हुआ था! उन्होंने जब जलसे में यह बताया था कि वहीं उनका बेटा भी शहीद हुआ था, तो वह ख़ुद भी अपनी आवाज़ की तनहाई पर चौंक पड़े थे और उसी एक लमहे में एक लामुतनाही ख़ला पैदा हुआ...कायनात भाँय-भाँय करने लगी, जैसे दूर-दूर उनके सिवा कोई मौजूद ही न हो...ग़रज़ कि आज़ादी के साथ कई तरह की तनहाइयाँ भी आयीं। बिस्तर की तनहाई से लेकर दिलों की तनहाई तक। उत्तर और दक्खिन पट्टी में हर फ़र्द यकलख़्त अकेला हो गया। बुढ़ापा, जवानी और बचपन, सुहाग और बेवगी, दोस्ती, दुश्मनी और पट्टीदारी ! हर कैफ़ियत अकेली थी। हर जज़्बा तनहा था। दिन से रात और रात से दिन का ताल्लुक टूट गया था। दिन तो उसी तरह गुज़र रहे थे जैसे गुज़रा करते थे। वही गलियाँ, वही पट्टीदारियाँ...वही लम्स की

सरसराहट, वही बेमानी मुस्कराहटों की परछाइयाँ, वही खेत⋯ वही खलिहान⋯ मगर रातें तो अज़ीरन हो जाती थीं। ख्वाब देखने को जी चाहता था पर कोई किसके सहारे ख्वाब देखता! सक्कू क्या ख्वाब देखती? मिग़दाद क्या ख्वाब देखता? हकीम अली क़बीर क्या ख्वाब देखते? फुन्नन मियाँ क्या ख्वाब देखते? जिन्नातों वाली मस्जिद या श्मशान तक अकेले जाना मुमकिन है, लेकिन ख्वाबों की टेढ़ी-मेढ़ी पगडंडियों पर कोई अकेला नहीं जा सकता और आलम यह था कि अपनी रगों का खून पाकिस्तान में मारा-मारा फिर रहा था और जिस तअल्लुक और बाहमी रिफ़ाक़त और दोस्ती पर मुआशरे की बुनियाद थी वह तअल्लुक टूट रहा था, वह रिफ़ाक़त ख़त्म हो रही थी और ऐतमाद की जगह दिलों में एक ख़ौफ़ और एक गहरा शक परवरिश पा रहा था। कहते हैं कि अमरबेल बड़े-बड़े पेड़ों को खा जाती है⋯ यहाँ लोगों के दरवाज़े पर भीड़-भड़क्के का जो बड़ा पेड़ था, वह दिन-दिन सूखा जा रहा था। गंगौली में कई नये दरबार सिर उठा रहे थे। ज़ाहिर है, लोग तो वहाँ इकट्ठा होंगे जहाँ हुक़्क़ा चले, पान आये, चाय बने; पर जब तक मियाँ लोग सिर्फ़ यह सुनते रहे कि ज़मींदारियाँ ख़त्म होनेवाली हैं उस वक्त तक हँसते रहे, इस क़िस्म की बातें करनेवाले का मज़ाक उड़ाते रहे कि ज़मींदारी कैसे ख़त्म हो सकती है। यह बात समझ में आनेवाली भी नहीं थी। गाँव के बूढ़े किसानों को भी यक़ीन नहीं था कि ज़मींदारी ख़त्म हो सकती है। परुसराम की बातें सुनकर वह ख़ुश होते, पर उनके दिलों में बैठा हुआ सदियों का डर उन्हें टोक देता। ज़मींदारी मज़हब की तरह मज़बूत थी। शख़्सियत उसके चुंगल में थी। उनका जी चाहता कि ज़मींदारी ख़त्म हो जाये कि वह अपनी ज़मीन के मालिक बन जायें, मगर उनमें यह आरज़ू करने का हौसला नहीं था, इसीलिए जब एक रात को बारह बजे डुग्गी बजी और ऐलान हो गया कि ज़मींदारियाँ ख़त्म हो गयीं तो इस बात को ज़मींदारों की तरह बूढ़े किसानों ने भी तस्लीम नहीं किया। ज़मींदारों ने चंदा जमा किया, उनके जलसे हुए। जलसों में 'रिज़ोल्यूशन' पास हुए। मियाँ लोगों ने डटकर परुसराम की मुख़ालिफ़त की। सिर्फ हम्माद मियाँ ने खुलकर परुसराम का साथ दिया और फुन्नन मियाँ ने दोस्ती का हक़ अदा किया। परुसराम एम. एल. ए. हो गया। गंगौली में उसका शानदार जुलूस निकला। वह सलाम करने मियाँ लोगों के फाटक पर गया। उस रोज़ हकीम अली क़बीर, अब्बू मियाँ, सिब्तू मियाँ, फुस्सू मियाँ और हुसैन अली मियाँ⋯ ग़रज़ कि पूरे सय्यदबाड़े को यक़ीन आ गया कि ज़मींदारियाँ ख़त्म हो गयीं। दूर-दूर तक फैले हुए बाग़ और खेत—इतनी बड़ी कायनात सिमटकर चंद काग़ज़ों में आ गयी। काग़ज़ फिर काग़ज़ होता है। उस पर किसी मुआशरे की बुनियादें नहीं क़ायम की जा सकतीं। बटाई पर दी हुई सीर की ज़मीनें निकल गयीं। हम्माद मियाँ के अलावा किसी ज़मींदार के पास एक धुर ज़मीन नहीं थी। ये तमाम लोग

देखते-देखते पल-भर में नूरुद्दीन शहीद के मक़बरे की तरह गिर गये।

मोहर्रम बड़ा ज़ोरदार हुआ। चालीस के भाव 'ज़मींदारी बांड' बेचे गये। आठ की मजलिस में हलवा तक़सीम हुआ। मिंबर भरे गये। रोटी की मजलिसें हुईं। बड़ी-बूढ़ियों ने गिड़गिड़ाकर दुआएँ माँगीं कि अंग्रेज़ लौट आयें। हर नमाज़ में कांग्रेस को बद्दुआएँ दी गयीं।

''अरे, ई कांग्रेस माटीमिली को कोढ़ हो जाये! इह की मिट्टी खराब हो...''

लेकिन न दुआएँ क़बूल हुईं और न बद्दुआएँ। सदियों से रहने-बसने और जीने-मरनेवाले मियाँ लोगों ने देखा कि जिस गाँव को वह अपना कहते और समझते आये थे, उस गाँव से उनका कोई रिश्ता ही नहीं रह गया। इन लोगों के लिए पाकिस्तान का बनना या न बनना बेमानी था, लेकिन ज़मींदारी के ख़ात्मे ने इनकी शख़्सियतों की बुनियादें हिला दीं। वे घरों से निकले और जब घर ही छूट गया तो ग़ाज़ीपुर और कराची में क्या फ़र्क़ है! 'कराची में कम-से-कम इसलामी हुकूमत तो है।' सलीमपुर के अशरफ़ुल्लाह ख़ाँ साहब पहले तो सलीमपुर में डटे रहे। एक साल उन्होंने उसी आन-बान से रोटी की मजलिस भी की; लेकिन दूसरे ही साल उन्होंने ऐलान कर दिया कि ताज़ियादारी बुत-परस्ती है। चुनाँचे वह ताज़िये के चोबी फ्रेम, चौक और अपनी हवेली और उसके सहन में बनी हुई ख़ूबसूरत मस्जिद को छोड़कर पाकिस्तान चले गये। लेकिन गंगौली के मीर साहिबान के लिए पाकिस्तान जाना भी आसान नहीं था। अक़लियत में होना उनकी तक़दीर था। पाकिस्तान सुन्नियों का था तो सुन्नियों से क्या उम्मीद? इसलिए ख़ानदान की बेवाओं और अपनी बीवियों की दुख़्तरी की ज़मीनों को सीने से लगाकर वह गंगौली ही में डट गये।

लेकिन तबर्रुक की तादाद कम होने लगी। ताज़िये के ग़िलाफ़ पुराने होकर मसकने लगे। मन्नती ताज़ियों का क़द कम होने लगा। यतीम का हिस्सा बँटना बंद हो गया। दरवाज़े वीरान दिखायी देने लगे। दस को बड़ा ताज़िया उठाने का ख़याल तर्क कर दिया गया। न उठाने वाले कहार थे और न मरम्मत के लिए फ़ाज़िल पैसा। बस, हम्माद मियाँ का कारचोबी ताज़िया दुल्हन की तरह निकला। छोटा-सा ख़ूबसूरत ताज़िया, जिस पर सियाह मख़मल का ग़िलाफ़ था और उस ग़िलाफ़ पर कारचोब का ख़ूबसूरत काम।

पाँच के गश्त से लौटकर ताज़िया फिर शह-नशीन में चला गया और ख़ुशबूदार मसाले का धुआँ उसके चारों ओर देवदासियों की तरह नृत्य करने लगा।

''हम हिआँ ना रहेंगे!'' मौलवी बेदार ने शायद यह बात हम्माद मियाँ के ताज़िये से कही। ताज़िये के कान पर जूँ भी नहीं रेंगी। अलम भी जहाँ-के-तहाँ बेतअल्लुक खड़े रहे। ग़ुस्लख़ाने के पास गड़ा हुआ फरहरा एक बार तड़पा, लेकिन उसके तड़पने पर किसी ने ग़ौर नहीं किया क्योंकि तमाम लोग मौलवी

बेदार की तरफ़ देख रहे थ।

''ल्यो !'' फुन्नन मियाँ ने कहा, ''हम बाल-बच्चन वाल ता जा ना रहें, तेंह जाये की कौन ज़रूरत पड़ गयी ? हिआँ मरिहो तो बाप-दादा का पड़ोस मिलिहे और हुआँ मरिहो तो का जाने बग़ल में कौन ससुर की क़बर होए !''

''न, हम ना रहेंगे !'' मौलाना ने कहा, ''देहली के इमाम बाड़े पर सिख क़ब्ज़ा कर लिहिन हैं !''

''अमृतसर और जालंधर की तमाम मस्जिदें मंदिर बना ली हैं, भाई !'' न जाने किसने कहा।

''अरे त कौन-सा ग़ज़ब हो गया !'' कोई बोला। बात यह थी कि पेट्रोमैक्स तेल के ख़त्म हो जाने की वजह से भभककर कब का बुझ चुका था। दालान में घुप अँधेरा था, लेकिन मौलाना की बात ने लोगों को इस क़दर चौंका दिया था कि अँधेरे का एहसास ही ख़त्म हो गया था।

''ग़ज़ब काहे नहीं भया !'' मोलवी बेदार ने अपनी आवाज़ पहचान ली। ''मुसलमान बादशाहों ने जो मंदिर तोड़कर मस्जिदें बनवा ली थीं और देवी-देवताओं के बुतों को खुड्डियों में इस्तेमाल किया था...''

''ए भाई, त इ हिंदुवा सब का करते रहे ?'' फुन्नन मियाँ ने बीड़ी सुलगाने के लिए दियासलाई जलाने के बाद कहा। पलभर के लिए एक ख़ौफ़ज़दा-सी रोशनी लरज़ती हुई फुन्नन मियाँ के चेहरे पर आयी और हम्माद ने देखा कि फुस्सू मियाँ मुँह खोले सो चुके हैं। और उनकी तोंद साँस के साथ उठ-बैठ रही है। फिर दियासलाई बुझ गयी, सिर्फ़ बीड़ी का अंगारा रह गया, मगर उस पर भी राख बैठ गयी।

''काहे न मारा सभन ने पकड़ के ऊ बहनचोद बादशाह को...ल्यो ! मंदिर तोड़ें बादशाह लोग और गाँड़ मरावें हम...वाह !'' फुन्नन मियाँ ने बीड़ी का एक लंबा कश लिया। उनका चेहरा अंगारे की रोशनी में दमक उठा।

''तूँ कुछ कहो,'' मौलवी बेदार ने कहा, ''बाक़ी हम इहाँ ना रहेंगे।''

''त तोरे इमाम बाड़े का का हुईहे ?'' अली कबीर मियाँ ने सवाल किया।

इस सवाल का जवाब मौलवी बेदार के पास नहीं था। बात यह है कि यह सवाल सिर्फ़ अली कबीर मियाँ ने नहीं किया था, कई सदियों और कई पुश्तों ने यह सवाल किया था। मौलवी बेदार सटपटा गये। उन्होंने ऐसा महसूस किया जैसे वह इमाम हुसैन को धोखा देकर जा रहे हों।

''हम हुवईं अशरा[1] क़ायम कर लेंगे !'' उन्होंने कहा।

''हुवाँ त अशरा ज़रूर क़ायम कर लिहो !'' फुन्नन मियाँ ने कहा, ''बाक़ी हियाँ का हुइहे ? ई इमाम बाड़े में नज़र-न्याज़ कौन करिहे ?''

---

1. मुहर्रम के दस दिनों की मजलिसें।

"एही मारे कहते रहे हम लोग कि बिआह कर लिजिये।" फुस्सू बोले, जो शाहिदा के जगाने से जाग पड़े थे। शादी का नाम सुनते ही मौलवी बेदार हमेशा की तरह गालियाँ बकने लगे और चंद लमहों के लिए उत्तर और दक्खिन-पट्टी के मीर साहिबान उस ज़माने में वापस चले गये जब ज़मींदारियाँ ख़त्म नहीं हुई थीं, जब कराची हिंदुस्तान में था। जब सद्दन की बीवी उनके साथ रहा करती थी और जब तन्नू अपनी बीवी को छोड़कर पाकिस्तान नहीं जा सकता था, क्योंकि तब पाकिस्तान बना ही नहीं था।

"हे कम्मो भैया!" रफ़ीक़ हज्जाम ने सह-दरे के बायें दर में लटकते हुए ख़ामोश पेट्रोमैक्स के नीचे रुककर आवाज़ दी, "तनी जल्दी से चलें। अनवारुल हसन की छुटकी लड़किया की तबियत ख़राब हो गयी है।"

कम्मो फ़र्श से उठकर अपने चप्पल टटोलने लगा। जवाद मियाँ ने ज़ोर से अपना गला साफ़ किया। सारा इमाम बाड़ा गूँज उठा। उनके खँखारने की आवाज़ एक दीवार की तरह हकीम अली कबीर के वुजूद पर बैठ गयी। हकीम साहब बिलकुल पराठा हो गये।

"हम देख रहे हैं कि एक दिन सबको पाकिस्तान जाये को पड़िहे।" कम्मो के जाने के काफ़ी देर बाद हकीम साहब ने कहा, "हियाँ अब रहे का गया है? एक ठो ज़मींदारी रही, त ऊहो चली गयी। नाती-पोतन का बोझ अलग... कैसे जिये कोई?"

शाहिदा को फुस्सू मियाँ ने गुदगुदाया तो वह खिलखिलाकर हँस पड़ी। उसके बचकाना क़हक़हे से अँधेरा लरज़ उठा।

"हम त सोच रहें कि ग़ाज़ीपुर चले जायँ।" अब्बू मियाँ बोले, "अब गंगौली में रहना बहुत मुश्किल है।"

"बाक़ी ए मामू," फुस्सू मियाँ बोले, "कानी का शेर है न कि... 'हमने यह माना कि दिल्ली में रहें, खायेंगे का!' दो-चार बीगहा खेती त है न हिआँ-हुआँ, शहर में का धरा है? हम ना जायँगे कहीं।"

"तूँ से जाये को कह कौन रहा!" अब्बू मियाँ बोले, "जुलाहन और राक़ियन को सलाम करो और रहो।"

"ए हम्माद, अबकी तूँ एकी मरम्मत न करवाये हो का?" हकीम साहब ने हम्माद मियाँ से पूछा, "मिट्टी गिर रही उप्पर से!"

"शाम के क़ैदख़ाने को याद करके चुप हो जाइए।" फुन्नन मियाँ ने कहा, "इमाम बाड़े की मरम्मत कराये की कौन ज़रूरत है! लोगन का बस चले त ऐ ही को खेत न बना लें। आप देखिम हैं कि ना, बूबू के अँगनवाँ में भुट्टे की कैसी अच्छी फ़सल आये लगी है। मकान गिरे से फ़ायदा है भैया! मज़े में तीन बीगहे का घिरा-घिराया खेत निकल आया।"

हम्माद मियाँ यह आवाज़ सुनकर तिलमिला गये, क्योंकि ज़मींदारी के

ख़ात्मे के बाद ही से बूबू के ख़ानदानवालों ने आना छोड़ दिया था। चुनाँचे मकान गिर गया। और जब मकान गिर गया तो हम्माद मियाँ ने हल चलवा कर खेत बना लिया। यानी पहले जो ज़नाना इमाम बाड़ा सैदानियों की आवाज़ों के सब्ज़े पर ओस की बूँद की तरह चमका करता था, वह अब जौ के एक खेत के किनारे खड़ा था। और ख़ामोशी जैसे पूछती थी—अरे भई, सल्लन उर्फ़ क़मरजहाँ बेगम कहाँ है? उम्मे लैला क्यों नहीं आयी? बाक़री कहाँ चली गयी? सुरैया और मुन्नी कहाँ हैं? मूनिस और मासूम और मद्दू की आवाज़ें क्यों नहीं सुनायी पड़तीं…?''

ज़नाना इमाम बाड़े में मिट्टी के तेल का लैंप एक ताक़ में बैठा सैदानियों के इंतज़ार में ऊँघ रहा था। और सैदानियाँ उत्तर-पट्टी की मजलिस कर रही थीं जिसमें डिप्टी अली हादी की बड़ी बेटी शादाब फ़ातमा एक बिलकुल नयी धुन में नज्म आफ़ंदी का नौहा पढ़ रही थी। बीबियाँ शेरों से बे-तअल्लुक़ बैठी हुई रो रही थीं। हर गोद में एक सकीना और एक रुक़य्या थी, हर घर में कोई कुबरा थी। हर घर में कोई ज़ैनब थी। हर घर में कोई बानो थी—और घर का मातम हो रहा था।

सईदा की अम्माँ ने शादाब फ़ातमा का नौहा सुनकर यह सोचना शुरू किया कि सईदा की आवाज़ शादाब फ़ातमा से अच्छी है। सईदा की शक्ल भी माशाअल्लाह शादाब फ़ातमा से अच्छी है। फिर यह क्या बात है कि शादाब फ़ातमा की शादी हो गयी, लेकिन सईदा अब तक बैठी हुई है। यह लड़कों को आख़िर कहाँ आग लग गयी है। हड्डी अच्छी मिलती है तो लड़का निखट्टू होता है और लड़का किसी काम का होता है तो हड्डी ख़राब होती है। तमाम इंजीनियर, डाक्टर और न जाने क्या अला-बला लड़के पाकिस्तान जा चुके थे, जिनकी निस्बतें कभी अब्बू मियाँ की चौखट से सिर टकरातीं… अब तो हर तरफ़ सन्नाटा था। बेटी की कुँवारी जवानी आसेब की तरह उनके सिर पर चढ़ी खेल रही थी, क्योंकि सईदा को इसका एहसास नहीं था कि लड़कों का कैसा सख़्त काल पड़ गया है। उसने बी. टी. कर लिया था और गंगौली और आस-पास के तमाम 'शुरफ़ा' और उनकी 'शरीफ़ाओं' के नाक-भौं चढ़ाने के बावजूद उसने नौकरी कर ली थी। शुरू-शुरू में तो ख़ुद अब्बू मियाँ को यह बात बहुत बुरी लगी थी। उन्होंने सईदा से बोलना तर्क कर दिया था, लेकिन तब ज़मींदारी ख़त्म नहीं हुई थी। इधर-उधर लोगों ने काफ़ी बातें बनायीं। सईदा कई लोगों से फँसायी गयी। उसके दो-एक पेट गिराये गये। सईदा की माँ ने क़यामत मचायी, लेकिन बाद में अब्बू मियाँ ने सईदा का क़ुसूर माफ़ कर दिया। फिर उसकी माँ भी उसकी कमाई का बनाया हुआ मातमी लिबास पहनकर मजलिस के फ़र्श पर जा बैठी। तमाम बीबियों ने उसके कपड़े को शौक़ से देखा, लड़कियाँ तो जैसे उनपर टूट पड़ीं—कहाँ से आया है? कितने गज़ है?… सय्यद-

बाड़े की बेशतर लड़कियाँ अब सिर्फ़ कपड़ों के दाम पूछ सकती थीं और जागती-सोती आँखों से उनके ख़्वाब देख सकती थीं—ये ख़्वाब देखते-देखते उनकी आँखें दुखने लग जातीं और इतनी तकलीफ़ होती कि वह रुहाँसी हो आतीं, लेकिन जब भी उन्हें कोई नयी वज़ा का कपड़ा नज़र आ जाता, वह बिखर जातीं। ये नयी वज़ा के कपड़े और नयी तराश के लिबास गंगौली में सईदा ही के साथ आते, इसलिए साल-भर उसकी राह देखी जाती और जब वह आती तो बड़ी-बूढ़ियाँ नाक-भौं चढ़ा लेतीं। हद तो यह है कि नौहा पढ़ने की शौकीन बीबियाँ सईदा के साथ नौहा पढ़ने न खड़ी होतीं। लेकिन लड़कियाँ शहद की मक्खियों की तरह उसके आस-पास मँडराने लगतीं और यह सोचने लगतीं कि आख़िर उनके अब्बा उन्हें पढ़ने के लिए अलीगढ़ क्यों नहीं भेजते! मगर जब सईदा की अम्माँ ने सईदा का बनवाया हुआ मातमी लिबास पहना, तो बड़ी-बूढ़ियाँ तक आकर्षित हो गयीं।

रब्बन-बी की इकलौती आँख नाच उठी।

''महूँ कहों कि हियाँ गंगौली में ई कपड़ा कहाँ से आ गवा! त बेटी की कमाई है!''

कमाई!

बेटी की कमाई!

सईदा की अम्मा तड़प गयीं। मजलिस का फ़र्श न रहा होता और इमाम बाड़ा खुल न चुका होता तो वह रब्बन-बी से उलझ पड़तीं।

''हे मौला! आप गवाह रहिएगा, जैयसा लोग हमारी बेटी को पेर रहे!''

''एमें पेरे की कौन बात है?'' रब्बन-बी ने कहा, ''कि लग्यि तों हाथ उठा-उठा के कोसे, कमा ना रही त का क़ुरान पढ़ रही?'' ऐन उसी वक़्त शादाब फ़ातमा ने नौहा पढ़ना शुरू कर दिया। रब्बन-बी ने रूमाल आँखों पर रख लिया। सईदा की अम्मा ने रोना शुरू कर दिया—कि आख़िर उनकी बेटी की शादी कब होगी और किससे होगी। 'अब अल्ला मियाँ ओका जोड़ा बनाना भूल त गये ना हुइहें...'

''ए भाई, जल्दी से चल के ओहू पट्टी की मजलिस कर लिया जाये।'' हकीम साहब की बेटी ने मजलिस ख़त्म होते ही तजवीज़ रखी। तमाम बीबियाँ झपाझप से तैयार हो गयीं। उस कोलकी और इस गली और उस खिड़की से निकलकर औरतें पट्टी की सरहदें पार करने लगीं।

पहले एक मजलिस के फ़र्श से दूसरी मजलिस के फ़र्श तक जाने में दो घंटे लग जाते थे। कहार आते थे। आवाज़ें दिया करते थे। बीड़ी पिया करते थे, तब कहीं जाकर एक बीबी सवार हुआ करती थी। चुनाँचे सुबह तक मजलिसें चला करती थीं। मगर अब कहार नहीं आते थे, इसलिए दस बजते-बजते तमाम मजलिसें ख़त्म हो जाती थीं और फिर ये बीबियाँ पहाड़-सी रात काटने को

अकेली रह जाती थीं और तरह-तरह के अंदेशे उन्हें रात-भर सताया करते थे। उनकी समझ में ही नहीं आता था कि मोहर्रम की पहाड़-जैसी रातें कैसे काटें। वह तो कहिये कि हर घर में शादी के क़ाबिल लड़कियाँ मौजूद थीं और लड़कों का काल था, इसलिए लड़कियों के बारे में सोचते-सोचते रात कट ही जाती थी, वरना ये बीबियाँ तो पागल हो जातीं। पर यकलख़्त तमाम बातें ख़त्म हो गयी थीं। और चूँकि ये घर चचाज़ाद, मामूज़ाद, फूफीज़ाद भाइयों से भी ख़ाली हो गये थे, इसलिए बेचारी लड़कियों के पास भी सोचने और ख़्वाब देखने का कोई सिलसिला नहीं रह गया था। लुतरी बीबियाँ भी ख़ामोश हो गयी थीं। जब लड़के ही न हों, तो कोई लड़कियों को किसके साथ बदनाम करे!

"...फरमाया ख़ुदावंदे-आलम ने कि ए मेरे हबीब, उनसे कह दो कि अल्लाह सिर्फ़ सब्र करनेवालों के साथ है।" सल्लो ने टीन की बे-हत्थेवाली कुर्सी पर बैठकर छपी हुई किताब से मजलिस पढ़नी शुरू कर दी, मगर रोशनी नाकाफ़ी थी। अब मोहर्रम की मजलिस कोई लैंप की रोशनी में कैसे पढ़े! मुई लौ ज़िद्दी बच्चों की तरह पेश आती है, जो मुँह धुलवाते वक़्त गरदन इधर-उधर करते रहते हैं और आजिज़ आकर माँ उन्हें पीट डालती है। चुनाँचे वह अटकने लगी। रब्बन-बी ने थोड़ी देर तक तो बरदाश्त किया, लेकिन फिर उनके लिए चुप रहना नामुमकिन हो गया। बोलीं, "ए धिया, ई तूहें आज का हो गया है?"

"हम का करें, भाई!" सल्लो चिढ़ गयी, "रोशनियो है कि पढ़बे करें!"

"ख़ुदा ग़ारत करे ई पाकिस्तान को!" सिब्तू मियाँ की बीवी बोलीं।

"ल्यो, अब एमें पाकिस्तान का कौन क़ुसूर है!" सुमारी बोलीं जो मोहर्रम बाद पाकिस्तान जानेवाली थीं, क्योंकि उनका लड़का दिलशाद, सय्यद दिलशाद हुसैन ज़ैदी बनकर कराची में सवा पाँच सौ कमा रहा था।

"पाकिस्तान को ना कहें त केको कहें!" सकीना बोली, "न ई मुआ पाकिस्तान बनता, न ज़मींदारी ख़तम होती। गँधिया कहिस कि अच्छा मियाँ लोग पाकिस्तान बना लिये हो तो जाओ जहन्नुम में...ज़मींदारी ख़तम!"

"त का हिंदुवन की ज़मींदारी न ख़तम भई है?" शादाब फ़ातमा ने कहा।

"ऊ निखौंदन के पास ज़मींदारी कहाँ जुड़ती रही?" सक़ीना ने तड़-से कहा।

"अरे, तैं चुप काहे हो गयी, माटीमिली!" रब्बन-बी ने सल्लो को डाँटा, "का हम लोग तोरी मजलिस सुने के इंतज़ार में बैठे रहें रात-भर...मोली इब्ने हसन हो गयी हो?"

सल्लो ने फिर पढ़ना शुरू कर दिया। फिर किताब में लिखी हुई रुक़य्या[1]

1. एक मशहूर शीआ मोलवी।

शाहिदा नज़र आने लगी। वह किताब मुँह पर रखकर रोने लगी और फिर वह कुर्सी से नीचे उतर आयी। कुबरा ने उम्मे-हबीबा से नौहा पढ़ने को कहा, लेकिन तब तक मन्नो अपनी बयाज़ लेकर खड़ी हो चुकी थी।

मन्नो के हाथ में बयाज़ देखकर सिब्तू मियाँ और अबू सईद मियाँ की बीवियाँ ज़रा जी लगाकर रोने को तैयार हुईं, क्योंकि उनकी यह भतीजी पहला नौहा पढ़ने जा रही थी। दक्खिन और उत्तर-पट्टी की तमाम लड़कियाँ मन्नो के गिर्द खड़ी हो गयीं। चंद बाल-बच्चोंवालियाँ भी आ गयीं, मगर जब मन्नो ने बयाज़ खोली तो साथ देनेवालियाँ हक्का-बक्का रह गयीं।

"नौज ! इ निखौंदी कौन ज़बान है भाई ?" उम्मे-हबीबा से न रहा गया, तो तड़-से बोली।

"हिंदी !" मन्नो ने जवाब दिया।

"तोबा अस्तग़फ़ार !" सईदा की माँ ने अपने गालों पर आहिस्ता-आहिस्ता तमाँचे मारते हुए कहा, "अब अल्ला-रसूलो का नमवा मुई हिंदी में लिखा जाये लगा !"

"उर्दू का नाम त सुने रहियुँ, अरबी-फ़ार्सी का नाम भी सुने रहियँ··· बाक़ी ई कौन ज़बान निकल आयी है ?" रब्बन-बी ने सवाल किया।

"बशीर भाई की सुरैया ने तो हिंदी में नमाज़ लिखकर याद की है।" मन्नो ने कहा।

"अब ई तो कोनो बात न है," सकीना ने कहा, "कि जौन मामू की लड़कियाँ करें तउने तूँहू करो।"

"पढ़ो, भई पढ़ो !" सईदा ने मन्नो से कहा, "चलो, मैं तुम्हारे साथ पढ़ती हूँ !"

मगर मजलिस हवन्नक़ हो गयी। नौहा वही था, लफ़्ज़ वही थे, लहज़ा वही था। बस, एक लिपि की अजनबीयत ने बीबियों को चिढ़ा दिया था। चुनाँचे न किसी की आँख नम हुई और न किसी ने बैन किया। रब्बन-बी अपनी चेचक-ज़दा नाक से मैल निकालती रह गयीं। उम्मे-हबीबा इत्मीनान से फ़र्श पर बैठकर अपनी गोद की बच्ची, फ़रज़ाना, को दूध पिलाने लगी। सल्लो की लड़की शद्दो ने बड़ी लड़की को चुटकी काट ली और वह जो बिलबिलायी तो उसने शद्दो के मुँह पर एक चटकना दिया। सकीना ने लपककर शाहिदा को उठा लिया और रब्बन-बी नौशाबा पर बरस पड़ीं।

मन्नो ने झल्लाकर नौहा पढ़ना बंद कर दिया। मजलिस ख़त्म हो गयी। बात को रफ़ा-दफ़ा करने के लिए कुबरा बी ने तबर्रुक तकसीम करना शुरू कर दिया और जुलाहिनों और चमाइनों ने उन्हें घेर लिया। वह उन्हें कोसने लगीं। इसी चाँय-चाँय में लैंप ने एक हिचकी ली, फिर उसकी साँस उखड़ गयी और दम टूट गया। इमाम बाड़े में अँधेरा छा गया।

"नौज, अब हम्माद को इमाम बाड़े ही के वास्ते तेल ना जुड़ता का ?" सईदा की माँ ने टुकड़ा लगाया। सईदा ने यह आवाज़ सुनी। उसे बड़ी वहशत होने लगी। वह जानती थी कि अब कुबरा-बी जवाब देंगी और फिर बात चल निकलेगी, इसलिए पहले तो उसने अँधेरे ही में अपनी चप्पलों को ढूँढ़ने की कोशिश की, मगर जब चप्पलें नहीं मिलीं तो वह नंगे-पाँव अपने घर की तरफ़ चल पड़ी। जाना ही कितनी दूर था। वह घर पहुँची तो अब्बू मियाँ पलँग पर लेटे हुए कोई रिसाला पढ़ रहे थे। उसे देखते ही वह उठ बैठे, "बिटिया ! कोई ऐसा लफ़्ज बताओ जो पंज-हर्फ़ी हो, तीसरा लफ़्ज़ अलिफ़ है और पाँचवाँ ते।"

"बहुत से लफ़्ज़ हैं मगर…"

"बस, शुरू कर दी बहस तुमने !"

"शिराफ़त, हिमाक़त…कोई एक-दो लफ़्ज़ थोड़ी हैं ?"

"बस, एक दफ़ा यह मुअम्मा सही हल हो जाये तो बेड़ा पार है।"

"आप भी क्या बात करते हैं !" सईदा को अपने बूढ़े बाप पर रहम आ गया, "आपसे तो इतना कहती हूँ कि गंगौली को लगाइए आग और चलिये हमारे साथ। मगर आप मानते ही नहीं। बैठे मुअम्मा हल किया करते हैं।"

"गंगौली को कैसे आग लगा सकते हैं, बिटिया ! बुज़ुर्गों की चौखट को आग लगा दें ? बस, कहीं से एक ठो लड़का मिल जाता तो तूहें बिआह के हम चैन की साँस लेते। बाकी लड़की बिआहे के वास्ते भी तो पैयसा चाहिए, त आख़िर हम कहाँ से ले आयें पैयसा !"

"नहीं करनी है शादी-वादी !" सईदा झल्ला गयी।

जब भी उसकी शादी का ज़िक्र निकलता था, वह झल्ला जाती थी। उसे बड़ी हतक का एहसास होता था। उसे ऐसा मालूम होता था, जैसे वह इस क़ाबिल ही नहीं कि कोई उसे क़बूल करे और तब उसे तन्नू याद आता और वह बेहद उदास हो जाती।

वह चुपचाप अपने बिस्तर में घुस गयी। दूर-क़रीब से कुत्तों के भौंकने की आवाज़ आ रही थी। उसने तकिये में मुँह छुपा लिया। अब्बू मियाँ बुलंद आवाज़ से मुअम्मा हल कर रहे थे—दाहिने से बाँयें और ऊपर से नीचे, ऊपर से नीचे और दाहिने से बाँयें। सईदा की अम्माँ के आने पर भी उन्होंने अपना काम बंद नहीं किया।

"बस, ज़िंदगी-भर मुअम्मा हल किये जाओ ! मैं कहिथ्यूँ तूँ त बिलकुले सठिया गये हौ।"

"क्या बात है ?" अब्बू मियाँ ने बड़े प्यार से पूछा।

"अब्बास में कउन बुराई है…तनी हड्डिये न ख़राब है।"

"तनी ख़राब है ?" अब्बू मियाँ ने पूछा, "शिराफ़त हिमाक़त…" वह फिर मुअम्मे की तरफ लौट गये, "एक लाख का इनाम है, मिल जाय तो ख़ूब

ख़ैर-ख़ैरात करूँ।"

"एक मरतबा मिला तो रहा!"

अब्बू मियाँ ने कोई जवाब नहीं दिया। सईदा की माँ बड़बड़ाकर चुप हो गयी। सईदा रोने लगी और उस तसवीर के बारे में सोचने लगी जो कभी उसके बक्स में हुआ करती थी और जो एक दिन सल्लो की तनहाई से ऊबकर उसने सल्लो को दे दी थी। सल्लो रात को सोने से पहले चुपके-से उस तसवीर को बक्स से निकालती, अपनी अँगिया में रख लेती और फिर लालटेन और लोटा लेकर पाख़ाने चली जाती। क़दमचे पर बैठकर वह देर तक उस तसवीर को देखती रहती, न जाने क्या-क्या उलटी-सीधी शिकायतें किया करती, मगर एक दिन रब्बन-बी ने ताड़ लिया और बोलीं, "ए सल्लो! इत्ती-इत्ती देर आख़िर पख़नवा में का करती है?"

"ए अम्माँ, तूँ-हू पगला गयी हौ!" फुस्सू मियाँ ने कहा, "अब ओका हगना-मूतना भी बंद करे वाली हौ का?"

"और का! मैं तो ओकी दुशमन हौं ना!" ये आवाज़ें सुनकर क़दमचे पर बैठी सल्लो की साँसें तेज हो गयीं और वह सोचने लगी कि इससे ज़्यादा ख़ुशनसीब तो सैफ़ुनिया निकली जो मज़े में अपने मियाँ के साथ है। "और सुन रहें कि कनीज़ फ़ातमा की तो शादियो हो गयी। ग़ज़ब ख़ुदा का कि, दुल्लन, फ़त्तो और पम्मो त अब्बा-अब्बा पुकारें और हमरी शद्दो की क़िस्मत में ऊहे नाना-नानी लिक्खा है।" अस्ल में परेशानी यह थी कि शद्दो को सवाल करना आ गया था।

"जब आपके अब्बा हैं तो हमरे अब्बा काहे नाहीं हैं?" शद्दो ने पूछा था।

"तोरे अब्बा भी हैं।"

"कहाँ हैं?"

"पाकिस्तान में..." फिर उसने उन तमाम लड़कियों के नाम ले डाले, जिनके अब्बा पाकिस्तान में हैं, कि शायद यह मालूम हो जाने के बाद शद्दो को तस्कीन हो जाय। लेकिन वह मुतमईन नहीं हुई। बोली, "हमसे अच्छी तो मिग़दाद-चा की नकुय्या है। ओके अब्बा काहे न गये पाकिस्तान! हम ना जनते, तू बुलवा द्यो हमरे अब्बा को।"

"बस, तुहरे ख़त के इंतज़ार में बैठे हैं ऊ। तैं लिखे ना कि ऊ आये ना।" रब्बन-बी ने कहा, "सो, माटीमिली! रात-भर टायँ-टायँ लगाये रहथी है!"

"अब ई तो कौनो डाँटे की बात ना है, दद्दा।"

"ए दुल्लन, तनी देखिहो हई झाड़ूमारी का!" रब्बन-बी ने सकीना को आवाज़ दी। सकीना सल्लो पर बरस पड़ी। सल्लो हक्का-बक्का अपनी माँ का मुँह देखती रह गयी। उसकी समझ में यह बात नहीं आयी कि शद्दो के अब्बा, जो पाकिस्तान चले गये, 'तो ओमें हमरा कौन कसूर है? हम तो ना-न भेजा है

उन्हें...' झल्लाहट की आग इतनी तेज़ हुई कि उसे अपना वुजूद पिघलता हुआ महसूस हुआ। चुनाँचे अपना कलेजा ठंडा करने के लिए उसने शद्दो को मारना शुरू कर दिया, "ले !" उसने शद्दो की पीठ पर एक धपक्का मारा– "और ले ! कै ठो अब्बा लेबे !" सल्लो ने शद्दो को रुई की तरह धुनक डाला, "ई माटीमिली मरो न जाती कि मोको कल पड़े !"

"अच्छा, बहुत मार चुकियु।" रब्बन-बी ने डाँटा।

"इ हमरी बेटी है !" उसने रब्बन-बी की इकलौती आँख-में-आँख डाल दी, "हम मार डालेंगे, कोई से मतलब। अब हम उनन्हें का कहें जो ई आफ़त हमरे पेट पर मारके चले गये..." उस पर ज़ोर का दौरा पड़ गया। वह बिलख-बिलखकर रोने लगी। फुस्सू मियाँ ने लपककर कम्मो को आवाज़ दी। कम्मो ने अपना सियाह बक्स खूँटी से उतारा और तहबंद बाँधकर लपका।

कम्मो ने सल्लो की नब्ज़ देखी। फिर वह देर तक अपने आले से उसका सीना देखता रहा। फिर उसने उसका पेट छुआ। इधर-उधर दबाया। ज़ाहिर है कि उसकी समझ में कोई बात नहीं आयी। मगर यह सब धंधे का तरीक़ा था। यह सब तो करना ही पड़ता है। अगर वह झट-से किताब खोल लेता और अलामतों का निशाना भिड़ाकर चार गोलियाँ मार देता, तो भला उसकी दूकान पर कौन आता ? उसने तो इंजेक्शन भी लगाना शुरू कर दिया था और कभी-कभी वह छोटे-मोटे ऑपरेशन भी कर लिया करता था। चुनाँचे वह शहर के डॉक्टरों की तरह आले को गरदन में लटकाकर नब्ज़ देखा करता था। फिर सारा बदन टटोल लिया करता था। मरीज़ समझते थे कि डाक्टर जान तोड़कर कोशिश कर रहा है। हालाँकि किसी मरीज़ का बदन टटोलते वक़्त वह सिर्फ़ यह सोचा करता कि बस, एक बार सईदा बीमार पड़ जाय और अब्बू मियाँ उसे बुलायें, ताकि वह सईदा के दिल की धड़कनें सुन सके और उसकी बालाई-जैसी नरम जिल्द को छू सके और उसके अंदर की तरफ़ ख़म बनाते हुए पेट को दबा सके। मगर सईदा बीमार ही नहीं पड़ती थी। इधर रहमान-बुआ और जवाद मियाँ की जिद थी कि डाक्टर सय्यद कमालुद्दीन की शादी हो जानी चाहिए। फुन्नन मियाँ ने किसी के ज़रिये कनीज़ फ़ातमा उर्फ़ कुद्दन के लिए भी कहलवाया, लेकिन जवाद मियाँ ने इस रिश्ते को नामंजूर कर दिया। उनके बेटे के लिए फुन्नन ही की बेटी रह गयी है ! उनके पास है क्या कि कमालुद्दीन को दामाद बनाने का ख़्वाब देख रहे हैं !

बात भी ठीक थी। फुन्नन मियाँ के पास क्या था ? जवाद मियाँ का घर पुख़्ता हो चुका था। दरवाज़े पर एक भैंस और एक जमनापारी गाय बँधी हुई थी। दस-दस हाथ के बैलों की एक जोड़ी भी थी जो अपनी मख़रूती दुमों से मक्खी उड़ाया करती थी। उसके दरवाज़े पर नीम के नीचे शाम को कपड़े की कुर्सियाँ बिछतीं, जहाँ गाँव के कई मीर साहेबान हुक़्क़ा और चाय पीने आ जाते

और गयी-रात तक महफ़िल जमी रहती। जवाद मियाँ उसी धड़ल्ले से चूतड़ उठाकर पाद लिया करते थे। और उनका कम्मो अपने मतब के कमरे में बैठा मरीज़ों की खेप-पर-खेप देखकर थक जाता है। चुनाँचे जब वह लेटता तो रहमान-बो जौनपुर की चमेली के तेल की शीशी लेकर उसके सिरहाने बैठ जातीं और तेल लगाने लगतीं। और उसकी शादी की बात करने लगतीं।

"मैंने कह दिया न कि मैं शादी नहीं करूँगा!" एक दिन रहमान-बो को कम्मो ने झिड़क दिया।

"काहे न करेगा?" रहमान-बो ने चमककर कहा, "ए बेटा, तनी सोच, कब तक हम अपने को पेरा करें! अब हमसे काम ना होता।"

"कहते हैं कि एक नौकरानी रख लो तो सुनती नहीं हो।"

"अच्छा, ई हम्माद की अरबी-फ़ार्सी त तैं बोला मत कर हमसे। जब हम मर जायें तो रख लेवे नोकर। हमरे जीयत ई घर में ओकर-नोकर ना आ सकता⋯तोको कौनो लड़की पसंद आ गयी है का⋯"

"बस, वही मुर्ग़े की एक टाँग!" कम्मो ने कहा, "कोई लड़की पसंद आ गयी होगी तो क्या उसे बहू बना लाओगी?"

"काहे न बना लायेंगे। तैं बता, कौन है?"

"मैं नहीं बताऊँगा!"

"तोको मोरे दूध की क़सम है, बता!"

"भई अम्मा, तुम तो बिलकुल पागल हो गयी हो।"

"नहीं, तैं बता!"

"सईदा से शादी कर दोगी मेरी!" उसने पूछा।

रहमान-बो सन्नाटे में आ गयीं। सईदा!⋯यह दीवार तो बहुत ही ऊँची है। मरा हाथी सवा लाख टके का! जाने कैसी-कैसी कहावतें रहमान-बो को ज़बानी याद थीं। वह अपने बेटे का मुँह देखती रह गयीं।

"जाओ, मुझे नींद आ रही है!" उसने कहा, "और अब मुझसे शादी की बात न करना। मैं सईदा से शादी करना चाहता हूँ और सईदा से मेरी शादी हो नहीं सकती। सईदा से मेरी शादी इसलिए नहीं हो सकती कि मेरी माँ तुम हो।"

आख़िरी जुमला बड़ा सख़्त था। रहमान-बो तिलमिला गयीं।

"और का बेटा, और का! सैदानियन की बच्चेदानी तो दुसरे तरह की होथी न!" वह रो पड़ी, "पेटवा में आते ही गिर काहे न गयो! कह दिया होता अपने बाप से कि आप हम्में कहाँ भेज रहें⋯साहब! हम पठानी के पेट में ना रहेंगे।"

और जब मोहर्रम में सईदा आयी और उसने हमेशा की तरह रहमान-बो से कहा, "बुआ, कम्मो भाई की शादी कब होगी, भई?" तो रहमान-बो ने हमेशा की तरह यह नहीं कहा, "का बताएँ बेटी, ऊ करे पर तैयारे न होते⋯मैं तो थक गयी कह-कहके!" इस बार तो रहमान-बो चुप हो गयीं और अलीगढ़ की बातें

करने लगीं। और उसी दिन फिद्दू ने सईदा को बता दिया कि कम्मो की शादी क्यों नहीं हो रही है। वह बोला, ''ख़ुदा-क़सम सईदा बा'जी, भैया साफ़-साफ़ कह दिहिन अम्माँ से कि हम तो सईदा से शादी करेंगे।'' सईदा सन्नाटे में आ गयी। बोली, ''चल, झूठे!''

''क़ुरान पाक की क़सम, बा'जी!''

सईदा लाजवाब हो गयी।

लेकिन यह ख़बर सुनकर उसे फिर भी एक लज़्ज़त का एहसास हुआ। इज़हारे-तमन्ना से वह बेख़बर नहीं थी। यूनिवर्सिटी के कई उस्तादों की आँखों में वह कई तरह की रोशनियाँ देख चुकी थी। मगर वह सब-के-सब सुसराल के पैसे से इंगलैंड या अमरीका जाना चाहते थे और जाते भी रहते थे। इसीलिए वह हमेशा तनहा रह जाती थी, अपनी उस बेज़बान मुहब्बत के साथ, जिसने अब तक ख़ुद उससे भी अपने वुजूद का इक़रार नहीं किया था। इसीलिए फिद्दू के मुँह से कम्मो के इश्क़ की बात सुनकर वह उलझन में पड़ गयी। उसे अपने हाल पर रोना भी आया कि एक आशिक़ भी जुड़ा तो कौन... जो ज़िंदगी-भर कम्मो रहा और इधर कुछ बरसों से कमालुद्दीन हो गया है। और जिसकी माँ अब भी रहमान-बो कही जाती है।

लेकिन इसके बावजूद सईदा में इतनी तब्दीली ज़रूर हुई कि उसने कम्मो को ग़ौर से देखना शुरू कर दिया। यहाँ तक कि कम्मो घबरा गया और जब लाड़ में आकर फिद्दू ने उसे यह बताया कि उसने सईदा से क्या कहा है तो वह बिलकुल सफ़ेद पड़ गया और सईदा से कतराने लगा और यह दुआ करने लगा कि मोहर्रम जल्दी ख़त्म हो और सईदा अलीगढ़ चली जाय...

सल्लो का पेट दबाते हुए भी वह दिल-ही-दिल में यह दुआ माँग रहा था कि या-अल्लाह! मोहर्रम जल्दी ख़त्म हो। गर्मियों की छुट्टियाँ बिलकुल न हुआ करें और तीन-साल तक मोहर्रम भी न आये।

''आह!'' सल्लो कराही। कम्मो ने उसका पेट ज़रा ज़ोर से दबा दिया था।

''कोई परेशानी की बात त ना है न?'' फुस्सू मियाँ ने पूछा।

''जी, नहीं!'' उसने अपना बक्स खोलकर दवाओं की शीशियों को टटोलते हुए कहा, ''हिस्टीरिया है। दवा दिये देता हूँ।'' उसने कई शीशियों को निकालने, एक नज़र देखने और उन्हें ख़ाने में रखने के बाद कहा, ''वैसे तो इनका इलाज तन्नू हैं... मगर अल्लाह ने चाहा तो शफ़ा हो जायेंगी।'' उसने सफ़ेद काग़ज़ के चौकोर कटे हुए टुकड़ों पर हाथीदाँत के एक अजीब चमचे से ग्लूकोज़ का थोड़ा-सा सफ़ूफ़ रखा, फिर काग़ज़ के हर टुकड़े पर एक शीशी मे चार-चार गोलियाँ ठोंक-ठोंककर गिरायीं, ''एक तो अभी खिला दीजिये।'' उसने अहतियात से पुड़िया बनाते हुए कहा, ''एक सुबह को, एक दुप्पहर को और एक शाम को। शाम को मैं फिर देख लूँगा।''

"कोई परहेज़-वरहेज़ ?" सकीना ने पूछा।

"जी, नहीं।"

वह अपना बक्स उठाकर चला गया। फ़ुस्सू मियाँ ने तहबंद को उठाकर चड्डों में खोंसने के बाद बीड़ी सुलग ली और तन्नू, पाकिस्तान और हिंदुस्तान की काँग्रेसी सरकार के बारे में सोचने लगे। इन तीनों के लिए उनके ज़ेहन में न कोई अच्छा ख़याल था और न कोई अच्छा लफ़्ज़। उनके लिए क़ुबरा, सय्यदा, उम्मे-लैला, कनीज़, रबाब और महजबीन का बोझ उठाना तक़रीबन नामुम्किन हो गया था और ये लड़कियाँ कितनी जल्दी बढ़ जाती हैं। क़ुबरा और सय्यदा तो अलग रहीं, उम्मे-लैला तक शादी की उमर का दरवाज़ा खटखटा चुकी थी और कनीज़ खटखटाने ही वाली थी। क्या होगा इन लड़कियों का ? लगे हाथों उन्होंने अपनी बीवी को भी कई अदद अपनी ही तरह निहायत मोटी थुल-थुल क़िस्म की गालियाँ दे डालीं, जिसने लड़की पैदा कर-करके उनका कचूमर निकाल दिया था। काश ! एक बेटा भी जन दिया होता नेकबख़्त ने ! अब तो इस ख़ौफ़ से उन्होंने बीवी के पास जाना ही छोड़ दिया था कि वह कहीं तड़-से एक अदद और लड़की उनके माथे पर न ठोंक दे।

"ए, सुन रहियू ?" उन्होंने ऊँघती सकीना से कहा।

"का है ?" सकीना ने टाँय-से कहा, "सोये रहो।"

"हम ई कह रहें कि अब्बास और मिग़दाद में कौन बुराई है ?"

सकीना बिलकुल जाग गयी, "का कहूयो ?"

"हम ख़ानदान की बात ना करते...बाक़ी दोनों दुआह हैं और अब्बास की त उमरो जियादा है।"

"अब हम लोग उमर देखे क़ाबिल ना रह गये हैं...!"

"त हकीम अली कबीर से ब्याह दूयो, तोहरी लड़कियाँ हैं। झोंक दूयो जहन्नुम में, मोरा का !"

"अब्बास, मिग़दाद से ना करिहो तो पाकिस्तान चले को पड़िहे लड़की बिआहे !"

"अच्छा, हम कहे दे रहें कि हमरे सामने तूँ पाकिस्तान का नाम अब मत लीहो। तूँहें बहुत शौक़ चर्राया है तो शौक़ से जाओ, बाक़ी हम अपनी लड़कियन को लेके इहईं रहिहें।" सकीना ने तुनककर करवट ले ली।

मगर फ़ुस्सू मियाँ के दिमाग़ में अब्बास और मिग़दाद का रिश्ता बिलकुल कील की तरह ठुँक गया। वह इस ख़याल को निकालने की कोशिश करते तो ज़ेहन की चपड़ियाँ छूटने लगतीं। इसलिए जी कड़ा करके उन्होंने दूसरे ही दिन अब्बू मियाँ को घेरा। अब्बू मियाँ उनकी तज़वीज़ सुनकर चौंक पड़े।

"हमहुँ कौनो ख़ुशी से ई रिश्ता न करेंगे मामू !" फ़ुस्सू मियाँ ने कहा, "बाक़ी मजबरी है। का किया जाये ? कुँवारी लड़की के मुक़ाबले में बिआही

लड़की फिरो अच्छी लगिहे। और अभी तो उम्मे-लैला और कनीज़ो के वास्ते लड़का ढूँढे को है।''

''कम्मो और फिद्दू से बिआह द्यो!'' अब्बू मियाँ ने ठंडी चाय-जैसे बदमज़ा लहजे में कहा, ''जवाद भाई के सय्यद होने में तो कौनो शक है ना।''

''मामू, ई आप का कह रहें!'' फुस्सू मियाँ बिलकुल सिटपिटा गये।

''मामू ठीक कह रहें, बेटा!'' अब्बू मियाँ ने कहा, ''अब हम्मादो हमरे लोगन की बेटी बिआह के ले जाये क़ाबिल हो गये!''

''तो का करें, लड़कियन को मार डालें?''

''तूँ तो ऐयसा पूछ रह्यो कि जैसे हमरे घर में कुँवारी बिटिये ना है।'' अब्बू मियाँ ने कहा, ''बाक़ी हम त ऊ जुलाहिन-बच्चे को अपनी बेटी न देंगे।''

''सईदा और हमरी लड़कियन का क्या मुक़ाबला?'' फुस्सू मियाँ ने कहा, ''सईदा माशाअल्लाह से पढ़ी-लिखी है। तीन सौ कमा रही। मुश्किल तो हमरी जाहिल बिटियन की है।''

''भाई. अब तूँ ज़िद करिहो तो हम हम्माद से जिकिर निकालेंगे, मोहर्रम के बाद।

''और एही बीच में कौनो रिश्ता आ गया तब का हुइहे?''

''तो क्या आज आठ मोहर्रम को निस्बत की बात करें?''

फुस्सू मियाँ के पास इस सवाल का जवाब नहीं था। वह भला कैसे कह सकते थे कि आठ मोहर्रम को शादी की बात निकाली जाय!

''अब ई सब आप जानिये, हम जा रहें।''

''अमे फुस्सू!'' शब्बर मियाँ आ गये।

''आदाब, भाई जान!'' उन्होंने अब्बू मियाँ को सलाम किया, ''कहाँ चले भाई?'' वह फिर फुस्सू मियाँ से मुख़ातिब हुए।

''नाश्ता करे।'' फुस्सू मियाँ ने हमेशा की तरह मुस्कराकर कहा।

''इन्हें अपने चुरिंदम-ख़ुरिंदम के एलावा कोई फ़िकर ही नहीं।'' शब्बर मियाँ मुस्कराये और दामन से अपने रिमलेस चश्मे का शीशा साफ़ करने लगे, ''ऊ भूमिधरिया का का हुआ, साहब?'' उन्होंने अब्बू मियाँ से सवाल किया।

''मिल गयी कोई तरह से।'' अब्बू मियाँ ने कहा। उन्होंने तफ़सील में जाना मुनासिब नहीं समझा। अब यह कोई बताने की बात नहीं थी कि दो बीघे का भूमिधर होने के लिए उन्हें क्या-क्या करना पड़ा। सईदा की माँ के चार ज़ेवर निकल गये। तहसीलदार साहब की बीवी ने कुंदन के गुलूबंद को बहुत पसंद किया। वह उन जेवरों को यूँ भी याद नहीं रखना चाहते थे, क्योंकि अब घर में सईदा के जहेज़ के ज़ेवर के एलावा फ़ीरोज़े और अक़ीक़ और दुर्रे-नजफ़ की अँगूठियों के सिवा कछ नहीं रह गया था। और ये अँगूठियाँ भी चाँदी की थीं।

''सुना है तूँ मकान ख़रीद लियो ?'' उन्होंने बात बदली।

''जी, हाँ! मौक़े से मिल रहा था, इसलिए ख़रीद लिया।''

''बशीर साहब का मकान बड़े गंदे मुहल्ले में है।'' शब्बीर मियाँ ने कहा, ''मैंने तो वही महुवा बाग़वाला मकान ख़रीद लिया।''

''ठीक कियो। एक ठो मोटरो खरीद ल्यो।''

''सेकंडहैंड लेना नहीं चाहता। बशीर साहब की गाड़ी को तो देखते ही हैं आप, रोज़ बिगड़ी रहती है।''

''हम त देख रहें कि बशीर और शब्बर गंगौली को बिलकुले छोड़ दिहिन।''

''बड़ा खर्च हो जाता है, साहब। हम लोग कैसे आते हैं, यह मत पूछिये। पूरा घर जमाना पड़ता है। फिर तकलीफ़ अलग होती है यहाँ के लोगों की हालत देखकर। कौन तो कह रहा था कि हकीम साहब परुसरमुवा के बाप सुखरमुवा के क़र्ज़दार हैं। क्या ज़माना आ गया है!''

''बाक़ी ई परुसुरमुवा बहनचोद के पास इतना पैसा कहाँ से आ गया है, साहब!'' फुस्सू मियाँ ने पूछा।

''अरे भाई, वह एम. एल. ए. है! उसे पैसों की क्या कमी और चीफ़ मिनिस्टर उसको बहुत मानते हैं।''

''परुसराम आइल बाड़न!'' बाहर से धनिया चमार ने आवाज़ दी, जो जमींदारी के ख़ातमे के बाद भी अब्बू मियाँ से चिपका हुआ था।

''आइल बाड़न!'' अब्बू मियाँ ने अपनी आँखें नचाकर कहा।

परुसराम एक कुर्सी पर आराम से बैठा, कैप्स्टन सिगरेट पी रहा था और चुटकी बजा-बजाकर राख झाड़ रहा था। गाँव के दो-तीन चमार और दो-तीन अहीर ज़मीन पर उकड़ूँ बैठे हुए थे। एक खैनी मल रहा था। उसने एक-एक चुटकी खैनी अपने दो-तीन साथियों को देने के बाद बाकी मुँह में दबा ली।

परुसराम बेदाग़ खद्दर की धोती पर खद्दर ही का कुरता पहने हुए था। उसके पाँव में सैंडिल था। एक कुर्सी पर उसका ब्रीफ़-केस रखा हुआ था। अब्बू मियाँ को देखकर वह खड़ा हो गया। ज़मीन पर बैठे हुए लोग भी खड़े हो गये।

''आदाब, मीर साहब!''

''कब आयो ?'' अब्बू मियाँ ने एक कुर्सी पर बैठते हुए पूछा।

''आज ही आया हूँ।'' उसने भी बैठते हुए कहा। बाक़ी लोग ज़मीन पर बैठ गये।

''और तोरे लखनऊ का का हाल है ?''

''बड़ा काम है, साहब!'' परुसराम ने कहा, ''यह कमेटी, वह कमेटी। यहाँ जलसा, वहाँ जलसा। उसपर हिंदू-मुसलमान झगड़े ने अलग नाक में दम कर रखा है। जब थक-थकाकर यहाँ आता हूँ, कि कुछ दिन आराम करूँ, तो ये

लोग दौड़ा लेते हैं।''

''अब देखिये मियाँ, एमें हमर लोगन का कौन क़ुसूर बाय!'' चमारों में से एक बोला, ''हम जौन ज़मीन जोतत बाड़ीं, आपे की देहल बाये। अब पटवारी ससुर के हम का कहीं...ओके हाथ में क़लम बाय, चाहे जे का नाओं लिख दें...बाकी हम जमीन ना छोड़ब। आप माई-बाप हुईं जौन हुकुम दे देयीं।''

''कौन खेत की बात है?''

''मँगरवा पर वाला, साहब।'' एक जवान चमार ने कहा।

अब्बू मियाँ का दिमाग़ तेज़ी से काम कर रहा था। उनकी समझ में नहीं आ रहा था कि परुसराम चमारों को छोड़कर अहीरों का साथ क्यों दे रहा है। वह उन अहीरों को भी बहुत दिनों से जानते थे। बड़े जरायमपेशा थे सब-के-सब।

''तूँ लोग हमरे पास काहे को आये हो?'' उन्होंने कहा, ''अब हम का कर सकते हैं!''

''मैं यह चाहता हूँ, मीर साहब, कि मेरे इलाक़े में यह छोटे-मोटे झगड़े न हों!'' परुसराम ने कहा, ''आप इस इलाक़े के जिम्मेदार लोगों में से हैं। गाँव के बुज़ुर्ग हैं। कोई फ़ैसला कर दीजिये।''

''मियाँ जौने फ़ैसला कर दें, हमें कबूल होई।'' अहीरों के बुज़ुर्ग ने कहा।

''सुन रह्यो तूँ।'' अब्बू मियाँ ने परुसराम को मुख़ातिब किया, ''हम फ़ैसला कर दें। अरे फिर हम हैं कौन फ़ैसला करे वाले!''

''मैंने इन लोगों को इस बात पर तैयार कर लिया है कि इस्कूल के पास वाले खेत ये छोड़ देंगे।'' परुसराम ने कहा।

''न, ई ना होई!'' चमार ने कहा।

''ना होई तो ख़ून-ख़राबा हो जायी!'' अहीर ने लाठी ठोंकी।

''मैं सोचूँगा!'' अब्बू मियाँ ने कहा, फिर वह खड़े हो गये।

''तूँ चाहो तो बैयठो, हम तनी दरवाज़े पर की मज़लिस कर आयें।''

''नहीं, मैं भी चलता हूँ।'' परुसराम भी खड़ा हो गया। अब्बू मियाँ फिर अंदर चले गये। परुसराम चमारों और अहीरों को रुख़सत करके हम्माद मियाँ के घर की तरफ चला गया। हम्माद मियाँ उसका इंतज़ार ही कर रहे थे। उसे देखते ही वह मुस्कराये। फिर उन्होंने झाँककर दरवाज़े में देखा। इमाम बाड़ा खाली था। अभी लोगों ने आना शुरू नहीं किया था। वह फिर बैठ गये।

''क्या हुआ?''

''एक-न-एक ग़ोल तो फिर ही जायेगा! मैंने इंसाफ़ उन्हीं पर छोड़ दिया है।''

''ठीक है।''

''और मीर साहब, वह...''

''हाँ, हाँ!'' हम्माद मियाँ ने कहा, ''तुमसे तो कह दिया कि दरवाज़ा

तुम्हारा है। मोहर्रम के बाद बग़ली कमरों में दफ़्तर जमा लो। कुर्सी-मेज़ सभी मौजूद हैं।''

''जी हाँ, वहाँ बड़ी तकलीफ़ होती है। सोचता हूँ कि कोई मौक़े की ज़मीन मिल जाय तो एक मकान बनवा लूँ। जीप तो ले ली मैंने। आने-जाने में बड़ी तकलीफ़ होती थी।''

''पुलिसवाले अब्बास के पीछे पड़ गये हैं।''

''अरे मीर साहब, कैसी बातें करते हैं आप! पुलिसवाले बहनचोदों की मज़ाल कि अब्बास मियाँ की तरफ़ देख लें। मैंने कलक्टर साहब से कह दिया है कि अब्बास मेरे खास आदमी हैं और उन्हें बिलकुल परेशान न किया जाय।''

''हाँ भई, हमें सिर्फ़ अब्बास की तरफ़ से परेशानी रहती है।''

''नहीं साहब, आप इत्मीनान रखिये।''

''और इधर उस बहनचोद रमज़निया जुलाहे ने चौक के सामने पख़ाना बनवा लिया है। अब बताओ...''

''उसके लिए तो मैंने थानेदार से कल ही कह दिया था।''

उसी वक़्त हम्माद मियाँ की निगाह गया अहीर पर पड़ गयी, जो दरवाज़े से अंदर आ रहा था।

''सलाम!'' उसने हम्माद मियाँ और परुसराम को सलाम किया।

'का भईल रे?'' हम्माद मियाँ ने पूछा।

''रमज़ानी का पख़ाना त गिर गइल और दुखीराम का पाँखा भी छाँट दिहल गईल। दरोगाजी खुद आवत बाड़न बताये के।''

परुसराम ने एक और सिगरेट सुलगायी। उसकी टाँगें और फैल गयीं। उसकी आँखें मुस्कराने लगीं।

''त हम अब सहर जात बाड़ीं।'' गया ने कहा।

''हाँ, मगर कल तक ज़रूर आ जाना।'' हम्माद मियाँ ने कहा।

''भई, रफ़ीक सौदागर की दूकान से मक्खन का एक डिब्बा और लिपटिन ग्रीन लेबल चाय का एक डिब्बा लेते आना।'' परुसराम ने जेब में हाथ डालकर सुर्ख चमड़े का एक बटुवा निकाला। उसमें तरह-तरह के नोट थे।

''लेता आयेगा!'' हम्माद मियाँ ने कहा, ''पैसे देने की क्या ज़रूरत है।''

''नहीं, मीर साहब!''

''अच्छा, रहने भी दो।'' उन्होंने बुज़ुर्गों के लहजे में घुड़का। फिर गया से बोले, ''बीबी से दस रुपये और ले ले।'' फिर उन्होंने परुसराम से कहा, ''मेरे तुम्हारे रुपये में कोई फ़र्क़ है!''

''जी नहीं, यह बात नहीं है मगर...''

''तुम क्या खड़े सुन रहे हो, जाओ।'' हम्माद मियाँ ने गया से कहा।

गया ने गमछे से पैर झाड़कर अपना चमरौधा पहन लिया। फिर अपनी

लाठी उठाकर उसने जनाने दरवाज़े से हबीबा की बेटी नौशाबा को आवाज़ दी। नौशाबा उस वक़्त बहुत मशग़ूल थी। नौहे की नयी धुन निकाल रही थी। उसे गया का पुकारना बहुत बुरा लगा, मगर चारा ही क्या था। "क्या है?" उसने पलँग से ही सवाल घुमाकर मार दिया।

"बीबी से दस रुपया माँगके दे देईं हम्में। सहर जाता बाड़ीं।"

शहर का नाम सुनकर नौशाबा पिघल गयी। उसकी गुड़िया के पास कोई मातमी लिबास नहीं था। उसने ठुनक-ठुनक कुबरा से दो रुपये और ले लिये। बाहर रुपये लेकर वह दरवाज़े तक आयी और गया से बोली, "दो रुपये का काला शेफ़न लेते आना।"

"एक ठो कागद पे लिख द्यो, हम्में न याद रही ई इंगरेजी नाम।"

नौशाबा ने एक काग़ज़ पर कपड़े का नाम लिखकर गया को दे दिया और राज़दाराना लहजे में बोली, "लाना ज़रूर, मेरी गुड़िया के पास काला कपड़ा नहीं है।" गया को भेजकर वह फिर अपने पलँग पर लेटकर धुन बनाने लगी, "ज़ालिम ने सिना मारी दिल पर, अकबर की जवानी ख़त्म हुई।"

"ए बेटा, नौशाबा!" कुबरा ने बग़लवाले पलँग पर बैठकर पानदान खोलते हुए कहा, "तनी गरी भून द्यो। अभी तोरे नाना का हुकम आ-त-ही होइहे।"

"हम नौहा पढ़ रहें।" नौशाबा ठनकी, "अम्माँ से कहिये।"

"तू किस मर्ज़ की दवा है?" हबीबा ने कमरे से एक हाँक लगायी, जहाँ वह चुपचाप एक वज़ा की अँगिया पहनने की कोशिश कर रही थी जो उसने सईदा से कहकर मँगायी थी। वह इस अँगिया को बंद कमरे में पहनने के बाद उतार दिया करती थी कि कहीं अम्माँ देख न लें। लेकिन उसका ख़याल था कि यह नयी अँगिया हाथ की सिली हुई छोटी-बड़ी कटोरियों से कहीं ज़्यादा अच्छी और आरामदेह है! गिरह-विरह लगाने का चक्कर भी नहीं था।

"ई तूँ कमरे में घुसी का कर रहियु?" कुबरा ने पूछा।

"हम बताएँ?" नौशाबा बोली।

हबीबा का कलेजा धक्-से हो गया। अँगिया को बिस्तर में घुसेड़कर वह लपकी हुई बाहर आयी। बाहर आते ही उसने नौशाबा को दो-तीन थप्पड़ मारे। जब वह रोने लगी, तब उसने इत्मीनान की साँस ली और नौशाबा को कोसने लगी।

"कामचोर, माटीमिली! चल गरी भून, बेईमान!"

"हायँ-हायँ!" कुबरा ने बीच-बचाव किया, "मैं कहथ्युँ, का तूँ पगला गयी है, ई मारे की कौने बात रही?"

"बहुत बदतमीज़ हो गयी है ई, अम्माँ! आप ना जनतीं एको। अपने अब्बा को नाकन चने चबवाये रहती है।"

"बच्चा है।"

"रज़्ज़ू तो इ ढढ्ढो से छोटा है ना। बाक़ी देखिये ओको।" हबीबा ने कहा। रज़्ज़ू से अपना मुक़ाबला नौशाबा को हमेशा सख़्त बुरा लगता था। एक तो यह कि वह बहुत छोटा था, दूसरे यह कि वह नेक-वेक बिलकुल नहीं था, बड़ा फ़ितना था। था तो पाँच ही बरस का, मगर यह तो नौशाबा का दिल ही जानता था कि वह कितना नेक है। एक मरतबा तो जब उनके चचा की लड़की मेहरुन नहा रही थी, तो उस बेईमान ने ग़ुसलख़ाने में झाँका और फिर भागा-भागा आया और बोला, "ए बा'जी, मेहरबानो बा'जी के सीने पर अम्मा की तरह दो ठो बड़ा-बड़ा फोड़ा निकला है।" नौशाबा चूँकि बड़ी बहन थी इसलिए उसने उसे समझाना चाहा, "हट, पागल!" बोली, "ऊ फोड़ा थोड़े है, दूध है।"

"दूध नहीं, ठेंगा है।" रज़्ज़ू ने कहा, "तोरा दूध कहाँ है?"

"हम मार देंगे, रज़्ज़ू!" वह रज़्ज़ू को मारने के लिए दौड़ी, तो वह भाग गया। बात रफ़ा-दफ़ा हो गयी। फिर एक दिन, खड़ी दोपहर में, वह आया और नौशाबा से बोला, "ए बा'जी! अब्बा अम्माँ को मार रहें।"

"हट!"

"नहीं, अल्ला-क़सम! चलके देख लो। किवाड़ बंद किये हैं और चढ़के बैठे हैं अम्माँ पर। और कानी का का कह रहें और अम्माँ भी मार मिनमिना रहीं।"

नौशाबा घबराकर उनके दरवाज़े तक गयी। उसने भी दरवाज़े से झाँका। अब्बा वाकई अम्माँ की दुर्गत बनाये हुए थे। अम्माँ की यह हालत देखकर उसे रोना आ गया। वह ज़ोर-ज़ोर से रोने लगी। दद्दा आ गयीं। सारे घर में क़यामत आ गयी। उसकी बात पर ख़फ़ा होने के बजाय दद्दा मुँह फेरकर मुस्करा दीं। नौकरानियाँ एक तरफ़ चली गयीं। दद्दा ने लाहौल पढ़ी। फिर सब चले गये। थोड़ी देर के बाद अम्माँ कमरे से चोरों की तरह निकलीं और उसे झोंटियाकर पीटने लगीं।

ज़ाहिर है कि जब उस बेईमान रज़्ज़ू से उसका मुकाबला किया जाता तो वह आगबबूला हो जाती और फिर बेइख़त्यारी में उससे कोई-न-कोई ऐसी हरकत ज़रूर हो जाती, जिसके नतीजे में हबीबा उसे पीटकर फैला देती। उसने हबीबा की तरफ़ घूरकर देखा। "घुरबे तैं हम्में?" हबीबा बोली, "अँखियाँ फोड़ देंगे, समझी!" कुबरा हबीबा को टाल ले गयी। नौशाबा चुपके से बाहर निकल आयी। उसे दिन-ब-दिन अपनी माँ से नफ़रत होती जा रही थी और रज़्ज़ू के बारे में तो उसने बड़े-बड़े प्रोग्राम बना रखे थे। वह बाक़ायदा जादू-टोना सीखने का फैसला कर चुकी थी।

बड़े दरवाज़े पर मजलिस शुरू हो चुकी थी। नौशाबा ने देखा कि रज़्ज़ू शेरवानी को गले तक बंद किये, टोपी मँढ़े दादा के साथ फ़र्श पर बैठा है। और आँख पर रूमाल रखे रोने की कोशिश कर रहा है। नौशाबा का ख़ून खौल गया.

और उसने दिल-ही-दिल में क़सम खायी कि वह अपने मियाँ से रज़्ज़ू साहब की ठुँकाई करवायेगी।

रज़्ज़ू को नौशाबा के इन प्रोग्रामों की कोई ख़बर नहीं थी। वह रूमाल के अंदर से मौलवी बेदार को देख-देखकर हँस रहा था जो मिंबर पर बैठे अपनी बेसुरी आवाज़ में न जाने क्या-क्या कह रहे थे।

"ई बेदार नाना इतना चिल्लाते काहे को हैं, नाना ?" उसने हम्माद मियाँ से पूछा।

"चुप ! मजलिस में नहीं बोलते।" हम्माद मियाँ ने कहा। वह चुप हो गया और फुस्सू मियाँ की तरफ़ देखने लगा, जिनकी तोंद उनके रोने की आवाज़ के साथ-साथ थलथला रही थी। उसे फुस्सू मियाँ की तोंद बहुत पसंद थी, इसलिए वह शद्दो से बहुत जला करता था जो जब चाहती है उनकी तोंद पर लेट जाती है। उसने तोंद पर कब्ज़ा करने की एक तरकीब भी सोच ली थी। उसने तय कर लिया था कि वह बड़ा होकर शद्दोसे शादी कर लेगा और फिर मज़े में फुस्सू भाई की तोंद पर लेटकर उस तोंद में लहरें बनाता और बिगाड़ता रहेगा...

"या हुसैन !" शब्बर मियाँ का लड़का अल्लन बयाज़ लेकर खड़ा हो गया। अंजुमने-हुसैनिया के लोग सफ़ बाँधकर मातम से ताल देने लगे। अल्लन ने फ़ज़्ल लखनवी का कोई नौहा शुरू किया। फुस्सू मियाँ सरककर अब्बू मियाँ के पास आ गये जहाँ शब्बर मियाँ और सिब्तू मियाँ मुँह पर रूमाल रखे किसी ऐसे शेर का इंतज़ार कर रहे थे, जिसपर ब-आवाज़े-बलंद रोने का मौक़ा मिल सके। मगर नौहा बहुत फ़ाज़िल क़िस्म का था, बिलकुल लखनउ की ग़ज़ल। लफ़्ज़ों का एक ढेर और बस, हर शेर दिलों से दो-दो, तीन-तीन गज़ के फ़ासले से निकल गया और मियाँ लोग मुँह खोले खड़े रह गये।

"इ तूँ केका नौहा शुरू कर दिये रह्यो जी ?" अब्बू मियाँ ने सलाम पढ़ने के बाद ही अल्लन से सवाल किया।

"फ़ज़्ल लखनवी का।" अल्लन ने कहा।

"अच्छे शायर हैं !" मश्शू भाई ने बड़ी नक्शीन लहज़े में राय दी।

"अच्छे उनका पुकारे का नाम होये-त-होये।" फुन्नन मियाँ ने कहा, "बाक़ी शायर ऊ हरगिज़ ना हैं। मर्दे ऊहो कौनो नौहा भैया. जेको सुनके रुलाई न आये !"

"आठ-नौ को अजल-फजल का नौहा मत पढ़ा करो।" फ़ुस्सू मियाँ ने कहा।

फिर उन पुराने नौहों की बात निकल आयी, जिनके अलफ़ाज़ ही आँसुओं से नम रहा करते थे। बस, उधर किसी ने नौहा शुरू किया नहीं कि मजलिस उलट-पुलट हो गयी और एक अबके नौहे हैं कि आदमी ज़रा चौकन्ना न रहे तो नौहे पर ग़ज़ल का धोखा होने लगता है।

अब्बू मियाँ हम्माद मियाँ से यही बातें करते उनके दरवाज़े तक चले गये।

''का भई, अब्बास का बिआह न करिहो का ?'' उन्होंने एकदम से सवाल किया।

''तैयार तो हो गये हैं साहबज़ादे।'' हम्माद मियाँ ने कहा, ''मगर कोई लड़की नज़र नहीं आ रही है।''

''ल्यो, आज शरीफ़न के घर में कुँआरी लड़कियन की कौन कमी है भला !'

''कोई लड़की है आपकी निगाह में।''

''अरे, कोई न हो तो फुस्सू की लड़की से बिआह द्यो।'' अब्बू मियाँ ने कहा, ''अब मिग़ददवो को बाँध लेवे की ज़रूरत है। कब तक छुटे साँड की तरह घुमिहे ऊ।''

''वह तो शादी के नाम पर फ़ौजदारी करने खड़ा हो जाता है।'' हम्माद मियाँ ने कहा, ''लेकिन फुस्सू की लड़कियों से...''

''केह ज़माने की बात कर रहयो तूँ ! अब फुस्सू के पास है का कि हड्डी निहारे चलिहें !'' अब्बू मियाँ ने कहा, ''हड्डी-उड्डी जमींदारी का चोंचला रहा, समझयो कि ना ! कहो तो कल्लहे निकाह पढ़वा दें।''

''मगर छोटे भाई...''

''छोटे भाई कोनो चूतिया वा कि अगर-मगर करिहें।''

''देखिये, मुझे तो इस रिश्ते पर कोई ऐतराज़ नहीं। घर की लड़की है, देखी-भाली हुई है, शक्ल-सूरत भी, माशाअल्लाह से, अच्छी है। वैसे तो मैं कई बहुत अच्छे रिश्ते छोड़ चुका हूँ। आप तो जानते हैं कि आजकल लड़कों का कैसा काल है। मैं अब्बास से बात करता हूँ।''

''मिग़दाद से हउ बात भी कर लीहो।'' अब्बू मियाँ ने कहा, ''ऊ पट्टी की मजलिस में ना चलिहो का ?''

''चलूँगा क्यों नहीं।''

वह जब हकीम साहब के दरवाज़े पर पहुँचे तो यह देखकर चौंक पड़े कि फुस्सू मियाँ अब्बास से हालाते-हाज़रा पर बहस कर रहे हैं। अब्बास उनसे लुत्फ़ ले रहा है। शब्बर मियाँ और डिप्टी अली हादी और कभी-कभार मौलवी बेदार लुक़मा दे देते हैं, तो फुस्सू मियाँ और चमककर बहस करने लगते हैं। परुसराम भी एक कुर्सी पर नीम-दराज़ सिगरेट पी रहा है।

अब्बू मियाँ को देखकर सब खड़े हो गये।

''ए परुसराम ! हम ऊ बीच में ना पड़ सकते।'' अब्बू मियाँ ने कहा, ''हम काहे को कोई से बुरे बनें !''

''वह तो ठीक है मीर साहब, लेकिन अगर अदालत ने आपको तलब किया तो आप क्या कहेंगे।''

''अदालत को हमसे का मतलब !'' अब्बू मियाँ ने कहा।

''का भाई हादी, अदालत पटवारी के कागज़ को मनिहे की हम्में बुलाके

पुछिए…कब का किस्सा है। अ बुलैयबो किहिस त हम साफ कह देंगे कि ज़मींदारी के ख़ात्मे के बाद हम ज़मींदारी की सब बात भूल गये।''

''त ऐ छोटे भाई, आपका बँडवा हम भुना लें?'' फुन्नन मियाँ ने पूछा।

''अरे बाँड के के पास रक्खा है!'' अब्बू मियाँ ने कहा, ''सब ख़त्तम-ओत्तम हो गया।''

''च-ल भाई, मजलिस कर लिया जाय।'' हकीम साहब ने कहा।

लोग उठ ही रहे थे कि सम्मन लेकर सिपाही आ गया। हकीम साहब के नाम सम्मन था। सुखराम चमार ने उन पर अदम-अदायगी-य-क़र्ज़ का दावा कर दिया था।

''काहे का सम्मन है जी?'' अब्बू मियाँ ने पूछा।

''एक ठो मुक़दमे में गवाही देवे को है!'' उन्होंने बड़ी बेतक़ल्लुफ़ी से कहा और किसी ने यह नहीं देखा कि वह यकलख़्त बिलकुल बूढ़े हो गये। उनके सारे बदन पर जैसे झुर्रियाँ उग आयीं। आँखों में अँधेरा लहराने लगा। वह इमाम बाड़े में जाकर, मिंबर से टिककर बैठ गये। इस रात उन्होंने पहली बार सद्दन को ख़त लिखा:

''अज़ गंगौली

''अज़ीज़ अज़ जान, नूरचश्म राहते-जान, सद्दन सरलमह दुआहा।

''अम्मीद आँ कि अज़ीज़ी बख़ैरो-आफ़ियत होंगे।[1] अहले-बैत अलैहुमुस्सलाम के तुफ़ैल यहाँ भी ख़ैरियत है। अज़ीज़ के अहलो-अयाल आराम से हैं। इसलिए अज़ीज़ को उनकी तरफ़ से परेशान होने की ज़रूरत नहीं…''

ख़त बढ़ता ही चला गया, लेकिन वह यह न लिख सके कि उन्हें पाकिस्तान, काँग्रेस सरकार और कम्मो ने मिलकर बिलकुल मार डाला है। वह यह भी न लिख सके कि अब उनमें उसके बाल-बच्चों की ज़िम्मेदारी उठाने की ताक़त नहीं है। और जब वह यह न लिख सके तो फिर यह कैसे लिखते कि वह सुखरमवा के कर्ज़दार हैं और उसने दावा कर दिया है। चुनाँचे ख़त ख़त्म न हो सका। वह वहीं नमाज़ की चौकी पर लेट गये। उनकी आँख लग गयी और वह सवेरे तक डरावने-डरावने सपने देखते रहे।

वह अपनी मरहूमा बीवी के ज़ेवर पहले ही बेच चुके थे। बेवा बेटी के ज़ेवर बेचने का सवाल पैदा नहीं होता था। बहू के सामने किस मुँह से दस्ते सवाल दराज़ करते और फिर यह कि उन लोगों के पास सवाल के लिए उठ जानेवाले हाथ भी तो नहीं थे।

लेकिन नौ मोहर्रम की सुबह उनके लिए ईद बन गयी। दक्खिन-दरवाज़े

---

[1] रसूल के घरवालों को कहते हैं।

की मजलिस से वह लौट ही रहे थे कि एक इक्के के घुँघरू बजे। उन्होंने मुड़कर देखा। उन्हें अपनी आँखों पर यकीन नहीं आया। इक्के पर सद्दन था। उनका बेटा सद्दन! वह ठहर गये। उनकी आँखें नम हो गयीं। सद्दन इक्के पर से कूद पड़ा, "आदाब, अब्बा!"

"जीते रहो!"

बात ख़त्म हो गयी। दोनों चुपचाप उत्तर-पट्टी की तरफ़ चल पड़े। इधर सारे गाँव में ख़बर उड़ गयी कि सद्दन लौट आया है। किसी ने इस ख़बर पर यक़ीन नहीं किया और किसी ने किया।

"अरे, का पाकिस्तानवाले चूतिया हैं कि कोई के लौटे दीहें!"

"अब मालूम हो जैयहे कि ई पाकिस्तान आख़िर है कौन बला?"

"बाक़ी सद्दन तो बहुते दिन लगा दिहिन।"

"अरे त पाकिस्तान से आना कौनो खिलवाड़ थोड़े है! खँचिया-भर रुपया लगा होइहे!"

"त मुहम्मद हुसैन काहे ना आते! कुलसूम ने एक निहायत माक़ूल सवाल किया और एक बँसखट पर लेटकर बीड़ी पीते हुए फुन्नन मियाँ बग़लें झाँकने लगे। पाकिस्तान के बनने से उनकी ज़िंदगी में कोई ख़ास तब्दीली नहीं हुई थी। ज़िंदगी कुछ बेहतर ही हो गयी थी। वह परुसराम एम. एल. ए. की नाक का बाल थे। अब थानेदार क़ासिमाबाद उनकी ख़ुशामद किया करता था। एक बार तो उन्होंने उसका तबादला रुकवाने का वादा करके उससे तीन सौ ऐंठे भी थे। तबादला रुक भी गया था। भला एस. पी. साहब परुसराम की बात कैसे टाल देते? और जब मियाँ लोगों में से कोई परुसराम के दिन फिर जाने पर ठंडी साँसें भरता, तो फुन्नन मियाँ इस तअस्सुफ़-आमेज़ लहज़े पर झल्ला जाते और कहते, "ए भाई! अल्ला के कारख़ाने में दख़ल देवे वाले तूँ कौन? ऊ अपने गधे को चने का हलवा खिला रहें!"

मगर सलीमपुरवाले अशरफ़ुल्लाह ख़ाँ 'अशरफ़' का पाकिस्तान चले जाना उनके लिए बड़ा हादसा था। उन्हें पाकिस्तान से सिर्फ़ एक शिकायत थी कि उसने उन्हें अकेला कर दिया था। उनके घर में धूल उड़ने लगी थी और वह कुद्दन, दुल्लन, फ़त्तो, और पम्मो को याद करते और कुलसूम की निगाह बचाकर रो लेते और सोचने लगते कि इम्तियाज़ लाम पर न गये होते, और अगर उन्होंने उस रात मुमताज़ को घर से न निकाल दिया होता, तो मुहम्मद हुसैन और रुक़य्ये के बाल-बच्चों के जाने के बाद भी उनका घर भरा-भरा-सा लगता। ऊ दूनों तो अब तक इत्ते बाल-बच्चे पैदा करवा चुके होते कि इ अँगनवा छोटा पड़ जाता।

"मुहम्मद हुसैन बिचारु कैसे आ जायें!" उन्होंने बुझी हुई बीड़ी को फेंकते हुए कहा, "उनन्हें अकेले ना आये को है ना।"

''कुद्दन का मियाँ कानी कैसा होइहे।'' कुलसूम बोलीं, ''कुद्दनियो की गोद में माशाअल्लाह से एक ठो लड़की है। लड़कन बिना घर कैसा उजाड़ ल-ग-थे!''

''तूँ कहो तो हम एक बार और कोशिश कर लें!'' फुन्नन मियाँ मुस्कराये, ''का मालूम हुई जाय!''

''अच्छा, चुप रहो। बूढ़े भयो बाक़ी चोंचला करे का शौक़े ना गवा।'' कुलसूम-बी पलभर के लिए तड़ाक-से जवान हो गयीं और फुन्नन मियाँ की सफ़ेद मूँछें भी सियाह हो गयीं और कुलसूम की आँखों में लगभग तीन साल पहले पड़े हुए सुरमे की लकीर उभर आयी। पल-भर के लिए तनहाई ख़त्म हो गयी। यादों से पिंड छूट गया। ज़ेहन से यह बात निकल गयी कि कोई लड़ाई भी हुई थी जिसमें इम्तियाज़ मारा गया था। ज़ेहन से यह बात निकल गयी कि कोई आंदोलन हुआ था, जिसमें मुमताज़ ने गोली खायी थी। ज़ेहन से यह बात निकल गयी कि क़ासिमाबाद की समाधि पर मुमताज़ का नाम नहीं है। ज़ेहन से यह बात भी निकल गयी कि कोई पाकिस्तान बन गया है जिसने रुक़य्ये, कुद्दन, दुल्लन, फत्तो और पम्मो को उनसे छीन लिया है।

''एक मरतबा फिर तूहें भगाये को जी चाह रहा!'' फ़ुन्नन मियाँ ने कहा, ''भगिहो हमरे साथ!''

''कहाँ ले चलिहो?'' कुलसूम भी खेल में शरीक हो गयी।

''कलकत्ता!'' फुन्नन मियाँ ने कहा। उनकी आँखों के लाल डोरे और उभर आये। उनके जेहन में टाम चलने लगीं। मोटरें भागने लगीं। देहातियों को कलकत्ता के अलावा किसी शहर का नाम ही याद नहीं आता। जिसे देखो, कलकत्ता जाने पर उधार खाये बैठा है।

''बहुत बड़ा शहर है। हम तूँहें समुंदर दिखलायेंगे।''

''समुंदर का होता है जी?''

फुन्नन मियाँ सोच में पड़ गये—हाँ, वाक़ई यह समुंदर क्या होता है?

''ई अपनी गढ़इया है न!'' उन्होंने कहा, ''बस, ई समझो कि एह से लाख-दू लाख गुनी गढ़ई हो तो ओको समुंदर कहा जाता है। ओमें बहुत बड़े-बड़े जहाज़ चलते हैं!''

''ते लोगन को डर ना लगता पनिया से?''

''डरे की कौन बात है!''

''बरैना-बो कहती रही कि अब्बू भाई अब्बास और मिग़दाद की ख़ातिर कुबरा और सैयदा का पयाम ले गये रहे।'' कुलसूम अपनी रोज़मर्रा की दुनिया में लौट आयी।

''बरैना-बो सठिया गयी है।'' फुन्नन मियाँ ने कहा, ''हम्माद जीती मक्खी हैं, उनन्हें कोई कैसे निगल लीहे!''

इ सब हम ना जनते।'' कुलसूम ने कहा, ''बाक़ी ऊ कहती रही कि ऊ बग़लवाला कमरवा साफ़ करती रही जब ई बात भयी। ऊ ख़ुद अपने कान से सुनिस है और हम तो इहो सुनत रहें कि कम्मो सईदा से बिआह करे के अरमान में है।''

''तब ते इम्तियाज़ और मुन्ताज़ नाहक़े न मर गये !'' फुन्नन मियाँ उठकर बैठ गये, ''हमहुँ दू-चार ठो सैदानियन को बिआह लीआते ! मतलब ई कि सब अकड़ ज़मींदारी की रही। ओकी हड्डी अच्छी है... ओकी ख़राब है ! चल, हम-तैं निकाह पढ़वाकर दू-चार ठो हलाली औलाद पैदा कर लें... बे-लड़कन के घरवा बहनचोद भी क़बरिस्तान लगता है।''

''हे मियाँ, आप हैं !'' चिकुरिया की आवाज़ आयी।

''का है रे ! आवत बाड़ीं।'' फुन्नन मियाँ ने कहा। फिर वह कुलसूम से मुख़ातिब हो गये, ''हम जा रहें तनी बारिखपुर !''

जवाद मियाँ की खम्बिया के सामने धूप में कुर्सियाँ पड़ी हुई थीं। फुस्सू मियाँ वहीं बैठे हुक़्क़ा गुड़गुड़ा रहे थे और ज़वाद मियाँ हालाते-हाज़रा पर इज़हारे-ख़याल कर रहे थे। सद्दन भी बैठा हुआ सिगरेट पी रहा था और उनकी तक़रीर पर मुस्करा रहा था।

''आदाब, दा !'' वह फुन्नन मियाँ को देखकर खड़ा हो गया।

''जीते रहो !'' फुन्नन मियाँ ने कहा, ''कब आयो ?''

''आजे आये हैं !''

''डागदर कमालुद्दीन से मुलाक़ात भयी कि ना ?''

''ऊ गये हैं चावनपुर मरीज़ देखे।'' जवाद मियाँ ने कहा।

''ऊ तो बड़ा लंबा-लंबा धावा मारे लगे।'' फुन्नन मियाँ सद्दन से ही मुख़ातिब रहे, ''जवाद तो आजकल दिन-रात एही दुआ माँगते रहते हैं कि लोग खब बीमार पड़ें ! तोरे पाकिस्तान का का हाल है ? तन्नू मिलते हैं कभा-कभार ?''

''जी हाँ, मिलते क्यों नहीं ! ईद ही पर मुलाक़ात हुई थी।''

''ईद पर !'' फुन्नन मियाँ चकरा गये, ''तूँ किराचिये में हो ना !''

''जी हाँ !''

''और तब्बो इ कह रह्यो कि ईद पर मुलाक़ात हुई थी ?''

''कराची गंगौली ना है न, साहब !''

''अच्छा, गंगौली ना है तो कलकत्ता ही रहे। बाक़ी...''

''अरे दा, आप कहाँ रहते हैं ? सवेरे आठ बजे घर से निकलते हैं तो रात को आठ बजे आना नसीब होता है। अब कोई किसी से कब मिले ?''

''ठीक है, बेटा।'' फुन्नन मियाँ ने कहा, ''बाक़ी ई कराची तो बड़ा बेमुरब्बत शहर मालूम हो रहा।''

जवाब में सद्दन हँस पड़ा। अब वह इन फुन्नन मियाँ को क्या बताये!

''कितना कमा रह्यो?''

''यही हजार-बारह सौ!''

''ए बेटा! हम्में ई अरमान रह गया कि कोई हुआँ से आये और ई कहे कि ऊ सौ-दो सौ कमा रहा। हज़ारहों से पहले तो कोई रुक-त-ही नहीं। हुवाँ पैसे की खेती होती है का? अब त रहियो ना कुछ दिन?''

''कहाँ साहब, एकदम से हुक्म मिला कि मशरिक़ी पाकिस्तान जाओ। रवाना हो गया। बड़ी मुश्किल से इसकी इज़ाज़त मिली कि ज़मीन पर सफ़र करूँ और चार रोज़ के लिए अपने घर हो आऊँ। परसों चला जाऊँगा।''

''भाई, तब तो टकटकी लगा के तूहें जी भरके देख लेना चहिए, का मालूम फिर तोरी सरकार तूहें घर आये के इज़ाज़त दे कि न दे··· और का! ओका कौनो ठीक है। दुलहिन को ले जा रह्यो?''

''इस बार तो नहीं ले जा सकता, लेकिन वीजा बनवाने को कह आया हूँ। ले जाऊँगा आकर।''

''और जौन तोरी सरकार तूहें न आये दिहिस?''

''तब कोई और तरकीब करूँगा।''

''तोरी दूसरी बीवी कहाँ है?''

''कराची ही में है।''

''ओहु के बच्चे-ओच्चे हैं माशाअल्लाह से कि ना?''

''तीन बच्चे हैं।''

''चलो, अबहूँ हिसाब बुरा ना है। तीन ओहियाँ और तीन ठो हुवाँ। अच्छा, हुवाँ तो लोग नमाज़-रोज़ा में वख़त गुज़ारते हुइहें।''

''क्यों?''

''अरे भाई, इस्लामी हुकूमत है। क्यों का का सवाल!''

''तो इस्लामी हुकूमत का मतलब आपने यह समझा कि नमाज़-रोज़ा होता होगा!''

''का इस्लामो का मतलब बदल दियो तूँ लोग!''

''इस्लाम का मतलब है, दादा, कि मुसलमानों को नौकरी मिले।''

''अच्छा, ई हम्में न मालूम रहा कि रसूलल्लाह मार एही पर ऊधम जोते रहे कि मुसलमानों को नौकरी मिले। आज तूँ हमरी बड़ी परेशानी दूर कर दियो। मौलवी बेदार बहुते नाक में दम किये रहथें। हकीमो साहब को ई बात समझा द्यो बेटा!''

''मौलवी बेदार तो जा रहे हैं पाकिस्तान।'' फुस्सू मियाँ ने टुकड़ा लगाया।

''आपको दद्दा बुला रहीं।'' काला कुर्ता पहने रबाब आयी। फुस्सू मियाँ को पैग़ाम देकर वह फुन्नन मियाँ की कमर में झूल गयी। फुन्नन मियाँ ने

फेरीवाले बज़ाज़ की तरह उसे कपड़े का थान बनाकर अपने कंध पर डाल लिया।

''चलो; बेटा।'' फुस्सू मियाँ ने सद्दन से कहा, ''अम्मा चाय पर इंतजार कर रही।''

सद्दन खड़ा हो गया। सक़ीना ने बड़ा एहतमाम किया था। रब्बन-बी ने शिकायतों का पिटारा खोल दिया कि सद्दन तो घर को बिलकुल ही भूल गया। सद्दन के ज़ेहन में एक पल को भी यह ख़याल नहीं आया कि वह किसी ग़ैर मुल्क में है। गंगौली कोई और मुल्क कैसे हो सकती थी! ये तमाम चेहरे, पेड़-पौधे, ये तालाब और ये नील का गोदाम, ये इमाम बाड़े और ताज़िये··· और यह कर्बला, ये मिंबरों पर सुर्ख कपड़े में बँधे हुए मरसियों के बस्ते··· ये तमाम चीजें तो सिर्फ़ अपने ही गाँव में हो सकती हैं। वह पाकिस्तान का शहरी हो गया था, लेकिन था वह सय्यद सईदुलहसन ज़ैदी गंगौलवी ही। इसीलिए वह अपने मुल्क पाकिस्तान में पनाह-गुज़ीन कहा जाता था। इतने दिनों में उसने यह कभी नहीं सोचा कि वह किससे भागकर वहाँ पनाह लेने पहुँचा है। साल तो गुज़र जाता, लेकिन जब मुहर्रम आता, तो वह उदास हो जाता। मौलाना सय्यद मुहम्मद देहलवी और रशीद तुरानी की मजलिसों में उसे अब्बू मियाँ और मौलवी बेदार की मजलिसें याद आतीं। हुसैन हैदर मियाँ की सौज़ख़्वानी और मश्शू भाई की नौहाख़्वानी याद आती। पाँचवीं की मजलिस में मुहम्मद हुसैन का और शामे-ग़रीबाँ की मजलिस में मश्शू भाई का बेहोश हो जाना याद आता। चुनाँचे जब कराची की एक मजलिस में इत्तिफाक़ से मुहम्मद हुसैन का सामना हो गया, तो उसने छूटते ही पूछा, ''आप तो हियाँ आ गये, अब पाँच की मजलिस में बेहोश कौन हुइहे··· !'' इन यादों की यूँ तो कोई अहमियत नहीं, निहायत ही फ़ज़ूल क़िस्म की यादें थीं ये, फिर भी सद्दन हर याद को गले लगा-लगाकर रोया करता था। वह गंगौली के लिए तड़पता था और अब जब वह गंगौली ही में बैठा हुआ था, उसे यक़ीन नहीं आ रहा था कि वह गंगौली ही में है। रब्बन-बी क्या-क्या कह रही थीं। उनकी आवाज़ बहुत दूर जा चुकी थी।

''बहुत रह लियो हुवाँ, अब लौट आओ।''

''जी!'' वह चौंक पडा।

''जी का?'' रब्बन-बी बोलीं, ''लौट आओ अब!''

''कहाँ?''

''अपने घर, और कहाँ!''

वह हँस दिया, ''अब तो ऊहे हमारा घर बन गया है।'' उसे यह देखकर खुशी हुई कि वह अपनी ज़बान नहीं भूला है, ''एक ठो घर बना लिया है, छोटा-सा।''

''हम ओ घर की बात ना कर रहें।'' रब्बन-बी ने कहा, ''हम ओ घर की

बात कर रहें जौन तोरे दादा-परदादा और उ-न-हूँ के दादा-परदादा बनाइन रहा। कबीर के मरे के बाद का हुइहे ई घर का!"

हाँ, वाक़ई अब्बा के मरने के बाद क्या होगा इस घर का? उसने अपने-आपसे सवाल किया और उसे इस बात पर ताज़्ज़ुब हुआ कि उसने अब तक इस सवाल पर ग़ौर ही नहीं किया था। क्या होगा इस घर का और इन चौकों का और चोबी ताज़ियों का? इन ताशें, झाँझ और तबल का क्या हश्र होगा? इन पंजों और पटकों पर क्या गुज़रेगी अब्बा के इंतकाल के बाद··· !

"मैं क्या कर सकता हूँ?" उसने सवालों की बाढ़ से घबराकर कह दिया।

"कर काहे न सकत!" रब्बन-बी चमकीं, "लौट स-क-थ्यो! आके कह दियो हियाँ की सरकार से कि साहब, हुवाँ हमरा जी ना लग रहा।"

"ई इतना आसान ना है।"

"अच्छा, हम ई पूछा रहे कि जब तूँ ही लोग ओट देके पाकिस्तान बनाये हो तो ऊहे ओटवा देके बिगाड़ द्यो माटीमिले को!"

"ए भाई, आप त कुछ खइवे ना कर रहें···" सल्लो ने कहा।

"खातो रहें, अब कितना खायें! अब्बा से कुछ कहलवाओगी?" उसने शद्दो से पूछा।

"ई नख़ौंदी का जाने अब्बा को?" सकीना ने एक ठंडी साँस लेकर कहा, "ख़ुदा समझे उनसे···जैयसा ऊ हमरी लड़की को कल्पाइन हैं!"

"आप हमरे अब्बा को जानते हैं?" शद्दो ने पूछा।

"हाँ!" सद्दन ने कहा।

"त उनसे कह दीजिएगा कि ओ कैयसे अब्बा हैं और ई भी कह दीजिएगा कि हम उन्हें याद करते हैं और अम्माँ पख़ाने में छिप-छिपके उनकी तसवीर देखती और रोती हैं।"

"चुप, मिट्टीमिली!" सल्लो ने डाँटा।

"चुप काहे को रहें! का हम झूठ कह रहें!"

"चलो, मैं तुम्हें तुम्हारे अब्बा के पास ले चलूँ!" सद्दन ने कहा।

"हम न जायँगे।" शद्दो ने साफ़ इन्कार कर दिया।

"क्यों?"

"हम नाना और नानी और बड़की अम्मा को छोड़के ना जायँगे।"

रब्बन-बी ने सक़ीना को इशारा किया। सकीना वहाँ से टल गयी। फिर रब्बन-बी किसी बहाने से बावर्चीख़ाने की तरफ़ चली गयीं। फुस्सू मियाँ ने कहा कि वह कम्मो से सल्लो की दवा लेकर अभी आते हैं। सल्लो हैरान कि यह एकदम से तमाम लोगों को काम क्यों पड़ गया। उसे यह नहीं मालूम था कि उसे घरवालों ने तन्नू के बारे में बातचीत करने का मौक़ा दिया है। और अगर उसे यह मालूम भी होता तो वह क्या कर लेती? तन्नू के बारे में बात तो वह हरगिज़

न करती। कोई यह बात नहीं थी कि वह तन्नू से ख़फा रही हो। यही क्या कम है कि उन्होंने सद्दन की तरह दूसरी शादी नहीं की। मगर शर्म की वजह से वह बात न कर पाती। हाँ, सद्दन भाँप गया, इसलिए ख़ुद उसने छेड़ा, ''तन्नू का ख़त-वत आता है ?''

''ऊ इस्तलाली जनबे न करते।''

''ऐं!'' सद्दन चकरा गया, ''तुमको तो उर्दू आती होगी ?''

''छपी हुई उर्दू आ-व-थी, लिखी हुई उर्दू ना आती।''

''शद्दो के नाम तो लिखते होंगे वह ख़त ?''

''इक्को ना लिखिन।''शद्दो ने ही जवाब दिया। सल्लो ज़हमते-जवाब से बच गयी।

''यह तो उनकी बड़ी जात्ती है।'' सद्दन ने कहा, ''पाकिस्तान हम भी गये, बाक़ी हम त अपने बच्चों को तो ना भूल गये। आये-जाये पर इख़्तियार नाहीं है। बाक़ी लिखे में का खरच होता है। अब मुलाक़ात होगी तो मैं टाँग लूँगा उनकी।''

''का ज़रूरत है टाँग लेवे की!'' सल्लो ने कहा, ''जैसे इत्ती ज़िंदगी कट गयी, वाक़ियो कट जइहे। भूखे-नंगे ना रहते। ख़ुदा अब्बा को जिंदा रखे।''

''वह तो ठीक है, मगर...'' सद्दन ने अपनी बात ख़तम नहीं की।

लेकिन उसका अधूरा जुमला सल्लो के दिल में तराज़ हो गया। यह 'मगर' बड़ा नोकदार था... ख़ुदा अब्बा को ज़रूर ज़िंदा रखे! मगर कोई हमेशा नहीं जी सकता... तो उनके बाद तुम्हारा क्या होगा ? तुम्हारी सात-आठ साल की इस खूबसूरत और शोख़ बच्ची का क्या होगा ? तुम्हारा तो कोई भाई भी नहीं है। यह लड़की तीन-चार साल में जवान हो जायेगी, तब क्या होगा ? कुबरा, सय्यदा और लैला की शादी तो हो नहीं रही है, सईदा-जैसी पढ़ी-लिखी और ख़ूबसूरत लड़की तो कुँवारी बैठी है। फिर तुम्हारी शद्दो का क्या हश्र होगा। इस 'मगर' के बाँस में ये तमाम बातें फरहरे की तरह हवा के रुख़ पर तड़प रही थीं।

सल्लो रो पड़ी।

सद्दन घबराकर बाहर निकल गया।

उसने सारे गाँव का एक चक्कर लगाया। गाँव काफ़ी बदल चुका था। गलियाँ पुख़्ता हो गयी थीं। जगह-जगह पंचायत की तरफ़ से लालटेनें नस्ब करवा दी गयीं थीं, जिनमें रात को मिट्टी के तेल के चिराग़ जलते थे। बहुत-से पुख़्ता मकान भी बन गये थे। उत्तर-पट्टी और दक्खिन-पट्टी के बाहर गाँव बिलकुल बदल गया था। उत्तर-पट्टी और दक्खिन-पट्टी के अंदर भी गाँव बिलकुल बदल गया था। एक तरफ़ अपनी रौनक़ और एक क़िस्म की चहल-पहल की वजह से और एक तरफ़ अपनी वीरानगी की वजह से। एक

तरफ़ नये मकान बन रहे थे और एक तरफ़ पुराने मकान गिर रहे थे सय्यदवाड़े में कोई मकान शामिल नहीं था। बदन के कपड़ों ही की तरह दीवारों के पैरहन भी मसके हुए थे। जहाँ-तहाँ पैबंद भी लग गये थे। मगर ऐसा मालूम होता था कि इन दीवारों में अब छत का बोझ उठाने की सकत नहीं है। ये मकान अब बरसातों का सामना नहीं कर सकते थे। ये ढह जायँगे और ग़ालिबन बूढ़ों और बच्चों के साथ ये जवान कुँवारी लड़कियाँ भी उनके मलबों में गुम हो जायँगी।

यह बात सद्दन की समझ में नहीं आयी कि वह गंगौली की आबादी पर खुश है या ग़मग़ीन। वह पंचायत की लगी रोशनी से या सय्यदबाड़े के अँधेरों से ख़ौफ़ खाये ? उसे अपनी गंगौली के मानूस बाज़ारों से डर लगने लगा। वह घर भाग आया। घर पर शाम की मजलिस की तैयारियाँ हो रही थीं। डिप्टी अली हादी अपने ड्राइंगरूम में कुर्सी पर टाँगें फैलाये मरसिया देख रहे थे। हकीम साहब हौज़ के किनारे उकड़ूँ बैठे हौज़ के काई-लगे पानी से कोई मशवरा कर रहे थे। हौज़ का पानी उन्हीं की तरह बूढ़ा और पुराना मालूम हो रहा था।

''ए साहब, आप हियाँ काहे बैयठे हैं ?'' सद्दन ने पूछा।

''हियाँ-हुवाँ में अब का फ़रक़ है ?'' हकीम साहब ने कहा, ''हियहुँ ज़िल्लते है, हुअहुँ ज़िल्लते है।''

''आप कुछ परेशान लग रहे हैं ?''

''नाहीं बेटा, हम बहुत खुश हैं। एक ठो बेटा रहा ⋯ ऊ पाकिस्तान चला गया। एक ठो ज़मींदारी रही, ऊको समझो कि पाकिस्तान चली गयी। अरे, जउन चीज़ हमरे पास ना है, ऊ पाकिस्ताने न गयी ? हमरे पास रह का गवा है ? एक ठो बेवा बेटी, तीन ठो यतीम नवासे-नवासी, एक ठो बहू और उहो बेवा ही है ! तीन ठो पोते-पोती; उहो को यतीमे समझो। कल एक ठो ख़जाना और मिल गया ! सुखरमवा नालिश कर दिहिस है। अब हम ओका कर्ज़ा कहाँ से दें ? दो-चार ठो मरीज़ आते रहे, तो कम्मो डागदरी शुरू कर दीहन। हमारी समझ में तो भाई, कुछ आता ना। नौ परानी का पेट कैसे चलायें ?''

''देखिए, इंशाअल्लाह अब मैं कुछ भेजा करूँगा।''

''ई तो तूँ जाते बखत भी कहे रहयो।'' हकीम साहब ने कहा, ''तूँ अपने बाल-बच्चों को ले जाओ।''

''आपौ चले चलिए फिर।''

''हम ना जायँगे।''

''आख़िर यहाँ रहकर का करिएगा ?''

''एह बात का ख़याल तूहें बहुत जल्दी आया।'' वह खड़े हो गये, ''ई पूछ रहयो ना कि हम हियाँ रहके का करेंगे ! तो सुनो, हम खानदानी गड़ावर छोड़के ना जायँगे। हम मरे को रह रहे हैं इहाँ।''

"...सक़ीना बीबी के देखने को जो, रन से घर में इमाम आये ।
हरम जो ड्योढ़ी पे मुतज़िर थे, हरमसरा में तमाम आये ।।
सक़ीना बोली कि आओ लोगो, इमामे-अली मुक़ाम आये ।।
गये थे दरिया की सिम्त प्यासे, वहाँ से भी तिश्ना-काम आये ।।
वो नन्हे नन्हे से हाथ उठाकर, दुआएँ बाबा को दे रही थी ।
बदन जो ज़ख़मी था सर से ता पा बला सरापा की ले रही थी ।।
सक़ीना बीबी के देखने को..."

इमाम बाड़े से हुसैन हैदर मियाँ की सोज़ख़्वानी की आवाज़ आने लगी थी।

"हे सद्दन ! का तोहरयो लड़की का नाम सकीना है ?" हकीम साहब ने पूछा, "चलो, मजलिस शुरू हो गयी।" बाप-बेटे फ़र्श पर अपनी-अपनी जगह जा बैठे। सद्दन ने एक-एक पंजे और एक-एक पटके को ग़ौर से देखना शुरू किया। उनपर एक अजीब-सी मुर्दनी छायी हुई थी। मिंबर का गिलाफ़ भी जगह-जगह से फटा हुआ था।

सोज़ख़्वानी के बाद डिप्टी अली हादी मियाँ मिंबर पर गये। बस्ता उठाकर उन्होंने मरसिये का इंतख़ाब करने में तीन-चार मिनट लगाये। फिर उन्होंने चश्मे के ऊपर से सामईन को घूरा। दो रुबाइयों और सलाम के चंद शेर पढ़ने के बाद उन्होंने मरसिया शुरू किया :

"दौलत कोई दुनिया में पिसर से नहीं बेहतर..."

हकीम साहब ने मुड़कर सद्दन की तरफ़ देखा। सद्दन गरदन झुकाये हुए बैठा था।

मीर अनीस हकीम साहब की नज़र से गिर गये थे आजकल, 'उनका लड़का पाकिस्तान गया होता तब...ऊ ई मरसिया लिखते तो हम जानते कि हमरे पास ई दौलत कउन-कउन काम आ रही। ई दौलत अब हम्में जाये को पढ़ी यबे परुसरमवा हरामज़ादे के पास अउर ओ से कहे को पड़िहे कि अपने बाप से कहके मुक़दमवा उठवा ले। चाहे तो ई घर लिखवा ले...बाक़ी ई मुक़दमे में हमें कचेहरी मत बुला...' हकीम साहब रो पड़े।

"ये वह असा है पीर जवान रहता है जिससे..."

अली हादी मियाँ ने मिसरा पढ़ा।

'ठेंगा होता है पीर उससे !' हकीम साहब ने सोचा। सामने ही तो मौजूद है असा...

सद्दन की बेटी सकीना सरकते-सरकते उनकी गोद में आ गयी। उन्होंने अपनी नाक उसकी गरदन में गाड़ दी। वह गुदगुदी की वजह से फिसल गयी। फिर वह उनकी गोद में लेट गयी और सियाह रूमाल का चूहा बनाने लगी।

नयी-पुरानी रेखाएँ

''नाहीं, कुच्छ कम करौं। आप त बहुते दाम माँ-ग-ताड़ीं।'' ग्राहक ने कहा।

''अउरी तोके ई ना लउकत बाए कि हई कैयसन ज़ब्बन बाए!'' फुस्सू मियाँ ने जूते के तलवों को लड़ाते हुए कहा, ''जा-जा ... चमड़ौधा पहिन! बंदर का जाने अदरक का सवाद! विलायती कंपनी का माल हौ ई! अंगरेजन की टँकाई बाय। एकर टाँका न टूटी!''

''नाहीं मियाँ, हम ई ना कहत बाड़ीं की ई नीक ना बाए, नीक त बाए। बाकी हम तीस रुपये का जूता पहिनब?''

''अ भगवान पैसा दिहल बाय त काहे न पहिनब!''

''तनीको कम ना होई दाम?''

''बुहनी का बखत बाए एह मारे चार आना छोड़ देइब। चल, उनतीस रुपया बारह आना दे दे। अब एह से इक्को डबल कम ना होई। तोरी खातिर खरीद के दाम पर बेच रहें। अल्लाह-क़सम, एही चार आना नफ़ा है हमरा!''

ग्राहक ने दाम चुका दिये। अपने पुराने जूते को नये जूते के डिब्बे में रखकर उसने नया जूता पहना। तीस रुपये का जूता पहनकर वह शरमा गया। वह खड़ा हो गया।

''सुसरालवालन के कोस-भर पहले ही से ई जूता खबर दे दयी कि पाहुन आवत बाड़न।'' फुस्सू मियाँ ने रुपयों को गल्ले में रखते हुए कहा। ग्राहक मुस्कराकर दूकान से चला गया। फुस्सू मियाँ ने जूते की चुरमुर सुनी। वह दिल-ही-दिल में मुस्करा दिये। शहर में ख़लील की दुकान पर यह जूता चार साल से रखा हुआ था। कोई इसकी तरफ़ देखता ही नहीं था। चुनाँचे वह जो लगन के लिए माल उठाने गये, तो उन्होंने सवा ग्यारह रुपये में वह जोड़ा ले लिया। उन्होंने सोचा था कि अगर नहीं बिका तो वह उसे मिग़दाद को पहना देंगे और यह सोच लेंगे कि दामाद पर सवा ग्यारह रुपये खर्च हो गये।

हुआ यह कि शादी के बाद ही मिग़दाद और हम्माद मियाँ में फिर झगड़ा हो गया। और इस बार मिग़दाद अपनी बीवी समेत फुस्सू मियाँ के घर उठ आये। अब्बास और कुबरा ने बहुत मेल-मिलाप कराने की कोशिश की, लेकिन फुस्सू

मियाँ ने मेल न होने दिया; क्योंकि मिगदाद के आ जाने से उनके घर की बहुत-सी मसायल खत्म हो गयी थीं। एक तो यही कि गल्ला बहुत आने लगा था। ऊपर का खर्च जूते की इस दूकान से निकल आता था, जो उन्होंने इमाम बाड़ेवाले कमरे में चालू कर दी थी। बस, मोहर्रम से दो दिन पहले दुकान बंद कर दी जाती। सारा सामान एक कोठरी में भर दिया जाता। कमरे में सफ़ेदी कर दी जाती। चाँदनी लग जाती, छतगीरी बाँध दी जाती और झाड़-कँवल और कुमकुम अपनी-अपनी जगह सँभाल लेते...

तीन-चार बरस पहले जब उन्होंने बशीर मियाँ के मशवरे से यह दूकान खोलने का इरादा किया था, तो मियाँ लोगों ने बहुत मज़ाक उड़ाया था कि एक तो पैबंदियों में बेटी देकर जीती मक्खी निगली और अब जूते की दूकान खोलने का इरादा है। फुस्सू ने फ़ौरन तवारीख़ का हवाला दिया कि ख़ुद हज़रत अली ने भी जूते टाँके थे।

धीरे-धीरे दूकान चल निकली। पहले तो उन्हें ग्राहकों से बात करते शर्म आती थी। ग्राहक भी कैसे, जिनकी पुश्तें उन्हें और उनके बुजुर्गों को सलाम करने में गुज़री थीं? वही गाँव के जुलाहे और राक़ी, वही चमार और अहीर। वह दाम बताते और जब ग्राहक मोल-तोल शुरू करता तो झल्ला जाते, लेकिन फिर रफ़्ता-रफ़्ता ख़रीद के दाम पर क़समें खा-खाकर माल बेचने का फ़न आ गया और दूकान चल निकली।

अब उन्हें जवाद मियाँ की मुसाहिबत नहीं करनी पड़ती थी और न उन्होंने इस डर से अपने दरवाज़े पर बैठना बंद कर दिया था कि कोई आ गया तो हुक़्क़ा पिलाना पड़ेगा, पान खिलाना पड़ेगा और इनमें से कोई चीज़ मुफ़्त नहीं मिलती। लद गये वे दिन जब घर पर तरह-तरह का ख़मीरा तैयार किया जाता था और क़वाम के तज्रूबे होते थे।

हम्माद मियाँ और जवाद मियाँ के एलावा किसी में अपने दरवाज़े पर बैठने का हौसला नहीं था, पर दूकान ने फुस्सू मियाँ को इस लायक़ बना दिया था कि वह शाम को दूकान बढ़ाने के बाद अपने दरवाज़े पर बैठ सकें। उनके दरवाज़े पर एक छोटा-मोटा-सा दरबार लगने लगा था। वे लोग जो जवाद मियाँ और हम्माद मियाँ के दरवाज़े पर नहीं बैठ सकते थे, फुस्सू मियाँ के दरबार में दिखायी देने लगे—जैसे हकीम अली कबीर और अब्बू मियाँ न हम्माद मियाँ की मुसाहिबत कर सकते थे और न डॉक्टर कमालुद्दीन के बाप की। ज़मींदारी के जाने का मतलब यह तो नहीं है कि पैबंदियों और हरामियों की मुसाहिबत की जाय। इसलिए इन लोगों ने अपने मरदाने मकान में बैठना छोड़ दिया था। अब्बू मियाँ ने तो अपना मरदाना मकान कम्मो को किराये पर छोड़ दिया था। उन्हें इसकी ज़रूरत नहीं थी। कम्मो को दो बड़े कमरों की ज़रूरत थी। एक में वह ख़ुद बैठता था और एक में उसका दवाख़ाना था, जिसमें दो नौकर थे जो

दिन-भर दवाओं की पुड़ियाँ बाँधते-बाँधते थक जाते। वह दोनों सैयद-ज़ादे थे। कम्मो उन्हें बात-बे-बात पर डाँटता रहता था और वह चुपचाप उसकी बात सुन लिया करते थे। एक रोज़ उसने ज़र्ग़ाम को खास दवाख़ाने में दिलरुबा भंगिन के साथ चूमा-चाटी करते पकड़ लिया। उसके लिए यह बात असह्य थी। इसलिए उसने वहीं खड़े-खड़े ज़र्ग़ाम हुसैन ज़ैदी उर्फ़ बल्लन इब्ने सय्यद हुसैन अली ज़ैदी को निकाल बाहर किया। बल्लन ने बड़ी ख़ुशामद की, पर वह नहीं माना। लाचार होकर बल्लन चला गया। थोड़ी देर बाद हुसैन अली मियाँ आ गये, उन्होंने बड़ी ख़ुशामद की। उसी के सामने बल्लन को बहुत बुरा-भला कहा, बल्लन से माफी मँगवायी। कम्मो का दिल पसीज गया और हुसैन अली मियाँ की जान-में-जान आयी कि तीस रुपये माहवार का सहारा बच गया। पर अब्बू मियाँ हुसैन अली मियाँ नहीं थे। उन्होंने पन्द्रह रुपये पर मर्दाना मकान किराये पर उठाया, तो मरदाने की तरफ़ झाँकना छोड़ दिया। वह पिछवाड़े से आने-जाने लगे। इसीलिए फुस्सू मियाँ ने एक दिन सामनेवाले चबूतरे पर कुर्सियाँ लगवायीं तो वह उनके दरवाज़े पर आ गये और फिर वह रोज़ शाम को आने लगे। लालटेन की रोशनी में फुस्सू मियाँ सियासत पढ़कर सुनाते और उनके दरवाज़े पर जमा होने वाले लोग बहुत संजीदगी से दुनिया के मुस्तक़बिल पर विचार करना शुरू कर देते। गयी रात को महफ़िल खत्म होती, तो अब्बू मियाँ घर जाकर सईदा की माँ के बुदबुदाने की परवा न करते हुए 'शमा-मुअम्मा' हल करने लगते और दुआ माँगने लगते कि बस एक बार मुअम्मे का इनाम मिल जाय, पर हर बार होता यह कि इनाम चार ग़लतियों तक बाँटा जाता तो उनके हल में पाँच ग़लतियाँ निकल आतीं। हालाँकि होता यह था कि उनके हल में बेशुमार ग़लतियाँ हुआ करती थीं। ख़ुद सईदा की माँ, जो मुअम्मे को अपनी सौकन कहा करती थीं, दूर नमाज में दुआ माँगती थीं कि पाक़-परवरदिगार, अबके सईदा के अब्बा को इनाम दिलवा दे, तोको कर्बला वालन का वास्ता, तो को हज़रत बीबी की क़सम... और ज्यों-ज्यों ऐलान की तारीख़ क़रीब आती जाती, मियाँ-बीवी की बेचैनी बढ़ती जाती। सईदा की माँ अपनी बेचैनी को छिपाये रहतीं और सईदा के अब्बा इसे ज़ाहिर करने में लगे रहते।

"अबकी इनाम मिल जाय तो कर्बला-ए-मुअल्ला चला जाय!" वह कहते।

"कोई चोंचला देखे।" बीवी चमकतीं।

"तोरी मखमलवाली दुलाइयो बनाये को है।"

"सईदा के वास्ते एक ठो लड़-क-हू ढूँढ़े की बात कर लिया करो कभी।"

बस यहीं से बात बिगड़ जाती। 'तू-तू, मैं-मैं' होने लगती। नतीजा यह निकलता कि अब्बू मियाँ ने उनकी ज़िंदगी तबाह कर दी और वही ऐसी थीं कि

उन्हें झेल गयीं। जवाब में अब्बू मियाँ भी इन्हीं ख़यालात का इज़हार करते। और दोनों में बोल-चाल बंद हो जाती। यहाँ तक कि ताज़ा 'शमा' आ जाता। अब्बू उसे बड़े इश्तियाक़ से खोलते। सईदा की माँ भी पास सरक आतीं। अब्बू मियाँ सही हल से अपने हल का मुक़ाबला करते। ग़लत्तियाँ एक-दो-तीन... इसके बाद वह दिल में गिनना शुरू करते और नतीजा यह सुनाते कि बस, एक ग़लती ज़्यादा हो गयी वरना इक्कीस हज़ार तो मिल ही गये होते। खैर... अगली बार देख लिया जायेगा। फिर अगले मुअम्मे की तैयारी हो जाती और फिर वही तमाम चीज़ें दोहरायी जातीं, पर मुअम्मे के इंतज़ार में ज़िंदगी की ज़रूरतें तो रुक नहीं जातीं। ज़रूरतें महँगी होती जा रही थीं। आमदनी ठप्प थी। चार सौ रुपये सालाना वक़्फ़-फ़ी-सबीलिल्लाह की आमदनी थी। इसमें से सौ रुपये मोहर्रम पर खर्च हो जाते। बचे तीन सौ यानी पचीस रुपये महावार और पंद्रह रुपये किराये से आते थे। कुल मिलाकर चालीस रुपये महीने की आमदनी इज़्ज़ते-नफ़्स की हिफ़ाजत के लिए नाकाफ़ी थी और वह सईदा से मदद लेने पर तैयार नहीं थे। वह एक शरीफ़ हिंदुस्तानी बाप थे। सईदा की नौकरी ही को झेल लेना उनका कमाल था। उसकी कमाई पर भरोसा करने का तो सवाल ही पैदा नहीं होता था। धीरे-धीरे बीवी के सब ज़ेवर बिक गये। जो भूमिधरी उन्होंने बड़ी मुश्किल से हासिल की थी, वह हाईकोर्ट से निकल गयी। ज़मीन निकल गयी, पर कुन्दन का गुलूबंद वापस नहीं हुआ। इन हालात में नमाज़ और मुअम्मे के सिवा सहारा ही क्या हो सकता था।

"अज़ीज़ फ़ातमा के बिआह का कोई बन्दोबस्त करिहो कि नाहीं?" एक रात सईदा की माँ ने कहा था, "हम लोग अगर ना गये तो बहुते शिकायत हो जइहै। उनकी आख़िरी बेटी का बिआह है।"

"जायँगे काहे नाहीं, ज़रूर जायँगे।" अब्बू मियाँ ने कहा, "ऐसा न करो कि सईदा के बिआह के लिए जौन जोड़े बनवाये गये रहे, उही में से एक जोड़ा निकालकर अज़ीज़ फ़ातमा को दे दो।"

"खाली एक ठो जोड़ा?"

"एक थान ज़ेवरो ले लो।"

"का बेटी का जहेज़ बेचे का दिन आ गवा?" वह रो पड़ी।

"का किया जाय?" अब्बू मियाँ ने कहा, "बखत-बखत की बात है।"

"और हम का ई खटपटिये पहिन के जायँ?"

"नहीं, कल फुस्सू के यहाँ से लीआ देंगे।" दूसरे दिन नाश्ता करके वह पिछले दरवाज़े से निकलकर फुस्सू की दूकान में आये तो वहाँ बहुत भीड़ थी। वह फुस्सू मियाँ के सलाम के जवाब में दुआ देकर एक तरफ़ बैठ गये।

"ऐ बेटा महजबीन, देख त दादा आये हैं। पान ली आ दादा के वास्ते।" वह आवाज़ देकर ग्राहक से बात करने लगे, "ए से कम ना होई। नापसंद हो तो,

शहर जाके, हुवाँ के दुकंदारन से पाकिट कटवा आओ।"

"ई जूता त बड़ नीक जनात बाए रे!" अब्बू मियाँ ने उसी जूते के गुलाबी चमड़े पर हाथ फेरकर कहा।

"ई सभन को तो मुफ़ुत चहिए, मामू!" फ़ुस्सू मियाँ ने कहा।

महजबीन मिग़दाद के लड़के दिलावर हुसैन को गोद में लिये हुए आयी। दिलावर हुसैन की मुट्ठियों में पान था और वह बारी-बारी उन दोनों को खाने की कोशिश कर रहा था। महजबीन ने उसके दोनों हाथ पकड़ रखे थे और हँसी से दोहरी हुई जा रही थी।

"तैं त बड़ा बदमाश है भाइ।" फ़ुस्सू मियाँ ने उसके हाथ से पान लेते हुए कहा। दिलावर को ग़ुस्सा आ गया। उसने पेशाब कर दिया। पेशाब की धार फ़ुस्सू मियाँ की ऐनक से टकरायी। सारी दूकान हँसने लगी।

दामन से मुँह साफ़ करके उन्होंने एक पान अब्बू मियाँ को दिया और एक खुद खा लिया।

"अम्मा के मरे से पान का मज़ा चला गया।" उन्होंने पान पर एक-दो कल्ले मारने के बाद कहा।

"एक-एक करके सभै लोग चले जा रहें। एक ठो ह-म-ही बचे रह गये हैं।" अब्बू मियाँ ने कहा, "ई दुनिया कौनो रहे के क़ाबिल रह गयी? हम ते कह रहें हैं कि खुशनसीब रहीं छुटकी बा'जी कि चली गयीं ई दुनिया से। देखें, हमारा लंबर कब आता है!...भई, दो जोड़ जूता चहिए।" उन्होंने देखा कि दूकान में कोई ग्राहक नहीं है, तो तड़-से काम की बात शुरू कर दी, "एक ठो हमरे वास्ते और एक ठो तोरी मुमानी के वास्ते।"

फ़ुस्सू ने जूते के जोड़े निकालकर उनके सामने फैला दिय। उन्होंने दो जोड़े पसंद कर लिये।

"कितने का भया?"

"अब आपसे कोई नफ़ा तो खाना ना है।" फ़ुस्सू ने कहा, "आपवाला सत्तरह रुपये का है और मुमानीवाला एक्कइस रुपये का। दूनो मिलाके अँड़तीस रुपये भया।"

"ठीक है।" वह दोनों डिब्बे लेकर खड़े हो गये, "हम चल रहें, दाम हम शगुन के ज़माने में देंगे। अभी हमरे पास रुपया ना है।"

वह एक बार और भी यह कहकर जूते ले जा चुके थे। एक सईदा के लिए और एक सईदा की माँ के लिए। फ़ुस्सू ने इसका तक़ाजा नहीं किया था, पर यह रस्म ठहर गयी तो बड़ी मुश्किल पड़ेगी। पर यह भी मालूम था कि वह छोटे मामू के हाथ से जूता छीन नहीं सकते थे। अब्बू मियाँ डिब्बे लेकर चले गये। फ़ुस्सू मियाँ ने एक कॉपी में उधार टाँक लिया। हम्माद मियाँ और जवाद मियाँ

के एलावा तक़रीबन तमाम मियाँ लोग उनके मक़रूज़ थे और वह किसी से तक़ाज़ा नहीं कर सकते थे। अब वह उन हुसैन अली मियाँ से तक़ाज़ा क्या करते जो अपने मकान की परदे की दीवार की मरम्मत न करा सकते हों! सबका यही हाल था। हर घर में अंबारों बक्स थे। हर ज़नाने कबरबंद में कुँजियों का भारी गुच्छा था, पर बक्स खाली थे। तालों की कोई ज़रूरत न थी, पर औरतें कुँजियों के गुच्छों से चिमटी हुई थीं। क्योंकि वही उनकी खुशहाली के जमाने की यादगार रह गये थे। यह कुँजी फ़लाँ बक्स की है और यह कुँजी फ़लाँ बक्स की। यह कुँजी फ़लाँ बक्स की थी और यह फलाँ की। 'है' और 'थी'—ये दो लफ़्ज़ भी कितने अजीब हैं! एक ज़िंदा है और दूसरा लाश की तरह भारी है। गुच्छों में फँसी हुई हर कुँजी एक लाश थी और उत्तर और दक्खिन की सैदानियाँ इन लाशों से चिपटी पड़ी थीं। इन कुंजियों का नग़मा उन्हें जिलाये हुए था, वरना उनकी आँखें बुझ चुकी थीं और उनकी कमरें बेटियों की कुँआरी जवानियों के बोझ से दुहरी हुई जा रही थीं। इसीलिए उनका वक़्त बेटियों को कोसने में गुज़रता था और बेटियाँ इस कमरे से उस कमरे में छिपती फिरती थीं। क्योंकि घर अब भी उतने ही बड़े थे और उनमें यादों की चुड़ैलें दिन-रात नाचा करती थीं।

"जवाद-चा फुन्नन-चा के हाथ फ़िद्दू का पयाम भिजवाइन हैं!" हुसैन अली मियाँ ने एक रात अपनी बीवी से कहा।

"इनकी शामत आयी है का?" उनकी बीवी चमकीं, "अब ई ज़माना आ गवा है कि सैदानियन के वास्ते हरामियन का पयाम आवेगा?" उन्होंने सवाल किया।

"हाँ!" हुसैन अली मियाँ ने जवाब दिया, "और हम मानो लिया केह मारे कि सबको अल्लाह पैदा किहिस है ⋯ हमारी है त एमें ओ का कौन क़ुसूर है?"

"जब क़ुबूले कर लिये हौ त पूछ का रह्यो?"

"पूछ ई रहें कि जवाद-चा ज़र्ग़ाम का रिश्ता भिजवाइन हैं।"

"ज़ैनबिया के वास्ते?"

"हाँ!"

"मजबूती से पकड़े रहियो दूनों रिस्तन को। कहीं कोई चुरा न ले! हाँ", वह क़िबला-रू हो गयीं, "हे पाक-परवरदिगार! उठा ले हम्में! अब का दिखाए को जीता रखे है। तोको शु-ह-दाये-कर्बला का वास्ता!"

"हम ई कह रहें कि हमें ए से गरज है कि लड़कियाँ आराम से रहें, कि ए से मतलब है कि कोई लुच्चे बाक़ी खरो हड्डीवाले से ओको बिआह दें चाहे ओकी ज़िंदगी रोउत-कलपत गुज़रे! कोई क़ायदे से देखे तो हम सभे हरामी हैं। तूँ से मोलवी साहब पूछ आये रहे निकाह के बख़त तो तूँ हाँ-हाँ कहे रहियु?"

"हम ना कहा रहा त ओ से का।" बीवी ने कहा, "ख़ाला ते कह दिहिन

रहा ।"

"मौलवी साहब तूँ से पूछे गये रहे ।" हुसैन अली मियाँ ने कहा, "ख़ाला का निकाह ना हुएवाला रहा, कि ऊ बोल दीं टायँ से । अपने निकाह में ऊ हो न बोलिन हुइहैं !"

"ई तूँ का कह रहियु !" बीबी का कलेजा धक्-से हो गया । इस्मत की सारी दीवारें नीचे आती हुई दिखायी दीं ।

"हम ई कह रहे हैं कि हरामी तो सभे लोग हैं । बस फ़रक ई है कि कोई की माँ सैदानी है और कोई की रहमनुवा-बो । तूँ लोगन की क़िस्मत में तो हरामी बच्चा पैदा करना लिखा गया है । ऊ हरामज़ादी जवाद-चा के साथ ना रहे लगती त रहमानो से हरामिये बच्चा पैदा करती ।"

"ए भाई, ऐसी बात मत करो ।"

"ई तो हम तूँहें एह मारे बता रहें कि फिद्दू और कामिला की शादी हो जाय तो कौनो हरज की बात ना है । एही मारे हम सोच रहें कि ज़र्ग़ाम और ज़ैनबिया का रिश्ता मान लें !"

"कम्मू से काहे न कर देत्यो ?"

"ऊहो लाट साहब हैं ?" हुसैन अली ने कहा, "ऊ सईदा से करिहें और सईदा की जूती को कौन ग़रज पड़ी है ? हम तो सुन रहें कि ऊ दुसरे-तीसरे मियाँ बदल रहीं हुवाँ अलीगढ़ में । गये रहे ग़ाज़ीपुर, शब्बर की-हाँ, त बात होती रही कि आजकल ऊ कोई सिख से फँस गयी है ।"

"उनको कैसे मालूम हो गयी अलीगढ़ की बात !"

"मन्नो अलीगढ़ में न पढ़ रहीं ! त शम्मू गये रहे उन्हें पहुँचाये । अली मेंहदी की-हाँ ठहरे । सब तमाशा देखिन अपनी आँख से । ऊ कलब जाती हैं । अंग्रेजी बोलती, अंग्रेजी खेल खेलती हैं । उन्हें कोई ज़रूरत है बिआह करे की ? तीन सौ तनख़्वाह है और उतनीये ऊपर की आमदनी होइहे । अब्बू-चा वैसे ही गरीब बने हैं । एक ठो ज़िमींदारी गयी ते उत्तीये बड़ी एक ठो ज़िमींदारी मिलो गयी ।"

"अरे, कोई की लड़की को ऐसे मत कहो ।" बीवी ने कहा, "तोहारयो लड़की जवान है ।"

"हमरी लड़की को कोई का कह सकता है जी !"

उनकी लड़की कामिला उस वक़्त रहमत जुलाहे के लड़के बरकतुवा उर्फ़ मुहम्मद बर्क़तुल्ला अंसारी की निगाहों से बेतल्लुक जँगले के सामने खड़ी हुई थी । बरकत, जो अलीगढ़ में पढ़ता था, बड़े फूहड़पन से कोई फ़िल्मी गाना गुनगुना रहा था जिसकी आवाज़ कामिला तक आ रही थी; पर कामिला जब भी उसकी तरफ देखती, वह घबराकर दूसरी तरफ़ देखने लगता । यह तमाशा पिछले साल से चल रहा था । हुआ यह कि कामिला अब्बू मियाँ की मजलिस

करके लौट रही थी। रात का वक़्त था। एक कुत्ता उसकी ओर लपका। वह 'या अली' कहके एक तरफ़ झुकी तो बरकतवा की गोद में आ गयी। यह लम्स बड़ा लज़ीज़ था। फिर बरकतवा उसे घर तक छोड़ गया। हुसैन अली मियाँ की बीवी ने एक पान खिलाकर उससे सईदा के बारे में बातें भी कीं। दूसरे दिन कामिला जँगलें के पास यूँ ही खड़ी हुई थी कि बरकतवा से आँख लड़ गयी। बरकतवा ने एक बच्चे की तरफ़ देखकर कई आवाज़ें निकालीं। वह मुस्करा दी। फिर यह होता रहा कि जब बरकतवा खिड़की के पास आता तो कुत्ते की बोली बोलता। न बरकतवा ने कभी कोई बात की और न कामिला ने। बस, दोनों एक-दूसरे के वजूद से बाख़बर हो जाते। उनके लिए शायद यही बहुत-कुछ था। फिर बरकतवा चला गया और कामिला गर्मियों की छुट्टियों की राह देखने लगी।

बरकतवा ने भी साल-भर अलीगढ़ में कामिला को याद किया। ज़ाहिर है कि ख़त लिखने का कोई सवाल पैदा नहीं होता था। पर उसने तय कर लिया था कि इस बार वह कामिला से बात जरूर करेगा। फिर ख़ुदा का करना ऐसा हुआ कि उन्हीं दिनों जब जुदाई का दर्द बहुत तेज था, उसके दादा का इंतकाल हो गया। अपने दादा से उसे कोई खास मुहब्बत नहीं थी। बूढ़े को गालियाँ बकने, खाँसने, गाढ़ा-गाढ़ा बलग़म थूकने और नमाज़ पढ़ने के सिवाय कोई काम न था। फिर भी वह भागा-भागा आया और पहली फ़ुर्सत में जँगले के सामने जाकर उसने कुत्ते की आवाज़ निकाली। कामिला झट-से आ गयी और फिर वही तमाशा शुरू हो गया। उसके सारे प्रोग्राम धरे रह गये। वैसे उसने अलीगढ़ में अपने दोस्तों को अपने और कामिला के इश्क़ के बारे में बड़ी-बड़ी बातें बतायी थीं। ज़्यादा ज़ोर इस पर था कि माशूक़ा खरी सैदानी है। पर अब उसकी ज़बान बंद थी। हज़ारों रटे-रटाये अफ़सानवी जुमले उसके दिमाग़ में केंचुओं की तरह कुलबुला रहे थे, पर उन्हें निकलने का रास्ता नहीं मिल रहा था, क्योंकि ज़बान से तो साला एक फ़िल्मी गीत चिपक गया था। फुन्नन मियाँ को आता देख उसे हट जाना पड़ा।

"हियाँ का कर रहा बे?" फुन्नन मियाँ ने पूछा।

"कुच्छ नहीं, साहब!"

"अपने बाप से कह दे कि गाँव में रहना हो तो तनी दिमाग़ ठीक करके रहें। अब उनको ऐसा दिन लग गया है कि अब्बू भाई पर चढ़ गये हैं। टँगिया चीर के फैंक देंगे। कह दीहो अपनी महतारी के भतार से कि जेह की ज़मींदारी गयी हुई है, ओकी गयी हुई है, फुन्नन मियाँ की ज़मींदारी न गयी है।"

"लड़ाई हुई अब्बा से तो आप हमको क्यूँ डाँट रहे हैं।"

"अब्बा कहे लगियो!" फुन्नन मियाँ बिलकुल आपे से बाहर हो गये, "तूँहू अपने बाप को अब्बा कहे लगिहो तो शरीफ़ लोगन के लड़के अपने बाप को का

कहके पुकरिहें !"

अस्ल में फुन्नन मियाँ का खून रात ही से खौल रहा था। वह गये हुए थे ग़ाज़ीपुर। लौटे तो कुलसूम ने पहली खबर यह सुनायी कि "तिसरे पहर को रहमतवा अब्बू भाई पर चढ़ गया रहा. केह मारे कि ओका मुर्गा उनके घर में घुसके धनिया खाने लगा तो भावुज ने एक ठो ढेला मार दीहिन। ओकी टँगरियाँ टूट गयीं। बस, रहमतुवा चढ़ न गया। उल्टा चिल्लाता रहा। हियाँ तक आवाज़ आती रही। ऊ तो ई खैर हो गयी कि अब्बू भाई घराना में से नाहीं निकले, नहीं तो खुदा-न-खास्ता ऊ मार बैठता।"

"ऊ बहनचोद की ई हैसियत हो गयी !"

फुन्नन मियाँ ने अपनी लाठी उठाते हुए कहा, "ओकी गाँड़ में हल चला देंगे ! ओ समझे का है, का अब्बू भाई लावारिस हैं ?"

रहमत के दरवाज़े पर खड़े होकर फुन्नन मियाँ ने ऐसी-ऐसी गालियाँ बकीं कि सारे गाँव में सन्नाटा छा गया। औरतों ने अपने कान बंद कर लिये। वह बिलकुल ना-मुमकिन क़िस्म की गालियाँ बक रहे थे। कई लोगों ने उनसे कहा कि रहमत मुहम्मदाबाद चला गया है, पर उनका गुस्सा किसी तरह कम न हुआ।

कुछ नौजवान जुलाहों ने कुलबुलाना चाहा, पर बड़े-बूढ़ों ने उन्हें रोक दिया। फुन्नन मियाँ ज़मींदारी के ख़त्म हो जाने पर भी फुन्नन मियाँ थे। उनके पीछे अब दो-सवा दो सौ लाठियाँ थीं। धीरे-धीरे सारे जुलाहे अपने घरों में चले गये। फुन्नन मियाँ भी लौट आये। इसीलिए बरकतवा को देखते ही उनकी आँखों में ख़ून उतर आया।

बरकतवा ने वहाँ से सरक जाने में ही भलाई देखी। उसने दिल-ही-दिल में फुन्नन मियाँ को हज़ारों गालियाँ दीं क्योंकि उनकी गालियाँ सुनकर उसका ख़ून यूँ भी खौल रहा था। अगर वह यूनिवर्सिटी का तालिबे-इल्म न रहा होता, तो इन बड़े मियाँ की ख़बर ज़रूर लेता। उसने यह सोचकर अपने को तस्कीन दे ली।

फुन्नन मियाँ हुसैन अली मियाँ के दरवाज़े में चले गये। हुसैन अली मियाँ एक खुर्रे पलँग पर लेटे हुक्का पी रहे थे, फुन्नन मियाँ बग़लवाले पलँग पर लेट गये। हुसैन अली मियाँ ने हुक्के की नय उनकी तरफ़ मोड़ दी। उन्होंने दो-तीन कश लेने के बाद हुक़्क़ा वापस कर दिया।

"का सोच्यो ?" फुन्नन मियाँ ने कहा।

"हम दाग़ियन में रिश्तेदारी ना करेंगे।" हुसैन अली मियाँ ने कहा।

"पगला गये हौ का ?" फुन्नन मियाँ ने कहा, "ई सय्यदी बघारे का ज़माना है ? अरे मियाँ, जै दिन इज़्ज़त-आबरू से गुज़र जाये ग़नीमत जानो।"

"बाक़ी वह तो जीती मक्खी है चा, सोचे ही से क़ै होए लगत है।"

''भाई, कहेंगे तो तूँहें बुरा लगीहे।'' फुन्नन मियाँ ने कहा, ''बाक़ी हम अबहीं कामिला को रहमतुवा के लड़के बरकतवा से ताक-झाँक करते देखा है ख़ुद अपनी आँख से!'' हुसैन अली मियाँ खौलकर बैठ गये।

''लेटे रहो, लेटे रहो! हमरे पर फौंक के आवे की ज़रूरत ना है। ऊ जैसे तोहरी बेटी है, तैसे ही हमरी बेटी है! हम तो ई कह रहें कि ज़माना नाज़ुक है। का मालूम, केह बख़त का हो जाये। और कौन कहे कि तूँही लोग बड़े सैय्यद हौ, तूँ लोग के बाप-दादा चावनपुर से आये रहे। और चावनपुर के सय्यदन को कौउन न जनता! तूँ कोई तरह हमसे ढेर सय्यद न हौ!''

''गंगौली के लोग तो ख़ास आसमान से टपके रहे।'' हुसैन अली मियाँ ने कहा, ''तू बड़े हो, ज़ुबान मत खुलवाओ!''

''नाहीं भैया, तूँ ख़ास हज़रत अली की औलाद हौ!'' फुन्नन मियाँ ने कहा, ''बिगड़ काहे रह्यो? फ़िद्दू से कामिला का बिआह हरगिज़ मत करिहो। बाक़ी जब ऊ बरकतवा के साथ ख़ुदा-न-ख़ास्ता भाग जाय, तब कह दीहो गाँव-भर से कि रहमतवा तो ख़रा सय्यद है।''

''अब तूँ एह तरह हमरी लड़की को बदनाम करिहो?'' हुसैन अली मियाँ ने कहा, ''ठीक है... अब हम का कर सकते हैं। जौन खूँटे पर अकड़ते रहे तौन खूँटवे कट गया। आज जमींदरिया रही होती तो तूँ ऐसे न कहेत्यो। तब जवाद-चा फिद्दू का रिश्ता न भेजते। बाक़ी हम कह रहें कि तूँ हमरे दरवाज़े से चला जा।''

''कम्मो तोहरे लाडले सय्यद ज़र्ग़ाम हैदर को निकाल द तब का करिहो?'' फुन्नन मियाँ ने जूता पहनते हुए कहा।

''अब ई तो ज़बरदस्ती की बात है।''

''जब ज़मींदरिया रही तब तूँ कौनो ज़ोर-ज़बरदस्ती न किये रह्यो! का ई हमें ना मालुम कि तूँ रहमतवा की बहन से फँसे रह्यो! केह बूते पर फँसे रह्यो? तूँ ज़मींदार न रहे होत्यो, त का ओ तोरी बहिनिया ना चोद देता! कल तोरा बख़त रहा, आज बरकतवा का बख़त है। एही मारे कह रहे कि चुपचाप बिआह द्यों कामिला को फिद्दू से और ज़र्ग़ाम को ज़ैनबिया से और हमसे हड्डी-उड्डी की बात मत किया करो। हमरी हड्डी तोरी हड्डी से ढेर करारी है, समझ्यो! हड्डी मौलवी बेदार की करारी है। बाकी ऊ पाकिस्तान चले ही न गये। तूँ ई मत सोचिहो कि ऊ पाकिस्तान एह मार गये हैं कि देहली के इमाम बाड़े पर सिख सब क़बज़ा कर लिहिन हैं और अमृतसर की मसजिदन में गुरुद्वारा खुल गया है। इह सब त उही साल हो गया रहा, जेह साल पाकिस्तान बना रहा। तो ऊ चले गये होते तुरन्त? अब एह मारे गये हैं कि गंगौली में रहे का कौनो सहारा ना रह गवा रहा। कौउन बूते पर रहते? आल-औलाद रही ना, हल चलावे आता ना रहा और फुस्सू की तरह जूते की दुकान खोले की हिम्मत ना रही, तो कह

दीहन कि हम ई मुलक में ना रहेंगे जिसमें इमाम बाड़े पर सिख लाग क़बज़ा कर लिहिन हैं। अब्बू मियाँ का भी एही हशर होनेवाला है। ऊहो गंगौली में थोड़े ही दिन के मेहमान हैं। बाक़ी तूँ लूली-लँगड़ी खेती कर रह्यो। तूँ तो ज़मीन छोड़ के पाकिस्तान न जा सकत्यो। और अब गाँव में रहे के वास्ते ई ज़रूरी है कि आदमी के पीछे सौ-पचास लाठी रहें, एह मारे कि लठिया पीछे ना रहियें त आगे आ जैयहे और दनादन पड़े लगिहे खोपड़ी पर। समझियो, फुन्नन मियाँ-पाकिस्तान चले गये होते, बाक़ी ऊ एह मारे ना गये कि हियाँ कौन उनकी झाँट टेढ़ी कर लीहे। हम एक ठो फुन्नन मियाँ ना हैं! हम सौ-दो सौ लाठी हैं और ई मत भूल जैयहो कि तूँ परुसराम के बाप के कर्ज़दार हौ। कबीर मियाँ का घर नीलाम हो गया होता, जऊन कम्मो बीच में न पड़ गये होते। ऊ कहिन कि ई ना हो सकता कि उनकी ज़िंदगी में कबीर मियाँ सुखरमुवा चमार की ख़ुशामद करे जायँ। दन सेना टोकरी-भर रुपया निकाल के कबीर मियाँ का करज़ अदा कर दिहिन। उनके लाडले सद्दन ठेंगा दिखला के पाकिस्तान चले गये। कहिन कि रक़म तो बहुत ज़्यादा ना है। बाक़ी हियाँ हिंदुस्तान में हम कुच्छ ना कर सकते। हम कहा—ए भैया! दो-चार लाख भेजा चाहो तो हम मँगवा दें। लगे बग़ल झाँके! कोई कहता रहा कि तूँ हूँ सुखरमुवा के क़र्ज़दार हौ!'' बस, यह आख़िरी तिनका था। हुसैन अली मियाँ टूट गये। रिश्ता मंजूर हो गया।

यह ख़बर उत्तर और दक्खिन-पट्टी में आग की तरह फैल गयी कि फ़िद्दू और कामिला, ज़र्ग़ाम और ज़ैनबिया की निस्बत तय हो गयी है। मीर साहिबान में चौंकने की ताक़त ही नहीं रह गयी थी। अरे, जब मौलवी बेदार पाकिस्तान चले गये तो कुछ भी हो सकता है। मीर साहिबान में से कोई अगर भूले-भटके मौलवी बेदार के मकान की तरफ़ से गुज़रता, तो कोशिश करता कि उनके मकान की तरफ़ न देखे। इतना बड़ा मकान चुपचाप खड़ा आसमान की तरफ़ देखा करता था। फिर बरसात ने गुहार बोल दी। कौन बचाता उस बेचारे मकान को, लेकिन वह हवा और बारिश में घिरा हुआ खड़ा रहा, क्योंकि वह मौलवी बेदार की तरह जा नहीं सकता था। उसकी बुनियाद ज़मीन में थी। वह ज़ख़्मों से चूर होकर झूमने लगा और फिर एक बहादुर सिपाही की तरह ढेर हो गया।

इस खँडहर को कस्टोडियन से परुसराम ने ख़रीद लिया। देखते-ही-देखते वहाँ एक नया और पुख़्ता मकान खड़ा हो गया, लेकिन ईंटों का यह मकान उस माहौल में बिलकुल अजनबी मालूम होता था। ठीक है कि उसके गैरेज में एक जीप खड़ी थी, लेकिन उसके पीछे कोई तारीख़ नहीं थी। इसीलिए अड़ोस-पड़ोस के बोसीदा और ख़ाम मकान उसे हिक़ारत से देखा करते थे।

जब परुसराम आता, तो शाम को उसका दरबार लगता। उसका दरबार गाँव का सबसे बड़ा दरबार होता। उसके दरबार में लखपति भी आते और

फ़ाक़ामस्त सैयद साहिबान भी। ये लोग कुर्सियों पर बैठते और सिगरेट पीते और रेडियो सुनते। उनसे थोड़ी ही दूर पर गाँव के ग़रीब-ग़ु-र-बा होते, जो पहले ही की तरह ज़मीन ही पर उकड़ूँ बैठते, खैनी खाते और बीड़ी पीते। उनकी क़िस्मत में ज़मीन पर ही बैठना लिखा था। बस, उन्हें यह तस्कीन थी कि उनका एक आदमी मियाँ लोगों की कुर्सी पर बैठता है और मियाँ लोग उसके दरवाज़े पर आते हैं और फ़र्क़ यह हुआ था कि वह मियाँ लोगों के सामने बीड़ी पीने लगे थे।

पर सुखरमुवा को कुर्सी पर बैठना न आया। वह कुर्सी पर भी उकड़ूँ ही बैठा करता और जब मियाँ लोगों में से कोई आ जाता तो वह घबराकर खड़ा हो जाता और उसकी समझ में न आता कि वह उन लोगों को सैंतकर कहाँ रखे। वह जिस क़दर ख़ुशामद करता, मियाँ लोग उसी क़दर शर्मिंदा होते और परुसराम जब यह कहता कि फलाँ बात उसके इलाक़े या उसके गाँव में नहीं हो सकता तो मियाँ लोगों का पूरा वुजूद लरज़ उठता।

इधर कुछ दिनों से गाँव में यह बातें हो रही थीं कि परुसराम और हम्माद मियाँ में चल गयी है। हुआ यह कि एक दिन परुसराम की बीवी हम्माद मियाँ के घर गयी। उसने नफ़ीस साड़ियाँ पहनना सीख लिया था। उसके ज़िस्म पर बड़े नाज़ुक, ख़ूबसूरत और क़ीमती ज़ेवर थे। उसे लिपस्टिक लगाना नहीं आता था, इसलिए उसके होंठों पर लिपस्टिक थुपी हुई थी। जाड़े के दिन थे। उसने एक क़ीमती शाल कंधे पर डाल रखा था।

वह अंदर गयी और पलँग पर बैठ गयी। कुबरा को इस चमारिन का यूँ पलँग पर बैठना बहुत बुरा लगा। उन्होंने सड़सड़ा दिया। वह भी कहाँ चुप रहनेवाली थी! आख़िर वह भी एम. एल. ए. की बीवी थी। उसने भी कुबरा को खरी-खरी सुना दी। बोली, "अ-भ-ईं तक आप लोगन का दिमाग़ ठीन ना भया!"

अर, त कौन हमरे लागन का दिमाग़ देखेवाली?" कुबरा-बी बिलकल हत्थे से उखड़ गयीं, "हमरे लोगन के ओट पर परसमुवा एमिल्ले हो गवा है त तैं इतराये लागी। ढेर पें-पें करबे ते जूती से ज़बनियाँ तराश दीहों, माटीमिली! ख़ाहनपीटी! तनि एका चढ़-चढ़के बरब्बरे से बोला देखे कोई! उतर मोरे पलँग से! सारा बिछौना नजिस कर दिहिस, झाड़ूमारी!"

इतनी बात परुसराम की बीवी रमदेइया की समझ में भी आ गयी कि परुसराम वोट से एम. एल. ए. हुआ है, और वोट हर पाँचवें बरस माँगना पड़ेगा। और कुबरा-बी जल्दी मरनेवाली नहीं मालूम होतीं। और इलेक्शन सिर पर है। इसलिए उसने बात पी जाने की कोशिश की। बोली, "मैं नहीं लड़ूँगी। आप बड़ हईं··· बाकी हम त कोई ऐसी बात न कहलीं कि आप···"

"अच्छा, रहे दे, ढेर मत टरटरा!"

रमदेइया ज़िल्लत का यह ज़हर पीकर चली तो गयी, लेकिन परुसराम के आते ही उसने ख़ूब कान भरे। परुसराम ने उसी रात उसे ख़ूब पीटा कि उसे क्या ज़रूरत थी जाने की। दूसरे दिन वह हम्माद मियाँ के घर भी गया। उसने हम्माद मियाँ से माफ़ी भी माँगी। दरवाज़े पर खड़े होकर उसने कुबरा से भी माफ़ी माँगी कि वह तो जाहिल औरत है। कुबरा ने माफ़ भी कर दिया, लेकिन परुसराम के दिल में बाल पड़ गया। नतीजा यह निकला कि हम्माद मियाँ जिस काम में हाथ डालते, वह बिगड़ जाता। क़यामत तो तब आयी जब एक सौ नौ में गया अहीर का चालान हो गया। हम्माद मियाँ थाने पर चढ़ दौड़े, लेकिन थानेदार ने टका-सा जवाब दे दिया। तब हम्माद मियाँ का माथा ठनका। घर आकर उन्होंने कुबरा-बी को बहुत डाँटा, "अगर वह पलँग पर बैठ गयी थी तो कौन-से लाल टँके हुए थे तुम्हारे पलँग में!"

"इ तूँ का कह रहया?"

"गँवार!" हम्माद मियाँ उबल पड़े, "परुसराम से बिगाड़ करके एक दिन इस गाँव में रहना नामुमकिन है...समझी!"

"बाक़ी तो ओह दिन आके माफ़ी माँग गवा रहा और मैं ओको माफ़ो कर दिये रहियूँ।"

यह सुनकर हम्माद मियाँ जल ही तो गये, "अब अपनी माफ़ी को सुबह-शाम शहद लगाके, कलेजे की ठंडक के लिए, चाटा करो!" वह भिन्नाते हुए बाहर चले गये और देर तक अपने कमरे में टहलते रहे, फिर उन्होंने एक आदमी को भेजकर यह मालूम करवाया कि परुसराम घर पर है या नहीं। मालूम हुआ कि वह घर पर मौजूद है। तब उन्होंने बक्स खोला, शेरवानी निकाली और पहनकर वह सीधे परुसराम के घर चल पड़े।

उन्हें परुसराम के घर जाना अजीब लग रहा था, क्योंकि वह परुसराम के घर पहली बार जा रहे थे। वह अपनी बीवी से सख़्त नाराज थे, जिसकी वजह से उन्हें परुसराम के घर जाना पड़ रहा था। लेकिन जब वह उस बड़े दरवाज़े में दाख़िल हुए जो पहले मौलवी बेदार का था, तो जैसे उनके पाँव में किसी ने कोल्हू बाँध दिया। सामने ही मिग़दाद बैठा हुआ था और कह रहा था, "हम त भाई किसान हैं। पहलहूँ हल चलाते रहे, अब्बौ हले चला रहें।"

"मगर, मिग़दाद मियाँ!" परसराम बोला, "हम्माद मियाँ फिर आपके पिता हैं।"

"बाक़ी ऊ सय्यद हैं। अब अपने बाप को हम का कहें? जाये दिजिए, ज़बान मत खुलवाइए।"

"हम त ई देखत बाड़ीं परुसराम भैया, कि ई ज़मींदार लोगन का मिज़ाज ज़मींदारी के चल जाये से भी ठीक ना भया है...जबले काश्तकारन का एका ना हुई, ज़मींदार लोगन का ठेंगा हमनी के सिर से ना हटी। एही मारे कहत बाड़ीं

कि पाँड़ेजी की किसान सभा में जाय के चाही। अब हम्माद मियाँ के देख लेईं, कुल काम त गया करत बाड़न, बाकी फिरो ऊ तीन हल की खेती करत बाड़न। गया का हुक़्क़ा-पानी बंद कर दिहल जाय!" एक मुसाहिबे-खास ने कहा।

"गया तो हुक़्क़ा-पानी पिये जिहल गइल बाड़ा!" दूसरा बोला।

"लेकिन···" परुसराम की निगाह हम्माद मियाँ पर पड़ गयी। वह खड़ा हो गया। बाक़ी लोग बैठे रहे।

"आइए, मीर साहब! आप वहाँ क्यों खड़े हैं?"

"तुमसे एक मिनट का काम है।"

परुसराम दरवाज़े की तरफ़ बढ़ गया। हम्माद मियाँ अपनी नाज़ुक छड़ी से पुराने चोबी दरवाज़े पर लकीरें खींचने लगे।

"हुकुम कीजिए, मीर साहब!"

"अब तुमसे हमको इसकी उम्मीद नहीं थी कि औरतों के झगड़े को यहाँ तक ले जाओगे। दोस्तों और दुश्मनों में फ़र्क किया जाता है भई! जब सारे मियाँ लोग तुम्हारे खिलाफ़ थे तो मैंने तुम्हारा साथ दिया था और आज मेरा आदमी हवालात में है।"

"यह कैसे हो सकता है, मीर साहब?" परुसराम ने कहा, "मैं अभी उस बहनचोद थानेदार को बुलवाता हूँ। सुन रहा हूँ कि मियाँ लोगों में पाँड़ेजी का आना-जाना बहुत हो रहा है आजकल। अब बताइए, यह ज़्यादती की बात है या नहीं? इती तक़ावी यहाँ बाँटी गयी है···दो तरफ़ से पुख्ता सड़कें बन गयी हैं कि अब आधे घंटे में आप लोग शहर पहुँच जाते हैं। गाँव में हर गली पक्की हो गयी है। दो स्कूल चल रहे हैं···और कोई सरकार इससे ज़्यादा क्या कर सकती है? और फिर आप लोग तो जानते हैं कि पाकिस्तान बन जाने से मुसलमानों की पोज़ीशन हिंदुस्तान में कितनी नाज़ुक हो गयी है। इन्हीं बातों से जनसंघ और महासभावालों को मौक़ा मिलता है। मैं नहीं चाहता कि मेरे इलाक़े में हिंदू-मुसलमान का टंटा खड़ा हो। और पाँड़ेजी को तो आप जानते ही हैं। एक छटे हुए बगुला-भगत हैं। डकैतों के ग़ोलदार हैं।"

"यह तुम कैसी बात कर रहे हो?" हम्माद मियाँ ने कहा, "बाक़ी अगर हम लोगों के आदमी हवालात में जाने लगे, तो हम लोग पाँड़ेजी के साथ होने के सिवा कर ही क्या सकते हैं?"

"अरे साहब, गया-गया क्या कर रहे हैं आप?" परुसराम झल्ला गया, "ऐसा ही है तो जाइए और पाँड़ेजी से कहिए कि छुड़ा लायें गया को!"

"अब यह तो तुम्हारी ज़्यादती है!" हम्माद मियाँ ने कहा, "कि तुमसे कोई अपनी परेशानी की बात करे तो तुम पाँड़ेजी का ताना देने लगते हो।"

"गया के पास जाने को जी चाह रहा है क्या आपका!"

हम्माद मियाँ सन्नाटे में आ गये। परुसराम का लहज़ा तेल पिलायी हुई

लाठी की तरह सख़्त था, कुर्सियों पर बैठे लोगों ने क़हक़हा लगाया। उस वक़्त सुखरमुवा अंदर से निकला। हम्माद मियाँ को देखकर वह उनकी तरफ़ लपका। "तूँहूँ बुरबके रह ग्यो परुसराम! च-ल बैयठा-व मियाँ के। चली, मियाँ, हियाँ काहे ठाड़ बाड़ीं!" वह हम्माद मियाँ से मुख़ातिब हो गया।

"फिर कभी आऊँगा।" हम्माद मियाँ ने कहा, "इस वक़्त ज़रा काम से आया था।"

हम्माद मियाँ वहाँ से बहुत परेशान लौटे। 'दरिया में रहकर मगरमच्छ से बैर' का मुहावरा पूरी तरह उनकी समझ में आ गया। अब यह सवाल था कि वह घुटने टेक दें या लोहा लें। उन्होंने लोहा लेने का फ़ैसला किया। वह उसी दिन ग़ाज़ीपुर गये। बशीर मियाँ और वज़ीर मियाँ के सामने यह मसला रखा गया। वह लोग भी सन्नाटे में आ गये। तय यह हुआ कि हम्माद मियाँ एक ख़त लेकर लखनऊ जायँ और अली ज़हीर से मिलें। चुनाँचे हम्माद मियाँ लखनऊ गये और अली ज़हीर साहब से मिले। अली ज़हीर ने नामालूम किसी को फ़ोन किया और फिर उसने किसी और नामालूम को फ़ोन किया। रफ़्ता-रफ़्ता यह पयाम ग़ाज़ीपुर तक आया कि गया बेक़सूर है। ज़िला कांग्रेस कमेटी के सद्र ने परुसराम से कहा कि "हम्माद मियाँ बाबूजी (मुख्यमन्त्री डॉक्टर सम्पूर्णनन्द) के ख़ास आदमी हैं। इसलिए उनका ख़याल रखना चाहिए।"

"वह तो ठीक है।" परुसराम ने कहा, "मगर उन्हें भी तो इसका ख़याल रखना चाहिए कि वह बाबूजी के आदमी हैं। उनका घर पाकिस्तानियों का अड्डा है। वह इस इलाक़े के मुसलमानों को बहका देते हैं। दूसरी तरफ़ वह ज़रायमपेशा लोगों की परवरिश करते हैं।"

फिर टेलीफ़ोन खटकने लगे।

इसी बीच में हम्माद मियाँ ने शहर के एक दुकानदार से परुसराम पर अदम-अदायगी-ए-कर्ज़ और चारसौ-बीसी का मुक़दमा क़ायम करवा दिया। देवकठिया की एक आवारा औरत ने परुसराम के खिलाफ़ मार-पीट और ज़िना की रिपोर्ट लिखवा दी और ख़ुद हम्माद मियाँ ने ज़मानत-मुचलके की कार्रवाई की दरख़्वास्त पेश कर दी कि परुसराम से उनकी जान को ख़तरा है। सारे गाँव में खलबली मच गयी। ऊँची ज़ात के लोगों ने हम्माद मियाँ का साथ दिया। तिजारत-पेशा राक़ियों ने नीची ज़ात के हिंदुओं के साथ परुसराम का साथ दिया। अहीर तक़सीम हो गये। एक गिरोह फुन्नन मियाँ की सरकदर्दगी में परुसराम की तरफ़ रह गया और दूसरा बारिखपुर के ठाकुरों के साथ हम्माद मियाँ की तरफ़ आ गया। कई खेत कटे। कई फ़ौजदारियाँ हुईं।

"कह दो जाके मियाँ से कि अब ऊ पाकिस्तान चले जायँ!" परुसराम ने संदेश भेजा।

हम्माद मियाँ इस धमकी को हँसकर टाल गये। परुसराम हो गया होगा

एम. एल. ए., पर मुक़दमे की पैरवी का फ़न तो हम्माद मियाँ ही को आता था। परुसराम के वकील ने यह साबित कर दिया कि जिस औरत ने दावा किया है, वह फ़ाहिशा है, पर उसकी डाक्टरी कारवायी हो चुकी थी। हम्माद मियाँ ने मुक़दमा पक्का तैयार करवाया था। डाक्टर को रिश्वत देने की जगह उन्होंने यह मुनासिब समझा कि बाक़ायदा ज़िना हो जाय। चुनाँचे वकीले-सरकार को यह क़ानूनी नुक्त निकालना पड़ा कि यह किस क़ानून में लिखा है कि फ़ाहिशा औरत के साथ ज़िना-बिल-जब्र किया जा सकता है? इस सवाल का जवाब वकीले-सफ़ाई के पास नहीं था।

परुसराम की सज़ा हो गयी।

उस रोज़ बारिखपुर के ठाकुरों के यहाँ ज़बरदस्त जश्न हुआ। शहर की रंडियाँ आयीं। ठाकुर जयपाल सिंह ने फुन्नन मियाँ को भी दावत दी। कुलसूम ने उन्हें बहुत रोका, लेकिन वह नहीं माने। छिकुरिया को साथ लेकर वह बारिखपुर पहुँच ही गये। जयपाल सिंह ने उन्हें हाथों-हाथ लिया। मुक़दमे की बात निकली तो फुन्नन मियाँ ने कहा, "अरे जेपाल, तूहें इहो ना मालूम कि ना कि 'सौ सुनार की और एक लुहार की!' एक्को मरतबा आ गयो पैंतरे पर त देंगे हुमिच्च के तौन हाथ कि लेट जैहें। हम उनन्हें माफ़ न किया है। उनके कारण हम जेल काटा है। हम ई बात को भूल न सकते।"

"जाय दीईं मीर साहब! ढेर खुनसाये के ना चाही।" जयपाल ने कहा।

"आज जउन ठाकुर कुँवरपाल सिंह रहते त ई कहते! ई ज़माने के लोग दूसरी मिट्टी के बने हैं। अरे, तैं गा··· बहनचोद, बैठी का है?" उन्होंने ग़ाज़ीपुर से आयी हुई हीरा बाई को डाँटा, जो अपने घुँघरुओं से खेल रही थी।

"और तूँ ई बरात के दुलहे मीर हम्माद हुसैन ज़ैदी को ना बुलाये हो का?" उन्होंने जयपाल से पूछा।

"उनन्हें त गाना-ओना सुने का शौक़े नाहीं है।" जयपाल ने कहा, "अरे भाई, तैं काहे बैठी है?" उन्होंने भी हीरा बाई को डाँटा। साज़िंदों ने साज़ मिलाया। हीरा बाई ने गला साफ़ किया और ग़ालिब की ग़ज़ल शुरू की:

'नुकता-चीं है ग़मे-दिल, उसको सुनाये न बने···'

फुन्नन मियाँ ने उसे आगे बढ़ने का मौक़ा न दिया। वह चीख़ने लगे, "अरे, तैं ग़ालिब की मिट्टी काहे ख़राब कर रही? मत गा! अरे, पुरबी सुना!"

जो लोग जमा थे, उनमें से किसी की समझ में नहीं आया कि फुन्नन मियाँ किस बात पर ख़फ़ा हो रहे हैं। जयपाल का लड़का पृथ्वीपाल सिंह भी मौजूद था जो शौक़ में अलीगढ़ पढ़ने गया था और इंजीनियरिंग के आख़िरी साल में था। लेकिन वह भी न समझ सका। हीरा बाई तो एकदम हक्क-बक्का रह गयी। अभी चंद दिन हुए, उसने शहर में सेठ नसरुल्लाह के दोस्तों को यह ग़ज़ल

गुनायी थी तो वह लोग फड़क उठे थे। नसरुल्लाह ने तो जोश में अपने तहमद को चड्ढों तक चढ़ा लिया था और वह बड़ी-बड़ी आँखोंवाला साँवला-सलोना-सा लड़का 'ख़ामोश'[1] भी झूम उठा था। वह लड़का तो ख़ुद भी बड़ा अच्छा शायर है, तब आख़िर यह मुछिल्ला बूढ़ा किस बात पर चिल्ला रहा है? भगवान इन देहातियों से बचाये!

''तूँ कुछ समझावा एके!'' जयपाल सिंह ने पृथ्वीपाल से कहा।

''हम का समझायीं?'' पृथ्वीपाल ने कहा।

''अरे, त तुहार पढ़ल-लिखल कब काम आयी?''

''दाग़ की कौनो ग़ज़ल याद हो त सुना!'' पृथ्वीपाल ने हीरा बाई से कहा, ''और जौन ऊहो न याद होय त फ़िल्म 'बरसात की रात' की कव्वाली सुना!''

फुन्नन मियाँ ने मुँह पीटने का इरादा मुल्तवी कर दिया। ठाकुर कुँवरपाल सिंह पढ़े-लिखे नहीं थे, लेकिन वह शीन-क़ाफ़ की ग़लती नहीं करते थे। पर अब पृथ्वीपाल से कौन कहे, जब इस तवायफ़ तक से शीन-क़ाफ़ नहीं सँभलता।

''का तोको हकीम अली कबीर नुसखे में लिखिन रहा कि तूँ नाचे-गाये का पेशा ज़रूर करो!'' फुन्नन मियाँ ने हीरा बाई को घूरकर देखा।

''हम सिविल सरजन से इलाज करवाते हैं।'' हीरा बाई ने बुरा मानकर कहा।

''अच्छा, तैं अपना ग़मे-दिल सुना! सुनाके ख़त्म कर जल्दी से!'' फुन्नन मियाँ तकिये की टेक लेकर गाना झेलने के लिए तैयार हो गये।

गयी रात तक नाच-गाना होता रहा। गयी रात तक फुन्नन मियाँ अपने-आपको और जमाने को गालियाँ देते रहे। कोई ढाई बजे उन्होंने इजाजत चाही। जयपाल सिंह ने कहा भी कि रात बहुत हो गयी, जाने की क्या ज़रूरत है, मगर वह नहीं माने।

''तोरी चची घबरात होइहें।''

वह छिकुरिया के साथ घर की तरफ़ चल पड़े। हर तरफ़ सन्नाटा था। तेज़ ठंडी हवा चल रही थी। फुन्नन मियाँ ने पुराने सिपाहियोंवाले कोट को अच्छी तरह लपेटकर मौसम को ब-आवाजे-बलंद गाली देना शुरू किया। हवा उनकी हड्डियों में घुसी जा रही थी। उन्हें अपने बूढ़े होने का शदीद अहसास हुआ। नतीजे के तौर पर उन्हें अपने दोनों लड़के शिद्दत से याद आने लगे। उनकी आँखें नम हो गयीं। उन्होंने मौसम को गालियाँ देना बंद कर दिया कि कहीं छिकुरिया यह भाँप न ले कि वह रो रहे हैं। वह चौंके उस वक़्त, जब उनपर लाठियों का मेंह बरसने लगा।

''ई त बड़ी नामर्दी की बात है!'' उन्होंने गिरते-गिरते कहा, ''टोक के मारा

---

1. ग़ाज़ीपुर का एक आधुनिक कवि

त मरद जानें!" लाठी उनके कंधे पर पड़ी, "हट, ज़नखे!" उन्होंने बड़ी हिक़ारत से कहा। फिर रात जैसे उनकी आँखों में घुस गयी और फिर रात उनके खून में मिल गयी और फ़िर वह ख़ुद रात का एक हिस्सा बन गये।

मर गये फुन्नन मियाँ!

छिकुरिया भी मर गया।

दोनों के खून मिल गये, मगर कोई तीसरा रंग पैदा नहीं हुआ। क्योंकि दोनों के ख़ून का रंग एक ही था।

उसी रात गंगौली में एक घटना घटी। हकीम अली कबीर रात को चौकी पर गये। पाँव फिसला, गिरे, हड्डी टूट गयी। वह चीख़ते-चीख़ते बेहोश हो गये, क्योंकि उनकी बीवी, बेटी-बच्चों समेत एक पुर्से में नुनहरा गयी हुई थी और पुरानी कनीज फ़िज़्ज़ा बिलकुल बहरी हो चुकी थी और उनकी जवान नवासी जवानी की नींद सो रही थी क्योंकि उसे जर्ग़ाम ने बिलकुल थका दिया था। वह एक छोटे-से बच्चे का ख़्वाब देख रही थी।

सुबह को जब उसने हकीम साहब को ढूँढ़ना शुरू किया, तो पता चला कि वह पाख़ाने में पड़े हुए हैं। वह गनगनाकर अलग हट गयी, क्योंकि हकीम साहब भिनभिनाती हुई मक्खियों की एक चादर ओढ़े हुए थे। फिर वह चीख़ पड़ी। उसने लपककर हुसैन अली मियाँ को आवाज़ दी। देखते-देखते सारी उत्तर-पट्टी इकट्ठा हो गयी। हकीम साहब पाख़ाने से निकाले गये। उनका बदन साफ़ किया गया। सरवरी उनके कपड़े तब्दील करते कई बार शरमायी क्योंकि उसे रह-रहकर ज़र्ग़ाम का ख़याल आ जाता था।

हुसैन हैदर लपककर कम्मो को बुला लाये। कम्मो ने बड़े गौर से आला लगाकर हकीम साहब का मुआइना किया और फिर उन्होंने यह तशख़ीस किया कि हकीम साहब की टाँग की हड्डी टूट गयी है। हड्डी जोड़ने का काम उन्हें बिलकुल नहीं आता था, लेकिन ज़ाहिर है कि वह इस बात का इज़हार नहीं कर सकते थे। आड़े वक्त पर जवाद मियाँ काम आये। क्योंकि उन्होंने जवानी में बेशुमार फ़ौजदारियाँ की थीं और हड्डियाँ जुड़वायी थीं। चुनाँचे हड्डी बिठला दी गयी और कम्मो उर्फ़ डाक्टर सय्यद कमालुद्दीन हकीम साहब की नब्ज़ थामकर बैठ गये। यह नब्ज़ उसे बहुत अजीब मालूम हो रही थी।

धीरे-धीरे दवाओं ने असर किया। हकीम साहब को होश आने लगा और ऐन उसी वक़्त खबर आयी कि फुन्नन मियाँ मार डाले गये। सारे मियाँ लोग उधर लपक गये। मगर ज़ाहिर है कम्मो अपने मरीज़ को छोड़कर नहीं जा सकता था। चुनाँचे वह बैठा रहा! बग़लवाले कमरे में ज़र्ग़ाम भी बैठा रहा। मगर वह खाली बैठा-बैठा क्या करता। इसलिए वह सरवरी की छातियाँ दबाता रहा और उसकी रानों पर चुटकियाँ काटता रहा। दामन उठाकर उसके चंपई पेट की नर्म जिल्द पर हाथ फेरता रहा और सरवरी हलकी-हलकी लज़ीज़

सिसकियाँ लेती रही और यह कहती रही, ''भाई, कोई देख लीहे ! कम्मो देख लीहे ।'' हकीम साहब की आँख खुली तो दर्द की एक लहर उनके बदन में दौड़ गयी । फिर उनकी आँख कम्मो पर जम गयी ।

''या अल्लाह !'' वह कराहे और रेज़ा-रेज़ा हो गये ।

'हिलिये-डुलिये मत ।'' कम्मो ने कहा ।

''तैं हमरा इलाज करबे ?'' हकीम साहब ने बड़ी बेयक़ीनी से कहा, ''हम तोरी शक्कर की गोली-ओली ना खायँगे !'' वह ज़िल्लत के इस समुंदर में डूब गये, ''देख लियो, कम्मो, तूँ हम्में का हालत पर पहुँचा दियो ! सरकार हमरी ज़मींदारी ले लिहिस··· तूँ हमरे मरीज़ ले लियो··· त हम आख़िर जी काहे को रहें ?''

''फुन्नन मियाँ को रात लोग क़तल कर दिहिन !'' कम्मो ने कहा ।

''एही क़ाबिल रहा वह मरदूद !'' हकीम साहब ने कहा, ''बाक़ी ई हम्माद का काम है !''

''ई दवा खा लीजिए !'' कम्मो ने एक ख़ुराक दवा बढ़ायी ।

''हम कह दिया ना कि हम ना खायँगे ।'' हकीम साहब ने कहा, ''पैरवा में बड़ी तकलीफ़ है ।''

''ए सरवरिया !'' कम्मो ने आवाज़ दी ।

''जी !'' सरवरिया दुपट्टा बराबर करती आ गयी ।

''ज़र्ग़ाम कहाँ हैं ?''

''भाई के पास ।''

''उन्हें बुला लो, अब हम चलें । और ई देख, चार ख़ुराक दवा छोड़े जा रहें । आध-आध घंटे बाद खिला दीहो ।''

कम्मो चला गया । ज़र्ग़ाम जब इस कमरे में आया तो हकीम साहब की आँखें नम थीं ।

''का बहुत तकलीफ़ है, बड़के अब्बा ?''

''नाहीं बेटा, हम ई सोच रहें कि इहो दिन देखे को रह गया कि कम्मो हमरा इलाज करें ! ऐयसो जना रहा कि अल्लाह मियाँ कुल मुसीबत हमरही बासते सैंत-सैंत के रक्खे रहे ।''

''अल्लाह अपने नेक बंदों का इम्तहान लेता है, साहब !''

''अरे, त हम्हूँ कउन नेक बंदे रहे भाई ! हम इमाम हुसैन ना हैं कि मरबो करें ! और शुक्रो अदा करें ! ज़िंदगी-भर नमाज़-रोज़ा किया तो ओका बदला ई मिला कि डाक्टर कमालुद्दीन आके नबुज़ देख गये । हे बेटा, अल्लाह मियाँ कीहाँ का इंसाफ़-उंसाफ़ उठ गया है···''

''आप बोलिये मत, आराम करिए ।''

''हाँ, हाँ, डॉक्टर कमालुद्दीन ईहे कह गये हैं ।'' हकीम साहब मुस्कराये,

''ऊ हड्डी जोड़ गये हैं… बाक़ी ऊ ई ना देखिन कि जिगर त एकदम ख़राब हो गया है और मेदे में वरम है ! बदनवा में सब चीज़ इक्के है । ई थोड़े है कि जिगर अलग है और मेदा अलग ! त जिगर का इलाज कर द्यो और मेदा को डालो जहन्नुम में । पूरे बदन को समझे बिना कोई नुसख़ा ना लिख सकता । एही मारे न आजकल लोग ढेर बीमार पड़ रहें । एक रोग अच्छा भया ना कि दूसरा लग गया और… सद्दन ई कह रहें कि हम काहे को रुपया भेजें अब्बा के पास ! ऊ पाकिस्तान काहे न आये ! बाक़ी हम कैयसे जायँ, कल्हे बाबा मरहूम आये… बोले, 'ए बेटा कबीर ! का तूँहूँ हम्में छोड़के पाकिस्तान जा रह्यो !' हम कहा, ए बाबा ! ई आप कैसी बातें कर रहें… ज़मींदारी रहे चाहे न रहे, मरीज आवें चाहे मत आवें, हम आपको छोड़के ना जायेवाले हैं… हम सद्दन ना हैं…''

उनकी आँखें बंद हो गयीं । ज़मानो-मकाँ की दीवारें गिर गयीं । तमाम बुज़ुर्गों ने उनके पलँग को घेर लिया । मगर उनकी बंद आँखें सद्दन को तलाश रही थीं । और उनकी बंद होती हुई ज़बान अपने पोते-पोतियों को आवाज़ देती रही थी, ''ई का कर रहा है बे ! देख रहीं बीबी ! ई सुअर मूत दिहिस ! आप एको ना पहचान रहें का ? अरे, ई सद्दन का लड़का है ना ! परदादा को सलाम कर बे ! ए बाबा ! जो ज़मिनियाँ आप छोड़ गये रहे न, ओ हमरे लोगन की ना रही । गाँधी कहिन कि ऊ चमटोली और भरटोलीवालन की है । हम बहुते कहा कि वाह, ई त हम्में हमरे बाबा से मिली है । बाकी कोई न माना…''

''बड़े अब्बा… ऐ बड़े अब्बा…'' ज़र्ग़ाम उन्हें आवाज़ देने लगा ।

''…जमींदारी त ज़रूर गयी बाकी गाँव एकदम्मे से बदल गया है । मार सब गलियन में खड़ंजा लग गया है ओर ग़ाज़ीपुर से हियाँ तक पक्की सड़क बन गयी है । अब जो बरसातो में मोहर्रम पड़े त कोई को आये में ज़हमत ना हो सकती । सुन रहें कि अब की अशरे के दिन इमाम हुसैन मौलवी बेदार के इमाम बाड़े में बैठके बहुत रोये । ऊ बहुत ख़फ़ा-ख़फ़ा दिखाते रहे । हमसे कहिन, 'मौलवी बेदार हम्में छोड़के चले गये और तूँ रोकबो न कियो ?' हम कहा, हे मौला ! हम त उन्हें बहुत समझावा…''

हुसैन अली मियाँ, हुसैन हैदर मियाँ, हम्माद मियाँ और उत्तर-पट्टी की औरतें हकीम साहब के पलँग को घेरे खड़ी थीं, सरवरिया फूट-फूटकर रोने लगी । हुसैन अली मियाँ ने यासीन पढ़ना शुरू किया । ज़र्ग़ाम और कम्मो ने मिलकर उनका पलँग फेरा ।

फुस्सू मियाँ ज़ोर-ज़ोर से रोने लगा ।

''…हम पाकिस्तान ना जा सकते मौला को छोड़के… हे बाबा ! तूँ गवाह रहियो, हम गँधिया को माफ़ कर रहें…''

''लाईलाहा, इलल्लाह, मुहम्मदुर-रसूलल्लाह…'' तमाम लोग कलमा पढ़ने लगे ।

''ए सद्दन ! तू हम्में छोड़ दियो । हम कह रहें कि छोड़ दियो तूँ अपने बाप को… छोड़ दियो… त का हमहूँ अपने बाप को छोड़ दें ? नाख़ल्फ़…'' हकीम साहब यक़लख़्त चुप हो गये । अब्बू मियाँ ने उनके मुँह पर चादर डाल दी । कामिला चीख़-चीख़कर रोने लगीं ।

ऐन उसी वक़्त फिद्दू आया और उसने फुस्सू मियाँ के कान में कहा, ''जल्दी से घर चलिए ! सय्यद किहाँ लड़का भवा है ।''

फुस्सू मियाँ लाश पर एक निगाह डालकर चुपके से बाहर आ गये ।

बाहर सुबह बहुत ख़ूबसूरत थी । सहन में एक मुर्ग़ा एक मुर्ग़ी का पीछा कर रहा था और एक कौवा खपरैल की कलस पर बैठा न मालूम किसे आवाज़ दे रहा था । गौरैया का एक ग़ोल फुस्सू मियाँ के कंधे के ऊपर से उड़ता हुआ गुज़र गया । गढ़ई के किनारे दो-तीन नंग-धड़ंग बच्चे एक-दूसरे पर पानी उछाल रहे थे और एक तरफ़ जवान लड़की साड़ी को घुटनों तक उठाये बैठी बरतन माँज रही थी । टेढ़ी-मेढ़ी कंकर की सफ़ेद सड़क पर एक जीप धूल उड़ाती चली आ रही थी । सामने तालाब के पास ईंटों के भट्टे की चिमनी से गाढ़ा धुआँ निकल रहा था । एक छोटा-सा बच्चा बग़ल में बस्ता लटकाये हुए तेज़ी से भागता हुआ गुज़र गया ।

फुस्सू मियाँ उसे देखते रहे, यहाँ तक कि वह बायीं तरफ़ मुड़कर उनकी नज़रों से ओझल हो गया ।

● ● ●